Herzsammler

Das Buch

Stockholm, kurz vor Weihnachten. Schnee und eisige Kälte haben die Stadt fest im Griff. Kommissar Fabian Risk hat mit Eheproblemen zu kämpfen, seine Frau Sonja möchte sich scheiden lassen. Risk muss sich alleine um die beiden Kinder kümmern. Aber dann wird er zu einem brisanten Fall gerufen: Der Justizminister ist verschwunden. Er hat nach einer Debatte den Reichstag verlassen, kam aber nie bei dem auf ihn wartenden Auto an. Risk findet den Minister, doch zu spät: Er wurde brutal ermordet. Und es bleibt nicht bei dieser einen Entführung.

Gleichzeitig wird in Kopenhagen eine Frau umgebracht. Die junge Polizistin Dunja Hougaard ermittelt, muss sich dabei aber mit den unwillkommenen Avancen des Polizeichefs herumschlagen. Der sabotiert den Fall, wo er nur kann. So fällt keinem die Ähnlichkeit zu der Mordserie im Nachbarland Schweden auf. Bis es fast zu spät ist.

Zwei Länder. Zwei Ermittler. Ein Fall.

Der Autor

Stefan Ahnhem ist ein bekannter schwedischer Drehbuchautor, unter anderem für die Filme der Wallander-Reihe. Er lebt mit seiner Familie in Stockholm.

Herzsammler ist der zweite Teil seiner erfolgreichen Krimiserie um den Kommissar Fabian Risk und erzählt die Vorgeschichte zum großen *Spiegel*-Bestseller *Und morgen du*.

Von Stefan Ahnhem sind in unserem Hause bereits erschienen:

Die Fabian-Risk-Serie:
*Und morgen du · Herzsammler · Minus 18°
Der Würfelmörder · Die Rückkehr des Würfelmörders
Meeressarg*

Stefan Ahnhem

Herzsammler

Kriminalroman

Aus dem Schwedischen
von Katrin Frey

List Taschenbuch

Besuchen Sie uns im Internet:
www.ullstein.de

Wir verpflichten uns zu Nachhaltigkeit
- Papiere aus nachhaltiger Waldwirtschaft und anderen kontrollierten Quellen
- Druckfarben auf pflanzlicher Basis
- ullstein.de/nachhaltigkeit

Ungekürzte Ausgabe im List Taschenbuch
List ist ein Verlag der Ullstein Buchverlage GmbH, Berlin.
1. Auflage Mai 2016
3. Auflage 2025
© für die deutsche Ausgabe Ullstein Buchverlage GmbH,
Friedrichstraße 126, 10117 Berlin 2015/ List Verlag
© 2015 by Stefan Ahnhem
Titel der schwedischen Originalausgabe: *Den nionde graven*
(Forum, Stockholm, 2015)
Wir behalten uns die Nutzung unserer Inhalte für Text und
Data Mining im Sinne von § 44b UrhG ausdrücklich vor.
Bei Fragen zur Produktsicherheit wenden Sie sich bitte an
produktsicherheit@ullstein.de
Umschlaggestaltung: ZERO Werbeagentur, München
Titelabbildung: © FinePic®, München
Satz: LVD GmbH, Berlin
Gesetzt aus der Galliard
Druck und Bindearbeiten: CPI books GmbH, Leck
ISBN 978-3-548-61314-7

PROLOG

14. Juni – 8. November 1999

Es war so dunkel, dass er fast nichts sah. Außerdem schwankte und schaukelte der Gefangenentransport auf dem Weg durch das unwegsame Gelände so heftig, dass man die Buchstaben, die er zu schreiben versuchte, kaum lesen konnte. Doch es nützte nichts. Dies war seine letzte Chance, alles niederzuschreiben, bevor die Blutlache unter ihm zu groß war. Die Geschichte seiner Verliebtheit, die ihn dazu getrieben hatte, alles Vertraute hinter sich zu lassen und sich ins Unbekannte zu stürzen, wo er angeschossen und von seinen eigenen Leuten gefangenen genommen worden war, nun unterwegs in den sicheren Tod.

Den Stift hatte er bei sich, seit er das israelische Militärlager an der Straßensperre verlassen und die Grenze nach Palästina überschritten hatte. Im Tagebuch in Tamirs Rucksack hatte er noch ein paar leere Seiten gefunden. Und einen benutzten Briefumschlag, der sich umstülpen ließ. Als der Brief fertig war, faltete er ihn mit seinen blutigen Händen zusammen, steckte ihn in das Kuvert und klebte es zu, so gut es ging.

Er hatte weder eine Briefmarke noch die Adresse des Empfängers. Nur den Namen wusste er. Trotzdem zwängte er ihn ohne Zögern durch den schmalen Spalt und ließ los. So Gott wollte, würde der Brief ankommen, dachte er und gab der Müdigkeit nach.

Der Umschlag hatte die Erde noch nicht berührt, als die

kräftigen Winde ihn erfassten und immer höher hinauf in den sternlosen Nachthimmel trugen. Über die Berge von Nablus, Jarzim und Ebal rollte ein weiteres Unwetter, und der Abstand zwischen den hellen Blitzen und dem dumpfen Grollen wurde immer kürzer. Regen hing in der Luft, und es war nur eine Frage von Sekunden, wann die ersten Tropfen das Kuvert zu Boden hämmern und die trockene Erde in feuchten Lehm verwandeln würden. Doch es fiel kein einziger Tropfen, und der blutverschmierte Umschlag mit dem handgeschriebenen Brief setzte seinen Aufstieg über die Berge und die Grenze nach Jordanien fort.

Saladin Hazaymeh lag auf seiner ausgerollten Matte und sah in den Himmel, wo das Morgengrauen einen ersten zaghaften Versuch unternahm. Die kräftigen Winde im Zuge des nächtlichen Unwetters waren endlich abgeflaut, ein herrlicher Tag kündigte sich an. Die Sonne hatte offenbar beschlossen, den Himmel für seinen siebzigsten Geburtstag zu putzen. Doch nicht das Wetter beschäftigte Saladin Hazaymeh. Obwohl sein Geburtstag der Grund für die zehntägige Wanderung gewesen war, hatte er etwas anderes im Kopf.

Anfangs hatte er geglaubt, ein Flugzeug in mehreren Tausend Metern Höhe zu sehen, dann jedoch beschlossen, dass es sich um einen Vogel mit einem verletzten Flügel handeln musste. Mittlerweile hatte er nicht die geringste Ahnung mehr, was da vom Himmel herunterflatterte und dabei hin und wieder im Sonnenlicht aufblitzte.

Saladin Hazaymeh stand auf und nahm überrascht zur Kenntnis, dass die Rückenschmerzen, die er morgens immer spürte, wie weggeblasen waren. Eilig rollte er seine Matte zusammen und steckte sie in den Rucksack. Irgendetwas würde passieren. Etwas von großer Bedeutung. Er spürte, wie sich sein ganzes Ich mit neuer Energie füllte.

Dies konnte nur ein Zeichen von oben sein. Eine Offenbarung von dem Gott, an den er glaubte, seit er denken konnte, und der ihm nun sagen wollte, dass er auf dem richtigen Weg war. Der Gott, dessen Sohn er, wie er an seinem siebzigsten Geburtstag beschlossen hatte, zu Fuß von Jerusalem bis an den See Genezareth folgte.

Gestern hatte er mit dem Ziel, die Nacht genau dort zu verbringen, wo Jesus mit seinen Jüngern und der Jungfrau Maria übernachtet hatte, die heilige Grotte in Anjara besucht, aber da die Wächter ihn entdeckten, musste er unter freiem Himmel schlafen. Doch offensichtlich hatte das alles einen Sinn, dachte Saladin und eilte leichtfüßig über das unebene Gelände zu dem Olivenbaum, in dessen Zweigen das Zeichen Gottes hängen geblieben war.

Als er vor dem Baum stand, erkannte er, dass es sich um einen Umschlag handelte.

Ein Briefumschlag?

Sosehr er sich auch bemühte, eine logische Erklärung für dessen Herkunft zu finden, musste er sich am Ende doch mit dem *Himmel* als Antwort begnügen. Und nachdem seine innere Stimme mantraartig wiederholte, wie wichtig es sei, dass er sich hierum kümmerte, war das vielleicht auch nicht ganz falsch. Vielleicht war genau das hier und nichts anderes der Grund seiner Wanderung.

Nach einigen Versuchen gelang es ihm, ihn mit einem Stein zu treffen und den Umschlag aufzufangen, bevor er auf dem Boden aufschlug. Er war schmutzig und beschädigt und schien allen Widrigkeiten zum Trotz den Weltuntergang überlebt zu haben. Außerdem war er schwerer als erwartet.

Alle Zweifel waren hinweggefegt.

Gott hatte ihn auserwählt.

Dies war nicht irgendein Briefumschlag.

Er studierte ihn von allen Seiten, fand aber keinen Hin-

weis, abgesehen von einem klein und krakelig geschriebenen Namen.
Aisha Shahin.

Saladin Hazaymeh setzte sich auf einen Stein und las sich den Namen mühsam laut vor, aber er sagte ihm nichts. Nach einigem Zögern zog er sein Messer aus der Tasche und schlitzte das Kuvert vorsichtig auf. Ohne zu merken, dass er den Atem anhielt, zog er den Brief aus dem Umschlag und faltete ihn auseinander. Er war voller handgeschriebener Zeichen, die zusammen lange Wortreihen in hebräischer Sprache bildeten, so viel begriff er. Aber wie hätte er sie verstehen sollen, wo er doch kaum Arabisch lesen konnte?

War es das, was Gott ihm zu sagen versuchte? Bestrafte er ihn, weil er nie Lesen gelernt hatte? Oder war der Brief gar nicht für ihn bestimmt? War er in Wirklichkeit nur ein unbedeutendes Bindeglied, dessen Aufgabe darin bestand, ihn weiterzugeben? Erfolglos bemühte er sich, seine Enttäuschung zu unterdrücken, während er den Brief wieder zusammenfaltete, zurück in den Umschlag steckte und seine Wanderung nach Ajloun fortsetzte, wo er ihn widerwillig in einen Briefkasten steckte.

Viele wären sicher der Meinung, dass Khaled Shawabkeh sich schändlich und höchst unmoralisch verhielt. Er selbst dagegen hatte überhaupt kein schlechtes Gewissen, als er den Umschlag ohne Briefmarke, Absender und Adresse einsteckte. Briefe, deren Absender ihren Pflichten nicht nachgekommen waren, betrachtete er als sein Eigentum. So hatte er es in den dreiundvierzig Jahren in der Postsortierung ohne Ausnahme gehalten.

Zu Hause hatte er mehrere Kisten, eine für jedes Jahr, voller verirrter Briefe, und es gab nichts Schöneres für ihn, als zufällig einen herauszufischen und an Gedanken teilzuhaben, die eigentlich für jemand anderen bestimmt waren. Dieser Briefumschlag jedoch war etwas Besonderes. Seine Patina verriet, dass allein die zurückgelegte Reise ein Abenteuer gewesen sein musste. Außerdem war er bereits geöffnet worden, doch der gesamte Inhalt war noch da.

Für ihn und niemanden sonst.

Genau achtundneunzig Minuten später als üblich war Khaled Shawabkeh zu Hause und schloss die Tür von innen ab. Um Zeit zu gewinnen, hatte er den Nachmittagskaffee ausfallen lassen, obwohl Kuchenfreitag war, und den Weg vom Bus zur Haustür im Laufschritt zurückgelegt. Jetzt war er richtig außer Atem, und sein Schweiß gab sich die größte Mühe, durch das viel zu enge Polyesterhemd nach außen zu dringen.

Das Abendessen musste warten, dachte er und schenkte sich ein Glas von dem Wein ein, der hinter den Büchern im Regal verborgen war, ließ sich im Sessel nieder, schaltete die alte Stehlampe ein, zog das Kuvert aus der Tasche und faltete den Brief andächtig auseinander.

»Endlich«, sagte er leise zu sich selbst und streckte die Hand nach dem Weinglas aus, nicht ahnend, dass sich in diesem Moment der Pfropf aus geronnenem Blut, der sich über Jahre in seinem linken Bein gebildet hatte, löste und mit dem Blutstrom ganz nach oben schwamm.

Obwohl seit dem Tod von Marias Onkel mehr als ein Jahr vergangen war, hatte sie noch immer keinen Fuß in sein Haus gesetzt. Ihre beiden Brüder hatten das Testament angefochten und mit allen Mitteln versucht, sie zum Verzicht auf das Erbe zu treiben. Sogar ihr eigener Vater wollte sie davon überzeugen, dass Khaled Shawabkeh all die Jahre allein gelebt und am Ende den Verstand verloren hatte und Frauen für den Besitz und die Verwaltung von Eigentum einfach nicht geschaffen wären.

Maria hatte jedoch nicht nachgegeben und konnte nun

endlich den Schlüssel ins Schloss stecken und die Tür öffnen. Dass sie in diesem Zusammenhang den Kontakt zu ihren Brüdern und Eltern verloren hatte, musste sie in Kauf nehmen. Das Haus würde ausgeräumt und verkauft werden, und mit dem Geld konnte sie es sich leisten, bei der Schneiderei zu kündigen, nach Amman zu ziehen und in der *Jordanian National Commission for Women* für die Rechte der Frau zu kämpfen.

Eigentlich war es unmöglich. Nichts sprach dafür, dass der Brief jemals seinen Empfänger erreichen würde. Die Hindernisse waren so zahlreich, dass sich die zu vernachlässigende Wahrscheinlichkeit, dass er es doch tun würde, nicht mehr in Zahlen ausdrücken ließ.
Trotzdem passierte genau das.
Ein Jahr, vier Monate und sechzehn Tage nachdem der Brief durch den Spalt in der Wand des Gefangenentransports gesteckt und von den Winden in die schwarze Nacht getragen worden war, fand ihn Maria Shawabkeh, der einige Stunden später das Kunststück gelang, ihn wieder mit dem Briefumschlag zusammenzufügen, dem alles fehlte außer einem Namen.
Drei schlaflose Nächte, nachdem sie von der furchtbaren Geschichte erfahren hatte, recherchierte sie im Netz, frankierte den Umschlag, schrieb die vollständige Adresse darauf und gab ihn im nächsten Postamt ab. Ohne die geringste Ahnung von den Konsequenzen.

Aisha Shahin
Selmedalsvägen 40, 7. OG
12937 Hägersten
Schweden

TEIL 1

16. – 19. Dezember 2009

Viele werden über meine Taten entsetzt sein. Einige werden sie als Rache für alle begangenen Ungerechtigkeiten betrachten. Andere als ein allen Wahrscheinlichkeiten trotzendes Spiel, das unser System zum Narren hält und zeigt, wie weit man gehen kann. Die meisten jedoch werden sich rührend einig sein, dass es sich um die Taten eines äußerst geistesgestörten Menschen handelt.

Alle werden sich irren …

Kapitel 1

Vor zwei Tagen.

Sofie Leander saß im Warteraum der Ultraschallabteilung im Söderkrankenhaus und blätterte in einem zerlesenen Exemplar der Zeitschrift »Wir Eltern«, in der auf einer Doppelseite nach der anderen schöne, glückliche Paare abgebildet waren. Sie wollte nichts lieber, als zu ihnen zu gehören, aber nach all den wirkungslosen Behandlungen mit Clomifen bezweifelte sie allmählich, dass sie ihre Amenorrhö jemals loswerden würde. Dies war ihre allerletzte Chance. Falls sich herausstellte, dass das Medikament auch diesmal nichts genützt hatte, blieb ihr nichts anderes übrig als aufzugeben.

Ihr Mann hatte das längst getan. Obwohl er versprochen hatte, für sie da zu sein, wenn sie ihn brauchte. Sie schaltete ihr Handy ein und las seine Nachricht noch einmal. *Bin verhindert und schaffe es leider nicht.* Als ginge es darum, auf dem Heimweg einen Liter Milch zu kaufen. Nicht einmal ein »Viel Glück« hatte er sich abgerungen.

Sie hatte gehofft, der Umzug nach Schweden und Stockholm vor drei Jahren würde das Feuer wieder anheizen. Schließlich hatte er sogar ihren Nachnamen angenommen. Damals hatte sie das als Liebeserklärung aufgefasst. Ein Beweis dafür, dass sie zusammengehörten, was auch immer passierte. Nun war sie sich nicht mehr so sicher, und sie wurde das Gefühl nicht los, dass sie sich immer weiter voneinander entfernten. Sie hatte versucht, mit ihm darüber zu reden, aber er mimte den Ahnungslosen und beteuerte ihr hartnäckig seine Liebe. Doch sie merkte es an seinem Blick. Oder vielmehr daran, wie er ihrem auswich.

Er, der ihr einmal das Leben gerettet hatte, war nun plötzlich verhindert und sah kaum noch in ihre Richtung. Am liebsten hätte sie ihn angerufen und zur Rede gestellt, ihn gefragt, ob er sie noch liebte. Oder ob er eine andere kennengelernt hatte. Aber sie traute sich nicht. Außerdem war sie überzeugt, dass er ohnehin nicht antworten würde. Das tat er während der Arbeit fast nie, und vor allem nicht mitten in einem neuen Projekt. Nein, ihre einzige Chance war ein positiver Bescheid von der Ärztin. Wenn sie den bekam, würde bestimmt alles wieder gut werden. Dann könnte sie ihm dieses Kind schenken, und er würde merken, wie sehr er sie in Wirklichkeit liebte.

»Sofie Leander«, hörte sie eine Stimme rufen. Sofie folgte der Hebamme durch den Flur zu einem kleinen Untersuchungszimmer mit heruntergelassenen Rollos, einem großen computerartigen Apparat und einem Krankenbett.

»Sie können Ihren Mantel dort aufhängen und sich hinlegen. Frau Doktor kommt gleich.«

Sofie nickte und zog sich, während die Hebamme den Raum verließ, die Stiefel aus. Als sie auf dem Bett lag, zog sie die Bluse aus dem Bund, knöpfte ihre Hose auf und beschloss, ihren Mann trotzdem anzurufen und zu fragen, was denn so wichtig sei, dass er ihr keine Gesellschaft leisten könne. Sie hatte aber gerade erst nach ihrer Handtasche gegriffen, als die Tür aufging und die Ärztin reinkam.

»Sind Sie Sofie Leander?«

Sofie nickte.

»Gut, dann wollen wir mal sehen … Legen Sie sich zunächst mit dem Rücken zu mir auf die Seite.«

Sofie tat, was sie sagte, und hörte die Ärztin eine Art Plastikverpackung öffnen. Irgendwas an der Situation kam ihr merkwürdig vor.

»Also, ich bin hier, damit meine Eierstöcke untersucht werden.«

»Unbedingt. Wir müssen nur erst das hier regeln.« Die Ärztin drückte auf den einzelnen Wirbeln ihres Rückgrats herum.

Plötzlich spürte sie im Rücken einen Stich.

»Warten Sie mal. Was machen Sie da? Haben Sie mir eine Spritze gegeben?« Sofie drehte sich um und sah, wie sich die Ärztin etwas in die Hosentasche steckte. »Ich verlange, darüber aufgeklärt zu werden, was ...«

»Seien Sie unbesorgt. Das ist reine Routine. Sind das Ihre Sachen?« Die Ärztin zeigte auf ihren Mantel und die Stiefel und legte ihr die Sachen, ohne ihre Antwort abzuwarten, zu Füßen. »Wir wollen doch lieber nichts vergessen. Wie würde das denn aussehen?«

Es war bei weitem nicht Sofies erste Eierstockuntersuchung, und dies entsprach keineswegs der üblichen Routine. Sie hatte keine Ahnung, was hier vor sich ging, aber sie wusste mit Sicherheit, dass sie da nicht mehr mitmachen wollte. Sie wollte weg. Von der Ärztin und diesem Untersuchungsraum. Weg vom ganzen Krankenhaus.

»Ich glaube, ich muss gehen.« Sie versuchte aufzustehen. »Ich möchte gehen, haben Sie gehört?« Doch ihr Körper gehorchte nicht. »Was ist hier los? Was haben Sie gemacht?«

Die Ärztin beugte sich nach vorn und strich ihr über die Wange. »Das werden Sie bald verstehen.«

Sofie wollte protestieren und laut losschreien, aber die Atemmaske, die ihr über das Gesicht gespannt wurde, erstickte jeden Laut, und bevor sie wusste, wie ihr geschah, wurden die Bremsen des Betts gelöst und sie aus dem Zimmer und durch den Flur geschoben.

Hätte sie sich doch nur an irgendetwas festhalten, sich aus dem Bett ziehen und allen begreiflich machen können, was hier vor sich ging. Aber es war nicht möglich. Ihr blieb nichts anderes übrig, als liegen zu bleiben, an die Decke zu starren und eine Leuchtstoffröhre nach der anderen über sich hinweggleiten zu sehen.

Mehr Gesichter. Überall schwangere Frauen und werdende Väter. Hebammen und Ärzte. Alle so nah und doch so weit weg. Türen, die aufgingen. Ein Aufzug und Stimmen anderer Menschen. Fahrstuhltüren, die sich hinter ihr schlossen. Oder öffneten?

Anschließend war sie wieder allein mit der Ärztin, die eine Melodie vor sich hin pfiff, die von den harten Wänden widerhallte. Sonst hörte sie nichts. Außer ihrem Atem, der sie an das Asthma erinnerte, als sie klein war. Wenn sie das Spiel unterbrechen und nach Luft ringen musste, hatte sie sich vollkommen hilflos gefühlt. Jetzt kam sie sich nicht nur hilflos, sondern auch so klein wie damals vor und wäre am liebsten weinend zusammengebrochen. Doch nicht einmal das konnte sie.

Die Neonröhren an der dunklen Betondecke endeten, und sie sah, wie zuerst ihre Beine und dann ihr Oberkörper auf eine Trage hinübergehoben wurden. »Das werden Sie bald verstehen«, hatte die Ärztin gesagt. Doch wie sollte sie? Sie musste die ganze Zeit an den plastischen Chirurgen aus Malmö denken, der seinen Patientinnen Propofol injiziert hatte, damit sie sich nicht gegen die Vergewaltigung wehrten. Aber warum sollte sie jemand vergewaltigen wollen?

Sie wurde rückwärts in einen Krankenwagen geschoben und beschloss, sich auf die Geräusche zu konzentrieren. Die Fahrertür wurde zugeschlagen und der Motor angelassen. Der Wagen fuhr los, bog links in den Ringväg ein und fuhr auf der Hornsgata weiter in Richtung Hornstull, wo er auf die Liljebro und aus der Stadt hinausfuhr. Bis dahin war sie mühelos mitgekommen, aber nach mehreren Runden in einem Kreisverkehr verlor sie die Orientierung.

Als sie etwa zwanzig Minuten später anhielten, hätten sie

sich genauso gut wieder vor dem Söderkrankenhaus wie an irgendeinem anderen Ort befinden können. Nachdem sie ein Garagentor aufgehen hörte, rollte der Krankenwagen noch zirka dreißig Meter. Dann wurde der Motor abgewürgt.

Die Türen öffneten sich, ihre Trage wurde aus dem Wagen gezogen und weggeschoben. Über ihr jagte erneut eine Leuchtstoffröhre die andere. Das Tempo stieg, und die Schritte der Ärztin knallten auf einen harten Boden, bis sie schließlich stehen blieb. Schlüssel und ein Piepen, woraufhin ein Elektromotor ansprang.

Sie wurde in einen dunklen Raum gerollt, und hinter ihr schien etwas zu passieren. An der Decke wurde eine große Lampe eingeschaltet, die einen länglichen Tisch beleuchtete. Sie sah weder Fenster, noch konnte sie erkennen, wie groß der Raum war. Nur die Lampe und den Tisch, der von Apparaten umgeben war.

Als sie an den Tisch geschoben wurde, sah sie, dass er mit Plastikfolie abgedeckt und mit Gurten und einem etwa zehn Zentimeter großen Loch etwas unterhalb des Mittelpunkts ausgestattet war. Auf einem Metalltisch daneben lagen verschiedene Metallwerkzeuge auf einem weißen Handtuch aufgereiht.

Erst jetzt ging Sofie Leander auf, worum es ging.

Als sie all die Scheren, Zangen und Skalpelle sah, wusste sie es genau.

Warum sie hierhergebracht worden war.

Und was sie erwartete.

Kapitel 2

Fabian Risk las die Nachricht noch einmal. Dann blickte er vom Handy auf. Die Klassenlehrerin sah ihn fragend an.

»Es tut mir leid, aber wir müssen leider ohne sie auskommen.«

»Ach. Okay«, sagte die Lehrerin, ließ jedoch keinen Zweifel daran, was sie davon hielt.

»Was? Kommt Mama nicht?« Matilda machte ein Gesicht, als hätte sie sich lieber von der Västerbro gestürzt, als sich ohne Sonja einem Elterngespräch auszusetzen. Und Fabian konnte sie verstehen. Die vergangenen Termine hatte er aus verschiedenen Gründen verpasst, und obwohl Matilda inzwischen die dritte Klasse besuchte, konnte er sich nicht einmal an den Namen der Klassenlehrerin erinnern.

»Mama muss leider arbeiten, Matilda. Du weißt doch, wie das vor Ausstellungseröffnungen ist.«

»Sie hat aber gesagt, dass sie kommt.«

»Ich weiß, und ich schwöre dir, sie ist genauso enttäuscht wie du, aber wir kriegen das bestimmt trotzdem super hin.« Er tätschelte ihren Kopf und sah die Klassenlehrerin hilfesuchend an, doch die setzte ein nichtssagendes Lächeln auf, als wären sie zu einer Runde Poker zusammengekommen.

»Hör auf!« Matilda schlug seine Hand weg.

»Ja, also, in Bezug auf Matildas Motivation und ihre Fähigkeit, dem Unterrichtsgeschehen zu folgen, habe ich von allen Kollegen nur Positives zu berichten.« Die Klassenlehrerin blätterte in ihren Unterlagen. »In Schwedisch und Mathe ist sie eine der Besten ...« Sie verstummte und wandte sich Fabians Handy zu, das auf dem Tisch vibrierte.

»Verzeihung.« Fabian drehte das Telefon um und sah zu seinem Erstaunen, dass der Anrufer Herman Edelman war. Edelman, der in all den Jahren bei der Reichskripo sein Chef gewesen war, hatte trotz seiner sechzig Jahre nichts von seiner Präsenz und seinem Wahrheitshunger verloren. Fabian musste ehrlich zugeben, dass er ohne Edelman kein guter Ermittler geworden wäre.

Doch heute hatte er sich seit dem Mittagessen nicht in der Abteilung blicken lassen, und als weder Fabian selbst noch jemand anderes aus dem Team bis zum Nachmittagskaffee von ihm gehört hatte, fragten sie sich langsam, ob etwas passiert war.

Nun meldete er sich also. Noch dazu außerhalb der Bürozeit, und das konnte nur eins bedeuten.

Es war definitiv etwas passiert.

Etwas, das keinen Aufschub duldete.

Fabian wollte gerade ans Telefon gehen, als die Klassenlehrerin sich räusperte. »Wir haben nicht den ganzen Abend Zeit. Ich habe heute noch mehr Elterngespräche.«

»Entschuldigen Sie. Wo waren wir stehen geblieben?« Fabian wies den Anrufer ab und legte das Handy weg.

»Matilda. Ihre Tochter.« Die Klassenlehrerin rang sich ein Lächeln ab. »Wie ich schon sagte, sind die Beurteilungen aus dem gesamten Lehrerkollegium durchweg positiv. Aber ...« Sie sah Fabian in die Augen. »Wenn es möglich wäre, würde ich gerne unter vier Augen mit Ihnen sprechen.«

»Ach so? Na gut. Das ist kein Problem. Oder, Matilda?«

»Worüber wollt ihr reden?«

»Nur so Kram für Erwachsene.« Fabian drehte sich zur Klassenlehrerin um, die lächelnd nickte. »Du kannst auf dem Flur warten, ich komme gleich.«

Matilda seufzte und verließ mit demonstrativ über den Boden schlurfenden Füßen das Klassenzimmer. Während Fabian ihr hinterherblickte, fragte er sich, was Edelman von ihm wollte.

»Es ist nämlich so.« Die Klassenlehrerin legte die gefalteten Hände auf den Tisch. »Ich bin von verschiedenen Seiten darauf aufmerksam gemacht worden, dass es bei Matilda ernsthafte Hinweise auf ...« Wieder wurde sie von Fabians vibrierendem Handy unterbrochen. Ihre Verärgerung war nun nicht mehr zu übersehen.

»Entschuldigen Sie, ich weiß wirklich nicht, was hier los ist.« Er nahm das Handy in die Hand und drehte es um. Diesmal rief seine Kollegin Malin Rehnberg an, die in Kopenhagen auf einem Seminar war. Edelman hatte sich also an sie gewandt, weil er annahm, dass sie leichter an ihn herankam. »Es tut mir leid, mir bleibt nichts anderes übrig ...«

»Gut, aber dann sollten wir das hier jetzt beenden.« Die Klassenlehrerin sammelte ihre Unterlagen ein.

»Warten Sie mal. Können wir nicht einfach ...«

»In dieser Schule praktizieren wir im Unterricht Nulltoleranz gegenüber Mobiltelefonen, und ich wüsste nicht, warum für Erwachsene andere Regeln gelten sollten.« Sie steckte den Papierstoß in ihre Aktentasche. »Nehmen Sie ruhig den wichtigen Anruf an, und ich widme mich stattdessen denjenigen Eltern, die sich für ihre Kinder interessieren. Einen angenehmen Abend noch.« Sie stand auf.

»Moment mal, das ist ein Missverständnis«, sagte Fabian, während sein Handy verstummte. Mailbox. Was hatte sich dort getan? »Es tut mir leid. Natürlich bin ich ausschließlich wegen Matilda hier.«

Die Frau, deren Namen er vergessen hatte, musterte ihn auf eine Art, die an Verachtung grenzte. »Okay.« Sie öffnete ihre Aktentasche wieder und holte Matildas Hefter hervor. »Normalerweise mischen wir uns in solche Angelegenheiten nicht ein, aber im Fall Ihrer Tochter erscheint es uns außerordentlich wichtig, denn wenn wir nicht bald etwas unternehmen, wird es sich auf ihren Lernerfolg auswirken.«

»Verzeihung, aber ich bin mir nicht sicher, ob ich Sie richtig verstehe. Was wollen Sie unternehmen?«

Die Klassenlehrerin legte eine Zeichnung auf den Tisch. »Hier ist eins ihrer jüngeren Werke. Sie sehen es ja selbst.«

Fabian erkannte sich an dem Ziegenbärtchen, das er vor einigen Wochen abgenommen hatte. Ihm gegenüber stand Sonja mit einem Küchenmesser in der Hand. Beide brüllten mit offenen Mündern und waren knallrot im Gesicht. Er erinnerte sich, dass er die Frage gestellt hatte, ob sie abends unbedingt so viel arbeiten müsste. Sonja war an die Decke gegangen, hatte ihm all die Abende vorgehalten, an denen er in den letzten Jahren spät nach Hause gekommen war, und ihm vorgeworfen, nur an sich zu denken.

Dabei hatten sie mal vereinbart, sich nie vor den Kindern zu streiten. Dass er im Eifer des Gefechts mit Scheidung drohte, machte die Sache nicht besser.

»Ich weiß nicht, was ich sagen soll. Das hier, das ist …«

»Hier ist noch eins«, unterbrach ihn die Klassenlehrerin.

Fabian erkannte die Tapetenwand an Matildas Bett sofort. Ganz unten saßen in Reih und Glied ihre Kuscheltiere. Ein kleiner Teil von ihm war beeindruckt von ihren Zeichenkünsten, während der Rest sich dagegen sträubte, den Inhalt der Sprechblasen aufzunehmen, die den Streit auf der anderen Seite der Wand illustrierten. Diesmal ging es um Sex, und soweit Fabian erkennen konnte, kamen einige Sätze der Wahrheit quälend nah.

Am liebsten wäre er in seinem Stuhl versunken und hätte sich in Luft aufgelöst.

»Das sind natürlich Phantasien und Übertreibungen, das ist mir klar, aber das Thema taucht zurzeit bei allem auf, was Matilda macht. Ich dachte, Sie sollten das wissen. Mir als Mutter wäre das jedenfalls lieber gewesen.«

»Selbstverständlich.« Fabian versuchte zu verbergen, dass das Telefon in seiner Hand schon wieder vibrierte.

Auf dem Weg zum Ausgang der Björngårdsskola wählte Fabian Edelmans Nummer, hörte aber nur ein Besetztzeichen. »Hast du das gesehen, Matilda? Es ist noch mehr Schnee gefallen.« Er ließ seinen Blick über den Schulhof schweifen, der unter einer dicken Schicht Neuschnee schlummerte. »Super, oder? Da könnt ihr ja morgen Schneemänner bauen.«

»Ach, dann ist bestimmt nur noch Matsch übrig.« Matilda ging die Treppe hinunter.

»Warte mal, Matilda.« Fabian lief ihr hinterher. »Du hast doch wohl keine Angst, dass Mama und ich uns trennen?«

»Darüber habt ihr also geredet.«

»Was? Stimmt es denn?«

Ohne ihm zu antworten, rannte Matilda zum Auto, das Fabian auf der anderen Straßenseite abgestellt hatte.

Fabian hielt den Autoschlüssel hoch, um mit einem Tastendruck das Auto aufzuschließen, damit sie einsteigen konnte. Eigentlich wollte er schnell zu ihr, aber er wusste nicht, was er sagen sollte. Sie hatte ja recht. Wenn sie so weitermachten, war das endgültige Scheitern nur noch eine Frage der Zeit. Dabei hatte er nicht nur Sonja, sondern vor allem sich selbst versprochen, dass er niemals in die Fußstapfen seiner Eltern treten würde. Was auch immer passierte. Egal, wie anstrengend es wurde. Es spielte keine Rolle. Nichts sollte ihn jemals dazu bringen, alles hinzuwerfen und nicht mehr zu kämpfen.

Jetzt war er sich nicht mehr so sicher.

Trotz platter Reifen war er so lange auf den nackten Felgen herumgegurkt, dass eine Reparatur vermutlich nicht mehr möglich war. Seufzend blieb er mitten auf dem Schulhof stehen, zog das Handy aus der Tasche und wählte Malin Rehnbergs Nummer.

»Was zum Teufel treibst du gerade, Fabian? Dass ich mehr als sechshundert Kilometer von dir entfernt bin, ist deine einzige Rettung.«

Fabian sah ein, dass er am besten schwieg, bis sie fertig war.

»Ist dir klar, dass Herman mir wie ein Blutegel auf den Leib gerückt ist, nur weil du keine Lust hast, ans Telefon zu gehen? Als ob ich seine Sekretärin wäre. Ich weiß, dass es niemanden juckt, aber ich befinde mich zufällig gerade auf einem richtig interessanten Seminar.«

»Okay, weißt du denn, worum …?«

»Allerdings sind die Betten scheiße, und außerdem fühle ich mich wie eine aufgequollene Sau.«

»Das kann ich verstehen, aber …«

»Und ich scheiße darauf, dass ich erst in zwei Monaten Termin habe, denn wenn diese Kinder nicht bald rauskommen, tu ich etwas Verbotenes. Hallo? Fabian? Bist du noch da?«

»Hat er gesagt, worum es ging?«

»Nein, oder ich weiß nicht genau. Anscheinend war es unheimlich wichtig. Ich habe aber eine Idee.«

»Okay.«

»Versuch, ans Telefon zu gehen, wenn er das nächste Mal anruft.«

Es klickte. Fabian musste ihr recht geben. Er hoffte auch, dass ihre Schwangerschaft bald vorüber war. Fünfzehn Sekunden später erhielt er eine SMS, in der Malin sich für ihren harten Ton entschuldigte und versprach, wieder sie selbst zu sein, sobald sie diese »Schwangerschaftshölle« überstanden hatte.

Fabian setzte sich ans Steuer und betrachtete Matilda im Rückspiegel. »Was hältst du davon, wenn wir bei Ciao Ciao vorbeifahren und Pizza holen?«

Matilda zuckte die Achseln, aber das kleine Lächeln, das gegen ihren Willen über ihr Gesicht huschte, entging ihm trotzdem nicht. Er drehte den Zündschlüssel um und unternahm, während er sich in den Verkehr auf der Maria Prästgårdsgata einfädelte, einen weiteren Versuch, Edelman zu erreichen.

»Hallo, Herman, ich habe gesehen, dass du angerufen hast.«

»Das habe ich dann wohl Malin zu verdanken.«

»Ich saß in einem Elterngespräch und habe erst jetzt ...«

»Ja, ja, scheißegal jetzt. Ich rufe an, weil ich heute Abend um acht zur Säpo muss, und es wäre mir am liebsten, wenn du mitkämst.«

»Heute Abend? Tut mir leid, aber ich bin mit den Kindern alleine. Warum ist es denn ausgerechnet heute so wichtig ...?«

»Hab ich hier das Sagen oder du?«

»So habe ich es nicht gemeint ...«

»Hör mir mal zu. Persson und Päivinen haben soeben eine Spur im Adam-Fischer-Fall entdeckt, und Höglund und Carlén sind vollauf mit den Recherchen zu Diego Arcas beschäftigt. Außer dir und Rehnberg haben alle zu tun. Und wenn ich das richtig sehe, befindet sich Rehnberg in Kopenhagen.«

»Na gut. Kannst du mir denn sagen, was passiert ist?«

»Ich gehe davon aus, dass wir darüber bei dem Treffen informiert werden. Wir sehen uns draußen vor der Tür um fünf vor. Bis dann.«

Fabian zog sich das Headset aus den Ohren und bog in die Nytorgsgata ein. Es war bei weitem nicht das erste Mal, dass sich seine und die Wege der Sicherheitspolizei Säpo kreuzten, aber zu einem Treffen nach Büroschluss war er noch nie gebeten worden. Vermutlich, weil er in der Hackordnung zu weit unten stand. Herman Edelman war ständig dort und betonte bei jeder Gelegenheit, wie wichtig es sei, dass man mit dem Rücken zur Wand saß, wenn man ein Treffen mit den Kollegen dort überleben wollte.

Und nun wollte er Fabian also dabeihaben.

»Nein, Fabian, ausgeschlossen. Tut mir leid, das musst du anders regeln.«

»Wie, anders regeln? Was meinst du damit?« Fabian blickte über die schneebedeckten Dächer, während Sonja noch einen krebserregenden Zug nahm und den Rauch mit einem Seufzen ausatmete. Ein Zeichen, dass sie richtig schlechte Laune hatte.

»Was weiß ich? Du musst eben improvisieren. Ich habe jetzt keine Zeit mehr zu reden.«

»Warte doch mal.« In der Fensterscheibe sah er das Spiegelbild von Matilda, die ihnen von der Küche aus zuhörte. Er griff nach der Fernbedienung, schaltete den Fernseher ein und drehte die Lautstärke auf.

Acht Tage nach dem spurlosen Verschwinden von Adam Fischer hat die Polizei bekanntgegeben, dass es sich um eine Entführung handelt ...

»Sonja, das war nicht meine Entscheidung. Es ist nicht so, dass ich die Wahl hätte.«

»Denkst du, ich?«

Bei uns im Studio ist jetzt Kriminalprofessor Gerhard Ringe ...

»Soll ich einfach den Pinsel hinschmeißen und Ewa sagen, sorry, das mit der Ausstellung wird nichts?«

»Nein, aber ...«

»Na dann.«

»Jetzt beruhige dich doch bitte.«

Was hat die Polizei veranlasst, mit dieser Information an die Öffentlichkeit zu treten, und warum wissen wir immer noch nichts von einer Lösegeldforderung?

»Ich bin ruhig.« Sonja gab sich keine Mühe zu verschleiern, dass sie wieder an der Zigarette zog. »Ich verstehe nur nicht, warum es so ein Problem für dich darstellt, wenn ausnahmsweise ich arbeiten muss.«

»Okay, ich werde versuchen, eine andere Lösung zu finden. Hast du irgendeine Ahnung, wann du nach Hause kommst?«

»Ja. Wenn ich fertig bin. Frag mich bitte nicht, wann das ist, denn ich habe keine Ahnung. Ich weiß nur, dass ich diese Bilder stündlich mehr hasse.« Wieder Seufzen und an der Zigarette Ziehen. »Entschuldige ... Ich habe das nur alles so satt, dass ich kotzen könnte.«

»Liebling. Das wird schon. Das ist doch vor jeder Ausstellung so, und dann weißt du plötzlich, wie du es machen musst, und das Ganze ist ein Kinderspiel.«

»Mal sehen.«

»Ich finde eine andere Lösung. Mach dir keine Gedanken.«

»Gut.«

»Ich liebe dich.«

»Wir sehen uns.«

Fabian setzte sich zu Matilda in die Küche und nahm sich seine Pizza. »Wie war die Bananenpizza?«

»Ganz okay. Du?«

»Ja?«

»Hat Mama gesagt, dass sie dich auch liebt?«

Fabian sah ihr in die Augen und überlegte, was er antworten sollte. »Nein, hat sie nicht.«

Fabian nickte und biss ein großes Stück von der längst kalten Pizza ab.

Kapitel 3

Es war nicht Fabians erster Besuch bei der Säpo, aber noch nie hatte er so viele Sicherheitssperren passiert und war so weit ins Innere des Hauses vorgedrungen, dass er schließlich die Orientierung verlor. Erst nach einigen Fahrstühlen und fensterlosen Korridoren wurden er und Herman Edelman, der ausnahmsweise auf dem gesamten Weg kein Wort von sich gegeben hatte, in einen größeren Saal mit schwacher Beleuchtung gebracht.

Kurz bevor er sich auf den Weg hatte machen müssen, war Theodor vom Hallenhockey gekommen und hatte sich nach kurzer Verhandlung bereit erklärt, sich um Matilda zu kümmern und dafür zu sorgen, dass sie ins Bett ging. Obwohl es ein gewöhnlicher Mittwoch war, hatte Fabian in Chips, Cola und einen Film im Schlafzimmer eingewilligt. Seine einzige Bedingung war, dass sie ihn nicht bei Sonja verpetzten und Matilda in der Schule kein Bild über diesen Abend malte.

»Sie müssen Herman Edelman und Fabian Risk sein.« Eine Frau trat aus der Dunkelheit hervor und gab ihnen die Hand. »Willkommen. Anders Furhage und die anderen warten schon.«

Die Frau führte sie in den Saal, und als sich Fabians Augen an die Dunkelheit gewöhnt hatten, bemerkte er einige dunkle Quader, die einen guten Meter über dem Boden zu schweben schienen. Er kannte die abhörsicheren Räume, die das Budget der Säpo angeblich um Millionen überstiegen hatten, aus Erzählungen, hatte sie aber noch nie mit eigenen Augen gesehen. Edelman dagegen zuckte nicht mit der Wimper, er war bestimmt schon hier gewesen. Er zupfte nur an seinem grauen Bart, rückte seine Nickelbrille gerade und ging weiter. So ernst und streng hatte Fabian ihn nicht erlebt, seit seine Frau vor zehn Jahren an Krebs gestorben war.

»Bitte sehr«, sagte die Frau und blieb vor einer Treppe stehen, die zu einem der kojenartigen Quader hinaufführte und vor einer mehrere Dezimeter dicken Tür endete, die vermuten ließ, dass sich die Kuben hermetisch verschließen ließen.

Die Wände des Kubus waren braun, der Boden mit dunkelrotem Teppich bedeckt. An einem ovalen Tisch saßen drei Anzugträger mit jeweils anderer Krawattenfarbe. Auf Anhieb erkannte Fabian den Generaldirektor Anders Furhage, der aufstand, um sie zu begrüßen, während sich hinter ihnen die Tür schloss.

»Wie schön, dass ihr so kurzfristig kommen konntet. Alles, was hier besprochen wird, ist absolut vertraulich, das ist hoffentlich klar. Handys also bitte gleich ausschalten und auf den Tisch legen.«

Fabian und Edelman taten, was ihnen gesagt wurde, und setzten sich.

»Gut, kommen wir direkt zur Sache.« Anders Furhage sah sie an. »Es hat sich eine, sagen wir, Situation ergeben, die sich, wenn es hart auf hart kommt, als nicht existent herausstellen könnte. Eine unbedeutende kleine Bagatelle.«

Fabian warf Edelman einen Blick zu, doch der machte ein genauso fragendes Gesicht wie er selbst.

»Melvin Stenberg, hier neben mir, ist für Personenschutz zuständig. Er kann euch mehr erzählen.« Furhage nickte dem Mann mit der blauen Krawatte zu.

»Heute um 15:24 Uhr, zirka eine Stunde nach Ende der Interpellationsdebatte im Reichstag, verließ Carl-Eric Grimås das Bürogebäude der Abgeordneten durch den westlichen Ausgang, wo ihn ein Fahrer erwartete. Laut unserem Fahrer ist Grimås nie aufgetaucht und seitdem nicht mehr gesehen worden«, sagte die blaue Krawatte, ohne eine Miene zu verziehen.

»Moment mal, wollen Sie damit sagen, der Justizminister persönlich ist verschwunden?«, fragte Edelman.

Stenberg strich seine Krawatte glatt und nickte.

»Wir haben das Gebiet rings um die Parteibüros und Rosenbad durchsucht und sowohl seine Familie als auch die Stabschefin des Ministeriums kontaktiert«, sagte der Mann mit dem grünen Schlips. »Aber momentan sind sie alle gleich ahnungslos.«

Schweigen machte sich breit. Es schien, als bräuchten alle

– die drei Krawatten eingeschlossen – Zeit, um die Tatsache zu verdauen, dass ein Minister, und noch dazu ihr höchster Vorgesetzter, spurlos verschwunden war.

»Und das bezeichnest du als Bagatelle?« Edelman schüttelte den Kopf.

»Das habe ich nicht gesagt, Herman.« Furhage lächelte. »Wir wollen uns hier nicht die Worte im Munde herumdrehen, aber wie du weißt, habe ich gesagt, dass wir zum gegenwärtigen Zeitpunkt nicht sagen können, ob ...«

»Er ist doch verschwunden, Herrgott noch mal! Wie viele Politiker müssen denn in diesem Land noch ihr Leben opfern? Ich meine, wird Grimås denn nicht rund um die Uhr geschützt?«

Furhage drehte sich zu dem blauen Schlips um, der sich räusperte. »Also, da stellt sich ja immer die Frage nach den Ressourcen und Prioritäten. Unsere Risikoeinschätzung hat ergeben, dass sich die Gefahrenlage in Grenzen hielt, solange er sich in den Reichstagsgebäuden befand.«

Aber Hauptsache, wir sitzen in einem abhörsicheren Quader, dachte Fabian, während Furhage die grüne Krawatte aufforderte, die Knöpfe an der in den Tisch integrierten Armatur zu betätigen.

An der einen Wand wurde eine Leinwand ausgerollt. »Diese Sequenz stammt aus der Überwachungskamera am betreffenden Ausgang.« Er schaltete den Projektor ein.

In dem Filmausschnitt, der kaum länger als eine Minute dauerte, war zu sehen, wie Carl-Eric Grimås mit einer Aktentasche in der linken Hand auf die doppelten Sicherheitstüren aus Glas zuging, seine Passierkarte durch das Lesegerät zog, erst die eine und dann die andere Tür aufdrückte und im Schneegestöber verschwand.

Fabian kannte seine Kleidung von Fotos aus der Zeitung. Den Wintermantel mit dem dicken schwarzen Pelzkragen und den unverwechselbaren Hut, die sich gemeinsam zum

Markenzeichen des Ministers entwickelt hatten. Unten in der linken Ecke stand die Uhrzeit, es war tatsächlich genau 15:24 Uhr.

Der Projektor ging aus, und die Leinwand verschwand lautlos in der Decke.

»Und da draußen stand eins von Ihren Autos und wartete auf ihn?« Fabian fand das Ganze nahezu unbegreiflich.

Der grüne Schlips nickte. »Der Fahrer hatte aufgrund des starken Schneefalls allerdings keine freie Sicht auf den Eingangsbereich.«

»Und wann ist er angekommen?«

»Grimås hat das westliche Reichstagsgebäude um 11:43 Uhr durch den Haupteingang betreten.« Der grüne Schlips wirkte hochzufrieden, weil er die Frage so prompt und präzise beantworten konnte.

»Um 11:38 Uhr verließ er Rosenbad und spazierte in schnellem Tempo die Strömgata entlang, aber anstatt die Riksbro zu überqueren, machte er einen Umweg über die Vasabro und den Kanslikai. Mit Personenschutz«, sagte die blaue Krawatte.

»Und wann begann die Interpellationsdebatte? Um zwölf?«

»Nein, erst um halb eins, aber Grimås ist bekannt für seine Pünktlichkeit.«

»Und der Fahrer, der ihn erwartete? Für welche Uhrzeit war der bestellt?«

»Fünfzehn Uhr.« Der blaue Schlips trank einen Schluck Wasser.

»Aber obwohl er für seine Pünktlichkeit bekannt ist, verließ er das Bürogebäude der Reichstagsabgeordneten erst um 15:24 Uhr.«

Die Krawattenträger wechselten Blicke, Anders Furhage räusperte sich.

»Lasst mich noch mal klarstellen, warum ihr überhaupt

hier seid. Es geht nicht darum, dass ihr die Ermittlungen übernehmt. Ihr seid aus einem einzigen Grund hier, und zwar, um euch zu informieren. Mit anderen Worten: Solange wir nicht wissen, ob dem Vorfall überhaupt ein Verbrechen zugrunde liegt, sind wir für die Ermittlungen zuständig.«

»Was sollte denn sonst dahinterstecken, wenn nicht ein Verbrechen?« Edelman zog an seinem grauen Bart.

»Bislang gibt es keine konkreten Hinweise darauf, und wie … Verzeihung, wie heißen Sie noch mal?« Furhage wandte sich an Fabian.

»Fabian Risk.«

»Genau. Wie Risk schon sagte, gibt es da einige offene Fragen. Und wir arbeiten unter Hochdruck daran, sie zu beantworten. Jetzt schon voreilige Schlüsse zu ziehen ist meiner Ansicht nach sinnlos, aber wir halten Sie natürlich auf dem Laufenden.«

»Ach, wirklich? Sie haben die Information seit heute Nachmittag um halb vier unter Verschluss gehalten und uns jetzt erst informiert. Und das nennen Sie auf dem Laufenden halten?«

»Ich würde es so ausdrücken: Im Moment haben wir weder eine Leiche noch eine akute Gefahrenlage. Nichts spricht für einen Terroranschlag oder Ähnliches. Demgegenüber gibt es einige, die sein Auftreten in der letzten Zeit als gestresst und unkonzentriert bezeichnet haben. Was dafür spräche, dass er aus freien Stücken untergetaucht ist und einfach seine Ruhe will.«

Edelman rümpfte die Nase. »Hast du mal darüber nachgedacht, dass eure sogenannten Gefahrenanalysen für den Arsch sind und euch jetzt nichts anderes mehr übrigbleibt, als irgendwie Zeit zu gewinnen, um die Spuren eures Scheiterns zu vertuschen?«

»Herman, ich schlage vor, dass wir ein gewisses Niveau nicht unterschreiten.« Furhage ließ Edelmans Angriff an sich abperlen. »Niemand versucht, irgendwelche Spuren zu verwischen. Sonst würden wir ja nicht hier sitzen. Im Gegenteil. Wir haben das gleiche Ziel wie ihr. Herausfinden, was passiert ist. Natürlich ist es gut möglich, dass wir bei unserer Risikoanalyse Fehler machen, aber das ändert nichts daran, dass wir für die Ermittlungen zuständig sind, bis sich herausstellt, ob tatsächlich ein Verbrechen begangen wurde. Und ich möchte betonen, dass es nicht darum geht, euch auszuschließen. Wir wollen nur den Vorteil nutzen, im Stillen zu arbeiten. Denn eins wissen wir beide, Herman. Sobald ihr eure Maschinerie in Gang setzt, steht die Sache auf jeder Titelseite, und wir beide werden von morgens bis abends nur noch Pressekonferenzen abhalten.«

»Und wenn ich mich nicht darauf einlasse?«

»Das wirst du. Und um dir unnötige Kopfschmerzen zu ersparen, habe ich die Sache mit Crimson geklärt.«

Fabian beobachtete Edelman, der mit regloser Miene schweigend dasaß. Ihm war soeben der Teppich unter den Füßen weggezogen worden, er lag am Boden. Furhage hatte ohne sein Wissen bereits den Chef der Reichskripo kontaktiert und dessen Einverständnis eingeholt, die Reichskripo aus den Ermittlungen rauszuhalten. Vermutlich saßen sie auf Crimsons Anordnung hier und ließen sich informieren. Das Ganze war nur mit einem Dolchstoß zu vergleichen.

Doch da saß er, während die Sekunden vergingen, und ließ sich nicht im Geringsten anmerken, was er dachte. Stattdessen zog er sein Zigarilloetui aus der Tasche und öffnete es mit der einen Hand, während er mit der anderen sein altes Ransonfeuerzeug hervorkramte. Bevor jemand reagieren konnte, glühte das Zigarillo zornig rot, und er füllte seine Lungen mit Rauch. Weder Furhage noch eine von den Krawatten sagten etwas dazu, und erst nach zwei weiteren langen Zügen drückte Edelman das Zigarillo in seinem Glas aus.

»Alright. Dann sind wir hier fertig, glaube ich. Ich freue

mich darauf, ständig auf dem Laufenden gehalten zu werden.«

»Selbstverständlich.« Furhage gab ihm die Hand. »Du stehst ganz oben auf meiner Liste. Das weißt du doch.«

Edelman übersah die ausgestreckte Hand und wandte sich stattdessen an Fabian, der aufstand, sein Handy einsteckte und sich schwor, niemals einen Chefposten anzunehmen.

Auf dem Weg durch das Labyrinth aus Fluren war Edelman genauso schweigsam wie bei ihrer Ankunft. Ob er befürchtete, abgehört zu werden, oder schlicht zu wütend war, um zu sprechen, war nicht zu erkennen, und daher hielt auch Fabian sich zurück, obwohl er jede Menge Fragen hatte.

Erst draußen im Schneesturm auf der Polhemsgata schlug Edelman vor, dass sie sich in Fabians Auto setzten, obwohl sie von einem Taxi erwartet wurden. Sie überquerten die Straße, stiegen ein, und Fabian ließ den Motor an, damit die Heizung lief. Edelman starrte die schneebedeckte Windschutzscheibe an.

»Ich weiß nicht, ob dir bekannt ist, dass Grimås einer meiner besten Freunde ist.«

Fabian nickte. Lange vor seiner eigenen Zeit bei der Reichskripo war Grimås Edelmans Chef gewesen. Später war er in die Politik gewechselt. Wie erfreulich die Zusammenarbeit der beiden gewesen war, hatte niemandem in der Abteilung entgehen können. Edelman ließ keine Gelegenheit aus, zu erzählen, wie er und Grimås damals Ermittlungen angegangen waren. Doch dass sie immer noch Kontakt hatten und sogar enge Freunde waren, überraschte ihn.

»Hast du eine Ahnung, was passiert sein könnte?«

Edelman schüttelte den Kopf. »Ich rechne mit dem Schlimmsten. Deshalb ist es von größter Bedeutung, dass wir so viel wie möglich erfahren, bevor die Putzkommandos von der Säpo zu viel erreichen.«

»Du glaubst also, dass sie …?«

»Ich glaube gar nichts, aber Furhage ist der Letzte, dem ich vertraue.«

»Meinst du, wir sollen Ermittlungen anstellen, obwohl Bertil Crimson …?«

»Nicht wir. Du«, unterbrach ihn Edelman. »Lass mich das unmissverständlich ausdrücken. Es gibt in der Abteilung niemanden, der auch nur annähernd das Zeug dazu hat. Und das wissen wir beide.«

»Wie können wir ermitteln, wenn Bertil Crimson ausdrücklich …?«

»Lass uns nicht Ermittlungen dazu sagen. Was mir vorschwebt, ist …« Edelman drehte sich zu Fabian um und sah ihm in die Augen. »Wenn wir die Wahrheit nicht ans Licht bringen, wer dann? Die Säpo?«

Fabian konnte nur zustimmen. Edelman hatte recht.

»Pass nur auf, dass du weit genug unterm Radar bleibst, und bis wir mehr wissen, erstattest du niemandem Bericht außer mir.« Edelman stieg aus und knallte die Tür so fest zu, dass sich der Schnee von den Scheiben löste.

Fabian entfernte den Rest mit Hilfe der Scheibenwischer und fuhr los. Er versuchte, sich auf den Verkehr zu konzentrieren, aber seine Gedanken führten ein Eigenleben, und zu begreifen, was eigentlich passiert war, nahm ihn so in Anspruch, dass er schließlich auf den Parkplatz am Norr Mälarstrand fahren, die Scheibe hinunterlassen und die kalte Nachtluft einatmen musste.

Es war nicht nur unter mysteriösen Umständen der Justizminister verschwunden. Edelman hatte ihn auserwählt, geheime Ermittlungen anzustellen. Je länger er darüber nachdachte, desto klarer wurde es ihm.

Wo er anfangen würde.

Wen er kontaktieren würde.

Kapitel 4

Malin Rehnberg wünschte sich nichts sehnlicher als ein Glas Wein. Ein vollmundiger roter Zinfandel war die Voraussetzung, um dem Tournedo-Steak auf ihrem Teller gerecht zu werden. Zu Hause in Stockholm war es ihr überhaupt nicht schwergefallen, mit Beginn der Schwangerschaft den Alkohol wegzulassen. Die Lust darauf schien ganz von selbst zu verschwinden. Die dänische Hauptstadt dagegen steigerte sie enorm. Oder lag es an Dunja Hougaard – ihrer neuen Kontaktperson von der Kripo Kopenhagen –, die offenbar kein Problem damit hatte, sich alleine eine ganze Flasche einzuverleiben?

Nach wenigen Stunden in dem zweitägigen Seminar, zu dem Ermittler aus Mordkommissionen in ganz Europa gekommen waren, um über die Grenzen hinweg zusammenzuarbeiten, hatten sie einander gefunden und auf der Stelle als jeweilige Ansprechpartnerin auserwählt. Sie verstanden sich so gut, dass Malin vorschlug, sie sollten zusammen essen gehen.

Und nun saßen sie hier im Restaurant Barock in Nyhavn, und Malin begriff allmählich, warum von allen Kindern auf der Welt die dänischen am spätesten sprechen lernten. Schon nach dem ersten Glas Wein verließ ihre Kontaktperson den sicheren Hafen der englischen Sprache und redete in einem Dänisch weiter, das mit zunehmender Alkoholaufnahme immer schwieriger zu verstehen war. Anfangs hatte sie die andere unterbrochen und nachgefragt, sobald sie ein Wort nicht verstand, war aber bald dazu übergegangen, freundlich zu nicken und sich auf den Zusammenhang zu konzentrieren.

Nun tat sie nicht einmal mehr das. Die Worte schienen zu einem dicken Brei zusammengepresst zu werden, und sie ertappte sich mehrmals dabei, an etwas ganz anderes zu denken. Zum Beispiel daran, wie eifersüchtig sie auf diese Dänin war, die so viel trinken konnte, wie sie wollte, weil sie nicht schwanger war. Ganz zu schweigen von ihrem Neid auf den Körper der anderen, der noch kein bisschen aus der Form gegangen war.

Malin selbst hasste ihren Körper und hätte, ohne mit der Wimper zu zucken, mit fast jedem anderen Menschen tauschen wollen. Fünfundzwanzig Kilo hatte sie zugenommen, und dabei hatte sie noch zwei Monate vor sich.

Zwei verfickte Scheiß-Arschloch-Monate.

Selbst wenn sie sich die größte Mühe gab, fiel ihr keine einzige Stelle an ihrem ganzen Körper ein, die nicht angeschwollen war, weh tat und zumindest gerötet und verschwitzt war. Ihr ganzes Wesen schien sich in ein einziges klebriges Minenfeld aus Krämpfen und Zipperlein verwandelt zu haben, die sich jeden Augenblick zu etwas richtig Schmerzhaftem auswachsen konnten. Allein der Bauch, den sie jeden Morgen und Abend mit einer Creme eingeschmiert hatte, die so teuer war, dass sie Anders den wahren Preis verheimlichte, und der nun trotzdem von so vielen Dehnungsstreifen bedeckt war, dass sie immer an einen Wildunfall denken musste, wenn sie an sich hinunterblickte.

»Bist du sicher, dass du nicht trotzdem ein kleines Glas Wein willst?«

Malin zuckte zusammen. »Entschuldigung? Ich weiß nicht, ob ich dich richtig verstanden habe.«

»Bisschen Wein«, versuchte Dunja Hougaard Schwedisch zu sprechen und hielt die Flasche hoch.

»Danke, schon okay. Ich habe mir geschworen, keinen Tropfen zu trinken, solange ich schwanger bin.«

»Aha. Warum?« Dunja wirkte ehrlich interessiert, und Malin überlegte, ob sie auf einem fremden Planeten gelandet war und nicht nur im Nachbarland.

»Also, es ist nicht gut für die Kinder. Alkohol geht über die Plazenta direkt in …«

»Weißt du was? Das ist typisch schwedisch.«

»Was denn?«

»Ihr habt so viele Regeln und Verbote und seid totale Hosenschisser. Ganz ehrlich. Ein kleines Glas Wein schadet doch nicht.«

Malin musste tief Luft holen, um ihren Ärger im Zaum zu halten. »Ich weiß nicht, vielleicht ist es noch nicht bis Dänemark vorgedrungen, aber die jüngere Forschung zeigt tatsächlich, dass sich das Kind nicht so gut entwickelt und ein größeres Risiko für ADHS hat, wenn die Mutter Alkohol trinkt. Im Übrigen …«

»Nein, das passt einfach nicht zusammen.« Dunja trank einen Schluck und sah Malin in die Augen. »Hier in Dänemark hat man kürzlich eine Studie mit Tausenden von Fünfjährigen durchgeführt, und da konnte man überhaupt keinen Unterschied zwischen den Kindern, deren Mütter zwei Gläser am Tag getrunken, und denen feststellen, deren Mütter ganz auf Alkohol verzichtet haben.«

»Ach, und das wundert dich? Mit diesen Untersuchungen kann man doch belegen, was man will. Der Witz an der Sache ist …«

»Weißt du, was ich glaube?« Dunja hob den Zeigefinger. »Wenn du ein kleines Glas Wein trinkst, besteht nur die Gefahr, dass die Kinder eine glückliche Mutter haben.«

Malin war sich nicht sicher, ob sie den Satz richtig verstanden hatte. »Was heißt hier glücklich? Ich bin doch glücklich.« Sie spürte, wie der Ärger die Oberhand gewann und sie regelrecht übermannte.

»Okay, Malin. Bitte verzeih mir, ich bin ein bisschen betrunken, aber ich muss es einfach sagen.«

»Dann mal los. Ich höre.« Malin merkte, dass sie plötzlich jedes Wort verstand.

Dunja sah Malin in die Augen. »Leider wirkst du nicht sehr glücklich.«

Malin wusste weder, was sie sagen, noch, wie sie reagieren sollte. Sie hätte wütend aufstehen und gehen sollen, nachdem sie ihrer neuen dänischen Freundin ins Gesicht gesagt hatte, dass sie sich diesen alkoholverherrlichenden Scheiß an den Hut stecken konnte. Dann musste sie sich eben in Stockholm eine neue Ansprechpartnerin suchen. Hätte Anders es auch nur ansatzweise gewagt, Kritik an ihr zu äußern, hätte sie ihn bedenkenlos mit der Gartenschere kastriert.

Doch aus irgendeinem Grund war sie überhaupt nicht sauer. Im Gegenteil.

»Okay ...« Sie leerte ihr Glas Mineralwasser. »Dann gib mir eben ein bisschen Wein, verdammt noch mal.« Sie hielt ihr das leere Glas hin, und Dunja schenkte es lachend voll, während sie dem Kellner ein Zeichen gab, dass er noch eine Flasche bringen sollte.

Sie hoben ihre Gläser und stießen an. Malin probierte den Wein und spürte, wie sich eine Welle der Wollust in ihrem ganzen Körper ausbreitete.

»Oh mein Gott, tut das gut.« Sie nippte noch einmal. »Aber eins hast du in den falschen Hals bekommen. Und zwar nicht nur du, sondern alle Dänen. Schweden hat nicht mehr Verbote als Dänemark. In Wahrheit ist es genau umgekehrt.« Sie trank noch einen Schluck. »Hier darf man ja zum Beispiel nicht in seinem Sommerhaus wohnen, so lange man will. Kan Jang, ein ganz normales Naturheilmittel, ist verboten, und sonntags sind sogar die Läden geschlossen. Also erzähl mir nichts von Bevormundung.«

»Ist ja gut, ich hab schon verstanden, aber ...«

»Und das Beste überhaupt. Wusstest du, dass es dänischen Bauarbeitern gesetzlich vorgeschrieben ist, unter freiem Himmel Lippenstift mit Sonnenschutzfaktor zu tragen?«

»Das ist ein Witz.«

»Nein, das ist die Wahrheit des Tages!«

Sie brachen in Gelächter aus und hoben ihre Gläser.

»Prost!«

»Nur damit du es weißt, ich bin unheimlich neidisch auf deine Schwangerschaft.«

»Neidisch? Hab ich das richtig verstanden? Wir können gerne tauschen.«

»Wieso? Ist es nicht phantastisch?«

»Phantastisch? Kannst du mir mal erzählen, was so phantastisch daran sein soll, wie eine fette Ente herumzuwatscheln und am ganzen Körper Schmerzen zu haben? Ich habe nichts dagegen, Kinder zu bekommen. Im Gegenteil. Und dass es Zwillinge sind, sehe ich als großen Vorteil an. Die Kleinkinderjahre sollte man nach Möglichkeit komprimieren, aber die Schwangerschaft ... Wenn ich ganz ehrlich sein soll, hasse ich sie von Tag zu Tag mehr.«

»Das meinst du doch nicht ernst.«

»Du hast ja selbst gesagt, dass ich nicht besonders glücklich aussehe, und woran liegt das wohl?« Malin zeigte mit der einen Hand auf ihren Bauch und griff mit der anderen nach dem Weinglas. »In den ersten Wochen habe ich mit meinem Mann Anders darüber gescherzt, ob er die Schwangerschaft, die Geburt oder das Stillen übernehmen möchte. Jetzt ist es kein Scherz mehr. Wenn er nicht bald übernimmt, wird nichts draus. Also befolge einen guten Rat und setze deinen, wenn ich das so sagen darf, wunderbaren Körper niemals dieser Tortur aus.«

»Vorläufig wird das wohl ohnehin nicht passieren.«

»Warum? Bist du Single?«

»Nein, das Problem ist, dass mein Freund und ich zu wenig poppen.«

»Poppen?« Malin führte ihren rechten Zeigefinger in einen Ring aus Daumen und Zeigefinger der anderen Hand ein.

Dunja nickte. »Wir haben auch schon darüber geredet und uns fest vorgenommen, es mindestens einmal in der Woche zu treiben, aber es hat nichts genützt.«

»Liebst du ihn?«

»Carsten? Natürlich. Im Sommer heiraten wir, und im Herbst ziehen wir nach Silkeborg.«

»Silkeborg? Liegt das nicht in Jütland? Entschuldige, aber was wollt ihr denn da?«

»Carsten übernimmt die Buchhalterfirma seines Vaters.«

»Und du? Du machst doch hier Karriere.«

»Ja, aber … Mit kleinen Kindern will ich sowieso nicht Vollzeit arbeiten.«

»Hör mir mal zu, Dunja.« Malin schenkte beide Gläser voll.

»Vielleicht solltest du ein bisschen aufpassen, dass es nicht zu viel wird.«

»Jetzt rede ich«, sagte Malin. »So was habe ich noch nie zu jemandem gesagt, und wahrscheinlich mache ich es auch nie wieder. Hör mir gut zu. Du wirst keine Kinder bekommen. Jedenfalls nicht mit Carsten oder wie er heißt.«

»Woher willst du das wissen?« Dunja stellte ihr Glas ab.

»Es gehört schon einiges dazu, wenn ein Mann einen Körper wie deinen neben sich im Bett hat und trotzdem nicht öfter ›poppen‹ will, wenn ich das mal so frank und frei sagen darf.«

»Frank?«

»Na ja … Ich glaube nicht, dass dieser Carsten dich liebt, und ich frage mich, ob du ihn überhaupt liebst.«

»Natürlich lieben wir uns. Was gibt dir eigentlich das Recht, hier einfach anzukommen und …?«

»Ich sage nur, was ich sehe.«

»Und was siehst du?«

»Ich sehe eine Frau, die … die … Das erklärt sich doch von selbst. Die ganze Geschichte mit diesem Carsten wirkt vollkommen ...« Malin verstummte. Auf einmal wurde ihr bewusst, auf wie dünnem Eis sie sich bewegte. Sie stellte ihr Glas auf den Tisch und hielt sich die Hand vor den Mund. »Oh mein Gott, entschuldige.« Es war zwar nicht das erste Mal, dass sie einfach drauflosplapperte und genau das aussprach, was sie dachte, aber sie hatte es noch nie gegenüber einer Person getan, die sie kaum kannte. »Entschuldige ... Es tut mir leid. Ich nehme alles zurück. Es war nicht meine Absicht, wie eine Dampfwalze ... Wie blöd von mir. Ich weiß nicht, was mich geritten hat.«

»Vielleicht war es ein bisschen zu viel des Guten?«

»Wahrscheinlich. Außerdem ist mit meinen Hormonen nicht zu spaßen. Die hält man sich besser vom Leib, aber mir sind da ja momentan die Hände gebunden.«

Dunja fing an zu lachen und hob ihr Glas.

Kapitel 5

Zu den Klängen von *Black Mirror* von Arcade Fire saß Fabian am Norr Mälarstrand im Auto und blickte auf den Riddarfjärd, in dem sich die unzähligen beleuchteten Fenster auf der Anhöhe des Stadtteils Södermalm im Wasser spiegelten. Der Anblick war beeindruckend schön. Ein verführerischer und gleichzeitig trügerischer Dunst lag über dem Wasser. Fast wie bei Hitze.

Un! Deux! Trois! Dis: Miroir Noir!

Dabei war es in Wirklichkeit nur noch knapp vom Gefrierpunkt entfernt.

Er stellte die Musik leiser und suchte ihre Nummer raus. Es klingelte nur zweimal.

»Hallo! Lange her.«

»Stimmt, ist fast zwei Jahre her, dass du aufgehört hast.

Tut mir leid, dass ich so spät anrufe«, sagte er, obwohl sie ganz und gar nicht müde klang.

»Keine Sorge, die Nacht ist noch jung, du kennst mich doch.«

»Wer weiß, vielleicht bist du ja zur Ruhe gekommen, hast eine Familie gegründet und stehst jetzt früh auf.«

Fabian hörte sie am anderen Ende lachen, denn dass Niva Ekenhielm eine Familie gründete, war so wahrscheinlich wie eine Besiedlung des Mondes. Sechs Jahre lang waren sie bei der Reichskripo Kollegen gewesen, wo sie als Kriminalassistentin oder Sci-Fi-Bulle ermittelt hatte, wie sie es nannten. Nicht selten blieb Niva noch, wenn alle längst zu Hause waren, und arbeitete die Nacht durch, um erst am nächsten Morgen zu gehen, wenn die Ersten wieder eintrudelten.

Fabian hatte ihr mehrmals Gesellschaft geleistet und mit ihr die Nacht in der Abteilung verbracht. Meistens steckten sie mitten in einem Fall, der ihn nachts wach hielt, aber manchmal nutzte er auch einfach die Gelegenheit, seinen Schreibtisch aufzuräumen.

Sonja reagierte jedes Mal mit heftigen Eifersuchtsattacken, die ihre Beziehung zu vergiften drohten. In gewisser Weise konnte er sie verstehen. Nivas Ausstrahlung und Aussehen waren weit überdurchschnittlich. Und sie hatte einen besonderen Stil. Anfangs dachte er, dass sie mit allen Männern so umging, aber bald merkte er, dass sie mit ihm flirtete. Obwohl er unmissverständlich signalisierte, dass er nicht interessiert war, machte sie weiterhin Andeutungen und gab sich immer weniger Mühe, ihre eigentlichen Absichten zu verschleiern.

Doch diesmal wollte er etwas von ihr.

»Was kann ich für dich tun, Fabian? Du hast dich nicht zufällig getrennt?«

»Nein, so viel Spaß werden wir leider nicht miteinander haben.« Fabian bereute sofort, was er gesagt hatte, und versuchte, die Situation mit einem Lachen zu retten. »Scherz beiseite, ich brauche deine Hilfe bei einer Sache, die aus dem Haus rausgehalten werden soll.«

»Kann das nicht bis morgen warten?«

»Möglichst nicht.«

Sein Blick blieb an der Münchenbryggeri auf der anderen Seite des Riddarfjärd hängen, und er begann, die erleuchteten Fenster zu zählen, während er Niva mit ihren hohen Absätzen auf dem Parkett auf und ab gehen hörte.

»Okay, erzähl.«

Kapitel 6

Karen Neuman fürchtete sich im Dunkeln, seit sie denken konnte. Als Kind hatte sie Angst vor Monstern gehabt, die sich unterm Bett oder hinterm Vorhang versteckten, und konnte daher nur bei Licht schlafen. Ihre Eltern hatten das als vollkommen normal für ihr Alter betrachtet und waren überzeugt gewesen, dass es sich mit der Zeit auswachsen würde. Doch stattdessen wuchs das Problem, und als Teenager litt Karen an so schweren Schlafstörungen, dass sie Schlaftabletten nehmen musste.

Nun fürchtete sie sich nicht mehr vor Monstern unter ihrem Bett, aber die Angst vor der Dunkelheit hatte sie noch immer im Griff, und ohne Schlafmittel wäre sie nicht zurechtgekommen. Dass der dänische Winter erst in den Startlöchern saß und es nun einige Wochen lang von Tag zu Tag noch dunkler werden würde, machte die Sache nicht besser.

Auch dass sie in einem alten Fachwerkhaus wohnten, war nicht besonders hilfreich, obwohl das Haus wunderschön war und eine atemberaubende Aussicht auf den Öresund bot. Zumindest sagten das alle. Karen selbst konnte den Ausblick nie wirklich genießen, denn letztendlich war nicht das Meer, sondern die Dunkelheit ihr nächster Nachbar.

Die Verhaltenstherapie und die Außenbeleuchtung, für die Aksel ein kleines Vermögen ausgegeben hatte, verringerten den Druck auf ihrer Brust zwar ein wenig, konnten ihn aber bei weitem nicht vollständig beseitigen. Immerhin hielt sie es mittlerweile alleine zu Hause aus, wenn Aksel seine Abendshow auf TV2 hatte. Allerdings musste trotz Aksels Beschwerden über die hohe Stromrechnung jede einzelne Lampe im Haus brennen.

Heute Abend war der Druck auf ihrer Brust besonders stark. Schon als sie um kurz nach neun vom Yoga nach Hause gekommen war, spürte sie, dass etwas in der Luft lag. Als Erstes hatte sie den alten Sportwagen bemerkt, der etwas abgelegen im Gammel Strandvej abgestellt war. Ein parkendes Fahrzeug an sich war nichts Ungewöhnliches, im Gegenteil. Viele Leute ließen ihr Auto genau an dieser Stelle stehen, um am Strand spazieren zu gehen, aber nicht im Winterhalbjahr. Außerdem verirrten sich üblicherweise keine Wagen mit schwedischem Kennzeichen bis nach Tibberup, auch wenn es nur wenige Kilometer nördlich von Louisiana lag.

Trotzdem stand er da.

Stunden nach Einbruch der Dunkelheit.

Genau wie mit ihrer Therapeutin abgesprochen, hatte sie gegen die Angst angekämpft und war mit ruhigen Schritten durch den Garten zum Haus gegangen, doch als die Außenlampen nicht angingen, obwohl sie vor dem Bewegungsmelder auf und ab sprang und mit den Armen ruderte, war sie rettungslos verloren, und ihr Pulsschlag verdoppelte sich. So schnell sie konnte, rannte sie zur Tür, schloss auf und löste mit zitternden Fingern den Notruf aus.

Im Haus funktionierte das Licht, das sie mit Hilfe der Fernbedienung im ganzen Haus einschaltete. Anschließend ging sie in die Küche, machte sich eine große Tasse heißes

Wasser mit frisch gepresstem Zitronensaft, einer Prise Himalayasalz und Honig, um nach dem Bikramkurs ihren Nährstoffhaushalt wieder ins Gleichgewicht zu bringen. Wahrscheinlich war nur eine Sicherung rausgesprungen, dachte sie und beruhigte sich allmählich.

Es war bestimmt nichts, wiederholte sie laut, während sie ins Wohnzimmer hinüberging, ihr Tablet vom Tisch nahm und Lisa Nilsson heraussuchte, deren Stimme aus irgendeinem Grund immer eine besänftigende Wirkung auf sie hatte. Die Musik strömte aus den in der Decke versteckten Lautsprechern, und sie musste daran denken, wie viel Anstrengung es Aksel gekostet hatte, sie von den Vorteilen von Streaming gegenüber herkömmlichen CD-Playern zu überzeugen. Nun wollte sie nicht mehr auf die Möglichkeit verzichten, die Musik mit einem Mausklick mit ins Badezimmer zu nehmen, wo sie sich ein heißes Bad einlaufen ließ.

Sie zog die Yogakleidung aus, steckte ihre Haare hoch, sank in den Jacuzzi und ließ sich von den Massagestrahlern am ganzen Körper massieren. Genussvoll schloss sie die Augen. Es war sicher nichts, sagte sie sich noch einmal und sang so schwedisch wie möglich *Himlen runt hörnet* mit.

Aksel hatte sie vorgewarnt. Vermutlich würde er heute Abend nicht nach Hause kommen. In Anbetracht seiner heutigen Gäste würde es hinterher bestimmt einiges zu trinken geben, und deshalb würde er in der Wohnung in Vesterbro übernachten und erst am nächsten Morgen zum Frühstück kommen. Ihr würde es jedoch nicht schwerfallen, sich die Zeit zu vertreiben. Nach dem Bad würde sie den Hähnchensalat vom Vortag mit Quinoa verlängern, sich vor den Fernseher setzen und sich so viele »Mad Men«-Folgen wie möglich reinziehen, obwohl Aksel von ihr erwartete, dass sie seine Sendung sah.

Doch als Lisa Nilsson ausklang, kam die Unsicherheit wieder angekrochen. Hatte sie sich verhört, oder war im Flur wirklich eine Tür geschlossen worden? Das konnte nicht Aksel sein, die Sendung hatte doch noch gar nicht angefangen. Karen brachte die Massagedüsen zum Schweigen und streckte die Hand nach dem Tablet aus, um auf Pause zu drücken, bevor das nächste Lied begann, doch ihre Hand war zu nass, und bald legte Lisa mit *Aldrig, aldrig, aldrig* wieder los.

In Karens Kopf ratterte es. Sollte sie sich im Badezimmer einschließen oder nachsehen, ob wirklich jemand im Haus war? So leise wie möglich stieg sie aus der Badewanne und trocknete sich die Hände ab, damit sie die Musik ausschalten konnte. Die Stille trat so abrupt ein, dass sie vor Schreck zusammenzuckte. Ihr Körper war gespannt wie ein Flitzebogen, und sie fühlte sich wie eine Fünfjährige.

Fünf Jahre alt und ein Monster unterm Bett.

Sie tappte auf Zehenspitzen zur Badezimmertür und horchte, hörte aber nur ihre eigenen Atemzüge. Obwohl sie sich eigentlich nicht traute, drückte sie die Klinke hinunter und öffnete die Tür einen Spalt. Das laute Knarren ging ihr förmlich durch Mark und Bein. Und sie hatte Aksel deswegen so oft bedrängt, dass sich das quietschende Scharnier zu einem Running Gag entwickelt hatte.

Vielleicht war es ja doch nur Aksel. Möglicherweise fiel die Sendung aus irgendeinem Grund aus. Sie steckte den Kopf aus der Tür und rief nach ihm. Aber es kam keine Antwort. Warum auch? Sie war ja alleine zu Hause.

Oder?

Sie unternahm noch einen Versuch, diesmal richtig laut, erntete jedoch wieder die gleiche undurchdringliche Stille. Wahrscheinlich hatte sie die Tür nur in ihrem Kopf gehört. In ihrer lebhaften Phantasie, wie ihr Vater immer gesagt hatte.

Sie schüttelte über sich selbst den Kopf und beschloss, weiterzubaden, doch kaum lag sie in der Wanne, entschied sie sich um, stieg wieder hinaus und trocknete sich ab. Als sie fertig war, cremte sie ihren ganzen Körper und vor allem die Narbe sorgfältig mit Body Butter ein und verspürte, wie immer wenn sie nackt vorm Spiegel stand, einen Anflug von schlechtem Gewissen, obwohl inzwischen zehn Jahre vergangen waren.

Außerdem schienen sich die Hautsensoren gar nicht mehr erholen zu wollen. Die Umgebung war vollkommen taub, und wenn sie mit einem Finger darüber strich, hatte sie das Gefühl, er befände sich an einer ganz anderen Stelle. Aber sie beklagte sich nicht. Alles hatte seinen Preis.

Sie zog den Bademantel über, verließ *Himlen runt hörnet* vor sich hin pfeifend das Bad und ging in die Küche. Wie immer war es im Flur eiskalt. Sie beschloss, Aksel so lange auf die Nerven zu gehen, bis er endlich auch dort eine Fußbodenheizung installieren ließ. Es war jedoch kälter als sonst. Sie hielt mitten in der Bewegung inne und warf einen Blick in Richtung der Haustür, die offenstand. Hatte sie sie nicht fest zugemacht? Sie schloss doch selbst am helllichten Tag hinter sich ab?

Andererseits war sie vollkommen verängstigt nach Hause gekommen. Zuerst das parkende Auto und dann die Außenbeleuchtung, die nicht anspringen wollte. Bestimmt hatte sie es vergessen, dachte sie und machte die Tür zu. Sicherheitshalber überprüfte sie, ob sie richtig abgeschlossen war, bevor sie in der Küche ihren Salatteller anrichtete und eine Flasche Wasser mit Kohlensäure anreicherte. Sie stellte alles auf ein Tablett und wollte gerade ins Wohnzimmer gehen, als die Stille vom schrillen Telefonklingeln durchbrochen wurde.

Sie stellte das Tablett ab und starrte das Telefon an, als könnte sie es mit Hilfe ihrer mentalen Kraft zum Schweigen bringen, aber es schrillte hartnäckig weiter, als wollte es überhaupt nicht mehr damit aufhören.

Schließlich fasste sie sich ein Herz und nahm ab. »Ja, hallo?«

»Warum gehst du nicht dran?«

»Aksel? Bist du das?«

»Was denkst du denn? Ich habe schon tausendmal versucht, dich auf dem Handy zu erreichen, aber ...«

»Handy?« Erst jetzt merkte sie, dass sie es verlegt haben musste.

»Ich wollte nur wissen, ob alles in Ordnung ist, und ob du einverstanden bist, wenn ich über Nacht in der Stadt bleibe.«

»Muss das wirklich sein?«

»Ach, Liebling ... Ich habe dir gesagt, dass es vermutlich so kommt. Du weißt doch, wie das ist. Einige Gäste erwarten geradezu, dass wir hinterher noch ausgehen, und Caspar gehört auch dazu.«

Wieder hatte sie das Gefühl, im Flur ein Geräusch zu hören, aber diesmal war es nicht die offenstehende Tür, die gegen den Rahmen schlug, sondern etwas ganz anderes. Ein Rollen. Oder heulte draußen der Wind?

»Entschuldige, ich habe dich nicht verstanden. Was hast du gesagt?«

»Nichts Wichtiges. Geh einfach ins Bett. Morgen früh bringe ich frisches Brot mit.«

»Nein. Ich will, dass du nach Hause kommst. Kannst du nicht gleich losfahren?«

»Jetzt? Wie soll das gehen? Die Sendung beginnt in acht Minuten.«

»Ich weiß, aber ... Hier ist wirklich irgendetwas ... oder irgendjemand. Keine Ahnung. Kannst du nicht schnell nach Hause kommen? Bitte!«

»Liebling, wie oft hatten wir das jetzt schon. Natürlich ist die Dunkelheit nicht schön. Das geht uns allen so, aber es gibt keine Monster unter dem Bett, das schwöre ich dir. Es hat sie nie gegeben, und es wird sie nie geben. Okay? Liebling ... schalt den Fernseher ein, dann hast du fast das Gefühl, ich wäre zu Hause.«

»Na gut.«

»Ich muss jetzt aufhören, Liebste. Bis morgen.«

Es klickte in der Leitung, und Karen legte das Telefon seufzend weg, ging in den Flur und sah sich um. Doch sie bemerkte nichts. Bis sie den Blick senkte. Von der Haustür durch den gesamten Eingangsbereich, um die Ecke und weiter den Flur entlang war eine durchsichtige Schutzfolie ausgelegt.

»Hallo?«, rief sie, ohne eine Antwort zu erhalten, und folgte der Plastikfolie um die Ecke und durch den Korridor. »Pardon?! Hallo?!«

Abgesehen von der Folie, die unter ihren Füßen raschelte, stieß sie nur auf kompakte Stille. Es erstaunte sie selbst, dass sie nicht in die entgegengesetzte Richtung rannte, aber irgendetwas in ihrem Inneren hatte es satt, immer diese Angst mit sich herumzuschleppen und vor allem zu fliehen, was ansatzweise unheimlich war. Sie empfand fast mehr Wut als Angst. Egal, was dies für ein Monster war, sie würde ihm in die Augen sehen.

»Gehen Sie Ihrer Angst nicht aus dem Weg«, hatte der Therapeut gesagt. »Schauen Sie ihr in die Augen!«

Die Plastikfolie führte ins Schlafzimmer. Dort blickte sie sich um, wurde dadurch aber nicht klüger. Das Ende der Folie lag auf dem Bett.

»Hallo, ist hier jemand? Wenn ja, dann komm raus! Zeig dich, wenn du dich traust! Guck mir in die Augen!« Mit weichen Knien wartete sie ab.

»Das habe ich mir gedacht. Wenn es hart auf hart kommt, ziehst du den Schwanz ein!«

Sie ließ ihren Blick durch den Raum schweifen, konnte aber nichts entdecken. Außer der Schutzfolie unter ihren Füßen und auf dem Bett. Hören dagegen konnte sie schon. Schräg hinter ihr zischte es, und als sie sich umdrehte und das Geräusch zu lokalisieren versuchte, bemerkte sie den weißen Rauch, der aus dem Kleiderschrank drang. Sie kam gar nicht auf den Gedanken zu fliehen. Stattdessen ging sie auf den Schrank zu. Als bliebe ihr nichts anderes übrig, als herauszufinden, was das war.

In dem Moment, als die Tür aufging, begriff sie, dass sie die ganze Zeit recht gehabt hatte.

All ihre Sinneswahrnehmungen. Ihre Intuition. Die Nervosität und die schlimmsten Befürchtungen.

Es hatte alles gestimmt.

Dem Schrank entstieg eine Gestalt in derber, dunkler Kleidung und Stiefeln, das Gesicht hinter einer Gasmaske verborgen.

»Wer bist du, und was machst du hier?« Karen brach in Tränen aus, die Beine gaben unter ihr nach. »Antworte doch. Bitte ... Was willst du? Warum bist du hier?«

Doch Karen bekam von dem Besucher keine Antwort.

Außer dem Keuchen aus der Gasmaske.

Karen würde nie wieder Angst haben müssen.

Kapitel 7

Fabian Risk hielt das Lenkrad mit beiden Händen fest, während er durch den zunehmenden Schneesturm aus Stockholm hinausfuhr und das unangenehme Gefühl abzuschütteln versuchte, dass er direkt auf etwas zusteuerte, dessen Tragweite er nicht ansatzweise ermessen konnte. Dass er den Auftrag eigentlich an jemand anderen aus der Abteilung übergeben und nach Hause zu seinen Kindern fahren sollte.

Doch dies war kein Auftrag, den man einfach weitergab. Edelman hatte ihn beauftragt, und er kannte sich selbst gut genug, um zu wissen, dass es eigentlich keine Rolle spielte, wie viele Warnleuchten blinkten. Der Justizminister war seit dem Nachmittag spurlos verschwunden, und genau wie Edelman gab er nichts auf die von der Säpo geäußerte Hoffnung, der Minister sei aus freien Stücken verschwunden und würde bald wieder auftauchen.

Es war definitiv etwas passiert.

Mit dem Headset im Ohr rief er zu Hause an, hörte aber nur seine eigene Stimme, die ihn aufforderte, nach dem Ton etwas zu sagen. Er sprach Matilda und Theodor aufs Band, dass er später als gedacht nach Hause kommen würde und sie einfach ins Bett gehen sollten. Was sie mit Sicherheit längst getan hatten. Es war ja schon nach Mitternacht, dachte er und legte *The Pearl* von Harold Budd und Brian Eno ein.

The Pearl war zwar bei weitem nicht sein Lieblingsalbum, aber eine seiner ersten CDs, und hatte aus irgendeinem Grund – wie fast alles, wo Eno seine Finger im Spiel gehabt hatte – immer einen selbstverständlichen Platz in seiner Musiksammlung gehabt und gefiel ihm heute noch besser als je zuvor.

Er überquerte die Drottningsholmsbro zu stimmungsvollen Pianotönen, die das Unwetter draußen in ein pittoreskes Schneegestöber verwandelten. Wenn es nicht bald aufhörte zu schneien, war es fraglich, ob er überhaupt nach Hause kam.

Er fuhr auf dem Ekerövägbis zum Rörbyväg, wo er links abbog und nach etwa fünfzig Metern vor einem herrenhausartigen Gebäude anhielt, vor dem eine ganze Reihe von Autos stand. Eins davon ließ das Fernlicht aufblinken – ein roter Mazda RX-8. Er parkte seinen Wagen, rannte durch das Schneetreiben und saß kaum auf dem Beifahrersitz, als Niva schon den ersten Gang einlegte und auf die Straße schlitterte.

»Verficktes Piss-Kack-Wetter.« Sie beschleunigte, als gäbe es kein Morgen. »Hallo übrigens.«

»Hallo. Schickes Autos.«

»Bei diesem Wetter kommt es mir eher wie Bambi auf dem Eis vor. Dein Wagen wäre vermutlich viel besser geeignet, aber ich wollte keine unnötige Aufmerksamkeit erregen.«

»Hast du wirklich nichts dagegen?«

»Hä? Warum wäre ich sonst hier und nicht in der schönen warmen Spy Bar?«

»Um mich zu sehen natürlich.« Fabian grinste.

Niva musste lachen, bog rechts ab und blieb vor einem geschlossenen Tor mit einem Schild stehen.

RADIOANSTALT DER VERTEIDIGUNG

»Du bist witzig.« Nachdem sie auf eine kleine Fernbedienung gedrückt hatte, öffnete sich das Tor. »Aber da ich heute Abend zufällig schon verabredet bin, haben wir nicht die ganze Nacht Zeit.« Bevor Fabian sich eine Antwort überlegen konnte, hatte sie den Wagen auf dem Parkplatz abgestellt und war ausgestiegen.

Sie eilten durch den Schnee auf den Eingang eines der unscheinbaren Gebäude zu. Erst jetzt bemerkte Fabian die gestylten Haare, die hohen Absätze und den kurzen Rock. Niva hatte tatsächlich noch etwas vor, wenn sie fertig waren. Er selbst konnte sich nicht erinnern, wann er zuletzt ausgegangen war. Vor allem nicht mitten in der Woche.

Niva zog ihre Passierkarte durch das Lesegerät, tippte einen Code ein und drückte die Tür auf. Fabian deutete auf das Schild »IT-Abteilung« auf der Tür direkt vor ihnen.

»Sitzt du nicht mehr in der technischen Entwicklung?«

»Doch.« Niva eilte eine Treppe hinunter. »Aber im Moment ziehe ich diesen Weg vor.«

Trotz Nivas hohen Absätzen kam Fabian kaum mit. Verblüfft nahm er zur Kenntnis, dass das von außen sichtbare Gebäude nur die Spitze des Eisbergs darstellte. Nachdem sie mehrere Stockwerke hinuntergestiegen waren, las Niva erneut ihre Passierkarte ein, öffnete eine dicke Eisentür und verschwand im Dunkel auf der anderen Seite. Fabian musste blind dem Klackern ihrer Absätze auf dem Beton folgen, bis die Leuchtstoffröhren an der Decke losflimmerten und einen über hundert Meter langen unterirdischen Gang offenbarten. Eine weitere Eisentür und einen Fahrstuhl später waren sie in der »Abteilung für technische Entwicklung« angekommen.

Es war die mit Abstand bekannteste Abteilung der Radioanstalt der Verteidigung, aber auch diejenige, über die man am wenigsten wusste. Im Unterschied zu allen anderen Abteilungen der FRA benötigte sie keine richterlichen Beschlüsse und konnte im Großen und Ganzen abhören, was und wen sie wollte, solange es der technischen Entwicklung diente.

»Okay. Der Justizminister, sagtest du.« Niva hatte sich bereits an einem der Schreibtische in dem fensterlosen Raum niedergelassen und schaltete die Bildschirme ein, die einen Großteil der Wand einnahmen. »Du hast nicht zufällig seine Handynummer?«

»Sind wir nicht deswegen hier?« Fabian zog sich einen Stuhl heran.

Sie zuckte die Achseln. »Du hast mich angerufen, nicht umgekehrt.« Sie gab einige Befehle ein und klickte sich immer tiefer in verschiedene Server hinein, als plötzlich ihr Handy aufleuchtete. »Hallo ... Sorry, aber ich muss gerade einem alten Freund bei einer Sache helfen und komme etwas später ... Unbedingt ... Ja, versprochen ... Okay ... Tschüs.« Sie legte das Handy weg und schrieb »Carl-Eric Grimås« in das blinkende Suchfeld.

»War das deine Verabredung?«

»Hm ...«

»Ist er sauer?«

»Wer sagt, dass es ein Er ist?«

»Ui, Entschuldigung. Ich …«

Das Lächeln, das Niva ihm zuwarf, ließ offen, ob sie ihn auf den Arm genommen hatte. Was ihr ähnlich gesehen hätte, dachte er und nickte in Richtung Bildschirm, auf dem nun eine ganze Reihe von Namen stand. »Wo bist du denn jetzt?«

»Bei der Säpo und deren Abteilung für Personenschutz.« Niva markierte die geschützte Handynummer des Ministers und zog sie in ein Suchfeld auf dem Bildschirm nebenan. Anschließend klickte sie auf »Position orten«, und eine kleine Animation signalisierte, dass die Handyortung in Gang war. Auf einem weiteren Monitor wurde ein Stadtplan immer näher herangezoomt, und einige Minuten später blinkte ein Punkt im Wasser vor dem Kanslikai.

»Wurde es dort zuletzt erfasst?«

Niva nickte. »Heute um 15:26 Uhr.«

Zwei Minuten, nachdem er das Bürogebäude der Abgeordneten verlassen hatte. Das bedeutete, dass er entweder direkt dorthin gegangen war, um das Handy loszuwerden, oder selbst hineingesprungen war. Doch warum hätte er das tun sollen? Es gab eindeutig bequemere Arten, sich das Leben zu nehmen, als am helllichten Tag in eiskaltes Wasser zu springen. Oder war er unterwegs jemandem begegnet?

»Kann man erkennen, ob er um die Zeit telefoniert hat?«

Niva nickte. Kurz darauf erschien auf den Bildschirmen eine graphische Darstellung der Telefonverbindungen bis 15:26 Uhr. »Am Vormittag, als er noch in Rosenbad war, hat er ein paarmal telefoniert.«

»Siehst du, mit wem?«

»Ja, aber kein Name sticht heraus. Oder doch. Um kurz vor neun hat er kurz mit Herman Edelman geredet.«

»Edelman?«, wiederholte Fabian verwundert, weil Herman das ihm gegenüber nicht erwähnt hatte. »Noch jemand?«

»Ja. Dreizehn Minuten später hat er die israelische Botschaft angerufen, aber aufgelegt, bevor jemand ans Telefon ging, und gegen halb zehn hat er mit Melvin Stenberg vom Personenschutz der Säpo gesprochen.«

»Ach, genau, er wollte ja zu Fuß zum Reichstag. Wahrscheinlich ging es darum.«

»Hier sind noch ein paar Telefonate mit anderen Ministern und eins mit der Stabschefin des Ministeriums. Nichts, was mein Blut in Wallung bringt.«

»Sind diese Gespräche irgendwo aufgezeichnet?«

Niva lachte auf. »Du hast zu viel Orwell gelesen.«

»Kann sein, aber wir reden hier vom Justizminister, und dessen Handy dürfte doch für euch von höchstem Interesse sein.«

»Absolut, aber auch wir haben unsere Grenzen. Dafür kann ich dir eine Liste aller Gesprächspartner und Uhrzeiten ausdrucken. Sind wir dann fertig?«

»Fertig?« Fabian studierte die graphische Darstellung der Telefonate.

»Ja. Was würde Sonja dazu sagen, wenn wir hier eingeschneit werden?« Niva stand auf und ging zu einem brummenden Drucker hinüber. »Heißt deine Frau nicht so?«

»Doch, aber ...« Fabian merkte, dass er ihr beinahe in die Falle gegangen wäre. Obwohl eine Verabredung auf sie wartete, spielte sie mit ihm. Offenbar hatte sie einen Riecher für Ehekrisen und streckte bereits ihre Krallen nach ihm aus.

»Aber was?« Lächelnd kam sie auf ihn zu.

»Was ist das da?« Fabian drehte sich zum Bildschirm um und zeigte auf zwei Zeitangaben neben der Graphik. »Diese Anrufe fanden doch nach 15:26 Uhr statt.«

»Ja, aber sie wurden nicht angenommen.«

»Es hat also jemand versucht, ihn anzurufen, als das Handy schon im Wasser lag ... Kann man sehen, wer?«

Niva sah seufzend auf die Uhr. Ihr Lächeln hatte sich verflüchtigt.

»Meinetwegen. Das wird dich etwas kosten. Nur damit du es weißt.« Sie warf ihm einen vielsagenden Blick zu, setzte sich auf den Bürostuhl und legte die Finger auf die Tastatur. »Der erste Anrufer um 15:28 Uhr hat leider eine anonyme Telefonnummer.«

»Mehr bekommst du nicht raus?«

»Doch, aber nicht auf die Schnelle.«

»Okay, und der andere? Um 15:35 Uhr?«

»Die Nummer gehört einem ... Sten Gustavsson, und der ...« Nivas Finger tanzten über die Tastatur, als hätten sie nie etwas anderes gemacht. Fabian stellte fest, dass er immer noch beeindruckt war, wenn Leute tippen konnten, ohne den Blick vom Bildschirm abzuwenden. »Arbeitet als Fahrer in Rosenbad.«

»Ja, genau ... Wahrscheinlich hat er im Auto gewartet und sich gefragt, wo Grimås abblieb«, sagte Fabian. »Und was bedeutet eigentlich das?« Er zeigte auf eine Markierung und einige Ziffern neben der Graphik.

»An der Zeitangabe kann man erkennen, wie lange die Verbindung bestand. Sten Gustavsson hat wahrscheinlich sofort aufgelegt, als die Mailbox ansprang.«

»Der anonyme Anrufer also nicht.« Fabian sah sich die Graphik genauer an. »24 Sekunden. Das reicht dicke, um eine Nachricht zu hinterlassen. Oder was meinst du?« Er drehte sich zu Niva um, die wortlos mit den Schultern zuckte. Fabian gab sich jedoch nicht so schnell geschlagen, sondern fixierte sie, bis das Schweigen selbst ihr zu ungemütlich wurde.

»Okay.« Niva schüttelte den Kopf. »Aber dann ist Schluss.«

»Klar.« Fabian nahm die ausgedruckte Verbindungsliste an sich, während Niva weiterarbeitete. Einige Minuten später konnte sie die Nachricht abspielen.

»Carl-Eric Grimås kann Ihren Anruf momentan nicht

entgegennehmen. Hinterlassen Sie gerne eine Nachricht oder schicken Sie nach Möglichkeit eine E-Mail.«

»Hallo, ich bin's ...«, ertönte eine Frauenstimme. »Ich weiß, dass ich auf dieser Nummer eigentlich nicht anrufen darf, aber ich habe es auf der anderen schon mehrmals versucht, und du gehst ja nicht dran. Auch wenn du es nicht glaubst, ich habe auch ein Leben. Nicht nur du. Das ist so gemein ...« Es klickte.

Niva sah Fabian an. »Hast du dasselbe gehört wie ich?«

Fabian nickte.

Grimås besaß noch ein Handy.

Kapitel 8

Der immer kräftigere Schneefall schreckte Dunja Hougaard nicht, während sie durch die Gothersgade im Zentrum Kopenhagens strampelte, aber als sie daran dachte, wie Carsten vor drei Jahren nach einer feuchtfröhlichen Nacht nach Hause geradelt war, beschloss sie, lieber abzusteigen und das Rad zu schieben.

Eine winzige Fehleinschätzung des Abstands zur Bordsteinkante im HC Ørsteds Vej, und er war mit dem Gesicht auf dem Asphalt gelandet. Anstatt liegen zu bleiben und auf Hilfe zu warten, war er weitergefahren, als ob nichts gewesen wäre. Erst am nächsten Morgen fiel ihm auf, dass er sich mehrere Zähne ausgeschlagen hatte und Teile seines Gesichts aussahen, als wären sie durch den Fleischwolf gedreht worden. Seitdem rührte er keinen Alkohol mehr an.

Was man von ihr nicht behaupten konnte. Und von ihrer neuen Ansprechpartnerin Malin Rehnberg auch nicht direkt. Der Abend war unerwartet lang geworden, und wenn sie ehrlich war, hatte sie schon lange nicht mehr so viel gelacht.

Anfangs hatte sich die schwedische Polizistin genauso korrekt und langweilig gegeben wie die meisten Schweden, die sie kannte, doch nach ein bisschen Wein war sie wie ausgewechselt gewesen und hatte jede Menge Humor und eine unkomplizierte Direktheit offenbart. Dunja konnte sich mühelos vorstellen, dass sie sich in Zukunft öfter sehen und in ein paar Jahren sogar richtig gute Freundinnen werden würden.

Trotzdem regte sich etwas in ihrem Hinterkopf und ließ ihr keine Ruhe. Im Grunde wusste sie genau, was es war. Allerdings wurde es dadurch nicht einfacher. Malin hatte gnadenlos behauptet, Carsten würde sie nicht lieben. Das mochte daran liegen, dass sie sich zum ersten Mal seit einem halben Jahr ein Glas Wein gestattet hatte.

Das Problem war nur, dass es ihr nicht mehr aus dem Kopf ging, obwohl sie sich hundertprozentig sicher war, dass Carsten und sie füreinander geschaffen waren. Klar hatten sie ihre Schwierigkeiten. Wer hatte die nicht? Und wie oft gingen die Leute überhaupt miteinander ins Bett? Wenn sie ganz ehrlich waren? Nein, Carsten und sie gehörten zusammen, daran hatte sie nie gezweifelt.

Jetzt wusste sie nicht, was sie glauben sollte. Allein die Vorstellung, es bestünde auch nur die verschwindend kleine Möglichkeit, Malin könnte recht haben, überforderte sie. Vielleicht weil sie immer noch betrunken war, überlegte sie, während sie den Bahnhofsvorplatz Nørreport überquerte, wo der Schneesturm sie mit nassen Flocken bombardierte. Als sie die Wohnung in der Blågårdsgade betrat, sah sie aus wie der Yeti in *Tim in Tibet*. Wie üblich war sie zu dünn angezogen gewesen. Hoffentlich hatte sie sich nicht wieder eine Blasenentzündung zugezogen.

Im Wohnzimmer brannte Licht, und Carsten hatte eine seiner Lieblingsplatten aufgelegt. Irgendein klassisches Stück, dessen Name ihr nie einfiel, obwohl sie es schon tausendmal gehört hatte. Das hieß, dass er noch arbeitete.

Normalerweise wäre sie zu ihm gegangen und hätte Hallo gesagt, um ihn dann zu fragen, ob es noch Tee gebe oder ob sie eine Kanne machen sollte. Aber nicht heute Abend. Nein, dieser Abend würde vollkommen anders verlaufen, sie würde dieser schwangeren Schwedin beweisen, wie verliebt sie und Carsten ineinander waren.

Deshalb schlich sie sich möglichst lautlos ins Badezimmer und machte die Tür zu, ohne sie abzuschließen, weil das knirschende alte Schloss sie verraten hätte. Sie setzte sich in die Badewanne und drehte den Hahn auf. Nachdem sie sich eingeseift und gewaschen hatte, griff sie zu Schaum und Rasierer und trimmte ihre Bikinizone.

Sie hatte gelesen, die meisten Männer bevorzugten glatte Haut, und hatte auch schon mehrmals mit dem Gedanken gespielt, bisher aber keinen radikalen Schritt gewagt. Jetzt oder nie, sagte sie sich. Nachdem sie komplett rasiert war, stellte sie sich auf die Badematte vor dem Spiegel und cremte ihren Körper mit der nach Oliven duftenden Lotion ein, die Carsten ihr von seiner letzten Stockholmreise mitgebracht hatte.

Ob es an der Wärme im Bad, ihren Gedanken oder den aufmerksamen Händen auf ihrer Haut lag, wusste sie nicht, aber voller Lust war sie auf jeden Fall, als sie in ihren Kimono schlüpfte und ins Wohnzimmer ging, wo Carsten wie gebannt vor seinem Computer saß.

Da er sie noch immer nicht bemerkt hatte, nutzte sie die Gelegenheit, um ihn in Ruhe zu mustern. Er sah gut aus, das hatte er immer getan. Und obwohl er nie ein Fitnessstudio betrat, wirkte er durchtrainiert. Nur der Oberlippenbart, auf dem er seit einigen Monaten bestand, missfiel ihr. Er passte überhaupt nicht zu ihm, und sie war sich sicher, dass er ihn im Grunde nur trug, um sie zu ärgern.

»Hallo, Liebling.« Sie ging zu ihm.

»Hallo. Schon zu Hause?« Carsten ließ die Börsenkurse nicht aus den Augen.

»Hm ... Weißt du, was ich gemacht habe?«

»Wolltest du nicht mit dieser schwedischen Polizistin essen gehen? Wo wart ihr?«

»Nicht das. Ich meine, nachdem ich nach Hause gekommen bin.« Sie wartete seine Reaktion ab. Aber Carsten war vollkommen absorbiert von den endlosen Tabellen. »Ich war in der Badewanne und bin noch ganz warm und sauber.« Sie massierte seine Schultern. »Deshalb dachte ich, wir könnten vielleicht ... Bevor wir zu müde sind.«

»Es gibt noch Tee, falls du einen möchtest.« Carsten nickte in Richtung Küche.

»Nein, schon okay.« Sie überlegte, wie sie weiter vorgehen sollte. Sie konnte ja nicht bis in alle Ewigkeit so dastehen und ihn massieren. »Hast du noch viel zu tun?«

»Tokio öffnet bald, und ich bin immer noch nicht fertig mit den Zahlen von der Fed.«

Dunja hatte bereits die Lust verloren und wollte sich eigentlich nur noch mit einem Becher heißem Tee im Bett verkriechen und Jussi Adler-Olsens *Schändung* weiterlesen. Da sie sich aber geschworen hatte, alles zu versuchen, beschloss sie, einen halsbrecherischen Sprung in die Tiefe zu wagen, und hoffte, dass Carsten sie auffangen würde.

»Super. Dann könnten wir uns ja nebenbei ein bisschen miteinander vergnügen?« Sie öffnete seine beiden obersten Hemdknöpfe und knetete seine Brust.

Carsten drehte sich mit dem Bürostuhl um. »Was machst du da?«

»Wonach sieht es denn aus?« Ihre Hände wanderten nach unten und lösten seinen Gürtel.

»Nicht jetzt, bitte ...« Er schob ihre Hände weg. »Ich habe abartig viel zu tun und bin ungeduscht.«

»Egal.« Jetzt springe ich, dachte sie, und ließ den Bademantel fallen.

Carsten sah sie an. Oder besser gesagt, er glotzte sie an.

Sie kam sich vor wie ein Akt von Helmut Newton, war sich aber nicht sicher, ob das gut oder schlecht war. Carsten schien nicht zu wissen, was er sagen sollte. Schließlich blickte er auf und sah ihr in die Augen.

»Du weißt, dass die Gefahr einer Harnwegsinfektion dadurch erheblich steigt?«

Dunja wünschte sich nur noch weg, wollte das Ganze ungeschehen machen und für immer ausradieren. Doch da die Beine ihr nicht gehorchen wollten, blieb sie nackter als je zuvor stehen und sah aus wie eine Frau, die ihre Unschuld zurückverlangte. Erst als sie in Tränen ausgebrochen war, konnte sie ihren Bademantel aufheben und weglaufen.

»Verzeih mir, Liebling. Es war nicht meine Absicht …« Carsten kam ihr hinterher und blieb vor der Badezimmertür stehen, die sie gerade noch abschließen konnte, bevor er die Klinke hinunterdrückte. »Du … Ich habe es doch nur fürsorglich gemeint. Du weißt, dass ich dich unheimlich hübsch finde, aber …«

»Carsten, es ist alles in Ordnung.« Dunja trocknete ihr Gesicht ab. »Ich bin sowieso wahnsinnig müde.« Sie zog ihr Nachthemd mit dem roten Herz an und setzte sich auf den Klodeckel.

»Nur dass du es weißt, ich liebe dich.«

»Ich dich auch«, sagte sie, musste aber unaufhörlich daran denken, wie recht diese schwangere Schwedin gehabt hatte.

Kapitel 9

Hatte er richtig gesehen, oder war es eine Täuschung gewesen?

Aksel Neuman umklammerte das Lenkrad so fest, wie er konnte, und warf noch einen Blick in den Rückspiegel.

Scheiße. Er hatte sich nicht geirrt. Das Polizeiauto lag nur zwanzig Meter hinter ihm. Und er hatte bereits drei Bier und einen halben Gin Tonic intus, als er plötzlich den Entschluss fasste, doch nicht in der Stadt zu übernachten, sondern Karen zu überraschen und mit dem Auto nach Tibberup zu fahren. In dem Moment war ihm die Eingebung vollkommen logisch erschienen. Sie war außer sich vor Angst gewesen, und er brachte es nicht übers Herz, sie alleine zu lassen. Mit seinem neuen BMW X3 mit dem intelligenten Allradantrieb war er spätestens in einer halben Stunde zu Hause.

Jetzt erschien ihm der Gedanke nicht mehr so naheliegend. Warum er nicht lieber in der Wohnung in Vesterbro übernachtet hatte, konnte er beim besten Willen nicht verstehen. Karens Anfälle von Angst vor der Dunkelheit waren mittlerweile eher die Regel als eine Ausnahme, und wenn es so weiterging, konnte er keine Abendshows mehr machen.

Er blickte erneut in den Rückspiegel und stellte fest, dass das Polizeiauto ihn immer noch aus einer gewissen Entfernung beobachtete. Wenn sie ihn jetzt anhielten, hatte er keine Chance, und ein Skandal war nicht zu umgehen. Er sah bereits die Überschriften vor sich. *Bekannter Moderator sternhagelvoll – die Nacht endete in einer Ausnüchterungszelle.* Seinen Namen würden sie vorerst nicht bekanntgeben, um Neugier zu wecken und die Gerüchteküche anzuheizen. Erst nach einigen Tagen würden sie die Bombe platzen lassen, nicht ohne sie mit so pikanten Details zu würzen, wie dass er sich in die Hose gemacht hatte und nicht allein aus dem Auto steigen konnte.

Wieso war er nur so bescheuert gewesen? Er hatte sich beim letzten Mal geschworen, es würde nie wieder passieren. In gewisser Hinsicht verdiente er es, erwischt zu werden und den Lappen abgeben zu müssen und die ganze Scheiße. Wahrscheinlich brauchte er genau das. Nur nicht jetzt.

Er durfte auch nicht zu langsam fahren. Das war zweifellos der gängigste Fehler, den angetrunkene Fahrer machten. Übertrieben vorsichtig zu fahren und die Geschwindigkeitsbegrenzung weit zu unterschreiten, um einen Unfall zu vermeiden, war die sicherste Methode, die Polizei auf sich aufmerksam zu machen. Man musste sich stattdessen an das halten, was auf den Schildern stand, oder sogar etwas schneller fahren. Die Schwierigkeit bestand darin, gleichzeitig die Spur zu halten. Verfluchte Scheiße ... er war immer noch besoffen. Fast noch besoffener als zu Beginn der Fahrt. Scheiße, Scheiße, Scheiße! Er öffnete das Fenster, atmete die eiskalte Luft und versuchte, sich auf die Markierungen zu konzentrieren.

Ganz ruhig jetzt. Es war nicht mehr weit. In weniger als einem Kilometer war er in Louisiana, wo er hinter der Kirche nur noch in Richtung Wasser abbiegen musste. Wenn er nach hundert Metern den Gammel Strandvej erreicht hatte, war er mehr oder weniger zu Hause.

Wie in einem schlechten Film ging das Blaulicht an und leuchtete direkt in seinen Wagen. Verdammt ... kurz vorm Ziel kam er ins Stolpern. Er versuchte, im Rückspiegel zu erkennen, wie nah das Polizeiauto war, wurde aber vom Blaulicht geblendet. Ihm blieb gar nichts anderes übrig, als anzuhalten und sich irgendwie herauszureden. Etwas, das ihm an und für sich lag. Aus der Idee wurde jedoch nichts, weil die Polizei an ihm vorüberraste und in der Dunkelheit verschwand.

»Yes!« Aksel trommelte auf das Lenkrad und stimmte ein Freudengeheul an. Er war mit letzter Not davongekommen und schwor sich hoch und heilig, dass dies das letzte Mal gewesen war. Aber wirklich.

Nach der Kirche in Humlebæk bremste er und bog rechts ab in den Gammel Strandvej. Bald konnte er das Haus sehen, und sein Puls begriff auch allmählich, dass die Gefahr vorüber war. Er kam an einem silbernen Porsche vorbei, der am Straßenrand parkte, fuhr fünfzig Meter später in die Einfahrt und stellte sein Auto neben dem von Karen ab.

Merkwürdigerweise gingen die Scheinwerfer am Haus nicht an, und als er aus dem Auto stieg, merkte er, dass die gesamte Außenbeleuchtung auf dem Grundstück aus war. Wenn Karen zu Hause etwas brauchte, dann war es Licht.

Er ging auf dem gepflasterten Weg durch den verschneiten Garten und musste sich an der Fassade abstützen, während er mit Mühe den Schlüssel ins Schloss steckte. Umdrehen konnte er ihn nicht, weil die Tür nicht abgeschlossen war. Das sah Karen gar nicht ähnlich. Erst keine Gartenbeleuchtung und jetzt die Tür. Er verstand gar nichts mehr.

Sie war zwar noch ängstlicher als sonst gewesen und hatte sogar versucht, ihn zu überreden, die Sendung abzusagen. Aber in dem Moment hatte er das nicht richtig an sich herangelassen. Dazu war er in den Minuten, bevor das rote Lämpchen aufleuchtete, gar nicht in der Lage. Er konzentrierte sich dann vollständig auf die bevorstehende Sendung.

Während er den Flur betrat, überlegte er, wie oft er Karen schon erklärt hatte, dass es nicht das Geringste mit seiner Liebe zu ihr zu tun hatte. Die Abschirmung finde in seinem Unterbewusstsein statt, und selbst wenn außerhalb des Studios die Welt unterginge, würde er es erst nach der Sendung bemerken.

Sie hatte ihm jedoch nie geglaubt, sondern jedes Mal darauf beharrt, dass er zu egozentrisch und in seinem Leben eigentlich kein Platz für sie sei. Und er hatte ein ums andere Mal versucht, sie davon zu überzeugen, dass es den sehr wohl gab. Während ihrer Krankheit habe er doch für sie gesorgt, nicht zuletzt finanziell. Was für einen Beweis verlangte sie denn noch, dachte er, während er beim Abstreifen seiner Schuhe fast das Gleichgewicht verlor.

Die Frage war, ob er überhaupt wieder nüchtern werden

würde. Im Moment hatte er das Gefühl, dass der Promillegehalt in seinem Blut immer noch stieg. Er warf einen Blick ins Wohnzimmer und stellte fest, dass Karen zumindest schon ins Bett gegangen war und sich demzufolge einigermaßen beruhigt hatte. Als er jedoch im Flur die Schlafzimmertür auf- und zugehen hörte, korrigierte er sich im Geiste, Karen sei *auf dem Weg* ins Bett. Immerhin wusste sie jetzt, dass er zu Hause war. Gut.

Um keinen Zweifel daran zu lassen, was sie erwartete, pfiff er auf dem Weg zum Badezimmer vor sich hin, ließ seine Kleidung auf den Boden fallen, stieg in die Dusche und ließ heißes Wasser auf sich niederregnen. Er stellte den sanften Sommerregen ein und stellte wieder einmal fest, wie sehr er die neue Dusche liebte, die von Monsun bis zu dichtem Nebel alles erzeugen konnte.

Nachdem er das Duschgel abgespült hatte, trocknete er sich ab, zog den Bauch ein und betrachtete seinen Körper im Spiegel von der Seite und von vorne. Jung war er zwar schon lange nicht mehr, aber er konnte sich eigentlich nicht beklagen. Er war gut in Form und absolvierte schnell dreißig Liegestütze, bevor er das Bad verließ und die Schlafzimmertür öffnete.

»Hallo? Darf man eintreten?« Er wartete ab, aber es kam keine Antwort.

Dann würden sie also dieses Spielchen spielen, dachte er und ging in die kompakte Dunkelheit hinein. Das stumme Spiel, bei dem nur die Körpersprache und die Fleischeslust zu Wort kamen. Er spürte den Alkohol immer noch und musste nach der Bettkante tasten, um sich zu orientieren, bevor er auf seiner Seite unter die Decke kroch und sich auf den Rücken legte. Nun war es an Karen, die Initiative zu ergreifen. Er tat, als würde er einschlafen.

Abgesehen von der leisen Belüftung hörte er nur seine eigenen Atemzüge. Karens nahm er fast nie wahr. Er selbst neigte dazu, die ganze Nacht zu schnarchen, was Karen in regelmäßigen Abständen dazu veranlasste, ihm mit getrennten Schlafzimmern zu drohen, falls er nicht endlich seine Schnarchschiene trug. Ein Versprechen, das er so gut wie jede Nacht brach, gestand er sich ein und schlug wie unabsichtlich im Schlaf die Decke zur Seite. Sein pulsierendes Geschlecht war nun vollkommen entblößt und zeigte bebend zum Nabel.

Doch von Karen kam keine Reaktion. Was machte sie da eigentlich? Sie grollte ihm doch nicht etwa, weil er nicht sofort die Sendung abgesagt hatte, ins Auto gestiegen und nach Hause gerast war, nur weil sie sich im Dunkeln ein bisschen fürchtete? Nein, wahrscheinlich war er nur zu ungeduldig. Er hielt sich die gewölbte Hand vor den Mund und atmete aus, konnte aber nicht erkennen, ob er nach Alkohol stank.

Nachdem eine weitere endlose Minute vergangen war, gab er sich geschlagen. Er drehte sich auf die Seite, schob seine Hand unter ihre Decke und stellte fest, dass sie auf dem Rücken lag. Er ließ seine Hand weiter nach oben wandern und streifte ihre Brustwarze. Meistens brachte sie das in Fahrt. Doch diesmal nahm er nicht die geringste Reaktion wahr. Er war zwar angetrunken, aber wenn Karen etwas nicht konnte, dann still neben ihm liegen, wenn er ihre Brüste liebkoste.

Er zog die Decke weg, beugte sich über sie und strich mit der Zungenspitze in behutsamen Kreisen um ihre Brustwarze und bis zur Spitze ihres Nippels. Da immer noch keine Reaktion kam, fragte er sich, was er falsch machte. So fing er doch immer an. Er beschloss, den Fokus auf die unteren Regionen zu verlegen, auch wenn er wusste, dass es Karen mitunter regelrecht abtörnte, wenn er zu direkt zur Sache kam. Doch was blieb ihm anderes übrig? Sie zwang ihn ja mehr oder weniger dazu.

Er schob seine Hand von der Brust über Rippen und Bauch, wo etwas Klebriges ihn instinktiv zurückschrecken ließ. Er setzte sich auf. Was in Gottes Namen war das denn, fragte er sich selbst und knipste die Nachttischlampe an.

Sein erster Gedanke war, der Anblick, der sich ihm bot, existiere in Wirklichkeit gar nicht. Es handle sich um einen bösen Traum, mit dessen Hilfe er sein schlechtes Gewissen verarbeitete, weil er sie alleine gelassen hatte. Als ihm die Wahrheit bewusst wurde, traf ihn der Schock mit solcher Wucht, dass ihm die Luft wegblieb und er das Zimmer verlassen musste, um wieder atmen zu können.

Kapitel 10

Fabian Risk schaltete das Radio aus und bog in die Bergsgata ein. In den Morgennachrichten hatte man das Verschwinden des Justizministers mit keiner Silbe erwähnt, sondern sich stattdessen einer hitzigen Debatte über die Impfung von Schwangeren und Kindern gegen Schweinegrippe und der Entführung von Adam Fischer gewidmet.

Niva würde sich hoffentlich bald melden. Auf dem Weg zurück von der Radioanstalt der Verteidigung hatte sie ihm versprochen, die geheime Handynummer des Justizministers in Erfahrung zu bringen, und gleichzeitig versucht, ihn zu überreden, noch etwas mit ihr trinken zu gehen, weil ihr Date schließlich abgesagt hatte. Das sei doch das mindeste. Doch seine Angst vor den Folgen, die er sich von einem gemeinsamen Drink im tiefsten Inneren erhoffte, ließ ihn ihr Angebot ablehnen. Er berief sich auf die Kinder, die alleine zu Hause waren. Dann eben nächstes Mal, hatte sie gesagt, und er hatte sich selbst antworten hören, er würde ihr einen ausgeben.

Fabian versenkte das Seitenfenster, hielt den kleinen Plastikschlüssel vor das Lesegerät und fuhr in die Tiefgarage der

Polizei. Seinen ursprünglichen Plan, als Erster vor Ort zu sein und einige der neuen Anhaltspunkte zu untersuchen, bevor Malin und die anderen auftauchten, konnte er schon mal vergessen. Der gesamte Morgen war ein Paradebeispiel für einen Morgen, an dem alles schiefging.

Sonja war nicht da gewesen, weil sie im Atelier übernachtet hatte. Matilda und Theodor schienen kein Auge zugetan zu haben und waren kaum aus den Betten zu kriegen. Oder besser gesagt, aus seinem Bett. Als er gegen halb eins nach Hause gekommen war, hatten sie eng aneinandergekuschelt unter seiner Decke gelegen.

Zuerst dachte Fabian, er sähe nicht recht. Matilda und Theodor spielten im Prinzip nie zusammen. Der Altersunterschied war zu groß, und ihr einziges gemeinsames Interesse bestand darin, sich gegenseitig auf die Nerven zu gehen. Sonja war der Ansicht, sie würden sich dafür als Erwachsene umso besser verstehen, aber Fabian war sich da nicht so sicher. In seinen Augen deutete vielmehr alles darauf hin, dass sie eine ähnlich nichtexistente Beziehung verbinden würde wie seinen fünf Jahre älteren Bruder und ihn.

Die Hülle von *Nightmare on Elm Street* auf dem DVD-Player erklärte jedoch die spontane Geschwisterliebe. Am nächsten Morgen hatten sie in ihre alten Rollen zurückgefunden und sich über den letzten Becher O'Boy genauso in die Haare bekommen wie über die Frage, wer sich wie lange im Badezimmer verbarrikadieren durfte.

Jetzt war es halb neun, und Malin Rehnbergs Auto stand bereits auf dem Parkplatz, obwohl sie erst heute Morgen mit dem Flugzeug aus Kopenhagen gekommen war.

»Anders ... Jetzt hör mir doch bitte mal zu, Anders«, sagte Malin in den Hörer, während sie Fabian, der gerade seine Jacke aufhängte, ein genervtes Schielen zuwarf. »Falls wir auch nur eine winzige Chance haben wollen, in diesem Jahrhundert noch irgendwann fertig zu werden, müssen wir richtige Handwerker beauftragen. Und falls es dir entgangen ist, ich bin hochschwanger ... Nein, jetzt rede ich.« Sie verstummte und leerte ihr Colaglas. »Glaubst du wirklich, ich kann das ganze Wochenende auf den Knien verbringen und das Badezimmer kacheln? Gut, dann ... Was? Nein, ich bin nicht sauer. Ich bin schwanger!«

Malin knallte den Hörer so fest auf die Gabel, dass Fabian staunte, als er nicht kaputtging. »Manchmal, aber nur manchmal schaltet ihr Männer euer Gehirn ein. Jedes zweite Schaltjahr ungefähr ...« Sie schüttelte den Kopf, schenkte ihr Glas noch einmal voll und trank die Cola in einem Zug aus. Nach einem langen Seufzer griff sie erneut zum Hörer. »Hallo, ich bin es noch mal ... Tut mir leid ... Es war nicht meine Absicht ... Ich habe einfach keinen Bock mehr zu renovieren ... Ja, ich liebe dich auch ... Küsschen ...« Sie legte auf und sah Fabian an. »Ich wollte dich gerade anrufen und nach dem Treffen gestern fragen.«

»Alles okay?« Fabian setzte sich an den anderen Schreibtisch.

Malin schien nicht zu wissen, wo sie anfangen sollte. »Was immer ihr beide macht. Versprich mir, dass du und Sonja niemals ein renovierungsbedürftiges Haus kauft. Hoch und heilig. Und mit niemals meine ich, dass ihr niemals auch nur einen Gedanken daran verschwendet. Surft nie im Leben auf Maklerseiten. Setzt nie einen Fuß in eine Einfamilienhaussiedlung, selbst wenn eure besten Freunde dorthin gezogen sind. Okay? Bleibt in der Stadt. Bleibt, wenn ihr überleben wollt, um Gottes willen in der Innenstadt.«

»Ich schwöre.« Fabian fuhr seinen Computer hoch.

»Abgesehen davon habe ich zum ersten Mal seit der Entstehung dieser beiden einen Kater.« Malin zeigte auf ihren Bauch und schenkte Cola nach. »Aber kümmere dich jetzt nicht darum, sondern erzähl von dem Treffen.«

»Kater?« Fabian überlegte, wie er auf geschickte Weise von dem Treffen ablenken sollte. »Ein Kater wie in: Ich habe mir einen hinter die Binde gekippt, obwohl ich hochschwanger mit Zwillingen bin?«

Malin sah ihn müde an. »Du weißt doch, wie Dänen sind.«

»Äh, nein, das weiß ich nicht. Erzähl. Ach ja, genau, hast du denn eine gute Ansprechpartnerin gefunden?«

»Ja, und sie war total nett, aber ich möchte betonen, dass ich nicht mehr als anderthalb oder höchstens zwei Gläser Wein getrunken habe.«

»Und wie groß waren die Gläser?«

»Können wir das jetzt nicht lassen und stattdessen über das Treffen reden? Ich will alles wissen.«

»Guten Morgen. Hat in Kopenhagen alles geklappt?«

Sie drehten sich zu Herman Edelman um, der mit einem dampfenden Kaffee in der Hand und der Tageszeitung unterm Arm in der Tür stand.

»Es war richtig interessant«, sagte Malin. »Ich wollte das Ganze bei unserer Sitzung um neun erzählen. Apropos Sitzung, ich würde auch gerne wissen, was …?«

»Ach ja.« Edelman wandte sich an Fabian. »Hast du ein paar Minuten?«

»Unbedingt.« Fabian stand auf.

»Wir besprechen das in meinem Zimmer.«

»Hab ich noch Zeit, mir einen Tee zu holen?« Malin stand auf.

»Bestimmt. Die Sitzung beginnt frühestens in zwanzig Minuten«, antwortete Edelman. »Wir freuen uns alle schon, mehr über deinen Besuch im herrlichen Kopenhagen zu erfahren.«

Fabian breitete die Arme aus und warf Malin einen möglichst ahnungslosen Blick zu, spürte aber ihren fragenden Blick auf dem gesamten Weg durch den Flur im Nacken.

Wie immer hatte Fabian das Gefühl, die Zeit würde um dreißig Jahre zurückgedreht, sobald er Edelmans überfülltes Büro betrat. In all den Jahren auf dem Chefsessel hatte Edelman jedes Renovierungsangebot hartnäckig abgelehnt, und mittlerweile war sogar die Rede davon, der Urzustand des Zimmers müsse für zukünftige Generationen bewahrt werden.

Edelman dagegen ging es eigentlich nur darum, seinen brummenden Kühlschrank zu behalten, in dem er immer Kalles Kaviar, eingelegte rote Zwiebeln und ein kaltes Bier vorrätig hatte. Der Röhrenfernseher mit dem Videorecorder wurde zwar nicht oft benutzt, aber solange seine Filmklassiker im Regal standen, wollte er ihn nicht aufgeben. Er hatte sich sogar geweigert, die nikotingelben Wände streichen zu lassen, weil sonst aufgefallen wäre, dass er sich nicht an das Rauchverbot im Haus hielt.

»Nimm Platz.« Edelman ließ sich in seinem Lesesessel am Fenster nieder und stopfte sich eine Pfeife.

Fabian räumte ein Kissen und einige Ordner von dem abgewetzten Ledersofa und setzte sich.

»Okay, wir haben nur ein paar Minuten. Meine neueste Info ist, dass die Säpo sein Handy gefunden hat.« Edelman brachte die Flamme aus dem Feuerzeug irgendwie dazu, nach unten zu kippen und an der Pfeife zu lecken.

»Im Riddarfjärd vor dem Kanslikaj?«, fragte Fabian.

»Ja. Woher wusstest du das?«

»Wir haben es heute Nacht geortet, und es war zuletzt dort in Betrieb. Außerdem hat sich gezeigt, dass er ein weiteres Mobiltelefon mit einer geheimen Nummer besaß. Wenn alles nach Plan läuft, finden wir heute noch die Position.«

Edelman nippte nachdenklich an seinem Kaffee. »Du hast ›wir‹ gesagt. Wer ist die andere Person?«

»Eine ehemalige Kollegin, die nichts mehr mit uns zu tun

hat. Ich dachte, das ist besser, als wenn wir Novak einschalten.«

»Ehemalige Kollegin.« Edelman paffte kleine Rauchwolken. »Du meinst Niva. Ich dachte, ich hätte unmissverständlich zum Ausdruck gebracht, dass niemand eingeweiht wird.«

»Ihretwegen brauchst du dir keine Sorgen zu machen. Im Gegenteil. Sie weiß genau, warum ...«

»Worüber ich mir Sorgen mache, entscheide ich selbst.«

Fabian wollte gerade nicken, verkniff es sich aber. Wenn er diese Zurechtweisung akzeptierte, würde er bald seine Bewegungsfreiheit verlieren. Normalerweise konnte er Ermittlungen im Großen und Ganzen selbst steuern. Doch diesmal war nichts normal. Edelman schien den Fall als seine persönliche Angelegenheit und ihn als eine Marionette zu betrachten.

»Kurz bevor Grimås verschwand, hast du mit ihm telefoniert.« Fabian gab sich einen Ruck. »Worüber habt ihr gesprochen?«

Auf diese Frage war Edelman offensichtlich nicht vorbereitet. Er hatte sich jedoch schnell wieder im Griff und zog an seiner Pfeife. »Nichts Wichtiges. Sonst hätte ich es natürlich gestern schon erwähnt.«

»Da ich die Ermittlungen leite, lässt du mal lieber mich entscheiden, was wichtig ist und was nicht.«

Edelman grinste zunächst übers ganze Gesicht und lachte dann auf. »Das ist gut, Fabian. Das ist gut. Wir haben über die bevorstehende Interpellationsdebatte gesprochen, und falls ich mich nicht täusche, sollten da Gesetzesänderungen vorgeschlagen werden.«

»Erschien er dir nervös, oder ist dir etwas anderes aufgefallen, das mit seinem Verschwinden zusammenhängen könnte?«

Edelman schüttelte lachend den Kopf. »Nein, aber ich werde mich ganz bestimmt bei dir melden, falls mir etwas einfällt. Und apropos Telefongespräch.« Edelman stand auf, ging zu seinem alten Schreibtisch hinüber und kam mit einem alten Nokia 6310i und einem Ladegerät zurück. »Von jetzt an rufst du mich bitte hiermit an. Die Nummer findest du unter ›Jüdisches Theater‹.«

Fabian warf einen Blick auf das Handy und spürte regelrecht, wie ihm der Atem der Geschichte ins Gesicht blies, obwohl er vor gut einem Jahr selbst noch ein ähnliches Gerät besessen hatte.

»Okay, dann sind wir hier erst mal fertig. Oder möchtest du das Verhör lieber fortsetzen?«

»Eine Sache noch. Um eventuelle Missverständnisse zu vermeiden«, sagte Fabian, ohne auf die Ironie einzugehen.

»Ja?«

»Du hast mir einen Auftrag gegeben, der in völligem Widerspruch zum ausdrücklichen Willen des Reichskripochefs steht.«

»Stimmt, aber du weißt genauso gut wie ich, dass …«

»Du brauchst dich nicht zu verteidigen, Herman. Ich halte es nicht für falsch, im Gegenteil. Ich bin der Meinung, dass wir verpflichtet sind, die Wahrheit rauszufinden. Aber. Wenn ich in ein Wespennest steche, habe ich den Ärger am Hals und nicht du.«

»Da hast du recht. Also pass auf, wo du hintrittst.«

»Genau das tue ich. Und ich habe es auch weiterhin vor. Ich will nur, dass du dir dessen bewusst bist.« Fabian bemühte sich, Edelman so lange zu fixieren, bis er sein Ziel erreicht hatte.

Nachdem ziemlich viel Zeit vergangen und das Schweigen immer anstrengender geworden war, kam schließlich ein kaum wahrnehmbares Nicken.

»Es ist schon zwei Minuten nach.« Edelman ging zur Tür. »Wir sollten die anderen nicht warten lassen.«

Fabian nickte, stand auf und seufzte innerlich erleichtert.

Er ging als Sieger aus der Auseinandersetzung hervor und hatte nun freie Hand.

Kapitel 11

Als Sofie Leander die Augen aufschlug, musste sie sie zusammenkneifen und den Blick von der Lampe abwenden, die ihr direkt aufs Gesicht schien. Doch außer die Augen zu schließen konnte sie nicht viel machen. Von den Füßen bis zu den Hüften, den Armen und dem Torso war sie mit so straffen Gurten festgespannt, dass sie an diesen Stellen nichts mehr spürte. Der Gurt am Hals war nicht ganz so festgezogen, hinderte sie aber trotzdem daran, den Kopf mehr als einen Millimeter anzuheben.

In gewisser Weise erkannte sie selbst, dass sie es nicht anders verdient hatte. Ihre Versuche, sich die Wirklichkeit zurechtzubiegen, bis sie ihr in den Kram passte, waren eine so schwerwiegende Sünde, dass eine Strafe unausweichlich war. Was hatte sie sich eigentlich eingebildet? Dass all die Jahre, in denen nichts passiert war, bedeuteten, das Ganze wäre verjährt?

Zwar hatte sie tief in ihrem Inneren immer befürchtet, eines schönen Tages würde die Wahrheit sie einholen. Aber hiermit hatte sie nicht gerechnet. An diese Situation kamen selbst ihre schlimmsten Alpträume nicht heran. Der eingeschweißte Tisch, auf dem sie lag. Das Loch für ihre Exkremente. Die grelle Lampe. Der kleine Metalltisch daneben und all die Apparate, die noch nicht eingeschaltet waren, aber nur darauf warteten, endlich ihre Arbeit machen zu dürfen. Der Tropf und der Schlauch in ihrem Mund. Alles war da und verriet, dass es keine Frage mehr war, ob, sondern wann es passieren würde.

Sie hatte versucht, die Tage zu zählen, aber das anhaltende starke Licht und ihr unregelmäßiger Schlaf machten das nahezu unmöglich. Sie schätzte, dass sie seit drei oder vier Tagen hier angegurtet war, was vermutlich bedeutete, dass die Polizei nicht mehr allzu weit entfernt war. Ihr Mann hatte bestimmt schon am selben Abend Kontakt aufgenommen und ihnen alle erforderlichen Informationen gegeben, damit sie so schnell wie möglich einen Anhaltspunkt fanden.

Die Frage war, ob sie es rechtzeitig schaffen würden.

Unter dem Tisch hörte sie ein Gerät brummen. Bald würde sich ihr Mund wieder mit der zähflüssigen Masse füllen, die so widerlich nach künstlichen Erdbeeren schmeckte. Allein bei dem Gedanken wurde ihr schlecht. Einmal hatte sie ausprobiert, was passierte, wenn sie das Zeug nicht schluckte, sondern stattdessen auszuspucken versuchte, aber das Klebeband über ihrem Mund saß zu fest und hätte sie beinahe erstickt. Seitdem zwang sie sich, den Brei in kleinen Schlucken hinunterzuwürgen und dabei an etwas anderes zu denken, um sich nicht zu übergeben.

Diesmal war es schwieriger als sonst, und sie ertappte sich dabei, wie sie die Schlucke zählte. Normalerweise waren es zwischen dreißig und vierzig. Jetzt war sie bei zwanzig und spürte schon jetzt, dass sie keinen Schluck mehr als vierzig schaffen würde.

Fünfundzwanzig, sechsundzwanzig, siebenund … Was war das? Sie horchte. Hatte sie Schritte gehört, oder war das Einbildung? Die Masse füllte ihre Mundhöhle, und sie musste versuchen, das Ganze mit einem einzigen ekelerregenden Schluck in ihren Magen zu befördern. Wenn sie sich nicht täuschte, hatte sie zum ersten Mal jemanden außer sich selbst gehört.

Als der Apparat endlich Ruhe gab und die künstliche Paste in ihrem Bauch vor sich hin brodelte, stellte sie fest, dass hinter der Metallwand tatsächlich jemand war. Die Schritte schienen zwar weit entfernt zu sein, wurden aber immer lauter.

Vielleicht nahte dort ja ihre Rettung. Doch es klang nicht nach einem großen Einsatzkommando mit gezogenen Waffen und Sirenen im Hintergrund. Stattdessen schien sich ihr eine einzelne Person zu nähern. War es jetzt so weit? Kam jetzt das unausweichliche Ende, das sie so gut wie möglich verdrängt, im Grunde jedoch seit Tagen erwartet hatte? Die Schritte kamen immer näher. Entgegen ihrer früheren Überzeugung war sie alles andere als bereit. Panik breitete sich wie ein Waldbrand in ihrem Körper aus, und wenn es ihr möglich gewesen wäre, hätte sie aus Leibeskräften geschrien.

Sie hatte nicht gedacht, dass sie so reagieren würde. Überhaupt nicht. Während die hallenden Schritte immer näher kamen, brach sie in lautlose Tränen aus und sah vor sich, wie das Skalpell in ihre Haut eindrang. Bald würde der Elektromotor das Rolltor anheben, und die Wahrheit, die sie mit aller Kraft verdrängt hatte, würde ihr ins Gesicht lachen.

Doch der Elektromotor sprang nicht an, und die Schritte gingen weiter. Es war jemand anders. Sie versuchte zu pfeifen oder irgendeinen anderen Laut von sich zu geben, irgendetwas, aber das war unmöglich, und ihr blieb nichts anderes übrig, als liegen zu bleiben und den Schritten zu lauschen, die sich entfernten und immer leiser wurden.

Noch war es offenbar nicht so weit.

Kapitel 12

In Anbetracht dessen, was passiert und vor allem wem es passiert war, hätte Dunja sich nicht über die Pressemeute wundern dürfen, die sich wie ein fahrender Zirkus in dem Gebiet breitgemacht hatte. *Berlingske*, *Politiken*, *Ekstra Bla-*

det, alle größeren Zeitungen waren da, und die Fernsehreporter von DR und TV2 berichteten live. Trotzdem war sie überaus verwundert, und wenn sie ganz ehrlich war, hatte sie weder das hier noch überhaupt irgendetwas erwartet. Den Vormittag durchzustehen hatte sie vollkommen in Anspruch genommen.

Eine Stunde nach Jan Hesk und dem Rest des Teams stieg sie aus dem Auto, schluckte ein saures Aufstoßen hinunter und schwor sich, während sie sich durch die Horde von Journalisten drängelte, dies sei das letzte Mal gewesen. Das absolut letzte Mal. Es gab nichts Schlimmeres als einen Kater. Wobei das Wort Kernschmelze ihren Zustand besser beschrieb.

Mit den Kopfschmerzen hatte sie eigentlich kein Problem, die ließen sich mit ein paar Tabletten wegzaubern. Nein, es war die Übelkeit, die ihr die Lust am Leben nahm. Dieser umgestülpte und einmal auf links gedrehte Magen, der nichts bei sich behalten wollte und starrsinnig darauf bestand, den Rest des Körpers zu terrorisieren. Zweimal hatte sie an den Rand fahren müssen, um einen Großteil des Frühstücks wieder loszuwerden, das sie nur hinuntergewürgt hatte, damit Carsten nicht merkte, wie es ihr eigentlich ging.

»Da bist du ja. Wo warst du denn so lange?«, fragte Jan Hesk, sobald sie das Haus betrat.

»Es gab unterwegs Komplikationen.« Ihr fiel auf, dass sich bei Hesk, der immer so schmal gewesen war, unter Hemd und Krawatte ein Bäuchlein bemerkbar machte.

»Ach. Was denn für …?«

»Ich schwöre dir, das willst du lieber nicht wissen. Viel interessanter ist doch, wie es hier gelaufen ist.« Sie streifte Schuhschützer über.

»Na, so wie immer. Du weißt ja, jede Menge Fragezeichen, aber wir werden alle Rätsel lösen. Wenn wir endlich in Ruhe arbeiten könnten.« Hesk führte sie durchs Haus. »Im

Moment besteht die größte Schwierigkeit darin, die Presse auf Distanz zu halten. Du hast es ja selbst gesehen. Die sind schlimmer als die Mücken an einem schwedischen See.«

Dunja sah sich unterwegs um. Mit ihrem Gehalt hätte sie sich noch nicht mal dann annähernd so ein Haus leisten können, wenn sie Chefin des gesamten Morddezernats geworden wäre.

»Ich meine, der Typ hat vor drei, vier Jahren bei *Let's Dance* mitgemacht, dabei konnte er wirklich nicht tanzen.«

»Habt ihr denn schon irgendwelche Erkenntnisse gewonnen?«

»Das siehst du dir besser mit eigenen Augen an.« Vor der Schlafzimmertür hielt Hesk inne.

Dunja blieb schon nach dem ersten Schritt stehen und starrte auf das Doppelbett mitten im Raum. Sie hatte Karen Neuman zuletzt in einem Klatschmagazin bei ihrem Zahnarzt gesehen. Die Fotos stammten von der Premiere eines Films, an dessen Titel sie sich nicht mehr erinnerte, und ihr war aufgefallen, wie verliebt sie und Aksel wirkten, obwohl sie seit über zwanzig Jahren verheiratet waren.

Nun lag sie nackt und alleine in ihrem Bett und badete in ihrem eigenen Blut, das aus ihrem Unterleib und aus Wunden an ihrem ganzen Torso gelaufen war. Als Dunja näher kam, sah sie, dass man ihr die tiefen Verletzungen nicht mit einem gewöhnlichen Messer zugefügt hatte. Es musste ein größerer und schwererer Gegenstand verwendet worden sein. Er hatte alle Hautschichten und an einigen Stellen auch Knorpel und Knochen durchdrungen.

»Nicht weggucken. Sieh es dir genau an.« Das war natürlich Oscar Pedersen, der in seinem weißen Mantel aus dem angrenzenden Badezimmer kam. »Der Mensch ist ein ausgeprägtes Gewohnheitstier, und es spielt keine Rolle, ob es sich um Geräusche oder abstoßende Gerüche handelt. Am Ende bemerken wir sie nicht einmal. Beim Anblick von zerfetzten

Menschenleibern ist es genauso. Das verspreche ich dir. Außerdem musst du zugeben, dass es spannend aussieht.«

Pedersen war aufgedreht wie ein Kind an Heiligabend. Dabei lag da eine verstümmelte Frau im Bett, dachte Dunja. »Was ist deiner Ansicht nach für ein Tatwerkzeug verwendet worden?«

»Jedenfalls kein Messer.« Pedersen kam zu ihr. »Wenn ich hier spontan mein Gehalt verwetten müsste, würde ich auf eine Axt tippen. Und da meine ich nicht die kleinen Spielsachen.« Er deutete die Größe mit den Händen an. »Wir reden hier von richtigen Johnnys, die ein Holzscheit mit einem Schlag spalten. Du siehst ja selbst, dass Teile des Brustkorbs zerschmettert sind. Von den inneren Organen ganz zu schweigen.« Er führte ein Instrument in eine der Bauchwunden ein und öffnete sie, damit man tiefer hineinsehen konnte.

»Ich glaube, das reicht mir.« Sie spürte, dass der letzte Rest von Carstens Frühstück auch hinauswollte.

»Komm noch mal her und sieh dir das an.«

Hesk konnte sie nicht retten. Er stand mit dem Rücken zu ihr vor dem Kleiderschrank, und da sie dem Rechtsmediziner unter gar keinen Umständen eine Szene machen wollte, beugte sie sich über die Leiche und betrachtete die malträtierten Eingeweide.

»Siehst du? Vollkommen zerfetzt. Als hätte sie jemand durch den Mähdrescher gejagt.«

Dunja nickte und blieb noch eine Weile so stehen. Dann streckte sie sich und sah ihm in die Augen. »Und das Blut aus dem Unterleib?«

»So weit bin ich noch nicht gekommen, aber ich würde tippen, dass er seinen Spaß mit ihr gehabt hat, bevor er ausgerastet ist.«

»Und mit ›er‹ zielst du auf wen ab?«

Pedersen wandte sich an Hesk, der sich mittlerweile zu ihnen umgedreht hatte.

»Es deutet einiges auf Aksel Neuman«, sagte Hesk.

»Aksel? Du meinst, ihr Mann?«, fragte Dunja. Hesk nickte. »Seid ihr sicher? Ich glaube, der könnte seiner Frau so etwas im Traum nicht antun.« Sie zeigte mit dem Kinn auf das Blutbad im Bett und spürte, wie ihre Kräfte zurückkehrten.

»Und worauf gründet sich diese Überzeugung? Ich meine, du bist jetzt seit einer Minute hier. Oder hast du das aus einem Klatschblatt?«

Im ersten Moment wollte Dunja ihm widersprechen, aber dann hielt sie sich zurück. Hier ermittelte Hesk und nicht sie. Und wenn sie einen in ihrer Abteilung wirklich respektierte, war es Hesk. Rein formal hatten sie denselben Dienstgrad, aber da er mehr Berufsjahre auf dem Buckel hatte, war der Fall automatisch auf seinem Tisch gelandet. Sie sollte ihn mit Rat und Tat unterstützen, aber nicht das Ruder an sich reißen. Außerdem hatte er in Bezug auf die Zeitschrift den Nagel auf den Kopf getroffen.

»Okay, momentan sieht das Szenario folgendermaßen aus«, fuhr Hesk fort. »Neuman soll mit einigen Leuten in der *Karriere Bar* gesehen worden sein, darunter Casper Christensen. Das war einer seiner Gäste in der Late-Night-Show. Kollegen von TV2 zufolge wollte er in seiner Wohnung in Vesterbro übernachten, aber aus irgendeinem Grund ist er stattdessen nach Hause gefahren. Richter hat eindeutige Spuren seines BMW X3 gesichert.«

»Redet ihr über mich?« Kriminaltechniker Kjeld Richter kam ins Zimmer.

»Ich erkläre nur gerade, dass Aksel Neuman allem Anschein nach hier war und anschließend mit seinem Wagen verschwunden ist.«

Richter nickte und kratzte sich nachdenklich an den Bartstoppeln, die genau wie seine Augenbrauen und die Koteletten dringend der Pflege bedurften. »Zufällig haben wir jedoch auch Spuren eines dritten Wagens gefunden.«

»Wie, ein dritter Wagen?«

»Ein Auto, das zusätzlich zu denen von Aksel und Karen irgendwann nach Mitternacht hier gewesen ist.«

»Und woher wissen wir, dass es nach Mitternacht war?«

»Es liegt kein Schnee in der Spur, und laut Wetterdienst hat es gegen zwölf aufgehört zu schneien.«

»Mit anderen Worten, es war eine dritte Person involviert«, sagte Dunja. Richter nickte.

»Okay, das ändert aber nichts, sondern stärkt eher meine Theorie«, sagte Hesk. »Die Frau nimmt im Glauben, ihr Mann würde in der Stadt übernachten, jemanden mit nach Hause. Doch der Alte kommt unerwartet zurück und überrascht die beiden auf frischer Tat. Seine Sicherungen brennen durch, und er rennt hinaus, um eine Axt zu holen. Währenddessen flieht der andere Mann. Und somit haben wir einen Zeugen, sobald wir ihn finden.«

Dunja zuckte mit den Schultern.

»Was? Glaubst du immer noch nicht, dass er es war?« Hesk klang jetzt verärgert.

Dunja wusste nicht, was sie sagen sollte. Klatsch hin oder her. Sie war fest davon überzeugt, dass es nicht Aksel Neuman gewesen war.

»Okay, nenn mir ein einziges Argument, warum er es nicht gewesen sein sollte …«

»Warte mal, mein Handy klingelt«, unterbrach ihn Dunja. »Oje, Sleizner. Da gehe ich besser dran … Hallo, hier Dunja Hougaard.«

»Jetzt bin ich aber verletzt. Hast du meine Nummer wirklich nicht eingespeichert?«, jammerte Sleizner gekünstelt.

»Natürlich habe ich gesehen, dass du das bist.« Dunja überlegte fieberhaft, warum er sie und nicht Hesk angerufen hatte. »Während der Arbeitszeit melde ich mich immer so.«

»Aha. Dann muss ich wohl öfter nach Feierabend anrufen.« Sleizner lachte.

Dunja beantwortete Hesks fragenden Blick mit einer hilflosen Handbewegung.

»Aber darum geht es jetzt nicht. Die Presseleute rücken uns auf die Pelle wie Blutegel.«

»Das ist hier genauso, aber wenn es um die Ermittlungen geht, sprichst du besser mit Jan.«

»Dann hätte ich ihn angerufen. Die Sache sieht so aus: Ich habe in einer Stunde eine Pressekonferenz anberaumt und muss da irgendetwas bieten.«

»Ach, aber ...«

»Was auch immer. Damit sie eine Weile Ruhe geben.«

»Dafür ist es zu früh. Wir haben immer noch kein Bild vom Tathergang, und Kjeld braucht mehr ...«

»Jetzt verzetteln wir uns, Dunja. Irgendwas müsst ihr doch in der Hand haben? Was macht ihr denn da seit Stunden?«

»Es sieht so aus, als wäre eine dritte Person involviert gewesen, aber welche Rolle genau sie gespielt hat, können wir zum gegenwärtigen Zeitpunkt noch nicht sagen.«

»Es könnte sich dabei also um den Lover der Frau oder den Täter gehandelt haben?«

»Oder beides.« Dunja spürte, dass sie jederzeit in das dünne Eis, auf dem sie sich bewegte, einbrechen konnte. Es grenzte an ein Wunder, wenn sie es nicht täte. »Doch bislang sind das alles vage Theorien. Wenn ich in deiner Haut stecken würde, wäre ich also vorsichtig ...«

»Zum Glück steckst du aber nicht in meiner Haut. Richte den anderen aus, dass wir eine Sitzung abhalten, sobald ihr wieder da seid. Bis dann.« Es machte klick.

»Entschuldige mal, was war das denn?«, fragte Hesk. »Hallo? Warum ruft er dich an, obwohl ich die Ermittlungen leite?«

»Genau das frage ich mich auch. Ich habe keine Ahnung.«

»Und da bist du dir ganz sicher?«

»Worauf willst du hinaus? Meinst du, ich hätte mich heimlich mit Sleizner getroffen, um den Fall an mich zu reißen?«

Hesk breitete die Arme aus. »Ich bin nicht eine Stunde später als alle anderen hier angekommen.«

Dunja musste sich setzen.

Die Übelkeit meldete sich zurück.

Kapitel 13

Fabian Risk hatte eine lange To-do-Liste. Er wollte den Sicherheitsbeauftragten im Reichstagsgebäude kontaktieren und ihn um eine Kopie der Aufnahmen aus der Überwachungskamera bitten, die er bei der Säpo gesehen hatte. Er wollte alle Telefonate, die Carl-Eric Grimås in den Stunden vor seinem Verschwinden geführt hatte, einzeln überprüfen und sich mit dem Chauffeur treffen, der im Auto auf ihn gewartet hatte. Doch nichts davon konnte er machen. Stattdessen musste er so tun, als hätte er alle Zeit der Welt, und mit den anderen in dem fensterlosen Raum an einem Tisch sitzen. Jeglicher Sauerstoff war bereits aufgebraucht, obwohl die Besprechung noch gar nicht angefangen hatte.

Mit ihren persönlichen Kaffeebechern in der Hand setzten sie sich auf die Stühle, die sie nach jahrelangem Herumhocken als ihre »eigenen« betrachteten. Fabian hatte mit dem Gedanken gespielt, sich auf dem Platz eines Kollegen niederzulassen, die Idee aber verworfen, weil sie zu riskant war.

Es wurde eine Thermoskanne mit Kaffee herumgereicht, der schon so lange auf der Warmhalteplatte stand, dass er vor allem nach Gerbsäure schmeckte, und die Blechdose mit den Danish Cookies blieb wie immer bei Markus Höglund hängen, der sich genüsslich seine Lieblingskekse raussuchte. Fabian hatte festgestellt, dass mit der Zeit immer mehr Sorten dazugekommen waren. Es war ihm ein Rätsel, wo Höglund das Zeug ließ, das er in sich hineinstopfte. In der Taille jedenfalls nicht. Er war zwar noch keine fünfunddreißig, aber als Erklärung reichte das nicht aus. Bei Fabian selbst hatte sich der Paradigmenwechsel im Kalorienverbrauch bereits mit fünfundzwanzig ereignet, und seitdem setzte bei ihm alles sofort an.

Niemand anderes als Carl-Eric Grimås hatte seinerzeit die Keksdose eingeführt, eine Tradition, die sich mittlerweile selbst überlebt hatte. Einfach nicht totzukriegen, wie eine Kakerlake. Edelman aß nie Kekse und hatte sogar einen tapferen Versuch unternommen, dem Brauch ein Ende zu bereiten, war aber auf so heftigen Widerstand gestoßen, dass er ihn im Handumdrehen wieder aufleben ließ. Fabian selbst hatte wenig Verständnis für den Protest gehabt und war sich sicher, dass eigentlich niemand die buttrigen Kekse mit dem Perlzucker mochte. Außer Höglund.

»Da wir einiges zu besprechen haben, sollten wir gleich loslegen.« Edelman wandte sich an Malin Rehnberg. »Du warst doch in Kopenhagen, Malin, und wenn ich das richtig verstanden habe, ist der Ausflug sehr erfreulich verlaufen.«

Malin nickte, während sie ein Glas Cola leerte. »Absolut. Ich kann allen nur empfehlen, beim nächsten Mal auch die Gelegenheit zu nutzen. Ich glaube, im Frühjahr ist Berlin an der Reihe.«

»Das klingt gut.« Tomas Persson strich sich über sein militärisch kurzes Haar. »Oder was meinst du, Jarmo?«

»Du weißt, was ich vom Reisen halte.« Jarmo Päivinen brummte immer noch in dunklem Finnlandschwedisch, obwohl er seit dreißig Jahren in Schweden lebte.

»Jedenfalls habe ich jetzt einen guten Kontakt in Kopenhagen. Sie ist in der gleichen Position wie ...«

»Malin, du hast sicher einige interessante Dinge erlebt,

aber ich dachte, dass du uns davon am Ende des Meetings berichtest. Aus Zeitmangel.« Edelman feuerte ein Lächeln ab.

»Wie du willst.« Malin nahm sich einen Keks und bemühte sich um Blickkontakt zu Fabian, der sich momentan nur darauf konzentrieren konnte, das Handy zu ignorieren, das in seiner Tasche vibrierte.

Erst als die Besprechung in Gang gekommen war, konnte er es unter dem Tisch hervorholen und die SMS lesen.

Ruf so bald wie möglich an.
/Niva

Es war noch zu früh, um zu verschwinden. Es hätte nur dazu geführt, dass nicht nur Malin, sondern alle sich wunderten. Zu warten, bis die Sitzung beendet war, kam jedoch auch nicht in Frage.

»Gibt es immer noch nichts Neues zu Diego Arcas?«, fragte Edelman.

»Nein, was soll ich machen? Solange Inger ihr krankes Kind hütet, bin ich allein.« Höglund spülte seinen dänischen Cookie mit einem Schluck Kaffee hinunter.

»Was du machen sollst? Sorry, aber ich kann es mir nicht verkneifen.« Tomas Persson schob sich eine Portion Snus unter die Oberlippe. »Markus, kannst du mir bitte erklären, warum ihr unbedingt zu zweit sein müsst, damit du nicht nur hier rumsitzt und Süßkram futterst? Es gibt doch jede Menge zu tun!«

Markus Höglund verdrehte die Augen und wartete vergeblich auf Beistand von den anderen. »Glaubt doch, was ihr wollt. Es ist nicht so, dass ich auf der faulen Haut gelegen hätte, nur weil Inger mehr Zeit zu Hause am Krankenlager als hier verbringt. Abgesehen vom Black Cat in der Hantverkargata habe ich, teilweise zusammen mit Inger, sieben weitere Wohnungen in der Stadt ausfindig gemacht, wo mehr oder weniger rund um die Uhr gefeiert wird. Klar, wir könnten uns natürlich eine nach der anderen vornehmen, aber es wäre am besten, wenn wir die Einsätze synchronisieren, und das mache ich nicht ohne Inger.«

»Alright. Whatever.« Persson zuckte die Achseln. »Ich finde nur ...«

»Wir lassen das jetzt«, unterbrach ihn Edelman. »Wenn sie am Montag nicht wieder da ist, müssen wir das Problem anders lösen.«

Höglund nickte und steckte sich mit bösem Blick in Perssons Richtung noch einen Keks in den Mund.

»Ansonsten können ja Fabian und ich helfen.« Malin sah Fabian an. »Oder nicht? Bei uns liegt doch gerade nichts an.«

»Warum nichts?«, erwiderte Fabian, obwohl er ihr anmerkte, dass sie ihn nur ärgern wollte.

»Wie gesagt, wir warten bis Montag ab.« Edelman wandte sich an Päivinen und Persson. »Ich habe gehört, ihr habt Neuigkeiten über Adam Fischers Auto. Erzählt mal.«

Jarmo Päivinen nickte, setzte bedächtig seine Lesebrille auf und blätterte in seinen Unterlagen.

»Soll ich oder du?« Persson trommelte mit den Fingern auf dem Tisch.

»Ruhig Blut ...« Während Päivinen weitersuchte, fiel Fabian plötzlich auf, wie alt er aussah, obwohl er höchstens sechs Jahre älter als er selbst war. Die Einsamkeit, seit ihn vor vier Jahren die Frau mitsamt den Kindern verlassen hatte, zehrte offenbar an ihm.

»Ja, ich weiß nicht, ob ihr Zeit hattet, die Nachrichten zu hören. Wir haben bekanntgegeben, dass es sich um eine Entführung handelt.«

»Was wir ja die ganze Zeit vermutet hatten«, sagte Persson.

»Wie ihr wisst, ist Fischer hier zum letzten Mal gesehen worden.« Päivinen teilte Fotos aus einer Verkehrskamera aus, die Adam Fischer in seinem Geländewagen aufgenommen hatte.

»Bis gestern.« Mit unglaublich zufriedenem Gesichtsausdruck ließ Tomas Persson seinen mit einem Tribal-Tattoo verzierten Bizeps spielen. »Da hatten wir plötzlich ein Scheißglück.«

»Möchtest lieber du berichten?« Päivinen drehte sich zu seinem zwanzig Jahre jüngeren Kollegen um.

»Nein, nein, schon okay. Mach du!«

»Sicher?«

»Ja klar, leg los.« Persson starrte die Tischplatte an.

»Er wohnt ja oben in Mosebacke, und ich weiß auch nicht, warum wir nicht früher darauf gekommen sind. Wir haben einfach die Parkhäuser in der Nähe kontaktiert. Und bei der Slussengarage hatten wir schließlich Glück.«

»War das Auto etwa dort?«, fragte Malin.

»Nein, aber die Überwachungskamera hat was aufgezeichnet.« Persson hielt eine DVD hoch und stand auf. »Seid ihr bereit?« Er ging zu dem alten Fernseher hinüber, legte die DVD ein und versuchte, das Ganze mit der Fernbedienung einzuschalten.

»Das Ding geht nicht«, sagte Höglund. »Du musst die Tasten am Gerät benutzen. Warte, ich zeige es dir.« Höglund stand auf und ging zu Persson hinüber.

»Ich krieg das schon hin.« Tomas Persson suchte nach dem richtigen Knopf.

Währenddessen vibrierte das Handy in Fabians Hand erneut.

Hab bald ein Meeting und bin den Rest des Tages nicht zu erreichen.

/N

Fabian konnte nicht länger warten und stand auf. »Es tut mir leid, aber ich muss gehen.«

»Okay. Kein Problem«, sagte Edelman.

»Wie, kein Problem?«, fragte Malin. »Was ist denn so wichtig, dass du mitten in der Sitzung verschwinden musst, obwohl wir gar keinen Fall haben?«

»Das war Matildas Schule. Ich soll so schnell wie möglich anrufen.«

»Schon in Ordnung. Hoffentlich ist es nichts Ernstes.«

»Ja, das hoffe ich auch.« Malin sah Fabian kopfschüttelnd hinterher.

»Mach du das.« Persson trat einen Schritt zurück, damit Höglund auf den kleinen Tasten herumdrücken und den Fernseher zum Leben erwecken konnte.

Kapitel 14

Während Nivas Telefon klingelte, betrachtete sich Fabian Risk im Spiegel über dem Waschbecken. Noch hatte er keine Ringe unter den Augen, aber es war nur eine Frage von Tagen, wann sich die dunklen Schatten zeigen und ihn mindestens zehn Jahre älter wirken lassen würden. Er zupfte sich ein paar Nasenhaare aus und stellte fest, dass die Haare vor dem linken Ohr länger waren als auf der rechten Seite.

»Endlich.«

»Da wir den Verdacht haben, dass die Säpo mithört, erreichst du mich von jetzt an unter dieser Nummer«, sagte Fabian. »Hast du etwas herausbekommen?«

»Er kommt gleich zur Sache. Hier also auch kein Vorspiel.«

»Entschuldige, aber das besprechen wir lieber ein andermal. Im Moment ist ...«

»Sag mir einfach, wann und wo. Du hast doch nicht vergessen, dass du mir bereits einen Drink schuldest?«

»Nein, natürlich nicht. Was denkst du von mir?«

»Nichts. Jedenfalls noch nichts. Aber nach dieser Sache steigt die Rechnung mindestens auf ein Abendessen.«

»Vielleicht. Ich weiß ja noch gar nicht, was du zu bieten hast.«

»Nein. Du musst die Katze im Sack kaufen und das Beste hoffen.«

»Mit anderen Worten, mir bleibt gar nichts anderes übrig?«

»Fabian ... Man hat immer die Wahl.«

Sie spielte mit ihm. Er hätte vorhersehen müssen, dass es so kommen würde.

»Wer schweigt, stimmt zu. Also, wie entscheidest du dich?«

»Für die Katze.«

»Gut. War doch nicht schwer, oder? Sei ganz beruhigt. Ich bin überzeugt, dass du zufrieden sein wirst. Die Frau, die auf Grimås' Anrufbeantworter gesprochen hat, heißt Sylvia Bredenhielm und hat eine Minute später eine Prepaidkarte mit der Nummer 073-7856629 angerufen.«

»Und das ist Grimås' geheimes Handy?«

»Richtig geraten.«

»Hast du von dem auch einen Verbindungsnachweis?«

»Ja, aber da damit nur die beiden telefoniert haben, brauchst du deine Zeit nicht damit zu verschwenden, sofern du nicht bei der Regenbogenpresse anheuern möchtest. Die Katze kommt noch. Hast du was zu schreiben?«

Fabian zog einen Kugelschreiber aus der Tasche und schob seinen Jackenärmel hoch. »Ja.«

»59.311129, 18.078073.«

Fabian schrieb sich die Zahlenkombination auf die Innenseite des Arms. »Was ist das?«

»Die letzte Position des Handys, plus minus zehn bis fünfzehn Meter.«

»Ist es noch an?«

»Nein, es ist gestern um 16:04 Uhr ausgegangen. Fast vierzig Minuten nach dem ersten.«

»Phantastisch, Niva. Du bist wirklich eine große Hilfe. Ich melde mich.«

»Ich weiß.«

Fabian legte auf, drückte auf die Spülung und verließ die Toilette. Endlich hatte er einen konkreten Anhaltspunkt.

Ohne sich an den Schreibtisch zu setzen, weckte er seinen Computer auf, öffnete Google Maps und gab die Koordinaten ein. Auf dem Bildschirm erschien eine Karte von Stockholm, und die rote Markierung zeigte auf irgendeinen Ort in Södermalm. Er zoomte sich heran, bis er erkennen konnte, dass der Ballon auf die Östgötagata 46 zeigte.

Er hatte nie verstanden, warum Google sich die Wahnsinnsarbeit gemacht hatte, jede Straßenecke in Stockholm zu fotografieren, der ersten Stadt in Schweden, wo man diesen Dienst nutzen konnte, doch als es ihm gelang, das Menü dazu zu bringen, ihm das Gebäude Ecke Östgötagata/Blekingegata zu zeigen, war er von Herzen dankbar. Das Haus war hinter Gerüsten verborgen und wirkte unbewohnt.

Das Bild war vermutlich irgendwann im vergangenen Herbst aufgenommen worden, und die Renovierungsarbeiten waren möglicherweise inzwischen abgeschlossen. Falls sie es nicht waren oder, noch besser, sogar ruhten, bis die Bankenkrise verebbt war, hätte das Haus den perfekten Ort abgegeben, um ein Entführungsopfer zu verstecken.

Er löschte seine Chronik, fuhr den Computer herunter und wäre fast mit Malin zusammengestoßen.

»Mann, hast du es eilig. Vor allem, wenn man bedenkt, dass du gar nichts auf dem Tisch hast.«

»Malin ... Es tut mir leid, ich habe keine Zeit.« Er wollte an ihr vorbei, aber sie ließ ihn nicht durch.

»Pech für dich. Ich werde nämlich nicht lockerlassen, bevor du mir erzählt hast, was hier vor sich geht.«

Verschiedene Alternativen schossen Fabian durch den Kopf, und er sah ein, dass er hier mit einer halbgaren Lüge nicht weiterkommen würde.

»Komm mit zum Auto.«

Kapitel 15

Genau wie an allen Vormittagen hatte er an diesem Vormittag am Eckfenster gesessen und die Verkehrsnachrichten von Radio Stockholm gehört, während er seinen Liter Kaffee trank und ein Sudoku machte. Er wusste nicht, warum, aber seit er denken konnte, liebte er Verkehrsmeldungen und Wettervorhersagen und ganz besonders die langen Seewetterberichte, die detailliert die Windrichtung und -stärke an jedem Winkel der schwedischen Küste bekanntgaben.

Doch dieser Vormittag war anders als alle anderen. Obwohl er alle Seewettermeldungen gehört hatte, kam er nicht zur Ruhe. Die Unruhe hatte sich unbemerkt angeschlichen und war plötzlich da gewesen. Im Versuch, sie zu ignorieren, hatte er sich mit seinem Sudoku abgemüht, bekam aber keine einzige Ziffer hin. Seine Gedanken schienen selbst zu bestimmen, was sie denken wollten, und er hatte offenbar immer weniger dazu zu sagen.

Und dabei hatte er all die Jahre darum gekämpft, sie unter Kontrolle zu bekommen. Auf einmal legten sie wieder los und dachten an lauter verbotene Dinge. Es spielte keine Rolle, ob er das Radio lauter drehte oder ein leichteres Sudoku wählte. Nichts half. Zum Schluss musste er die Lautstärke auf null reduzieren und den Stift weglegen.

Erst da ging ihm auf, dass die Veränderung bereits vor einigen Wochen eingesetzt hatte. Vielleicht sogar noch früher. Je länger er darüber nachdachte, desto klarer wurde ihm, dass in der letzten Zeit nichts wie sonst gewesen war. Zum einen hatte er ungewöhnlich schlechte Laune gehabt, aber das war nicht alles. Zum Beispiel war sein Hemd blau, obwohl er donnerstags immer ein grünes trug. Und was war eigentlich mit dem Spaziergang um die Årstavik am Donnerstag? Hatte er den wirklich gemacht? Er konnte sich nicht erinnern.

Doch das war nicht das Einzige, woran er sich nicht erinnern konnte. Die gesamte letzte Woche war im Grunde ein einziges schwarzes Loch. Außer dem gestrigen Vormittag, von dem ihm zumindest einzelne Fragmente geblieben waren. Er war viel zu lange im Bett liegen geblieben und hatte an all das denken müssen, woran er nie wieder hatte denken wollen. Er hatte sich sogar geschworen, es nie wieder zu tun.

Vom Rest des Tages war ihm nichts im Gedächtnis geblieben.

Er hatte alle Medikamente genommen, da war er sich sicher. Jeden Tag hatte er sie morgens, mittags und abends mit einem Glas lauwarmem Wasser die Kehle hinuntergespült. Daran konnte es also nicht liegen. Oder? Was, wenn er diesen Gedanken immer nur im Kopf gehabt, aber nie in die Tat umgesetzt hatte? Oder die Dosierung zu niedrig war? Was hatte der Arzt noch mal gesagt? Sollte die Dosis erhöht oder verringert werden? Und was roch hier so komisch? Er hatte doch wohl nicht vergessen, am Dienstag den Müll hinauszubringen?

Von den vielen unbeantworteten Fragen wurde Ossian Kremph beinahe schwindlig. Er musste sich hinlegen, um sich auszuruhen. Aber das ging nicht. Nicht solange dieser Mann und die Frau da unten auf der Straße so herumliefen. So etwas machte doch kein Mensch, hatte er gedacht und sein Fernglas geholt. Auf dem Weg zu einem Ziel kam man vorbei. Man lief nicht auf einem Fleck herum wie diese beiden. Hin und her und auf und ab, als würden sie nach etwas suchen.

Er kannte die beiden nicht, hatte aber nach einer Weile herausbekommen, welches Auto ihnen gehörte, und mit Hilfe einer einfachen Internetrecherche in Erfahrung gebracht, dass der Halter des Wagens ein gewisser Fabian Risk war, der bei der Reichskripo im Morddezernat ermittelte. Die schwangere Frau war bestimmt eine ebenfalls Herman Edelman unterstellte Kollegin.

In gewisser Weise wunderte er sich kein bisschen. Im Grunde hatte er nur darauf gewartet, dass sie aus ihren Löchern gekrochen kamen und ihre ekligen Fressen zeigten. Er hatte nur nicht damit gerechnet, dass es so schnell ging. Doch nun waren sie also hier. Die Bullen.

Die Frage war, wie sie das geschafft hatten. Seit er auf freiem Fuß war, hatte er alles getan, um sich zu verstecken. Er hatte den Mädchennamen seiner Mutter angenommen, aber kein Namensschild an der Tür zu der Wohnung angebracht, deren Unter- oder eigentlich sogar Unteruntermieter er war. Er hatte sich selbst auf kleinste Flamme gedrosselt und harrte nur noch aus, bis er eines Tages – das hatte der Therapeut ihm versprochen – sein früheres Ich restlos abstreifen würde.

Funktioniert hatte es jedoch nicht. Obwohl er sich genauestens an alle Anweisungen gehalten und alle Übungen absolviert hatte, war das Feuer in ihm nie erloschen. Der Therapeut hatte Fragen gestellt, und er hatte die Antworten gegeben, die von ihm erwartet wurden. Doch im tiefsten Inneren hatte er bereits nach einem Jahr Behandlung gewusst, dass das nie aufhören würde. Was immer er tat, er würde immer da sein.

Der Hunger.

Wieder warf er einen Blick durchs Fernglas und sah die beiden Polizisten unter dem Baugerüst verschwinden. Konnte es wirklich sein, dass sie ihn bereits gefunden hatten? Und wer gab ihnen eigentlich das Recht, hierherzukommen und ihn zu schikanieren? Die Tür einzuschlagen und hineinzumarschieren? Ihn auf den Boden zu drücken, ihm Handschellen anzulegen und seine Wohnung zu durchsuchen?

Es mochte natürlich sein, dass seine Gedanken verboten waren und sich nicht steuern ließen. Möglicherweise hatten sein Therapeut und er jahrelang erfolglos daran gearbeitet, sie zum Schweigen zu bringen. Womöglich war es für seine

Mitmenschen am besten so. Aber ihm war es mittlerweile egal. Scheißegal, wenn er ehrlich sein sollte. Zum ersten Mal seit Jahren stimmte er ihnen in jedem Punkt zu. Jedem einzelnen seiner verbotenen Gedanken stimmte er zu.

Wenn die verdammten Pissfotzen an seine Tür klopften, war er bereit.

Dann würde er sich auf sie stürzen und sie in Stücke reißen.

Er hatte nichts zu verlieren.

Gar nichts.

Kapitel 16

Wenn dieser Tag doch nur endlich vorbei wäre, dachte Dunja Hougaard und sah sich schon ins Bett gehen und einschlafen, bevor Carsten nach Hause kam. Er war jedoch noch lange nicht zu Ende, und obwohl sie mindestens zwei Liter Wasser getrunken und mehrere Alka-Seltzer genommen hatte, war sie immer noch ein Wrack.

Sie schenkte sich eine Tasse schwarzen Kaffee ein und nahm am Konferenztisch gegenüber von Jan Hesk Platz, der weiterhin überzeugt davon war, dass sie ihn hintergangen und mit Kim Sleizner irgendetwas ausgeheckt hatte. Kjeld Richter saß am Kopfende und wusste nicht, wo er hingucken sollte. Keiner von ihnen sagte etwas, was die Stille von Minute zu Minute drückender machte.

Schließlich öffnete sich die Tür, und Sleizner scannte blitzschnell den Raum. Er trug ein Hemd mit Manschettenknöpfen und Krawatte und hatte noch das Make-up von der Pressekonferenz im Gesicht. Dunja kannte niemanden bei der Polizei, der sich vor einer Pressekonferenz schminkte. Aber Sleizner liebte Pressekonferenzen über alles und setzte sie bei jeder passenden oder unpassenden Gelegenheit an. Im Rampenlicht zu stehen und ein Nichts zu einer Sensation aufzubauschen konnte niemand so gut wie er.

»Hat einer von euch die Pressekonferenz verfolgt?« Er ging zur Nespressomaschine.

Hesk, Richter und Dunja schüttelten den Kopf.

»Fragt mich nicht, wie ich das angestellt habe, aber es ist mir irgendwie gelungen, alle in dem Glauben zu wiegen, wir wüssten genau, was wir da tun. Sorgt also dafür, dass ich nicht zu viel versprochen habe.« Er legte die Kapsel ein und überließ den Rest der Maschine.

Wie üblich ohne zu bezahlen, stellte Dunja fest. Obwohl er allen anderen in den Ohren lag, sobald Geld in der Kaffeekasse fehlte. Sie selbst benutzte die Maschine nie. Nicht weil sie sich Sleizners Belehrungen ersparen wollte, sondern weil sie den Kaffee nicht so köstlich fand wie offenbar alle anderen. Ihr war es ein Rätsel, wieso sich mehr oder weniger die gesamte westliche Hemisphäre einer Gehirnwäsche unterzogen und Mitglied in einer Sekte geworden war, die ihren Kaffee nur in edlen Geschäften kaufte und das Dreifache dafür bezahlte. Vom Umweltaspekt ganz zu schweigen.

»Okay, dann lasst mal hören, wie weit ihr seid. Von welchem Szenario geht ihr aus?«

Hesk räusperte sich und stand auf. »Wir sind ja, wie gesagt, noch ganz am Anfang der Ermittlungen, und stehen vor zahllosen offenen Fragen, aber auf der Grundlage der Spuren, die Kjeld und seine Männer gefunden haben, steht nun zweifelsfrei fest, dass eine dritte Person involviert war.«

Wie üblich war Hesk nicht davon abzuhalten, in Anwesenheit von Sleizner im Stehen zu sprechen, und Dunja konnte wie immer nicht begreifen, warum. Wenn irgendjemand Sleizner und alles, wofür er stand, verachtete, dann war es Hesk, doch im Grunde war er wahrscheinlich nur smart genug, alles Nötige zu tun, um seiner Karriere ein wenig Rückenwind zu verschaffen.

Je intensiver sie darüber nachdachte, desto mehr ärgerte sie sich darüber, dass Hesk sich ständig bei allen einschleimte, die ein paar Stufen über ihm standen. Hätte er sich einen Vorteil davon versprochen, hätte er vermutlich auch nicht gezögert, wenn Sleizner den Hosenschlitz geöffnet und seinen ...

»Sie kriegt schon den ganzen Tag nichts mit.«

Es dauerte einige Sekunden, bis Dunja merkte, dass Hesk sie meinte.

»Entschuldigung, aber worüber ...?«

»Siehst du das auch so?« Sleizner sah sie an.

»Das Szenario«, verdeutlichte Richter. »Du weißt schon. Neuman kommt nach Hause, erwischt seine Frau im Bett mit Mister Big und läuft Amok mit der Axt.«

»Tut mir leid, wenn ich etwas abwesend wirke, aber ...« Dunja hatte nicht die geringste Ahnung, wie sie fortfahren sollte, ohne Hesk auf die Füße zu treten.

»Aber was?«, fragte Hesk.

»Ich weiß nicht, aber ich kann es drehen und wenden, wie ich will, am Ende kann ich mir einfach nicht vorstellen, dass Neuman auch nur annähernd zu so etwas fähig wäre.« Sie nahm eins der Fotos von Karen Neumans zerhacktem Körper in die Hand.

»Ich habe mit dem Personal in der Karriere Bar gesprochen, und da ist offenbar eine ganze Menge Gin Tonic getrunken worden«, sagte Hesk.

»Außerdem hat er sich schon öfter in Kneipen geprügelt«, sagte Kjeld Richter.

»Ja, aber trotzdem.« Dunja suchte nach Worten. »Vielleicht klingt es platt, aber Aksel und Karen scheinen eins dieser Paare gewesen zu sein, die nach all den Jahren immer noch verliebt waren.«

»Dunja ... Wir sind Polizisten, die einen Mordfall aufklären, und keine Drehbuchautoren, die eine neue Soap entwickeln.« Hesk verdrehte die Augen.

»Das wäre aber keine schlechte Idee.« Richter griff nach seinem klingelnden Handy. »Intrigen gibt es hier ja im Überfluss. Ja, hier Richter ...« Er stand auf und verließ den Raum.

»Ich glaube nur nicht, dass er es war«, sagte Dunja.

»Wen interessiert, was du glaubst?«, sagte Hesk. »Und wenn er wirklich so unschuldig ist, wie du behauptest, warum ist er dann verschwunden?«

»Was weiß ich? Das kann er uns hoffentlich sagen, wenn wir ihn gefunden haben. Aber wenn er früher als geplant nach Hause kam, war der Täter vielleicht noch im Haus, und er hat die Verfolgung aufgenommen? Das würde schon eher zu ihm passen. Vor allem, wenn er betrunken war.«

»Genau. Darauf wollte Kjeld ja auch hinaus.« Sleizner nickte zustimmend.

»Mir ist noch etwas durch den Kopf gegangen ...«

»Können wir das nicht nachher in der Kaffeepause besprechen?«, fiel Hesk ihr ins Wort. »Denn wenn wir ihn schnappen wollen, bevor er zu weit weg ist, müssen wir ...«

»Lass sie bitte ausreden.« Sleizner bedeutete Hesk, dass er sich setzen sollte.

Obwohl Dunja im Augenwinkel erahnte, dass Hesk kurz davor war zu explodieren, blieb ihr nichts anderes übrig. »Ich verstehe nicht, warum du so wütend auf mich bist, Jan.«

»Nein?«

»Ich versuche nur, die Ermittlungen voranzubringen. Ich kann mich natürlich irren, aber ich habe das Gefühl, dass hier etwas nicht stimmt. Allein die Mordwaffe, bei der es sich laut Pedersen um eine kräftige Axt handelt. Soweit ich gesehen habe, hatten die beiden weder Brennholz noch einen Ofen im Haus, was dafür spricht, dass es auch keine Axt gab. Wo kam sie also her? Hatte Axel die im Auto, falls er mal zufällig jemanden erschlagen muss?«

Hesk dachte nach und zuckte mit den Schultern.

»Was willst du damit sagen?« Sleizner vermied es, in Hesks Richtung zu schauen.

Dunja hielt eins der Bilder von Karen Neuman in ihrem blutigen Bett in die Höhe. »Seht euch doch mal an, wie viel Blut das ist. Trotzdem habe ich keine einzige Blutspur entdeckt, weder auf dem Fußboden noch im Flur. Das spricht für einen gut vorbereiteten Täter, der Plastikfolie oder etwas Ähnliches ausgebreitet hat.« Sie legte das Bild zu den anderen. »Wer auch immer das war, hat so etwas nicht zum ersten Mal gemacht.«

»Das klingt eindeutig logischer«, sagte Sleizner in dem Moment, als Richter zurückkam.

»Die Analyse der dritten Reifenspur ist gerade fertig.« Er setzte sich auf seinen Platz. »Und es gibt da ein ziemlich interessantes Detail.« Er legte eine Kunstpause ein, die allerdings zu kurz war, um den gewünschten Effekt zu erzielen. »Es deutet alles auf einen Sportwagen mit Spikes hin.«

»Winterreifen mit Spikes?«, fragte Dunja. »Wer benutzt die denn noch?«

»Genau das frage ich mich auch.«

»Schweden. Die sind ganz verrückt danach«, sagte Hesk. »Wenn wir Weihnachten nach Småland fahren, hat jeder Michel seine Spikes am Volvo.«

»Wir haben es also mit einem schwedischen Täter zu tun«, sagte Sleizner. »Das wird ja immer besser.«

»Ich tendiere immer noch zu Aksel, will aber gleichzeitig nichts ausschließen. Daher schlage ich vor, dass wir nach ihm fahnden und gleichzeitig weiter die Schwedenspur verfolgen«, sagte Hesk.

Dunja nickte und war erleichtert, dass Hesks Gesichtsfarbe sich normalisiert hatte. »Wir können uns ja bei Scandlines erkundigen, ob sie heute Nacht einen Sportwagen mit schwedischem Kennzeichen an Bord hatten. Falls es ein schwedischer Täter war, könnte er die Fähre nach Helsingborg genommen haben.«

»Guter Gedanke, Dunja.« Sleizner stand auf. »Künftig erstattet ihr Dunja Bericht, die von nun an die Ermittlungen leitet und ihrerseits direkt an mich berichtet. Fragen dazu?«

Niemand sagte etwas, und im nächsten Augenblick hatte Sleizner den Raum verlassen.

Zurück blieb die Angst wie ein klebriger Nebel. Dunja spürte einen immer fetteren Kloß im Hals, der ihr fast die Luft abschnürte. Außerdem rumorte die Übelkeit wieder in ihr, obwohl sie mittags nur eine winzige Mahlzeit zu sich genommen hatte. Sie wusste nicht, was sie tun, wo sie hingucken oder was sie sagen sollte, und wäre am liebsten im Erdboden versunken.

Es blieb ihr aber nichts anderes übrig, als dazusitzen, mit den vielen Fragen in ihrem Kopf, die genauso quälend waren, als hätten ätzende Journalisten sie damit bombardiert. War das hier ihre Schuld? Hatte sie eine Grenze überschritten und zu viel Raum eingenommen? Hatte sie ihre Ideen zu vehement vertreten? Oder war das von Anfang an Sleizners Plan gewesen? Hatte er deshalb am Tatort sie und nicht Hesk angerufen? Und wenn ja, warum? Was bezweckte er eigentlich? Denn irgendetwas führte er im Schilde.

In diesem Punkt war sie sich sicher.

»Okay.« Richter durchbrach die Stille mit einem Seufzen. »Hat irgendjemand kapiert, worum es gerade eigentlich ging?«

»Keine Ahnung. Ich kapiere gar nichts.« Dunja wandte sich an Hesk und sah erst jetzt, dass er vor Zorn bebte. Dass er wütend werden konnte, wusste sie. Er hatte selbst erzählt, dass er in den schlimmsten Jahren mit den Kleinkindern manchmal Sachen auf den Boden geworfen und Löcher in

Wände getreten hatte. Aber so hatte sie ihn noch nie gesehen.

»Du musst mir glauben, Jan. Ich verstehe es genauso wenig wie du. Das ist dein Fall, und ich, ich …«

Hesk schnaubte und durchbohrte sie mit seinem Blick. »Gib dir keine Mühe …«

»Ich gebe mir keine Mühe. Ich sage nur, wie es ist.«

»Halt die Schnauze, du verlogene alte Pissfotze!« Er stand so abrupt auf, dass sein Stuhl umfiel. »Denkst du, ich wüsste nicht, was du treibst?«

Dunja wollte ebenfalls aufstehen und zeigen, dass sie sich nichts vorzuwerfen hatte. Wollte ihren Stuhl umwerfen, einen drohenden Zeigefinger erheben und ihn zum Teufel schicken, falls er ihr nicht zuhörte. Doch ihre Beine hätten sie nicht getragen, und aus irgendeinem Grund schien die Schwerkraft an ihrem Platz eine besonders starke Wirkung zu entfalten. »Ich verstehe ja, dass du verärgert bist, aber können wir uns nicht wie erwachsene Menschen unterhalten? Ich meine, wenn wir zusammenarbeiten müssen, sollten wir die Sache abhaken und …«

»Abhaken?« Hesk umrundete lachend den Tisch. »Wie soll das denn gehen?« Er stellte sich direkt vor sie und senkte den Blick. »Du hast offenbar gar nichts begriffen. Du stolzierst hier herum und spielst das ahnungslose Luder. Aber deiner Unwissenheit kann ich abhelfen, denn dies ist erst der Anfang deiner persönlichen kleinen Hölle. Also genieß es, denn so gut wie jetzt wirst du dich nie wieder fühlen.«

Er räusperte sich, spuckte auf ihre Lederstiefel und verließ den Raum.

Immer noch unfähig aufzustehen, blieb Dunja sitzen.

Kapitel 17

Die Renovierungsarbeiten am Gebäude an der Östgötagata Ecke Blekingegata waren mittendrin abgebrochen worden, und obwohl der Bürgersteig problemlos passierbar war, traten die meisten Passanten auf die Fahrbahn. Vielleicht wegen der zerrissenen Schutznetze, die vom Gerüst herunterhingen. Oder weil das Knacken und Knirschen der zusammengefügten Eisenrohre einen unheilverkündenden Klagelaut erzeugten. Der sichtbare Beweis, dass das Haus im Zuge der Finanzkrise sich selbst überlassen worden war.

Fabian und Malin hatten das Gebiet rings um das Gebäude abgesucht, aber kein Handy gefunden, und standen nun vor der Eingangstür zu Östgötagata 46. Die war wie erwartet abgeschlossen, aber mit Hilfe einer Eisenstange vom Gerüst konnte Fabian eine der sechs Glasscheiben in der Tür einschlagen, den Arm hindurchstecken und das Schloss von innen öffnen. Das Treppenhaus war voller Bauschutt und Dreck. Von Wänden und Decke war die Farbe abgeblättert, auf der einen Seite standen Dutzende von alten Kloschüsseln, auf der anderen Badewannen und Kühlschränke.

»So ähnlich sieht es bei uns auch aus.« Malin ging auf die Kloschüsseln zu, als etwas Dunkles in Bewegung kam und davonlief. »Allerdings ist es hier etwas gepflegter, wenn ich es mir genau überlege.«

»Wenn man seine Ruhe haben will, ist das jedenfalls der perfekte Ort.« Fabian folgte den Fußspuren, die durch den Staub zum Fahrstuhl führten.

»Okay, wie gehen wir vor? Hier können wir jahrelang suchen. Bist du sicher, dass alle Zahlen richtig waren? Ich meine, es reicht doch eine einzige falsche, und wir landen stattdessen in Haparanda oder Kuala Lumpur.«

»Schon, aber nur weil die Position stimmt, muss ja das

Handy nicht hier sein.« Fabian öffnete den Fahrstuhl und warf einen Blick hinein.

»Da kriegen mich keine zehn Pferde rein.«

»Aber die Fußspuren führen dorthin.«

»Was mich betrifft, nicht.« Malin ging die Treppe hinauf, die mit einem hellen Teppich aus Baustaub bedeckt war. Schuhabdrücke waren hier nicht zu sehen, aber dafür hatten Ratten kreuz und quer ihre Spuren hinterlassen.

Sobald der Mensch ihr den Rücken kehrte, übernahm die Natur das Kommando, dachte Fabian, während er Malin Stockwerk für Stockwerk hinterherging. Erst im dritten Obergeschoss gab es auch andere Spuren als die der Ratten. Schwere Stiefel waren vom Fahrstuhl zur Wohnung ganz links marschiert. Vor den anderen Türen war die Staubschicht unberührt.

Malin zog ihr Handy aus der Tasche und machte einige Großaufnahmen von den Schuhabdrücken, während Fabian sich der namenlosen Wohnungstür näherte, eine Hand auf den Spion legte und mit der anderen vorsichtig den Briefschlitz aufklappte.

Es war zu dunkel, um etwas zu erkennen, und als er sich hinunterbeugte und lauschte, schlug ihm kompakte Stille entgegen. Er winkte Malin heran, damit sie die Hand vor den Spion hielt, während er mit dem Handy in den Briefeinwurf leuchtete. Direkt dahinter lag eine abgenutzte Fußmatte, und ganz links lehnte eine Rolle Abdeckfolie an der Wand.

»Sollten wir nicht ein Einsatzkommando rufen und die Kollegen zuerst reingehen lassen?«

»Das geht nicht. Jedenfalls nicht, solange offiziell die Säpo ermittelt.« Behutsam machte Fabian den Briefeinwurf wieder zu und griff nach der Klinke, doch die Tür war abgeschlossen. Er ging zur Tür nebenan, die sich als offen erwies. »Warte mal.«

»Was heißt hier warten? Soll ich einfach hier stehen und …?« Sie seufzte. Fabian war bereits in der Wohnung verschwunden.

Es sah genauso aus, wie in einer Abrisswohnung zu erwarten war. Schmutzig und runtergekommen. An manchen Stellen war der Bodenbelag aufgerissen, und von der Decke hingen nackte Stromkabel. Abgesehen von einer Matratze, die bereits einiges mitgemacht zu haben schien, gab es keine Möbel. Fabian ging zum einzigen Fenster des Zimmers, öffnete es und stieg hinaus.

Es wäre eine Übertreibung gewesen, von Höhenangst zu sprechen, aber gemocht hatte er große Höhen trotzdem nie, und der Gutschein für die Ballonfahrt, den ihm seine Kollegen zum Vierzigsten geschenkt hatten, war immer noch nicht eingelöst worden. In den ersten zwei Jahren hatten sie regelmäßig nachgefragt, und er hatte sich immer wieder mit vagen Begründungen herauslaviert, bis ihm klarwurde, dass er sie nur zum Schweigen bringen konnte, indem er das Blaue vom Himmel herunterlog. Es sei ein unglaubliches Erlebnis gewesen. Natürlich habe er die Kamera dabeigehabt, aber die Aussicht habe ihn so verzaubert, dass er das Fotografieren vollkommen vergessen habe.

Nun blieb ihm nichts anderes übrig, als zu hoffen, dass das vereiste Baugerüst wirklich hielt. Hinunterzugucken war nicht besonders hilfreich. Am besten richtete er den Blick geradeaus und konzentrierte sich darauf, sich mit mindestens einer Hand festzuhalten und auf gar keinen Fall auszurutschen.

Nach drei Fenstern war er bei der Nachbarwohnung angekommen. Da die Jalousien unten waren, konnte er nicht reingucken. Er sah sich nach einem Schlagwerkzeug um, fand aber nichts und entschied sich daher, die Scheibe mit dem Fuß einzutreten, was viel umständlicher war, als er vermutet hatte. Falls sich jemand in der Wohnung befand, hatte die Person genügend Zeit, sich vorzubereiten, dachte er, während er durch das kaputte Fenster einstieg.

Er landete auf dem Fußboden und ließ seine Pistole einmal durch den Raum schweifen, obwohl es viel zu finster war, als dass er etwas hätte erkennen können. Erst als sich seine Augen an die Dunkelheit gewöhnt hatten, sah er, dass der Raum etwa zwanzig Quadratmeter groß war. Im Gegensatz zur anderen Wohnung war der Fußboden hier einigermaßen sauber. An der einen Wand stand eine Miniküchenzeile mit Kochplatte, Spülbecken und einem Kühlschrank, von dem eine Porzellanpuppe mit langen Locken, Kleid und passendem Hut auf ihn herunterblickte.

Der angrenzende Raum war so dunkel, dass seine Augen hier trotz aller Anstrengung keine Chance hatten, sich anzupassen. Er tastete mit einer Hand die Wand ab und fand schließlich den Schalter für das Deckenlicht. Das Licht war so stark, dass er den Kopf wegdrehen musste, bevor er sich nach einer Weile wieder dem in Plastikfolie eingeschweißten Tisch mit dem Loch in der Mitte und den lose an den Seiten herunterhängenden Gurten zuwenden konnte.

Kapitel 18

Seit Kjeld Richter Dunja viel Glück gewünscht und sie alleine im Besprechungsraum zurückgelassen hatte, war fast eine halbe Stunde vergangen, aber sie saß immer noch da und versuchte, genug Kraft zu sammeln, um aufrecht die Abteilung zu betreten.

Die Übelkeit hatte sich zwar gelegt, war aber von starken Kopfschmerzen abgelöst worden. Wenn sie nicht bald Flüssigkeit zu sich nahm, platzte ihr der Schädel. Und als ob das nicht gereicht hätte, musste sie auch noch auf die Toilette.

Sie war all ihre Möglichkeiten durchgegangen und zu dem Schluss gekommen, dass sie abgesehen von Sleizner, den sie nicht mit der Kneifzange angefasst hätte, ganz alleine dastand. Hesk war zwar ein viel zu guter Polizist, um einfach auf den Fall zu pfeifen, aber er würde zweifellos alles tun, um ihre Arbeit zu sabotieren.

Eigentlich war Richter das einzige Fragezeichen. Aus seinem »Viel Glück« hatte sie weder Ironie noch Hilfsbereitschaft herausgehört. Vermutlich wusste er selbst nicht, auf welche Seite er sich schlagen sollte, und wie sie ihn kannte, würde er sich für den bequemsten Weg entscheiden.

Mit anderen Worten: Sie war von vornherein angezählt. Niemand rechnete damit, dass sie es schaffen würde. Wahrscheinlich nicht einmal Sleizner. Einfach aufzugeben war jedoch keine Alternative. Es gab kein Loch im Boden, aus dem eine rettende Hand herausragte. Ihr blieb nichts anderes übrig, als die Verantwortung anzunehmen, den Fall aufzuklären, den Schuldigen dingfest zu machen und allen zu zeigen, dass man auf sie zählen konnte.

Leider glaubte sie selbst nicht daran.

Sie streckte die Hand nach der Obstschale aus, zog das rote Deckchen heraus, beugte sich hinunter und wischte sich Hesks Rotz von den Schuhen. Anschließend holte sie mit geschlossenen Augen einige Male Luft, bevor sie sich an der Tischkante festhielt und vorsichtig aufstand.

Ihre Beine und Hände zitterten, und der Puls wummerte förmlich in ihren Ohren. Am besten gewöhnte sie sich gleich daran. Da hatte Hesk vermutlich recht.

Dies war erst der Anfang ihrer ganz persönlichen kleinen Hölle.

Kapitel 19

Nachdem er Malin durch die Wohnungstür hereingelassen hatte, wandte Fabian sich wieder dem länglichen Tisch mit dem Loch in der Mitte zu. Er war mit Eisenwinkeln am Boden verschraubt und in eine an der Unterseite festgetackerte Plastikfolie eingehüllt. Von einem Trichter unter dem Loch verlief ein Schlauch in einen Eimer, aber der Eimer war leer, und der Trichter sah blitzsauber aus. Genau wie die Folie und die festgeschraubten Gurte, die an den Seiten hinunterhingen. Fabian entdeckte keinerlei Spuren von Blut oder Exkrementen.

Im Gegensatz zum Rest des Raumes wirkte der Tisch vollkommen neu und unberührt. Die Schrauben, an denen die Gurte hingen, glänzten, und auf der Deckenlampe war kein Staubkorn zu sehen. Entweder hatte hier jemand gründlich saubergemacht, oder die Konstruktion war noch nie benutzt worden.

Er ging zu den Fenstern hinüber, die mit sorgfältig an den Rahmen festgeklebten Sperrholzplatten abgedeckt waren. Alles, um das Licht auszusperren und dem Opfer jegliches Zeitgefühl zu rauben. Bereits nach einem Tag hätte es keine Ahnung mehr, ob es Tag oder Nacht war. In der Ecke stand eine Rolle Klarsichtfolie, und auf dem Boden lagen ein Schraubenzieher und eine Kreissäge neben einem Verlängerungskabel.

Die Abrisswohnung war eindeutig für irgendetwas präpariert. Es fragte sich nur, wofür.

Folter? Eine Operation? Zerstückelung?

Oder handelte es sich nur um eine besonders makabre Form von Gefängnis? Wer steckte dahinter, und wer sollte hier angegurtet werden? Wenn die Vorrichtung für den Justizminister gedacht war, warum war er dann nicht hier? Fragen türmten sich auf und fielen ständig wieder wie ein Kartenhaus in sich zusammen.

Fabian seufzte tief. »Was hältst du von einem frühen Mittagessen, Malin? Ich lade dich ein.« Er brauchte eine Pause und musste seinen Kopf auslüften, bevor er weitermachen konnte.

»Jetzt schon?«, rief Malin aus dem Flur. »Wollen wir nicht warten, bis wir hier durch sind?«

»Okay.« Fabian ging zurück in den Raum mit der Küchenzeile. Er musste sich nur noch hier umsehen, dann war er fertig.

Genau wie in der restlichen Wohnung sah es hier einigermaßen sauber aus. Auf der Arbeitsplatte stand ein Wasserkocher, der Stecker war aus der Steckdose gezogen, und auf dem Abtropfgestell standen ein umgedrehtes Glas und eine Kaffeetasse. Hier hatte sich jemand ein paar Stunden oder höchstens einen Tag aufgehalten.

Er drehte den Wasserhahn auf, der ein bisschen Luft hustete, bevor ein gleichmäßiger klarer Strahl kam. Kein Tröpfchen braune Flüssigkeit. Luft, aber kein Rost. Vor ein oder zwei Wochen war jemand hier gewesen. Vermutlich, um alles vorzubereiten. Im Laufe der vergangenen vierundzwanzig Stunden hatte jedenfalls niemand Wasser laufen lassen. Er drehte den Hahn zu und öffnete den Kühlschrank, der zu seiner Überraschung eingeschaltet war und einige Scheiben Roggenbrot in einer Plastiktüte, eine Dose Leberpastete und ein fast leeres Glas eingelegte Zwiebeln der Marke Haywards enthielt.

Im Eisfach lagen zwei mit Eis überzogene Gefrierbeutel. Er nahm einen heraus, drückte darauf herum und entfernte die Eisschicht. Im ersten Moment musste er an einen zusammengeringelten Fischbandwurm denken. Er hatte noch nie einen zu Gesicht bekommen, aber gehört, dass sie bis zu zwanzig Meter lang werden konnten. Als er das Etikett mit der Aufschrift *Naturdarm* sah, begriff er, dass dies ein Schweinedarm zur Herstellung von Wurst war. Die andere Tüte enthielt vermutlich die Innereien eines Schweins oder mehrerer Hühner.

Fabian hatte nie viel für Innereien übriggehabt, wusste aber, dass gegrilltes Rinderhirn in Teilen Südamerikas als Delikatesse galt, und er selbst besaß ein Kochbuch aus den dreißiger Jahren, in dem es unendlich viele Rezepte mit den inneren Organen von Tieren gab. Aber wer aß so etwas heute noch? Und vor allem, was hatte das mit dem Verschwinden des Justizministers zu tun?

»Fabbe! Komm mal schnell her und sieh dir das an!«, rief Malin.

Fabian ging zurück ins große Zimmer und weiter in den Flur. Da sah er sie. Sie war ihm vorher nicht aufgefallen. Vermutlich weil er mit dem Rücken zu ihr gestanden und sich auf den mit Klarsichtfolie umhüllten Tisch konzentriert hatte. Eine ähnliche hatte er bereits auf dem Kühlschrank gesehen, und vielleicht machte ihn auch gerade das so stutzig. Denn oben auf dem Sicherungskasten saß noch eine blond gelockte Porzellanpuppe und starrte ihn mit dunklen Augen an.

Er nahm sie runter und betrachtete sie. Puppen hatte er nie gemocht. Schon gar nicht Porzellanpuppen. Obwohl sie viel kleiner waren, wirkten ihre Gesichter so wirklichkeitsnah, dass es ihm unheimlich war.

Als Kind hatte er von seiner Großmutter eine zu Weihnachten bekommen, und ihm lief immer noch ein Schauer über den Rücken, wenn er daran dachte, wie sie dort zwischen den anderen Spielsachen gesessen und ihn die ganze Nacht angestarrt hatte. Nach kurzer Zeit hatte er Alpträume bekommen und immer schlechter geschlafen.

Er versteckte sie im Schrank unter einer Wolldecke. Er warf sie sogar in den Mülleimer, aber seine Mutter setzte sie unermüdlich immer wieder auf das Bord, weil die schöne Puppe doch so teuer gewesen war.

Eines Nachmittags, als er alleine zu Hause war, fasste er sich ein Herz, steckte sie in seinen Rucksack und ging zur Betonfabrik in Dalhem gleich nördlich von Helsingborg. Dort kletterte er wie so viele andere über den Zaun mit den Zutritt-verboten-Schildern und warf die Puppe in eine der Mischanlagen. Er blieb stehen und verfolgte, wie sie langsam in der zähflüssigen Masse versank und verschwand. Zumindest aus seinem Leben. Vielleicht war sie jetzt irgendwo in eine Wand eingemauert und glotzte.

»Was machst du denn da? Fabbe!«

Malin stand im Badezimmer in der Wanne und leuchtete in ein Loch in der Wand. »Schau dir das mal an.« Sie machte einen Schritt zur Seite und reichte Fabian die Taschenlampe.

»Siehst du?«

Fabian nickte. In ungefähr einem Meter Tiefe steckten ein breitkrempiger Hut und ein schwarzer Mantel mit Pelzkragen im Rohrschacht.

»Das sind doch die Klamotten von Grimås, oder?«

»Klar, aber …«

»Aber was?«

»Ich kriege das nicht zusammen.« Er drehte sich zu Malin um. »Ehrlich gesagt, verstehe ich gar nichts.«

»Was verstehst du denn nicht? Grimås war hier und …«

»Aber warum? Und war er alleine hier, oder wurde er von jemandem hierhergebracht?«

»Wenn die Folterbank da drüben nicht wäre, hätte ich vermutet, dass er alleine hier war. Vielleicht kennt er den Besitzer des Hauses und wusste, dass er sich hier in aller Ruhe umziehen kann, um sich anschließend aus dem Staub zu machen.«

»Aber …«

»Nun tendiere ich mehr zu der Annahme, dass ihn jemand hierhergebracht hat.«

»Okay. Aber warum ist dann niemand hier?«

»Die haben ihn hierhergebracht und ausgezogen. Frag mich nicht, warum. Vielleicht brauchten sie ihn in anderer Kleidung? Plötzlich finden sie sein geheimes Zweithandy und begreifen, dass es nur noch eine Frage der Zeit ist, wann wir ihnen auf die Spur kommen. Sie hauen also so schnell wie möglich ab und ... voilà.«

»Du meinst also, er hat das Bürogebäude der Abgeordneten alleine verlassen und wurde dann am Kanslikai übermannt und entführt?«

»Vielleicht hat man ihm ein Ultimatum gestellt, bevor er rauskam. Er war schließlich zwanzig Minuten zu spät. Oder was weiß ich.« Seufzend reichte sie Fabian einen Schrubber. »Ich versuche nur, mir einen Reim auf die ganze Geschichte zu machen.«

Fabian steckte den Schrubber in den Schacht und fischte die Kleidungsstücke und die eingeklemmte Aktentasche des Ministers heraus.

Sie stiegen aus der Badewanne, und während Malin sich die Kleidung ansah, ging Fabian die Tasche durch. Außer einer halbvollen Läkerol-Packung, drei Kugelschreibern und einem Filofax enthielt sie eine Mappe mit Dokumenten, die offenbar mit verschiedenen Berichten und Recherchen zu Gesetzesänderungen der letzten Jahre zusammenhingen.

Der Kalender war dafür umso interessanter.

Die meisten Leute benutzten inzwischen einen elektronischen Kalender. Grimås nicht. Er gehörte zur alten Schule, die noch alle Adressen und Nummern mit der Hand schrieb und sie nicht mit einem Kennwort schützte. Außerdem waren die Seiten voller Termine und handschriftlicher Notizen wie: *Wann kapieren diese Grünen, wozu Deodorants gut sind? ... Diese Sozentante hat keine Ahnung, wovon sie re-*

det ... Vielleicht gut im Bett? ... Unbedingt einen Termin bei IA buchen. Und so weiter.

Es war jedoch nicht der Inhalt, der Fabians Puls in die Höhe trieb, sondern die Handschrift. Das passierte so gut wie nie. Fabian konnte die Male an einer Hand abzählen. Doch wenn dieses Gefühl sich einstellte, war die Belohnung für gewöhnlich so groß, dass sie so gut wie jede Mühe wert war. Wie ein schönes Tor nach zahllosen frustrierenden Spielen. Das Gefühl, wenn ein allem Anschein nach unauffindbares Puzzleteil an seinem Platz landete, war unvergleichlich.

»Und hier haben wir das Handy. Ich habe es doch gesagt.« Malin hielt das Mobiltelefon hoch. »Hallo? Jemand zu Hause?«

Fabian blickte auf und sah ihr in die Augen.

»Was ist? Hast du etwas gefunden?«

Fabian nickte. »Ich glaube nicht, dass er hier war.«

»Wer? Grimås? Natürlich war er das. Mach doch mal die Augen auf!« Sie wedelte mit dem Handy vor seinem Gesicht herum.

»Ich muss mir zwar die Aufnahmen aus der Überwachungskamera noch mal ansehen, aber ich bin mir so gut wie sicher. Komm jetzt!«

»Was? Das verstehe ich nicht. Woher willst du ...?« Sie begriff, dass es keinen Sinn hatte, und gab auf. Fabian hatte das Badezimmer verlassen und war bereits auf dem Weg aus der Wohnung.

Kapitel 20

Sofie Leander begriff, dass sie ausnahmsweise tief und fest geschlafen haben musste. Bisher war sie immer sofort aufgewacht, wenn sie Schritte oder Stimmen näher kommen hörte. Jeder Muskel ihres Körpers spannte sich an, und vor ihrem geistigen Auge lief ein Film ab, der in allen Einzelheiten zeigte, was sie erwartete.

Im Grunde wusste sie, was geschehen würde.

Aber die Schritte waren jedes Mal vorübergegangen und verklungen, und sie hatte sich wieder entspannt und noch ein bisschen geborgte Lebenszeit verbracht.

Bis jetzt.

Diesmal war alles anders.

Aus irgendeinem Grund hatte sie weder Schritte noch Stimmen gehört.

Stattdessen weckten der Elektromotor und die quietschende Tür sie, und im Unterschied zu allen anderen Malen blieb ihr Körper ruhig und entspannt. Er schien so lange angespannt gewesen zu sein, dass ihm die Kraft fehlte, Angst zu haben.

Doch Sofie hatte Angst.

Todesangst.

Sie hörte, wie das Rolltor wieder heruntergelassen wurde und die Verschlüsse eines Hartschalenkoffers aufgingen. Anschließend klirrte es schräg hinter ihr auf dem Metalltisch. Wahrscheinlich waren das Skalpelle, Zangen und andere Operationsinstrumente, dachte sie und versuchte, die Filmszene anzuhalten, in der sie mit ansehen musste, wie sie selbst aufgeschnitten wurde.

Sie versuchte, den Kopf zu drehen, um zu erkennen, ob es die Ärztin war, die sie hierhergebracht hatte, aber als der Gurt an ihrem Hals zu tief in die aufgescheuerte Wunde schnitt, gab sie es auf. Eigentlich war es auch egal. Das Warten war vorbei, und es wurde Zeit, einen Punkt zu machen.

Die Geräte ringsherum wurden eingeschaltet, erwachten zum Leben und gaben Laute von sich, die ihr deutlich machten, dass es so weit war. Der Gurt an ihrem linken Handgelenk wurde gelöst, und sie spürte, wie die kalte Schere gegen ihren Unterarm drückte, als die Bluse aufgeschnitten wurde. Sie spürte ein Stechen in der Armbeuge, und wenige Sekunden später rollte der Schlaf an und trübte alle Gedanken.

Viel zu früh, obwohl ihr die Wartezeit fast endlos erschienen war.

Sie hatte gehofft, dass sie noch dazu kommen würde, etwas zu sagen. Dass das Klebeband von ihrem Mund abgezogen würde, damit sie wenigstens die Gelegenheit bekam, sich zu entschuldigen und zu sagen, dass ihr die ganze Zeit bewusst gewesen war, wie falsch alles war, sie aber trotzdem das Gefühl gehabt hatte, keine andere Wahl zu haben. Dass sie trotz ihrer Angst die Strafe akzeptierte und in einem Teil ihres Herzens sogar fand, sie habe sie mehr als verdient.

Doch nicht einmal das durfte sie.

Kapitel 21

»Fünf Minuten, dann müssen Sie wieder gehen«, sagte der Wächter und klickte zweimal auf die Filmdatei. »Okay?«

Fabian und Malin nickten und warteten, bis der uniformierte Mann sie in dem kleinen Personalraum hinter der Wachkabine im Bürogebäude der Abgeordneten alleine gelassen hatte, wo man vom Fenster aus beobachten konnte, wie die Säpo im Riddarfjärd vor dem Kanslikai nach Grimås' Leiche fischte.

Sie hatten hart darum gekämpft, sich den Film aus der Überwachungskamera ansehen zu dürfen, auf dem der Justizminister durch den Haupteingang verschwand. Die Säpo hatte ihn nicht nur für geheim erklärt, sie hatten dem Sicherheitspersonal auch gesagt, dass vermutlich jemand von der Reichskripo kommen und Fragen stellen würde. Allerdings hatten sie nicht damit gerechnet, dass Malin jeden mit ihren schwangeren Stimmungsschwankungen in den Wahnsinn treiben konnte, wenn sie ihren Willen nicht bekam.

Fabian startete den Film, auf dem der leere Eingangsbereich mit den doppelten Sicherheitstüren aus Glas zu sehen war, und als Carl-Eric Grimås auftauchte, spielte sich genau dieselbe Sequenz ab, die am vergangenen Abend gezeigt worden war. Der Justizminister kam mit der Aktentasche in der linken Hand anspaziert, zog mit der rechten seine Passierkarte durch das Lesegerät, drückte erst die eine und dann die andere Tür auf und verschwand im Schneegestöber.

Genau wie Fabian vermutet hatte, war die Lösung ganz nah gewesen. Sie hatten sie direkt vor Augen gehabt und nur nicht gewusst, wo sie hingucken sollten. Die Aktentasche in der linken Hand und die Passierkarte in der rechten.

So machte es ein Rechtshänder.

Aber die Neigung der handschriftlichen Aufzeichnungen im Kalender hatte eine deutliche Sprache gesprochen.

Carl-Eric Grimås war Linkshänder.

Fabian drehte sich zu Malin um. »Siehst du? Das da ist ein Rechtshänder.«

»Das ist also nicht der Justizminister, sondern jemand, der sich als er verkleidet hat.«

Fabian nickte. »Vermutlich der Täter.« Er ließ den Film noch einmal Bild für Bild ablaufen. »Siehst du? Er weiß genau, wo die Kamera platziert ist und wie er sich bewegen muss, damit man sein Gesicht nicht sieht.«

»Aber wenn das da nicht der Justizminister ist, wo ist dann der Justizminister?«

Fabian sah Malin an. »Ich weiß es nicht, aber wir können nicht ausschließen, dass er noch hier ist.«

Kapitel 22

Nanna Madsen – 21 Jahre, 5. Dezember 2005, Müllcontainer in Herlev
Starke Blutungen aus Bisswunden an großen Teilen von Rücken und Brust sowie am Unterleib. Eine Analyse der Zahnabdrücke ergibt, dass die Bisswunden sowohl vom Täter als auch von einem Hund stammen, vermutlich einem Dobermann. Keine verwertbaren Spuren des Täters.

Kimie Colding – 17 Jahre, 23. April 2007, Peblinge-See
Verletzungen im Unterleib durch gewaltsame Penetration. Beide Zahnreihen ausgeschlagen. Offene Schädelbrüche weisen auf starke Gewalteinwirkung auf den Kopf hin. Vermutlich Schläge mit einem Hammer. Wasser in der Lunge deutet darauf hin, dass sie trotz ihrer Verletzungen bei Bewusstsein war, als sie in den See geworfen wurde. Keine verwertbaren Spuren des Täters.

Mette Bruun – 37 Jahre, 7. September 2008, Amager-Feld
Zerfetzter Anus und Dickdarm sowie starke innere Verletzungen vom Unterleib bis zum Magen. Wahrscheinlich durch Penetration mit einem kräftigen Ast oder einem mit Nägeln versehenen Schlagholz. Keine verwertbaren Spuren des Täters.

Dunja Hougaard ließ die Mappe auf den Tisch fallen, lehnte sich auf dem Sofa zurück und schloss die Augen. Sie brauchte eine Pause von all den Bildern von kaputtpenetrierten Frauenkörpern, die geradezu um Wiedergutmachung flehten, sie aber nie bekommen würden.

Stattdessen tauchte Sleizner in ihren Gedanken auf. Sie hatte sich gerade erst an ihren Schreibtisch gesetzt, als er bei ihr reinschaute und sie bat, nach der Arbeit in sein Büro zu kommen. Da war der Groschen endlich gefallen. Ein eisiger Schauer fuhr ihr durch Mark und Bein, als ihr klarwurde, worauf er es abgesehen hatte. Ihre Kompetenz war das Letzte, was ihn interessierte.

Im Nachhinein konnte sie selbst kaum glauben, wieso ihr etwas für alle anderen so Offensichtliches entgangen war. Es war wie ein schlechter Scherz, und sie konnte nichts anderes tun, als allen zu zeigen, dass sie sich irrten.

Deshalb lag sie auch zu Hause in der Blågårdsgade auf dem Sofa und arbeitete noch, obwohl der Arbeitstag eigentlich beendet war. Sie hatte sich die brutalsten unaufgeklärten Vergewaltigungsfälle der vergangenen Jahre mit nach Hause genommen. Obwohl er über keinerlei polizeiliche Befugnisse verfügte, hatte Mikael Rønning aus der IT-Abteilung ihr geholfen, die Fälle aus dem Archiv herauszufiltern. Sie brauchte einen Verbündeten. Jemanden, der nicht das Geringste mit ihrer eigenen Abteilung zu tun hatte.

Wie ein junger Stier auf der Weide hatte er sich voller Energie auf die Recherche gestürzt, doch während der Drucker immer schlimmere Fälle ausspuckte, ging seine Stimmung in den Keller, und als ihm schließlich aufging, wie umfangreich und hochentwickelt das Böse in der Welt war, erklärte er, den Glauben an die Menschheit verloren zu haben.

Sie selbst wunderte sich überhaupt nicht. Weder über die rohe Gewalt noch über die Tatsache, dass die Täter in den meisten Fällen Männer und die Opfer Frauen waren. Nein, sie war nur erstaunt darüber, dass so viele Fälle nie aufgeklärt wurden. Offenbar fiel die Entscheidung, aus Personalmangel eine Sache im Sande verlaufen zu lassen, recht schnell.

Die Liste der eingestellten Vergewaltigungsermittlungen schien endlos zu sein. Obwohl sie Rønning gebeten hatte, ihr nur die mit tödlichem Ausgang zu besorgen, hatte sie ein Dutzend Fälle aus den vergangenen vier Jahren. Und dabei hatten sie sich geographisch auf den Küstenstreifen zwischen Køge und Helsingör beschränkt.

Das bedeutete, dass drei Frauen pro Jahr so heftige Schmerzen erlitten haben mussten, dass ihnen der Tod womöglich wie die letzte Rettung vorgekommen war. Drei Fälle, die man umstandslos zu den Akten gelegt hatte, obwohl die Täter noch auf freiem Fuß waren.

Pro Jahr.

Dunja sah aus dem Fenster und betrachtete die bleiernen Wolken, die über den Himmel zogen, als wollten sie sich zu einem weiteren Unwetter zusammenrotten und das letzte bisschen Tageslicht zum Erlöschen bringen. Die Bilder von Karen Neumans zerhacktem Körper ließen ihr keine Ruhe und mischten sich zwischen die Wolken. In mehrerer Hinsicht handelte es sich um die gleiche besinnungslose, aber raffinierte Gewalt wie in den älteren Fällen, und genau wie sie in der Besprechung gesagt hatte, handelte es sich nicht um das Werk eines Anfängers. Wer auch immer das gewesen war, hatte so etwas nicht zum ersten Mal gemacht.

Karen Neuman war nur ein weiteres Opfer auf der Jagd nach dem nächsten Kick.

Das Problem war, dass sie beim besten Willen keinen Zusammenhang zu den älteren Fällen entdecken konnte. Sie hatte alles versucht. Hatte das Ganze nach verschiedenen Kriterien sortiert, hatte mehrmals die detaillierten Beschreibungen der Verletzungen gelesen und jedes einzelne Foto von den gemarterten Körpern mit der Lupe betrachtet. Doch nichts schien die Fälle zu verbinden.

Sieben hatte sie schnell zur Seite gelegt. Vier davon wiesen so viele Ähnlichkeiten auf, dass sie eine eigene Gruppe bildeten. Dort hatte es zudem eine höchst verdächtige Person gegeben. Leider war es dem Mann gelungen, sich vor der Festnahme das Leben zu nehmen. Die anderen drei gehörten zweifellos ebenfalls zusammen.

Dort hatte der Täter jeweils eine Trophäe in Form eines Skalps behalten, und Oscar Pedersens Bericht zufolge waren die starken Blutungen an den zerschnittenen Kopfhäuten darauf zurückzuführen, dass die Opfer während dieses Vorgangs noch am Leben gewesen waren. Und derjenige, der diese bestialischen Handlungen ausgeführt hatte, lief immer noch frei herum.

Doch nun suchte sie nicht nach ihm, auch wenn sie sich geschworen hatte, dass sie den Ermittlungen neues Leben einhauchen und das Arschloch kriegen würde, sobald sie die Zeit dazu hatte.

Fünf Fälle lagen noch auf dem Wohnzimmertisch.

Die Ermittlungen liefen offiziell noch, waren aber praktisch eingestellt.

Alle fünf waren so grausam und durchdacht, dass genau wie im Fall von Karen Neuman kein Anfänger am Werk gewesen sein konnte. Gleichzeitig unterschieden sich die fünf deutlich voneinander. Bislang hatte Dunja nichts entdeckt, was sie miteinander verband. Die Opfer waren nicht nur vom Alter und Aussehen verschieden, auch die Tatorte lagen weit voneinander entfernt. Von den Vorgehensweisen ganz zu schweigen.

Jede Tat schien eine einzigartige und einmalige Handlung gewesen zu sein. Doch dass ein Täter nur ein einziges Mal die Grenze überschritt und sein Opfer auf extrem bestialische Weise vergewaltigte und zu Tode folterte und anschließend sein normales Leben wiederaufnahm, ohne Spuren oder Beweise zu hinterlassen, war unmöglich. Irgendeinen gemeinsamen Nenner musste es geben. Da war sie sich sicher.

Das Handy riss sie aus ihren Gedanken. Da Kjeld Richter am Apparat war, musste sie so ernst und professionell wie möglich klingen, obwohl sie im Grunde pure Erleichterung empfand, weil er sich bei ihr und nicht bei Hesk meldete.

Laut der Reederei Scandlines, die Fähren auf der Strecke

Helsingör-Helsingborg betrieb, waren in der vergangenen Nacht zwei Autos beim Verlassen der Hafenanlagen in einen Zaun gefahren. Kjeld Richter sollte den Vorfall vor Ort untersuchen.

»Hallo, Kjeld. Bist du noch in Helsingör?«

»Ich mag dich, Dunja. Aber eins muss dir klar sein. Dir steht das Wasser bis zum Hals. Egal, was du tust, zähl nicht auf mich.«

»Hör mir mal zu. Das war Sleizners Idee. Ich verstehe genauso wenig wie ...«

»Da mische ich mich nicht ein. Ich mache meine Arbeit, aber mehr nicht. Nur damit du Bescheid weißt.«

»Klar. Ich habe gehört, was du gesagt hast.« Dunja holte tief Luft. »Ich nehme an, dass du nicht nur angerufen hast, um mir mitzuteilen, dass auch du mit den Wölfen heulst, sondern weil du außerdem ein bisschen gearbeitet hast.«

»Äh ... Was?«

»Du hast mich verstanden.« Dunja war selbst davon beeindruckt, wie es ihr gelungen war, deutlich zu machen, dass man nicht einfach auf ihr herumtrampeln konnte. »Und? Hast du was gefunden? Falls nicht, möchte ich ...«

»Ich habe Jan bereits Bericht erstattet.«

»Du solltest aber mir Bericht erstatten, nicht wahr? In dem Punkt hätte Sleizner doch gar nicht deutlicher werden können?«

»Ich will wirklich nicht in so einen Scheißmachtkampf hineingezogen werden.«

»Kjeld, du hast gesagt, du willst deine Arbeit machen. Tu das einfach, dann sind alle glücklich.«

Am anderen Ende wurde es still, und Dunja hörte förmlich, wie Richter die Vor- und Nachteile abwog.

»Ich weiß nicht mehr, mit wem von euch beiden ich darüber sprechen soll, aber es besteht kein Zweifel daran, dass dieses schwedische Auto und Neumans BMW auf dem Fähranleger waren und beim Herausfahren ein Tor kaputtgefahren haben.«

Dunja stand vom Sofa auf. »Und dann? Wo sind sie dann hingefahren?«

»Direkt auf den Færgevej. Aber da ist der Schnee ja längst geräumt worden.«

Dunja ging ans Fenster und stellte fest, dass es wieder schneite. Normalerweise liebte sie Schnee, vor allem den ersten im Winter, der das viele Grau unter einer sauberen weißen Decke versteckte, die Geräusche dämpfte und jeden zu einem gemächlicheren Tempo zwang. Aber nicht jetzt. Diesmal brachte der Schnee einen Kampf gegen die Uhr mit sich. Jede weitere Schneeflocke trug dazu bei, die Spuren zu verwischen, und machte es unwahrscheinlicher, dass sie herausfanden, was sich da oben im Hafen von Helsingör abgespielt hatte.

»Ich wollte dir noch sagen, dass ich alles gesichert habe, was sich sichern ließ, und jetzt nach Hause fahren werde.«

»Warte mal, Kjeld. Schneit es bei dir auch schon?«

»Wie verrückt. Wenn ich mich nicht beeile, schaffe ich es nicht mehr, die Kinder pünktlich abzuholen.«

»Ich möchte aber, dass du bleibst und ...«

»Wie, bleiben? Donnerstags bin ich mit Abholen an der Reihe. Wenn ich das nicht hinkriege, redet Sofie das ganze Wochenende nicht mit mir.«

»Da kann man nichts machen. Ich will, dass du zuerst deine Aufgabe erledigst.«

»Ich habe alles erledigt! Hörst du schlecht?«

»Du bist erst fertig, wenn ich sage, dass du fertig bist.«

Richter gab ein langes Seufzen von sich und sammelte sich. »Denkst du, ich wüsste nicht, was du da treibst? Glaubst du etwa, ich merke nicht, wie du ...?«

»Wer zum Teufel leitet die Ermittlungen, du oder ich? Tu jetzt, was ich sage, bevor es zu spät ist!«

Als es im Hörer mucksmäuschenstill wurde, begriff Dunja, dass Richter von ihrem Wutausbruch vermutlich genauso geschockt war wie sie selbst. So heftig hatte sie noch nie jemanden angegriffen. Nicht einmal Carsten, wenn sie sich richtig über ihn geärgert hatte.

»Bevor du Feierabend machst, fährst du bitte auf dem Færgevej nach Norden und siehst dich am Straßenrand nach Spuren um. Vielleicht haben sie ja eine Abzweigung genommen.«

»Und was soll das bringen? Außer, dass ich zu spät komme? Die können doch überall sein, ohne dass wir die geringste Chance hätten ...«

»Tu einfach, was ich sage, anstatt mir ...«

»Ich bin übrigens schon losgefahren.«

»Okay. Wie weit bist du gekommen?« Sie eilte zum Schreibtisch unter dem Bücherregal in der Ecke hinüber, fuhr den Computer hoch und zoomte den Hafen von Helsingör heran.

»Ich bin am Stationsplads, biege jetzt rechts in den Havnevej ein und fahre in nördlicher Richtung am Hafenbecken entlang.«

»Okay, aber so kannst du doch nur die linke Seite sehen, wo die ganzen Häuser sind.«

»Was denkst du eigentlich? Das ist die Suche nach der Stecknadel im Heuhaufen. Und der ganze Haufen besteht aus Nadeln. Hier gibt es massenhaft neue Spuren, aber es schneit wie verrückt ... Ich weiß auch nicht ...«

»Wo bist du jetzt?«

»Mehr oder weniger am Hafen vorbei. Da vorne fängt wohl der Nordre Strandvej an.«

»Kehr um und fahr zurück.«

»Was? Warum das denn? Da ist doch nur der Hafenkai.«

»Tu einfach, was ich sage, bevor alles mit Schnee bedeckt ist! Wenn du so weitertrödelst, müssen deine Kinder in der Kita übernachten.«

Dunja hatte irgendeine Form von Protest erwartet. Sie hatte zwar mit ihrer Stimmlage signalisiert, dass sie scherzte, aber Kjeld verstand weder Ironie, noch hatte er das kleinste bisschen Sinn für Humor. Das ging so weit, dass die anderen in der Abteilung ihn den Schweden nannten, aber nicht einmal darüber konnte er lachen, im Gegenteil. Er hatte sich beschwert, und es war ein Krisentreffen einberufen worden.

»Kjeld, das war nur ein Scherz. Natürlich sollen sie nicht ...«

»Verdammt, ich glaube, ich habe wirklich etwas gefunden ... Warte mal!«

»Was denn? Was hast du gefunden? Rede mit mir, Kjeld. Wo genau befindest du dich?«

»Siehst du die Schienen entlang der Havnegade?«

Dunja zoomte die Gleisanlagen zwischen Straße und Kai heran. »Ja. Da bist du also.«

»Genau an der Stelle, wo man die Gleise überquert und an den Kai gelangt. Warte, ich muss nur ...« Man hörte, wie die Autotür geöffnet wurde und der Wind sofort zum Angriff überging. »Scheißwetter.«

Trotzdem hätte Dunja alles gegeben, um dort zu sein. »Hast du die Gleise gefunden?«

»Das muss es sein. Einmal Winterreifen mit Spikes und einmal ... Sie sind auf den Kai geschlittert und ...«

»Was? Was ist los, Kjeld? Hast du etwas gefunden?«

»Habe ich. Kunststoffteile von einem Rücklicht. Aber was zum Teufel ...?«

Dunja war so frustriert, dass ihre Kopfhaut zu jucken begann, und sie wollte gerade in den Hörer brüllen, dass er nicht schweigen, sondern alles beschreiben sollte, was er sah. Es gelang ihr jedoch, sich zu beherrschen. Die Stille dauerte endlose Sekunden.

»Also, wenn ich nicht vollkommen auf dem Holzweg bin,

hat Neuman den Wagen mit den Winterreifen auf den Kai verfolgt und ist ihm direkt hinten drauf gefahren, so dass der andere … Warte, lass mich mal sehen … Doch, Scheiße. Es kann nicht anders gewesen sein.«

»So dass der andere was? Kjeld? Hallo?«

»Ins Wasser gefahren ist.«

»Du meinst, das Schwedenauto liegt auf dem Grund des Hafenbeckens?«

»Da bin ich mir so gut wie sicher.«

»Heißt das, der Täter ist auch im Wasser gelandet?«

»Möglich. Oder auch nicht. Ich weiß nicht. Hier sind einige Fußspuren, aber es ist bereits zu viel Schnee gefallen, um zu erkennen, ob sie von einer oder mehreren Personen stammen.«

»Okay. Sichere so viele Spuren wie möglich. Wir sprechen uns morgen.« Sie beendete das Telefonat und legte sich wieder aufs Sofa, um ihre Gedanken zu sammeln.

Wenn Richter die Spuren im Schnee richtig gedeutet hatte, bedeutete das, dass Aksel Neuman Jagd auf den Täter gemacht hatte, nachdem er nach Hause gekommen war und seine Frau im Bett aufgefunden hatte. Die Verfolgungsjagd hatte sich am Fähranleger abgespielt, wo das schwedische Auto vermutlich auf die nächste Fähre nach Helsingborg wartete, und am Kai ein jähes Ende gefunden, als der Wagen im Wasser verschwand.

Wohin Aksel und sein Auto verschwunden waren, blieb ein Rätsel. Möglicherweise versteckte er sich, weil er wegen Mordes am Täter verurteilt werden könnte. Denkbar war auch, dass es dem Täter gelungen war, aus dem Auto zu entkommen und an die Wasseroberfläche zu schwimmen. Vielleicht hatte er auch gar nicht dringesessen, als der Wagen ins Wasser fiel, sondern sich irgendwo versteckt, um sich anschließend aus dem Hinterhalt auf Aksel zu stürzen, ihn umzubringen und mit seinem Auto zu verschwinden.

An und für sich durchaus vorstellbar. Ob es auch wahrscheinlich war, stand auf einem anderen Blatt, und falls sie sich die Frage selbst hätte beantworten müssen, wäre die Antwort ein eindeutiges Nein gewesen. Es war nicht einmal annähernd wahrscheinlich, aber irgendetwas sagte ihr, dass bei diesem Fall die Frage, was wahrscheinlich war und was nicht, eine äußerst untergeordnete Rolle spielte.

Kapitel 23

Der schwedische Reichstag bestand in Wirklichkeit aus sieben verschiedenen Gebäuden. Dem östlichen und westlichen Reichstagshaus auf dem Helgeandsholmen und den Bürogebäuden der Abgeordneten, dem Ledamotshus, und dem Brandkontor, Neptunus, Cephalus und Mercurius in Gamla Stan. Alle Gebäude waren durch unterirdische Tunnel miteinander verbunden und wurden von Hunderten von Kameras bewacht. Die beiden Wächter in der Notrufzentrale im westlichen Reichstagsgebäude hatten somit einiges zu tun, wenn sie die alle im Blick behalten wollten. Wenn man bedachte, um wie viele Quadratmeter, Räumlichkeiten und Gänge es sich insgesamt handelte und welche hochstehenden Politiker sich hier aufhielten, waren die Gebäude so gut wie unbewacht. Wer wusste, wo die Kameras hingen, konnte sich ohne Probleme unsichtbar machen.

Nachdem sie sich zwei Stunden lang endloses Material von verschiedenen Kameras angesehen hatten, gelang es Fabian, Malin und dem einen der beiden Wächter in der Zentrale endlich, den Justizminister zu identifizieren, als er durch Ausgang 4 den Plenarsaal verließ. In der linken unteren Ecke stand die Uhrzeit: 14:42 Uhr, und es war deutlich zu erkennen, wie Grimås stehen blieb, sich den Mantel mit dem Pelzkragen überzog und weiter in Richtung Rolltreppe ging.

»Siehst du? Er trägt die Aktentasche mit der rechten Hand und hält den Hut in der linken.« Fabian zeigte auf den Monitor, wo der Minister gerade die Rolltreppe hinunterfuhr. Malin nickte.

Als sie den Minister das nächste Mal entdeckten, durchquerte er entschlossen den großen Saal der Reichsbank und setzte währenddessen den Hut auf. Die Aktentasche hing noch immer an seiner rechten Hand.

»Ist das der kürzeste Weg zum Bürogebäude der Abgeordneten?«, fragte Malin. Der Wächter nickte.

»Offenbar hatte er zumindest vor, hinauszugehen«, sagte Fabian. In seinen Augen deutete nichts an der Körpersprache des Ministers darauf hin, dass dies kein gewöhnlicher Tag war.

Als sie ihn durch die »Rinne« gehen sahen, wie der erste Teil der unterirdischen Verbindung zu den Parteibüros in Gamla Stan genannt wurde, war es genauso. Der Minister wirkte weder zögerlich noch nervös, als er im Gehen einen Blick durch die Fenster warf und auf den Riddarfjärd hinausblickte, wo eben eins seiner Handys von der Säpo gefunden worden war, und im Vorübergehen anderen Reichstagsabgeordneten zunickte. Was immer sich demnächst ereignen würde, so ahnte er davon mit größter Wahrscheinlichkeit überhaupt nichts, dachte Fabian.

In den Sekunden danach passierte es.

Die Uhr in der linken unteren Ecke zeigte 14:45 an.

In dem etwas größeren unterirdischen Raum direkt hinter der Rinne hielt der Minister mitten in der Bewegung inne und drehte sich nach jemandem um, der nach ihm gerufen hatte.

»Zurückspulen und näher rangehen«, sagte Fabian. Kurz darauf wurde die Aufnahme noch einmal gezeigt. Das Bild war jetzt herangezoomt und viel grobkörniger. Der fragende Gesichtsausdruck des Ministers war trotzdem nicht zu übersehen.

»Gibt es keine andere Kameraperspektive, von der man erkennen könnte, wer nach ihm ruft?«, fragte Malin.

»Wir haben dort nur an den Türen Kameras. Die Politiker mögen die Überwachung nicht besonders. Aber warten Sie mal …« Der Wächter klickte sich durch verschiedene Kamerawinkel. »Hier. Da ist er.« Der Wächter drückte auf Play.

Der Film zeigte einen Wachmann mit Schnurrbart und umfangreicher Taille, der dem Minister hinterherrief und -winkte. Kurz darauf drehte sich der Minister um, ging ein paar Schritte zurück und beugte sich nach vorn, um den Wachmann, der einen Kopf kleiner war als er, besser zu verstehen.

»Gibt es dort Mikrofone?«, fragte Fabian.

»Leider nicht.« Der Wächter zoomte den Minister heran, der offenbar zuhörte und dann nickte.

»Kennen Sie den Mann?«, fragte Malin.

»Nein, den habe ich noch nie gesehen. Es müssen zwar alle Kollegen eine Identifikationsnummer an der Uniform tragen, aber seine wird vom Minister verdeckt.«

Wieder nickte der Minister, schloss sich dem Wachmann an und verschwand aus dem Bild.

»Und wo sind sie dann abgeblieben?«, fragte Fabian.

»Ich weiß nicht. Es sieht so aus, als wären sie geradeaus in Richtung Brandkontor oder Neptunus gegangen und nicht nach rechts zum Bürogebäude, aber …«

»Wechseln Sie zu einer anderen Kamera, wir dürfen sie nicht verlieren.«

»Das ist nicht live, Fabian«, sagte Malin. »Das ist doch alles abgespeichert, oder?« Sie drehte sich zu dem Wächter um, der lächelte nachsichtig.

Aber Fabian beruhigte das überhaupt nicht. Jetzt passierte es! Der Minister verschwand direkt vor ihren Augen! In diesem Moment!

»Das verstehe ich nicht.« Der Wächter wechselte zwischen verschiedenen Aufnahmen hin und her, aber einige waren schwarz. »Sieht aus, als wären einige Kameras mit Farbe besprüht worden. Falls jemand ein Kabel durchtrennt, werde ich sofort alarmiert.«

»Okay. Gehen Sie bitte noch mal zurück zu dem Film, wo sie zuletzt gesehen wurden, und spulen bis 15:20 Uhr.«

Der Wächter klickte auf den Zeitmesser, und eine halbe Minute später kam wieder der Minister ins Bild. »Mensch, da haben wir ihn ja. Fast hätte ich mir Sorgen um ihn gemacht.«

»Wenn er das bloß wäre«, sagte Fabian.

Kapitel 24

Dunja versuchte, an etwas anderes zu denken, aber die Fotos gingen ihr nicht aus dem Kopf. All die verstümmelten Frauenleichen, die wie Schlachtabfälle weggeworfen worden waren, verfolgten sie. Die zerfetzten Schöße, die aufgeschlitzten Hälse, die erloschenen Blicke. Die vielen Bilder, die sie im immer verzweifelteren Versuch, einen Zusammenhang mit dem Mord an Karen Neuman zu entdecken, bis ins kleinste Detail studiert hatte.

Sie hatte viel zu lange auf dem Sofa gesessen, bis sie endlich einsah, dass sie in einer Sackgasse steckte und besser ins Bett ging. Doch ihr Gehirn arbeitete auf eigene Faust weiter und ließ sie nicht einschlafen. Als sie schließlich hörte, wie Carsten die Wohnungstür aufschloss und von seinem Weihnachtsessen zurückkam, lag sie reglos da und hoffte, sie würde irgendwann tatsächlich in den Schlaf fallen, wenn sie sich nur lange genug schlafend stellte.

Vielleicht hätte sie lieber etwas zu ihm sagen sollen, anstatt so zu tun, als ob sie schliefe. Ihm erzählen, dass ihr Gehirn so damit beschäftigt war, Filmsequenzen abzuspulen, in denen eine Frau nach der anderen zuerst vergewaltigt und dann zersägt, zerhackt oder in Stücke geschnitten wurde, dass es einfach nichts brachte.

Doch stattdessen hatte sie sich schlafend gestellt.

Und ihm das Feld überlassen.

Eine Chance, die Carsten nicht ungenutzt ließ.

Wenn er sich entschlossen hatte, zählten Argumente wie Müdigkeit und Kopfschmerzen nicht. Dass sie keine Lust hatte, hielt ihn schon gar nicht davon ab. Im Gegenteil. Er war davon überzeugt, dass diesem Umstand am einfachsten abzuhelfen war, indem er mit seinem Finger besonders fest an ihrer Klitoris rieb. In der Hoffnung, ihrem Gehirn auf diese Weise eine Pause zu verschaffen, gestattete sie ihm, in sie einzudringen.

Leider funktionierte es nicht.

Dabei wollte sie eigentlich. Jedenfalls wollte sie es wollen. Deshalb ließ sie sich in einem Takt, der einem Metronom alle Ehre gemacht hätte, von ihm bumsen, deshalb nickte sie und versuchte sich sogar an dem einen oder anderen Stöhnen, als er dicht an ihrem Ohr die Frage keuchte, ob es schön für sie wäre.

»Du, übrigens, ich muss dir noch etwas erzählen.«

»Was, jetzt? Kann das nicht warten?« Dunja versuchte, nicht mehr an das zu denken, was ein mit Nägeln gespickter Schlagstock in einer Frau anrichten konnte.

»Nein, sonst vergesse ich es vielleicht. Am Wochenende muss ich nach Stockholm und komme erst am Dienstag zurück.« Während er seine Zungenspitze noch tiefer in ihr Ohr schob, fragte sich Dunja, ob ihm bewusst war, was für ein lautes Rauschen das erzeugte. »Ich glaube, es geht in dem Seminar um eine neue Methode, wie man die Kreditwürdigkeit eines Unternehmens nach einer Fusion berechnet.«

Dunja nickte und gab ihm zu verstehen, dass er mit dem Rein und Raus weitermachen sollte. Konnte es sich wirklich um fünf verschiedene Täter handeln? Mit dem Mörder von Karen Neuman sogar sechs. Sechs Männer, die sich heimlich vorbereitet, sich ohne Vorwarnung mit einer Grausamkeit höchsten Grades über ein unschuldiges Opfer hergemacht und anschließend ihr vollkommen normales Leben wieder aufgenommen hatten.

»Tut mir leid, dass ich gestern nicht wollte, aber ich werde alles tun, um dich jetzt dafür zu entschädigen.«

Dunja nickte und bemühte sich, darüber hinwegzusehen, dass ihre Scheide inzwischen trocken war und allmählich brannte. Stattdessen dachte sie daran, wie oft sie am Anfang Sex gehabt hatten. Sie hatten es überall und mehrmals am Tag gemacht. Alles hatte sich darum gedreht. Damals war sie permanent geil gewesen, und sie hatten alle möglichen und unmöglichen Stellungen ausprobiert.

Wenn sie ehrlich sein sollte, wusste sie gar nicht, wie sie das, was sie jetzt machten, nennen sollte. Sex war es jedenfalls nicht. Dabei hatte sie oft gehört, der Sex würde mit der Dauer einer Beziehung immer intensiver und verbindender werden. Bei ihnen dagegen war es im Bett immer öder und mittlerweile so langweilig geworden, dass schon der Gedanke an eine Abwechslung zur Missionarsstellung etwas Verbotenes an sich hatte.

Hätte er sie doch wenigstens ab und zu mit etwas Unerwartetem überrascht. Alles wäre besser gewesen als dieses monotone Gerammel. Hätte er sich doch wenigstens etwas weniger gleichmäßig bewegt, oder, noch besser, wäre ganz aus ihr herausgeglitten und hätte sie geleckt. Wie lange war das her? Anschließend hätte er sie vielleicht umdrehen und von hinten … Ach ja, so hing das alles zusammen. Plötzlich sah sie alles ganz deutlich vor sich und konnte gar nicht mehr begreifen, warum sie es nicht schon früher verstanden hatte.

»Was ist los?« Carsten hielt mitten in der Bewegung inne.

»Nichts. Mach weiter.«

Die Veränderung an sich war der gemeinsame Nenner. Wie hatten sie und alle anderen das übersehen können? Natürlich war es derselbe Täter. Er hatte nur keine Lust, zweimal das Gleiche zu tun. Wollte er den Kick erleben, auf den er aus war, musste er sich jedes Mal etwas Neues und nach Möglichkeit noch Sadistischeres ausdenken.

Wieder spielte Dunja etwas vor. Diesmal, um der Sache ein Ende zu bereiten. Es war bei weitem nicht das erste Mal, und sie war mittlerweile erschreckend gut darin. Zwei Minuten später wälzte sich Carsten zufrieden mit seiner Leistung von ihr herunter, und sie konnte aufstehen.

»Ich komme gleich wieder, Liebling. Ich muss nur eine Sache erledigen.«

»Okay, ich gehe nicht weg, versprochen. Keine Sorge, ich bin noch nicht ganz fertig.« Carsten griff nach seinem müden Ständer.

»Ich beeile mich.« Dunja schlüpfte in ihren Kimono und verließ das Zimmer im Wissen, dass er längst eingeschlafen sein würde, wenn sie wieder zurückkam.

Kapitel 25

»Wie ihr wisst, sind das Brandkontor und Neptunus die beiden kleinsten Gebäude«, sagte der große und jetzt schon keuchende Wachmann, während er durch den unterirdischen Gang eilte, der die alte Stadtmauer durchquerte, und gleichzeitig per Funk den Rest seiner Einheit dirigierte.

»Falls es stimmt, dass sie dorthin gegangen sind, müssten wir ihn bald haben.«

Fabian und Malin folgten dem großen Mann in die Richtung, in der auch der Minister und der mysteriöse Wächter verschwunden waren. Sie hetzten durch ein Labyrinth aus Gängen, alten Kellergewölben und schmalen Treppen, die hinauf in die beiden Gebäude mit den Parteibüros führten, und hatten mit jedem Schritt das Gefühl, ihrem Ziel näher zu kommen. Als die Einheit aus Wachleuten sich verteilte, um in den beiden Häusern jeden Raum systematisch zu durchsuchen, war die Spannung mit Händen zu greifen.

Doch nach fast sechsstündiger, ununterbrochener Suche hatten sie nicht den geringsten Fortschritt gemacht. Keine Spur vom Justizminister hatten sie gefunden. Die Energie ließ nach, und die Erklärungsversuche mehrten sich. Woher wollten sie wissen, ob der Justizminister nicht einfach in der Kleidung einer anderen Person durch einen anderen Ausgang verschwunden war? Oder ob er das auf dem Film aus der Überwachungskamera nicht doch gewesen war?

Obwohl Fabian noch immer überzeugt war, dass der Minister sich hier irgendwo befand, fiel es ihm zunehmend schwerer, die Wachmänner zu motivieren, und eine weitere Stunde später, kurz vor Mitternacht, wurde die Suche abgebrochen. Dem verantwortlichen Mann vom Sicherheitsdienst zufolge stand zweifelsfrei fest, dass der Minister nicht hier war. Sie hatten beide Gebäude und den Keller nicht nur zwei, sondern drei Mal durchkämmt, und es war nicht anzunehmen, dass er plötzlich auftauchen würde, falls sie es ein viertes Mal täten.

Fabian wollte protestieren, wurde aber von Malin gebremst, die ihn beiseitenahm.

»Fabian, ich weiß, das ist nicht deine Art, aber hast du mal darüber nachgedacht, dass an dem, was sie sagen, möglicherweise etwas dran ist? Vielleicht haben sie recht?«

»Du glaubst also auch nicht, dass er hier ist?«
Malin zuckte mit den Schultern. »Keine Ahnung. Irgendetwas muss mit diesem Wächter vorgefallen sein, da bin ich mir sicher. Aber das muss nicht unbedingt heißen, dass er noch hier ist. Ich meine, falls der Wächter in Grimås' Klamotten hinausspaziert ist, könnte Grimås in der Wachuniform praktisch überallhin gegangen sein. Oder etwa nicht? Das würden wir ja selbst dann nicht bemerken, wenn wir uns Hunderte von diesen Filmen ansehen.«
»Doch. Die Uniform wäre ihm viel zu klein.«
Malin schüttelte seufzend den Kopf.
»Hör mir mal zu, Malin. Falls Grimås freiwillig verschwunden wäre, würde ich dir zustimmen. Dann hätten wir die Suche schon vor Stunden einstellen können. Aber das ist er nicht. Du hast doch selbst gesagt, dass er auf dem Weg zu seinem Fahrer war, als der Wächter plötzlich nach ihm rief. Bis dahin hatte er keine Ahnung, was ihn erwartete. Außerdem gibt es hier keinen einzigen unbewachten Ausgang. Egal, ob er die Gebäude freiwillig oder unfreiwillig verlassen hätte, wir müssten es gesehen haben.«
»Und wie erklärst du dir das?«
Fabian zuckte die Achseln. »Was weiß ich? Wahrscheinlich haben sie noch nicht überall gesucht.«
»Doch, das haben sie. Sogar drei Mal.«
Fabian sagte nichts. Es hatte keinen Sinn. Wenn er sich nicht bald damit einverstanden erklärte, die Suche abzubrechen, und sich zum nächsten Ausgang begab, hatte er bald die Säpo und den Reichspolizeichef am Hals. Er wurde nur das Gefühl nicht los, ganz nah dran gewesen zu sein. Der Minister war ohne Zweifel einem Verbrechen zum Opfer gefallen. Und je länger Fabian darüber nachdachte, desto geeigneter erschien ihm dieser Ort für eine solche Tat. Denn obwohl die Reichstagsgebäude bewacht wurden, wurde der Justizminister hier ironischerweise am wenigsten geschützt.

Während der wenigen Stunden in der Interpellationsdebatte und auf dem Weg zu seinem Fahrdienst hatte die Säpo den Personenschutz aufgrund einer fatalen Fehleinschätzung eingespart.

Ein Wächter hatte seine Aufmerksamkeit auf sich gelenkt, ihn zu einem blinden Fleck geführt und war nach etwas mehr als einer halben Stunde in der Kleidung des Ministers wieder aufgetaucht. Vielleicht hatten andere es auf irgendeine Weise geschafft, ihn hinauszubringen, ohne dass die Kameras es bemerkten. Was ein enormes Risiko beinhaltete, entdeckt zu werden. Und deswegen sprach fast alles dafür, dass er noch da war.

Aber wo?

Es musste einen Raum geben, den sie bislang übersehen hatten. Einen, an dem die meisten vorübergingen, ohne ihm Beachtung zu schenken. Im Polizeigebäude hätte Fabian genau gewusst, welche Stelle er sich ausgesucht hätte. Den Raum, den alle größeren Arbeitgeber zur Verfügung stellen mussten, der aber nie benutzt wurde.

»Na, dann bedanken wir uns ganz herzlich und wünschen Ihnen viel Glück«, sagte der große Wachmann und brachte sie zum Ausgang.

Sie gaben sich die Hand.

»Möglicherweise nehmen wir noch einmal Kontakt zu Ihnen auf.« Malin ging hinaus. »Fabian? Wir gehen jetzt.«

Fabian folgte Malin, blieb dann aber stehen und drehte sich um. »Der Ruheraum. Haben Sie im Ruheraum nachgesehen?«

»Ruheraum? So etwas haben wir hier nicht.« Der Wachmann lachte.

»Sind Sie ganz sicher?«

»Ja, ich kenne hier jeden Winkel. Und was immer die Leute über Politiker denken, aber eins tun sie nie: sich ausruhen.«

»Okay, es war ja nur eine Idee.« Fabian wandte sich um und wollte gehen.

»Warten Sie mal ... Hinter den ganzen Overheadprojektoren im Gewölbe unter dem Brandkontor. Genau ...« Der Wächter wurde kreidebleich. »Dass ich daran nicht gedacht habe ...«

»Woran?«, fragte Fabian, bekam aber keine Antwort.

Der Wachmann war bereits in einem derartigen Tempo losgerannt, dass Fabian und Malin kaum mitkamen.

Kapitel 26

»Das ist doch ein Witz, oder? Weißt du, wie spät es ist?«, hörte sie Mikael Rønning am anderen Ende der Leitung sagen.

»Ja, das weiß ich. Und nein, ich mache keine Witze.« Dunja machte es sich mit dem Handy auf dem Sofa bequem. »Aber es gibt sonst niemanden, der mir helfen kann. Wo bist du? Weit weg vom Büro?«

»Nein. Ben war verhindert. Und zwar ›verhindert‹ mit Gänsefüßchen. Ich weiß natürlich, dass wir eine offene Beziehung führen und so weiter, aber ... Gib zu, dass das kein guter Stil ist.«

»Auf jeden Fall. Aber wo bist du?«

»Immer noch hier. Ich spiele Sims.«

»Was, im Büro?«

»Ja, aber ich wollte gerade in die Cosy Bar, und weißt du, was ich dort machen werde?«

»Nein, aber ich kann es mir vorstellen. Würdest du mir vielleicht helfen, bevor du dich an Ben rächen gehst? Heißt er eigentlich wirklich so?«

»Ja, aber die meisten nennen ihn Big Ben.«

»Du allerdings nicht.«

»Höchstens Big-but-not-bigger-than-me-Ben, aber scheiß auf den alten Fikus. Wie kann ich dir behilflich sein?«

»Diese Fälle, die du mir rausgesucht hast. Ich glaube, für einige davon ist derselbe Täter verantwortlich.«

»Wie das? Abgesehen von der Brutalität hatten sie doch nichts gemeinsam.«

»Ich weiß. Genau das ist der Punkt. Er bekommt es satt. Um einen Kick zu bekommen, muss er jedes Mal das Rad neu erfinden. Kommst du noch mit?«

»Was soll ich tun?«

»Mach noch eine Recherche, die zeitlich weiter zurückgeht.«

»Wie weit?«

»Zehn, fünfzehn Jahre. Es müssen nicht unbedingt Fälle mit tödlichem Ausgang sein. Es reichen Vergewaltigungen oder, noch besser, versuchte Vergewaltigungen. Irgendwann muss ja das erste Mal stattgefunden haben.«

»Das werden ja unendlich viele.«

»Bitte mach einfach, was ich sage.«

»Dein Wunsch ist mir Befehl.«

»Entschuldige, es war nicht meine Absicht …«

»Kein Problem. Aber falls wir jemals, was Gott verhüten möge, miteinander im Bett landen, nach der Weihnachtsfeier oder so, dann darf ich die Peitsche halten. Okay?«

»Versprochen.« Dunja musste lachen. »Ruf an, wenn du fertig bist. Ich kann sowieso nicht schlafen.«

»Nicht nötig. Ich habe sie schon.«

»Und wie viele sind es?«

»Hab ich doch gesagt, unendlich viele.«

»Unendlich wie in dreistellig?«

»Allerdings.«

Dunja hielt das Handy etwas weiter weg, damit er sie nicht seufzen hörte. Mikael Rønning hatte vollkommen recht gehabt. Vergewaltigungen und versuchte Vergewaltigungen kamen so häufig vor, dass sie womöglich bald die Standardvariante darstellen würden, wie Männer sich Frauen näherten. Sie brauchten noch etwas, das den Täter von allen anderen unterschied. Ein winziges Detail, das man recherchieren und anschließend mit den anderen Fällen in Verbindung bringen konnte.

Sie setzte sich auf und betrachtete die fünf Fälle auf dem Wohnzimmertisch. Zum wievielten Mal, wusste sie nicht.

»Hallo? Bist du noch da?«

»Hm ...« Plötzlich merkte sie, wie müde sie im Grunde war. Sie hätte Rønning in seine Cosy Bar gehen lassen und endlich ins Bett gehen sollen. Carsten war sicher längst eingeschlafen. Doch das Gefühl, der Lösung ganz nah zu sein, ließ sie nicht los und würde ohnehin dafür sorgen, dass sie kein Auge zutat. Ihr Blick blieb an der Akte von Nanna Madsen hängen, die mit starken Blutungen und tiefen Bisswunden in einem Müllcontainer in Herlev aufgefunden worden war. »Was passiert, wenn man einen Hund in die Recherche mit aufnimmt?«

»Was denn für einen Hund?«

»Einen Dobermann, einen Kampfhund oder einfach einen Hund.« Dunja hörte am Klappern der Tastatur, wie Rønning die neuen Suchwörter eingab.

»Bingo. Am 14. Juni 2004 hat eine Maiken Brandt Anzeige wegen versuchter Vergewaltigung erstattet. Der Täter soll einen aggressiven Hund auf sie gehetzt haben. Laut ihren Angaben war es ein Dobermann.«

»Hat sie ihn identifiziert?«

»Ja. Sie hatte ihn mehrmals in der Gegend gesehen, konnte ihn eindeutig identifizieren und gegen ihn aussagen.«

»Und?«

»Benny Willumsen, 36 Jahre alt. Er wurde zu zwei Jahren

verurteilt, aber schon nach einem Jahr wieder auf freien Fuß gesetzt.«

»Kannst du genau sehen, wann sie ihn entlassen haben?« Dunja nahm erneut den Fall Nanna Madsen in die Hand und sah, dass er sich am 5. Dezember ereignet hatte.

»Am 17. Juli 2005.«

»Ein halbes Jahr später.«

»Als was?«

»Ich will, dass du noch so eine Recherche wie vorhin machst, aber nur für den Zeitraum zwischen dem 17. Juli und dem 5. Dezember 2005.«

»Da haben wir drei verschiedene Fälle. Am 15. August, am 23. Oktober und am 4. November, und bei den beiden Letzteren handelte es sich um vollendete Vergewaltigungen. Die Ermittlungen wurden jedoch in allen drei Fällen aus Mangel an Beweisen eingestellt.«

»Und am 5. Dezember geht er bis zum Äußersten und bringt sein Opfer um. Das ist er. Das muss er sein. Sieh nach, wo er wohnt.«

»Das habe ich schon, aber er scheint nirgendwo gemeldet zu sein.«

»Hast du es mal mit anderen Willumsens probiert? Also, seinen Eltern oder anderen Verwandten?«

»Geschwister gibt es nicht, und seine Eltern sind verstorben, aber er könnte ja ins Ausland gezogen sein.«

»Ach ja, genau ... Dass ich daran nicht gedacht habe. Versuch es in Schweden.«

Wieder hörte Dunja Rønnings Finger auf die Tastatur hämmern. Aus irgendeinem Grund war sie jedoch bereits vollkommen ruhig, und als die Antwort kam, staunte sie kein bisschen. Es war, als hätte sie es irgendwo in dem Chaos ihrer Gedanken die ganze Zeit gewusst.

»Hier haben wir ihn. Konsultgata 29 in Malmö. Dritter Stock.«

Kapitel 27

»Ganz ruhig, vergiss nicht, dass ich schwanger bin.« Malin hatte Schwierigkeiten, mit Fabian und dem Wachmann Schritt zu halten, der trotz seiner Größe wie ein Spürhund durch die unterirdischen Gänge wieselte. Nachdem sie einige geschlossene Toilettentüren passiert hatten, bogen sie nach links ab und landeten in einer Sackgasse, wo er schließlich stehen blieb, nach Luft schnappte und auf etwa fünfzig Overheadprojektoren zeigte, die dort aufeinandergestapelt waren wie ein Monument über den technischen Fortschritt.

»Dahinter befindet sich eine Tür.«

Mit vereinten Kräften räumten Fabian und der Wachmann einen Projektor nach dem anderen weg, merkten aber bald, dass einige mit Absicht so platziert waren, dass sie sich leicht wegrollen ließen. Ein schmaler Gang zu einer Tür wurde sichtbar, auf der ein Bett abgebildet war.

Der vorgeschriebene Ruheraum, für den nie jemand Zeit hatte. Jedenfalls bis jetzt nicht, dachte Fabian.

Der metallische Geruch nach Blut kam ihnen entgegen. Auf der Pritsche, neben einem Tischchen und einer Stehlampe das einzige Möbelstück, lag der Justizminister mit geschlossenen Augen unter einer Wolldecke auf dem Rücken. Trotz des unverkennbaren Geruchs war jedoch nirgendwo Blut zu sehen, stellte Fabian fest, als er sein Handy einschaltete und mit dem Licht die helle Auslegeware absuchte.

»Lebt er?« Malin zwängte sich durch die Tür und stellte sich neben Fabian.

Fabian hielt die Finger an die Halsschlagader des Ministers und schüttelte den Kopf. Der Körper war kalt, und die Leichenstarre war bereits fast vollständig verschwunden. Das deutete darauf hin, dass er seit etwa vierundzwanzig Stunden tot war.

»Riechst du das auch?« Malin machte die Tür hinter sich zu, damit der Wachmann nicht auf die Idee kam, den Raum zu betreten.

Fabian nickte. Als er die Decke von dem nackten Körper wegzog, bekamen sie die Erklärung geliefert. Im Bauch, der nun vollkommen offen und eingesunken dalag, klaffte ein großes Loch.

»Mein Gott, was ist denn da passiert?« Malin kam näher und sah zu, wie Fabian die mehrere Dezimeter große und tiefe Öffnung ausleuchtete.

»Er ist vollkommen ausgeweidet«, sagte Fabian. »Die Gedärme, die Leber, die Nieren ... Soweit ich das sehe, ist alles weg.«

»Ich verstehe das nicht. Der Planungsaufwand muss riesig gewesen sein. Oder begreifst du, was das soll?«

Fabian schüttelte den Kopf, obwohl ihm soeben aufgegangen war, was die Gefrierbeutel in der Abrisswohnung in Wirklichkeit enthielten.

»Zuerst Palme, dann Lindh und jetzt Grimås«, fuhr Malin fort und schüttelte den Kopf. »Das ist doch abartig. Wenn es so weitergeht, bleiben keine Politiker mehr übrig.«

»Geht es dir gut?«, fragte Fabian.

»Wieso sollte es mir gut gehen, Fabian? Schwedens Justizminister ist gerade ermordet worden. Ist dir klar, was uns bevorsteht? Jeder miese kleine Reporter wird uns auf den Leib rücken. Edelman wird nur noch Pressekonferenzen abhalten, auf denen wir nicht mehr zu sagen haben werden, als dass wir mehrere Spuren parallel verfolgen. Aber, aber ...«, sie legte sich seufzend die Hände auf den Bauch, »immerhin steht jetzt eindeutig fest, dass hier ein Verbrechen begangen wurde und wir von jetzt an offiziell für die Ermittlungen zuständig sind.«

Fabian nickte, obwohl er kein Wort mitbekommen hatte. Sein Gehirn versuchte fieberhaft, eine Verbindung zwischen dem Inhalt des Kühlschranks und Eisfachs und der aufgeschnittenen Leiche vor ihnen herzustellen. Wahrscheinlich enthielten die Gefrierbeutel weder Tierdarm noch die Innereien eines Schweins.

»Oder was meinst du?«

Fabian hob abwehrend die Hand und richtete den Lichtstrahl auf das Gesicht des Ministers. Wenn seine Theorie stimmte, schwammen in dem Glas von Haywards keine Zwiebeln herum. Doch erst als er sich nach vorne beugte, sah er es.

Die eingesunkenen Lider.

»Was ist denn? Hast du etwas entdeckt?«, fragte Malin.

Fabian nickte und hob mit einer Pinzette ein Oberlid an. Die Augenhöhle war genauso leer wie der Bauch.

Kapitel 28

Als Benny Willumsen aufwachte, wusste er nicht, wo er war. Im grellen Licht der Lampe direkt über ihm war es schwer, überhaupt etwas zu sehen. Erst als es ihm gelang, trotz des straff gespannten Klebebands über Kinn und Stirn den Kopf zur Seite zu drehen, wurde ihm klar, dass er nackt an seinen eigenen Esstisch getapt war.

Das Bild seiner geliebten Jessie hatte die letzten Zweifel zerstreut. Er hatte es an dem Tag gerahmt und aufgehängt, als sie einschlief. Das war bald siebzehn Monate her, und er hatte immer noch jeden Tag das Gefühl, mit Gegenwind zu kämpfen. Er hatte überlegt, sich eine Neue anzuschaffen, war aber zu dem Schluss gekommen, dass es sowieso nie dasselbe sein würde.

Dann kamen die Erinnerungen zurück. Allmählich traten die Bilder immer deutlicher hervor. Er hatte wie üblich einen

Abendspaziergang gemacht und war trotz des starken Schneefalls sogar die große Runde gegangen, die fast zwei Stunden dauerte. Er hatte nicht einen Hauch von Unruhe verspürt.

Ganz anders als nach seiner Eroberung in einem der Häuser unten am Fortuna Strand in Rydebäck vor zwei Jahren. Damals hatte er die Todsünde begangen, ein scheinbar unbedeutendes kleines Detail zu übersehen, und dann hatten ihm die Sorgen eine ganze Woche keine Ruhe gelassen, bis die Polizei in Helsingborg ihn schließlich aufgespürt und festgenommen hatte.

Hätten sie ihn nicht fälschlicherweise auch des Mordes an der festgeschraubten Frau angeklagt, die auf der Insel Ven angespült worden war, wäre er mit Sicherheit verurteilt worden. So wurde er stattdessen freigesprochen und schwor sich, niemals wieder auch nur die nebensächlichste Kleinigkeit zu übersehen.

Und bis jetzt hatte er das auch nicht getan.

Deshalb gab es keinen Grund zur Beunruhigung, so dass er sich den Rest des Abends seinem Krafttraining widmen konnte. Sit-ups, Liegestütze, Nackendrücken, Bankdrücken und rumänisches Kreuzheben. Er hatte das ganze Programm dreimal absolviert und auf die maximale Intensität gesteigert und spürte seine Brust wummern.

Da war es passiert.

Es hatte sich angehört, als hätte der Postbote einen Brief eingeworfen. Ein Gegenstand landete auf dem Fußboden vor dem Briefschlitz. Als er nachsah, worum es sich handelte, war der Flur bereits voller Rauch. Er versuchte wegzukommen, konnte aber weder kriechen noch robben. Seine letzte Erinnerung war, wie jemand durch die Tür kam und sich zu ihm herunterbeugte.

Jemand, der schwere dunkle Kleidung und eine Gasmaske trug.

Und jetzt lag er hier, mit Klebeband gefesselt, auf seinem

eigenen Küchentisch und hatte nicht die geringste Ahnung, was ihn erwartete. Er hatte natürlich bestimmte Befürchtungen. Dass es die Polizei sein würde, war unwahrscheinlich. In den wenigen wachen Minuten hatte sich sein Gehirn fieberhaft all seine Eroberungen in allen Einzelheiten ins Gedächtnis gerufen.

Seine erste Vermutung war, dass es sich um einen seiner gescheiterten Versuche handelte. Eine der Allerersten, die noch am Leben waren und nun auf Rache sannen. Doch wenn er es sich genau überlegte, hatte von denen keine das Zeug dazu, ihn in so eine Lage zu bringen. Stattdessen fragte er sich, ob vielleicht die Angehörigen seines Opfers aus Rydebäck dahintersteckten, aber schließlich hatte er diesen Gedanken ebenfalls verworfen.

Im Wohnzimmer hörte er jemanden vom Sofa aufstehen. Er war also nicht alleine. Er schaffte es nicht, den Kopf weit genug zu drehen, um zu sehen, wer in die Küche kam und sich direkt hinter ihn stellte.

Jetzt geht es los, dachte er. Wer auch immer ihm da die Augen verband und was auch immer geschehen würde. Es ging jetzt los.

Kapitel 29

Fabian,
ich weiß nicht, wann du nach Hause kommst. Falls du überhaupt kommst? Ich will dir nicht reinreden, würde mich aber freuen, wenn du dich meldest. Den Kindern zuliebe. Vor allem wegen Matilda, die fest davon überzeugt ist, dass wir uns trennen. Was hast du eigentlich zu ihr gesagt? Mich hat sie gefragt, ob wir schon getrennt wären, und da wusste ich nicht, was ich sagen soll.

Sind wir das?
Theodor ist ein anderes Kapitel. Ich habe keine Ahnung, was er abends treibt, aber es ist bestimmt nichts Gutes. Darum müssen wir uns kümmern, ganz unabhängig davon, wie unsere Zukunft aussieht. Gemeinsam.
Im Kühlschrank sind Reste, falls du Hunger hast.
/Sonja
PS Ich werde das ganze Wochenende im Atelier sein.

Sie hat aufgegeben, dachte Fabian, nahm den handgeschriebenen Brief vom Esstisch und versteckte ihn zwischen den Medikamenten im Schrank. Eigentlich konnte er es ihr nicht verdenken. Er war sogar bereit, zuzugeben, dass es das einzig Richtige war. Doch egal, wie logisch es auch erscheinen mochte, konnte er sich doch nicht überwinden. Sollte sich im Nachhinein herausstellen, dass es die falsche Entscheidung gewesen war, hätte er sich das niemals verziehen. Was, wenn es nur eine etwas längere Krise war, die sie fest im Griff hatte?

Er holte das Essen aus dem Kühlschrank. Pilzrisotto. Das gehörte zu seinen absoluten Lieblingsgerichten, und niemand machte es so gut wie Sonja. Er nahm sich eine Gabel, aß das Risotto, damit die anderen nicht von der Mikrowelle geweckt wurden, kalt und direkt aus der Tupperdose und beschloss, nicht zuzulassen, dass es vorbei war, bevor sie es ein letztes Mal wirklich versucht hatten.

Als er fertig war, stopfte er die Dose in die ohnehin übervolle Spülmaschine, machte das Licht aus und ging ins Badezimmer, um zu duschen, sich die Zähne zu putzen und aus irgendeinem Grund auch ausgerechnet jetzt seine Zwischenräume mit Zahnseide zu reinigen. Sein Zahnarzt war immer deutlicher geworden und hatte ihm schließlich sogar mit Zahnausfall gedroht, falls er nicht bald damit anfing. In Anbetracht des fiesen Geruchs und der Unmengen an Blut, die er dabei spuckte, handelte es sich vermutlich nicht um leere Drohungen.

Im Schlafzimmer war es so dunkel, dass er sich nur mit ausgestreckten Händen fortbewegen konnte. Er hörte, dass Sonja im tiefsten Tiefschlaf war. Niemand klang wie sie, wenn sie schlief. Ihre schweren unregelmäßigen Atemzüge gingen hin und wieder in ein leises Schnarchen über, das so charakteristisch war, dass nicht einmal sie selbst es imitieren konnte, wenn sie versuchte, so zu tun, als schliefe sie schon.

Er stellte den Wecker auf sieben und kroch auf seiner Seite unter die Decke. Eigentlich hätte er sofort einschlafen müssen, so am Ende, wie er war. Er hatte ein verzweifeltes Bedürfnis nach einigen Stunden Pause, während ihre Kriminaltechnikerin Hillevi Stubbs jeden Quadratzentimeter des Ruheraums im Reichstag und der Abrisswohnung mit der Lupe nach Spuren untersuchte und die Leiche in der Rechtsmedizin obduziert wurde. Malin hatte noch einmal Anlauf genommen und war in die Notrufzentrale des Reichstags zurückgekehrt, um sich die Filme aus den Überwachungskameras Stück für Stück erneut anzusehen und den Wächter zu identifizieren, der Grimås angesprochen hatte.

Sie hätte ihn gerne dabeigehabt, doch er hatte ihr den Wunsch abgeschlagen, weil er genau wusste, dass dies die Ruhe vor dem Sturm und möglicherweise seine letzte Chance war, ein bisschen Schlaf zu tanken. In einer halben Stunde würde die Nachricht vom Tod des Ministers die Öffentlichkeit erreichen, und auch wenn Edelman die schlimmsten Details noch zurückhielt, würden die Zeitungen bald den Braten riechen und sich eine Schlagzeile nach der anderen erschnüffeln.

Doch in diesem Moment hielt ihn nicht der Fall vom Schlafen ab, sondern die Tatsache, dass Sonja das Handtuch geworfen hatte. Der Gedanke, dass ihre vielen wundervollen gemeinsamen Jahre in stummem Einvernehmen im Sande verlaufen sollten, versetzte ihn in eine schmerzhafte Panik.

Es durfte nicht passieren. Jedenfalls nicht so. Sie konnten zumindest versuchen, miteinander zu reden. Er musste ehrlicherweise zugeben, dass Sonja mehrfach eine Paartherapie vorgeschlagen und bereits Adressen herausgesucht hatte. Doch er hatte sich jedes Mal quergestellt und behauptet, sie würde das Problem aufbauschen. Es sei nicht so gravierend, als dass sie sich nicht in Ruhe hinsetzen und alles auch ohne einen Fremden, der nur Geld mit ihnen verdienen wollte, besprechen könnten.

Dabei hatte er sich in Wahrheit nur nicht getraut.

Er rollte sich auf ihre Seite hinüber und schlüpfte unter ihre Decke. Sie war warm, und ihre Haare dufteten leicht nach Ölfarbe, obwohl sie frisch geduscht war. Sie schlief zu tief, um seine Anwesenheit zu bemerken. Nicht einmal, als er ihren Namen sagte, reagierte sie, aber vielleicht hörte sie ihm im Unterbewusstsein zu, dachte er, und legte die Lippen an ihr Ohr. »Ich liebe dich, Sonja. Nur, damit du es weißt. Ich liebe dich mehr als alles auf der Welt«, flüsterte er. »Und ich schwöre dir, dass ich noch nicht aufgegeben habe. Noch lange nicht. Hast du das verstanden? Und wenn du willst, dass wir eine Therapie machen, tun wir das. Okay?«

»Hm.«

Ob das eine Antwort oder ein Geräusch gewesen war, das sie zufällig von sich gegeben hatte, war nicht zu erkennen.

»Ich liebe dich, Sonja«, flüsterte er noch einmal. »Fabian liebt dich.«

»Ich liebe dich auch …«, sagte sie beim Ausatmen so leise, dass es fast nicht wahrnehmbar war. Aber Fabian reichte es vollkommen aus.

Kapitel 30

Benny Willumsen wusste nicht, wie er reagieren sollte. Seine Gefühle und Gedanken verzweigten sich in alle möglichen Richtungen. Auf der einen Seite erfüllte ihn das, was ihn erwartete, mit immer größerer Sorge. Die Schmerzen, mit denen er rechnete. Dass er irgendeine Form von Strafe verdient hatte, stand außer Frage. In Anbetracht all der Opfer, die seit den ersten gescheiterten Versuchen seinen Weg säumten, war es eigentlich ein Wunder, dass erst jetzt jemand beschloss, auf eigene Faust für Gerechtigkeit zu sorgen. Doch er war noch lange nicht bereit, das Handtuch zu werfen. Allein der Gedanke an das, was er noch vorhatte, tat weh. All die Ideen, die er gesammelt hatte, aber nun niemals in die Tat umsetzen konnte.

Auf der anderen Seite musste er zugeben, dass er die Berührung der Hände, die federleicht über seine nackte Haut glitten, genoss. Er erschauerte vor Wollust. Über die Brust, die von der letzten Trainingseinheit noch ganz aufgepumpt war und hinunter zum Sixpack – seinem ganzen Stolz.

Obwohl er die vierzig überschritten hatte, war er in der Form seines Lebens. Sein Körper war der Perfektion so nah wie möglich. Nicht nur die Muskeln, sondern auch die Proportionen. Ganz zu schweigen von der Gelenkigkeit, die er dank des Yogas in den vergangenen Jahren entwickelt hatte. Außerdem war das Unterhautfettgewebe nahezu vollständig verschwunden, so dass die Adern und Sehnen hervortraten. Wenn es einen geeigneten Moment gab, um betrachtet und berührt zu werden, dann jetzt.

Er hatte sich noch nie in einer ähnlichen Lage befunden – nackt und mit verbundenen Augen auf dem eigenen Tisch festgezurrt – und wäre in seinen wildesten Phantasien nicht darauf gekommen, dass es ihm irgendeine Art von Genuss verschaffen würde. Aber das tat es. Obwohl er panische Angst vor dem hatte, was ihn erwartete, musste er sich eingestehen, dass die Ungewissheit ihn erregte. Im Gegensatz zu all den anderen Malen, wenn er der aktive Part gewesen war, der die Ideen entwickelte und ausführte.

Es war nicht so, dass ihm das nicht gefiel. Im Gegenteil, er liebte es. Am Ruder zu sitzen und die Macht über das Leben eines anderen Menschen zu haben war unschlagbar. Allein die Angst in ihren Augen, wenn ihnen klarwurde, dass er sie in der Gewalt hatte. In Wahrheit konnte jeder Teil des Prozesses lustvoll sein, und wenn man zu viel Druck machte, bestand die Gefahr, dass einem die Nuancen entgingen. Wie zum Beispiel der Moment, wenn die Angst in Entsetzen überging, weil sie begriffen, dass er die Macht nicht nur hatte, sondern von ihr auch Gebrauch machen wollte.

Jedes Stadium war wie eine Unschuld, die man nicht zurückbekommen konnte, wenn man sie einmal verloren hatte. In dem Moment, wo sie das Entsetzen packte, war die Angst unwiderruflich verbraucht. Da konnte er tun, was er wollte. Mit den Jahren war er immer geschickter darin geworden, auch noch das letzte Tröpfchen herauszupressen und sie so lange in einem der Stadien zu belassen, wie er Lust hatte, bevor er sie auf der vorbestimmten Bahn, die allen seinen Opfern beschieden war, weitertrieb.

In den ersten Jahren war er auf das Entsetzen aus gewesen, aber mittlerweile gefiel ihm die Hoffnung am besten. Sie kam immer nach dem Entsetzen und ließ ihre Blicke wieder leuchten. In diesen Momenten erntete er hin und wieder ein Lächeln und manchmal sogar ein Lachen. Es gab nichts Schöneres, als sie in solchen Augenblicken in Sicherheit zu wiegen und abzuwarten, bis die Hoffnung so groß und stark geworden war, dass sie schließlich an sie zu glauben wagten. Solange sie ihm gehorchten und sich nicht wehrten, würde alles wieder gut werden.

Dann, aber nur dann, würden sie überleben.

Je länger er diese Phase hinauszögerte, desto reicher wurde er belohnt, wenn sie begriffen, dass ihre Hoffnung sinnlos war. Dass sie bitten und betteln und tun konnten, was sie wollten, die Sache würde trotzdem nur auf eine Weise enden. Sie atmeten noch, und ihre Herzen pumpten noch das sauerstoffreiche Blut durch die Adern, als ob nichts passiert wäre.

Aber ihre Augen waren klüger. Sie wussten genau, was sie erwartete.

Es gab nichts Schöneres als einen erlöschenden Blick.

Die behutsamen Hände strichen über seine Leisten und Beine. Zum ersten Mal blieb ihm nichts anderes übrig, als abzuwarten und es über sich ergehen zu lassen, und obwohl er ganz genau wusste, wie es enden würde, genoss er es.

Seine Atmung wurde tiefer, und wenn sein Mund nicht mit Klebeband verschlossen gewesen wäre, hätte er sicherlich durch ihn geatmet. Außerdem war sein Glied zum Leben erwacht, und er spürte, wie sein Blut es immer größer und härter aufpumpte, während sich die zarten Hände näherten.

Anfangs war er sicher gewesen, dass es Frauenhände waren, doch jetzt fragte er sich, ob es nicht doch ein Mann war. Nie war ihm auch nur der Gedanke gekommen, er könnte homosexuell sein. Oder auch nur bisexuell. Sein gesamtes Leben lang war er hundertprozentig überzeugt gewesen, er wäre so hetero, wie es nur irgend möglich war, und war schon von der Vorstellung, dass ein Mann ihn berührte, total abgetörnt.

Doch seinem Körper war das offenbar völlig egal, denn sein Geschlechtsteil hatte sich nun zu voller Größe aufgerichtet und war so vollgepumpt mit Blut, dass er spürte, wie es sich im Takt des Pulsschlags bewegte. Wer auch immer da mit ihm spielte, war mit Sicherheit beeindruckt. Mit einer Länge von neunundzwanzig Zentimetern und einem Umfang von achtzehneinhalb übertraf er die meisten Schwänze.

Endlich berührten sie ihn. Zart und kaum spürbar strichen sie an der Unterseite von der Wurzel bis ganz nach oben. Er war sich nicht ganz sicher, ob er seinen Empfindungen trauen konnte, kam aber zu dem Schluss, dass es eine Zungenspitze sein musste, die seine pulsierende Eichel umspielte.

Er wusste nicht genau, was er erwartet hatte, aber er hatte definitiv nicht damit gerechnet, so lange am Leben zu bleiben. Doch er nahm es dankbar an und genoss es, solange es anhielt. Es konnte jederzeit Schluss sein. Ein gezielter Schlag mit dem geschliffenen Küchenbeil, und er würde innerhalb von Minuten verbluten.

Jederzeit.

Stattdessen umfassten die Hände seine steinharte Wurzel und richteten das Glied direkt nach oben. Ein warmer feuchter Mund schloss sich um seine Eichel und arbeitete sich immer weiter nach unten vor. Er spürte noch immer nicht, ob es ein Mann oder eine Frau war, aber je länger die Hand und der Mund so perfekt kooperierten, desto unwichtiger wurde es ihm.

Normalerweise onanierte er mindestens zweimal in der Woche. Das half ihm, einigermaßen ruhig zu bleiben. Aber in den vergangenen Wochen hatte er sich selbst nicht angefasst, sondern sich stattdessen auf das Training konzentriert und einen gewissen Druck aufgebaut. Wenn er jetzt käme, dann heftig.

Hauptsache, es hörte jetzt nicht auf. Es durfte nicht aufhören. Nicht bevor er abgespritzt hatte. Was danach passierte, spielte keine Rolle. Dann konnten sie mit ihm machen, was sie wollten. Vollkommen egal. Hauptsache, sie ließen …

Er spürte, wie sich der Sack zusammenzog und sein steinhartes Geschlecht sich bereit machte. Eine Sekunde später kam die erste Ladung, und anschließend wurde unaufhörlich immer mehr weißer Samen herausgepumpt.

Erst als er vollkommen leer war, lockerten die Hände den Griff, und er konnte sich entspannen und seinen Körper immer schwerer werden lassen. Er war kurz davor einzuschlafen und hatte das Gefühl, in den Tisch einzusinken, immer tiefer hinein in die undurchdringliche Dunkelheit.

Was ihn erwartete, spielte keine Rolle.

Er war bereit, seine Strafe anzunehmen.

Kapitel 31

Es war erst elf Minuten vor sechs, als Fabian und Malin das schwach beleuchtete Treppenhaus in der Hornsgata 107 in Stockholm betraten. Die Lage in Södermalm, einen Katzensprung von den Grünanlagen an der Årstavik entfernt, war in vieler Hinsicht perfekt, aber so wie es hier aussah, hätte das Haus auch in irgendeinem heruntergekommenen Vorort liegen können, dachte Fabian.

Zwanzig Minuten zuvor hatte Malin ihn angerufen, da es ihr gelungen war, das Namensschild des Wächters auf dem Film aus der Reichstagskamera zu entziffern. Es stellte sich heraus, dass der Wächter, der mit dem Justizminister verschwunden war, Joakim Holmberg hieß, siebenunddreißig Jahre alt war, alleine lebte und seit fünf Jahren als Wachmann im Reichstag arbeitete.

»Viertes Obergeschoss.« Malin zog an der Fahrstuhltür.

»Wir nehmen die Treppe.« Fabian machte sich auf den Weg.

»Du hast leicht reden, du schleppst ja auch nicht deine ganze Familie mit dir herum.« Malin eilte ihm hinterher. »Ich habe Wojtan auf ihn angesetzt, und soll ich dir mal sagen, was er gefunden hat?«

Sie meinte Wojtek Novak, der Niva Ekenhielm ersetzte,

seit die vor zwei Jahren aufgehört hatte. Da er sich gegen die Bezeichnung Sci-Fi-Bulle entschieden verwehrte und stattdessen darauf bestand, dass man ihn als informationstechnischen Kriminalermittler bezeichnete, wurde er von allen nur Wojtan oder auch Cyber-Wojtan genannt. Er hatte ein Jahr gebraucht, um sich einzuarbeiten, aber nun herrschte kein Zweifel mehr daran, dass er eine echte Bereicherung war, obwohl er niemals auch nur in die Nähe von Nivas Niveau kommen würde.

»Absolut. Schieß los.« Fabian verlor den Kampf gegen ein Gähnen.

»Okay. Wie gesagt, er ist siebenunddreißig und hat mit seiner Mutter zusammengewohnt, bis sie vor zweieinhalb Jahren an Brustkrebs starb. Gemütlich, oder? Und jetzt hat er den Mietvertrag übernommen.«

Ein Sonderling, der nie von zu Hause ausgezogen war. Viel schlimmer konnte es nicht werden, dachte Fabian und wartete auf Malin, die von der Anstrengung schon ganz rot im Gesicht war. »Hast du noch was?«

»Oh, yes. Ich habe gerade erst angefangen. Auf Facebook gefallen ihm die Schwedendemokraten und das Blog *Politisch inkorrekt*. Auf Flashback schreibt er jede Woche neue Beiträge zu verschiedenen Waffendiskussionen.«

»Und andere Threads?« Fabian stieg die letzte Treppe hinauf.

»Wie zum Beispiel?«

»Jagd, Zerstückelung, Anatomie und so weiter.«

»Keine Ahnung. Wenn, dann unter einem Pseudonym. Aber hör dir das mal an: Von 1997 bis 2000 hat er sich jedes Jahr an der Polizeihochschule beworben und wurde mit folgender Begründung abgelehnt ...« Sie erklomm die letzte Stufe, zog ihr Handy aus der Tasche und las vor: *Der Bewerber leidet an einer so starken sozialen Phobie, dass wir ihn als höchst ungeeignet für den Polizeidienst betrachten.*

»Aber beim Wachschutz im Reichstag war es offenbar kein Problem.«

»Tja. Da wird einem angst und bange, oder? Aber jetzt wird es richtig interessant. Weißt du, wer die Polizeihochschule zu dieser Zeit geleitet hat?«

Fabian dachte einen Augenblick nach und schüttelte dann den Kopf.

»Carl-Eric Grimås.«

»Ist das wahr?«

Malin nickte.

»Könnte das ein Motiv sein?« Fabian hielt die Tür zum Laubengang auf.

»Warum nicht? 1995 hat er als Chef der Reichskripo aufgehört und wurde für ein paar Jahre Leiter der Polizeihochschule, bevor er dann auf die Politik umgesattelt hat.«

»Aber das ist fast zehn Jahre her«, sagte Fabian. »Nachtragend ist also gar kein Ausdruck.«

»Na und? Vielleicht konnte er den Plan erst nach dem Tod seiner Mutter in die Tat umsetzen.«

Sie gingen weiter den Laubengang entlang, von dem aus man in die Küchen der Bewohner schauen konnte. Die ersten beiden waren leer, in der dritten saßen fünf Personen und spielten Karten. Die vierte gehörte Joakim Holmberg. Hier brannte kein Licht.

Fabian schirmte seine Augen mit den Händen vor der Sonne ab und schaute in die Küche, in der seit dem Tod der Mutter offenbar niemand mehr geputzt hatte. Die Arbeitsfläche war bedeckt mit verkrustetem Geschirr, und auf dem Fußboden lagen lauter Pizzakartons und McDonald's-Tüten. Das Auffälligste waren jedoch Hunderte von Coladosen, die zu schwindelerregenden Türmen aufgestapelt waren. »Shit, hier ist offen«, flüsterte Malin. Fabian drehte sich um. »Was meinst du? Sollen wir reingehen oder auf ein Einsatzkommando warten?«

Fabian zog seine Pistole, entsicherte sie, legte den Finger an den Abzug und betrat den Flur. Malin folgte ihm und machte die Tür zu. Die Luft war stickig, und außer dem Verkehr auf der Hornsgata waren keine Geräusche zu hören.

»Ist es nicht etwas merkwürdig, dass er die Tür nicht abgeschlossen hat?«, flüsterte Malin. »Ich meine, man schließt doch ab, selbst wenn man zu Hause ist. Vor allem, wenn die Wohnungstür auf einen Laubengang hinausgeht.«

Fabian gab ihr zu verstehen, dass sie leise sein sollte, und drückte eine der Türen mit dem Fuß auf.

»Glaubst du, er ist nicht zu Hause?«

Achselzuckend warf Fabian einen Blick ins Schlafzimmer, das einen genauso renovierungsbedürftigen Eindruck machte wie die Küche. Ein ungemachtes Bett und haufenweise schmutzige Wäsche auf dem Fußboden. Und dazu die Türme aus Coladosen, die große Teile der einen Wand bedeckten.

»Süchtig ist noch untertrieben.« Malin ging ins andere Zimmer.

Fabian lief durch den Flur in einen größeren Raum, in dem es im Gegensatz zu Küche und Schlafzimmer stockdunkel war. Als er schließlich den Lichtschalter fand, begriff er, dass er den Schlüssel zu Joakim Holmberg in diesem Zimmer finden würde. Hier hatte er seine Seele reingesteckt und sich eine Welt aufgebaut, in der er nicht mit anderen Menschen konfrontiert war. Eine Welt, in der niemand außer ihm gebraucht wurde.

Genau wie in der Abrisswohnung in der Östgötagata waren die Fenster verdunkelt und hätten auch an einem sonnigen Hochsommertag nicht mehr Licht hereingelassen. Die Beleuchtung kam nur aus Spots an der Decke, die auf ein Dutzend aufgestellte Schaufensterpuppen gerichtet waren. Von der Mönchskutte über den Bikini, die Krankenschwesternuniform und Bondagemontur war alles dabei. Einige saßen auf dem Ledersofa, als hätten sie eben ihr Weinglas auf dem rauchfarbenen Glastisch abgestellt und würden sich unterhalten. Andere standen oder lagen in obszönen Positionen auf dem Fußboden.

Mitten im Raum, ein wenig erhöht auf einem kleinen Podest, stand ein Drehsessel mit Halterung für ein Glas oder eine Tasse vor einem großen Flachbildschirm, und im Regal unter dem Fernseher befanden sich neben der Playstation und der X-Box ein Computertower und Lautsprecher. Auf einem runden Tischchen neben dem Sessel standen eine Schachtel Kleenex und eine Cremetube.

Als Fabian sich in den Sessel setzte, bemerkte er sofort, dass alle Schaufensterpuppen auf die eine oder andere Weise ihm zugewandt waren. Als bildete er den Mittelpunkt der Party und zöge alle Blicke auf sich.

Joakim Holmberg war offenbar am liebsten alleine, wenn er Aufmerksamkeit tankte. Außerdem war er Waffenexperte, sympathisierte mit Rechtsextremen und war aus naheliegenden Gründen nicht auf der Polizeihochschule angenommen worden.

Immer wieder drehte und wendete Fabian die verschiedenen Bestandteile, wurde daraus aber kein bisschen klüger. Das wichtigste Puzzleteil schien zu fehlen. Das alles zusammenhalten würde.

Er stand auf, ging um eine der Puppen herum, die mit gespreizten Beinen auf dem Boden lag, und machte drüben im Badezimmer das Licht an. Die Kacheln, die mal weiß gewesen sein mussten, schimmerten nun eher gelblich. Das Gleiche galt für Waschbecken und Toilette. Auf einem Bord stand eine Dose Babypuder neben einem ordentlichen Stapel Windeln für Erwachsene. Eine Klospülung irgendwo im Haus riss ihn aus seiner Erinnerung an einen Zeitungsartikel über einen englischen Kindergarten für Erwachsene, wo ältere Männer Windeln tragen durften und mit dem Fläschchen gefüttert wurden. Eine Sekunde später rauschte das Wasser durch das Abflussrohr.

Er öffnete den Spiegelschrank, um nachzusehen, ob sich darin Medikamente befanden, aber stattdessen blieb sein Blick am Spiegel hängen, in dem er in einer Falte des Duschvorhangs ein Knie über den Badewannenrand hinausragen sah. Wieso hatte er eine Schaufensterpuppe in der Wanne? War das überhaupt eine? Fabian drehte sich um und riss den Vorhang weg.

Der Mann war nur mit Unterhose und Unterhemd bekleidet. Seine Hände waren mit starkem Klebeband zusammengebunden, die Augen geschlossen und der Mund weit geöffnet. Er trug ein Hundehalsband mit Nieten, an dem eine Leine hing, die hinter dem Rücken verschwand. Fabian kannte ihn nur von dem grobkörnigen Film aus der Überwachungskamera, aber der gedrungene, behaarte und übergewichtige Körper konnte nur Joakim Holmberg gehören.

Hatte er sich das Leben genommen? Vorsichtig drückte Fabian mit den Fingerspitzen unterhalb des Ohrs gegen die Halsschlagader. Schon jetzt spürte er es, und trotzdem schreckte er zurück, rutschte aus und fiel hin, als der Körper in der Badewanne ohne Vorwarnung kräftig zuckte, weil er sich aufsetzen wollte, aber von der Hundeleine daran gehindert wurde.

Kapitel 32

»Ich weiß nicht.« Joakim Holmberg kratzte sich an der wunden Stelle, die das Hundehalsband hinterlassen hatte.

»Ich weiß nicht, wie in: Ich kann mich nicht erinnern, oder wie in: Ich weiß es nicht. Oder haben Sie nur nicht die Kraft, meine Frage zu beantworten?« Fabian saß ihm mit

Malin gegenüber und spürte die Gereiztheit wie ein Jucken am ganzen Körper.

»Ich weiß nicht.« Joakim Holmberg leerte die Coladose und stellte sie neben die andere, die er bereits ausgetrunken hatte.

Sie waren jetzt seit über zwei Stunden zusammen im Vernehmungszimmer eingesperrt und rangen mit einem Joakim Holmberg, der so gut wie jede Frage mit »Ich weiß nicht« beantwortete. Der Sauerstoff war längst verbraucht, und die Luft bereits so viele Male recycelt worden, dass Fabian gar nicht darüber nachdenken wollte, wo sie sich schon überall befunden hatte.

Die Situation wurde nicht besser dadurch, dass er nicht mehr als drei Stunden geschlafen hatte. Und er wartete nur darauf, dass Sonja ihn wie eine Wahnsinnige am Telefon beschimpfte, weil er gegangen war und vermutlich das ganze Wochenende weg sein würde. Er hatte zwar eine Erklärung unter ihrem PS hinterlassen, rechnete aber nicht damit, dass sie die verstand.

»Viel scheinen Sie ja nicht zu wissen.« Fabian versuchte angestrengt, die Tatsache zu ignorieren, dass Holmberg ungeniert den Zeigefinger in ein Nasenloch gesteckt hatte. »Wissen Sie überhaupt irgendwas? Zum Beispiel, wie Sie heißen? Können Sie uns wenigstens das sagen?«

Joakim Holmberg starrte die Tischplatte an, zog einen Popel aus der Nase und hielt ihn hoch. »Wo kann ich den loswerden?«

Fabian wechselte einen Blick mit Malin, die von dem Mann ganz offensichtlich genauso angewidert war wie er selbst. »Ich weiß nicht. Kommt Ihnen das bekannt vor?« Er stand auf und durchquerte den immer klaustrophobischeren Raum. »Ich weiß nicht. Ich weiß nicht. Ich weiß nicht. Ich weiß nicht. Aber der Unterschied zwischen Ihnen und mir, oder besser gesagt, einer von Millionen von Unterschieden zwischen uns ist, dass ich die Wahrheit sagte. Denn ich habe nicht die geringste Ahnung, was Leute wie Sie mit Ihrer ekligen Rotze machen, und wenn ich ganz ehrlich sein soll, will ich das auch gar nicht wissen.« Er stellte sich hinter Holmberg und stützte sich auf dessen Rückenlehne. »Was meinst du, Malin? Hast du eine Ahnung?«

Malin zuckte die Achseln und schüttelte den Kopf, ohne eine Miene zu verziehen. Fabian sah ihr an, dass sie überhaupt nicht einverstanden mit seinem Vorgehen war, und natürlich überschritt er eine Grenze. Aber es musste eben sein. Jetzt konnte er sich nicht mehr beherrschen.

»Wir hatten einen in der Klasse, der war ein richtiges Ekel. Sie hätten ihn wahrscheinlich gemocht. Der aß sie immer auf. Und nicht nur die eigenen, sondern auch die von anderen. Er behauptete, sie würden ihm schmecken. Wäre das was für Sie? Was meinen Sie?«

Joakim Holmberg ignorierte Fabian, schmierte den Popel an eine der leeren Coladosen und griff nach einer neuen.

»Das können Sie vergessen. Mehr Cola gibt es nicht.« Fabian riss ihm die Dose aus der Hand. »Nicht, bevor Sie uns endlich erzählt haben, was zum Teufel da passiert ist.«

»Das hab ich doch schon. Ich saß auf meinem Thron und ...«

»Sie meinen Ihren Sessel.«

»Und, und dann ...«

»Haben Sie sich selbst gestreichelt. Das haben wir kapiert.«

»Nein, ich hatte es vor, aber so weit bin ich gar nicht gekommen.«

»Ja, ja, wie auch immer.«

»Kann ich mal mit dir reden, Fabian?« Malin gab ihm mit einer Kopfbewegung zu verstehen, dass er mit ihr auf den Flur kommen sollte, und machte die Tür hinter ihnen zu. »Was soll die Scheiße? Was machst du da eigentlich?«

Fabians Blick heftete sich an einen Fernseher unter der Decke, auf dem die laufende Pressekonferenz zu sehen war. Herman Edelman saß links von Bertil Crimson, dem Chef der schwedischen Reichspolizei, hinter einem Wald aus Mikrofonen. Auf der anderen Seite saß Anders Furhage von der Säpo und informierte darüber, dass es sich möglicherweise um einen Terroranschlag handle, auszuschließen sei das nicht. Deshalb sei die Sicherheitsstufe im Land auf einer bis fünf reichenden Skala von 2 auf 3 erhöht worden, und die meisten Politiker bekämen mehr Personenschutz.

»Fabian? Ist etwas passiert?« Malin versuchte, seinen Blick aufzufangen.

Sein erster Impuls war, in Abwehrhaltung zu gehen und sich dumm zu stellen. Aber den Ton ihrer Stimme und diesen Blick kannte er zu gut. Sie würde nicht nachgeben, bevor er nicht alles gestanden hatte. »Was heißt schon passiert? Ich weiß nicht ... Entschuldige, ich bin ...« Er schloss die Augen und massierte sich die Schläfen. »Bei Sonja und mir ist es zurzeit etwas stressig, ehrlich gesagt habe ich keine Ahnung, wie es weitergehen soll ... Und heute Nacht habe ich kein Auge zugetan.«

»Denkst du, ich?«

Fabian hatte das Gefühl, über seinem Kopf sei ein Eimer kaltes Wasser ausgeschüttet worden.

»Darf ich dich darauf aufmerksam machen, dass ich nicht nur die ganze Nacht damit zugebracht habe, dieses Ekelpaket da drüben zu identifizieren, sondern diese beiden Streithammel seit Wochen dafür sorgen, dass ich nur schlafe, wenn ich etwas langsamer blinzle. Deswegen kann ich hier aber nicht einfach ankommen und mich wie ein Arschloch benehmen.«

»Nein, du hast natürlich vollkommen recht.« Fabian musste ihr zustimmen. »Aber ich halte den einfach nicht aus. Ich weiß nicht, da ist irgendetwas an seinem ganzen ...«

»Ja, er ist ein schleimiger Wurm und tut merkwürdige Dinge, von denen man lieber nichts wissen will. Aber er ist kein Mörder. Er hat den Minister nicht aufgeschnitten. Er ist nicht einmal der Typ, der auf der Überwachungskamera zu sehen ist.«

»Ich weiß. Aber warum schweigt er?«

»Das tut er doch gar nicht. Du hörst ihm nur nicht zu.«

»Was meinst du damit? Er sagt doch immer nur, er weiß nicht. Wieder und wieder.«

»Außerdem stellst du die falschen Fragen. Und deshalb übernehme ich das jetzt.«

Sie gingen zurück in den Vernehmungsraum, wo Holmberg den Zeigefinger erneut tief in seiner Nase versenkt hatte.

»Okay, Joakim, wir fangen noch mal von vorne an.« Malin machte hinter Fabian die Tür zu. »Sie hatten sich gerade auf Ihren Thron gesetzt und wollten es sich selbst ein bisschen schön machen.« Sie öffnete eine Coladose und reichte sie ihm. »Aber dann ist etwas passiert.«

Holmberg schüttete sich etwas mehr als die halbe Cola hinein, gab ein lautes Rülpsen von sich und nickte. »Aber ich weiß nicht, was.« Er verstummte, und Malin unternahm nichts, um das Schweigen zu brechen, das jeden Winkel des Raums ausfüllte. »Ich dachte, ich hätte im Flur etwas gehört, war mir aber nicht sicher«, fuhr er fort. »Ich hatte die Lautsprecher an und gerade einen Film eingelegt.«

»Dann haben Sie den Film ausgemacht.«

»Ja, und ich ging nachsehen, was da war.«

»Und was war es?«

»Ich weiß nicht.« Holmberg trank die Cola aus und zerdrückte die Dose.

Wieder breitete sich Stille aus. Fabian warf Malin einen Blick zu. Wie immer las sie in ihm wie in einem offenen Buch und gab ihm zu verstehen, dass er ruhig bleiben und abwarten sollte. Doch nach ein paar Minuten merkte er deutlich, dass auch ihr das Schweigen auf die Nerven ging.

»Es war irgendwie alles weiß.«

Der Satz kam aus dem Nichts, und Malin schien sich ebenso wie Fabian zu fragen, ob sie richtig gehört hatte.

»Was soll das heißen, weiß?« Malin rückte näher an ihn heran.

»Keine Ahnung. Weiß eben.«

»Und dann?«

»Als ich aufwachte, war ich mit einer Hundeleine in der Badewanne angebunden.«

»Sie wissen also nicht, wie Sie dorthin gekommen sind?«

Holmberg schüttelte den Kopf.

»Aber es war alles weiß. Haben Sie etwas gehört?«

»Ich weiß nicht. Oder doch, eigentlich schon. Es klang wie ... wie ... Darth Vader.« Holmberg lachte auf und nahm sich eine neue Dose.

»Darth Vader? Wie Darth Vader aus *Star Wars*?«

Holmberg nickte, öffnete die Dose und trank. »So.« Er hielt sich die Hand vor Mund und Nase und atmete übertrieben, um es zu demonstrieren. Wie unter einer Gasmaske.

Malin sah Fabian an. »Denkst du das Gleiche wie ich?«

Fabian wusste nicht, wovon sie sprach. Im nächsten Augenblick war Malin schon aus dem Vernehmungszimmer verschwunden.

Der Film auf Malins Computerbildschirm war in vier gleich große Bilder unterteilt. Auf den beiden oberen war aus verschiedenen Blickwinkeln zu sehen, wie ein Auto nach dem anderen hereinfuhr und vor einem rot-weiß gestreiften Schlagbaum hielt, der hochging, nachdem der Fahrer die Hand aus dem Seitenfenster gesteckt und ein Ticket aus dem Automaten gezogen hatte. Die beiden unteren zeigten, wie ein stetiger Strom von Autos hinausfuhr.

»Und was ist das hier?« Fabian drehte sich zu Malin um.

»Das, was du verpasst hast, weil du es gestern beim Morgenmeeting so wahnsinnig eilig hattest.«

Fabian kramte in seinem Gedächtnis nach der Besprechung am Vortag und erinnerte sich, dass Tomas Persson und Jarmo Päivinen von ihrem Durchbruch im Fall des verschwundenen Promis Adam Fischer berichtet hatten, den man nach acht Tagen als Entführung einstufen konnte. »Sieht man da das Slussenparkhaus?«

»Richtig geraten.« Malin nickte. »Adam Fischer, der oben in Mosebacke wohnt, hat dort einen Stellplatz gemietet.«

»Und was hat das mit Carl-Eric Grimås zu tun?«

»Warte mal, das zeige ich dir gleich.« Malin versuchte, die richtige Stelle zu finden. »Hier. Da haben wir ihn.« Sie drückte auf Pause. »Siehst du?«

Fabian nickte. Auf dem eingefrorenen Bild links oben war das Autokennzeichen zu erkennen, auf dem rechten sah man Adam Fischer allein hinterm Lenkrad. »Okay, hier ist Fischer also zum letzten Mal gesehen worden, bevor er verschwand, aber ich verstehe immer noch nicht …«

Malin fiel ihm ins Wort. »Merkst du, dass sein Gesichtsausdruck vollkommen entspannt ist?« Sie zeigte auf den Monitor. »Mit anderen Worten, er hat genau wie Grimås keine Ahnung, was ihn erwartet.« Sie schob die Markierung auf der Zeitleiste ein Stück nach vorne. »Etwas mehr als elf Minuten später fährt dasselbe Auto wieder hinaus. Hier ist es.« Wieder fror sie das Bild in dem Moment ein, als der Schlagbaum oben war und der Wagen losfuhr.

Auf den beiden unteren Bildern war Fischers Auto auf dem Weg aus der Garage zu sehen.

Doch nun saß nicht mehr Adam Fischer am Steuer, sondern jemand anders.

Jemand in derber dunkler Kleidung mit einer Gasmaske vorm Gesicht.

Kapitel 33

Es hatte die ganze Nacht heftig geschneit, und nun waren große Teile Kopenhagens unter einer Schneedecke begraben. In den Nachrichten war von einem Rekordwinter die Rede, und die Leute wurden davor gewarnt, auf die Straße zu gehen, falls es nicht unbedingt nötig sei. Als Dunja Hougaard auf dem Sofa erwachte, war ihre erste Idee, an diesem Tag von zu Hause zu arbeiten, aber als Carsten aus dem Schlafzimmer rief, sie sollten da weitermachen, wo sie aufgehört hatten, beschloss sie, doch lieber zur Dienststelle zu fahren.

Als sie eine Stunde später das Haus in der Blågårdsgade verließ, wurde ihr klar, dass die Nachrichten eher noch untertrieben hatten. Ihr Fahrrad war unter den Schneemassen gar nicht mehr zu sehen, und der Gedanke an das vermutlich vollkommen eingeschneite Auto veranlasste sie, den ganzen Weg zu Fuß zu gehen. Was sich bald auch als die einzige Möglichkeit herausstellte, sich fortzubewegen. Mehr oder weniger der gesamte öffentliche Verkehr war zum Stillstand gekommen. Nicht einmal die U-Bahn fuhr.

Doch der Ausnahmezustand versetzte Dunja in richtig gute Stimmung. Die ansonsten so dichtbefahrenen Straßen waren auf einmal autofrei. Die Ampeln schalteten von Grün auf Rot, aber keiner der Fußgänger auf der Fahrbahn schenkte ihnen Beachtung. Es schien, als hätten sie die Stadt wieder in Besitz genommen und wollten sie nicht mehr hergeben.

Sie ging gerade über den zugefrorenen Pebbinge-See, als der Sicherheitsbeauftragte von Scandlines anrief, um zu bestätigen, dass Aksel Neumans BMW in der Nacht zum Donnerstag morgens um eins mit der Fähre von Helsingör nach Helsingborg hinübergefahren war. Leider seien sie lediglich befugt, die Nummernschilder zu registrieren, und hätten daher kein Foto des Fahrers. Sie wusste also nicht, ob Aksel

Neuman, Benny Willumsen oder wer auch immer hinterm Lenkrad gesessen hatte.

Auf dem H. C. Andersen-Boulevard auf Höhe vom Rådhuspladsen versuchte sie, die Kriminalpolizei von Helsingborg zu kontaktieren, aber da die dortige Chefin Astrid Tuvesson bereits im Weihnachtsurlaub war, wurde sie stattdessen zu Sverker Holm weitergeleitet, der natürlich nicht ans Telefon ging. Sie fragte sich, ob auf der schwedischen Seite überhaupt jemand arbeitete, und hinterließ eine Nachricht auf seiner Mailbox, in der sie sich vorstellte und erklärte, dass sie seine Unterstützung bei der Ortung und Fahndung nach einem BMW X3 mit dänischem Kennzeichen brauche.

Als sie schließlich ihre Abteilung im Polizeipräsidium betrat, stellte sie fest, dass weder Jan Hesk noch Kjeld Richter anwesend waren. Ob es am Wetter lag, oder ob sie sich aus Protest gegen sie als Chefin krankgemeldet hatten, war unklar. Und auch wenn ein Teil von ihr die beiden am liebsten sofort zur Rede gestellt und eine Krankschreibung von ihnen verlangt hätte, genoss sie es, in Ruhe arbeiten zu können.

Allerdings war sie gerade erst dazu gekommen, ihre Thermoskanne Kaffee abzustellen, die Schreibtischlampe anzuknipsen und den Computer hochzufahren, als ihr Handy vibrierend zum Leben erwachte.

»Hier ist Dunja Hougaard.«

»Hallo, Klippan hier. Sie brauchen Hilfe?«

»Äh, Entschuldigung? Ist da die Polizei Helsingborg?«

»Ja, ganz richtig. Sverker Holm ist mein Name. Ich habe gerade Ihre Nachricht gehört.«

»Es geht um einen dänischen BMW ...«

»Ja, das habe ich gehört, und ich habe sogar schon eine Fahndung rausgegeben und ein Bild von dem Wagen.«

»Wirklich? Kann man den Fahrer erkennen?«

»Leider nicht. Das Foto stammt aus einer Verkehrskamera

an der E6 in Richtung Süden, und die dürfen keine Gesichter aufnehmen.«

»Haben Sie gesehen, um welche Uhrzeit das Bild gemacht wurde?«

»Um 1:33 Uhr am Donnerstagmorgen.«

1:33 Uhr, wiederholte Dunja in Gedanken. Wenn man bedachte, dass die Fähre um eins den Hafen von Helsingör verlassen hatte und nach Helsingborg etwa zwanzig Minuten brauchte, passte das ganz gut. Wenn der Wagen auf der E6 in Richtung Süden gefahren war, hatte er sich mit größter Wahrscheinlichkeit auf dem Weg nach Malmö befunden, vielleicht sogar zu Benny Willumsen in der Konsultgata 29.

»Okay, tausend Dank. Genau das habe ich gebraucht.«

»Verzeihung, aber eine Sache noch, aus reiner Neugier.«

»Ja?«

»Ich gehe davon aus, dass es um den Mord in Tibberup geht.«

»Ja, das stimmt, aber jetzt muss ich leider ...«

»Es ließ sich ja gar nicht vermeiden, die Berichte darüber in den Zeitungen zu lesen, und die Sache ist die: Vor gut zwei Jahren haben wir hier in Rydebäck an einer Sache gearbeitet, und die Brutalität gegenüber dem Opfer damals war vergleichbar.«

»Tja, man fragt sich wirklich, wo all dieses Böse herkommt. Es war unheimlich nett, mit Ihnen zu reden. Ich wünsche Ihnen ein schönes Wochenende.«

»Außerdem stellte sich heraus, dass der Mörder Däne war ...«

Dunja, die drauf und dran gewesen war, das Gespräch wegzudrücken, hielt sich das Handy wieder ans Ohr.

»... obwohl er hier in Schweden wohnte. In Malmö, um genau zu sein«, fuhr Klippan fort.

»Er heißt nicht zufällig Benny Willumsen?«

»Doch, ganz genau so hieß er.«

»Aber wieso ist er immer noch auf freiem Fuß? Haben Sie ihn nie geschnappt?«

»Doch, natürlich haben wir ihn festgenommen, und es kam auch zum Prozess. Wir hatten Zeugen, Indizien und das ganze Drum und Dran. Das Problem war, dass ihm noch ein grausamer Mord an einer Frau vorgeworfen wurde, die auf der Insel Ven angeschwemmt worden war. Ich weiß nicht, ob die dänischen Zeitungen darüber berichtet haben.«

»Doch, bestimmt, aber warum war das ein Problem?«

»Er hatte ein wasserdichtes Alibi, und das Ganze fiel in sich zusammen wie ein Kartenhaus. Ich selbst habe übrigens nie geglaubt, dass er für ausgerechnet diesen Mord verantwortlich war. Wir waren uns allerdings hier in der Dienststelle nicht ganz einig. Und dann nahm die Sache eben ihren Lauf. Ich werde nie vergessen, wie er freigesprochen wurde. Es war wie ein Schlag ins Gesicht.«

»Und Sie haben an dem Fall gearbeitet?«

»Ja, unser ganzes Team hier. Es war der größte Fall, den wir jemals hatten. Was ich eigentlich sagen möchte: Wenn ich irgendwie behilflich sein kann, womit auch immer, dann brauchen Sie es nur zu sagen.«

»Na, wenn Sie mir vielleicht Ihre Ermittlungsakten zu dem Fall schicken könnten, wäre das natürlich super.«

»Unbedingt. Kein Problem. Wenn noch etwas ist, melden Sie sich einfach.«

»Vielen Dank, wirklich. Tausend Dank.« Dunja beendete das Gespräch, legte die Füße auf den Schreibtisch und lehnte sich mit der Kaffeetasse in der Hand zurück.

Es stand nun außer Zweifel, dass Benny Willumsen für den Mord an Karen Neuman verantwortlich war. Leider fehlte ihr genau das Gleiche wie den schwedischen Kollegen. Irgendeine Art von technischem Beweis, mit dem man ihn hätte überführen können. Indizien, Zeugen und eventuelle Ähnlichkeiten mit früheren Fällen würden nicht ausreichen.

Sie wollte die Kaffeetasse gerade zum Mund führen, als jemand die Hand um ihre Schultern legte.

»Hier sitzt du ganz allein und arbeitest.«

Mit einem Ruck setzte sie sich auf und schüttete sich einen Großteil ihres Kaffees auf ihre Jeans.

»Huch. Das war hoffentlich nicht meine Schuld.«

»Ach was, ich habe dich nur nicht kommen hören.« Sie drehte sich zu Kim Sleizner um, der direkt hinter ihr stand und grinste.

»Du bist ja gestern gar nicht in meinem Büro vorbeigekommen.«

Kapitel 34

»Du glaubst also ernsthaft, es gibt einen Zusammenhang zwischen dem Mord am Justizminister und der Entführung von Adam Fischer?« Herman Edelman goss einen Schuss Sahne in seinen Kaffee.

»Ja.« Malin warf Fabian einen kurzen Blick zu, wie um sich zu vergewissern, ob er auf ihrer Seite war. »Genau das glaube ich.«

»Okay, Malin, aber erstens …«

»Wer sagt denn immer, dass man sich keine Scheuklappen anlegen und außerhalb der eingefahrenen Bahnen denken soll?« Malin verschränkte die Arme auf ihrem Bauch.

»Ja, aber in diesem Fall bin ich mir nicht so sicher. Vielleicht bin ich blind, aber ich kann, ehrlich gesagt, an diesen Fällen nicht die geringste Ähnlichkeit erkennen.« Edelman nahm ein Stück Würfelzucker in den Mund und führte die Tasse an die Lippen.

»Wenn du mich mal ausreden lässt, bekommst du vielleicht dein Augenlicht zurück und erkennst, dass es nicht nur einen Zusammenhang gibt, sondern es anscheinend tatsächlich derselbe Täter war.«

Mit dem Zuckerstück zwischen den Zähnen stellte Edelman die Tasse wieder hin. Zum Glück ist sie schwanger, dachte Fabian. Diesen Ton hätte er weder ihm noch einem von den anderen durchgehen lassen. Vor allem nicht jetzt, nachdem Edelman gerade eine Pressekonferenz abgehalten hatte, was ihn in neun von zehn Fällen besonders reizbar machte.

»Oder was meinst du, Fabian?« Malins Blick sagte, hilf mir, wenn du lebend aus der Sache rauskommen willst.

Fabian nickte, obwohl er im tiefsten Innern nicht wusste, was er glauben sollte. Wie Malin gesagt hatte, gab es Hinweise darauf, dass es sich um denselben Täter handelte, er verstand aber nicht, wie das Ganze zusammenhing, und kam sich in gewisser Hinsicht genauso blind vor wie Edelman. Er hatte versucht, Hillevi Stubbs zu erreichen, um sie zu fragen, ob technische Beweise für ihre These sprachen, aber wie üblich, wenn sie viel Arbeit auf dem Tisch hatte, war ihr Handy ausgeschaltet.

»Hier ist ein Bild aus der Überwachungskamera im Slussenparkhaus«, fuhr Malin fort und hielt ein Foto hoch, auf dem man den Entführer mit einer Gasmaske vor dem Gesicht in Adam Fischers Auto aus der Garage fahren sah. »Fischer liegt wahrscheinlich betäubt im Auto, das erklärt die Gasmaske.«

»Wäre es nicht vorstellbar, dass er nicht identifiziert werden möchte?«, fragte Tomas Persson.

»Äh ... doch, aber ...« Wieder drehte sich Malin zu Fabian um. Diesmal hatte er keine Wahl, er musste sich vorwagen.

»Natürlich könnte es so sein«, sagte Fabian. »Aber da gibt es viel einfachere Methoden als eine Gasmaske.«

»Der Punkt ist, dass Joakim Holmberg, der Wachmann aus dem Reichstagshaus, der seine Uniform und die Passierkarte eingebüßt hat, in seiner eigenen Wohnung genau das Gleiche erlebt hat.« Malin hielt ein Bild des Wächters hoch und klemmte es ans Whiteboard. »In der Nacht zum Donnerstag hat er nämlich im Flur ein Geräusch gehört. Er ging hinaus, um nachzusehen, und da war alles weiß.«

»Wie, weiß?«, fragte Jarmo Päivinen.

»Weißer Rauch«, sagte Fabian. »Unserer Theorie nach hat der Täter eine Art von Gasampulle durch den Briefschlitz geworfen, und wenn man sich das Bild aus dem Parkhaus genauer ansieht, bemerkt man auch den Rauch im Auto.«

»Das Letzte, was Holmberg gehört hat, bevor er in seiner eigenen Badewanne wieder aufwachte, war eine andere Person im Flur, die durch eine Gasmaske atmete«, sagte Malin.

»Okay, ich will hier nicht der Spielverderber sein.« Tomas Persson stellte seinen Proteinshake auf den Tisch. »Nur damit ich das richtig verstehe. Euer Typ hat also nichts gesehen, sondern nur etwas *gehört*, das wie eine Gasmaske klang. Und im Grunde genauso gut ein Windzug vom Briefschlitz, Tinnitus oder sonst was gewesen sein könnte.«

»Schon«, sagte Malin, »aber ...«

»Warte, ich bin noch nicht fertig. Auch wenn sich herausstellen sollte, dass es tatsächlich eine Gasmaske war, muss es nicht derselbe Täter gewesen sein. Das kann genauso gut Zufall sein.«

Malin verdrehte seufzend die Augen, und Fabian sah, dass sie nur mit Mühe die Ruhe bewahrte. »Klar könnte es, wie so viele andere Dinge in diesem Raum, ein unglücklicher Zufall gewesen sein, aber wir sollten herausfinden, wie es sich wirklich verhält, bevor wir das Maul zu weit aufmachen.«

»Was schlagt ihr also vor?« Edelman stellte seine leere Kaffeetasse ab.

»Dass wir beide Fälle zusammenlegen und Fabian und ich die Ermittlungen leiten.«

»Äh, entschuldige mal.« Persson hielt die Hand hoch. »Das war ein Witz, oder? Jarmo, hast du einen einzigen Grund gehört, warum die beiden unseren Fall übernehmen sollten?«

Päivinen schüttelte den Kopf.

»Sehe ich aus, als würde ich scherzen?«

»Wow, sie ist ja richtig heiß heute.« Tomas Persson grinste so breit, dass sich seine aufgepumpten Brustmuskeln unter dem engen T-Shirt spannten.

»Dir zuliebe ignoriere ich den letzten Satz. Und Herman, du sagst doch immer, die Fälle sollen sich gegenseitig befruchten.«

»Unbedingt, aber in diesem Fall muss ich Tomas recht geben. Mit einem Geräusch, das an eine Person erinnert, die durch eine Gasmaske atmet, gewinnt man noch keinen Blumentopf. Spricht denn ansonsten irgendetwas dafür, dass die Fälle zusammenhängen?«, fragte Edelman.

»Soweit wir im Moment wissen, nicht«, sagte Fabian.

»Hallo, darum geht es doch gar nicht. Die Frage ist, was wir zu verlieren haben, wenn wir der Vermutung nachgehen«, sagte Malin und wandte sich an Persson und Päivinen. »Und wenn wir mal ganz ehrlich sind, schreiten die Ermittlungen ja auch nicht gerade mit Siebenmeilenstiefeln voran.«

»Du, wir haben übrigens ...«

»Den Wagen auf dem Film entdeckt, Tomas, ich weiß. Aber was ist dabei herausgekommen? Abgesehen von einem Täterfoto mit Gasmaske? Warum schmeißen wir nicht einfach alle Puzzleteile probeweise zusammen und gucken, was passiert? Was ist mit dem Motiv des Täters? Vielleicht hat er es gar nicht auf das ganze Geld abgesehen, das Familie Fischer ihm angeboten hat. Vielleicht ist er auf etwas vollkommen anderes aus.«

»Was zum Beispiel?«, fragte Jarmo Päivinen.

»Was weiß ich.« Malin zuckte mit den Schultern und

nahm sich ein Danish Cookie. »Grimås hat ja beide Augen und seine Eingeweide eingebüßt.«

»Vielleicht hatte er Hunger?« Tomas Persson lachte.

Malin rollte mit den Augen und versuchte, Fabian mit einem bedeutungsvollen Blick zu verstehen zu geben, dass er an der Reihe war, aber er war gerade vollauf damit beschäftigt, die Bedeutung von Tomas Perssons letztem Satz zu erfassen.

In dem Moment ging die Tür auf, und Hillevi Stubbs marschierte mit einem Metallkoffer herein. Ihre Haare waren zu einem Dutt auf dem höchsten Punkt des Kopfes aufgesteckt, so dass zu den 154 Zentimetern, die in ihrem Pass standen, mindestens zehn gefühlte Zentimeter hinzukamen. Außerdem hatte sie die Nasenflügel gebläht, was darauf schließen ließ, dass sie extrem schlecht gelaunt war und man ihr am besten nicht in die Quere kam.

»Entschuldigt bitte, aber ich habe nicht den ganzen Tag Zeit.« Stubbs legte den Koffer auf den Tisch. »Und um ganz ehrlich zu sein, verstehe ich nicht, was ihr hier macht.«

Fabian sah Malin an, die genauso ratlos wirkte wie er selbst.

»Ja, mit euch beiden spreche ich«, fuhr sie fort. »Was ist aus: ›Wir finden einen Ort, dann untersuchen wir ihn, und anschließend finden wir eventuell noch einen Ort‹ geworden? Warum müsst ihr mir unbedingt drei verschiedene Tatorte gleichzeitig aufhalsen? Denkt ihr, ich kann mich klonen, oder was?«

»Hillevi«, sagte Edelman. »Ich weiß, dass du viel zu tun hast, aber ...«

»Viel ist gar kein Ausdruck. Heute Nachmittag war meine einzige Gelegenheit, Weihnachtsgeschenke zu kaufen. Glaubt ihr etwa, meine Enkelkinder lassen sich mit einem ausgehöhlten Minister abspeisen?«

»Wenn du willst, kann ich versuchen, Verstärkung aus Stockholm zu bekommen ...«

»Meinst du Petrén und seine Jungs? Nett von dir, aber nein, danke. Mit dem Kerl dauert es noch länger.«

»Okay, aber wir haben nicht alle Zeit der Welt. Widmen wir uns also den wesentlichen Dingen. Zum Beispiel der Frage, warum du hier bist. Hast du was entdeckt?« Malin hatte offenbar überhaupt keine Schwierigkeiten, Hillevi etwas entgegenzusetzen.

Fabian war sich sicher, dass Stubbs ihn in Stücke gerissen hätte, wenn er auch nur annähernd in diesem Ton mit ihr gesprochen hätte.

Als sie sich jetzt zu Malin umdrehte, schien sie beinahe die Fassung zu verlieren. »Unbedingt.« Mit einem Klick öffnete sie die Schnallen ihres Koffers, klappte den Deckel hoch, zog weiße Handschuhe an, nahm einen schwarzen Stoffbeutel heraus, stellte ihn auf den Tisch, knotete ihn auf und nahm ein Einmachglas heraus. »Das stand in der Abrisswohnung in der Östgötagata im Kühlschrank, und ich dachte, es wäre vielleicht von Interesse.« Sie hielt das Glas hoch, damit alle es sehen konnten.

Fabian erkannte das Glas mit dem grünen Deckel und dem Haywards-Etikett sofort wieder. Genau wie er vermutete, seit sie den Minister gefunden hatten, schwammen in der klaren Flüssigkeit keine eingelegten Zwiebeln, sondern vier Augäpfel.

»Das hier muss natürlich so schnell wie möglich zu Thåström in die Rechtsmedizin, aber es wird sicher niemanden überraschen, wenn zwei davon dem Justizminister gehören«, fuhr Stubbs fort.

»Und die anderen beiden?«, fragte Malin.

»Guter Punkt. Und jetzt kommt ihr ins Spiel. Irgendwas Nützliches könnt ihr schließlich auch machen.«

Fabian überlegte, warum Malin die Frage gestellt hatte. Wollte sie es wirklich wissen oder nur nett sein? Er selbst hatte nicht den geringsten Zweifel, woher sie stammten.

»Darf ich mal gucken?«, fragte Persson.

»Ja, aber nicht anfassen.« Stubbs stellte das Glas vor Tomas auf den Tisch. Gemeinsam mit Fabian beugte er sich nach vorn und studierte die vier Augäpfel, die ihre abgerissenen Sehnerven wie Schwänze hinter sich herzogen. Zwei hatten eine blaue Iris, der dritte Augapfel eine grüne und der vierte eine braune.

Tomas blickte auf, sah die anderen mit verbissener Miene an und nickte.

»Bist du sicher?«, fragte Jarmo.

Wieder nickte Tomas. »Ein grünes und ein braunes Auge. Das müssen Fischers sein.«

Kapitel 35

Als Tomas Persson witzelte, der Täter habe vielleicht einfach Hunger gehabt, war die Erinnerung wach geworden. In gewisser Weise wäre es einfacher gewesen, an den Schreibtisch zu gehen und im Internet zu recherchieren. Doch Fabian wollte seine Ruhe haben, bis er es genau wusste. Die Idee war noch zu fragil, und in Anbetracht der Stimmung in der Gruppe, seit die beiden Fälle zusammengelegt worden waren, würde man sie wahrscheinlich abschießen wie eine Tontaube, wenn er sie jetzt schon verriet. Deshalb verließ er den Besprechungsraum bewusst vor allen anderen und ging in das Archiv im Keller des Polizeigebäudes. Dort suchte er die Rollwände ab, bis er das zweite Quartal des Jahres 1993 fand.

Er war damals siebenundzwanzig Jahre alt gewesen und absolvierte sein letztes Jahr auf der Polizeihochschule. Der Sommer hatte einen Blitzstart hingelegt, und die meisten in seiner Klasse freuten sich auf herrliche Ferien, bevor sie ihre erste Stelle antraten. Fabian nicht. Er konnte an nichts anderes denken als an den Mordfall, über den die Zeitungen fast täglich berichteten. Es handelte sich um etwas so Ungewöhnliches wie einen Serienmörder. Um eine Art von Fall, wie man sie eigentlich nur aus Filmen kannte, die in der Realität aber fast nie vorkam. Vor allem nicht in einem kleinen Land wie Schweden.

Doch genau in dem Frühling war es passiert, und er erinnerte sich noch immer an die aufgewühlten Gefühle im ganzen Land. Vor allem aufgrund der Grausamkeit und des Leids, das den Opfern zugefügt worden war, aber auch wegen des Urteils. Anstelle einer Gefängnisstrafe war der Täter in den Maßregelvollzug eingewiesen worden.

Der Name des Täters fiel ihm nicht mehr ein. Aber er war ungewöhnlich gewesen. Er wusste jedoch noch, wie die sieben Opfer aufgefunden worden waren, die im Laufe von mehreren Wochen an weit entfernte Orte verschleppt wurden, bevor sie …

Er zog den ersten von fünf prall gefüllten Ordnern heraus. Da war er. Der Fall, an dem er für sein Leben gerne gearbeitet hätte. Er schlug den ersten Ordner auf, und als er den Namen schwarz auf weiß vor sich sah, kam alles zurück, als wäre es gestern gewesen. Die Fotos der Opfer mit den ausgestochenen Augen. Die Angst, jeder könnte der Nächste sein. Die Überschriften, die sich gegenseitig mit makabren Details über Ossian Kremph übertrumpften – Schwedens ersten Kannibalen.

»Okay, so sehe ich die Sache.« Tomas lief neben Malin durch den Flur.

»Hat einer von euch gesehen, wo Fabian abgeblieben ist?«, fragte Malin. Jarmo zuckte die Schultern. »Hier ist er auch nicht«, fuhr sie fort, als sie in ihrem gemeinsamen Büro ankamen.

»Vielleicht ist er auf dem Klo«, sagte Jarmo.

»Entschuldige, aber ich wollte gerade etwas sagen«, sagte Tomas.

»Red einfach weiter.« Malin stellte ihre Tasche auf den Tisch und wühlte darin.

»Also, Jarmo und ich, wir arbeiten an dieser Sache seit über ...«

»Hör auf, bitte ... Ich kann das Geseier nicht mehr hören. Außerdem ist mir kotzübel, und wenn ich nicht bald meine ... Wer hat mir denn bloß ... Ach, da sind sie ja.« Sie riss eine Packung Butterkekse auf, schob sich zwei auf einmal in den Mund, kaute und schluckte sie so schnell wie möglich herunter. Dann ließ sie sich schnaufend auf ihren Stuhl fallen. »Shit, das war knapp.«

»Bist du fertig?« Tomas ging auf Malin zu, die nickte und sich noch zwei Kekse in den Mund steckte. »Gut. Dann kannst du mir vielleicht erklären, was du mit Geseier meinst. Wir müssen doch jetzt endlich besprechen, wie wir ...«

»Nein, wir müssen nur endlich anfangen zu arbeiten«, sagte Malin. »Und wenn du das nicht schaffst, gehst du lieber und schmollst woanders weiter.«

Tomas setzte an, ihr zu widersprechen, aber auf eine diskrete Kopfbewegung von Jarmo hin verstummte er und biss die Zähne zusammen. »Okay, worauf wartet ihr noch?«

»Toll! Ich freu mich! Das wird super, du wirst sehen.« Malin stand auf. »Ich schlage vor, als Erstes überprüfen wir, ob Carl-Eric Grimås und Adam Fischer Gemeinsamkeiten hatten. Das Motiv muss ja etwas mit dem Zusammenhang zwischen ihnen zu tun haben.«

Jarmo nickte, während Tomas keine Regung zeigte.

»Über den Justizminister wissen wir einiges«, fuhr Malin fort. »Aber was wissen wir über Adam Fischer? Und warum kommt es mir vor, als würde ich ihn aus der Klatschpresse kennen?«

»Adam Fischer ist dreiunddreißig Jahre alt, Diplomatensohn, und sein Lebensziel scheint darin zu bestehen, niemals erwachsen zu werden«, sagte Jarmo. »Er gibt gerne das Geld seines Vaters aus, fährt in teuren Autos durch die Gegend und besucht Premierenfeiern. Mehr ist nicht nötig, um in die Regenbogenpresse zu kommen.«

»Und sein Vater? Jemand, den man kennt?«

»Jarmo und ich jedenfalls schon«, sagte Tomas. »Er hieß Rafael Fischer und war in den Neunzigern israelischer Botschafter hier in Stockholm.«

»In der israelischen Botschaft?«, wiederholte Malin, und Tomas nickte.

»Hier ist er.« Jarmo zeigte auf ein Schwarzweißfoto am Whiteboard.

Auf dem Bild war ein älterer Herr mit schneeweißem Haar im dunklen Anzug neben zwei anderen Männern an einem festlich gedeckten Tisch zu sehen.

Malin sah sich die Aufnahme genauer an. »Der Jüngere links von ihm. Ist das Adam?«

»Ja. Das Bild soll von der Hochzeit seiner Schwester stammen. Und wann war die?«, fragte Jarmo.

»August '98«, sagte Tomas. »Drei Monate später ist der Alte gestorben.«

»Aber warum hält Adam einen Stock in der Hand und nicht er?«, fragte Malin.

Tomas nahm das Bild in die Hand. Tatsächlich hielt der junge Adam mit der linken Hand einen Stock fest. »Wahrscheinlich gehört er dem Vater.«

»Und wer ist der Mann auf der rechten Seite?« Malin zeigte auf den Mann, der sich zum Botschafter hinüberbeugte, als hätte er ihm gerade etwas anvertraut.

»Gute Frage«, sagte Jarmo. »Das konnten wir bisher leider nicht herausfinden.«

»Hier ist er noch mal, aber neben dem jetzigen Botschafter.« Tomas tippte auf ein Farbfoto, auf dem derselbe Mann, aber etwa zehn Jahre älter, mit dem Botschafter und einem weiteren Mann aus einem Auto stieg.

»Und wer ist der dritte?«, fragte Malin.

»Der israelische Botschafter in Kopenhagen«, sagte Jarmo.

»Okay, dann kennt er also alle. Habt ihr schon mit der Botschaft gesprochen?«

Jarmo und Tomas schüttelten den Kopf.

»Dann sollten wir damit anfangen … Da bist du ja! Wo hast du gesteckt?«, brach es aus Malin heraus, als Fabian mit den Archivordnern im Arm hereinkam.

»Ich habe im Archiv einen Verdächtigen gefunden.« Fabian ließ den Stapel Ordner auf seinen Schreibtisch fallen.

Tomas schnappte sich einen und öffnete ihn. »Ossian Kremph? Wer ist das denn?«

»Witzig, dass ausgerechnet du mich das fragst, nachdem du mich an ihn erinnert hast.«

»Ach ja, war das nicht der Kannibale?«, sagte Jarmo, und Fabian nickte. »Das war vor meiner Zeit hier bei der Reichskripo, aber ich bin damals Funkstreife gefahren, und da hat man natürlich einiges mitbekommen.«

»Hat vielleicht jemand Lust, mir zu erklären, wovon die Rede ist?«, fragte Malin.

»Hiervon.« Tomas zeigte ihr eine Doppelseite mit Fotos von den verstümmelten Leichen mit den ausgestochenen Augen.

»Nett«, sagte Malin. »Warum ausgerechnet die Augen?«

»Ich bin mir nicht ganz sicher«, sagte Fabian. »Aber soweit ich mich entsinne, behauptete er, verschiedenen Stimmen zu gehorchen, die ihm befahlen, ›ausgewählte Seelen‹ zu sammeln.«

»Oh nein, bitte kein Psycho. Und jetzt ist er draußen, oder was?«

»Seit drei Jahren und vier Monaten, weil er nach dreizehn Jahren als geheilt galt.«

Malin schüttelte den Kopf. »Wie kann man nur glauben, dass man jemandem, der zu so etwas fähig ist, mit ein bisschen Medizin und Therapie helfen kann?«

»Nicht wahr?«, sagte Tomas. »Alle anderen Ärzte müssen akzeptieren, dass gelähmte Beine für immer lahm sind, aber in der Psychologie ist es anders. Da wird jeder mit ein bisschen Behandlung wieder gesund, ganz egal, ob er laufen kann.«

Malin sah Tomas verwundert an. »Hast du dir das selbst ausgedacht, oder hast du das irgendwo gelesen?«

Tomas antwortete ihr mit einem Grinsen und griff nach der Keksrolle.

»Bedien dich. Ich habe sowieso keinen Appetit mehr.«

Malin blätterte in den alten Ermittlungsakten. »Gab es eine Verbindung zwischen den Opfern, oder wurden sie zufällig ausgewählt?«

»Soweit ich mich erinnere, waren es Männer und Frauen. Ach, und war nicht auch ein Halbpromi darunter?«

»Du meinst diese Radiostimme, die immer den Seewetterbericht gelesen hat«, sagte Fabian.

»Genau. Das gilt ja auch für Fischer und Grimås. Die sind ebenfalls mehr oder weniger bekannt.«

»Vielleicht wählt er diejenigen aus, die ihm auf die Nerven gehen«, sagte Tomas, worauf Fabian und Jarmo nickten.

»Jetzt erklärt sich zumindest, warum er sich an einem von beiden gestört hat.« Malin blickte auf. »Wisst ihr, wer die Ermittlungen geleitet hat?«

Die anderen schüttelten den Kopf.

»Carl-Eric Grimås.«

Kapitel 36

Dunja Hougaard saß auf Kim Sleizners Besuchersessel und machte sich so klein wie möglich. Eigentlich hätte sie mit stolzgeschwellter Brust breitbeinig dasitzen müssen, wie Hesk an ihrer Stelle es wahrscheinlich getan hätte. Schließlich konnte sie, den widrigen Umständen zum Trotz, innerhalb von vierundzwanzig Stunden einen Verdächtigen präsentieren. Und wenn alles seinen Gang ging, auch noch drei alte Fälle lösen. Vier sogar, wenn man den schwedischen mitzählte.

Doch allein bei dem Gedanken, sich allein mit Sleizner in einem Raum zu befinden, wäre sie am liebsten aufgesprungen und weggerannt. Sie zwang sich, ruhig zu atmen, senkte den Blick und starrte den Kaffeefleck an, der zwar mittlerweile getrocknet war, aber immer noch aussah, als hätte sie sich in die Hose gemacht.

Es war so still, dass sie hören konnte, wie er auf der anderen Seite des Tisches atmete, wie die Luft durch seine erkälteten Nasenlöcher ein- und wieder ausströmte, während er die alten Fälle und ihren Entwurf von einem Bericht durchsah. Sie überlegte, wie lange es dauern würde. Ob er sich wohl Zeit ließ, um sie zu quälen. Erst als er den Ordner zuklappte, blickte sie auf und sah in sein lächelndes Gesicht.

»Ich wusste, dass du der richtige Mann für den Job bist.« Er setzte seine Lesebrille ab. »Das habe ich von dem Moment an im Urin gehabt, als ich dich zum ersten Mal sah.«

Dunja wusste nicht, was sie sagen sollte, und brachte nur ein gekünsteltes Lachen zustande.

»Da gibt es nichts zu lachen. Das ist die Wahrheit des Tages. Also genieß es, solange es anhält. Morgen ist es vielleicht vorbei. Nur ein Scherz. Ganz im Ernst.« Er hielt den Ordner hoch. »Das hier ist wirklich hervorragend. Ehrlich gesagt, weiß ich nicht, wie du das angestellt hast, aber das ist an und für sich auch scheißegal. Wichtig ist nur, dass dieser Benny Willumsen Lebenslänglich kriegt. Außerdem macht es immer Spaß, diesen verdammten Schweden eins auf die Mütze zu geben. Noch dazu in ihrem eigenen Revier. Donnerwetter, Dunja ... Davon werde ich lange zehren.«

Dunja zwang sich zu einem Lächeln und nickte.

»Als Erstes steht uns jetzt also eine Pressekonferenz bevor, bei der ich dich gerne dabeihätte, damit du so viel Rampenlicht bekommst, wie du verdienst.«

»Eine Pressekonferenz? Wann willst du die denn abhalten? Ich meine, sollten wir nicht erst den Täter ...«

»Immer mit der Ruhe, den schnappen wir natürlich, bevor wir mit irgendetwas an die Öffentlichkeit gehen, aber wie du weißt, denke ich gerne ein paar Züge voraus, und du sollst wissen, dass niemand anders die Lorbeeren für deine Leistung ernten wird. Bist du dabei?«

Dunja nickte.

Sleizner seufzte. »Trotzdem machst du ein Gesicht wie drei Tage Regenwetter. Hab ich dir etwas getan?«

»Nein, ich habe nur das Gefühl, dass wir noch einiges zu tun haben, bevor wir jubeln können. Das Problem ist, dass wir, genau wie die Kollegen in Schweden, nicht genug Beweise für eine Verurteilung liefern können. Deshalb bin ich der Meinung, dass wir so schnell wie möglich das Auto in Helsingör bergen sollten.«

»Das werden wir selbstverständlich tun, aber alles zu seiner Zeit. Als Erstes müssen wir ihn festnehmen, bevor seinem Erfindungsreichtum noch mehr Leute zum Opfer fallen. Mit ein wenig Glück finden wir dann genügend Beweise, so dass wir unser Budget nicht mit der Bergung des Autos belasten müssen. Das ist nämlich nicht gerade billig mitten im Winter.«

»Okay, aber ich weiß nicht, ob du es geschafft hast, dir

den ganzen schwedischen Fall anzusehen. Die Sache ist die, sie haben nichts Verwertbares in ...«

Sleizner unterbrach sie mit einem Lachen und schüttelte den Kopf. »Ich habe genug gelesen, um zu wissen, dass ich mit diesen Dingen mehr Erfahrung habe als du. Dunja, es wird alles gut. Wenn wir in der Wohnung nichts finden, holen wir natürlich das Auto hoch.« Er stand auf, ging um den Schreibtisch herum und stellte sich hinter sie. »Ich hoffe, dieser enorme Karrierekick ist dir recht. Ich schwöre dir, ehe du dich versiehst, sitzt du auf meinem Stuhl.«

Der Gedanke kam aus dem Nichts, blitzte nur einmal kurz auf und war sofort wieder weg. War es so, wenn man vergewaltigt wurde? Als würde der Körper von einem kalten Spieß durchbohrt? Zumindest fühlte es sich in dem Moment, als er ihr die Hände auf die Schultern legte, genau so an.

»Mensch, Dunja ... so kannst du doch nicht rumlaufen, du bist ja steinhart.« Er massierte sie sanft. »Versuch jetzt, dich zu entspannen. Ich will nicht angeben, aber wenn ich eins kann, dann massieren.« Er zog beide Schultern nach hinten, so dass sich ihre Brüste hoben. »Du solltest mehr an deine Haltung denken. Auf dem Podium kannst du nicht dasitzen wie ein Kartoffelsack, und wenn du bis jetzt noch keine Nackenschmerzen hast, bekommst du welche.« Er strich ihr Haar zur Seite und knetete ihren Nacken. »Ich habe auch sofort welche gekriegt, als ich hier anfing, und wenn Henrik Hammersten mich nicht zu einer Masseuse geschickt hätte, säße ich heute im Rollstuhl. Seitdem gehe ich dort zweimal in der Woche hin und habe überhaupt keine Probleme.« Seine Fingerspitzen wanderten nach oben und massierten ihre Kopfhaut und die Stelle hinter den Ohren.

»Ach ja, genau, das habe ich dir noch gar nicht erzählt. Ich habe dir auf der Weihnachtsfeier einen Platz am Leitungstisch organisiert. Da gibt es Bedienung, so dass wir uns nicht mit den anderen vorm Buffet herumdrücken müssen, und Schnaps ohne Ende. Schön, oder? Da haben wir die Gelegenheit, uns ein bisschen besser kennenzulernen.«

Dunja hörte nicht mehr, was er sagte. Ihr Pulsschlag übertönte alles andere. Sie wollte nur noch aufstehen, sich umdrehen und ihm mit voller Wucht ins Gesicht schlagen, aber ihr Körper war wie gelähmt und wollte ihr nicht gehorchen. Sie war nicht einmal in der Lage, ihn zu bitten, seine Hände wegzunehmen. Ihr blieb nichts anderes übrig, als sitzen zu bleiben und zu spüren, wie sich jeder Muskel ihres Körpers immer mehr anspannte.

Kapitel 37

Fabian Risk tastete sich mit der einen Hand an der Wand entlang, während er es im Headset klingeln hörte. Es war stockdunkel, und bevor er den Lichtschalter fand, sah er die Hand vor Augen nicht. Wie ein Echolot in einem bodenlosen Meer klingelte es weiter, während das Licht aus der Energiesparlampe stetig stärker wurde. Plötzlich kam ihm der Gedanke, dass sie vielleicht nicht drangehen würde. Dass sie vielleicht nie wieder antworten würde.

Was würde er dann tun?

Vielleicht wäre es doch das Beste.

Aber als die Birne ihre maximale kalte Kraft erreicht hatte, hörte es auf zu klingeln.

»Ich habe mich gerade gefragt, wo du abgeblieben bist.« Wie immer klang ihre Stimme, als wäre alles nur ein Spiel. »Ob du zu Hause wohl eine Abreibung bekommen hast und wieder brav bist.«

»Hast du Zeit?«

»Kommt drauf an.«

»Ich brauche die Adresse eines gewissen Ossian Kremph.«

»Wie gesagt, kommt drauf an.«

»Das Problem ist, dass er nicht dort wohnt, wo er gemeldet ist, sondern vermutlich zur Untermiete.« Fabian erwartete irgendeine Art von Reaktion, aber die kam nicht. »Bist du noch da? Niva?«, fuhr er fort und tat, als würde er sie nicht atmen hören.

Eigentlich wusste er genau, worum es ihr ging. Er hatte es ja tatsächlich versprochen und musste es nun hinter sich bringen. Es brauchte ja trotz allem nicht mehr zu sein als ein schönes Wiedersehen mit einer ehemaligen Kollegin. »Okay, was hältst du von morgen Abend? Gegen neun im Hotel Lydmar.«

Die darauffolgende Pause war lang genug, um den Satz zu bereuen.

»Ich brauche seine Personennummer.«

Fabian warf einen Blick in seine Unterlagen. »540613-5532.« Sofort hörte er ihre Tastatur klappern.

»Gemeldet ist er jedenfalls draußen in Norsborg.«

»Ja, aber soweit wir wissen, vermietet er die Wohnung unter und wohnt selbst woanders.«

»Okay, dann wollen wir mal sehen, bei welcher Bank er ist ... Nordea, und er hat eine ganz normale EC-Karte für sein Girokonto.«

»Arbeitet er, oder was kommt da für Geld rein?«

»Nein, verschiedene Sozialleistungen und vermutlich die Mieteinnahmen aus Norsborg.«

»Hat er nicht noch andere Konten?«

»Bestimmt, aber mit dieser Karte hat er so viele Zahlungen gemacht, dass es funktionieren müsste.« Wieder hämmerten ihre Finger in die Tasten.

Fabian setzte sich auf den Toilettendeckel und überlegte, was er zu Sonja sagen sollte. Ob er überhaupt etwas sagen sollte. Vielleicht rechnete sie gar nicht damit, dass er nach Hause kommen würde, weil er wieder einmal die ganze

Nacht arbeiten musste. Sie wusste wahrscheinlich aus den Nachrichten, was passiert war, und konnte sich ausmalen, dass es in der nächsten Zeit abends spät werden würde. Hatte sie deshalb nicht auf seinen Erklärungsversuch unter ihrem PS reagiert?

»Okay, drei Geldautomaten benutzt er regelmäßig. Einen im Einkaufscenter Ringen am Skanstull, einen vor dem Konsum in der Gotlandsgata und den bei der Niederlassung von Nordea in der Bondegata. Vermutlich wohnt er also irgendwo in dem Viertel zwischen Ringväg und Bondegata in der Nähe der Götgata.«

»Das sind Tausende von Wohnungen. Und wenn er zur Unter- oder sogar Unteruntermiete wohnt, braucht nicht einmal sein Name an der Tür zu stehen.«

»Was ist mit seiner Zeit hinter Gittern? Könnte er dort jemanden kennengelernt haben?«, fragte Niva. Fabian hörte, dass sie schon wieder tippte.

»Er wurde ja in die geschlossene Psychiatrie eingewiesen.«

»Ich weiß, aber 1996 wurde er für geheilt erklärt und nach Kumla überführt.«

»Wie, er galt bereits nach drei Jahren als gesund?«

»Zumindest gesund genug, um seine Strafe in einer normalen geschlossenen Anstalt abzusitzen. Er wurde jedoch auch in Kumla therapiert und medikamentös behandelt.«

»Ja, und jetzt scheint er ja kerngesund zu sein.« Fabian verstand noch immer nicht, wie man jemanden für geheilt erklären konnte, der seine Opfer verstümmelte, folterte und ihnen die Augen ausstach. »Wie kommst du voran? Irgendein Treffer bei den Insassen?«

»Nein, sieht nicht so aus. Zumindest nicht unter denjenigen, mit denen er ein halbes Jahr oder mehr verbracht hat. Einer ist in der Lindvallsgata am Hornstull gemeldet und ein anderer in der Tantogata, aber niemand in unserem Viertel.«

»Hast du mal versucht, die sechs Monate auf ein Vierteljahr zu reduzieren?«

»Bin gerade dabei ... Aber dann sind es plötzlich unheimlich viele.«

»Du, versuch es doch lieber mal mit dem Therapeuten.«

»Mit dem Therapeuten?«

»Ja, den muss er doch fast täglich gesehen haben.«

Wieder hörte er Niva arbeiten.

»Wohnt in Gamla Enskede, schade. Übrigens in derselben Straße wie deine Kollegin Malin Rehnberg. Vielleicht kennt sie ihn sogar und geht mit ihren Crocs bei ihm ein und aus, um sich mit ihm über Lärmschutz und noch mehr Straßenschwellen zu unterhalten.«

»Ich weiß nicht, ob Crocs ihr Stil sind.« Fabian sah Nivas Verbitterung darüber, immer noch alleine zu sein, wie eine zähflüssige gelbe Masse aus dem Hörer triefen.

»Ich habe gehört, dass sie schwanger ist.«

»Noch dazu mit Zwillingen.«

»Wie niedlich.«

»Das sieht sie anders. Im Moment würde sie die beiden für einen Apfel und ein Ei verkaufen.«

»Die Tochter ...«

»Ich weiß nicht, ob sie wissen, was es ... Doch, warte mal, ich glaube, sie bekommt zwei Jungs.«

»Nicht die von Malin, sondern von dem Therapeuten.«

Fabian verstand kein Wort.

»Seine Tochter. Sie ist in einer Wohnung in der Blekingegata 67 B gemeldet, studiert aber in Lund. Wir reden hier von einem Schuss ins Blaue, der sich gewaschen hat, aber einen Versuch ist es wert.«

»Absolut. Großartig. Ich weiß nicht, wie ich dir danken soll.«

»Tu nicht so. Wir sehen uns morgen Abend.«

Es klickte, und Fabian stand vom Klodeckel auf und

steckte das Handy in die Hosentasche. Er wusste nicht, ob der Therapeut gegen irgendein Gesetz verstieß, wenn er die Wohnung seiner Tochter einem seiner Patienten überließ. Vielleicht nicht einmal gegen seine eigenen Regeln. Aber er hätte definitiv eine Grenze überschritten.

»Fabian, was machst du da eigentlich?« Kaum hatte er die Klotür geöffnet, kam Malin auf ihn zu.

Die Frage war rhetorisch, es bestand kein Zweifel daran, dass sie es genau wusste. In Bezug auf ihn hatte sie diese Fähigkeit immer besessen. Du bist so vorhersehbar wie das Fernsehprogramm an Heiligabend, sagte sie immer, und bisher war es ihm noch nie gelungen, etwas vor ihr geheim zu halten. Trotzdem verteidigte er sich wie ein sturer Esel. »Darf man jetzt nicht mal mehr aufs Klo?«

Naserümpfend warf sie einen Blick hinter die Tür. »Seit wann klappst du nach dem Pinkeln den Deckel runter? Und du hast dir noch nicht einmal die Mühe gemacht, das Waschbecken anzufeuchten. War es Niva?«

Fabian seufzte und war drauf und dran, ein Geständnis abzulegen, kam aber nicht zu Wort.

»Fabian, ich weiß genau, was in dir vorgeht, aber ich schwöre dir, das ist keine gute Idee. Niva Ekenhielm ist eine lebende Katastrophe auf schlanken Beinen, die sich an allem vergreift, was zu Hause nicht ausreichend versorgt wird.«

Fabian setzte eine möglichst verständnislose Miene auf.

»Mach nicht so ein Gesicht wie ein Schaf. Du weißt genau, wovon ich rede.«

»Nein, tue ich nicht.« Fabian war sich selbst peinlich, weil er so pathetisch klang. Glücklicherweise kam er nicht dazu, der Demütigung weiter nachzuspüren, weil Tomas und Jarmo zu ihnen stießen.

»Da seid ihr ja. Kommt ihr mit?« Tomas hatte sein Brustholster angelegt.

»Wohin denn?«, fragte Malin.

»Cyber-Wojtan kriegt offenbar keine Adresse raus, und deswegen wollen wir jetzt nach Norsborg.« Jarmo schlüpfte in seine Lederjacke. »Mit etwas Glück finden wir etwas, das uns weiterbringt.«

»Oder wir fahren direkt zu ihm nach Hause.« Fabian hielt seinen aufgeschlagenen Notizblock hoch. »Hier ist die Adresse.«

»Was? Woher hast du die?« Malin riss ihm den Block aus der Hand. »Oder besser gesagt, wie ist Niva da rangekommen?«

»Wieso Niva?« Tomas sah Fabian an. »Ekenhielm?«

»Es ist zwar vorerst nur eine Vermutung, aber es deutet einiges darauf hin, dass er bei der Tochter seines Therapeuten zur Untermiete wohnt, und der wohnt übrigens in Gamla Enskede in derselben Straße wie du.« Allmählich bekam Fabian wieder das Gefühl, alles unter Kontrolle zu haben.

Aber Malin hörte ihm gar nicht zu, sondern starrte nur auf die Adresse. »Blekingegata 67 B ... Ich kann mich täuschen, aber ist das nicht ...?« Sie hob den Kopf und sah die anderen an. »Ist das nicht gleich um die Ecke von der Abrisswohnung in der Östgötagata?«

Kapitel 38

Genau davor hatte ihr Vater sie gewarnt, dachte Katja Skov, die keine Ahnung hatte, wo sie sich befand und wie sie dort hingeraten war. Deshalb hatte er Millionen in verschiedene Sicherheitssysteme investiert und wollte unter keinen Umständen, dass sie das Haus in Snekkersten verließ, ohne sich vorher mit den Bodyguards abzusprechen. In den vergangenen Jahren hatte er über fast nichts anderes gesprochen, als dass weichere Ziele immer üblicher wurden, während die klassischen Diebstähle zunehmend schwieriger durchzuführen waren.

Doch nun war es passiert. Der größte Alptraum ihres Vaters war wahr geworden.

Sie war entführt worden.

Den Versuch, einzuschätzen, wie lange sie schon hier lag, musste sie aufgeben. Sie wusste nur, dass es dunkel war. So dunkel, dass sie die Hand vor Augen nicht sehen konnte, obwohl sie sich längst an die Dunkelheit hätte gewöhnen müssen.

Eng war es auch. Sie wollte die Hand zum Gesicht führen, um sich an der Nase zu kratzen, aber es ging nicht. Sie war in etwas Hartes eingewickelt, vielleicht in einen Teppich, und ringsherum raschelte es und roch nach Plastik. Sie hätte sich wahrscheinlich fürchten müssen, aber irgendwie fehlte ihr die Kraft dazu. Es würde schon alles wieder in Ordnung kommen.

Oder auch nicht.

Sie schloss die Augen und überlegte angestrengt, was eigentlich passiert war. Doch nach kurzer Zeit drehte sich alles, und das Gefühl, die Schwerkraft habe keine Wirkung mehr auf sie, wurde immer stärker. Sie war immer noch high, und wenn das so weiterging, wusste sie bald nicht mehr, wo oben und unten war.

Vermutlich wollte man ihr Angst machen. Allmählich sollte sich Panik in ihr breitmachen, bis sie klopfte und schrie. Aber den Gefallen würde sie ihnen nicht tun. Nein, sie würde keinen Mucks von sich geben und stattdessen darauf warten, dass die anderen nervös wurden. Und wenn man sie schließlich befreite und wieder ans Tageslicht brachte, würde sie sich tot stellen. Genau wie man es machen sollte, wenn man in einen Bärenbau fiel. Und wenn auch nur, um mit anzuhören, wie sie reagierten, wenn ihnen klarwurde, dass der kostbare Raub nichts mehr wert war.

Sie musste an die Party denken. Die ursprünglich eher ruhig gedachte Veranstaltung war zur reinsten Orgie ausgeartet, die Leute hatten sich fast ihren ganzen Vorrat durch die Nase gezogen und in jeder Ecke gevögelt. Aber so war es fast immer. Die witzigsten und gelungensten Feste ergaben sich spontan.

Und als Nils vorschlug, mit der Fähre zwischen Helsingborg und Helsingör hin und her zu gondeln wie richtige Schweden ... Ach nein, das war gar nicht Nils gewesen, sondern dieses Mädchen, das irgendjemand angeschleppt hatte. Jedenfalls hatte sie einfach nicht nein sagen können. Allein beim Gedanken, ohne Wissen ihres Vaters oder der Bodyguards loszuziehen, machte sie vor Freude einen Luftsprung.

Sie war mit ihren engsten Freunden und ein paar Leuten, deren Namen sie nicht wusste, unterwegs gewesen. Sie hatten das Haus durch das Badezimmerfenster verlassen und die Mauer, genau wie im Film, mit Hilfe eines über das Grundstück hinausragenden Astes überwunden. Ein Stück den Strandvej hinunter hatten Taxis gestanden, und ehe sie sich's versah, saßen sie auf der Schwedenfähre nach Helsingborg.

Alle waren sich einig, dass man am besten gleich weiterfeierte und dem todlangweiligen grauen Alltag den Stinkefinger zeigte. Was sie mehr oder weniger seit zehn Jahren ausschließlich machte.

Ihr Vater hatte alles unternommen, was in seiner Macht stand, damit sie endlich zur Ruhe kam und besser für sich selbst sorgte, und sie hatte bei Gott alles ausprobiert, angefangen bei einem Job in einer seiner vielen Firmen für Therapie, Bewegung und Behandlung. Aber nichts hatte das Gefühl vertrieben, dass sie ohnehin nichts zu verlieren hatte. Dass es jeden Moment vorbei sein konnte. Denn egal, wie man es drehte und wendete, letztendlich führte sie ein Leben auf Pump, und warum sollte sie dann aus der geliehenen Zeit nicht so viel wie möglich herausholen. Das letzte bisschen Saft aus der Zeit heraussaugen. Carpe fucking diem sozusagen.

Das hatte ihr Vater natürlich nicht im Sinn gehabt, als sie die Diagnose bekam und er alle Hebel in Bewegung setzte. Wäre es nach ihm gegangen, hätte sie richtig Karriere gemacht und mindestens sechzig Stunden in der Woche gearbeitet. Nur wozu? Geld hatten sie ja bereits mehr als genug.

Natürlich konnte sie seine Enttäuschung nachvollziehen. Vor allem am Anfang. Aber nun waren fast zehn Jahre vergangen, und die Enttäuschung quälte ihn noch immer und vergiftete ihre Beziehung. Meistens versuchte er, sie zu verbergen, doch vergeblich. Oft blitzte sie in seinen Augen auf, und wenn er Kommentare abgab, hörte sie zwischen den Zeilen eine so tiefe Verbitterung heraus, als bereute er hin und wieder, ihr überhaupt geholfen zu haben.

Sie spürte eine Vibration und hörte, wie ein Motor ansprang. Ob ihr das oder die Einsicht, dass sie sich im Kofferraum eines Autos befand, Angst einjagte, wusste sie nicht. Aber Angst hatte sie. Oder besser gesagt: Panik. Erst jetzt ging ihr auf, dass das Ganze echt war. Dass es sich nicht um einen schlechten Scherz handelte, der allmählich eine Grenze überschritt. Das Entsetzen durchfuhr sie wie ein heftiger Stromstoß. Jeder Muskel ihres Körpers verkrampfte sich, und sie hörte sich selbst aus Leibeskräften schreien.

Doch der Teppich dämpfte den Klang so effektiv, dass sie es bald aufgab und verstummte, während sie spürte, wie sie langsam losfuhren. Es rumpelte einige Male, dann wurde der Untergrund eben. Das konnte nur bedeuten, dass sie von der Fähre hinunterfuhren. In welchem Land, wusste sie nicht. Und auch nicht, was sie erwartete.

Zum ersten Mal seit langem wurde ihr klar, wie viel sie zu verlieren hatte.

Kapitel 39

Fabian konnte nicht nachvollziehen, wieso sich die anderen so sicher waren. Als wüssten sie genau, was auf sie zukam, als sie klingelten und mit gezogenen Waffen vor der Wohnungstür abwarteten. Tomas und Jarmo und sogar Malin, die sonst alles in Frage stellte und immer Theorien aufstellte, die im diametralen Gegensatz zu den Ansichten der anderen standen.

Er selbst hatte keine Ahnung, was sie erwartete, als sie hineingingen. Vielleicht würden sie direkt in einen weißen Nebel hineinlaufen, das Bewusstsein verlieren und von Ossian Kremph die Augen herausgenommen bekommen.

Falls er überhaupt zu Hause war.

Falls er überhaupt hier wohnte.

Nachdem sie einige Male erfolglos geklingelt hatten, wollte Tomas es unbedingt mit seinem Dietrich versuchen. Eine halbe Stunde später riefen sie den Schlüsseldienst, der die Tür innerhalb von zehn Minuten öffnete. Was im Vergleich zu den dreißig Sekunden, die ein Profi im Normalfall dafür brauchte, unheimlich viel war. Ein Blick auf die vielen Zusatzschlösser an der Innenseite erklärte es.

Eine Nachricht auf seinem Handy hielt ihn davon ab, die Wohnung zu betreten. Sonja schrieb, sie wisse noch nicht, wann sie am Abend aus dem Atelier zurückkommen würde. Deshalb habe sie das Nachbarmädchen gebeten, Matilda von der Schule abzuholen und auf sie aufzupassen, bis sie um halb sieben ins Kino wollte. Fabian antwortete, er würde vorher da sein, und wünschte ihr viel Glück mit den Bildern.

Er hatte erst einen Fuß in die Wohnung gesetzt, als er begriff, dass Nivas Schuss ins Blaue ein Volltreffer war. Hier wohnte zweifelsohne alles andere als ein gesunder Mensch. Kremph konnte hier seit höchstens drei Jahren wohnen, aber trotzdem war alles so vollgestopft, dass Stubbs und ihre

Männer eine halbe Ewigkeit brauchen würden, um alles zu untersuchen.

»Scheiße Fuck Nagellack ...«, sagte Tomas.

»Und ich dachte, bei uns zu Hause wäre es chaotisch.« Malins Blick schweifte durch das Wohnzimmer, wo von Reklamestapeln bis zu Müll, der aus dem nächsten Abfallcontainer zu stammen schien, alles Mögliche den Fußboden bedeckte.

»So ungefähr sieht es wahrscheinlich seit der Scheidung bei Jarmo zu Hause aus.« Grinsend klopfte Tomas auf den zwei Meter hohen Zeitungsstapel.

»Halt die Schnauze und mach dich lieber nützlich«, brummte Jarmo und ging weiter ins Schlafzimmer.

»Ich schlage vor, wir verteilen uns auf die Zimmer«, fuhr Tomas fort und nahm eine der Zeitungen.

»Haben wir das nicht schon?« Malin untersuchte den Inhalt einiger schwarzer Müllsäcke.

»Mann, haben wir schlechte Laune«, sagte Tomas. »Ich gehe jedenfalls in die Küche.«

In dem Versuch, sich von den Stimmen der anderen abzuschotten und stattdessen die Wohnung sprechen zu lassen, stöpselte Fabian das Headset in seinen iPod und klickte *No Balance Palace* von seiner dänischen Lieblingsband Kashmir an. Die Eckwohnung ging auf die Blekingegata und die Östgötagata hinaus, und es gab ein Fenster in der abgerundeten Essecke. Er überlegte eine Weile, doch ihm fiel keine einzige Wohnung ein, wo er so etwas schon einmal gesehen hatte: ein Fenster genau in der Ecke.

Er drehte sich um. Auch hier verrieten alte Textiltapeten und abgeblätterte Farbe an der Decke, dass eine aufwendige Renovierung bevorstand. Vielleicht durfte Kremph bis zur Sanierung des Gebäudes in der Wohnung bleiben. Trotzdem hatte er jedes Regal und jeden Schrank mit verschiedensten Gegenständen angefüllt. Es gab im ganzen Raum keine leere Fläche. Genau wie Malin und die anderen fand Fabian die Wohnung auf den ersten Blick unordentlicher als den schlimmsten Müllkeller.

Erst jetzt fiel ihm auf, dass überhaupt keine Unordnung herrschte. Es lagen zwar auch einige Dinge achtlos auf dem Fußboden, aber das meiste war ordentlich gestapelt und allem Anschein nach mit großer Sorgfalt sortiert.

Ossian Kremph war offensichtlich ein Sammler.

Fabian ging weiter in den hintersten Raum der Wohnung und sah sich um. Offenbar war es ein Arbeitszimmer, denn an der einen Wand stand ein Schreibtisch aus Holz. Im Gegensatz zur restlichen Wohnung war die Tischplatte frei.

Er setzte sich auf den Bürostuhl, der laut knarrte, als er sich zurücklehnte. Der Schreibtisch war aus einer Holzart, deren Namen er nicht wusste, und hatte direkt unter der Tischplatte drei Schubladen nebeneinander. Griffe fehlten, und die Schlüssellöcher waren leer. Da sie allerdings nicht abgeschlossen waren, konnte er sie problemlos von unten aufschieben.

Die rechte enthielt eine lange Schere, ein Skalpell und eine Rolle Klebeband. In der mittleren lag ein Album voller Zeitungsausschnitte, auf denen Carl-Eric Grimås und Adam Fischer abgebildet waren. Die Fotos, die alle bei verschiedenen Gelegenheiten und in unterschiedlichen Umgebungen aufgenommen worden waren, hatten eins gemeinsam.

Die Augen waren ausgeschnitten.

Mit größter Präzision war jedes einzelne Auge herausgetrennt und durch ein Loch ersetzt worden. Fabian wurde schlagartig bewusst, wie unheimlich viel von der Persönlichkeit in den Augen steckte, so dass Grimås und Fischer auf den Bildern mehr Ähnlichkeit mit lebenden Toten als mit sich selbst hatten.

Auch die linke Schublade enthielt Fotos. Doch die waren weder fein säuberlich in ein Album eingeklebt, noch aus Zeitungen ausgeschnitten. Offenbar hatte Kremph selbst fotografiert. Es handelte sich um etwa dreißig Bilder, die alle aus einigen Metern Entfernung in einem Bus aufgenommen worden waren. Darauf waren verschiedene Fahrgäste zu sehen, die lesend dasaßen, sich mit ihren Nachbarn unterhielten oder aus dem Fenster schauten und sich wegträumten. Niemand war auf mehr als einem Bild zu sehen. Abgesehen von einer Frau, die dafür auf jedem Foto war.

Eine Frau mit ausgeschnittenen Augen.

Gab es ein weiteres Opfer? War Ossian Kremph deshalb nicht zu Hause?

Er legte die Fotos auf den Tisch, um sie sich genauer anzusehen, wurde aber von Geschrei aufgeschreckt, das sogar David Bowies *The Cynic* übertönte. Er zog die Kopfhörer heraus und eilte zu den anderen, die ihre Waffen gezogen hatten und alle durcheinanderschrien.

»Runter auf den Bauch!« Tomas hielt seine Pistole mit beiden Händen fest. »Runter, habe ich gesagt!«

Fabian traute seinen Augen kaum. Zwischen all den Zeitungsstapeln stand mitten im Zimmer ein regloser Ossian Kremph mit einer Konsum-Tüte in der Hand. Er schien sich einfach dort materialisiert zu haben und starrte die Polizisten an, als hätte er mit ihnen als Letztes gerechnet.

»Aber das ist nicht richtig. Sie dürfen nicht einfach …« Er schüttelte den Kopf.

»Da können Sie einen drauf lassen, dass wir das dürfen!«, sagte Tomas. »Runter mit Ihnen, verdammt noch mal!«

»Nein, das ist nicht richtig. Nicht richtig.«

»Sie tun jetzt besser, was wir sagen.« Jarmo richtete ebenfalls seine Pistole auf ihn.

Fabian fiel auf, wie klein Kremph war und dass er in Wirklichkeit vollkommen anders aussah, als er ihn sich vorgestellt hatte. Die Überwachungskamera hatte ihn mit Bart und als Wachmann verkleidet mit viel größerem Leibesumfang gezeigt. Hatte er unter seiner Kleidung das Operationsbesteck verwahrt, das er benutzt haben musste?

»Nein ... Das ist nicht gut. Gar nicht gut.« Kremph schüttelte immer kräftiger den Kopf, ließ die Einkaufstüte fallen und ruderte mit den Armen. »Sie müssen jetzt gehen. Weg hier!«

»Schnauze und auf den Boden!«, sagte Tomas.

»Hören Sie mir zu, Ossian«, sagte Malin mit der Pistole in der einen und ihrem Ausweis in der anderen Hand. »Wir sind von der Polizei, und ich bin mir ganz sicher, dass Sie wissen, warum wir hier sind. Am besten bleiben Sie also ganz ruhig und tun genau das, was wir sagen.«

Ossian Kremph beruhigte sich ein bisschen und nickte.

»Ganz genau. Wunderbar. Und jetzt die Hände über den Kopf und ganz langsam auf die Knie.«

Kremph hob die Hände und machte Anstalten, sich hinzuknien, doch dann drehte er sich ohne Vorwarnung plötzlich um und verschwand im Flur.

»Stehen bleiben!«, schrien Tomas und Jarmo wie aus einem Mund.

Aber Kremph hatte die Wohnung bereits verlassen und rannte die Treppe hinunter.

»Was macht ihr denn da? Der entkommt uns doch!«, schrie Tomas auf dem Weg nach draußen.

Ossian Kremph stürzte hinaus auf die Blekingegata und rannte, so schnell er konnte, in Richtung Götgata. Er war ein besserer Läufer als die meisten Menschen, das wusste er. Das war er immer gewesen, und was auch passieren würde, schnappen ließ er sich nicht. Nicht noch einmal. Sobald er die U-Bahn erreichte, war er in Sicherheit. Dort hatte er seine Wege und konnte sich ohne Probleme direkt vor ihren Augen in Luft auflösen. Bullenschweine.

Wie hatte er so naiv sein können? Das passte gar nicht zu

ihm. Er hatte sie vor einigen Tagen sogar auf der Straße herumlungern sehen. Und er hatte sich geschworen, bereit zu sein, wenn sie plötzlich vor seiner Tür standen. Trotzdem war er ihnen direkt in die Falle gegangen.

Doch nun war es nicht mehr weit. Nur noch die Götgata überqueren und dann ab in den Untergrund. Er wusste genau, wie man am effektivsten an den Sperren vorbeikam und sich auf der Rolltreppe an den ganzen Deppen vorbeidrängelte, die nicht wussten, dass man rechts stand.

Hinter sich hörte er die Schreie der Polizisten, die ihm befahlen, stehen zu bleiben und die Hände über den Kopf zu halten. Aber sie konnten so laut brüllen, wie sie wollten. Er gehorchte keinen Anweisungen mehr und machte es niemandem mehr recht. Er hatte es satt, den Netten zu spielen.

Als er unten am Bahnsteig angekommen war, sprang er ins Gleisbett und rannte direkt in die Dunkelheit. Nun war er fast am Ziel. Noch ein kleines Stück, und sie würden ihn niemals finden. Er hatte Glück gehabt. Kein Zug hatte dagestanden, und die Schienen waren noch still. Auf einmal knallte es hinter ihm, als wäre ein Reifen geplatzt. Hier gab es doch gar keine Autos? Er begriff überhaupt nicht, was los war, als sein linkes Bein unter ihm nachgab und er mit dem Kopf auf die Gleise schlug.

Ein anderes Geräusch hingegen machte ihn wach, und er wusste sofort, was passieren würde. Dieses typische Singen in den Schienen kündigte einen Zug an.

Kapitel 40

Dunja versuchte, ihr Unbehagen hinunterzuschlucken, während sie die versammelten Journalisten und Fotografen betrachtete, die in den eigens aufgestellten Stuhlreihen Platz genommen hatten. Doch es nützte nichts. Im Gegenteil. Je mehr Reporter eintrafen, desto unwohler fühlte sie sich.

Eigentlich wunderte sie das große Interesse nicht. Sie selbst kannte Aksel Neuman seit der Radiosendung *Stimmen in der Nacht*, doch erst nach seiner Teilnahme bei *Let's Dance* war er landesweit bekannt geworden und hatte seine eigene Talkshow auf TV2 bekommen. Dass sie die Pressekonferenz jedoch in der großen Halle abhalten mussten, damit alle Platz fanden, hatte sie nicht erwartet, und da immer noch Reporter eintrudelten, war selbst hier fraglich, ob alle hineinpassen würden.

Hätte sie die Wahl gehabt, wäre sie lieber bei dem Einsatz in Benny Willumsens Wohnung in Malmö dabei gewesen, aber Sleizner hatte darauf bestanden, dass sie neben ihm saß, und beteuert, wie wichtig es für ihre Karriere sei, nicht nur im Verborgenen zu wirken, sondern sich hin und wieder auch ein wenig zu zeigen. Wenn man bedachte, wie gut es bei ihm lief, obwohl er nie etwas zur eigentlichen Polizeiarbeit beitrug, wusste er wahrscheinlich, wovon er redete, dachte sie. Auf ihrer Oberlippe bildeten sich Schweißperlen.

Das lag an dem Kostüm. Es war zu warm und aus einem Material, das einfach nicht atmen wollte. Sie kam sich vor wie eine Presswurst. Carsten hatte es ihr im vergangenen Jahr zu Weihnachten geschenkt, und wie immer, wenn er ihr etwas zum Anziehen schenkte, war es zwei Nummern zu klein. Und obwohl sie mittlerweile bestimmt drei Kilo abgenommen hatte, passte es immer noch nicht.

Als sie Sleizner einen Blick zuwarf, hielt er lächelnd ein Taschentuch hoch und tippte auf seine Oberlippe. Sie hatte gehofft, es würde nicht auffallen, und befürchtete, dass ihr Make-up verlief, wenn sie sich abtupfte. Doch er hatte es offenbar bemerkt. Diese verfickten Schweißtropfen zeigten sich immer in den unpassendsten Momenten, fluchte sie innerlich und saugte sie so behutsam wie möglich mit einem Taschentuch auf.

»Alles okay?«, fragte Sleizner, und sie antwortete mit dem überzeugendsten Lächeln, zu dem sie momentan imstande war. Offensichtlich war es allerdings nicht überzeugend genug, da er sich zu ihr hinüberbeugte, ihr die Hand auf den Oberschenkel legte und in ihr Ohr flüsterte: »Entspann dich einfach und lass mich machen, ich werde das Kind schon schaukeln. Und dann lade ich dich zu etwas richtig Leckerem ein, versprochen.«

Wieder nickte sie. Vor allem, weil sie unter Schock stand und nicht wusste, wie sie reagieren sollte. Wobei sie das im Grunde schon wusste. Sie traute sich nur nicht.

»Dann möchte ich Sie zu Beginn herzlich willkommen heißen!« Sleizner nahm die Hand von ihrem Oberschenkel und wandte sich der Versammlung zu. »Ich heiße Kim Sleizner und leite, für alle, die es nicht wissen, die Kriminalabteilung hier in Kopenhagen. Neben mir sitzt Dunja Hougaard, für die meisten wahrscheinlich ein neues Gesicht. Sie sitzt nämlich zum ersten Mal hier oben auf dem Podium, also seien Sie bitte nett zu ihr.«

Es wurde vereinzelt gelacht, und auch Dunja zwang sich zu einem Lächeln.

»Dunja ist für die Ermittlungen im Mordfall Karen Neuman verantwortlich und hat eine ganze Reihe von, gelinde gesagt, interessanten Schlussfolgerungen gezogen, dank derer wir jetzt nicht nur einen Hauptverdächtigen haben, sondern auch drei ältere Fälle aufklären können. Fälle, die uns seit Jahren keine Ruhe lassen. Und außerdem«, er hob den Zeigefinger, »sieht es so aus, als wäre unsere Arbeit auf der falschen Seite des Sunds auch ziemlich nützlich, weil wir dort nämlich die Misserfolge unserer Kollegen ausbügeln können. Aber nun gebe ich das Wort an Dunja weiter.« Er sah sie an. »Bitte sehr.«

»Vielen Dank. Äh ... wie Kim Sleizner schon angedeutet hat, haben wir es mit einem Täter zu tun, der auf beiden Seiten des Sunds aktiv ist.« Dunja spürte, wie ihr der Schweiß den Rücken hinunterlief. »Unser Hauptverdächtiger, der sich noch immer auf freiem Fuß befindet, heißt ...«

»Näher ans Mikro! Wir verstehen kein Wort!«, rief jemand.

»Oh, Entschuldigung.« Dunja beugte sich nach vorn. »Besser so?«

»Ja, aber noch besser wird es vielleicht, wenn du es einschaltest.« Wieder erntete Sleizner vereinzeltes Gelächter.

Auch Dunja zwang sich zu einem Lachen, während sie mit zitternden Händen nach dem kleinen Schalter am Mikrofon tastete. Zunächst wusste sie gar nicht, was los war. Doch als ihr das Lachen wie eine klebrige Masse im Hals steckenblieb und sie nur noch kotzen und rausschreien wollte, dass Kim Sleizner ein sexistisches Machoarschloch war und sie sich alle ins Knie ficken konnten, da schien in ihr etwas zu zerreißen.

Es tat nicht einmal weh. Eher im Gegenteil. Als sie aufblickte und die lachende Versammlung wie in Slow Motion vor sich sah, musste sie sich anstrengen, um nicht selbst über die verzerrten Stimmen, die an eine Herde brünstiger Kühe erinnerten, in Lachen auszubrechen. Im selben Moment hörten ihre Finger auf zu zittern, und sie konnte in Ruhe das Mikrofon einschalten.

»Ist es jetzt besser? Hören mich jetzt alle? Eins zwei. Eins zwei.« Sie zog das Mikrofon aus der Halterung und nahm es in die Hand. »Du auch, Kim?«

Die ganze Versammlung fing an zu lachen, und Sleizner nickte, obwohl er alles andere als amüsiert wirkte.

»Gut, aber nun ist Schluss mit lustig«, fuhr sie fort, drückte auf die Fernbedienung und projizierte ein Porträtfoto von Benny Willumsen auf die Leinwand hinter ihr. »Das ist Benny Willumsen. Er ist dänischer Staatsbürger, wohnt aber in Malmö. Vor etwa zwei Jahren nahm ihn die dänische Polizei aufgrund dieser Tat fest.« Wieder drückte sie auf die Fernbedienung und hinter ihr erschien ein Bild des Tatorts in Rydebäck.

Man sah eine Frau leblos an einem Sandstrand liegen. Ihr Körper war mit einem weißen Laken bedeckt, das vom Blut aus ihren tiefen Verletzungen an mehreren Stellen rot gefärbt worden war.

»Ohne auf die besonderen Details einzugehen, lässt sich nicht leugnen, dass es einige überzeugende Übereinstimmungen mit dem Fall Karen Neuman aus Tibberup gibt, auch wenn er dort noch einen Schritt weiter ...« Dunja verstummte und betrachtete das vibrierende Handy auf dem Tisch. Sverker Holm von der Polizei Helsingborg war dran. Oder Klippan, wie er offenbar genannt wurde.

Sie hätte das Telefon nicht auf den Tisch legen dürfen. Es hätte auch gar nicht eingeschaltet sein dürfen, selbst wenn sie es lautlos gestellt hatte. All das war ihr mehr als bewusst, genau wie die Tatsache, dass sie den Anruf unter keinen Umständen annehmen durfte. Trotzdem griff sie nach dem Mobiltelefon.

»Dunja, das legst du jetzt vielleicht besser weg«, zischte Sleizner verbissen. Dunja wies den Anruf ab und legte das Handy weg.

»Verzeihung. Wo waren wir stehengeblieben?«
»Bei den Übereinstimmungen mit dem Fall in Tibberup.«
»Genau.«

Wieder vibrierte das Handy. Diesmal kam eine SMS.

Er hat wieder zugeschlagen. Willumsen. Er hat es wieder getan. Rufen Sie so schnell wie möglich an.

»Was machst du da eigentlich ... Dunja?« Sleizner wirkte jetzt richtig gestresst.

Dunja las die Nachricht noch einmal und sah Sleizner in das fragende Gesicht. »Er hat wieder zugeschlagen. Du musst hier weitermachen. Ich hab zu tun.« Sie stand auf und stieg vom Podium hinunter.

»Nun ja.« Sleizner breitete die Arme aus. »Es sieht leider ganz so aus, als müssten Sie mit mir vorliebnehmen. Wo waren wir gerade?«

Während es klingelte, zog Dunja ihre Passierkarte durch das Lesegerät, gab den Code ein und durfte endlich aus dem Scheinwerferlicht verschwinden.

»Hallo, Dunja.« Es war Klippan. Dunja hörte, wie er sich ins Auto setzte und den Motor anließ.

»Haben Sie ein weiteres Opfer gefunden?«

»Noch nicht.«

»Ist es diesmal eine Schwedin?« Auf dem Weg zum Fahrstuhl kam sie an einem Fernseher vorbei, auf dem ohne Ton die Pressekonferenz lief.

»Nein, eine Dänin. Sie heißt Katja Skov. Vielleicht kennen Sie ihren Vater, Ib Skov?«

»Ja, er ist einer unserer größten Unternehmer.« Dunja versuchte, am Fernseher den Ton einzuschalten. »Aber ich weiß immer noch nicht, ob ich das richtig verstanden habe. Was ist passiert?«, fuhr sie fort und gab den Versuch auf, den richtigen Knopf am Gerät zu finden.

»Soweit ich weiß, hat sie in ihrem Elternhaus in Snekkersten eine Art Party gefeiert. Heute früh soll sie mit einigen Freunden in einem Taxi weitergefeiert haben und zum Hafen in Helsingör gefahren sein. Sie wissen ja, man kann auf der Fähre Alkohol trinken und mit einem Einzelfahrschein so oft zwischen Helsingör und Helsingborg hin und her fahren, wie man will.«

»Ich dachte, so was machen nur Schweden?«

»Ja, das dachte ich auch, aber die haben es auf jeden Fall getan. Anscheinend wurde dabei eine ganze Menge getrunken, bis die Leute plötzlich merkten, dass Katja Skov verschwunden war.«

»Und die Freunde sind sicher, dass sie nicht in irgendeinem Rettungsboot ihren Rausch ausschläft?«

»Die Fähre wurde zweimal durchsucht, aber das spielt keine Rolle, denn sobald ich davon hörte, habe ich den Mann bei Scandlines kontaktiert ... Wie hieß der noch mal?«

»Ich weiß, wen Sie meinen.«

»Okay. Ich habe ihn gebeten, sich die Überwachungsaufnahmen anzusehen, und genau wie ich vermutet hatte, war er wieder mit demselben Auto dort.«

»Sie meinen Aksel Neumans BMW mit dem dänischen Nummernschild?«

»Exakt. Und er soll heute um Punkt zweiundzwanzig Minuten nach zwölf in Helsingborg von der Fähre gefahren sein.«

Dunja warf einen Blick auf die Uhr und stellte fest, dass das kaum mehr als zwei Stunden her war. In dieser Situation zwar eine Ewigkeit, aber immer noch deutlich besser als nichts. »Klippan, was halten Sie davon, wenn ich rüberkomme und wir gemeinsam an der Sache arbeiten.«

»Genau das wollte ich auch vorschlagen. Rufen Sie an, sobald Sie wissen, wann Sie in Helsingborg sein können. Ich hole Sie dann am Knotenpunkt ab.«

Nachdem sie das Gespräch beendet hatten, atmete Dunja einige Male tief durch, damit sich ihr Puls normalisierte. Aber es nützte nichts. Das Adrenalin strömte in ihren Adern, als hätte sie sich soeben mit einem Gummiband am Fußgelenk in eine Schlucht gestürzt.

Auf dem Bildschirm sah sie Sleizner die Pressekonferenz beenden, aufstehen und das Podium verlassen. Dafür, dass er es über alles liebte, alle Blicke auf sich zu ziehen, wirkte er ungewöhnlich verbissen. Offensichtlich kochte er vor Wut.

In gewisser Weise konnte sie ihn verstehen.

Sogar ziemlich gut.

Aber es war ihr egal.

Kapitel 41

»Hallo, Matilda. Was hast du auf dem Herzen?« Fabian telefonierte auf dem Weg zum Besprechungsraum.

»Wann kommst du nach Hause? Ich habe Mama schon mehrmals angerufen, aber sie geht nicht dran.«

»Sie ist im Atelier und hat ihr Handy sicher ausgeschaltet. Rebecka ist doch da, oder?«

»Ja, aber ich mag sie nicht so. Sie ist die ganze Zeit auf dem Balkon und telefoniert, und außerdem raucht sie. Ich will, dass du nach Hause kommst.«

»Schätzchen, du weißt, dass das nicht geht. Es ist erst halb zwei, und ich muss noch ein paar Stunden arbeiten. Aber danach komme ich sofort nach Hause, versprochen, und dann gucken wir fern und machen uns einen gemütlichen Freitagabend. Klingt das gut?«

Es kam keine Antwort, aber er hörte die Babysitterin fragen, ob Matilda »Die Jagd nach dem verschwundenen Diamanten« spielen wolle.

»Okay, Papa, bis später.« Bevor er noch etwas sagen konnte, klickte es im Hörer. Er steckte das Handy ein und betrat den Besprechungsraum.

Tomas, Jarmo und Malin saßen bereits am Tisch und warteten, nur Herman Edelman fehlte noch. Die Stimmung am Tisch war nahezu ausgelassen. Der frisch gekochte Kaffee stand in der Thermoskanne bereit, und die Keksdose wartete darauf, geöffnet und herumgereicht zu werden. Heute würden sie sich alle die eine oder andere zusätzliche Kalorienbombe gönnen. Nur jetzt noch nicht.

Vorher würde traditionell Edelman mit einem überladenen Tablett hereinkommen und sie für ihre Arbeit loben, dank derer man einen weiteren Täter identifiziert und gefasst hatte. Anschließend würde er jedem einen Schnaps servieren und ihnen ein selbstkomponiertes Gericht anbieten, das sie mit der Zeit alle lieben gelernt hatten – Finn Crisps mit Kalles Kaviar und feingehackten roten Zwiebeln.

»Dann darf man wohl zum ersten Schuss mit der Wumme gratulieren.« Jarmo deutete mit den Fingern eine kleine Pistole an.

»Gib zu, dass es ein schöner Schuss war. Immerhin reden wir von fünfzehn Metern in absoluter Dunkelheit«, sagte Tomas.

»Glück.« Jarmo trank einen Schluck Kaffee.

»Glück? Ich könnte das mit verbundenen Augen wiederholen.«

»Außerdem hast du vergessen, einen Warnschuss abzugeben.«

»Glaubst du etwa, ich hätte riskiert, dass er aufgibt und sich zu Boden wirft? Dann hätte ich das Arschloch doch nicht abknallen können. Bumm ... direkt in den Oberschenkel. Das hast du in all den Jahren hier noch nicht geschafft.« Tomas klopfte Jarmo auf die Schulter.

»Ihr habt doch nicht etwa ohne mich angefangen?«

Synchron drehten sie sich zu Edelman um. Als er das volle Tablett auf dem Tisch abgestellt hatte, klatschten sie in die Hände. Jeder bekam ein Schnapsglas, und dann ging die vereiste O. P. Andersson-Flasche herum.

»Und was soll ich trinken?«, fragte Malin.

»Zitronensprudel oder Leichtbier.« Edelman schraubte den kleinen roten Plastikdeckel von der Kaviartube, drehte ihn um und durchbohrte mit der sternförmigen Spitze die Schutzfolie auf der Öffnung. »Oder du tust, als ob du wieder in Dänemark wärst, und genehmigst dir auch einen Kleinen.«

Lachend bedienten sich alle bei den Finn Crisps, drückten sich eine Kaviarschlange drauf, sobald die Tube weitergereicht wurde, und tunkten die Knäckebrote in die Schüssel mit der feingehackten roten Zwiebel. Fabian nahm einen Bissen und schmeckte genüsslich, wie sich die Schärfe der Zwiebel mit dem salzigen Kaviar und dem harten Brot verband. Es war wirklich köstlich, und er konnte heute nicht mehr verstehen, warum er anfangs so skeptisch gewesen war und nur höchst widerwillig probiert hatte.

Nachdem alle einige Bissen gegessen hatten, wischte sich Edelman den Bart ab und hob sein Schnapsglas. »Ich möchte die Gelegenheit nutzen, euch für die großartige Leistung zu danken. Ihr habt nicht nur den Täter gefasst. Ihr habt mir auch eine Menge Pressekonferenzen erspart, indem ihr die Sache in Rekordzeit erledigt habt!«

Sie leerten ihre Gläser, und Edelman reichte die Flasche noch einmal herum. »Übrigens, als ich hörte, was mit Grimås passiert war, musste ich sofort an Ossian Kremph denken.«

Fabian und die anderen sahen sich an.

»Das ist wirklich wahr. Ich habe aber nichts gesagt«, fuhr Edelman fort, während er sich noch ein Brot machte. »Ich war nämlich fest davon überzeugt, dass er es gar nicht sein konnte. Dass er für alle Ewigkeit aus dem Verkehr gezogen worden wäre. Dass er seine Strafe abgesessen und sich wieder auf freiem Fuß befinden könnte, wäre mir im Traum nicht eingefallen. Denn eins müsst ihr wissen. Ossian Kremph war nicht nur ein ungewöhnlich smarter und raffinierter Täter. Er war mit Abstand der abgebrühteste Verbrecher, der mir in all den Jahren hier begegnet ist. So abgebrüht, dass er, ohne mit der Wimper zu zucken, seinem eigenen Verteidiger die Augen ausgestochen hat, als er merkte, dass es nicht gut für ihn aussah. Und den haben sie nach dreizehn Jahren gehen lassen.« Edelman schüttelte den Kopf und leerte sein Glas in einem Zug. »Es gibt allerdings noch immer ein paar lose Enden, und bevor wir die nicht miteinander verknüpft haben, können wir nicht in die Weihnachtsferien gehen und Unterwäsche für unsere Frauen kaufen.«

»Was für Enden meinst du?«, fragte Malin.

»Wir wissen ja immer noch nicht, was er mit Fischer gemacht hat«, sagte Jarmo.

»Zum Beispiel«, sagte Edelman.

»Und dann haben wir diese Frau hier.« Fabian legte einige Bilder von der Frau mit den ausgeschnittenen Augen aus dem Bus auf den Tisch.

»Und wer ist das?« Edelman nahm eins der Fotos in die Hand.

»Das wissen wir nicht. Aber die lagen neben ähnlichen Fotos von Grimås und Fischer in seiner Wohnung.«

»Es könnte also irgendwo ein weiteres Opfer liegen?« Edelman schüttelte seufzend den Kopf.

»Oder sie läuft quicklebendig herum und ahnt nicht, dass sie als Nächstes an der Reihe gewesen wäre.«

»Wann können wir ihn vernehmen?« Malin drückte auf die Kaviartube.

»Ich habe eben mit dem Söderkrankenhaus telefoniert«, sagte Edelman. »Sie flicken ihn gerade zusammen.«

»Dann müssten wir in einer guten Stunde hinfahren können.«

»Das wollte ich gleich ansprechen. Offenbar ist er seit dem Vorfall psychisch nicht mehr stabil.«

»Aber vorher, oder was?« Tomas lachte auf.

»Das behauptet zumindest sein Therapeut, der ihm nun ein Besuchsverbot erteilt hat.«

»Wie, Besuchsverbot?«, fragte Jarmo. »Er kann doch nicht einfach unsere Ermittlungen behindern.«

»Offenbar kann er genau das, solange es um die Gesundheit eines Verdächtigen geht. Und eins dürfen wir nicht vergessen. So sicher wir uns auch sein mögen, zum jetzigen Zeitpunkt ist er nur ein Verdächtiger.«

»Wann dürfen wir denn mit ihm reden?«, fragte Fabian, obwohl er bereits ahnte, dass es viel zu lange dauern würde.

»Sie haben versprochen, sich nach dem Wochenende zu melden, meinten aber, wir sollten mit mindestens einer Woche rechnen.«

»Eine Woche?« Tomas leerte sein Schnapsglas. »Ich habe ihm doch ins Bein geschossen und nicht in den Mund.«

»Fragt sich, ob er überhaupt vernehmungsfähig ist«, sagte Malin.

Eine oder vielleicht sogar zwei Wochen. Das geht nicht, dachte Fabian. Bis dahin war Fischer mit Sicherheit tot. Genau wie die Frau im Bus.

»Also, was machen wir jetzt? Außer rumsitzen und Däumchen drehen?«, fragte Tomas.

»Hier wird selbstverständlich niemand rumsitzen und Däumchen drehen«, sagte Edelman. »Stubbs ist zum Beispiel schon dabei, seine Wohnung zu durchsuchen, und es ist ja nicht vollkommen ausgeschlossen, dass wir dort etwas finden, was uns weiterbringt.«

»Okay, dann drücken wir die Daumen, anstatt sie zu drehen.« Tomas tauchte noch ein Finn Crisp mit Kaviarpaste in die roten Zwiebeln.

»Ich glaube nicht, dass wir hier im Moment weiterkommen.« Edelman stand auf. »Bedient euch. Ich muss eine Pressekonferenz vorbereiten. Hoffentlich die letzte in dieser Angelegenheit.« Er verließ den Raum.

Stille machte sich breit, und die gute Stimmung war wie weggeblasen.

»Na gut. Falls nichts passiert, sehen wir uns also am Montag.« Fabian rutschte mit seinem Stuhl nach hinten.

»Unbedingt. Schönes Wochenende«, sagte Jarmo.

»Gleichfalls.« Fabian ging hinaus und hörte Malin hinter ihm herkommen.

»Willst du jetzt plötzlich einfach nach Hause gehen?«

»Ja, aber nicht zu mir, sondern zu dir und zu deiner Straße.«

»Wie bitte? Ich verstehe nicht, was das ...?«
»Und du kommst mit und klopfst bei einem deiner Nachbarn an die Tür.«

Kapitel 42

Es war ein Wettlauf mit der Zeit. Die zwei Stunden Vorsprung, die Willumsen hatte, mussten sie auf jeden Fall aufholen. Jede Minute. Jede einzelne Sekunde. Leider hatte sie kostbare Zeit darauf verschwendet, sich aus dem Kostüm zu quälen. Der seitliche Reißverschluss am Rock hatte sich verhakt, und nachdem sie mehrmals vergeblich versucht hatte, ihn zu öffnen, zog sie aus purem Frust so fest, dass das Ding kaputtging und im Mülleimer landete. Anschließend waren zwei Packungen Taschentücher draufgegangen, um ihren verschwitzten Körper abzutrocknen.

Glücklicherweise waren auch die letzten Kollegen aus der Abteilung bereits nach Hause gegangen, so dass sie sich direkt am Schreibtisch umziehen konnte. Kaum hatte sie ihre Jeans und das Polohemd an, war sie wieder sie selbst. Sie sammelte die alten Ermittlungsakten ein und fuhr den Computer herunter.

»Ach, hier steckst du.«

Dunja drehte sich um und sah Sleizner auf sich zukommen.

»Darf man fragen, was los war?« Er breitete die Arme aus. »Es muss ja etwas ungemein Bedeutungsvolles passiert sein, wenn man mitten in einer Pressekonferenz hinwirft.«

Sie nickte und steckte die Akten in ihre Tasche. »Die Polizei Helsingborg war dran. Willumsen hat wieder zugeschlagen, und deshalb muss ich jetzt so schnell wie möglich dahin. Ich melde mich und erkläre dir alles, sobald ich im Zug sitze.« Sie hängte sich die Tasche über die Schulter und wollte gehen.

»Immer langsam mit den jungen Pferden.« Sleizner packte ihren Arm, so dass die Tasche auf den Boden fiel. »Jetzt beruhigen wir uns erst mal.«

»Kim, es tut mir leid, aber ich habe wirklich keine Zeit ...«

Seine eine Hand umklammerte ihren Oberarm noch fester, während er ihr den Zeigefinger der anderen auf den Mund presste. »Jetzt hörst du mir mal zu. Verstanden?«

Als Dunja nickte, lockerte sich sein Griff ein wenig.

»Hast du auch nur eine vage Vorstellung davon, in was für eine Lage du mich vorhin gebracht hast?« Er ging um sie herum. »Ich serviere dir einen Fall, für den sich einige in diesem Haus einen Finger abhacken würden. Ich hole dich mit aufs Podium. Ich rolle dir einen fetten, langen und frisch gereinigten roten Teppich aus. Und was bekomme ich zurück? Was?«

Sleizner stand direkt hinter ihr und war ihr mit seinem Gesicht so nah gekommen, dass sie seinen Atem am Ohrläppchen spürte. Er roch nach einer verschleppten Erkältung, und sie musste sich konzentrieren, um sich nicht abzuwenden. Es war bei weitem nicht Sleizners erster Wutanfall. Dass Sleizner rechts und links seine Mitarbeiter beschimpfte, war im Grunde der Normalfall. Aber nun stand sie zum ersten Mal selbst in der Schusslinie. Sie hatte Hesk und alle anderen in dieser Situation erlebt. Hatte beobachtet, wie sie einfach stillhielten, bis es vorbei war.

»Ich werde es dir erklären!« Sleizner baute sich vor ihr auf.

Das Problem war nur, dass sie keine Zeit hatte. Mit jeder Sekunde, die verstrich, wuchs Willumsens Vorsprung.

»Ein dicker fetter Stinkefinger direkt vor den Kameras!« Er hielt ihr seinen Mittelfinger so dicht vors Gesicht, dass er ihre Nasenspitze streifte. »Und ich saß da wie ein Depp und hatte nicht die geringste Ahnung, was ...«

»Kim, du musst entschuldigen.« Dunja schob seine Hand weg. »Aber ich habe dafür jetzt wirklich keine Zeit.«

»Zeit? Du hast Zeit, wenn ich dir befehle, Zeit zu haben. Und im Moment hast du gefälligst Zeit, mir zuzuhören. Oder wolltest du etwa einfach gehen?«

Dunja nickte, und Sleizner machte ein Gesicht, als hätte er damit als Letztes gerechnet.

»Es tut mir leid, wenn es vorhin doof gelaufen ist. Wirklich. Aber du hast mich damit beauftragt, die Ermittlungen zu führen, und genau das habe ich jetzt vor.« Sie hob ihre Tasche auf und bewegte sich auf den Ausgang zu.

»Warte mal, Dunja ...«

Sie drehte sich um und sah ihn näher kommen. »Ja?«

Er gab ein langes Seufzen von sich. »Verzeih mir ... Es war nicht so gemeint.« Er blieb vor ihr stehen und sah ihr in die Augen. »Da draußen hatte ich das Gefühl, du würdest mir die Hose runterziehen. Ich weiß, dass du nur versuchst, deiner Verantwortung gerecht zu werden, aber es ist ein bisschen blöd gelaufen. Das musst du doch zugeben!«

Dunja nickte. »Ja, und das tut mir furchtbar leid, aber jetzt muss ich ...«

»Ja, mir tut es auch leid ... Wir hatten es doch so wahnsinnig nett miteinander ... Oder etwa nicht?« Er nahm ihre Hände in seine und durchbohrte sie mit seinem Blick. »Ich weiß nicht, wie du das siehst, aber ich wäre bereit, einen Strich unter der Sache zu ziehen und noch einmal von vorne anzufangen. Was hältst du davon?«

»Okay.« Dunja machte Anstalten zu gehen. Sie wollte nur noch weg, aber Sleizner hielt ihre Hände fest und schaute ihr tief in die Augen.

»Sicher?«

Wieder nickte sie, und er strahlte übers ganze Gesicht.

»Gut. Dann ist ja alles geklärt.« Er gab ihr einen Handkuss und ließ sie gehen.

Kapitel 43

Nach dem dritten Klingeln öffnete Malins Nachbar endlich die Tür und blickte fragend zwischen ihr und Fabian hin und her. Er trug eine beige Cordhose, ein weißes Hemd und eine Lederweste und erinnerte mit seiner kleinen Nickelbrille und den schulterlangen grauen Locken eher an einen Spielmann aus den norrländischen Wäldern als an einen Psychotherapeuten, bei dem einige der schlimmsten Vergewaltiger Schwedens in Behandlung waren.

»Guten Tag, wie geht's?« Als Malin dem Mann die Hand gab, wirkte er noch verwirrter. »Erkennen Sie mich nicht? Wir sind uns doch im Herbst beim Gartentag begegnet. Mein Mann war derjenige, der die ganzen Würstchen verbrannt hat, so dass wir stattdessen Pizza bestellen mussten. Ich wohne ein paar Häuser weiter.«

»Es tut mir leid, aber ich habe gerade einen Patienten ...«

»Kein Problem, es geht ganz schnell. Dürfen wir reinkommen?«

»Äh, nein. Es passt nicht so ...«

»Wunderbar. Ich hätte nämlich nichts dagegen, wenn Sie mir einen Stuhl anbieten. Sie wissen ja, wenn man so schwanger ist wie ich, rauben einem gewisse Stellungen den letzten Nerv. Das ist übrigens Fabian Risk, mein Kollege bei der Reichskripo.« Malin drehte sich zu Fabian um und verdrehte die Augen, während sie sich in den Flur drängelte und auf einen Stuhl setzte. »Ah ... genau das habe ich jetzt gebraucht.«

»Verzeihung, aber worum geht es eigentlich?«

»Ossian Kremph. Kommt Ihnen der Name bekannt vor?«

»Ach, dann haben Sie ihn also ins Gleisbett gejagt und angeschossen.«

»Nein, das war ein anderer Kollege, aber wir sind diejenigen, die gerne mit ihm sprechen würden, und zwar so bald wie möglich.«

»Kommt nicht in Frage.« Der Therapeut schüttelte den Kopf. »Haben Sie nicht schon genug Schaden angerichtet? Ossian hat seine Strafe abgesessen und ein Leben in Frieden verdient. Mir fällt kein Patient ein, der so mit sich selbst gerungen hat wie er. Und dann kommen Sie und stellen sein ganzes Leben auf den Kopf.«

»Wovor haben Sie eigentlich solche Angst?«, fragte Fabian. »Dass Sie die Miete nicht reinbekommen?«

Der Therapeut drehte sich ruckartig zu Fabian um. »Ich habe die Genehmigung der Eigentümergemeinschaft und versteuere die Einnahmen, falls Sie darauf hinauswollen. Es ist nichts Illegales an der Sache ...«

»Wer hat denn was von illegal gesagt? Ich hatte eher an Ihr Berufsethos gedacht. Man soll doch gewisse Grenzen nicht überschreiten und kein zu persönliches Verhältnis zu seinen Patienten aufbauen.«

»Haben Sie das getan?«, fragte Malin.

»Was?«

»Die Grenze überschritten?«

»Nein, wirklich nicht.« Der Therapeut rückte mit zitternder Hand seine Brille zurecht. »Aber was seine Behandlung angeht, kann ich jetzt wieder ganz von vorne anfangen. Und das ist allein Ihre Schuld.«

»Das tut uns aber leid. Sie haben jedoch ein winziges Detail vergessen.« Malin zeigte ihm Fotos von Carl-Eric Grimås und seinen leeren Augenhöhlen.

»Das war er nicht. Unmöglich.« Naserümpfend gab ihnen der Therapeut die Bilder zurück und strich sich einige seiner grauen Locken hinters Ohr.

»Und warum ist es unmöglich?«

»Glauben Sie etwa, ich merke nicht, was Sie von meinem Berufsstand halten? Ein teurer Zeitvertreib für Menschen, die sich selbst leidtun und nicht wissen, wo sie mit ihrem Geld hinsollen. Oder, wie in Ossians Fall, mit dem Geld der Steuerzahler. Ich kann Ihnen aber versichern, dass dies hier eine Wissenschaft ist, und zwar, im Vergleich zu vielen anderen, eine ziemlich exakte. Ossian und mir ist es gemeinsam gelungen, bis zum innersten Kern vorzudringen und herauszufinden, worauf sein Problem beruhte.«

»Jetzt bin ich aber gespannt.«

»Lassen Sie es mich so formulieren: Ihnen fehlt das Handwerkszeug, um auch nur annähernd zu einem tieferen Verständnis zu gelangen. Von Bedeutung war, dass er zur Einsicht gekommen ist. Da er zusätzlich auch medikamentös behandelt wird, bin ich von seiner Unschuld felsenfest überzeugt.« Er verschränkte die Arme, als wollte er markieren, dass er alles wieder im Griff hatte.

»Und was passiert, wenn er seine Medikamente nicht nimmt?«, fragte Fabian. »Vielleicht behauptet er ja nur, sie einzunehmen, und hat das in Wahrheit seit Monaten nicht getan?«

»Das ist eine hypothetische Frage. Ossian würde mich niemals anlügen.«

»Nein?«

»Sehen Sie sich das mal an.« Malin stand auf und zeigte ein paar Opferfotos aus den sechzehn Jahre alten Ermittlungsakten. »Erkennen Sie die Ähnlichkeiten?«

Widerwillig betrachtete der Therapeut die Bilder.

»Wir haben den Verdacht, dass er irgendwo zwei weitere Opfer versteckt hält«, sagte Fabian. »Adam Fischer, über den Sie sicher in der Zeitung gelesen haben, und diese Frau hier.« Er hielt ihm eins der Fotos von der Frau mit den ausgeschnittenen Augen im Bus hin.

»Oh mein Gott ...« Der Therapeut schlug die Hand vor den Mund.

»Kennen Sie sie?«

Er schüttelte den Kopf. »Nein, aber genau das hat er gemacht, als er krank war. Es kam während der Ermittlungen nicht zur Sprache. Fragen Sie mich nicht, warum nicht. Mir hat er jedoch erzählt, dass er es nicht lassen konnte. Wenn es ganz schlimm wurde, musste er auf jeder Seite in der Zeitung die Augen entfernen.« Der Therapeut setzte sich hin. Er sah plötzlich ganz weiß aus.

»Soll ich Ihnen ein Glas Wasser holen?«, fragte Malin.

Der Therapeut nickte und legte den Kopf in die Hände.

Kapitel 44

Dunja Hougaard war noch nie in Helsingborg gewesen. Sie und Carsten hatten mehrmals überlegt, dorthin zu fahren, aber es war nie etwas daraus geworden. Irgendwie war die Lust auf Schweden nicht wirklich vorhanden gewesen. Einmal, als die schwedische Krone gesunken war wie ein Stein, waren sie nach Malmö hinübergefahren, und natürlich hatten sie dort ein paar schicke Sachen gekauft. Aber die Ersparnis war dahin gewesen, sobald sie eine Flasche Wein zum Essen bestellten.

Jetzt sah sie sofort, dass die Stadt eindrucksvoller und schöner war als Helsingör. Sie wusste nicht, warum, aber sie hatte sich immer vorgestellt, Helsingborg wäre eine schmutzige Industriestadt ohne Leben auf den Straßen. Ungefähr wie in Osteuropa. Allerdings war sie auch noch nie in Osteuropa gewesen. Eigentlich, dachte sie auf der Rolltreppe hinunter zur Ankunftshalle, hatte sie überhaupt keine Ahnung.

Sie hatte sich in dem Moment bei Klippan gemeldet, als die Fähre in Helsingör abfuhr, und nun sah sie ihn unten mit einem Schild stehen, auf dem ihr falsch geschriebener

Name stand. Er war klein, hatte eine birnenförmige Figur und sah ganz anders aus, als sie ihn sich nach den Telefonaten vorgestellt hatte.

»Hallo, ich bin Dunja.« Sie gab ihm die Hand.

»Aha ... ja«, brummte er und ging auf den Ausgang zu.

Dunja eilte ihm hinterher. »Auf dem Weg hierher habe ich mich mal auf der Fähre umgesehen. Da sind ja überall Kameras.«

Er murmelte etwas Unverständliches, öffnete die Zentralverriegelung und klappte die Kofferraumhaube hoch. Während Dunja ihre Tasche ins Auto legte, fragte sie sich, warum ihr schwedischer Kollege plötzlich wie ausgewechselt war. Sie setzte sich auf den Beifahrersitz und schnallte sich an. »Entschuldigen Sie, aber ist etwas passiert?«

»Sorry, I don't understand Danish«, sagte er, während er losfuhr.

»Yes, you do. You understood me just fine when we talked over the phone.«

»No, I don't.«

Dunja wusste nicht, was sie glauben sollte. Veräppelte er sie? Sie lachte auf, verstummte aber sofort wieder, als sie bemerkte, dass er sie ansah wie eine Bazille. Hatte sie etwas Falsches gesagt? Oder litt Klippan an einer schizophrenen Persönlichkeitsstörung? Sie verstand überhaupt nichts und beschloss, nichts mehr zu sagen.

Als sie sieben Minuten später endlich auf den Parkplatz vor dem Polizeigebäude im Norden von Helsingborg fuhren, öffnete sie die Beifahrertür und stieg aus, bevor der Wagen stehen geblieben war.

»Ich dachte mir doch, dass ihr langsam kommen müsstet«, hörte sie eine Stimme vom Eingang rufen.

Dunja drehte sich um und sah einen großen Mann, der ihr zuwinkte. Sie winkte sicherheitshalber zurück, obwohl sie ihn nicht kannte. Dann holte sie ihre Tasche aus dem Kofferraum, ging auf den Eingang zu und schüttelte dem Mann die Hand.

»Hallo!« Er nahm ihr die Reisetasche ab. »Die kann ich doch tragen.«

»Aber ... Bist du Klippan?«

»Das hoffe ich sehr. Falls du nicht das Klippan bei Kvidinge meinst«, sagte Klippan lachend und nahm sie mit ins Polizeigebäude.

»Entschuldige, aber ich bin ein wenig verwirrt. Wolltest du mich nicht abholen?«

»Doch, aber da bei mir gerade die Bilder von allen Straßenkameras in ganz Schonen angekommen sind, habe ich stattdessen Hugo Elvin geschickt. Ich hätte dich anrufen und dir Bescheid sagen sollen, aber du weißt ja, wie das mitten in einem Fall ist. Da kommt alles andere zu kurz. Ich hoffe, es war kein Problem für dich.« Er zog seine Sicherheitskarte durch das Lesegerät, gab den Code ein und hielt ihr die Tür auf.

»Nein, nein, es war nur etwas ... verwirrend.«

»Er war doch nicht unfreundlich?«

»Nein, nein ... Alles prima.«

»Gut. Weißt du, viele finden ihn ein bisschen seltsam. Aber wenn man ihn erst mal kennt, ist er unheimlich nett.«

»Ich kenne ihn ja gar nicht.«

»Ich auch nicht, wenn ich ehrlich sein soll.« Klippan musste wieder lachen.

Kapitel 45

Der Mann lag vor ihm auf dem Tisch. Nackt und gefesselt. Nachdem er zehn volle Tage mit der Sonde ernährt worden war, hatten genügend Gifte seinen Körper verlassen. Auch von außen war sein Körper rein, rasiert und desinfiziert, und wo eigentlich die Augen hingehörten, klafften nun zwei leere blutige Höhlen. Die Betäubung hatte im Großen und Ganzen wie gewünscht gewirkt, und der Mann hatte nur ein wenig gekeucht und gewimmert, als er seine Finger hineindrückte, die Augäpfel herauszog und sie in die Flüssigkeit plumpsen ließ. Inzwischen hatte sich die Atmung normalisiert.

Der Mann war in jeder Hinsicht bereit, mit seinem Körper zur Befriedigung seiner Gelüste beizutragen. Aber er würde das Ganze so lange wie möglich hinauszögern. Ihn am Leben erhalten und dafür sorgen, dass das Blut mit Sauerstoff angereichert und durch den Körper gepumpt wurde. Wenn es Zeit für die Zubereitung der inneren Organe war, würde sein Lebenslicht vollständig erlöschen, und erst dann würde er die großen Teile herausschneiden und in den Topf legen.

Bis dahin würde er sich mit kleinen Bissen von verschiedenen Körperteilen begnügen. Das war, als würde man die Vorspeise mit einem Vorspiel kombinieren. Etwas, das er in der letzten Zeit immer mehr schätzen gelernt hatte und nun tagelang in die Länge ziehen konnte. Allein das Gefühl, wenn das frisch geschliffene Messer das Fleisch bis auf den Knochen durchtrennte, ließ ihn vor Wollust erschauern. Manchmal war er schon gekommen, bevor er überhaupt probiert hatte.

Im Normalfall schnitt er sich die Häppchen mit dem kleinen Messer ab, aber mittlerweile war er einen Schritt weitergegangen und hatte sich die Zähne spitz schleifen lassen. Es hatte weh getan, und er hatte bis nach Polen fahren müssen, um einen Zahnarzt zu finden, der zu dem Eingriff bereit war.

Er nahm sowohl die obere als auch die untere Prothese heraus und betastete die scharfen Zähne, während er um den

Mann auf dem Tisch herumging. Nachdem er zwei Runden gedreht hatte, entschied er sich für den linken Oberschenkel, beugte sich hinunter, öffnete den Mund und drückte seine Zähne langsam in das Fleisch. Das warme Blut floss sofort, füllte seinen Mund und troff ihm aus den Mundwinkeln und über das Kinn.

Er zerkaute das rohe Fleisch, schluckte und beugte sich hinunter, um noch einmal abzubeißen, als die Hand des Mannes aus dem Nichts kam und ihn ins Gesicht traf. Was war das? Der Mann war doch festgezurrt. Und obwohl seine roten Augenhöhlen leer waren, starrte er ihn direkt an. Als der Mann zu murmeln begann, näherte er sich seinem Gesicht, um ihn besser zu verstehen.

»Er wacht jetzt auf ... Jetzt wacht er auf ...«

Ossian Kremph sah sich um und bemerkte erst jetzt, dass sich noch drei Personen im Raum befanden. Zwei von ihnen kamen ihm nur flüchtig bekannt vor, den dritten mit der kleinen runden Brille und den grauen Locken konnte er dagegen sofort zuordnen.

Erst mehrere Sekunden später ging ihm auf, dass er nur geträumt hatte und im Söderkrankenhaus lag, wo in Wirklichkeit er ans Bett gekettet war. Sicherheitshalber strich er mit der Zunge über seine Zähne und stellte fest, dass sie nicht beschliffen waren. Ein Teil von ihm atmete auf, aber ein anderer tief in seinem Inneren war enttäuscht.

»Ossian ...«, sagte der Grauhaarige. »Hier sind ein paar Leute, die mit Ihnen reden möchten.«

»Nicht jetzt ... Will nicht ... Kann nicht ... Sie müssen gehen ...« Er versuchte, sich von dem Mann zurückzuziehen, der immer nach zu viel Parfüm roch, aber die Handschellen hielten ihn im Bett fest.

»Am besten beantworten Sie ihre Fragen.«

Warum sollte er das tun? Er wollte doch nicht. »Gehen Sie!«

»Sehen Sie? Genau das meine ich«, sagte sein Hassobjekt Nummer eins zu den anderen.

»Kann man ihm nicht irgendwas zur Beruhigung geben?«, fragte die Schwangere.

»Dann schläft er gleich wieder ein.«

Dann beugte sich der andere Mann über ihn. »Hallo, Ossian. Mein Name ist Fabian Risk. Ich habe nur drei Fragen.« Er hielt ihm drei Finger vors Gesicht. »Drei einfache kleine Fragen, dann lassen wir Sie wieder in Ruhe, versprochen.«

»Ich habe nichts getan. Sie sind mir auf die Pelle gerückt. Nicht umgekehrt.« Die Sache gefiel ihm nicht. Gar nicht. »Sagen Sie ihnen, dass sie jetzt gehen sollen!«, schrie er. »Verschwinden Sie!«

»Sobald Sie meine Fragen beantwortet haben. Erstens. Was haben Sie mit Adam Fischer gemacht?«

Ossian schüttelte den Kopf und wollte sich die Ohren zuhalten, aber die Ketten an den Handschellen waren zu kurz.

»Antworten Sie, Ossian«, sagte derjenige, der angeblich sein Freund war. »Wo haben Sie ihn versteckt?«

»Sie dürfen gar nicht hier sein, das habe ich doch gesagt. Ich will, dass Sie jetzt gehen.«

»Okay, dann eben erst die zweite Frage«, fuhr der Polizist fort. »Haben Sie noch mehr Opfer? Wie zum Beispiel diese Frau?« Er zeigte ihm ein Foto von der Frau mit den ausgeschnittenen Augen im Bus.

Wie die Geier fielen sie mit ihren Fragen über ihn her.

»Fischer.«

Aber er konnte nicht antworten.

»Mehr Opfer.«

So gerne er wollte, er konnte nicht.

»Und als Letztes: Wo haben Sie sie versteckt?«

Er kniff die Augen zusammen und schüttelte den Kopf so heftig, wie er konnte, um sie zu verscheuchen. Aber sie weigerten sich zu gehen. Stattdessen kamen sie mit ihren gierigen Schnäbeln immer näher.

»Ossian, ich bin nicht hier, um Ihnen weh zu tun«, log der Polizist. »Ich möchte nur verstehen, wie alles zusammenhängt.«

»Verstehen?« Er konnte sich ein Lachen nicht verkneifen. »Das ist gut. Unheimlich gut. Wer möchte das nicht. Ich will es auf jeden Fall.«

»Verzeihung, aber was meinen Sie damit?«

»Meinen? Woher soll ich das wissen? Ich weiß nicht. So viele Fragen, obwohl ich nichts weiß. Und nicht einmal ein Radio darf ich haben. Obwohl ich gar nichts gemacht habe, höre ich immer nur nein, nein, nein ...«

»Ossian, versuchen Sie mal, dem Polizisten zuzuhören.«

»Wie soll ich denn ohne Radio den Seewetterbericht hören? Hä? Wie soll das gehen? Nein, genau. Aber Sie müssen jetzt verschwinden. Besuch ist nicht gut für mich.«

»Können wir ein paar Worte unter vier Augen wechseln, Fabian?«, hörte er die Dicke sagen und sah sie im Augenwinkel an der Putzfrau vorbei und aus dem Zimmer gehen.

Endlich.

»Das ist sinnlos.« Malin massierte sich die Hüften.

»Sollen wir einfach aufgeben?« Fabian nahm die Thermoskanne vom Servierwagen und schenkte sich eine Tasse ein.

»Er hat ja trotz allem eine dissoziative Identitätsstörung bescheinigt bekommen. Es besteht also die Gefahr, dass er sich nicht an seine Taten erinnern kann.«

Fabian nickte. Malin hatte vermutlich recht. Sie konnten aber auch nicht warten, bis er wieder gesund war. Sie mussten anders vorgehen.

»Glauben Sie mir jetzt?« Der Therapeut machte die Tür zum Untersuchungsraum hinter sich zu und kam zu ihnen.

»Selbstverständlich. Das haben wir die ganze Zeit«, sagte Malin.

»Ihnen ist hoffentlich bewusst, wie sehr das alles sein Vertrauen in mich beschädigt. Ich habe Jahre gebraucht, um dieses Vertrauen aufzubauen, und nun ist alles für die Katz.«

»Das tut uns natürlich furchtbar leid«, sagte Malin. »Aber wie Sie sicher verstehen, haben wir keine andere Wahl, als alles Mögliche und Unmögliche zu versuchen ...«

»Wir müssten ihn mal ausführen.« Fabian wandte sich an den Therapeuten. »Am besten so bald wie möglich.«

»Verzeihung, aber ich bin mir nicht sicher ... ob ich das richtig verstehe.«

»Wir müssen ihn mit den Tatorten konfrontieren. Vielleicht hilft das seinem Gedächtnis auf die Sprünge.«

Der Therapeut sah Fabian fragend an. »Entschuldigen Sie bitte, aber waren Sie nicht eben mit im Zimmer? Haben Sie denn nicht gesehen, wie es ihm geht?«

»Doch, aber das ist wahrscheinlich nichts im Vergleich mit dem Leid seiner Opfer im Moment. Sie müssen mir also verzeihen, dass meine Sympathien weder Ihnen noch Ihrem Patienten gelten.«

»Ihre Sympathien sind mir scheißegal. Aber Ausgang bekommt er von mir nicht.«

»Jetzt sollten wir den Ton ein wenig dämpfen«, sagte Malin und stellte sich vor Fabian hin. »Was auch passiert, Kremph wird mit Sicherheit verurteilt werden. Dies hier ist nur der Versuch, alles zu tun, was in unserer Macht steht, um möglichen Opfern das Leben zu retten und Antworten auf offene Fragen zu finden. Sie können ja zumindest darüber nachdenken.«

Der Therapeut nickte, sagte aber nichts. Dann drehte er sich um und verschwand wieder in Kremphs Zimmer.

Kapitel 46

Der Geruch erinnerte Dunja an die alte Autowerkstatt ihres Großvaters in Kolding. Viermal im Jahr waren sie dorthin gefahren, um ihre Großeltern zu besuchen, solange ihre Eltern noch verheiratet waren, nach der Scheidung manchmal sogar jeden Monat. Und jedes Mal schlich sie sich nach Feierabend in die Werkstatt, legte sich der Länge nach zwischen die verschiedenen Werkzeuge auf den Betonfußboden, schloss die Augen und genoss diesen speziellen Duft. Für sie gab es kaum etwas Schöneres, und noch heute ertappte sie sich dabei, dass sie an Reparaturwerkstätten und Tankstellen ein paar besonders tiefe Atemzüge nahm.

Doch nun befand sie sich nicht in Kolding, sondern in Helsingborg und musste einen Serienmörder finden und festnehmen. Sie ließ ihren Blick durch den Raum schweifen. Das technische Untersuchungslabor sah vollkommen anders aus als Kjeld Richters Raum in Kopenhagen. Dies hier war das krasse Gegenteil der schneeweißen und sterilen Einrichtung dort. Fußboden und Wände waren aus Beton, und von der Decke hingen Leuchtstoffröhren über verschiedenen Arbeitsplätzen.

Sie zog ihr Handy aus der Tasche, weckte es auf und sah, dass es fünf vor fünf war. Folglich hatte Benny Willumsen jetzt dreieinhalb Stunden Vorsprung – eine Ewigkeit, die lang genug war, um sich problemlos außerhalb ihrer Reichweite zu verstecken. Das hieß, falls er das Tempo hielt. War er hingegen überzeugt, die Polizei wäre erst einmal damit beschäftigt, seine Wohnung nach nicht existenten Beweisen zu durchsuchen, bestand eine große Chance, dass er sich entspannte.

Und dann konnte man dreieinhalb Stunden auch auf nichts abrunden.

Sie sah Klippan an. »Okay, sollen wir loslegen? Ich finde, wir ...«

Klippan legte den Zeigefinger an die Lippen. »Er möchte nicht gestört werden, wenn er so konzentriert ist«, flüsterte er und machte so leise wie möglich die Tür hinter ihr zu.

»Scheißegal. Hier klappt sowieso nichts«, hörte sie ganz hinten eine Stimme brummen.

Erst jetzt sah sie den Mann im weißen Kittel, der auf einen großen Computerbildschirm starrte. Der Mann drehte sich zu ihnen um und senkte das Kinn auf die Brust, um sie über seine Lesebrille hinweg anzusehen.

»Das ist Dunja Hougaard, von der ich dir erzählt habe.« Klippan ging in den Raum hinein. »Du weißt schon, von der Polizei in Kopenhagen.«

»Ja, ich habe ja keinen Alzheimer.« Der Mann wandte sich wieder dem Bildschirm zu, auf dem sich Kolonnen von Ziffern und Buchstabenkombinationen aneinanderreihten.

»Ja, ja, das ist also unser Kriminaltechniker Ingvar Molander, und ich kann nur beteuern, dass seine Laune normalerweise deutlich besser ist.«

»Haben Sie Probleme?« Dunja stellte sich neben Molander.

»Wenn Sie einen Täter, der sich in Luft aufgelöst hat, als Problem definieren, lautet die Antwort zweifelsohne ja.« Molander wies auf einen der vielen Bildschirme, auf dem ein Film aus einer Überwachungskamera lief. Man sah, wie Aksel Neumans BMW mit den getönten Scheiben von der Fähre herunterfuhr. »Wie Sie sehen, hat er die Fähre hier in Helsingborg heute um zwanzig nach eins verlassen. Logisch betrachtet, müsste er anschließend von einer der Straßenkameras außerhalb der Stadt eingefangen worden sein. Aber nichts dergleichen, und jetzt sind fast vier Stunden vergangen, und er ist von keiner Verkehrskamera in ganz Schonen erfasst worden.«

»Ich bin mir nicht ganz sicher, ob ich das richtig verstanden habe«, sagte Dunja. »Sie meinen die Blitzgeräte?«
Molander nickte.
»Was, wenn er nicht zu schnell fährt?«
Molander und Klippan wechselten einen Blick.
»Ich weiß ja nicht, wie weit Sie mit der Technik in Dänemark gekommen sind, aber hier in Malmö wird gerade ein System mit ANPR getestet, und fragen Sie mich nicht, wie, aber Astrid Tuvesson hat uns irgendwie die Genehmigung verschafft, deren Daten zu nutzen«, berichtete Klippan.
»Die waren genauso am Boden wie wir, als er freigesprochen wurde«, sagte Molander.
»Ja, aber trotzdem. Sie muss irgendwelche Hebel weiter oben in Bewegung gesetzt haben. Ich meine, die Sache ist ja nicht ganz unumstritten.«
»Und was ist ANPR?«
»Automatic Number Plate Recognition«, sagte Molander. »Das bedeutet, dass die Verkehrskameras direkt mit einem Server verbunden sind, der alle vorbeikommenden Autos unabhängig von der Geschwindigkeit in Echtzeit registriert.«
»Darf man das in Schweden wirklich?«
»Noch nicht. Voraussichtlich werden erst in zwei Jahren alle Paragraphen im Gesetzbuch an der richtigen Stelle stehen. Als Beweis können wir das also nicht verwenden«, sagte Klippan.
»Was aber keine Rolle spielt, weil wir ihn sowieso nicht finden.« Molander seufzte.
»Vielleicht steckt der Fehler im System?«, sagte Klippan.
»Nein. Wahrscheinlich hat er bewusst Nebenstraßen ohne Kameras gewählt, und deshalb sammle ich jetzt auch die Daten von allen überwachten Werkstätten und Tankstellen, mit ein wenig Glück ...«
»Vielleicht hat er ja einfach einen Buchstaben und eine

Zahl auf dem Nummernschild geändert.« Dunja legte ihren Wintermantel und den Schal auf einen Stuhl.

»Keine schlechte Idee eigentlich.« Klippan nickte nachdrücklich. »Im Prinzip reicht da schwarzes Isolierband. Oder was meinst du?« Er wandte sich an Molander, aber die Frage blieb unbeantwortet im Raum stehen, weil Molander bereits nach alternativen Kennzeichen suchte.

Dunjas Blick fiel währenddessen auf einen Ordner mit der Aufschrift *Fall Insel Ven – August 2007*. »Was ist das?«

»Davon habe ich dir doch am Telefon erzählt. Das ist der Grund, warum er immer noch auf freiem Fuß ist. In meiner Mail an dich habe ich es weggelassen, weil ich überzeugt davon bin, dass er es nicht war, aber Ingvar besteht darauf, dass du dir selbst eine Meinung bildest«, sagte Klippan.

»Natürlich war er das«, seufzte Molander. »Wer soll es denn sonst gewesen sein?«

»Gute Frage. Willumsen jedenfalls nicht. Sein Alibi ist wasserdicht, aber es gibt keinen Grund, darüber noch länger zu streiten.« Klippan wandte sich an Dunja. »Wie du siehst, sind wir uns nicht ganz einig.«

»Was hatte er denn für ein Alibi?«

»Ein Fitnessstudio im Zentrum von Malmö. Er war fast acht Stunden dort und hat trainiert.«

»Acht Stunden?«

»Ja, er ist offenbar trainingssüchtig und stark wie ein … ich weiß nicht was. Man möchte ihm jedenfalls nicht nachts allein im Dunkeln begegnen.«

Dunja schlug den Ermittlungsordner auf und betrachtete die Bilder der nackten Frau, die auf allen vieren auf eine Palette geschnallt und auf der Höhe von St. Ibb an der Nordseite der Insel Ven angeschwemmt worden war.

»Ich verstehe das nicht. Ist sie befestigt?«

»Ja, sie ist festgeschraubt. Mit selbstbohrenden Schrauben.« Klippan veranschaulichte die Länge der Schraube mit den Händen. »Es muss furchtbar gewesen sein. Weißt du, unser Ingvar hier kannte sie.«

»Was heißt schon kennen? Das wäre übertrieben«, sagte Molander am Computer.

»Ja, ja, sie haben jedenfalls in derselben Gegend gewohnt. Wie geht es eigentlich ihrem Mann? Wohnt der noch dort?«

»Nein, er hat das Haus vor anderthalb Jahren verkauft.«

»Ach, genau. Hat er nicht angefangen zu trinken und sein ganzes Geld beim Internetpoker verspielt?«

»Doch, aber wenn ich irgendeine Chance haben will, hiermit noch vor dem Wochenende fertig zu werden, musst du jetzt mal die Klappe ...«

»Natürlich. Entschuldige, ich lass dich in Ruhe.« Klippan sah Dunja an. »Wenn es spannend wird, ist er immer so empfindlich.«

»Kannst du mir mehr über diesen Fall erzählen?«

Klippan nickte und ging mit Dunja ein Stück von Molander weg. »Das ist eine schreckliche Geschichte. Sie hieß Inga Dahlberg und war im Ramlösa Brunnspark joggen, als sie überfallen und entführt wurde. Leider gibt es keine Zeugen, aber wir haben auf der Laufstrecke Spuren gesichert, und wie du hier siehst, hat irgendetwas sie direkt ins Gesicht getroffen.« Er blätterte weiter zu den Fotos von dem kaputtgeschlagenen Gesicht. »Vermutlich ein Spaten oder etwas in der Art. Die nächsten Spuren haben wir erst in einem Versteck zwischen Bäumen ganz in der Nähe von Råån gefunden.«

»Was für Spuren waren das?«

»Vor allem noch mehr Blut, aber auch ihre Laufsachen und einige von diesen selbstbohrenden Schrauben, die offenbar ziemlich speziell waren.«

»Dort hat er sie also ausgezogen?«

»Ja, und dann hat er sie auf allen vieren auf diese Lagerpalette geschraubt. Nach dem Schlag mit dem Spaten muss sie noch einmal aufgewacht sein. Wahrscheinlich glaubte sie, dass sie überlebt, wenn sie ihm gehorcht. Er hat Unterlegscheiben verwendet, damit die Schraubenköpfe sich nicht durch die Hände und Handgelenke bohren.« Klippan schüttelte den Kopf.

»Und was ist dann passiert?«

»Er hat sie vergewaltigt und nach Råån geschickt. Laut Flätan, unserem Rechtsmediziner, waren ihre Lungen mit Salzwasser gefüllt. Also muss sie es auf geheimnisvolle Weise bis auf den Sund hinaus geschafft haben, bevor sie umkippte.«

Es war zweifellos ein typischer Willumsen-Mord. So weit musste Dunja Molander recht geben. Aber auch ohne das starke Alibi war sie bereit, sich Klippans Meinung anzuschließen. Willumsen war jemand, der jedes Mal einen größeren Kick brauchte, aber diese Geschichte wäre vor zweieinhalb Jahren noch zu raffiniert und fortgeschritten für ihn gewesen. In zwei oder drei Jahren hingegen wäre sie felsenfest überzeugt gewesen, den richtigen Täter identifiziert zu haben.

Molanders Stimme riss sie aus ihren Gedanken.

»Hast du ihn gefunden?«, fragte Klippan.

»Du bist ja ungeduldiger als meine Kinder am Weihnachtsabend. Guck mal hier.«

Dunja war froh, dass nicht sie gefragt hatte, und stellte sich neben Molander, der ihnen seine Notizen zeigte.

»Hier haben wir Aksel Neumans Kennzeichen.« Er tippte mit dem Zeigefinger auf AF 543 89. »Wenn wir von Dunjas Idee ausgehen, er könnte es mit ein bisschen Isolierband verändert haben, wäre es am einfachsten, aus dem F ein E und aus der Neun eine Acht zu machen. Somit kommen drei Nummern in Frage.« Er zeigte auf AE 543 89, AF 543 88 und AE 543 88. »Außerdem kann man eine Fünf in eine Sechs verwandeln, und somit hätten wir vier weitere Varianten«, fuhr er fort und wies auf eine kleine Liste: AF 643 89, AF 643 88, AE 643 89 und AE 643 88.

»Sollten wir die denn nicht mal eingeben und sehen, ob es Treffer gibt?«, sagte Klippan.

»Was denkst du, was ich die ganze Zeit mache? Jesus ...«

»Wie lange dauert das?« Dunja bereute die Frage, als Molander sich zu ihr umdrehte.

»Ich weiß nicht, wie schnell die Computer in Dänemark sind, aber ...«

»Warte mal, was ist das da?« Klippan zeigte auf den Bildschirm, wo die Nummer AE 643 89 aufblinkte. »Ist es das, was ich glaube?«

Molander warf einen Blick auf die blinkende Nummer und nickte. Einige Befehle später erschien eine Karte mit verschiedenen Markierungen.

»Die Punkte. Ist er da langgefahren?« Klippan zeigte auf den Monitor.

»Ja, aber wärst du bitte so nett, nicht auf dem Bildschirm rumzutatschen«, seufzte Molander und schob Klippans Hand weg. »Wie ihr seht, ist er die E17 zwischen Landskrona und Eslöv entlanggefahren.«

»Kann man auch sehen, wann er hier vorbeigekommen ist?« Dunja spürte, dass sie seinen Vorsprung nun endlich aufholen würden.

Molander zoomte einen Punkt heran und klickte darauf. »Gegen Viertel vor zwei. Das passt ganz gut, wenn er um zwanzig nach eins von der Fähre runtergefahren ist.«

»Sieht aus, als wäre er unterwegs nach Eslöv gewesen«, sagte Klippan.

»Nein, dann hätten ihn noch mehr Kameras registriert. Irgendwo zwischen Teckomatorp und Marieholm muss er auf einen kleineren Weg abgebogen sein.«

»Und da gibt es natürlich keine Kameras«, sagte Klippan.

»Richtig geraten.«

Dunja studierte die Karte und stellte fest, dass es nur eine Straße gab, auf die Willumsen von der E17 abgebogen sein konnte – die 108, die direkt nach Kävlinge hinunterführte. »Wollte er vielleicht nach Kävlinge?«

»Kann sein«, sagte Klippan. »Ich schlage vor, wir schicken das Kennzeichen an alle Tankstellen in Schonen. Vielleicht haben wir Glück, und er musste tanken.«

Molander nickte. »Okay, aber vor morgen bekommen wir sicher keine Antwort.«

»Dann machen wir jetzt Feierabend. Es ist ja sowieso schon halb sechs. Dunja, ich habe dir ein Zimmer im Hotel Mollberg gebucht und kann dich gerne hinfahren«, sagte Klippan.

»Nein, danke, ich gehe zu Fuß. Ich brauche etwas frische Luft.«

»Okay, dann hole ich dich nachher ab, denn heute Abend bist du bei uns zum Essen eingeladen. Ich habe Berit schon gesagt, dass sie ihren Lammtopf machen soll. Und ich schwöre dir, es gibt nichts Besseres.«

Während Dunja nickte, überlegte sie, wie sie aus der Situation wieder herauskam. Das Letzte, wofür sie jetzt Zeit hatte, war ein geselliger Abend.

Kapitel 47

Sofie Leander war verwirrt. Das Letzte, womit sie gerechnet hatte, als die Ärztin ihr die Nadel in den Arm steckte, war, dass sie jemals wieder aufwachen würde. Sie war fest überzeugt gewesen, zu wissen, was sie erwartete. So sicher, dass sie ihr Schicksal schließlich akzeptiert hatte.

Nun wusste sie gar nichts mehr.

Sie war sich nicht einmal sicher, ob sie noch am Leben war.

Anscheinend hing sie in einer Zeitschleife fest, denn sie lag immer noch hier, festgeschnallt auf dem in Plastikfolie eingeschweißten Tisch mit den gefalteten Metallwänden, und starrte genauso an die Decke wie seit Tagen.

Oder tat sie das gar nicht? Vielleicht war es ja so, wenn man starb. Alte Erinnerungsreste wurden ein letztes Mal abgespult, bevor sie für immer ausgelöscht wurden und sich in der Ewigkeit auflösten. Doch die Tatsache, dass sie nicht an die Decke schwebte und sich selbst von oben betrachtete, sprach dafür, dass sie noch lebte. Außerdem wurden ihre Schmerzen immer schlimmer, und das deutete darauf hin, dass die Betäubung nachließ.

Aber warum?

Was war der Sinn all der Vorbereitung und der Arbeit, die das hier erfordert haben musste, wenn sie doch nicht sterben würde? Sie konnte es sich einfach nicht erklären und versuchte zu rekapitulieren, was passiert war, erinnerte sich aber nur, dass sie gehört hatte, wie das Rolltor geöffnet und das Operationsbesteck auf den Metalltisch gelegt wurde. Anschließend wurde eine Nadel in ihre linke Armbeuge gebohrt und sie war in der festen Überzeugung, die Endstation erreicht zu haben, weggedämmert.

Sie dachte an ihren Mann und fragte sich, wie weit er mit der Suche nach ihr gekommen war. Mit Sicherheit hatte er längst Kontakt zur Polizei aufgenommen, aber welche Spur diese verfolgte, ließ sich unmöglich sagen. Natürlich waren sie inzwischen die Aufnahmen aus den Überwachungskameras im Söderkrankenhaus durchgegangen und hatten gesehen, wie sie aus der Abteilung und zu den Aufzügen gerollt wurde. Welche Anhaltspunkte sie noch hatten, war dagegen schwer zu sagen.

Zweifellos hatten die Zeitungen ihr Bild veröffentlicht und die Allgemeinheit um Mithilfe gebeten. Doch was, wenn es keine Hinweise aus der Bevölkerung gab? Was passierte dann? Wie lange hatte ihr Fall höchste Priorität, wenn es keine Fortschritte gab? Vielleicht war sie sogar schon von den

Titelseiten verschwunden. Vielleicht arbeitete die Polizei mittlerweile an wichtigeren Fällen und hatte sie auf dem wachsenden Stapel mit den vergessenen Schicksalen abgelegt.

Plötzlich gab eine der Maschinen an ihrer Seite einen Laut von sich. Sehen konnte sie das Gerät nicht, aber sie erkannte auch so ohne Probleme, was es war. Das gleiche Blubbern hatte sie in all den Jahren, in denen ihr nichts anderes übriggeblieben war als zu warten, viermal in der Woche mit anhören müssen. Sie hatte auf ein Glück gewartet, das niemals kommen würde. Wie sie das Geräusch hasste. So sehr, dass sie am Ende beschlossen hatte, nicht mehr zu warten, sondern die Sache in die eigenen Hände zu nehmen.

Doch nun hörte sie es wieder.

Der Unterschied war nur, dass sie diesmal überhaupt keine Ahnung hatte, worauf sie wartete.

Kapitel 48

Er sah nur die Löcher. Die leeren Höhlen, die zurückstarrten. Fabian hatte die Kontrolle über seinen eigenen Blick verloren und konnte ihn nirgendwo anders mehr hinlenken als da hinein. Er verschwand darin, als bestünden die Höhlen aus einer dunklen Materie mit unendlicher Schwerkraft. Eigentlich hätten sich hier die Augen befinden müssen. Augen, die schauten, blinzelten, nachdachten und die Persönlichkeit widerspiegelten. Die Seele.

Nun war dort nichts mehr.

Er schaffte es nicht mehr, sich das Unbehagen vom Leib zu halten, das ihm unter die Haut kroch, wenn er die heimlich aufgenommenen Fotos aus dem Bus betrachtete. Er konnte beinahe spüren, wie das Skalpell mit seiner scharfen Schnittkante in den Tränenkanal eindrang, sich hinter den

Augapfel zwängte, den Sehnerv kappte und das Auge hinausdrückte.

»Gott, ist das ohne Augen schwierig zu erkennen, wie sie aussieht.« Malin beugte sich über die Bilder auf Fabians Schreibtisch. »Abgesehen davon, dass sie braune hochgesteckte Haare hat und um die fünfzig zu sein scheint.«

Fabian nickte und griff nach einer Lupe. Mit deren Hilfe konnte er die ausgeschnittenen Augen ausblenden und sich stattdessen auf andere Details konzentrieren. Wie zum Beispiel eine rotbraune Haarspange. Ein weinendes Kind. Die Zeiger ihrer Armbanduhr, die auf Viertel nach fünf standen. Hausfassaden in verschiedenen Farben. Ein Kiosk. Die Goldkette mit dem Hexagramm, die sie um den Hals trug. Ein iPod mit weißen Kopfhörern.

»Die Leute tragen Mäntel und Jacken, aber keine Mützen. Ich würde tippen, dass die Fotos diesen Herbst oder Frühling gemacht wurden«, fuhr Malin fort.

»Warum nicht letzten Herbst?«

»Wieso, denkst du …?« Sie sprach nicht weiter, sondern fasste sich an den Bauch.

»Was ist los? Alles okay?«

Malin nickte mit geschlossenen Augen und atmete einige Male tief durch. »Das war nur mein Karate Kid hier, das es nicht lassen kann, mich in die Rippen zu treten, obwohl ich ihm gedroht habe, es zu enterben. Was ist? Hast du etwas entdeckt?«

»Die Zeitungen am Kiosk.« Fabian hielt sich die Lupe vors Auge und suchte nach den Titelseiten. »Der *Expressen* hat getitelt: *Verliert Carola ihre Stimme?*«

»Und das *Aftonbladet*?«

»*Die Anweisungen von SVT an die Jury könnten Carola stoppen.*«

»Das muss vor dem Finale des Melodiefestivals gewesen sein.«

»Fragt sich nur, vor welchem. Sie ist doch fast jedes Jahr dabei.«

»Weit gefehlt. In Wirklichkeit war sie nur viermal dabei. Fünf, wenn man 2005 mitzählt, wo sie mit *Genom allt* einen Gastauftritt hatte.«

»Okay, in welchem Jahr könnte das hier gewesen sein?«

»Hallo?! 2006 natürlich. Weißt du nicht mehr, wie sie sich mit Kortison vollgepumpt hat, weil sie während der Proben die Stimme verloren hatte?«

Fabian schüttelte den Kopf und überlegte, wer von ihnen beiden seltsamer war, er oder Malin.

»Es war unklar, ob sie den Wettbewerb durchhalten würde«, fuhr Malin fort. »Und dann hat sie einfach gewonnen. Das muss man sich mal vorstellen, echt unglaublich, was?«

Fabian nickte und lehnte sich zurück. »Frühling 2006. Das heißt, die Fotos sind über dreieinhalb Jahre alt.«

»Das nenne ich langfristige Planung. Darf ich mal sehen?«

Fabian reichte Malin das Bild. »Es passt nur nicht so ganz zu dem Bild, das man sich von Kremph macht. Oder was meinst du?«

»Nein, aber wenn er es doch war, ist es möglicherweise Teil seines Plans, uns etwas vorzuspielen.« Malin studierte das Bild.

»Du meinst, er tut nur so, als wäre er krank?«

Malin zuckte mit den Schultern. »Warum nicht? Und dieser Kiosk ...« Sie blickte auf und sah Fabian an. »Ist das nicht einer von denen auf dem Mariatorg?«

Fabian nahm das Foto wieder an sich und schaute genau hin. »Stimmt ... Welche Busse fahren da?«

»Auf jeden Fall der 43er. Den habe ich immer genommen, als Anders und ich noch am Tantolund gewohnt ...« Wieder fasste sich Malin an den Bauch. »Oh, jetzt haben sie sich aufs Kickboxen verlegt.« Sie setzte sich auf einen Stuhl und holte tief Luft. »Hab ich eigentlich schon mal erwähnt, wie sehr ich das alles hasse?«

»Hm«, machte Fabian, ohne von seiner Lupe aufzublicken.

»Es gibt keinen einzigen Teil meines Körpers, dem das Schwangersein gefällt. Ich schwöre dir, wenn er könnte, hätte sich sogar der Mutterkuchen aus dem Staub gemacht.« Sie fuhr den Computer hoch und hatte kurz darauf eine Karte des öffentlichen Nahverkehrs in Stockholm auf dem Bildschirm. »Dann wollen wir mal sehen ... Genau. Der 43er und der 55er. Und ein paar Nachtbusse.«

»Hier steht Norrmalmstorg dran.« Fabian hielt ein anderes Foto hoch.

»Dann muss es der 55er sein, denn der 43er fährt die Regeringsgata nach Norden.«

»Und wohin fährt der 55er?«

»Stureplan und dann raus nach Hjorthagen.«

»Was ganz anderes. Ist dir aufgefallen, dass das Wetter auf den Bildern nicht gleich ist?«

»Du meinst, die Fotos sind an verschiedenen Tagen aufgenommen worden?«

Fabian nickte.

»Okay. Sie fährt die Strecke jeden Tag, es ist ihr Arbeitsweg«, fuhr Malin fort. »Kann man irgendwo die Uhrzeit sehen?«

»Ja, am Mariatorg war es Viertel nach fünf.«

»Okay, dann arbeitet sie spät. Falls sie nicht auf dem Heimweg ist.«

»Beginnt die Linie 55 nicht in Sofia?«

»Ja, und das ist nahezu ein reines Wohngebiet. Wenn wir also davon ausgehen, dass sie dort wohnt und in der Innenstadt arbeitet ...«

»Sieh mal nach, wie lange der Bus von Sofia zum Mariatorg braucht.«

»Das mache ich gerade«, sagte Malin. »Hier haben wir es ... Siebenundzwanzig Minuten bis Slussen, das ist eine Haltestelle später.«

»Er fährt also um Viertel vor fünf in Sofia los?«

»Um 16:47 Uhr, um genau zu sein.«

»Und wie spät ist es jetzt?«

Malin guckte auf die Uhr. »Drei Minuten nach halb fünf.«

Sie tauschten einen Blick, hatten gleichzeitig denselben Gedanken und rannten ohne ein Wort los.

Kapitel 49

Hillevi Stubbs hatte im Allgemeinen keine Probleme, den Schauplatz eines Verbrechens oder die Wohnung eines Täters zu lesen. Meistens sprachen die Orte eine deutliche Sprache, und oft brauchte sie keine Stunde, um sich in groben Zügen ein Bild zu machen. Von dem Ereignis selbst, dem ungefähren Ablauf und den beteiligten Personen.

Bei Ossian Kremphs Wohnung war es anders.

Die sprach zwar auch mit ihr, aber Hillevi verstand sie nicht. Oder vielleicht doch. Für Momente. Doch sosehr sie sich bemühte, sie kapierte einfach nicht, wie alles zusammenhing. Jedes Mal, wenn sie eine Vorstellung davon entwickelte, entdeckte sie etwas, das alles zum Einstürzen brachte. Es war wie mit dem Stück Seife unter der Dusche, das einem immer wieder aus der Hand glitt, sobald man es zu fassen bekam.

Am Ende blieb ihr nichts anderes übrig, als ihre Assistenten aus der Wohnung zu schicken, damit sie einen Kaffee trinken oder sonst etwas machen gingen, wonach ihnen der Sinn stand. Das war noch nie vorgekommen, und die beiden sahen sie an, als wäre vor ihrer Nase ein Ufo gelandet. Aber sie brauchte ihre Ruhe und musste ungestört nachdenken, und erst als die Tür hinter den Kollegen ins Schloss fiel, konnte sie sich entspannen und endlich richtig anfangen.

Bereits beim Betreten der Wohnung hatte sie gespürt, dass etwas nicht stimmte. Sie hatte nur nicht benennen können, was es war. Die Zimmer waren zwar so vollgepfropft wie ein noch nie ausgemisteter Dachboden, aber gleichzeitig relativ sauber und in gewisser Hinsicht sogar pedantisch aufgeräumt. Hier wohnte jemand mit einem enormen Kontrollbedürfnis. Einer, der die ganze Zeit gegen das Chaos ankämpfte.

Zum Beispiel waren die Zeitungen, bei denen jedes einzelne Auge sorgfältig ausgeschnitten worden war, zu ordentlichen und so hohen Stapeln aufgetürmt, dass sie fast an die Decke stießen. Die Hemden hingen nach Farben sortiert im Schrank, und fast alles, was Buchstaben hatte, war alphabetisch sortiert. Nicht nur die Bücher im Bücherregal und die Gewürze in der Küche, sondern auch die Medikamente im Bad. Trotzdem lag über allem eine Schicht Chaos. Kleidungsstücke hier und da auf dem Boden. Essensreste und schmutziges Geschirr in der Spüle. Stinkende schwarze Müllsäcke, die schon auf den Boden leckten.

In diesem Chaos hatten sie die meisten Dinge gefunden. Eine Rolle der gleichen Plastikfolie, mit der in der Abrisswohnung der Tisch umwickelt war. Das nicht einmal gereinigte Skalpell zwischen den Küchenmessern. Den Behälter, in dem sich das Hexangas befunden hatte, mit dem Adam Fischer in seinem Auto betäubt worden war.

Er schien nicht einmal den Versuch unternommen zu haben, seine Spuren zu verwischen. Vielleicht hatte er nur nicht damit gerechnet, dass sie ihn jetzt schon finden würden? Er war Risk und den anderen ja mehr oder weniger in die Arme gelaufen. Gleichzeitig schien er bei der Durchführung der Morde selbst an jedes Detail gedacht zu haben.

So hatten sich ihre Gedanken immer wieder im Kreis gedreht, und je länger sie versuchte, die Zusammenhänge zu verstehen, desto verwirrter wurde sie. Doch als sie nun endlich allein war, brauchte sie sich nur auf den Boden zu legen und die Augen zu schließen, um den Schlüssel zum Ganzen zu finden.

Als sie die Augen wieder öffnete und auf die Uhr sah, stellte sie fest, dass sie nur achtzehn Minuten geschlafen hatte, was ihr einen viel effektiveren Energiestoß gab als aller Kaffee auf der Welt. Sie setzte sich auf und wartete, bis ihr Blutdruck nachkam, bevor sie ganz aufstand und sich in der Wohnung umsah. Nach wenigen Minuten hatte sie das Offensichtliche erfasst.

Genau wie Ossian Kremph an schwerer Schizophrenie litt, war seine ganze Wohnung schizophren. Ein ebenso naheliegender wie selbstverständlicher Nebeneffekt seiner Krankheit war, dass ein Teil von ihm nach Ordnung und Struktur und der andere nach Chaos strebte. Bis jetzt hatten sie nur die Geheimnisse des Chaoten gefunden. Nun war der Pedant an der Reihe.

Das würde bei weitem nicht so einfach werden. Er hatte sicher viel und lange darüber nachgedacht, wo außer ihm niemand suchen würde. Aber irgendwo hatte er seine Verstecke, daran bestand kein Zweifel. Sie begann mit den selbstverständlichsten Stellen: hinter den Büchern, unter der Schreibtischplatte, hinter dem Abluftgitter im Bad und ganz hinten in den Ordnern mit den eingeklebten Zeitungsausschnitten. Aber sie fand nichts. Nicht einmal im Spülkasten der Toilette.

Erst in der Abstellkammer hatte sie Erfolg. Auf der Unterseite des lose verlegten Linoleums stand mit verblasster roter Tusche: *Högdalen Gang D 6895*. Zu ihrem eigenen Erstaunen wusste sie sofort, worum es sich handelte. Sie hatte nämlich seit einigen Jahren selbst einen. Anfangs war es nur eine vorübergehende Lösung nach der Trennung von Gert-Ove gewesen, aber mittlerweile hatte sie sich damit abgefunden, dass sie vermutlich für den Rest ihres Lebens jeden Monat viel Geld dafür ausgeben würde. Allerdings lag ihrer nicht in Högdalen, sondern in Solna.

Sie tippte eine Suchanfrage in ihr Handy ein und hatte sofort einen Treffer. Dort stand nicht nur *mit dem Auto zu erreichen* und *große überdachte Ausladegelegenheit*. Die Anlage war auch *rund um die Uhr geöffnet*.

Kapitel 50

Dank verschiedener Fußgänger- und Fahrradtunnel hatte Dunja Hougaard nicht viel mehr als fünf Minuten gebraucht, um die Statoil-Tankstelle zu erreichen, wo sie ein Auto mietete. Da kein Navi verfügbar war, kaufte sie sich eine Straßenkarte von Schonen, ein paar Tafeln Schokolade und zwei Flaschen Julmust, ein spezieller Weihnachtssaft, der in Schweden offenbar so verbreitet war wie saurer Hering und die Verkaufszahlen von Coca-Cola jedes Jahr im Advent drastisch senkte.

Ihr war vollauf bewusst, dass sie eigentlich nicht allein fahren sollte. Sie verstieß damit gegen alle Regeln, und wie Klippan ganz richtig festgestellt hatte, konnten sie ohnehin nicht viel tun, bevor Molander etwas von den Tankstellen gehört hatte. Trotzdem konnte sie nicht einfach im Hotelzimmer sitzen und warten.

Klippan machte zwar einen richtig sympathischen Eindruck, und seine Frau war bestimmt ebenfalls sehr nett, aber so gerne sie auch gewollt hätte, sie konnte nicht mehrere Stunden in ihrer Gesellschaft verbringen, während Willumsens Vorsprung immer größer wurde. Außerdem aß sie kein

Lamm. Es spielte keine Rolle, wie unfassbar köstlich das alle fanden, ihr drehte sich schon bei dem Geruch der Magen um.

Sie hatte überlegt, ihm vorzuschlagen, zusammen zu fahren, aber sie hatten höchstwahrscheinlich zu wenig in der Hand, als dass er sich hätte bewegen lassen, seinen Freitagabend zu opfern. Und wäre er über ihre Pläne im Bilde gewesen, hätte er sie nicht gehen lassen. Deshalb saß sie nun alleine im Wagen und würgte einige Schlucke des völlig übersüßten und überschätzten Getränks hinunter, während sie auf der E17 in Richtung Eslöv kurz hinter Teckomatorp die Verkehrskamera passierte.

Hier war Benny Willumsen gegen Viertel vor zwei erfasst worden. Inzwischen war es Viertel nach sechs, er hatte jetzt also viereinhalb Stunden Vorsprung. Molanders Ansicht nach war er irgendwo vor Marieholm abgebogen, um nicht von weiteren Kameras erfasst zu werden.

Sie glaubte jedoch nicht, dass er die größeren Straßen vermied, um den Kameras auszuweichen. Vermutlich war ihm überhaupt nicht bewusst, dass sie den gesamten Verkehr in Echtzeit registrieren konnten, denn sonst hätte er schon in Helsingborg einen ganz anderen Weg gewählt und nicht erst ab Teckomatorp. Möglicherweise hatte er in Kävlinge etwas zu erledigen gehabt, und mit etwas Glück verbrachte er die Nacht irgendwo in der Gegend.

Sie bog nach rechts auf die 108 ab. Es war die einzige Straße, die er genommen haben konnte, und sie führte direkt nach Kävlinge. Ihr Blick scannte die Landschaft rechts und links. Es war dunkel, und sie konnte kaum mehr erkennen als vereinzelte Wäldchen und Äcker, die so eisig und verschneit aussahen, dass man sich unmöglich vorstellen konnte, wie hier schon in sechs Monaten alles in voller Blüte stehen würde. Sie sah keine Häuser mit Licht in den Fenstern, keinen einsamen BMW und keine Wege, die irgendwo hinzuführen schienen, wo sich genaueres Hinsehen lohnte.

Je weiter sie in die Dunkelheit vordrang, desto klarer wurde ihr, dass ihr Ausflug ein völliger Schuss ins Blaue war. Die Chance, auf dem Lottoschein sechs Richtige anzukreuzen, war sicher größer, als dass sie etwas Interessantes entdeckte. Aber sie hatte nichts zu verlieren, wenn sie es wenigstens versuchte.

An einem Kreisverkehr bog sie links ab auf die 104 nach Kävlinge. Sie hatte keine Ahnung, ob das nur ein winziges Dorf oder eine Kleinstadt war. Mit Sicherheit wusste sie nur, dass Benny Willumsen irgendwo Unterschlupf gefunden haben musste, falls er wirklich hiergeblieben war. Die Außentemperatur war mittlerweile auf zwölf Grad minus gesunken. Außerdem hatte Mikael Rønning in Malmö nichts gefunden, abgesehen von der Wohnung, wo er gemeldet war, und das sprach dafür, dass er sich entweder ein Haus von einem Freund geliehen hatte oder in ein Sommerhäuschen eingebrochen war. Oder ...

Dunja trat auf die Bremse, fuhr an den Straßenrand und betrachtete das Industriegebäude auf der gegenüberliegenden Straßenseite. Blitzte da etwas in den kleinen Fenstern, oder spiegelten sich dort nur die Straßenlaternen? Sie war sich nicht sicher. Eine großflächige Banderole zur Straße hin warb für 780 zu mietende Quadratmeter. In Anbetracht des heruntergekommenen Zustands und der Tatsache, dass nur zwei Scheinwerfer funktionierten, stand das Gebäude wahrscheinlich seit Jahren leer.

Sie beschloss, sich das Ganze näher anzusehen, und fuhr bis zu einer Autowerkstatt, wo sie links in einen kleinen Weg einbiegen konnte, der um das Gebäude herumführte. Etwa hundert Meter weiter erreichte sie einen leeren Parkplatz hinter dem grauen Flachbau mit seinen vergitterten Fenstern.

Sie bremste und würgte den Motor ab. Vor sich sah sie Reifenspuren, die bis zum Gebäude führten, dort um die Ecke bogen und verschwanden.

Kapitel 51

Obwohl Fabian und Malin durch den Flur gehetzt und die Treppen hinuntergerannt waren, anstatt auf den Fahrstuhl zu warten, der dazu neigte, ausgerechnet dann nicht aufzutauchen, wenn man ihn am dringendsten brauchte, sich in Fabians Auto gestürzt hatten und in nur vierzehn Minuten von Kungsholmen zur Tengdahlsgata in Sofia gefahren waren, verpassten sie den Bus.

»Scheiße, er hat uns doch gesehen! Ich bin mir sicher, dass er uns gesehen hat.« Keuchend sah Malin auf die Uhr. »Außerdem ist es erst 46. Das Arschloch ist zu früh losgefahren.«

»Wir nehmen die nächste Haltestelle.« Fabian rannte hinter dem Bus her.

»Bist du verrückt? Nur über meinen schwangeren Körper«, rief Malin ihm hinterher. Aber zu spät.

Fabian war bereits an der Tegelviksgata abgebogen und rannte, so schnell er konnte, ohne auf dem Schnee auszurutschen. Da an der nächsten Haltestelle niemand wartete, musste er das ganze Stück bis zur Barnängsbrygga am Hammarbysjö rennen. Dort konnte er einsteigen und den Bus aufhalten, bis Malin, die mehr tot als lebendig aussah, auf einen Behindertensitz sackte.

»Mein Gott, ich bin vollkommen am Ende ...« Sie knöpfte ihren Mantel auf. »Das muss der Rekord im Dreihundertmeterlauf mit Zwillingen gewesen sein.«

Fabian nickte, obwohl sich seine Aufmerksamkeit nur auf die anderen Passagiere im Bus richtete. Es waren fünf Personen, und keine davon ähnelte auch nur annähernd der Frau auf den Fotos. An den folgenden Haltestellen am Kai entlang des Hammarbykanals stiegen ebenfalls nur vereinzelte Fahrgäste ein.

Am Skanstull gegenüber von Åhléns war das anders. Dort strömten so viele Menschen herein, dass der Bus einer Invasion zum Opfer zu fallen schien. In dem Versuch, alle zu sehen, teilten Fabian und Malin sich auf und drängten sich durch den ganzen Bus, bis er an der Södra Station erneut hielt und seine Türen öffnete. Mehrere Passagiere stiegen aus, aber gleichzeitig zwängte sich eine neue Horde herein, und plötzlich konnte man sich überhaupt nicht mehr bewegen.

Fabian quetschte sich durch bis zu Malin. »Wir stellen uns an je einen Ausgang. Das ist die einzige Möglichkeit.« Er bekam jedoch keine Antwort und merkte erst jetzt, dass sie kreidebleich im Gesicht war und ihr der Schweiß auf der Stirn stand. »Hey, was ist los? Alles okay?« Er suchte Augenkontakt, und sie sah ihn mit verschleiertem Blick an und schüttelte kaum merkbar den Kopf.

»Ist dir schlecht? Ist es das? Oder hast du Schmerzen?«
Ihr Blick rutschte weg.
»Kannst du antworten, Malin? Malin? Hallo?«
Sie bewegte die Lippen, aber es kamen keine Worte.

Fabian drehte sich zu einer älteren Frau auf dem Platz neben ihnen um. »Entschuldigen Sie, könnten Sie vielleicht aufstehen, damit sie sich setzen kann?«

Die Frau, die Wanderstiefel an den Füßen und ansonsten beige Freizeitkleidung trug, sah ihn an, als hätte sie noch nie etwas so Dummes gehört. »Wissen Sie was, ich bin siebzig Jahre alt, und ich habe mein Leben lang ...«

»Ja, und sie ist hochschwanger«, fiel Fabian ihr ins Wort. Für eine nervige Rentnerin fehlte ihm jetzt wirklich die Geduld. »Stehen Sie schon auf, verdammt noch mal.«

Die Frau blickte schnaubend zur Seite.

»Stehen Sie auf, habe ich gesagt.« Fabian packte die Frau am Arm, um sie hochzuziehen.

»Warten Sie mal, Sie können meinen Platz haben«, sagte

die Frau, die auf dem Platz davor saß und einen rotgeblümten Schal über ihrem Mantel trug. Sie stand auf und zwängte sich in den Gang.

Fabian bedankte sich und half Malin, sich zu setzen.

»Sie sollten sich schämen«, zischte die ältere Frau hinter ihnen.

Fabian ignorierte sie und konzentrierte sich auf Malin. »Ganz ruhig jetzt und nur atmen.« Er nahm ihr den Schal ab und legte ihn ihr in den Schoß.

»Wegen Leuten wie Ihnen ist dieses Land dem Untergang geweiht«, fuhr die Frau hinter ihnen fort, während sie am Mariatorg vorbei- und zu Slussen und Gamla Stan hinunterfuhren, wo sie schließlich mit einigen anderen Fahrgästen ausstieg.

»Endlich.« Malin schüttelte den Kopf. »Was für eine bescheuerte Kuh ...«

Fabian nickte und stellte zu seiner Erleichterung fest, dass sie wieder ein bisschen Farbe im Gesicht hatte.

»Wenn ich nicht so fertig gewesen wäre, hätte ich dafür gesorgt, dass sie für den Rest ihres Lebens einen Fahrdienst braucht.«

Fabian lachte, hatte aber plötzlich das Gefühl, die Frau, die ihnen ihren Platz freiwillig überlassen hatte, von irgendwoher zu kennen. Vielleicht hatte sie eine andere Frisur. Oder sie zog sich im Winter nur anders an. Er drehte sich nach ihr um, konnte sie aber nirgendwo entdecken.

»Was ist los? Hast du sie gefunden?«, fragte Malin.

Fabian zuckte die Achseln und zog eins von Ossian Kremphs Bildern aus der Tasche, auf dem die Frau einigermaßen zu erkennen war. Dann wurde ihm klar, worauf er reagiert hatte.

Das Hexagramm.

Der geblümte Schal war mit einer Brosche am Mantel befestigt gewesen, auf der genau das gleiche Hexagramm abgebildet war wie auf dem Anhänger, den sie auf mehreren Bildern um den Hals getragen hatte. Sie musste es sein.

»Ich glaube, die Frau mit dem geblümten Schal war es«, sagte er, während er sich nach ihr umsah.

Gleichzeitig bog der Bus rechts ab in die Hamngata und blieb am Kungsträdgården stehen, wo viele Fahrgäste ausstiegen und neue hereinströmten.

»Da der Bus vor uns aufgrund eines technischen Fehlers ausgefallen ist, wird es jetzt eng. Wir bedauern das«, teilte der Busfahrer mit.

So schnell er konnte, zwängte sich Fabian durch die Menschenmenge bis zur mittleren Tür, schaffte es aber nicht, bevor sie sich schloss, und der Bus weiterfuhr. Ob die Frau ausgestiegen oder noch im Bus war, ließ sich nicht sagen. Außerdem war es wieder so voll, dass er nur die Leute direkt neben ihm sehen konnte, und sich durch die Menge zu drängeln hätte bedeutet, eine Schlägerei zu riskieren. Die lag ohnehin bereits in der Luft.

Irgendjemand beklagte sich, dass sie seit Ewigkeiten auf den Bus warteten, jemand anders schimpfte, es sei bei weitem nicht das erste Mal. Am Norrmalmstorg hatte der Druck so weit nachgelassen, dass sich Fabian wieder bewegen konnte. Da entdeckte er sie. Der Bus war an einer roten Ampel stehen geblieben. Sie hatte den geblümten Schal abgenommen und stand an der hinteren Tür.

Ohne Vorwarnung drehte sie sich um und sah ihn an. Er wusste nicht, was er tun sollte. Wandte er sich zu schnell ab, machte er sie misstrauisch. Das Gleiche würde passieren, wenn er sie weiter anstarrte. Er versuchte stattdessen, an ihr vorbeizugucken, zog sein Handy aus der Tasche und rief Malin an.

»Hast du sie gefunden?«
»Sie steht am hinteren Ausgang.«
»Mein Gott, wie schön. Dann hat er sie also noch nicht.«

Malin hatte natürlich recht. Er selbst war vollauf damit beschäftigt gewesen, sich zu fragen, aus welchem Grund sich Kremph überhaupt für sie interessierte und was sie mit Adam Fischer und Carl-Eric Grimås verband.

Am Stureplan blieb der Bus stehen. Die Türen gingen auf, und die Frau stieg aus.

»Wir müssen raus. Sie hat den Bus verlassen.« Fabian sprang auf den Bürgersteig und blickte der Frau hinterher, die schnellen Schrittes auf den pilzförmigen Regenschutz aus Beton zuging. »Wo bist du, Malin? Wir dürfen sie nicht verlieren.«

»Ganz ruhig, ich bin schon unterwegs.« Kurz darauf hatte Malin Fabian eingeholt. »Oh Gott, ich bin völlig fertig …«

Fabian nickte, ohne den Pilz aus den Augen zu lassen, wo die Frau neben einer anderen Frau stand. Ihrer Körpersprache nach zu urteilen, diskutierten sie etwas, was sie beide aufregte. Auf einmal drehte sie sich um und sah ihn an. Kurz darauf schaute ihn auch die andere Frau an.

»Ich glaube, sie hat gemerkt, dass wir sie verfolgen. Komm, wir reden mit den beiden.« Er wollte losgehen.

»Warte mal«, sagte Malin. »Wenn ich ehrlich sein soll, kann ich nicht mehr.«

»Ist denn sonst alles in Ordnung?« Er drehte sich zu ihr um. »Soll ich dir helfen, nach …«

»Nein, alles okay. Ich glaube, ich nehme ein Taxi und lege mich zu Hause aufs Sofa.«

»Sicher?«

»Ja, ich bin nur ein bisschen … schwanger. Vergiss mich einfach und arbeite stattdessen mit dir selbst.« Sie winkte ein Taxi heran.

Fabian nickte und blickte ihr hinterher. Als er sich anschließend wieder zu dem Pilz umdrehte, musste er feststellen, dass die Frauen verschwunden waren. Er rannte hin, um sich zu vergewissern, dass sie nicht hinter dem Pfeiler standen. Dann stieg er auf die wellenförmige Mauer zur Birger Jarlsgata und ließ den Blick über den Platz schweifen. Aber die beiden Frauen schienen wie vom Erdboden verschluckt zu sein.

Sein Handy klingelte. Als er sich meldete, war Hillevi Stubbs am Apparat. »Du, kann ich dich zurückrufen? Ich bin gerade beschäftigt«, sagte er, während er von der Mauer sprang und auf den Eingang zur Sturegalleria zueilte.

»Das kannst du bestimmt, aber ich werde nicht drangehen.« Stubbs' Tonlage machte unmissverständlich deutlich, was sie von seinem Vorschlag hielt.

»Okay, worum geht es?« Seufzend blieb Fabian stehen.

»Das kann ich dir schlecht am Telefon erklären. Wir treffen uns lieber dort.«

»Und wo ist das?« Es ärgerte ihn, dass Stubbs ihn immer an der kurzen Leine hielt.

»Shurgard draußen in Högdalen.«

Kapitel 52

Das nur einstöckige, aber fast achthundert Quadratmeter große Gebäude war ohne das geringste Gespür für die Umgebung hochgezogen worden. Doch was kümmerte das einen Benny Willumsen. Viel wichtiger war, dass der Parkplatz auf der Rückseite lag und man ihn von der Straße so gut wie gar nicht sehen konnte. Dieser windgepeitschte Ort war das perfekte Versteck für jemanden, der in Frieden gelassen werden wollte.

Dunja Hougaard zog ihre Dienstwaffe aus der Tasche auf dem Beifahrersitz, überprüfte, ob sie funktionierte, und steckte ein Magazin hinein, obwohl ihr durchaus bewusst war, dass sie sich außerhalb der dänischen Landesgrenzen befand. Sie würde den Wagen jedoch auf keinen Fall unbewaffnet verlassen, dachte sie und folgte den Reifenspuren im Schnee bis zum Gebäude.

Da sich der Winter, wie so oft, nicht entscheiden konnte, ob er den Schnee schmelzen oder zu Eis gefrieren sollte, war nicht zu erkennen, ob die Spuren von Aksel Neumans BMW stammten oder nicht. Aber das Auto war eindeutig nur in eine Richtung gefahren. Sie ging um die Ecke und sah, dass die Spur nach einigen Metern unter einem heruntergelassenen Garagentor verschwand.

Es gab keine Fenster, durch die man hätte hineinsehen können. Auch keinen Drehgriff oder eine Klinke, um das Tor zu öffnen. Allerdings war ein Geräusch zu hören. Ein schwer zu lokalisierendes dumpfes Grollen, als liefe ganz in der Nähe ein Lastwagenmotor im Leerlauf. Sie hielt ihr Ohr an das Garagentor. Der Ton kam eindeutig aus dem Gebäude.

Trotzdem erschien ihr der Gedanke, Klippan anzurufen, immer noch abwegig. Reifenspuren hinter einem Industriegebäude mitten im Nirgendwo und ein grollendes Geräusch, das auch von einer Klimaanlage stammen konnte, reichten nicht aus. Um die gesamte Kavallerie zu mobilisieren, musste sie mehr in der Hand haben.

Sie lief wieder auf die Rückseite des Gebäudes, sah eine Tür und drückte die Klinke. Abgeschlossen. Sie ging stattdessen zu dem Fenster daneben, knipste ihre kleine Taschenlampe an und leuchtete hinein, aber das Einzige, was sie hinter den zugezogenen Gardinen erahnte, waren Büromöbel und Umzugskartons. Das Fenster war zudem vergittert und mit einer Alarmanlage ausgestattet, auch wenn diese mit Sicherheit nicht eingeschaltet war.

Sie umrundete die andere Seite des Gebäudes und gelangte auf die Vorderseite, die etwa zwanzig Meter von der Straße entfernt war. Hier lag immer noch eine dicke Schneedecke, und als sie auf die harsche Kruste trat, sank sie mit dem ganzen Fuß ein.

Das kleine Fenster, hinter dem sie ein Licht hatte aufblitzen sehen, war zu weit oben, um hineinzugucken, aber am anderen Ende des Gebäudes hing der obere Teil einer Feuertreppe von der Dachrinne und endete im Nichts. Im Normalfall wäre es unmöglich gewesen, sie ohne Leiter zu erreichen. Wahrscheinlich, damit nicht jeder dahergelaufene Spaziergänger aufs Dach klettern konnte.

Im Normalfall.

Nun hatte der Wind direkt unter der Treppe einen hohen Schneewall angehäuft, und Dunja musste lediglich ganz vorsichtig auf allen vieren hinaufklettern, ohne die Eisschicht zu durchbrechen. Als sie oben angekommen war, richtete sie sich auf und konnte die unterste Stufe der Feuertreppe greifen. Sie versuchte, sich hochzuziehen, hatte aber längst nicht genügend Muskelkraft.

Sie schwor sich nicht zum ersten Mal, ernsthaft mit dem Fitnesstraining zu beginnen. Schon öfter hatte sie sich Sportklamotten und eine Jahreskarte gekauft, um dann doch höchstens dreimal hinzugehen. Aber diesmal würde sie sich an ihre Neujahrsvorsätze halten. Diesmal durfte nichts dazwischenkommen.

Sie versuchte, sich umzudrehen, so dass sie kopfüber hing, genau wie als kleines Mädchen am Klettergerüst, und bekam tatsächlich ihre Füße so weit hoch, dass die unterste Stufe unter ihren Knien lag. Nun musste sie sich nur noch nach oben stemmen und nach der nächsten Stufe greifen.

Obwohl ihr die eisige Kälte durch Mark und Bein ging, war sie klitschnass geschwitzt, als sie oben auf dem Dach ankam. Freunde und Bekannte, die ihren Urlaub manchmal auf der schonischen Ebene verbrachten, hatten ihr davon berichtet. Der auflandige Westwind war kälter und stärker als der ablandige auf der dänischen Seite, und nun erlebte sie ihn zum ersten Mal am eigenen Leib. Wenn sie nicht bald ins Innere gelangte, drohte sie hier festzufrieren und in tausend Teile zu zerspringen.

Entlang der liegenden Leiter, die nach ein paar Metern endete, erklomm sie auf allen vieren den Dachfirst, und als sie den Schnee beiseiteschob, entdeckte sie ein Dachfenster. Ein paar treffsichere Tritte später war das Loch groß genug, damit sie hineinsteigen konnte.

Sie konnte in der Dunkelheit allerdings überhaupt nicht erkennen, was sie unten erwartete, als sie sich fallen ließ.

Kapitel 53

Sofie Leander hatte es aufgegeben, herauszufinden, was ihr angetan wurde. Eine Zeitlang hatte sie geglaubt, den Vorgang zu verstehen, und ihn in einem Teil ihres Bewusstseins für eine vollkommen logische und in mehrerlei Hinsicht angemessene Konsequenz ihres Handelns gehalten. Doch in dem Moment, als sie aufwachte und bemerkte, dass sie immer noch am Leben war, hatte die Ungewissheit wieder die Oberhand gewonnen. Und entgegen allem, was man hätte erwarten können, war sie weder erleichtert noch beruhigt.

Die Hoffnung, dass sie diese Sache überleben würde, hatte sie schon lange aufgegeben. Zumindest bis vor einigen Minuten das große Tor weiter hinten geöffnet worden war. Das typische Quietschen, das sich mühelos durch die dünnen Metallwände bohrte, hatte sie nicht zum ersten Mal gehört. Anfangs war ihr Puls immer in die Höhe gestiegen, und sie hatte auf jede erdenkliche Weise versucht, die Aufmerksamkeit der anderen Person auf sich zu ziehen, aber diese war jedes Mal nur vorübergegangen, und langsam, aber sicher hatte sich das Geräusch aus ihrem Bewusstsein entfernt.

Doch diesmal war es anders als sonst, obwohl wieder dieses Quietschen verriet, dass da etwas geölt werden musste. Ihre Hoffnung wurde jedoch von einem anderen Geräusch zum Leben erweckt. Nicht ein, sondern mehrere Autos kamen näher und bremsten so ruckartig, dass die Reifen auf dem Untergrund quietschten. Wagentüren wurden geöffnet und zugeschlagen, laute Stimmen hallten, und Walkie-Talkies piepsten und rauschten.

Das konnte nur die Polizei sein.

Endlich war sie gefunden worden. Man hatte sie also nicht vergessen. Eigentlich hatte sie das auch nicht wirklich geglaubt, aber erst jetzt wurde ihr bewusst, dass es Menschen gab, die ihren Fall auf dem Tisch gehabt und in Schichten, vielleicht sogar rund um die Uhr, daran gearbeitet hatten, um herauszufinden, wo sie war. Wenn sie ihren Mann richtig einschätzte, hatte er ihnen keine ruhige Minute gelassen, bevor sie Erfolge vorweisen konnten.

Wieder sah sie vor ihrem geistigen Auge ihr eigenes Gesicht auf jeder Titelseite und malte sich aus, dass ihr mysteriöses Verschwinden an jedem Kaffeetisch im ganzen Land das Gesprächsthema Nummer eins gewesen war. Wer wusste schon, ob sich nicht in diesem Moment eine Horde von Reportern vor der Tür zusammendrängte und es kaum erwarten konnte, sich auf sie zu stürzen und mit Fragen zu bestürmen, während sie auf einer Trage zum Krankenwagen gerollt wurde.

Sie ließ ihren Phantasien freien Lauf, obwohl ihr vollkommen bewusst war dass sie einer verlässlichen Grundlage entbehrten. Eigentlich hatte sie ja keine Ahnung, wie groß das Interesse war und ob die Polizei überhaupt mit Ermittlungsfortschritten an die Öffentlichkeit getreten war. Es war wahrscheinlicher, dass sie sich mit der Weitergabe von Informationen zurückgehalten hatten, um in Ruhe arbeiten zu können und ihre Entführer im Unklaren darüber zu lassen, wie kurz man vor der Lösung des Falls stand.

Nein, mit absoluter Sicherheit wusste sie nur, dass sie in diesem Augenblick direkt vor der Tür standen und sich bereitmachten, hier einzudringen und sie zu retten. Sie hörte, wie schwere harte Koffer auf den Boden gestellt und aufgeklappt wurden. Werkzeug wurde ausgepackt und zum Einsatz gebracht. Das alles erfüllte sie mit einer solchen Wärme und Kraft, dass es keine Rolle mehr spielte, ob sie das Ganze verstand oder nicht. Egal, was passierte, die Polizei war schneller gewesen.

Sie hoffte, dass ihr Mann auch dort sein würde. Dass man ihm gestattet hatte, mitzukommen zu ihr, um sie in Empfang zu nehmen. Schließlich hatte er die Polizei kontaktiert und sie auf diese Weise gerettet. Wieder. Sie spürte, wie ihr Herz sofort schneller schlug, wenn sie an ihn dachte.

Dass sie ihn liebte, wusste sie.

Aber das hier konnte nur bedeuten, dass er sie immer noch liebte.

Sie hatte daran gezweifelt, das hatte sie wirklich, aber nun wusste sie es genau.

Direkt vor der Tür sprang ein Winkelschleifer an, aber das fiese schneidende Geräusch war Musik in ihren Ohren.

So glücklich war sie wahrscheinlich noch nie gewesen.

Kapitel 54

Die blinkenden Blaulichter waren in der Dunkelheit weithin zu sehen und machten die Anweisungen des Navigationsgeräts überflüssig. Sie schienen um unerwünschte Aufmerksamkeit zu betteln, dachte Fabian, als er vom Huddingeväg abbog und auf dem Magelungsväg weiter in Richtung Süden fuhr. Er verstand einfach nicht, warum so viele Polizisten das Blaulicht anließen, nachdem sie längst angekommen waren.

Er unternahm einen erneuten Versuch, zu Hause anzurufen, aber auch diesmal gingen weder Matilda noch Theodor ans Telefon. Theodor war sicher noch nicht zu Hause, es war ja erst zwanzig vor sieben. Dass Matilda nicht dranging, konnte nur eins bedeuten. Sie war sauer. Was er problemlos nachvollziehen konnte. Er hatte ihr hoch und heilig versprochen, mit einem leckeren Freitagabendessen nach Hause zu kommen, bevor die Babysitterin gehen musste, befand sich aber nun ein gutes Stück südlich von der Stadt. Eigentlich hätte er am liebsten eine Vollbremsung gemacht, umgedreht und wäre nach Hause gefahren. Aber das ging nicht. Nicht nach dem Gespräch mit Stubbs.

Er fuhr auf den Parkplatz vor Shurgard und blieb neben dem Krankenwagen und den blinkenden Polizeiautos stehen. Einige der uniformierten Kollegen waren gerade dabei, den Bereich vor dem Eingang abzusperren, und einige andere leiteten ihn weiter zu einem Stellplatz neben dem Wagen von Aziza Thåström.

Von allen Rechtsmedizinern hatte er sie am liebsten. Sie war in ihrer Jugend als Flüchtling nach Schweden gekommen. Ein gutes Jahr später hatte sie so gut wie fließend Schwedisch gesprochen und kurz darauf ihren Lehrer geheiratet. Heute, im Alter von fünfunddreißig, gehörte sie ohne Zweifel zu den besten und gefragtesten Rechtsmedizinern Stockholms. Was immer Stubbs entdeckt hatte, so hatte Edelman der Sache höchste Priorität zugestanden.

»Da bist du ja.« Einer von Hillevi Stubbs' Assistenten kam ihm entgegen. »Wir haben uns schon Sorgen gemacht.«

»Sorgen? Stubbs hat vor einer halben Stunde angerufen.« Fabian ging mit dem Assistenten an den Einsatzkräften vorbei, die ihre Ausrüstung einpackten.

»Es ist einfach nicht dein Stil, als Letzter vor Ort zu sein. Und du weißt ja, wie Stubbs ist, wenn sie mal was gefunden hat.«

Fabian wusste genau, worauf der Assistent anspielte. Hillevi Stubbs gehörte zweifellos zu den ungeduldigsten Menschen, die er kannte. Wenn sie einen Anhaltspunkt entdeckt hatte und mit den Fingern schnipste, konnte es ihr nicht schnell genug gehen. »Was genau hat sie denn gefunden?«

»Das siehst du dir lieber mit eigenen Augen an.« Der Assistent hob das Absperrband und brachte Fabian zu den offenen Garagentoren.

Drinnen stand Stubbs in einem blauen Schutzanzug mit Kapuze neben ihrem Kastenwagen und ging die Bilder durch, die sie auf ihrer Kamera gespeichert hatte. »Du bist spät dran«, sagte sie, ohne den Blick von dem Monitor abzuwenden.

»Was hast du gefunden?«

»Zieh den an.« Sie nahm einen zusammengefalteten Overall aus einem Karton und warf ihn Fabian zu, der so schnell wie möglich hineinschlüpfte. Anschließend gingen sie gemeinsam tiefer in das Gebäude hinein.

Der Lagerraum war etwa vierzig Meter entfernt. Starkes Licht flutete durch das aufgesägte Rolltor und fiel auf ein großes Stück des Betonfußbodens davor. Stubbs zog sich die Haube ins Gesicht und verschwand in der Helligkeit. Fabian folgte ihrem Beispiel, ging zur Öffnung und stieg hinein.

Innen war die Luft dank der Scheinwerfer mehrere Grad wärmer, und als sich seine Augen an das Licht gewöhnt hatten, stellte er fest, dass der Lagerraum viel größer war, als er erwartet hatte. Mit vielleicht dreißig Quadratmetern sicher einer der größten Räume der Anlage, aber Thåström und Stubbs nahmen ihm einen Großteil der Sicht. Deshalb konnte er nicht viel mehr erkennen als ein nacktes Paar Füße am Ende eines in Klarsichtfolie eingehüllten Tisches, der ihn an den in der Abrisswohnung erinnerte. Auf der einen Seite des Tisches standen verschiedene Apparate und Messgeräte mit Kabeln und Schläuchen, die sich wie Schlangen in einem Terrarium über den Boden und unter den Tisch ringelten.

Erst als er um die anderen herumging und sich auf die andere Seite des Tisches stellte, konnte er den nackten Körper unter den Spanngurten, die durch Löcher in der Tischplatte gezogen waren, vollständig sehen. Beine, Rumpf, Arme und Hals – überall waren die Gurte so straff gezogen, dass sie an einigen Stellen die Haut aufgescheuert hatten und ins Fleisch eingedrungen waren. Und genau wie beim Justizminister klafften dort, wo die Augen hingehörten, zwei blutige Hohlräume. Außerdem war eine rosafarbene breiige und mittlerweile getrocknete Substanz aus dem zugeklebten Mund gequollen, über den Hals gelaufen und auf den Boden getropft.

»Was ist das?« Fabian zeigte auf die rosafarbene Paste.

»Essen«, sagte Stubbs. »Durch diesen Schlauch ist er künstlich ernährt worden.« Sie zeigte auf einen Schlauch, der sich unter dem getrockneten Brei verbarg und im Mund verschwand. »Ich habe zwar noch keine Proben genommen, aber ich vermute, dass darin abführende Substanzen enthalten sind, die den Körper von Abfallprodukten und Giften reinigen sollen. Ich habe mich ein bisschen in die Materie eingelesen. Das ist im Kannibalismus nicht ungewöhnlich.«

»Okay, er wurde also am Leben erhalten. Wie lange? Wann ist er gestorben?« Fabian konnte es sich nicht verkneifen, an die Schmerzen zu denken, die Adam Fischer erlitten haben musste, bevor er schließlich eingeschlafen war.

»Um auf diese Frage eine genaue Antwort zu geben, müsste ich die Leiche eingehender untersuchen«, sagte Thåström. »Aber über den Daumen gepeilt, würde ich sagen, dass er vor drei Tagen gestorben ist.«

Er war also über eine Woche hier festgegurtet gewesen und am Leben erhalten worden. Nicht ahnend, was ihn erwartete. Ob man ihn finden würde oder nicht. Ob sie es rechtzeitig schaffen würden. Ob sie überhaupt nach ihm suchten. Fabian überlegte, wie lange er selbst in einer solchen

Situation die Hoffnung bewahren würde. Ab wann er stattdessen auf den Tod hoffen würde.

»Er ist vermutlich bei diesem Eingriff gestorben.« Thåström zeugte auf die linke Brustpartie, wo genau wie in Carl-Eric Grimås' Bauch ein großes Loch klaffte. Dieses war rund, hatte einen Durchmesser von zehn Zentimeter und sah aus, als wäre mit einer riesigen Druckerpresse ein Teil des Körpers ausgestanzt worden.

»Warum ausgerechnet das Herz?« Fabian drehte sich zu Stubbs und Thåström um.

»Irgendwo musste er ja anfangen.« Stubbs zuckte mit den Schultern.

»War denn in dem Gefrierfach, wo wir die Eingeweide von Grimås gefunden haben, auch ein Herz?«

»Nein.« Stubbs schüttelte den Kopf. »Und in seinem eigenen Eisschrank auch nicht.«

»Vielleicht hat er es schon aufgegessen«, sagte Thåström.

»Möglich«, erwiderte Stubbs. »Es gibt aber keine Hinweise darauf. Weder hier noch bei ihm zu Hause oder in der Abrisswohnung.«

Das Schweigen, das sich einstellte, war fast drückender als die warme und stickige Luft. Fabian spürte, dass er es hier nicht mehr lange aushalten würde, doch irgendwo in der hintersten Ecke des Wirrwarrs in seinem Unterbewusstsein, das verzweifelt zu verstehen versuchte, wie das alles zusammenpasste, nahm allmählich ein Gedanke Gestalt an. Ein Gedanke, der bislang so winzig und fragil war, dass er für immer zu verschwinden drohte, wenn er ihn jetzt losließ.

Zuerst Grimås' Eingeweide und nun Fischers Herz. Vielleicht ging es gar nicht um die Augen. Die hatten sie ja in dem Einmachglas gefunden. Das Herz dagegen fehlte. Es fragte sich, was mit dem Inhalt des Gefrierfachs in der Abrisswohnung war. Ob dort der eigentliche Zusammenhang des Ganzen zu finden war.

»Ach ja, diese Organe in der Abrisswohnung.« Fabian bemühte sich, den Anschein zu erwecken, es wäre ihm einfach so eingefallen.

»Die hatte ich gerade aufgetaut, um sie mir anzusehen, als das hier dazwischenkam«, sagte Thåström. »Wieso? Hast du eine bestimmte Frage?«

»Ich glaube, wir können mit ziemlicher Sicherheit davon ausgehen, dass sie von Grimås stammen«, sagte Stubbs.

»Das ist es nicht. Ich möchte nur wissen, ob da auch eines fehlt.«

Kapitel 55

Dunja spürte nicht direkt Schmerz, aber sie war sich nicht sicher, ob das gut oder schlecht war. Sie überlegte, ob sie wagen sollte, sich zu bewegen. Ihr war bewusst, dass die Verletzungen nach einem Unfall häufig schlimmer waren, als die betreffende Person glaubte, und dass man am besten so still wie möglich liegen blieb und auf Hilfe wartete.

Falls sie überhaupt in der Lage war, sich zu rühren.

Über ihr drangen das Licht der Straßenlaterne und die Geräusche vereinzelter vorbeifahrender Autos durch das kaputte Dachfenster. Sie schätzte die Entfernung auf vier, fünf Meter ein, und begriff, dass die Sache auch ganz anders hätte ausgehen können, wenn auf dem Boden nicht ein Haufen leerer Hi-Fi-Verpackungen gelegen hätte.

Vorsichtig drehte sie sich auf den Bauch und krabbelte von dem Kistenberg hinunter. Noch spürte sie nur einen dumpf pulsierenden Schmerz am ganzen Körper. Erst als sie unten angekommen war und sich hinstellen wollte, wurde der Schmerz in ihrem linken Fuß so stark, dass sie nach Luft schnappte, um nicht laut aufzuschreien.

Sie hatte sich vermutlich das Fußgelenk verstaucht und spürte förmlich, wie es dick wurde.

Sobald der Schmerz ein bisschen nachgelassen hatte, zog sie das Handy aus der Tasche, um nachzusehen, ob sie Empfang hatte. Die Glasscheibe hatte einen kräftigen Sprung. Und dabei hatte sie das Display gerade erst austauschen lassen, nachdem ihr das Telefon im Badezimmer auf den Fußboden gefallen war. Anschließend funktionierte es zwar noch, aber sie schnitt sich immer wieder die Fingerkuppen auf. Jetzt dagegen konnte sie darauf herumdrücken, soviel sie wollte, es regte sich nicht mehr.

Sie gab es auf, schraubte stattdessen das Rohr von einem Staubsauger ab und benutzte es als Krücke, um zu ihrer Taschenlampe zu gelangen, die auf dem Boden lag und einen schwachen Lichtschein verbreitete. Sie schaltete sie aus und hatte sie gerade in die Hosentasche gesteckt, als sie das dumpfe Grollen wieder hörte. Oder? Sie hielt inne, um zu lauschen. Doch, da war es wieder, aber diesmal war ein zorniges Heulen dazugekommen. Sie drehte sich einmal um sich selbst, konnte aber nicht erkennen, aus welcher Richtung die Geräusche kamen.

Sie humpelte in den Flur, der immer dunkler wurde, je weiter sie sich von dem Raum entfernte, und musste sich bald mit der freien Hand an der Wand entlangtasten. Zweimal stieß sie gegen gerahmte Plakate, und noch ein paar Meter weiter öffnete sich ein großes Loch in der Wand. Sie blieb stehen, strich mit der Hand über die Kante und stellte fest, dass es sich um eine Türöffnung handelte.

Mit dem Staubsaugerrohr in der einen Hand ging sie hindurch und konnte im letzten Moment auf den Höhenunterschied und die zusätzliche Treppenstufe reagieren. Unten angekommen, atmete sie aus und versuchte, an etwas anderes zu denken als den pochenden Schmerz in ihrem Fuß, der mittlerweile so geschwollen war, dass sie niemals aus ihrem

Stiefel herauskommen würde. Das Geräusch war verstummt, und abgesehen von ihren eigenen Atemzügen war es mucksmäuschenstill.

Als sie weiterging, klammerte sie sich mit der einen Hand krampfhaft an das Staubsaugerrohr und streckte die andere aus. Nach zehn Metern kam sie zu einer Wand, die mit einem lärmdämmenden Material verkleidet war. Einige Meter weiter links endete die Wand, und als sie um die Ecke gegangen und auf die andere Seite gelangt war, konnte sie endlich wieder etwas sehen.

Ein schwaches Licht wie aus einem Türspalt.

Da war das Geräusch wieder zu hören. Diesmal klang es nach einem entfernten Traktormotor im Leerlauf. Doch warum sollte jemand im Haus mit einem Trecker herumfahren? Erst als auch der zornige und durchdringende Ton wieder einsetzte, begann sie zu verstehen. Sie nahm ihn nicht zum ersten Mal wahr. Sie hatte ihn schon öfter gehört. Als Kind. Als sie und ihre Mutter bei den Großeltern zu Besuch waren. In der Autowerkstatt.

Ihr Großvater hatte ihr erzählt, dass man es Säbelsäge nannte. Sie hatte ihn gefragt, warum, und er antwortete, diese Säge habe so scharfe Zähne wie ein Säbelzahntiger und könne sich in fast alles hineinfressen.

Sie zog ihre Pistole heraus, entsicherte sie und trotzte dem scharfen Schmerz in ihrem Fuß, als sie so schnell wie möglich auf das Geräusch zueilte. Auf dem Weg stolperte sie über einen Mikrofonständer, war aber schnell wieder auf den Beinen. Und da stand er.

Aksel Neumans BMW.

Benny Willumsen war hier. Genau wie sie vermutet hatte, war er tatsächlich hier.

Die Kofferraumhaube war hochgeklappt, und im Kofferraum lagen einige zugeknotete Müllsäcke auf einer offenbar eigens ausgebreiteten Schutzfolie, die wie ein Schwanz über die Kante hing. Ein Stück vom Auto entfernt stand ein benzinbetriebenes Stromaggregat und brummte. Über den Fußboden schlängelte sich ein Stromkabel, dem sie mit der Pistole in der einen und dem Staubsaugerrohr in der anderen Hand folgte.

In die Dunkelheit.

Auf das Geräusch zu, das Bilder hervorrief, die sie nicht sehen wollte.

Als das Kabel hinter einem Türspalt verschwand, begriff Dunja, dass von hier der schwache Lichtschein gekommen war. Sie presste ihr Ohr an die Wand. Das scharfe Heulen, das sich stoßweise in etwas hineinarbeitete, war so nah, dass sie instinktiv zurückwich.

Ihr Kopf wurde von der Frage, was sie tun sollte, und der Vorstellung von dem, was sie erwartete, überflutet wie von einer Springflut, und sie war vollkommen unfähig, einen Entschluss zu fassen. Doch ihr Körper, der sich vom Gehirn abgekoppelt und selbstständig gemacht hatte, tastete nach der Tür. Als ihre Hand keine Klinke fand, schob sie sich in den Türspalt und zog an der Tür.

Sie hätte die Augen schließen sollen.

Sie hätte sich umdrehen und wegrennen sollen.

Aber dafür war es zu spät.

Der Anblick, der sich ihr bot, würde sich für immer in ihre Netzhaut ätzen.

Mitten in dem leeren Tonstudio, im Schein einer nackten Glühbirne, stand er. Mit dem Rücken zu ihr. Der Mann, der in den vergangenen Jahren ungestraft eine Reihe von unschuldigen Frauen zu Tode vergewaltigt und gefoltert hatte.

Er hatte Kopfhörer auf den Ohren und eine Gasmaske auf dem Kopf, die er so weit nach hinten geschoben hatte, dass sie Dunja anzustarren schien. Er sah in Wirklichkeit kleiner aus, als sie ihn sich vorgestellt hatte, und trug über seiner derben Kleidung eine durchsichtige Plastikschürze, die zumindest die schlimmsten Blutspritzer abfing.

Er hielt die Säbelsäge mit beiden Händen fest, und das kreischende Geräusch zerteilte die Luft, während sich das Sägeblatt durch die Leisten des nackten Körpers auf dem in Plastikfolie gehüllten Tisch arbeitete. Am liebsten hätte Dunja aus Leibeskräften geschrien, damit er aufhörte. Und das Bild verschwand. Aber sie konnte nur starren.

Auf die Leisten, die sich immer weiter öffneten, je tiefer die Säge eindrang.

Auf den Hals, an dem ein Kopf hätte sein müssen.
Auf das Bein, das dumpf auf dem Boden aufschlug.
Auf das Blut, das spritzte.
Auf sie.
Überallhin.

Kapitel 56

Auf dem Rückweg vom Shurgardlager außerhalb Stockholms hielt Fabian bei McDonald's in der Folkungagata und kaufte ein Hamburger-Royal-Menü mit Mineralwasser für sich selbst, ein Big-Mac-Menü mit Cola für Theodor und ein Happy Meal für Matilda. Obwohl sein ganzer Körper vor Müdigkeit schmerzte und Adam Fischers verunstalteter Körper nicht von seiner Netzhaut verschwinden wollte, würde er sein Versprechen halten und sich mit Matilda einen gemütlichen Freitagabend machen. Deshalb stattete er schnell noch dem 7-Eleven an der Ecke zur Ölandsgata einen Besuch ab, kaufte eine große Flasche Julmust, Landchips mit Knoblauchdip und eine Packung Ben & Jerry's Cookie Dough.

Als er zwanzig Minuten später den Schlüssel ins Schloss steckte, war es bereits neun, was bedeutete, dass die Kinder zweieinhalb Stunden allein gewesen waren. Das war unschön, aber keine große Katastrophe. Außerdem hörte er, dass im Fernsehen irgendeine Weihnachtssendung mit Ernst Kirchsteiger lief, ganz so schlimm konnte die Lage also nicht sein.

Nachdem er seine Jacke aufgehängt hatte, legte er in der Küche die Burger auf Teller, verstaute das Eis im Gefrierfach und stellte fest, dass jede einzelne Lampe in der Wohnung brannte. »Matilda! Theodor! Ich bin zu Hause. Wir können jetzt essen«, rief er, bekam aber keine Antwort. Als er ins Wohnzimmer kam, dröhnte die Coca-Cola-Werbung im immer verzweifelteren Versuch, gegen den Julmust anzustinken, aus dem Fernseher. Matilda hatte sich eng an ihren roten Teddy gekuschelt und war allein auf dem Sofa eingeschlafen.

Er konnte sich nicht mehr erinnern, wann er zuletzt geweint hatte. Vielleicht waren ihm bei Filmen in der Art von *Magnolien aus Stahl* hin und wieder ein paar Tränen gekommen, aber ansonsten weinte er fast nie. Nicht dass er nicht gewollt hätte. Manchmal versuchte er wirklich, seinen Gefühlen freien Lauf zu lassen, aber meistens blieb es bei einem Kloß im Hals.

Deshalb war er vollkommen unvorbereitet, als die Tränen plötzlich einfach da waren und von seinen Wangen auf den Boden tropften. Matilda in Embryonalstellung, allein mit ihrem Teddy auf dem Sofa, gehörte zu den schönsten Dingen, die er in seinem Leben gesehen hatte. Und gleichzeitig zu den traurigsten. Er wischte sich mit dem Handrücken übers Gesicht und kniff die Augen zusammen, aber die Tränen liefen einfach weiter, und er merkte, dass sein ganzer Körper von dem lautlosen Weinen geschüttelt wurde.

So konnte es nicht weitergehen. Seine Arbeitstage dehnten sich mittlerweile aus, als wäre nichts anderes von Bedeutung, und Sonja hatte sich im Atelier praktisch häuslich niedergelassen. Sie mussten reden. Er wusste nur nicht, was er sagen sollte. Ob er überhaupt wollte, dass alles wieder gut wurde.

Er rief nach Theodor, rechnete aber nicht mit einer Antwort. Es war zwar erst neun, trotzdem war er gerade mal dreizehn und hätte um diese Zeit überhaupt nicht in der Stadt herumrennen sollen. Oder was immer er trieb. Er versuchte, ihn zu erreichen, hatte jedoch nur die Mailbox dran, auf der Theodor so tat, als würde er ans Telefon gehen. Stattdessen schickte er seinem Sohn eine SMS, in der er ihn bat, so schnell wie möglich nach Hause zu kommen. Anschließend machte er den Fernseher aus und atmete einige Male tief durch, um die Tränen zu stoppen, setzte sich zu Matilda aufs Sofa und versuchte, sie zu wecken, aber obwohl er sie mit dem Happy Meal, Chips und Eis lockte, wollte sie nicht wach werden.

Schließlich gab er es auf und trug sie in ihr Zimmer, wo er sie fest zudeckte, ihr einen Kuss auf die Stirn gab und eine Entschuldigung in ihr Ohr flüsterte. Dann setzte er sich hin, um den ebenso kalten wie geschmacklosen Hamburger zu essen, und überlegte, ob er Sonja anrufen sollte.

Er beschloss, damit noch zu warten, warf die labbrigen Reste in den Müll, putzte sich die Zähne, während er in der ganzen Wohnung die Lampen ausknipste, und ging ins Bett. Sein ganzer Körper pochte vor Müdigkeit, er hatte das Gefühl, eine ganze Woche nicht geschlafen zu haben. Er schüttelte sein Kissen auf, legte sich hin und überließ seine Lider der Schwerkraft. Einschlafen hingegen konnte er nicht.

In seinem Inneren wurden die Ereignisse der letzten Tage im Schnelldurchlauf vor- und zurückgespielt. Er fragte sich, worüber die Frau aus dem Bus mit der anderen Frau unter dem Pilz auf dem Stureplan so aufgeregt gesprochen hatte und welcher Zusammenhang zwischen ihr, den Eingeweiden von Grimås und dem fehlenden Herz von Fischer bestehen mochte. Falls überhaupt ein Zusammenhang bestand.

Eine Stunde später gab er es auf, ging zu Matilda hinüber, nahm sie mitsamt ihrem Teddy auf den Arm und trug sie in sein Bett, wo er sie im Arm halten, ihre Wärme spüren und ihre ruhigen Atemzüge hören konnte.

Er hatte kaum bis drei gezählt.

Kapitel 57

Das Relais wurde eingeschaltet und setzte einen Elektromotor ganz oben auf dem Turm in Gang. Eine Kette übertrug die Drehbewegung auf den kräftigen Balken in der Spitze. Kurz darauf gerieten die Glocken in Schwingung, schallten über den Katarina-Friedhof und das umliegende Viertel, und der Klang rollte mit einer Geschwindigkeit von mehr als dreihundert Metern pro Sekunde die Östgötagata hinunter in Richtung Süden und an Fabian vorbei, der sein Auto vor einer schicken Designfirma abgestellt hatte, die sich stolz mit ihren eingerahmten Auszeichnungen brüstete.

Es war Samstag und bereits dunkel, obwohl es erst fünfzehn Uhr war. Um zehn Uhr vormittags hatte Malin ihn angerufen, um ihm zu erzählen, dass sie den Therapeuten dazu gebracht hatte, den Ausgang von Ossian Kremph zu genehmigen. Fünf Stunden später hatte sie die nötigen Papiere und Bescheinigungen in der Tasche. Wenn man bedachte, wie viele Personen dabei mitgeredet hatten, war es erstaunlich schnell gegangen.

Fabian erschien es trotzdem wie eine Ewigkeit. Zehn Stunden Schlaf hatten ihm gutgetan. Was im Shurgardlager als flüchtiger Gedanke aufgekeimt war, hatte sich über Nacht zu einer konkreten Theorie entwickelt. Er spürte im ganzen

Körper, dass er einer Sache auf der Spur war, und der Ausflug mit Kremph würde hoffentlich beweisen, dass er auf dem richtigen Weg war.

Den anderen hatte er noch immer nichts gesagt. Nicht einmal Malin wusste davon. Was ungewöhnlich war. Aber diesmal würde eine gute Theorie nicht ausreichen, um die Kollegen mit einzubeziehen. Es durfte kein Zweifel mehr bestehen. Die Konsequenzen, falls sich seine Vermutung als falsch herausstellte, waren zu groß.

Ganz untätig war er trotzdem nicht gewesen. Während des Wartens auf das Okay hatte er mit Matilda und Theodor eine Runde Monopoly gespielt. Außerdem hatte er Aziza Thåström angerufen und sie überredet, die Weihnachtsvorbereitungen zu unterbrechen, um stattdessen die Eingeweide von Grimås zu untersuchen. Und genau, wie er vermutet hatte, fehlte ein Organ: die Leber.

Vielleicht hatte Ossian Kremph sie zubereitet und verspeist. Die Leber vieler Tierarten galt als Delikatesse. Warum nicht auch die menschliche? Vielleicht hatte sie gemeinsam mit dem fehlenden Herzen von Fischer ein richtiges Festmahl ergeben. Falls nicht etwas ganz anderes als Hunger dahintersteckte. Etwas, das ein vollkommen neues Licht auf den Fall warf und allen klarmachte, dass er noch lange nicht beendet war.

Er winkte Malin zu, die eben in die Blekingegata einbog und verzweifelt Ausschau nach einem Parkplatz hielt. Gleichzeitig kamen Tomas und Jarmo mit ihren Fladenbrotrollen aus der Katarina Bangata anspaziert. Der schwarze Bereitschaftswagen stand schon neben dem Container vor dem Hauseingang.

Sie hatten gewiss nicht an den Sicherheitsvorkehrungen gespart. Das Einsatzkommando bestand aus sechs Männern, alle ausgerüstet mit Maschinengewehren, schusssicheren Westen und Helmen. Zwei von ihnen stellten sich rechts und links vom Einsatzbus auf und behielten die Umgebung im Blick, während zwei andere hastig im Eingang des Abrisshauses verschwanden.

Am liebsten hätten sie ihn zum Shurgardlager in Högdalen mitgenommen, aber dort war Stubbs noch immer vollauf beschäftigt, und ihn mit in den Ruheraum im Reichstagsgebäude zu nehmen hätte zu viel Aufmerksamkeit erregt. So blieb nur die Abrisswohnung in der Östgötagata, die für die Öffentlichkeit noch immer ein wohlgehütetes Geheimnis war. Sie hatten zwar bisher keine Spuren einer Verstümmelung gefunden, aber der in Plastikfolie eingewickelte Tisch war zweifelsohne zu keinem anderen Zweck aufgestellt und am Boden festgeschraubt worden.

Nun war Ossian Kremph an der Reihe. Mit Hilfe der beiden letzten Einsatzkräfte stieg er aus dem Bus. Wie ein zum Tode verurteilter Häftling in den amerikanischen Südstaaten trug er Handschellen an Händen und Füßen. Die einen halben Meter lange Kette schleifte auf dem vereisten Asphalt, als er mit gesenktem Kopf am Container vorbei und unter das Baugerüst geführt wurde.

»Gott, wie kann man nur in der Stadt wohnen.« Malin rang nach Luft. »Ich musste ganz hoch bis zur Allahelgonakyrka, bevor ich einen Parkplatz …« Sie wurde unterbrochen, weil Tomas einen Pfiff von sich gab und sie heranwinkte.

Ossian Kremph wurde in den Raum mit der starken Lampe über dem Tisch in der Plastikfolie gebracht. Den Blick hielt er noch immer gesenkt, und er zog sein verletztes Bein nach. Einen guten Meter hinter der Tür ließen die Einsatzkräfte ihn los und stellten sich rechts und links vom Türrahmen auf.

Kremph blieb stehen und sah sich um, als wäre er zum ersten Mal dort. Er sah weder Fabian an, der an der hinteren

Wand lehnte, noch Tomas, der in der Ecke schräg hinter ihm dafür sorgte, dass die Videokamera alles registrierte. Als er jedoch Jarmo sah, der sich bereit erklärt hatte, das Opfer zu spielen und sich nur mit einer Unterhose bekleidet auf den Tisch schnallen zu lassen, veränderte sich sein Blick, und er wich mit zitterndem Kopf zurück in Richtung Flur.

Sie hatten zwei Stunden zur Verfügung. Wenn man den Transport und die Sicherheitsmaßnahmen abzog, blieb nicht viel mehr als eine Stunde übrig. Wenig Zeit, um jemanden in eine Stimmung zu versetzen, in der verdrängte und beschämende Erinnerungen an die Oberfläche kamen. Zum Glück hatte Edelman die Forderung des Therapeuten, an der ganzen Sache mitzuwirken, abschmettern können, so dass sie Kremph zumindest für sich allein hatten.

»Hallo, Ossian.« Malin ging zu ihm und begrüßte ihn. »Erkennen Sie die Wohnung wieder?«

Kremph schüttelte den Kopf, ohne Jarmos Körper auch nur für eine Sekunde aus den Augen zu lassen.

»Aber Sie waren schon mal hier, oder?«

Wieder schüttelte er den Kopf. »Ich mag das nicht. Gar nicht. Können wir nicht lieber zurückfahren?«

»Noch nicht. Bald. Zuerst wollen wir mal gucken und uns ein bisschen unterhalten.« Sie versuchte, ihn an den Tisch zu locken.

»Ich will nicht. Nicht hier. Wir gehen jetzt.«

»Es ist vollkommen ungefährlich, Ossian. Sie sollen sich nur umsehen und überlegen, ob Sie sich vielleicht an irgendetwas erinnern. Danach fahren wir zurück. Okay? Kommen Sie.« Sie streckte die Hand nach ihm aus.

Erst nachdem er über eine Minute zwischen Malins Hand und Jarmo auf dem mit Folie umhüllten Tisch hin und her geblickt hatte, ließ Kremph sich dazu bewegen, sie wieder in den Raum zu begleiten. Fabian fiel auf, dass seine Atmung mit jedem Schritt in Richtung Tisch hektischer und unregelmäßiger wurde, und als sie vor Jarmo standen, der ganz entspannt dalag und an die Decke guckte, schien er kurz vor einem Zusammenbruch zu sein.

»Schnallen Sie Ihre Opfer auch so fest?« Malin zeigte auf den Gurt, mit dem Jarmos Hals an der Tischplatte befestigt war.

»Ich nicht.« Kremphs Blick wanderte über Jarmos Körper. »Ich will nur Radio hören.«

»Vielleicht der andere Ossian?«

Kremph schüttelte den Kopf. »Der Seewetterbericht ist gut. Super.«

»Ich möchte, dass Sie mir jetzt zuhören, Ossian. Wir wissen, dass Sie es waren. Wir verfügen über eine Unzahl von Beweisen und möchten jetzt nur noch herausfinden, wie Sie genau vorgegangen sind. Zum Beispiel, ob die Augen entfernt wurden, bevor oder nachdem Sie geschnitten haben.«

»Nicht ich, habe ich doch gesagt! Ich habe nichts gemacht!« Er schüttelte immer heftiger den Kopf.

»Ich verstehe, dass das hier belastend für Sie ist, aber versuchen Sie bitte, ganz ...«

»Ich habe nur das getan, was ich immer tue, und das war nicht falsch. Es hat sich noch nie jemand beklagt. Nie, ehrlich.«

»Wie hätten sie sich denn beklagen sollen, wenn sie hier auf den Tisch geschnallt und aufgeschnitten wurden?«

»Und dann der Seewetterbericht, immer der Seewetterbericht«, sagte Kremph, ohne den Blick von Jarmo abzuwenden. »Jeden Morgen. Das ist das Einzige. Sonst nichts. Nur der Seewetterbericht und Sudoku. Aber im Krankenhaus habe ich kein Radio. Ich weiß nicht, warum. Aber ich habe keins. Die sagen, ich darf nicht«, fuhr er immer manischer fort. »Warum darf ich das nicht? Antworten Sie mir! Warum antworten Sie nicht?«

Malin drehte sich zu Fabian um, und obwohl er ihr ansah,

dass sie nicht wollte, gab er ihr stumm zu verstehen, sie solle weitermachen. Eigentlich hatte sie die Vernehmung gar nicht übernehmen wollen, aber der Therapeut hatte darauf bestanden.

»Hallo! Warum?«, fragte Kremph weiter.

»Ossian, ehrlich gesagt, weiß ich nicht, warum Sie kein Radio haben, aber jetzt möchte ich, dass Sie mir in allen Einzelheiten erzählen, wie Sie …«

»Wie soll ich denn den Seewetterbericht hören? Das muss ich doch, das mache ich jeden Morgen.«

»Sagen Sie mir stattdessen, wie Sie …«

»Und die Medikamente. Die muss ich doch auch nehmen. Jeden Tag; morgens, mittags und abends. Sie sind in der roten Schachtel. Immer in der roten Schachtel im Badezimmerschrank, damit ich sie nicht vergesse. Vor allem um zwei. Dann, ich weiß nicht … Dann ist immer so viel los, und die Zeit … verrinnt einfach, und plötzlich habe ich es vergessen und weiß es nicht mal.« Er kratzte sich mit beiden Händen am Hals.

»Nein, natürlich nicht.«

»Aber das darf man nicht, das ist gar nicht gut. Ganz schlecht. Das geht nicht, sonst passieren Fehler, und die dürfen nicht passieren. Also Fehler.« Er sprach immer schneller, und der Speichel tropfte ihm aus dem Mund. »Alles muss richtig sein, und wenn das nicht geht, dreht sich alles, und dann werde ich so müde, und plötzlich kommt dieser fertige Typ, obwohl ja nur ich«, er schluckte und kratzte, bis sich der Schorf löste und er am Hals zu bluten begann, »die Schlüssel habe, und dann kommt er und hilft mit. Er denkt, ich weiß nichts davon, aber das tue ich, und dann wird alles so schwer und dunkel, und dann verschwinde ich irgendwie einfach.« Er schüttelte in offenbar immer größerer Verwirrung den Kopf.

»Ossian … versuchen Sie bitte, ganz ruhig zu bleiben und sich auf den Körper auf dem Tisch zu konzentrieren.«

»Immer wenn ich reinkomme, schließe ich ab und habe sogar die Kolben ausgewechselt. Abschließen, abschließen und dann kontrollieren, ob abgeschlossen ist. Sonst kann man sich ja nicht sicher sein ...«

»Ossian?«

»Ich kann nicht. Es ist so anstrengend. Wahnsinnig anstrengend ...« Er griff sich an den Kopf und schnappte nach Luft. »So müde. So müde. Ich kann jetzt nicht mehr ...«

»Wir haben nicht mehr viel Zeit, Ossian. Versuchen Sie ...«

»Muss mich ausruhen ... nur kurz die Augen zumachen. Aber das geht nicht. Wenn ich die Augen zumache, bin ich gleich wieder dort ... zurück ...« Er verstummte und sank atemlos und vollkommen ausgepumpt in sich zusammen.

»Zurück wo? Ossian, erzählen Sie uns, wohin Sie zurück ...«

Ohne die geringste Vorwarnung und ohne auch nur aufgeblickt zu haben, stürzte sich Kremph schreiend auf Malin, die das Gleichgewicht verlor und zu Boden fiel. Sie schrie laut um Hilfe, während sie sich mit Händen und Füßen zu befreien versuchte.

Fabian und die beiden Einsatzkräfte waren bereits auf dem Weg, aber die Sekunden zogen sich in die Länge, und Kremph konnte seinen Kopf in aller Ruhe an ihren Hals legen und ihr etwas ins Ohr flüstern, bevor er von ihr weggerissen und in den Nebenraum geschleift wurde.

Fabian half Malin auf. »Alles okay?«

Malin nickte und strich ihr Haar glatt. »Scheiße, habe ich eine Angst bekommen ... Ich dachte, der würde ...« Sie holte Luft. »Er würde mich ...« Sie brach weinend zusammen. Fabian nahm sie in den Arm und legte ihren Kopf an seine Schulter.

»Ganz ruhig, Malin. Es ist vorbei.«

Malin nickte und atmete tief durch.

»Was hat er zu dir gesagt? Er hat doch etwas gesagt, oder?«, fragte Fabian.

Malin löste sich aus der Umarmung und sah ihn an, als wäre sie nicht ganz sicher, ob sie antworten sollte. »Er hat gefragt, wann er sein Radio wiederbekommt.« Plötzlich grinste sie übers ganze Gesicht und musste lachen. »Ist das nicht total verrückt? All das, und er denkt nur an sein Radio und den Seewetterbericht. Oh, mein Gott ... wie sehe ich eigentlich aus? Ist mein Make-up total verlaufen?«

»Keine Sorge.«

»Ich gehe jetzt damit runter.« Tomas hielt die Videokamera hoch. »Es wird nicht mehr viel passieren.«

»Wäre vielleicht jemand so freundlich, mich abzuschnallen?«, fragte Jarmo.

»Wieso das denn? Du liegst doch da gut.« Tomas verschwand mit der Kamera.

»Fabbe, wie lange arbeiten wir schon zusammen?« Malin klappte einen kleinen Schminkspiegel auf und betrachtete ihr Gesicht.

Fabian zuckte die Achseln. »Fünf, sechs Jahre oder so?«

»Siebeneinhalb. Seit siebeneinhalb Jahren verbringen wir mehr Zeit miteinander als mit unseren Jeweiligen.« Sie tupfte sich mit einem Taschentuch unter den Augen ab. »Und das war das erste Mal, dass du mich je umarmt hast.«

»Dann wollen wir hoffen, dass es nie wieder vorkommt.«

Malin lachte auf und zog einen Kajalstift aus der Tasche, um ihren Lidstrich nachzuziehen, ließ aber sowohl den Stift als auch den Schminkspiegel auf den Boden fallen und sackte in sich zusammen.

»Malin ...? Malin!« Fabian kniete neben ihr und versuchte, sie aufzuwecken. »Malin, hörst du mich?« Doch keine Reaktion.

»Was ist denn passiert?«, fragte Jarmo.

»Ich weiß nicht. Plötzlich ist sie einfach ...« Er hielt inne, als er unter ihr eine wachsende Blutlache bemerkte. »Hallo! Kann jemand einen Krankenwagen rufen?«

Die beiden Einsatzpolizisten kamen aus dem Nebenraum gerannt.

»Worauf wartet ihr noch, zum Teufel. Jetzt ruft schon an, verdammt! Sie hat eine Fehlgeburt! Und Anders ... Wir müssen Anders anrufen, ihren Mann.« Fabian fummelte sein Handy aus der Tasche und wählte mit zitternden Fingern ihre Festnetznummer.

»Der Krankenwagen ist unterwegs«, sagte der eine Polizist.

»Gut.« Fabian lauschte dem Tuten. »Jetzt geh schon ran.«

»Hallo, hier ist Familie Rehnberg. Wir können gerade nicht ans Telefon gehen, aber sagen Sie doch was nach dem Piep.«

»Fabian Risk, guten Tag. Anders, es wäre gut, wenn du mich so schnell wie möglich zurückrufen könntest.« Er wurde von einem lauten Geräusch unterbrochen, das er zunächst nicht einordnen konnte, obwohl es laut und unverwechselbar war. Sein Gehirn schien so überlastet zu sein, dass es nicht mehr in der Lage war, splitterndes Glas mit der Ursache des Geräuschs in Verbindung zu bringen. Er wollte weiter auf den Anrufbeantworter sprechen, aber nicht einmal das bekam er hin, und kurz darauf merkte er, wie er aufstand und ins Nebenzimmer ging.

Abgesehen von ihm selbst und der Miniküche am anderen Ende war der Raum leer. Während er an das kaputte Fenster trat, stritten die beiden Einsatzkräfte in seinem Rücken darüber, wer die Verantwortung für Kremph gehabt hatte. Draußen hatte sich wieder ein Unwetter zusammengebraut, und es wehten bereits Schneeflocken über den Boden.

Er hatte es seit einigen Tagen im Gefühl gehabt.

Aber nun wusste er es genau.

Ossian Kremph war unschuldig.

TEIL 2

19. – 24. Dezember 2009

Sie gibt mir die Kraft, Berge zu versetzen. Das Unmögliche zu tun. Das Schrecklichste, aber Notwendige. Sie gibt mir die Kraft, all das zu tun. Und noch ein bisschen mehr.

Die Liebe zu dir.

14. Juni 1998

Eigentlich weiß ich nicht, wer du bist. Wo du bist. Ob es dich überhaupt noch gibt. Aber dieser Brief ist für dich. Dich und niemanden sonst.

Damals sah ich dich fast jeden Tag. Das war vor einem Jahr. Hinter der Straßensperre und dem Stacheldrahtzaun. Du hast da immer stundenlang gestanden und geguckt. Vielleicht hattest du in der Nähe etwas zu erledigen, oder du bist extra zum Gucken gekommen. Ich weiß nicht. Im Lager gab es Gerüchte über palästinensische Frauen, die sich heimlich mit israelischen Soldaten getroffen haben, und vielleicht hast du mich gesehen. Jedenfalls stand ich am Schlagbaum und habe gehofft.

Ich wusste, dass Frauen aus den Nablusbergen manchmal blaue Augen haben, aber bei dir habe ich sie zum ersten Mal gesehen. Du warst die Schönste in meinem Leben. Zuerst habe ich es selbst gar nicht verstanden, aber mein Herz hat es sofort kapiert und doppelt so schnell geschlagen wie sonst. Das macht es übrigens noch immer, als wollte es nicht wahrhaben, dass es zu spät ist. Dass bald alles vorüber ist.

Kann nicht aufhören, an diesen letzten Abend zu denken. Erinnerst du dich? Wie es langsam dämmerte und du länger als gewöhnlich geblieben bist. Mein Pass war fertig, und ich dachte, jetzt oder nie. Ich ging an der Absperrung entlang und sah dich auf mich zukommen. Wollte mein Glück schon hinausschreien.

Hätte ich gewusst, was mich erwartete, hätte ich dir den

Rücken zugekehrt. Hätte dir zugerufen, dass du der Grenze zu nah kommst, und hätte dir gedroht und dich gezwungen zurückzuweichen. Dann hätte ich mich niemals an diesen Zaun gestellt und dir in die Augen gesehen. Niemals hätte ich zugelassen, dass du so nahe kommst und deine Handflächen an meine legst. Deine Lippen ...

Bald kann ich nicht mehr. Es ist jetzt nicht mehr viel Blut übrig ...

Wie lange standen wir dort und schwiegen? Ein paar Minuten oder eine ganze Stunde? Ich wollte so viel sagen. Und fragen. Aber ich habe mich nicht getraut. Nicht einmal deinen Namen weiß ich. Ich hatte solche Angst, den Augenblick kaputtzumachen. Konnte nur mein tragbares Radio einschalten. Weißt du noch? Sie haben Etta James gespielt. Niemand konnte es besser ausdrücken als sie. Ich musste mich fest in den Arm kneifen, um sicher zu sein, dass es kein Traum war. So fest, dass ich an der Stelle bis heute eine Narbe habe.

Ich weiß nicht, wer da plötzlich aufgetaucht ist und dich weggebracht hat. Ob du dich deshalb nie wieder gezeigt hast. Dein Vater vielleicht oder jemand aus dem Dorf. Ob du überhaupt noch lebst? War das Ganze doch nur ein Traum? Eine Zeitlang dachte ich, das würde reichen. Das und die Narbe, die alles am Leben erhielt.

Aber das war nicht der Fall, und deshalb bin ich nachts aufgestanden und habe das Lager durch ein Loch im Zaun verlassen. Ich konnte nur hoffen, dass Gott mir den Weg zeigen würde. Ich hatte den weißen Stoff unter deinem Mantel gesehen und dachte, dass du vielleicht ein paar Kilometer weiter im Krankenhaus in Urif als Krankenschwester arbeitest.

Ich war gerade erst in den kleinen Gassen angekommen, als laute Sirenen zu heulen begannen und Stimmen in Megaphone schrien, um alle aufzuwecken. Ich wusste von unseren nächtlichen Überraschungsangriffen, aber ich hatte selbst noch nie einen erlebt. Bis dahin.

Da sie glaubten, ich wäre einer von euch, bin ich gerannt. Ohne zu wissen wohin und so schnell ich konnte. Ich hörte sie hinter mir herfahren, um mich zu erniedrigen und ein Exempel zu statuieren. Da knallte es. Das Fenster über mir regnete auf mich herab, in meinen Ohren pfiff es. Die weiße Wolke, die in meinen Augen brannte, wurde immer größer, und es war unmöglich, aus ihr herauszufinden.

In dem Moment hätte ich liegen bleiben und akzeptieren müssen, dass es niemals klappen würde. Doch ich wollte die Hoffnung, dich zu sehen, einfach nicht aufgeben. Die Vorstellung, dass wir für immer zusammen sein würden. Ich rannte weiter, aber dann stolperte ich und fiel Hals über Kopf zu Boden.

Meine Augen schmerzten, als hätte jemand mit Nadeln hineingestochen. Ich wollte aufstehen, aber es war unmöglich. Im beißenden Nebel hörte ich sie immer näher kommen. Ich erkannte ihre Stimmen. Das Gelächter unter ihren Gasmasken, die Vorfreude auf den Spaß, den sie gleich haben würden.

Ich wollte Widerstand leisten, hatte aber keine Kraft und konnte nichts dagegen tun, dass sie mich an den Armen packten und über den Asphalt schleiften.

So müde jetzt ... Ich blute ... muss mich ein bisschen ausruhen ... nur ein wenig ... Weiß nicht, wie viel ich noch schreiben kann. So viel ist noch übrig, aber ich habe so wenig Kraft ...

Verzeih mir ...

Kapitel 58

An den Glasscherben, die noch immer in beiden Händen und Unterarmen steckten, war zu erkennen, dass Ossian Kremph seine Handschellen benutzt hatte, um die Fensterscheibe zu zerschlagen. Die Spuren im Schnee auf dem Baugerüst zeigten, wie er hinausgekommen und gesprungen war. Er war zirka fünfzehn Meter in die Tiefe gestürzt. In den sicheren Tod, wenn der Container voller Gerümpel nicht gewesen wäre.

Doch Kremph war trotzdem augenblicklich gestorben. Sein Kopf war mit so großer Wucht auf die Außenkante des Containers geknallt, dass sich alles, was sich oberhalb der Nasenwurzel befunden hatte, über einen Umkreis von mehreren Metern verteilt hatte. Vielleicht nicht gerade der befriedigendste Ausgang eines so komplexen Falls, fand Edelman, fügte aber schnell hinzu, dass die Sache damit wenigstens erledigt war.

Für Fabian dagegen war Ossian Kremphs Tod alles andere als das Ende. Es gab immer noch zu viele offene Fragen, zu unklare Unklarheiten und viel zu wenig Antworten.

Die Ermittlungen hatten die ganze Zeit den Eindruck gemacht, sie kämen voran. Neue Entdeckungen, Fotos und Notizen waren gemacht worden. Spuren tauchten auf, wurden eingetütet und katalogisiert. Feierabend gab es nicht mehr, jede Alternative wurde unaufhörlich in den Köpfen gedreht und gewendet.

Alles hatte zusammengepasst. Der schon einmal verurteilte Ossian Kremph mit seiner dissoziativen Identitätsstörung war geradezu prädestiniert dafür, der Täter zu sein. Es war nicht nur sein Markenzeichen, seine Opfer ihrer Augen zu berauben. Er hatte auch einen Grund, sich an Carl-Eric Grimås zu rächen. Dass er große Erinnerungslücken hatte oder sich möglicherweise auch nur weigerte, von seinen Taten zu erzählen, gehörte ebenfalls ins Bild.

Doch während Fabians Kollegen überzeugt gewesen waren, dass Kremph den roten Faden darstellte, der letztendlich zur Aufklärung des Falls führen würde, war er selbst das immer stärkere Gefühl nicht losgeworden, dass es zu leicht gegangen war. Dass sie in Wirklichkeit im Dunkel tappten und nicht die geringste Ahnung hatten, worum es hier eigentlich ging.

Erst jetzt hatte er begriffen, warum.

Der vermeintliche rote Faden war gar keiner. Er sah vielleicht so aus, war aber in Wahrheit nichts anderes als eine vorgeschnitzte Bahn. Ein raffinierter Plan, der in der Durchführung äußerst kompliziert gewesen sein musste. In den Augen der meisten Menschen war er vermutlich so abwegig, dass er alle Grenzen des Wahrscheinlichen überschritt. Aber Wahrscheinlichkeit war nicht das Gleiche wie Wahrheit.

Fabian war überzeugt, dass Ossian Kremph unter keinen Umständen in der Lage gewesen wäre, die Entführung Adam Fischers zu planen und durchzuführen. Ganz zu schweigen von dem Mord an Carl-Eric Grimås. Aber als falsche Fährte eignete er sich perfekt.

Erst jetzt, nachdem Kremph endlich nicht mehr die Sicht versperrte und die Ermittlungen offiziell für abgeschlossen erklärt wurden, konnte Fabian anfangen, richtig zu arbeiten und nach dem wirklichen Täter zu suchen.

Er fand einen Parkplatz vor dem Hotel Rival am Mariatorg und lief zu Fuß weiter zum 7-Eleven an der Ecke. Es war schon seit Stunden dunkel, und er merkte, dass er keine Ahnung hatte, ob die Sonne sich an diesem Tag überhaupt gezeigt hatte. Den Winter oben in Stockholm hatte er nie gemocht, und es wurde von Jahr zu Jahr schlimmer. Es war, als befände er sich von November bis Ende Februar in konstanter Dunkelheit, und auf dem Weg vorbei an den Titelseiten, auf denen die neuesten Nachrichten in die Welt hinausgebrüllt wurden, schwor er sich selbst, niemals auch nur einen Meter weiter nach Norden zu ziehen.

KANNIBALE TOT! AUS DEM VIERTEN STOCK GESPRUNGEN!

Eigentlich wäre Fabian lieber in der Abteilung geblieben, hätte sich in aller Ruhe ihr gesammeltes Material noch einmal angesehen und im Geiste alle Anhaltspunkte und Gedanken aus einem neuen Blickwinkel betrachtet. Die anderen hatten sich in die Feiertage verabschiedet, und sogar Edelman hatte das Haus gleich nach der Pressekonferenz verlassen. Also würde ihn niemand stören. Die Schreibtischlampen waren aus, die Türen geschlossen und die Schallwellen in der Luft befreit von entfernten Gesprächen, Klingeltönen und brummenden Druckern. Und eigentlich konnte er nur in der totalen Einsamkeit tief genug in die Ruhe hineinfinden und einen Gedanken ganz zu Ende denken.

Doch es ging nicht.

Er war mittlerweile so tief in Ungnade gefallen, dass sich Sonja nicht einmal mehr die Mühe gemacht hatte, ans Telefon zu gehen, als er sie anrief, um ihr zu sagen, dass er auf dem Heimweg war. Deshalb nutzte er die Gelegenheit, zwei Caffè Latte mit doppeltem Espresso und ein Toscanabaguette zu kaufen. Nichts versetzte Sonja in so gute Stimmung wie das Tosca von 7-Eleven.

Er selbst bevorzugte Prinzessinnentorte, er liebte Marzipan, hatte sich aber hoch und heilig geschworen, seine Kalorienzufuhr zu drosseln, und widerstand daher der Versuchung, in der Konditorei an der Ecke Swedenborggata vorbeizugehen. Er war nicht dick. Ganz im Gegenteil. Seit er denken konnte, wog er vierundsiebzig Kilo, aber in den vergangenen zwei Jahren hatte er eine deutliche Veränderung bemerkt, und nun war er bei sechsundsiebzig mit Tendenz zur siebenundsiebzig. Wenn er in diesem Tempo weitermachte, würde er bei seiner Pensionierung hundert Kilo wiegen.

Auf dem Weg zurück zum Auto versuchte er, Malin zu erreichen, aber sie meldete sich nicht. Er versuchte es stattdessen noch einmal auf dem Festnetz.

»Hallo, Fabian.« Anders Rehnbergs schleppende Stimme war unverkennbar.

Fabian hatte Malins Mann mehrmals getroffen, aber nie lange mit ihm geredet. Nicht dass er es nicht versucht hätte. Er hatte sich ihm bei Abendeinladungen und verschiedenen Veranstaltungen mit Ehepartnern aktiv genähert, um irgendeinen gemeinsamen Nenner zu finden. Doch jedes Wort hatte einen schlechten Nachgeschmack hinterlassen. Ein bemühtes Gesprächsthema nach dem anderen havarierte, und er ließ kein Fettnäpfchen aus. Wie zum Beispiel bei ihrer Einweihungsfeier in Enskede, als er gedankenlos fallenließ, Anders brauche sich keine Sorgen zu machen, Malin sei ohnehin nicht sein Typ.

Seitdem sprachen sie nicht miteinander. Anders und Sonja dagegen schienen Gefallen aneinander gefunden zu haben und hatten sich offenbar unendlich viel zu sagen. Er fragte sich, worüber sie sich unterhielten, und war auf dem Heimweg im Taxi kurz davor gewesen, Sonja danach zu fragen, hatte aber stattdessen den Fahrer gebeten, das Radio lauter zu stellen, weil gerade *Forbidden Colours* von David Sylvain gespielt wurde.

»Ich wollte nur fragen, wie es Malin geht«, sagte er in so neutralem Ton wie möglich.

»Angesichts ihres Arbeitspensums den Umständen entsprechend, würde ich sagen.«

Fabian biss sich auf die Zunge und schwieg.

»Sonst noch was?«

»Kann ich vielleicht mit ihr sprechen?«

»Nein, das glaube ich nicht. Ihre Schwangerschaftsvergiftung ist so gravierend und weit fortgeschritten, dass sie bis zur Entbindung in der Klinik bleiben und behandelt werden muss. Im schlimmsten Fall muss die Geburt vorzeitig eingeleitet werden, obwohl es eigentlich noch zwei Monate zu früh ist.«

»Ui. Ich hatte keine Ahnung, dass es so ernst ist.«

»Nein? Der Arzt sagt, man müsse ihr deutlich angemerkt haben, dass es ihr nicht gutging. Wenn sie bei der Arbeit nicht so unter Druck gesetzt worden wäre, hätte es gar nicht so weit kommen müssen.«

»Es tut mir wirklich leid, Anders, und ich verstehe, dass du wütend bist, aber ...«

»Fabian, sie braucht jetzt Ruhe. Du sollst sie also weder anrufen noch besuchen. Du hältst dich jetzt so fern von ihr wie möglich, okay?«

»Gut, aber du könntest sie wenigstens von mir grüßen«, sagte Fabian, doch Anders hatte bereits aufgelegt.

Als er nach Hause kam, saß Theodor in seinem Zimmer vor dem Computer. Matilda saß auf dem Sofa und guckte den *König der Löwen* so laut, dass Timons und Pumbaas *Hakuna Matata* bis auf die Straße zu hören war. »Hallo, Matilda. Ist Mama nicht zu Hause?« Er bekam keine Antwort, griff nach der Fernbedienung und senkte die Lautstärke.

»Lass das! Jetzt höre ich nicht, was die ...«

»Ich habe dir eine Frage gestellt, Matilda. Weißt du, wo ...?« Er verstummte, als er das junge Mädchen mit dem Handy am Ohr auf dem Balkon stehen sah. Er öffnete die Balkontür, erfasste mit einem Blick, dass sie seine Hausschuhe benutzte und bereits eine Ecke des Blumenkastens mit Kippen gefüllt hatte. »Du musst Rebecka sein.«

Sie drehte sich um. »Du, ich muss jetzt Schluss machen.«

Sie klappte ihr Telefon zusammen, schob es in die viel zu enge Jeans und gab ihm die Hand. »Hi.«

»Ich dachte, meine Frau wäre zu Hause, aber ...«

»Nein, sie muss arbeiten und hat mir was von einer Vernissage zwischen den Jahren erzählt.« Sie drückte ihre Zigarette aus und griff sofort nach der Packung, um eine neue herauszuziehen. »Wollen Sie auch eine?«

»Nein, und ich wüsste es sehr zu schätzen, wenn du nicht nur hier draußen stehen und die ganze Zeit rauchen würdest. Ich nehme an, meine Frau bezahlt dich.«

»Ich bin nicht derjenige, der keine Zeit hat, sich um die eigenen Kinder zu kümmern.«

»Da hast du vollkommen recht. Und apropos, du kannst jetzt gehen.«

»Sonja hat gesagt, ich soll mich auf die ganze Nacht einstellen, weil sie nicht wusste, ob Sie kommen.«

»Keine Sorge. Ich werde dich für die ganze Nacht bezahlen, Hauptsache, du gehst jetzt.« Fabian musste sich zusammenreißen, um sie nicht gewaltsam vom Balkon zu zerren.

Um tausend Kronen ärmer, schrieb er auf einen Post-it-Block:

Geliebte Sonja.
Ich verstehe, dass du gestresst bist. Aber jeder braucht mal eine Pause.
Fabian

Er klebte den Zettel an den lauwarmen Caffè Latte und stellte den Becher mit dem Toscanabaguette und der CD, auf die er neunzehn Mal hintereinander *I Would Die 4 You* von Prince gebrannt hatte, in die Papiertüte. Einmal für jedes Jahr, das sie zusammen verbracht hatten. Zu diesem Lied hatten sie damals beim ersten Mal getanzt, und seitdem war es ihrs.

Er erinnerte sich daran, als ob es gestern gewesen wäre. Wie er es geschafft hatte, sich einen Mitgliedsausweis für das Lido auszuleihen – einen Club in einem ehemaligen Pornokino in der Hornsgata, wo die meisten Mitglieder Schriftsteller, Musiker oder Schauspieler waren.

Als er einmal drin war, verspürte er eine konstante Angst, jemand könnte herausfinden, dass er weder schrieb noch in einer Band spielte und zudem – was am schlimmsten war – aus Schonen stammte. Deswegen sprach er mit niemandem, hielt sich an einer Flasche Bier fest und stand an der Tanzfläche herum. Nach einigen Stunden gestand er sich ein, dass er nicht besonders viel Spaß hatte, und ging zur Garderobe, um seine Jacke zu holen.

In dem Moment, als er gerade seine Jacke in Empfang genommen hatte, legte der DJ das Lied auf und veränderte für alle Zeiten sein Leben. Er machte kehrt und wagte sich zum ersten Mal auf die Tanzfläche. Obwohl er sonst nie tanzte. Nie war es ihm gelungen, auch nur einen Schritt im Takt der Musik zu machen. Aber das spielte keine Rolle, denn plötzlich war sie einfach da – die Frau seines Lebens. Vielleicht war sie schon die ganze Zeit dort gewesen. Vielleicht war sie gerade erst hergebeamt worden. Er wusste es nicht und drängelte sich, ohne nachzudenken, zu ihr durch und tanzte mit ihr.

In Sonjas Version hatte sie ihn entdeckt, aber das änderte nichts. Er war zu Hause angekommen und konnte sich bis heute an das Hochgefühl erinnern, als sie seine Hand nahm.

Zwei Minuten und neunundfünfzig Sekunden.

Mehr war nicht nötig gewesen, um es beiden klarzumachen.

Dass sie füreinander und für niemanden sonst bestimmt waren.

Dann war das Lied zu Ende.

Die Frage war, wie viel Zeit sie jetzt brauchen würden, dachte er, während er zum Taxi hinunterging, das bereits darauf wartete, die Tüte mit dem Snack zu Sonjas Atelier in Gamla Stan zu bringen.

Kapitel 59

Dunja Hougaard erwachte aus ihrem traumlosen Schlaf, als hätte jemand sie an einen Stromkreis angeschlossen und eingeschaltet. Im ersten Moment dachte sie, jemand würde versuchen, sie zu ersticken, indem er ihr Plastikfolie aufs Gesicht drückte. Sie bekam erst Luft, als es ihr mühsam gelungen war, das Gesicht zur Seite zu drehen.

Kurz darauf hatte sie das Gefühl, zu Hause in ihrem Bett zu liegen und zufällig mit dem Kopf unter die Decke geraten zu sein, aber selbst im Winter, wenn Carsten das zitronengelbe Rollo gegen ein dunkelbraunes austauschte, wurde es im Schlafzimmer nie so dunkel. Außerdem schwankte und bebte alles rings um sie herum.

Sie befand sich in einem Auto. So musste es sein. Aber wie war sie dort gelandet, und warum lag sie in Embryonalstellung und konnte sich überhaupt nicht bewegen? Was war eigentlich passiert? Sie versuchte, sich zu erinnern, aber es ging nicht. Es schien, als wären die vergangenen Tage oder Stunden noch ein unbeschriebenes Blatt, das darauf wartete, mit Eindrücken und Erinnerungen bedruckt zu werden.

Doch als sie ihr auf den Leib rückten und wie Güllespritzer alles besudelten, wünschte sie sich die Ungewissheit und das befreiende Vergessen sofort zurück. Aber es war zu spät. Die Bilder von den vergewaltigten Frauen, die zu Tode gequält worden waren, hatten sich für immer eingeätzt und würden sie nie wieder loslassen. Genau wie der Anblick in dem verlassenen Industriegebäude, bevor ihr schwarz vor Augen wurde.

Sie versuchte, ihren schmerzenden Körper auszustrecken, aber es war zu eng. Der eine Fuß tat immer noch weh, weil er verstaucht war, und der andere stieß an etwas Hartes. Außerdem raschelte und drückte es von allen Seiten, als ginge es darum, das letzte bisschen Luft aus ihr herauszupressen.

Sie kämpfte gegen die Lust an, einfach aufzugeben, und nahm stattdessen ihre ganze Kraft zusammen, um sich auf den Rücken zu drehen, beide Arme nach oben zu ziehen und so viel wie möglich von dem raschelnden Zeug aus ihrem Gesicht zu schieben. Fünf Minuten später war es ihr gelungen, eine kleine Lufttasche in das Material zu drücken, und sie konnte endlich wieder richtig atmen.

Ach, genau ... Die Taschenlampe. Sie zog sie aus ihrer Hosentasche und drückte auf den kleinen Knopf. Das Licht flackerte so schwach, als könnte es jeden Augenblick erlöschen, reichte aber vollkommen aus, um ihren Verdacht zu bestätigen – das Rascheln wurde von schwarzen Müllsäcken erzeugt.

Sie steckte die Taschenlampe in den Mund, durchbohrte mit dem Zeigefinger die Tüte und riss ein großes Loch in den Sack über ihr.

Es begann mit ein paar Tropfen.

Dann begann es zu rinnen.

Mitten in ihr Gesicht.

Der beißende Gestank schlug ihr entgegen wie ein chemischer Kampfstoff. Sie schrie laut auf, bis nach wenigen Sekunden die Flüssigkeit direkt in ihren offenen Mund lief. Sofort verstummte sie, drehte das Gesicht weg und merkte gleichzeitig, dass der Wagen bremste und sich kräftig in eine Kurve legte.

An dem metallischen Geschmack war zu erkennen, dass es Blut war, doch der fürchterliche Geruch verriet, dass es mit Leichenflüssigkeit vermischt war. Sie musste würgen und versuchte, sich zu übergeben, konnte aber nur ein paar Galleklumpen in ihrem Mund sammeln und ausspucken. Das Ganze erinnerte sie an die Mandeloperation in ihrer Jugend, als eine der beiden Wunden in ihrem Hals partout nicht verheilen wollte. Nach einigen Tagen erbrach sie so viel geronnenes Blut, dass sie mit dem Krankenwagen in die Notaufnahme gebracht werden musste, wo die Wunde mit einer Art Lötkolben verschlossen wurde.

Bisher das Schlimmste, was sie je erlebt hatte.

Sie versuchte, sich wieder zu beruhigen, obwohl sie spürte, wie ihr das zähflüssige Zeug den Hals hinunter in die Bluse und über die linke Brust lief. Um nicht in Panik zu geraten, musste sie sich zwingen, an etwas anderes zu denken. Zum Beispiel an die herrliche warme Badewanne, in die sie zu Hause als Erstes steigen würde, und die Pizza Mira, die Carsten ihr holen würde, obwohl er sie eigentlich ungesund fand. Doch genau so eine wollte sie. Eine Nummer 15 mit Tomaten, Käse, Zwiebeln, Spinat, Kartoffeln, Schafskäse und Knoblauchsauce obendrauf.

Falls sie je wieder nach Hause kommen würde.

Als nur noch ein paar Tropfen kamen, leuchtete sie mit der Taschenlampe in das Loch und starrte direkt in einen toten Blick, doch weder er noch der weit geöffnete Mund erstaunten sie. Obwohl sie mit Katja Skov gerechnet hatte und nicht mit Aksel Neuman.

Hier lag er also, zerstückelt, in Müllsäcken. Genau wie Katja Skov, mit der sie sich vermutlich ebenfalls den Kofferraum teilte. Sie selbst hatte er aus irgendeinem Grund verschont. Oder hatte ihm nur die Zeit gefehlt? War er zu einem Ort unterwegs, wo er in aller Ruhe weiterarbeiten konnte? Nein, Moment ... jetzt blieb er stehen. Der Motor verstummte, und kurz darauf hörte sie, wie eine Autotür aufging und geschlossen wurde. Sie malte sich aus, wie der Kofferraum geöffnet und sie herausgezerrt wurde, weil er sich sie bis zum Schluss aufbewahrt und sich etwas ganz Besonders überlegt hatte, um ihren Tod so intensiv wie möglich zu genießen.

Während sie einen weiteren Versuch unternahm, die Beine zu strecken, hörte sie, wie etwas über das Autodach gezogen wurde. Es ging nicht, ihre Beine waren wie abgestorben. Stattdessen drückte sie einen der Müllsäcke unter ihr weg, der sich anfühlte, als enthielte er zwei Füße. Endlich konnte sie die Arme über den Kopf strecken und hinter den Müllsäcken schließlich eine raue, mit einer Art Teppich verkleidete Wand ertasten. Sie fuhr mit der Hand durch den Spalt in der Mitte, bis sie das Gesuchte fand, eine Öse. Als sie daran zog, ertönte ein Klick, und die Wand wich zurück.

Nun konnte sie sich endlich von den Müllsäcken hinunterwälzen und durch die Öffnung auf die Rückbank des Wagens kriechen. Ihre Beine ließen sich noch immer nicht bewegen, auch wenn das Taubheitsgefühl allmählich nachließ. Es fühlte sich an, als würde Mineralwasser mit viel Kohlensäure darin sprudeln. Sie robbte bis an die rechte hintere Tür und versuchte, sie zu öffnen. Es war ihre einzige Chance. Sich aus dem Auto zu befreien, bevor er zurückkam. Raus hier und nur weg. Doch sosehr sie auch an dem Handgriff zog und rüttelte, es rührte sich nichts. Und ohne etwas dagegen tun zu können, verlor sie den Kampf gegen die Verzweiflung und begann zu schreien und gegen die Scheibe zu klopfen, bis sie auch das letzte bisschen Energie verbraucht hatte. Daraufhin sank sie schluchzend in sich zusammen.

Erst als sie sich ein wenig beruhigt und die Augen wieder geöffnet hatte, entdeckte sie den Schaft auf dem Boden, der unter dem Fahrersitz hervorlugte.

Die Axt. Die Mordwaffe, die Kjeld Richter und seine Männer nie gefunden hatten.

Obwohl sie noch dachte, dass sie es lieber nicht tun sollte und Richter vermutlich durchdrehen würde, griff sie mit beiden Händen danach und schlug sie mit aller Kraft, die sie aufbringen konnte, gegen die Scheibe. Die Scheibe prallte zurück, als würde ein Film rückwärts abgespielt. Sie schlug erneut zu. Und wieder. Zehn Hiebe später sah sie einen Riss, nach zehn weiteren ging die Scheibe ganz kaputt. Sie strich mit der Schneide am Rahmen entlang, um die letzten Splitter zu entfernen, zwängte sich durch die Öffnung, spürte, wie ihr Kopf gegen eine Art Hülle stieß, und fiel auf einen harten kalten Boden.

Nur weg hier. Sie wiederholte es im Geiste. Wo auch immer sie sich befand, sie musste weg. So schnell wie möglich, bevor er wiederkam.

Sie kroch unter der Hülle hervor und musste in dem starken Licht die Augen zusammenkneifen. Da die Beine ihr nach wie vor nicht gehorchen wollten, zog sie sich vorwärts und scheuerte sich an dem rauen Boden die Unterarme auf. Unter ihr ein großer weißer Pfeil, und über ihr Hunderte von Neonröhren, die endlose Reihen von Autos beleuchteten. Menschen waren nicht zu sehen. Hatte er sie wirklich einfach zurückgelassen?

Als das Blut endlich in ihre Beine zurückgekehrt war, nahm sie all ihre Kraft zusammen, rappelte sich auf und stellte sich vorsichtig auf den gesunden Fuß. Die Knie zitterten vor Anstrengung, und nach kurzer Zeit zitterte auch der Rest ihres Körpers. Sie fror und vermisste ihren Wintermantel. Vielleicht lag er noch im Auto. Vielleicht auch nicht. Es spielte keine Rolle. Nichts auf der Welt würde sie dazu bewegen, noch einmal umzukehren.

Stattdessen kämpfte sie sich humpelnd zwischen zwei Autos, erreichte mühsam die nächste Reihe und wieder eine. Dann sah sie endlich das ersehnte Schild. Lautlos wichen die Glastüren zur Seite. Der Raum dahinter erschien ihr mehrere Grad wärmer. Vielleicht lag die Temperatur dort sogar über dem Gefrierpunkt. Eine Wendeltreppe führte nach oben und unten, aber sie ging auf die Reihe von Aufzügen zu und drückte auf den Knopf.

Der am weitesten entfernte Fahrstuhl machte sofort ping, und obwohl sie so schnell wie möglich einstieg, knallten die sich schließenden Türen gegen ihren ohnehin schmerzenden Körper. Drinnen angekommen, drückte sie auf die grüne Taste, und während sie darauf wartete, dass der Aufzug sie entweder nach oben oder unten brachte, drehte sie sich zum Spiegel um. Aber als sie sich selbst erblickte, begriff sie überhaupt nichts.

Rein gar nichts.

Kapitel 60

»Was sollen wir denn dann machen?«, fragte Matilda, die immer noch sauer war, weil er den *König der Löwen* ausgemacht hatte.

»Wir könnten doch erst mal einkaufen gehen und uns heute Abend etwas Leckeres kochen.« Fabian drehte sich zu Theodor um, der sich ausnahmsweise von seinem Computer wegbequemt und sein Zimmer verlassen hatte.

»Können wir auch was Süßes kaufen? Bitte ...«, quengelte Matilda.

Fabian dachte an das Süßigkeitenverbot, das Sonja aus Sorge um Matildas Gewicht nach dem Sommer ausgesprochen hatte. Er selbst hatte ihre Beunruhigung nicht geteilt, und das bisschen Sommerspeck war sowieso verschwunden. »Na gut«, sagte er schließlich. »Aber erzählt Mama nichts davon.«

»Und Julmust, der ist schon alle!«

»Natürlich. Und ich dachte, wir könnten uns auch mal einen Film ausleihen, den wir nicht schon hundertmal gesehen haben. Hört sich das gut an?«

»Ja!« Matilda klatschte in die Hände.

»Und du, Theodor? Was meinst du?«

Theodor guckte achselzuckend an Fabian vorbei. »Klar, klingt ganz okay. Aber ich habe keine Zeit.«

»Und warum nicht, wenn man fragen darf?«

»Ich habe andere Pläne.«

»Aha, und was sind das für Pläne?«

Wieder zuckte Theodor mit den Schultern. »Nichts Besonderes. Ich will mich nur mit ein paar Freunden treffen.«

»Und mit welchen Freunden?« Fabian kam sich vor wie eine alte Schallplatte mit Sprung.

»Kennst du nicht.«

»Was habt ihr denn vor, du und deine Freunde?« Matilda verschränkte die Arme.

»Du brauchst nicht Polizei zu spielen, Matilda. Ich bin hier der Erwachsene.«

»Ich hab doch nur gefragt.«

»Kapierst du das nicht? Das geht dich überhaupt nichts an!«

»Mich aber«, sagte Fabian. »Und wenn ihr sowieso nur in der Stadt herumziehen wollt, könnt ihr genauso gut hier sitzen und mit uns Chips essen und einen Film gucken.«

Theodor verdrehte die Augen und stand auf. »Scheiße, ihr schnallt auch gar nichts!«

»Entschuldige, aber so reden wir hier nicht miteinander!«

»Außer wenn Mama und du euch streitet, meinst du wohl.« Theodor drehte sich um und verschwand in seinem Zimmer.

Fabian hatte sich einen rechten Haken eingefangen und war angezählt. Das Schlimmste war, sein Sohn hatte recht. Obwohl ihnen hundertprozentig klar war, dass Streiten vor den Kindern eine Todsünde war, hatten Sonja und er es getan und noch dazu recht grobe Ausdrücke verwendet.

»Wie nett.« Matilda setzte ein steifes Lächeln auf und trommelte mit den Fingern auf den Tisch.

Ob es an Matildas Ironie lag oder nur ein armseliger Versuch war, Grenzen zu setzen, wusste Fabian selbst nicht. Aber plötzlich stand er kochend vor Wut in Theodors Zimmer. »Ich weiß nicht, was du dir hier zu Hause deiner Ansicht nach erlauben kannst, aber ich sage dir eins: Es wird nicht funktionieren. Du wirst sofort aufhören, mit solchen Unverschämtheiten um dich zu werfen. Verstanden?«

»Whatever ...« Theodor hatte sich bereits vor seinem Computer niedergelassen.

»Nein, von wegen *whatever*!« Fabian trat an den Tisch und riss das Netzkabel heraus.

»Was soll der Scheiß? Du kannst doch nicht einfach ...«

»Doch, stell dir vor, das kann ich! Ich habe den gekauft, und die Stromrechnung bezahle ich auch.«

»Du bist ja total ...«

»Nein, jetzt hörst du mir mal zu! Du bist erst dreizehn, und egal, wie hart dir das vorkommt, bislang haben Mama und ich zu entscheiden. Das werden wir auch noch die nächsten fünf Jahre tun. Und in diesem Moment entscheide ich, dass du heute Abend zu Hause bleibst. Verstanden?«

»Vergiss es ...« Theodor streckte die Hand nach dem Stromkabel aus.

»Was heißt hier, vergiss es? Weißt du, was du vergessen kannst? Ja? Ist dir das klar? Sieh mich an, wenn ich mit dir rede!« Inzwischen zitterte Fabian am ganzen Körper vor Wut.

Theodor sah ihm seufzend in die Augen.

»Alleine hier vorm Computer zu hocken kannst du vergessen! Von jetzt an machst du dir mit Matilda und mir einen netten Abend!«

»Mein Leben ist zu kurz für so was. Du kannst entscheiden, was du willst, aber ich gehe noch mal raus.« Theodor stand auf.

»Das machst du nicht, verdammt noch mal!«, schrie Fabian und drückte ihn wieder auf den Stuhl.

»Du bist ja vollkommen krank im Kopf.«

»Was hast du gesagt?«

»Ich habe gesagt, dass du ...« Weiter kam er nicht.

Die Ohrfeige kam aus dem Nichts und verblüffte Theodor im selben Maß wie Fabian selbst. Nie zuvor hatte er seine Kinder geschlagen, und er hatte sich selbst nie als jemanden gesehen, der etwas Derartiges tun würde. Doch nun hatte er die Grenze überschritten, und würde es, sosehr er sich auch bemühte, niemals wieder ungeschehen machen können.

Theodor hielt sich die Wange und blickte zu Boden. Minutenlang sagte keiner von beiden ein Wort. Fabian fiel beim besten Willen nichts ein, was den Schaden auch nur annähernd reparieren könnte.

Als Kind war er manchmal richtig zornig geworden. Aber seit er erwachsen war, konnte er sich an keinen Vorfall dieser Art erinnern. Bis jetzt. Diese blinde Wut, die, einmal zum Leben erweckt, nicht zu stoppen war. Stand er wirklich so unter Druck? Nach weiteren stummen Minuten hockte er sich vor seinen Sohn. »Theo, verzeih mir ... Verzeih ... Ich war so wahnsinnig wütend. Ich will mich nicht verteidigen, aber ... Das war dumm von mir, wirklich. Und in jeder Hinsicht unverzeihlich.«

»Schon okay ...« Theodor starrte auf den Fußboden.

»Nein, es ist überhaupt nicht okay. Was ich getan habe, ist sogar strafbar. Du kannst mich anzeigen, wenn du willst.«

»Hör auf. Alles okay, habe ich gesagt.«

»Du ... Was hältst du davon, wenn wir diesen Abend noch einmal von vorne beginnen?«

»Na gut.« Theodor nickte. »Ich bleibe zu Hause, glaube ich.«

»Super.« Fabian klammerte sich an die vage Hoffnung, dass der Abend vielleicht doch nicht vollkommen im Eimer war.

Theodor hob den Kopf und schaute ihn an. »Aber ich will, dass du jetzt rausgehst.«

»Klar. Natürlich.« Fabian stand auf, tätschelte Theodor linkisch den Kopf und verließ den Raum.

Kapitel 61

Obwohl Benny Willumsen noch die beiden Stationen bis zum Nørreport hätte sitzen bleiben können, stieg er schon am Kopenhagener Hauptbahnhof aus dem Zug. Er hatte beschlossen, in die S-Bahn umzusteigen. Grund war die Frau, die ihm gegenübersaß und im *Ekstra Bladet* blätterte. Sie war am Flughafen Kastrup eingestiegen und würde jeden Augenblick merken, dass genau sein Gesicht die Titelseite zierte.

GESUCHT! IN GANZ SCHWEDEN GEJAGT!

Das Bild darunter stammte aus dem Prozess. Er erinnerte sich noch, dass er sich bemüht hatte, so freundlich und unschuldig wie möglich zu lächeln.

Leider war die S-Bahn voller Leute, die *Berlingske Tidende*, *Politiken* oder das Gratisblättchen *Urban* lasen.

IMMER NOCH KEINE SPUR VON KATJA SKOV
SCHWEDISCHE POLIZEI BEFÜRCHTET
DAS SCHLIMMSTE

Einen Dreck wussten sie, dachte er, als er schon an der Vesterport Station ausstieg. Sie bildeten es sich ein, aber in Wirklichkeit hatten sie überhaupt keine Ahnung. Er drückte sich den Hut mit der einen Hand ins Gesicht, damit er nicht wegwehte, rannte die Treppen hinunter und weiter die Kampmannsgade entlang, sprang aufs Eis und lief quer über den Sankt-Jørgens-See.

Eigentlich hätte es ihn nicht zu wundern brauchen. Dass die Polizei ihn bereits identifiziert und eine Fahndung nach ihm herausgegeben hatte, war nicht erstaunlicher als die Verspätung des Zuges, den er in Malmö bestiegen hatte. Angesichts der Ähnlichkeiten mit seinen eigenen Übungen war es nur eine Frage der Zeit gewesen, wann er innerhalb des Stapels der Verdächtigen ganz nach oben wandern würde. Umso verwunderlicher, dass er noch am Leben war.

Nachdem er seine proppenvollen Depots geleert hatte, war er vollkommen überzeugt gewesen, dass alles vorbei war und sein letztes Stündlein geschlagen hatte. Er war sogar fast bereit dafür gewesen. In gewisser Weise wäre es mehr als richtig gewesen. Allein für diesen Orgasmus hätte es sich beinahe gelohnt, in den Tod zu gehen. Doch der Tod war nichts anderes als Schlaf gewesen, und als er auf dem Esstisch wieder aufwachte, war das Klebeband, mit dem er gefesselt gewesen war, verschwunden. Gleichzeitig war die Polizei dabei, gewaltsam seine Tür zu öffnen. Deshalb war er also wach geworden.

Als hätte sich ein Teil von ihm auf genau diese Situation vorbereitet, veranlasste ihn sein Hirnstamm, vom Tisch zu springen, trotz des Schneesturms nackt auf den Balkon zu rennen, über das Geländer zu klettern und auf den darunterliegenden Balkon zu springen. Zum Glück war die Balkontür seines Nachbarn nicht abgeschlossen, so dass er sich eine Unterhose, Socken, eine Hose mit Hosenträgern und ein vergilbtes Hemd anziehen konnte, ohne den Alten zu wecken.

Draußen im Flur mit den Tellern an der Wand fand er Schuhe, Jacke und einen Hut und schlenderte vorbei an den Polizisten in Uniform und Zivil, die durch das Treppenhaus strömten und ihn aufforderten, aus dem Weg zu gehen.

Genau das tat er seitdem. In den ersten Tagen war er ständig in Bewegung gewesen, um keine Aufmerksamkeit zu erregen, doch in der Kajüte eines nicht abgeschlossenen Segelboots vom Typ Maxi 95, das in Limhamn aufgebockt war, hatte er sich endlich entspannen können.

Und dort, irgendwo zwischen Schlafen und Wachsein, war ihm aufgegangen, wie alles zusammenhing. Die verblüffenden Übereinstimmungen zwischen den Ereignissen in Tibberup und seiner kleinen Übung am Fortuna-Stand in Rydebäck vor zwei Jahren. Warum er noch immer am Leben war. Worum es bei der erotischen Séance in seiner Wohnung eigentlich gegangen war.

Im selben Moment begriff er, dass er keine Chance hatte. Dass es nur eine Möglichkeit gab, wie das alles enden würde. Und dabei hatte er dafür gesorgt, keine Spuren zu hinterlassen und sich nie zu wiederholen. Und hatte es geschafft, allen Widrigkeiten zum Trotz mit heiler Haut einen Prozess zu überstehen.

Nun war es vorbei.

Nach ihm wurde gefahndet, wahrscheinlich weit über die Grenzen von Schweden und Dänemark hinaus. Mit anderen Worten, es war bedeutungslos, wie lange es ihm gelungen war, sich zu verstecken. Es war nur eine Frage der Zeit, wann diese dänische Polizistin, die ihm den Zeitungen zufolge auf den Fersen war, ihn mit Hilfe eindeutiger Beweise überführen und dafür sorgen würde, dass er Lebenslänglich bekam. Kein Verteidiger der Welt konnte ihm dann mehr helfen. Aber er war noch lange nicht so weit, sich einsperren zu lassen. Er hatte doch noch so viele Ideen in petto, die er bisher nicht ausprobiert hatte.

Aus dieser Frustration heraus kam ihm der Gedanke. Ein Gedanke, der sich schnell zu einer konkreten Idee entwickelte. Ein köstliches Bonbon, das ihm die vielen Jahre der Gefangenschaft, die ihm bevorstanden, versüßen würde. Die

Idee war so simpel, dass er sich auf den letzten Metern übers Eis das Lachen nicht verkneifen konnte. Anstatt wegzulaufen und sich zu verstecken, konnte er sich genauso gut auf die Suche nach ihr machen.

Er zog sich am Kai hoch, überquerte die Rosenørns Allee und passierte die Betlehemskirche. Obwohl er seit Jahren nicht in Nørrebro gewesen war, kam es ihm wie gestern vor. Die Blågårdsgade 4 würde er ohne Probleme finden.

Kapitel 62

Schon nach einer halben Stunde *Harry Potter und der Halbblutprinz* konnte Fabian sich nicht mehr konzentrieren und musste einen immer erbitterteren Kampf ausfechten, damit ihm nicht die Augen zufielen. Noch ein Quidditchspiel, und er würde für immer einschlafen. Hätte er selbst entscheiden dürfen, hätten sie *Hangover* ausgeliehen. Malin hatte ihm erzählt, dass der Film zum Lustigsten gehörte, was seit Jahren im Kino gelaufen war, und ihm empfohlen, sich ihn gemeinsam mit Theodor anzusehen. Aber Matilda hatte sich nicht von Harry Potter abbringen lassen, obwohl sie den Film im vergangenen Sommer zweimal im Kino gesehen hatte.

Trotzdem hatten sie Spaß gehabt, hatten Karaoke gesungen und sogar eine Runde Monopoly gespielt. Nach nur anderthalb Stunden hatte Matilda dank Hotels im Zentrum und am feinen Norrmalmstorg gewonnen.

Von Sonja dagegen war keine Reaktion gekommen, obwohl er ihr bereits vor Stunden die Tüte mit dem Kaffee und dem Toscabaguette geschickt hatte. Eigentlich wollte er sich deswegen nicht verrückt machen, spürte aber gegen seinen Willen eine im Laufe des Abends immer unangenehmere Irritation. Natürlich hatten sie beide zu viel zu tun. Aber er kümmerte sich wenigstens um sie. Sonja hätte sich zumindest zu einer kleinen SMS herablassen können.

»Ich gehe abwaschen.« Er stand vom Sofa auf.

»Soll ich Pause drücken?« Matilda griff nach der Fernbedienung.

»Nein, schon okay. Schau ruhig weiter.«

Auf dem Weg in die Küche blieb er vor Theodors geschlossener Tür stehen und hob die Hand, um anzuklopfen, ließ es dann aber bleiben. Er hatte getan, was er tun konnte. Er konnte sich entschuldigen und das Ganze noch so sehr bereuen. Verändern würde sich dadurch nichts. Den nächsten Schritt musste Theodor machen, und der hatte außer zum Essen den ganzen Abend nicht einen Fuß über die Schwelle seiner Zimmertür gesetzt. So wie Fabian ihn kannte, würde es eine ganze Weile so weitergehen.

Diesen Zug hatte er von seiner Mutter geerbt. Niemand wusste das Schweigen als schmerzhafte Waffe so einzusetzen wie Sonja. Mit dieser ätzenden Stille hatte sie in all den Jahren einen Großteil seines Daseins verpestet und ihn immer wieder dazu getrieben, nach einem Streit die Verantwortung zu übernehmen und sich zu entschuldigen, obwohl er eigentlich der Meinung war, sie hätte etwas falsch gemacht.

Einmal hatte er nicht nachgegeben und sich geweigert, die Schuld alleine zu tragen. Stattdessen hatte er versucht, sie mit ihren eigenen Waffen zu schlagen. Während einer zweiwöchigen Reise im Auto durch Frankreich und Italien hatten sie nur die absolut nötigsten Worte gewechselt. Nach einigen Tagen hatte die Stimmung auf die Kinder abgefärbt, die ebenfalls nervös wurden und sich in die Haare bekamen. Wortlos kamen sie überein, dass jeder von beiden mit je einem Kind etwas alleine unternahm, sobald sich die Gelegenheit ergab. Bis heute gehörte dieser Urlaub zu den schlimmsten Erfahrungen seines Lebens. Den Grund des Streits hatte er längst vergessen.

Seufzend versuchte er, die Erinnerung abzuschütteln, und zog das Handy aus der Tasche, um sich zu vergewissern, ob er nicht doch Nachrichten oder Anrufe verpasst hatte. Anschließend ging er in die Küche und schaltete die Stereoanlage ein, woraufhin das rote Album von Broken Social Scene ertönte, während er die Spülmaschine einräumte. Seit einem halben Jahr konnte er keine andere CD hören, weil der Auswurfmechanismus kaputt war. Zum Glück hatte die Platte so viele Facetten, dass er sie immer noch nicht satthatte.

Mitten in *Hotel* – einem seiner Lieblingssongs – summte sein Handy. Endlich, dachte er, und klickte die Nachricht an. Die Wucht der Enttäuschung, als er sah, dass sie nicht von Sonja kam, überraschte sogar ihn selbst.

Gerade aus der Wanne gestiegen. Bin in einer Stunde fertig. Wie geht es dir? Wir sehen uns im Lydmar …/N

Ach, genau, er hatte ja Niva versprochen, sie heute zu einem Drink einzuladen. Das hatte er vollkommen vergessen. Oder vielleicht verdrängt. Er tippte eine Antwort, in der er erklärte, er wäre leider gezwungen, die Verabredung abzusagen, weil er mit den Kindern alleine zu Hause sei.

Schade. Dabei wollte ich dir ein kleines Geschenk mitbringen. Eins, das dir gefallen würde.

Zweieinhalb Stunden später hockte Theodor nach wie vor in seinem Zimmer, Matilda schlief friedlich in ihrem Bett, und Sonja hatte noch immer kein Lebenszeichen von sich gegeben.

Fabian selbst saß in einem Taxi zum Lydmar.

Kapitel 63

Dunja Hougaards erster Gedanke war, das sei nicht sie. Dort stehe jemand anders und starre sie an. Jemand, der in ihrem Schrank gewühlt und ihre Klamotten angezogen hatte. Ihre schwarze Jeans und die beige Bluse, die eigentlich für den Alltag zu fein war, die sie für das Treffen mit den Kollegen auf der anderen Seite des Sundes aber trotzdem angezogen hatte.

Nun war sie zerrissen und mit Blut besudelt.

Das Gleiche galt für die Jeans und die Haare, die in dicken schmierigen Kletten an ihr herunterhingen.

Doch vor allem galt es für das Gesicht.

Auch wenn sie sich nach wenigen Sekunden eingestehen musste, dass da keinesfalls eine andere Frau stand und sie anstarrte, machte das Gesicht sie skeptisch. Das Blut und was sonst noch an getrockneten Flüssigkeiten an ihr klebte, war das eine. Schlimmer war die Schürfwunde auf der Stirn, ganz zu schweigen von den blauen Flecken und den Schwellungen.

Was auch immer Benny Willumsen mit ihr angestellt hatte, mit Samthandschuhen hatte er sie nicht angefasst.

Die Fahrstuhltüren öffneten sich, Dunja riss sich vom Spiegel los und humpelte hinaus in die Nacht. Die eiskalten Winde gingen ihr durch und durch, als wäre ihr Körper perforiert. Ein Taxi nach dem anderen fuhr vorbei, aber sie machte keine Anstalten, eins anzuhalten. So wie sie aussah, hätte sie sich selbst nicht mitgenommen.

Dreißig Meter weiter auf dem vereisten und schmalen Gehsteig, der offensichtlich nicht zum Gehen gemacht war, ertönte ein lautes Grollen. Als sie in die sternlose Dunkelheit hinaufblickte und die Scheinwerfer sah, die zur Landung ansetzten, begriff sie, dass sie sich ganz in der Nähe vom Flughafen Kastrup befand.

Wollte er außer Landes fliehen? Hatte er deshalb das Auto dort abgestellt, überlegte sie, während sie in die fahrerlose Metro einstieg. Die Blicke der übrigen Fahrgäste ignorierte sie. Er war zur Fahndung ausgeschrieben, und falls er sein Äußeres nicht vollkommen verändert und sich einen falschen Pass zugelegt hatte, würde er niemals durch die Sicherheitskontrolle kommen.

An der Nørreport Station gab sie den Versuch auf, das Ganze zu verstehen, und stieg aus. Der Gedanke, bald zu Hause zu sein, gab ihr so viel Kraft, dass sie den Schmerz in ihrem Fuß überwand und den ganzen Weg die Frederiksborggade entlang und weiter über die Dronning Louises Bro im Laufschritt zurücklegte. Vor der Haustür angekommen, gab sie den Code neben dem kleinen beleuchteten Schild mit ihrem und Carstens Namen ein. Doch weder knisterte es im Lautsprecher, noch summte das Schloss.

In gewisser Weise war das typisch Carsten. Wenn er keinen Besuch erwartete, bequemte er sich nie dazu, in den Flur zu gehen und den Hörer der Gegensprechanlage abzunehmen. *Entweder ist das ein Einbrecher oder jemand, der Reklame verteilt*, lautete regelmäßig seine Begründung. Es konnte allerdings auch jemand sein, der mit Müh und Not einem Serienmörder entkommen war und nun ohne Handy und Haustürschlüssel halb erfroren auf der Straße stand.

Sie unternahm einen weiteren Versuch und hielt den Knopf so lange gedrückt, wie es gerade noch als angemessen gelten konnte, obwohl sie wusste, dass sie bei Carsten auf Granit biss. Der würde das ausdauernde Klingeln eher als ein zusätzliches Argument betrachten, nicht aufzustehen. *Warum jemanden reinlassen, der mir sowieso schon die Laune verdorben hat?* Müsste er nicht kapieren, dass sie es war? Sie war schließlich mindestens vierundzwanzig Stunden nicht zu Hause gewesen, und er fragte sich mit Sicherheit, wo sie steckte. Sie ging ein paar Schritte rückwärts und blickte zur

Wohnung hinauf. Es brannte kein Licht. War er etwa nicht zu Hause? Die Sache wurde immer seltsamer.

Sie ging noch einmal zur Tür, klingelte bei allen Nachbarn Sturm, und durfte kurz darauf in die Wärme eintreten. Aber genießen konnte sie es nicht. Irgendetwas stimmte nicht. Ohne das Licht im Treppenhaus einzuschalten, ging sie hinauf in den dritten Stock. Sie rückte den Topf mit der Yuccapalme gerade, der so schief auf dem Teller stand, als könnte er jeden Augenblick umfallen. Ein Blick durch den Briefschlitz verriet, dass im Flur kein Licht brannte. Noch merkwürdiger war jedoch, dass die Tür offen war. Sie ging hinein und machte sie vorsichtig hinter sich zu.

Abgesehen von dem dumpf wummernden Madonna-Song bei den Nachbarn war es still. Carsten war also nicht zu Hause. Trotzdem war die Wohnungstür nicht abgeschlossen gewesen. Sie ging weiter, ohne Licht zu machen, und tastete sich mit beiden Händen an der Wand entlang zum Schlafzimmer.

Das Bett war gemacht, und die Tagesdecke lag so straff darauf, wie nur Carsten es hinbekam. Normalerweise irritierte sie das, da er sich immer über ihre Art, das Bett zu machen, beklagte, die man seiner Meinung nach kaum als Bettenmachen bezeichnen konnte. Doch diesmal beruhigte es sie. Irgendwie wurde seine Anwesenheit so spürbarer. Vielleicht gab es ja doch eine natürliche Erklärung.

Sie ging weiter in die Küche und entdeckte auf dem Tisch einen handgeschriebenen Zettel.

Hab versucht, dich zu erreichen. Verpasse meinen Flug, wenn ich noch länger warte. Wir sehen uns Dienstagabend.
/Carsten

Genau. Er wollte ja nach Stockholm zu einem Seminar, das hatte sie vollkommen vergessen. Und natürlich hatte er sich gefragt, wo sie abgeblieben war, und sie zu erreichen versucht, bis er beinahe sein Flugzeug verpasste. Sie seufzte über ihre eigene Vergesslichkeit, machte das Deckenlicht an und wusch sich Hände und Gesicht mit warmem Wasser. Ein Bad würde sie nehmen. Aber vorher brauchte sie etwas zu essen, damit sie nicht umkippte.

Leider war die Küche *carstenrein*. Mit anderen Worten, jedes kleine Gerät war an seinem Platz, in der Spüle konnte man sich spiegeln, die Obstschale stand auf dem Abtropfständer und der Brotkorb war leer. Da er nicht wusste, wann sie nach Hause kam, hatte er wie üblich alle verderblichen Lebensmittel weggeworfen. Das Gleiche galt für den Kühlschrank. Gähnende Leere bis auf ein Glas Orangenmarmelade, die Matjeskonserven, die sie vor Jahren bei einem Besuch drüben in Malmö erstanden hatten, und die Tube Kalles Kaviar, die er unbedingt bei Ikea hatte kaufen müssen und seitdem nicht anrührte.

Nein, da angelte sie lieber ein paar Äpfel aus dem Müll und spülte den Kaffeesatz und anderen Dreck ab. Jeder Bissen war der schiere Genuss, und sie spürte bereits, bevor der süße Saft in ihrem Magen angekommen war, wie ihr Körper die Energie förmlich aufsaugte.

Sie ging wieder in den Flur, drückte auf den Lichtschalter und öffnete die Badezimmertür. Doch das Licht im Bad war immer noch aus. Sie steckte die Hand in die Türöffnung, tastete nach dem Schalter und drückte mehrmals darauf, aber es tat sich nichts. Stattdessen machte sie die dicken Stumpenkerzen am Badewannenrand an und ließ Wasser ein.

Sie ließ alle Kleidungsstücke auf einen Haufen fallen, setzte sich auf die Toilette und betrachtete beim Pinkeln ihren schmerzenden und kräftig geschwollenen Fuß. Anschließend stieg sie in das heiße Wasser. Die Hitze stach ihr regelrecht in die Haut, und sie hatte das Gefühl, sich Verbrennungen ersten Grades zuzuziehen. Der Schmerz war jedoch angenehm, und so lehnte sie sich zurück und genoss, wie die Wärme immer tiefer in sie eindrang und sie von innen auftaute.

Sie schloss die Augen und war kurz davor, einzuschlummern, als ihr wie aus dem Nichts ein Gedanke kam. Sie setzte sich kerzengerade auf. Warum war sie nicht früher darauf gekommen? Nicht nur Carsten, sondern auch sonst wusste niemand, wo sie sich befand und was passiert war. Sie stieg aus dem Wasser, wickelte sich in ein Handtuch und eilte pitschnass durch den Flur und ins Wohnzimmer hinüber zu dem kleinen Tisch neben dem Sofa, auf dem das Telefon in der Basis stand.

Hinter dem Fenster gegenüber sah sie ein junges Paar mit Freunden am Tisch sitzen und essen. Es hätten sie und Carsten sein können. Zwei Fenster weiter unten wechselte Geld den Besitzer, und neue Karten wurden ausgeteilt, und nebenan veranstaltete jemand eine Party mit farbenfrohen Drinks. Alle fühlten sich geborgen und waren befreit von der ständigen Besorgnis über die Dinge, die in der Finsternis außerhalb ihrer kleinen Blase stattfanden.

Bis zu dem Tag, an dem es sie selbst traf.

Sie nahm das Telefon in die Hand und rief die Auskunft an. Als Erstes würde sie Klippan informieren. Anschließend musste sie sich bei Sleizner melden und dafür sorgen, dass er Richter zu der Garage am Flughafen schickte. Mit Carsten wollte sie zuletzt sprechen. Dann konnte sie in der Wanne liegen, während sie sich unterhielten.

Doch aus irgendeinem Grund tutete es nicht. Sie drückte mehrmals auf den grünen Knopf, aber die Leitung war tot. Sie hatten zwar überlegt, den Festnetzanschluss zu kündigen und nur noch ihre Handys zu benutzen, aber das war noch keine beschlossene Sache, und außerdem war Carsten dagegen gewesen.

Die Erklärung erhielt sie, als sie nach dem Kabel tastete und begriff, dass es gekappt worden war.

Kapitel 64

Während der Taxifahrt zum Blasieholm hatte Fabian seinen Entschluss mehrmals bereut. Einmal hatte er den Fahrer in Gamla Stan sogar gebeten, umzukehren und stattdessen zu Sonjas Atelier zu fahren. Als er schließlich das Hotelrestaurant betrat und Niva dort auf einem Barhocker sitzen und auf ihn warten sah, bog er schnell ab zur Toilette, spritzte sich kaltes Wasser ins Gesicht und fragte sich, was um alles in der Welt er hier eigentlich machte.

Bevor er die Toilette verließ, warf er einen letzten Blick auf sein Handy und stellte fest, dass Sonja das Schweigen noch immer nicht gebrochen hatte. Er beschloss, ihr eine letzte Chance zu geben, und rief sie an. Wenn sie einfach ans Telefon ging, würde er sofort verschwinden und mit dem erstbesten Taxi nach Hause fahren. Solange sie sich wenigstens meldete, konnte sie mehr oder weniger sagen, was sie wollte.

Es klingelte einige Male, und er konnte sich genau vorstellen, wie sie das Handy zur Hand nahm, seinen Namen sah und es wieder weglegte.

»Sie haben die Nummer von Sonja Risk gewählt. Ich kann Ihren Anruf leider gerade nicht entgegennehmen.«

»Hallo, ich bin es nur«, hörte er sich selbst sagen, während zwei laut lachende Männer hereinkamen und sich ans Pissoir stellten. »Ich wollte nur mal hören, wie es dir geht und wie das Tosca geschmeckt hat. Außerdem dachte ich, du brauchst vielleicht eine kleine Pause von den Pinseln und hast Lust auf ein Glas Wein oder so. Wir könnten uns im *Mårten Trotzig* treffen, da hättest du es nicht weit zurück zum Atelier. Küsschen ...« Er klickte den Anruf weg und bereute ihn sofort. Wieder einmal war er angekrochen gekommen, obwohl er sich nichts vorzuwerfen hatte.

Niva saß noch immer an der Bar im hinteren Teil des Restaurants und spießte mit dem Zahnstocher die Olive in ihrem trockenen Martini auf, während sie mit ihrem Handy beschäftigt war. Sie war immer attraktiv gewesen. Ihr hochgewachsener schmaler Körper in Kombination mit den fast jungenhaft kurzgeschnittenen Haaren hatte fast alle männlichen Kollegen bei der Polizei dazu veranlasst, ihr hinterherzuschauen, und gleichzeitig alle weiblichen gegen sie aufgebracht.

Jetzt sah sie, falls das möglich war, noch besser aus. Ihre Lippen waren dunkelrot, und um den nackten Hals trug sie eine silberne Kette mit bunten Steinen, die zu ihrem Armband passten. Das kurze enge Kleid entblößte den größten Teil ihrer übereinandergeschlagenen Beine. Sie hatte begonnen zu trainieren. Ihre Schultern und Arme waren viel definierter, als Fabian sie in Erinnerung hatte, und ihre Haltung war nahezu perfekt.

Das Handy summte in seiner Tasche. Er zog es heraus und warf einen Blick darauf.

Wenn der Berg nicht zum Propheten kommt, muss der Prophet wohl zum Berg gehen ...

Er las die Nachricht erneut, verstand aber noch immer kein Wort. Der Absender war anonym.

»Ein Hendrick's Gin and Tonic.«

Fabian blickte vom Handy auf und sah einen Kellner mit einem großzügig gefüllten Glas auf einem Tablett vor sich stehen.

»Das hat die Dame dort drüben bestellt.« Der Kellner reichte ihm den Drink und deutete mit einer Kopfbewegung in Nivas Richtung, Niva winkte.

Fabian holte tief Luft und ging zu ihr hinüber.

»Ich hatte schon meine Zweifel, ob du jemals auftauchen würdest.«

»Ich auch.« Fabian setzte sich neben sie. »Aber wer kann

schon widerstehen, wenn ihm ein Geschenk versprochen wird.«

Niva antwortete mit einem Lächeln. »Zuerst trinken wir was.« Sie hob ihr Glas, ohne ihn aus den Augen zu lassen. »Auf die Fähigkeit, sich von Zweifeln nicht aufhalten zu lassen.«

Fabian trank einen Schluck. Es war zweifellos einer der besten Drinks seines Lebens. Die Kohlensäure war größtenteils noch vorhanden, schoss Bläschen weit über die Oberfläche hinaus und verbreitete einen Duft nach Zitrone, während das perfekte Mischungsverhältnis aus Gin und Tonic seine Kehle hinunterglitt. Es schmeckte so gut, dass er noch einen Schluck trinken musste, bevor er das beschlagene Glas auf die Marmorplatte stellte.

»Wie kommen die Ermittlungen voran?« Niva legte ihr Handy weg.

»Ich nehme an, du weißt, dass der Täter gefasst und tot ist.«

»Mit anderen Worten, der Fall ist abgeschlossen.«

Fabian überlegte, ob er aussprechen sollte, was er in Wirklichkeit dachte, entschied sich aber, nur zu nicken. »Niva ...« Er sah ihr in die Augen. »Ehrlich gesagt, weiß ich nicht, was ich hier mache.«

Niva lachte auf. »Du hast dich nicht verändert. Lügen ist immer noch nicht dein Ding. Du weißt genau, warum du hier bist. Deswegen hast du solche Angst.«

»Angst? Wovor sollte ich Angst haben?«

»Das darfst du nicht mich fragen.« Sie zuckte mit den Schultern. »Ich bin nicht diejenige, die sich auf dem Klo versteckt und den Taxifahrer zum Umkehren auffordert.«

Fabian wusste nicht, was er sagen sollte. Woher wusste sie das? Doch bevor er sie fragen konnte, beugte sie sich vor und küsste ihn. Eigentlich wollte er das nicht, oder doch, er wollte es. Und irgendwie auch nicht. Dem Atemhauch an seiner

Wange konnte er jedenfalls nicht widerstehen. Den weichen Lippen und der angespannten Zunge, die noch nach Gin und Wermut schmeckte.

Der Wärme eines anderen Körpers.

Fabian erinnerte sich nicht, wann Sonja und er sich zuletzt so nah gewesen waren. Geschweige denn, wann sie sich das letzte Mal geküsst hatten. Er verwarf den Gedanken, wieder zu gehen. Stattdessen ließ er seinen Körper entscheiden, und der wollte das Ganze am liebsten endlos in die Länge ziehen und das Spiel ihrer Zungen genießen. Und die Grenze überschreiten, hinter der er, so gerne er gewollt hätte, nicht mehr nein sagen konnte.

Er legte seine Hand auf ihr Bein und spürte, wie die Wärme, die es ausstrahlte, auf ihn überging, sein Blut in Wallung brachte und Teile von ihm zum Leben erweckte, die viel zu lange geschlafen hatten. Ihr Oberschenkel gehörte zu den weichsten Dingen, die er jemals berührt hatte. Als würde er in Wahrheit von ihrer nackten Haut gestreichelt und nicht umgekehrt. Als seine Hand weiter nach oben wanderte, atmete sie tiefer. Wie um das zu unterstreichen, öffnete sie leicht ihre Beine.

Er folgte ihrer Bewegung und ließ die Hand unter ihr Kleid wandern. »Wir könnten hier ein Zimmer nehmen«, flüsterte er ihr ins Ohr. »Falls sie eins frei haben.« Die Worte kamen wie von selbst, er konnte nichts dagegen tun.

»Haben sie.« Sie trank ihr Glas leer und nickte dem Barkeeper zu, damit er ihr noch einen Longdrink machte. »Aber vorher solltest du vielleicht ans Telefon gehen.«

Fabian begriff nicht, wovon sie sprach, bis sie mit ihrem eigenen Handy winkte.

»Wer weiß, vielleicht ist es was Wichtiges.«

»Vielleicht liege ich ja auch schon im Bett und schlafe tief und fest.«

»Kann sein.« Sie fischte das vibrierende Mobiltelefon aus

der Innentasche seiner Jacke und blickte mit schwer zu deutender Miene auf das Display.

»Wer ist es?« Er streckte die Hand aus.

»Ich dachte, du wärst schon im Bett.« Sie hielt sich das Handy so weit über den Kopf, dass er nicht drankam, und gab es ihm erst zurück, als es Ruhe gegeben hatte. Dann nippte sie an dem trockenen Martini, den ihr der Barkeeper soeben serviert hatte.

Der verpasste Anruf war von Malin Rehnberg gekommen. Vermutlich hatte sie von Kremphs Selbstmord gehört. Offenbar ging es ihr also gut genug, um die Nachrichten im Fernsehen zu verfolgen, auch wenn sie zur Beobachtung im Söderkrankenhaus lag.

»Komm schon.« Niva legte die Hand auf seinen Hosenschlitz.

Fabian legte das Handy weg, küsste sie erneut und ließ seiner Hand freien Lauf. Er wurde jedoch das Gefühl nicht los, Malin eigentlich zurückrufen und ihr von seiner Vermutung erzählen zu müssen, dass Kremph unschuldig war, obwohl er ihrem Mann versprochen hatte, sich von ihr fernzuhalten.

Als das Handy erneut vibrierte, ging er sofort dran und meldete sich. »Hallo, ich habe gerade erst gesehen, dass du angerufen hast, und wollte gleich ...«

»Wovon redest du? Ich habe nicht angerufen.« Zu Fabians Erstaunen ertönte am anderen Ende der Leitung nicht Malins, sondern Sonjas Stimme, und er sah sich selbst mitten auf der Autobahn eine lebensgefährliche Kehrtwende machen und über die Grasfläche auf dem Mittelstreifen schlittern. Er konnte nur hoffen, dass er das Manöver überleben würde.

»Entschuldige, ich bin gerade eingeschlafen und muss geträumt haben.«

Niva verdrehte die Augen und konzentrierte sich auf ihren Drink.

»Oh, ich wollte dich nicht wecken. Ich habe deine Nachricht jetzt erst gehört und wollte mich eigentlich nur für den Kaffee und das Tosca bedanken.«

»Keine Ursache. Hoffentlich hat es geschmeckt.«

»Es war perfekt, offenbar hatte mir genau das gefehlt, denn seitdem habe ich ziemlich viel geschafft.«

»Prima.« Fabian warf Niva einen Blick zu. »Aber ... Ich wollte dich nicht stören ...«

»Keine Sorge. Ich brauche sowieso eine Pause und wollte auf dein kleines Angebot zurückkommen. Steht das noch?«

»Also, das wäre unheimlich schön gewesen, aber ich weiß nicht.« Er überlegte fieberhaft, was er sagen sollte. »Ich hatte gehofft, dass Matilda schlafen würde, aber sie ist schon ein paarmal aufgewacht und war richtig ... wie soll ich sagen ... verängstigt.« Er wandte sich Niva zu, die sich demonstrativ die Hand vor den Mund hielt und gähnte.

»Wovor hat sie denn Angst?«

»Unseretwegen. Dass wir uns trennen. Im Moment scheint sie an nichts anderes zu denken.«

»Soll ich nach Hause kommen?«

»Nein, alles okay. Arbeite ruhig weiter, ich kriege das schon hin.«

»Ich habe auch darüber nachgedacht. Wir müssen aufhören, uns vor den Kindern zu streiten.«

»Wir sollten uns überhaupt nicht streiten.«

Er hörte ein Seufzen am anderen Ende. »Kann ich mit ihr reden?«

»Äh ... Pardon?«

»Matilda. Kann ich mit ihr reden?«

»Liebling, sie ist gerade wieder eingeschlafen.«

»Gut, aber ... Ruf mich an, wenn sie noch mal aufwacht.«

»Auf jeden Fall.« Er schaute Niva an, die auf ihre Armbanduhr tippte und die Arme ausbreitete. »Mensch, dann hoffen wir mal, dass deine Inspiration anhält. Wir sehen uns, wenn du nach Hause kommst.« Er legte auf und trank einen großen Schluck von seinem Gin Tonic, aber der schmeckte bereits genauso lasch, wie er sich fühlte.

Niva sah ihm in die Augen. Er wollte sich erklären und seine konfusen Gefühle in Worte fassen, aber sie kam ihm zuvor.

»Fabian, es ist alles in Ordnung. Ich kann warten.«

»Worauf?«

Niva lächelte und strich sich durchs Haar.

»Niva, wenn du glaubst, dass aus uns beiden ein …«

Sie hielt ihm einen Finger an die Lippen. »Du hast immer noch Ideale, und das ist auch schön, geradezu niedlich, aber vor allem ist es naiv. Macht aber nichts. Du hast dein Versprechen gehalten und mich zu einem Drink eingeladen, und nun werde ich meins halten.«

Fabian wusste nicht, was sie meinte.

»Deshalb bist du doch gekommen, oder? Hast du das schon vergessen? Ich habe dir ein Geschenk versprochen. Du findest es auf deinem Handy.« Sie stieg vom Barhocker hinunter, steckte sich den Mittelfinger zwischen die Beine und berührte damit seine Lippen. »Melde dich erst wieder, wenn du bereit bist.«

Kapitel 65

Die Einsicht durchfuhr sie wie eine Woge aus kaltem Schweiß. Die Beine knickten ihr fast weg, obwohl ihr Körper unerträglich angespannt war. Ihr Magen war in Aufruhr, und sie spürte, dass ihr die Apfelstückchen, die sie gerade hinuntergeschluckt hatte, wieder hochkamen. Sie war kurz davor, in Tränen auszubrechen, und wollte nur weglaufen und sich unter der Decke verstecken.

Es war eindeutig jemand hier gewesen und hatte das Telefonkabel durchschnitten. Das erklärte auch, warum die Wohnungstür nicht abgeschlossen gewesen war. Ach ja, genau, der Ersatzschlüssel unter der Yuccapalme im Flur, aber wer wusste davon? Und vor allem, wieso? Falls Benny Willumsen hinter ihr her gewesen wäre, hätte er seine Chance ja in Kävlinge gehabt.

Dann dachte sie an die Badezimmerlampe, die nicht funktionierte, und den Duschvorhang. Es war ihr aufgefallen, aber sie hatte es nicht weiter beachtet, weil sie an nichts anderes denken konnte, als endlich in dem heißen Wasser zu versinken. Er war ganz zugezogen gewesen. An sich nicht aufsehenerregend, hätte Carsten ihr nicht immer damit in den Ohren gelegen, dass er halb offen sein musste, wenn die Kacheln nach dem Duschen eine Chance haben sollten, trocken zu werden und nicht zu schimmeln.

Sie legte das schnurlose Telefon auf das Sofa, wickelte sich das Handtuch fest um den Körper und ging zurück in den Flur, wo sie nur auf die Stellen des alten Holzfußbodens trat, die mit Sicherheit nicht knarrten. In der Küche nahm sie das Fleischerbeil von der Magnetleiste mit den Messern, ging zurück in den Flur und blieb vor der Badezimmertür stehen.

Sie zögerte. Vielleicht hätte sie die Wohnung verlassen, bei den Nachbarn klingeln und deren Telefon benutzen sollen, aber sie war splitternackt, und wenn sie es recht bedachte, hatte sie kein Geräusch gehört, das sie nicht selbst verursacht hatte. Falls jemand dort drinnen war, der ihr Böses wollte, hatte er seit ihrer Rückkehr fast eine halbe Stunde Zeit gehabt. Nein, wer immer hier gewesen war, war sicher längst über alle Berge.

Während sie ins Badezimmer und weiter zum zugezogenen Duschvorhang ging, spürte sie, wie das Adrenalin durch ihren ganzen Körper pumpte. Mit dem Fleischerbeil in der einen Hand holte sie tief Luft und riss mit der anderen den Vorhang zur Seite.

Wie sie die ganze Zeit vermutet hatte, war da nichts. Abgesehen von ihrem Rasierer auf dem Boden der Duschwanne sah alles aus wie immer. Sie beugte sich hinunter, um ihn aufzuheben, und überlegte, wann sie zuletzt die Klinge ausgewechselt hatte. Als der Rasierer erneut zu Boden fiel, prallte er gleichzeitig mit dem Beil auf, das nur wenige Millimeter neben ihrem linken großen Zeh landete. Sekunden, nachdem sich das Seil um ihren Hals gelegt und abrupt die Sauerstoffzufuhr unterbrochen hatte.

In gewisser Hinsicht wunderte sie sich überhaupt nicht. Sie hatte diese Situation bereits vor sich gesehen, hatte sie im Geiste gedreht und gewendet und aus allen möglichen Blickwinkeln sorgfältig betrachtet. Vielleicht war ihr nicht klar gewesen, dass es ausgerechnet jetzt geschehen würde. Aber dass ihr irgendwann in ihrem Berufsleben etwas Ernstes passieren würde, hatte sie seit ihrer Bewerbung an der Polizeihochschule einkalkuliert. Sie hatte sich gefragt, wie sie reagieren würde. Was ihr durch den Kopf gehen und wie es sich anfühlen würde.

Die Realität hatte nichts mit dem zu tun, was sie sich vorgestellt hatte. Seltsamerweise verspürte sie weder Angst noch Nervosität, und obwohl sie vom Tod nur Sekunden trennten, schenkte sie ihm keinerlei Beachtung. Sie war nicht einmal überrascht, dass sich jemand in ihrer Wohnung befand. Sie hatte noch immer keine Ahnung, wer es war, und wenn sie ehrlich sein sollte, war es ihr auch egal. Zumindest im Moment. Überleben war im Moment das Einzige, was sie im Sinn hatte.

Sie würde um jeden Preis versuchen zu überleben.

Das Fleischerbeil hatte sie selbst fallen gelassen. Der Entschluss war blitzschnell gefasst. Anders wäre es ihr nie gelungen, zwei Finger der rechten und der linken Hand zwischen Hals und Seil zu schieben. Auf diese Weise hatte sie zumindest ein paar Extrasekunden gewonnen und konnte verhindern, dass ihr das Seil den Hals durchtrennte. Luft bekam sie trotzdem nicht.

Es gab einen Ruck, und sie fiel Hals über Kopf zu Boden, schlug aber nicht auf den harten Kacheln auf, sondern wurde am Seil rückwärts nach hinten gezerrt. Sie versuchte zu erkennen, wie der Eindringling aussah, aber es blieb nicht genug Zeit, bevor sie untergetaucht wurde.

In das immer noch warme Wasser.

Ihr Herzschlag war so viel lauter zu hören. Mit zunehmender Verzweiflung pumpte ihr Herz vergeblich das sauerstoffarme Blut durch ihren Körper. Über der Wasseroberfläche sah sie seinen Kopf wie einen dunklen Schatten schweben, viel zu weit entfernt von ihren strampelnden Beinen. Im Gegensatz zu den Kerzen, die nacheinander ins Wasser fielen und ausgingen.

Lange würde sie nicht mehr durchhalten. Bekam sie nicht bald Luft, war es vorbei. Der Schmerz in ihrer Lunge ließ bereits nach, der verzweifelte Schrei nach Sauerstoff verstummte, und ihre unkontrolliert zuckenden Beine wollten den Impulsen vom Gehirn nicht mehr gehorchen und sanken allmählich ins Wasser.

Ihr Körper schien aufgegeben zu haben und war offenbar dabei, seine Funktionen einzustellen.

Eine Körperfunktion nach der anderen.

Von unten bis oben.

Bald würden sich ihre Arme nicht mehr bewegen.

Genauso instinktiv, wie sie das Beil fallen gelassen hatte, zog sie nun die Finger heraus. Das Seil schnitt ihr sofort in den Hals. Aber wenn sie es nicht wenigstens versuchte, würde das bald keine Rolle mehr spielen. Daher griff sie nach einer der flackernden Stumpenkerzen und hielt sie dem dunklen Schatten entgegen. Sie war mit ihren Kräften so am Ende, dass sie ihr eigentlich aus der Hand hätte fallen müssen, aber das tat sie nicht.

So sah sie, wie sich der Kerzenschein auf seinem Gesicht ausbreitete und immer heller wurde. Es leuchtete auf, und das Seil um ihren Hals wurde gelockert. Sie konnte aufstehen. An die Oberfläche kommen. Auf das Feuer zu, das nun das ganze Badezimmer beleuchtete.

Sie füllte ihre Lunge mit Sauerstoff, hustete und holte noch einige Male hastig Luft, während ihr aufging, dass derjenige, der da vor ihr stand und brannte, Benny Willumsen war. Sie begriff überhaupt nichts, rappelte sich jedoch aus der Badewanne hoch, sobald sie genügend Kraft gesammelt hatte, und entfernte sich auf allen vieren aus dem Bad und von seinem Schrei.

Sie musste raus aus der Wohnung. Irgendwie musste sie hier weg. Doch das Sicherheitsgitter war abgeschlossen. Dieses Gitter, das über zehntausend Kronen gekostet hatte und Carstens Meinung nach so viel wichtiger war als die Last-Minute-Reise nach Rhodos, die sie so gerne unternommen hätte.

Aus dem Flur sah sie, wie Benny Willumsen sich über die Badewanne beugte und seinen Kopf unter Wasser hielt. Eigentlich hätte sie nur hineinschleichen und nach dem Fleischerbeil greifen müssen, das noch vor der Dusche lag, um es ihm mit aller Kraft, die sie aufbringen konnte, in den Rücken zu schlagen. Aber sie konnte sich nicht bewegen. Der Sauerstoffmangel schien sie immer noch zu lähmen. Vielleicht begriff sie darum nicht, warum er es war.

Nicht einmal, als er sich zu ihr umdrehte, sich zu voller Größe aufrichtete und vorsichtig seine versengte Kopfhaut betastete, reagierte sie. Erst als er einen schnellen Schritt in Richtung Dusche machte, sich hinunterbeugte und nach dem Beil griff, erwachte sie aus der Starre. Sie zog den Schlüssel aus der Badezimmertür, knallte die Tür zu und schloss von außen ab. Kurz darauf durchdrang das Beil die Tür, als sei sie aus Pappmaché. Sie floh ins Wohnzimmer und machte das Licht an und aus.

An, aus. An, aus.

Immer wieder, damit irgendjemand im Haus gegenüber sie bemerkte.

Aus dem Flur hörte sie, dass die Badezimmertür den Kampf gegen die Axt bald verlieren würde.

An, aus. An, aus.

Da. Endlich reagierte das Paar mit den Gästen. Sie winkte und gestikulierte wild, um den Leuten ihre Lage begreiflich zu machen, erntete aber nur Gelächter und Applaus. Gleichzeitig ertönte im Flur ein lautes Krachen, als die Badezimmertür zu Bruch ging. Ohne genau zu wissen, was das bringen sollte, kippte sie den großen Topf mit dem Geldbaum um, der monatelang ohne Wasser und Licht überlebt hatte, und öffnete das Fenster sperrangelweit.

Sofort füllte kalte Luft den Raum und bereitete ihr am ganzen Körper Gänsehaut, während sie sich das Telefon vom Sofa schnappte und ins Schlafzimmer rannte. Die Tür ließ sie weit geöffnet und schloss sich stattdessen im begehbaren Kleiderschrank ein.

Im Dunkeln zwischen all den Kleidungsstücken hob sie ihren kranken Fuß so weit wie möglich und schob ihn in ein Fach der Schuhaufhängung an der Innenseite der Tür. Zu ihrem Erstaunen hielt das Ding, und sie kletterte hinauf und versteckte sich hinter Bergen von irgendwann begonnenen Strickarbeiten und vergessenen Wollpullis, an denen nur noch hungrige Kleidermotten ihre Freude hatten.

Sie hörte Willumsen ins Wohnzimmer gehen und konnte nur hoffen, dass der umgekippte Blumentopf und das weit geöffnete und im Wind klappernde Fenster lange genug seine Aufmerksamkeit binden würden. Sie drückte auf den grünen Knopf, hielt sich das Telefon ans Ohr und hoffte auf ein Wunder. Die Stille erschien ihr endlos, aber dann kam sie. Eine Rettungsleine in Form eines von Knistern und Rauschen unterbrochenen Tons. Tatsächlich. Genau, wie sie gehofft hatte, stand die Basisstation bei den Nachbarn über ihr im Schlafzimmer.

Sie wählte die erste von zwei Nummern, die sie auswendig kannte, brauchte aber nicht mehr zu hören als: »Sie ...«, um den Rest in Gedanken auswendig herunterzuleiern, »haben die Nummer von Carsten Røhmer gewählt. Leider kann ich im Moment nicht ans Telefon gehen.« Natürlich war er essen gegangen oder etwas in der Art. Was hatte sie denn erwartet? Normalerweise war es ihr egal, wenn er nicht ans Telefon ging, aber diesmal war ihr nur noch nach Weinen zumute, als sie ihm auf die Mailbox wisperte, dass er ihre Kollegen anrufen und sie bitten sollte, so schnell wie möglich in ihre Wohnung einzubrechen.

An die andere Nummer erinnerte sie sich vor allem, weil sie so einfach war. Dass sie ausgerechnet Jan Hesk gehörte, war nicht zu ändern. Während sie wählte, hörte sie, wie sich Willumsen dem Schlafzimmer näherte.

»Hallo, hier ist Hesk.«

»Hallo, Jan, ich bin es«, flüsterte sie, so leise sie konnte.

»Was? Hallo?«

»Ich bin es, Jan. Dunja. Ich kann nicht lauter reden.«

»Bist du das, Dunja?«

»Ja, aber jetzt musst du mir zuhören. Ich brauche deine Hilfe.« Sie lauschte dem Scharren der Fleischeraxt an der Wand im Flur.

»Ich verstehe dich ganz schlecht.«

»Jan, du musst mir helfen.«

»Was? Ich höre dich nicht. Es rauscht wie verrückt.«

»Ja, ich brauche deine Hilfe. Dringend.«

»Hilfe? Brauchst du Hilfe?«

»Ja, Benny Willumsen ist bei mir zu Hause ...«

»Hallo? Du warst kurz weg. Hörst du mich?«

»Ja, ich bin hier.«

»Dann kann ich nur sagen, das hättest du dir überlegen sollen, bevor du mir ein Messer in den Rücken gerammt hast.«

»Warte mal, Jan ...«

Weiter kam sie nicht, bevor es klick machte. Sie wollte den grünen Knopf drücken, um ihn noch einmal anzurufen, als die Tür aufgerissen wurde. Sie hielt den Atem an und versuchte, ihren Herzschlag zu dämpfen. Hatte er sie gesehen oder gehört? Sie hörte seine ruhigen Atemzüge ganz deutlich, und der scharfe Geruch von verbranntem Haar stieg ihr in die Nase. Die Sekunden dehnten sich, bis er die Tür schließlich wieder zumachte und sie aufatmen konnte.

Wenn nur das Telefon in ihrer Hand nicht plötzlich geklingelt hätte. Drei vernichtende Töne gab es von sich, bevor es ihr gelang, es auszuschalten. Ihm reichten zwei, um die Tür aufzureißen.

»Genau das habe ich vermutet«, hörte sie ihn sagen, während sie versuchte, seinen Händen auszuweichen, die wie Giftschlangen im Schrank wühlten. Doch es war unmöglich, und kurz darauf hatte er ihre rechte Wade gepackt.

Ihre Beine waren immer ihre starke Seite gewesen. All die Jahre war sie bei jedem Wetter mit dem Fahrrad gefahren, und in der Schulzeit war sie fast allen in der Klasse davongelaufen. Nun waren ihre Tritte ebenso sinnlos wie ihre Hilfeschreie. Er zerrte sie aus dem Schrank und warf sie sich wie ein frisch geschossenes Tier über den Rücken, das in Kürze aufgeschlitzt und ausgeweidet würde. Sie streckte die Hand nach etwas aus, woran sie sich festhalten konnte, bekam aber nur einzelne Kleidungsstücke und unvollendetes Strickzeug zu fassen.

Sie versuchte, sich ihm zu entwinden, kratzte und biss ihm in den Rücken, aber er hielt sie wie in einem Schraubstock und schien sich dafür überhaupt nicht anstrengen zu müssen. Erst jetzt bemerkte sie, dass auch er nackt war, und in Anbetracht der Muskeln, die unter seiner Haut am Rücken und an den Pobacken spielten, während er zum Fenster ging und die Gardinen zuzog, hatte sie keine Chance. Er konnte mit ihr machen, was er wollte.

»Ich hatte eigentlich die Absicht, die Qual nicht in die Länge zu ziehen.« Er ging zum Bett.

Dunja hatte noch nie jemanden getötet. In ihren Augen konnte das, wenn überhaupt, nur der absolut letzte Ausweg sein. Sie war überzeugt gewesen, dass es immer eine andere Möglichkeit gab. Eine, bei der ein Dialog an die Stelle von Gewalt und Waffen trat.

Jetzt wusste sie es besser.

Kurz bevor Benny Willumsen das Bett erreicht hatte, schwankte er und ließ das Fleischerbeil auf den Boden fallen, als würde er das Gleichgewicht verlieren. Er wollte weitergehen, musste aber mitten in der Bewegung innehalten, um nicht umzufallen.

Da entdeckte er die Spitze, die aus seiner linken Brust ragte. Er hatte keine Ahnung, worum es sich handelte, spürte aber, dass der Gegenstand seine Lunge und sein noch schlagendes Herz penetriert haben musste. Dann zog sich die Spitze wieder in seine Brust zurück und aus dem Loch kam Blut. Stoßweise rann es ihm bei jedem Herzschlag über die durchtrainierte Bauchdecke.

Da Dunja nicht wusste, ob sie richtig gezielt hatte, ließ sie die Stricknadel rotieren, damit sie in seinem Innern so viel Schaden wie möglich anrichtete. Noch stand er aufrecht, sagte aber nichts, und es war unklar, ob er überhaupt begriffen hatte, was vor sich ging. Erst als sie ihm auch auf der anderen Seite des Rückgrats mit voller Kraft eine Nadel zwischen die Rippen stieß und damit den rechten Lungenflügel punktierte, sank er langsam in sich zusammen. Wie ein Pferd, das sich zum Sterben hinlegte.

»Warum?« Sie sah ihm in die Augen. »Warum hast du mich nicht schon erledigt, als du in Kävlinge die Gelegenheit dazu hattest?«

Sie bekam keine Antwort.

Doch sein fragender Blick in der Sekunde vor seinem Tod sagte mehr als genug.

Er war es nicht gewesen.

Kapitel 66

»Söderleden oder Skeppsbron?« Der Taxifahrer versuchte, im Rückspiegel seinen Blick aufzufangen.

»Skeppsbron«, erwiderte Fabian, ohne sein Handydisplay aus den Augen zu lassen. Irgendwo darin musste sich Nivas Geschenk befinden. Mehr hatte sie nicht verraten.

»Das wird aber etwas länger dauern.«

»Ich habe es nicht so eilig.« Fabian blickte nicht auf.

»Ach, dann gehören Sie zu denen, die den Ring aus Prinzip nicht benutzen. Ich gebe ja zu, dass das hässliche Ding besser unter die Erde verlegt werden sollte. Wenn man Moneten im Überfluss hätte. Und ob Sie es mir glauben oder nicht, ich habe sogar gegen die dritte Spur demonstriert, aber damals bin ich ja auch noch nicht gefahren. Denn wenn man selbst den ganzen Tag hinterm Steuer sitzt, sieht man schwarz auf weiß, wie die Politiker die ganze Infrastruktur Stockholms buchstäblich in die Scheiße geritten haben. Finden Sie nicht auch?«

Fabian antwortete nicht. Stattdessen bat er den Fahrer, das Radio lauter zu stellen, das ironischerweise *Fake Empire* von The National spielte, während sie am Schloss vorbeifuhren.

Der Fahrer verstummte und drehte am Lautstärkeregler, bis die Baritonstimme von Matt Berninger das ganze Auto ausfüllte. Fabian blickte von seinem Handy auf und sah ein paar Jugendliche wie dunkle Silhouetten angerannt kommen und in einer der Gassen verschwinden, als ginge es um ihr Leben.

Er musste an Theodor denken. Vielleicht, weil alle die gleichen Bomberjacken und Kapuzen trugen, mit denen er ihnen im vergangenen Jahr in den Ohren gelegen hatte. Am Ende hatte er selbst für eine solche Jacke gespart, da Sonja und Fabian nicht nachgaben, weil diese Klamotten um Ärger bettelten, egal, wie gut sie aussahen.

Stockholm war hart geworden. Sonja sprach immer öfter davon und hatte sich besorgt gefragt, ob es wirklich der richtige Ort für ihre Kinder war. Und natürlich war es jetzt schlimmer als Ende der Achtziger, als er selbst hier ankam. Damals hatten Skinheads die größte Gefahr dargestellt, aber solange man wusste, wo sie sich bevorzugt aufhielten, musste man höchstens einen Umweg machen. Heutzutage lauerten die Gefahren überall, und wenn sie nichts unternahmen, bestand das Risiko, dass Theodor sich in nur wenigen Jahren auch so einer Truppe anschloss.

Er blickte über das Eis zum Chapman hinüber – dem hellerleuchteten Schiff, das vor Skeppsholm ankerte und in dem vermutlich die am schönsten gelegene Jugendherberge der Welt untergebracht war. Auf Höhe des Kreisverkehrs am Slussen, kurz nachdem die Trommeln in *Fake Empire* eingesetzt hatten, senkte der Fahrer die Lautstärke und suchte wieder Augenkontakt im Rückspiegel. »Ich habe gesehen, dass Sie zu dem Schiff vor Skeppsholm hinübergeschaut haben. Nicht jeder Stockholmer weiß, dass Chapman eine Jugendherberge ist. Wissen Sie, ganz vorne im Bug sind die Duschen, und da kann man stehen, wie Gott einen geschaffen hat, und sich mit Blick auf das königliche Schloss einseifen. Nicht übel, oder?«

Fabian hörte nur mit halbem Ohr hin. Er hatte soeben gefunden, wonach er suchte. Einen Link in einer Mail, die den Spamfilter nicht passiert hatte, weil der Absender unbekannt war. *Ich habe mich geirrt ...,* stand in der Betreffzeile.

Er klickte den Link an, woraufhin eine Sounddatei abgespielt wurde und er schnell nach seinen Kopfhörern griff.

»Ich bin es. Hast du Zeit?« Fabian erkannte sofort, dass es Herman Edelmans Stimme war.

»Eigentlich nicht. Ich sitze in wenigen Stunden in der Interpellationsdebatte und habe mich noch nicht vorbereitet. Kann ich dich stattdessen heute Nachmittag anrufen?« Die andere Stimme gehörte Carl-Eric Grimås, und Fabian begriff allmählich, worum es sich bei Nivas Geschenk handelte.

»Lieber nicht.« Ein gestresster Seufzer ertönte. »Calle, es ist zu deinem Besten.«

»Ich weiß, aber ...«

»Es geht ganz schnell. Je genauer du über die Vorgänge Bescheid weißt, desto besser kannst du dich darauf einstellen.«

»Ich mache nur schnell die Tür zu.«

Genau wie Fabian vermutet hatte, hörte die Radioanstalt der Verteidigung das Handy des Justizministers ab, und Niva war es irgendwie gelungen, an das Gespräch zu kommen, das der Minister wenige Stunden vor seinem Tod mit Herman Edelman geführt hatte.

»Sag nicht, es geht schon wieder um diese verdammte undichte Stelle!«

»Leider doch.«

»Die ist also immer noch nicht gestopft worden?«

»Nein, aber ...«

»Ich wusste es. Genau das habe ich befürchtet. Ich habe es geahnt. Niemals hätte ich das Angebot annehmen und mich bereit erklären dürfen ...«

»Jetzt hör mir doch mal zu, Calle ...«

»Das habe ich ja die ganze Zeit gemacht, verfluchte Scheiße! Ganz im Ernst. Ich dachte, wir wären fertig damit.«

»Das dachte ich auch. Das Problem verschwindet aber nicht einfach, nur weil du den Kopf in den Sand steckst.«

»Nein, aber ich verstehe nicht, wieso das überhaupt mein Problem sein sollte. Gidon Hass hat sich unprofessionell verhalten, und daher müsste er das Problem eigentlich lösen.«

»Das mag schon sein, aber wenn ihm das nicht gelingt, landet es am Ende bei dir, ob du willst oder nicht.«

Grimås seufzte demonstrativ.

»Es sieht so aus, als habe irgendein interner Mitarbeiter Zugang zu Schlüsseln und Kennwörtern gehabt. Das Problem ist, dass sie niemanden gefunden haben ohne …«

»Wie bitte, was heißt hier intern? Meinst du, einer von ihren eigenen Angestellten würde …«

»Ich habe keine Ahnung, Calle. Ich weiß nur, dass sie die ganze Geschichte gerade mit Volldampf untersuchen.«

»Okay, ich rufe sie an.«

»Das wirst du auf keinen Fall tun. Lass die jetzt in Ruhe ihre Arbeit machen. Ich will dich nur auf dem Laufenden halten. Und wenn du das noch nicht getan hast, solltest du deine Stabschefin informieren, damit sie sich überlegt, wie man mit der Angelegenheit umgeht, falls sie doch ans Licht kommt …«

»Umgeht? Du meinst, ich soll zurücktreten, bevor die ganze Partei mit reingezogen wird. Falls das überhaupt etwas nützt.«

»Jetzt machen wir uns erst mal nicht verrückt. Es besteht ja immer noch die Chance, dass …«

»Herman. Du weißt genauso gut wie ich, dass es nur eine Frage der Zeit ist, wann es auf allen Titelseiten steht. Und wenn es dazu kommt, wird alles, was ich je für dieses Land getan habe, vergessen sein. Das ist die Wahrheit. Ich muss jetzt aufhören.«

»Ich melde mich, wenn noch etwas auftaucht.«
»Okay. Ach, und übrigens ... Vielen Dank.«
»Keine Ursache.«

Die Leitung wurde unterbrochen, die Sounddatei endete. Fabian zog die Kopfhörer aus den Ohren und versuchte, sich einen Reim auf das Gespräch zu machen. Irgendetwas war durchgesickert, so viel war klar. Etwas, das Grimås in ein so schlechtes Licht rückte, dass nicht nur er darüber zu stolpern drohte, sondern die ganze Regierung. Und nur eine Minute später hatte er die israelische Botschaft angerufen. Hatte Edelman ihm davon abgeraten oder von etwas anderem?

Etwa zehn Jahre zuvor hatte Edelman selbst engen Kontakt zur Botschaft gehabt, das wusste Fabian. Vor allem in den ersten Jahren nach dem Tod seiner Frau hatte er ernsthaft in Erwägung gezogen, nach Israel zu ziehen und sich für immer dort niederzulassen. Hatte die israelische Botschaft eine undichte Stelle? Konnten die Leute dort etwas mit dem Mord zu tun haben, der wenige Stunden später stattfand? Und wer war Gidon Hass? Fabian begriff gar nichts, außer dass Herman Edelman, sein eigener Chef, offenbar sehr viel mehr wusste, als er sich anmerken ließ.

»Wir sind da.« Das Taxi hielt vor seiner Haustür in der Fatbursgata an.

Fabian griff nach seiner Brieftasche, doch dann hielt er inne und blickte zu der Wohnung und den dunklen Fenstern hinauf. Er hätte müde sein und sich nur noch danach sehnen müssen, sich endlich unter der Bettdecke zu verkriechen und die Augen zu schließen. Die beiden vergangenen Tage erschienen ihm wie eine ganze Woche. Außerdem hatte er etwas getrunken. Aber das spielte keine Rolle. Der Taxifahrer irrte sich.

Sie waren noch lange nicht da.

Kapitel 67

Obwohl Sofie Leander längst akzeptiert hatte, dass ihre Überlebenschancen gleich null waren, war sie sich hundertprozentig sicher gewesen, dass die Rettung gekommen war. Dass die Polizei sie endlich gefunden und das endlose Warten und die Maßnahmen, um sie am Leben zu erhalten, trotz allem einen Sinn gehabt hatten.

Doch sie hatte sich getäuscht. Schrecklich getäuscht.

Die Polizei hatte nicht sie gefunden. Falls es überhaupt die Polizei war. Sie biss sich fest auf die Lippe, um die Gedanken zu stoppen, die im Versuch, etwas zu verstehen, in einer Endlosschleife in ihrem Kopf kreisten. Aber sie begriff nur, dass ihr letztes bisschen Hoffnung, doch noch zu überleben, zunichtegemacht worden war. Der naive Glaube, den sie eigentlich gar nicht ernst genommen hatte. Der Glaube, dass es vielleicht doch noch nicht vorbei war. Daran, dass sie eines Tages vielleicht wieder wärmende Sonnenstrahlen im Gesicht spüren würde. Oder das ausgewogene Aroma eines perfekten Kaffees schmecken. Die Geborgenheit, wenn sie sich an ihren Mann kuschelte und ganz klein wurde.

Jetzt wusste sie es besser.

Die Einsicht gehörte zu den schmerzhaftesten Dingen, die sie je erlebt hatte. Wie eine tiefe Fleischwunde, die wieder aufgerissen wurde, nachdem sie gerade zu verheilen begonnen hatte. Und auch wenn sie eigentlich die ganze Zeit gewusst hatte, wie das Ganze enden würde, hatte ein kleiner Teil von ihr sich an diesen Glauben und die Hoffnung geklammert. Gläubig war sie immer gewesen, aber erst jetzt begriff sie, warum Religion so verbreitet war. Warum man sie den Menschen niemals würde wegnehmen können. Wie überzeugend die Gegenargumente sein mochten, wie sehr jede Logik dagegen sprach, spielte überhaupt keine Rolle.

Kein Gläubiger würde deswegen seinen Glauben ablegen. Der Schmerz war einfach zu groß.

Sie selbst pendelte zwischen dem Glauben an eine rosarote Zukunft, in der alles gut würde, und der Sehnsucht danach, sich in nichts aufzulösen, zu verwesen und ein Festmahl für die Würmer darzustellen. Beide Alternativen reizten sie. Möglicherweise vor allem, weil alles besser war als das, was sie im Moment durchlitt.

Sie musste etwas tun. Ob sich ihre Lage dadurch verbesserte, war nicht so wichtig. Hauptsache, es passierte irgendwas. Wozu genau es führen würde, war nicht so wichtig. So konnte es nicht weitergehen. Doch was sollte sie machen? Sie hatte von Menschen gehört, die Autos hochhievten, um ihren Kindern das Leben zu retten, vor allem von Frauen, deren Verzweiflung so viel Adrenalin durch ihren Körper pumpte, dass sie plötzlich über so etwas wie übermenschliche Kräfte verfügten. Aber sie hatte weder ein Kind noch ein Auto, das es zu zerquetschen drohte. Sie hatte nur ihre Verzweiflung, davon allerdings unendlich viel.

Sie hörte, wie die kleine Maschine, mit der sie künstlich ernährt wurde, den Druck erhöhte, so dass der süßliche Brei kurz darauf ihren Mund füllte und sich ihre Kehle hinunterzwängte. Er zwang sie, weiterhin angegurtet hier zu liegen und in dieser Hölle zwischen Leben und Tod zu schweben.

Sie versuchte, das Gesicht abzuwenden, aber der Schlauch folgte ihrer Bewegung und hörte nicht auf, ihre Mundhöhle vollzustopfen. Ohne zu ahnen, wohin das führen würde, wappnete sie sich gegen den Schmerz, den die Gurte verursachten, und stemmte sich mit dem ganzen Körper dagegen, zuerst in die eine und dann in die andere Richtung, während die Pampe in ihre Kehle rann und ihren Würgereflex reizte.

Da spürte sie es. Vielleicht handelte es sich nur um einen Millimeter. Das ließ sich unmöglich sagen. Aber irgendetwas war definitiv neu, und das reichte aus, um sie anzuspornen, weiterhin jeden Muskel abwechselnd nach rechts und nach links zu pressen. Jetzt war sie sich sicher. Der Tisch bewegte sich. Sie würgte einige Schlucke hinunter, um ein bisschen Kraft zu bekommen, während sie versuchte, den Tisch in Schwingung zu versetzen.

Im Rhythmus ihrer Bewegung begann er zu knirschen, und sie beschloss, weiterzumachen, bis das Geräusch aufhörte. Sie begann, ihre Bewegungen zu zählen, und war bei dreihundertvierundachtzig, als das Knirschen plötzlich verstummte und eine Sekunde später von einem lauten Krachen abgelöst wurde.

Erst eine Weile später wagte sie, die Augen zu öffnen, und begriff, dass sie vor dem umgekippten Tisch auf dem Boden lag. Da sie ihren einen Arm jetzt herausziehen und frei bewegen konnte, mussten einige Gurte sich gelöst haben. Mit etwas Glück würde sie an das Skalpell kommen, das nur einen guten Meter von ihr entfernt auf dem Boden lag.

Kapitel 68

Erst nach einer ganzen Weile wurde Fabian die Tragweite des abgehörten Gesprächs zwischen Grimås und Edelman bewusst. Es war, als hätte sich ein körpereigener Schutzwall aufgebaut, um den Schock von ihm fernzuhalten. Als dieser schließlich doch zu ihm durchgedrungen war, musste er den Taxifahrer bitten anzuhalten. Er stieg aus und holte in der Winternacht einige Male tief Luft. Seine heftigen Gefühle überwältigten ihn. Ein Teil von ihm konnte nicht glauben, was er eben gehört hatte, ein anderer malte sich aus, wie er sich auf seinen alten Mentor stürzte, ihn zu Boden drückte und beide Hände hinter dem Rücken festhielt.

Er war auf dem Weg zu Herman Edelmans Wohnung in der Kaptensgata gewesen, um ihn mit dem Gesprächsmitschnitt zu konfrontieren. Als hegte er unterbewusst die vage Hoffnung, dass es doch irgendeine einigermaßen glaubhafte Erklärung gab, dank derer er nach Hause fahren und in der Gewissheit, dass alles wieder normal sein würde, ins Bett gehen konnte.

Aber eine solche Erklärung gab es nicht, das hatte er inzwischen begriffen. Jedenfalls keine andere, als dass Edelman sehr viel mehr wusste, als er sich anmerken ließ, und in irgendeiner Weise in den Tod des Justizministers verwickelt war. Letzten Endes musste er ihn zwingen, Farbe zu bekennen. Aber vorerst nicht. Noch wusste er zu wenig, und um die richtigen Antworten zu bekommen, musste man die richtigen Fragen stellen.

Daher forderte er den Taxifahrer auf, an Edelmans Haustür vorbei zur Artilerigata hinunterzufahren und ihn stattdessen zum Polizeigebäude auf Kungsholmen zu bringen. Dort hielt er seine Karte ans Lesegerät, gab den Code ein und ging durch den finsteren Korridor zu seinem und Malins Büro.

Er wollte die Ermittlungsakte noch einmal durchgehen. Alles in Frage stellen und so lange drehen und wenden, bis er es mit anderen Augen sah. Er war überzeugt, dass die Lösung irgendwo zwischen diesen Fotos, Notizen und seltsamen Zufällen zu finden war.

Leider waren alle Unterlagen weg. Das Whiteboard, die Wand, der Schreibtisch und die Ordnerstapel auf dem Fußboden. Alles leer. Als hätte jemand hier ausgemistet, um das Büro neu zu vermieten. Der Fall war offiziell abgeschlossen, aber es waren kaum sieben Stunden vergangen, seit Kremph sich das Leben genommen hatte, und selbst wenn es nie zu einem Prozess kommen würde, mussten die Beweise gesichert und archiviert, Berichte geschrieben und Sitzungen abgehalten werden, bevor die ganze Sache weggepackt werden konnte.

Sicherheitshalber loggte er sich in seinen Computer ein und suchte im Archiv, aber auch dort war nichts. Er hatte keine Ahnung, wer dahintersteckte. Von der Säpo bis zu Edelman persönlich war alles denkbar. Oder es war jemand ganz anderes gewesen, dachte Fabian und lehnte sich zurück. Jemand, dem genau wie ihm vollauf bewusst war, dass sich der Täter noch auf freiem Fuß befand.

Ohne eine genaue Vorstellung davon, wie er jetzt weitermachen sollte, beschloss er, nach Hause zu fahren und vielleicht ein paar Stunden zu schlafen. In dem Moment jedoch, als er den Computer ausschaltete, entdeckte er die eine der beiden Porzellanpuppen, die sie in der Abrisswohnung gefunden hatten. Sie saß neben einem Stapel Aktenordner und zwei Rollen Butterkeksen auf Malins Regal. Er konnte sich nicht erinnern, dass jemand die Puppe mitgenommen hatte, und außerdem gehörte sie in Hillevi Stubbs' Hände. War es wirklich eine von den beiden?

Er nahm die Puppe vom Regal, betrachtete ihr gelocktes Haar, das bestickte Kleid und den dazu passenden Hut, und wie auf Kommando wanderten seine Gedanken zu seiner eigenen Puppe zurück. Bis ihm auffiel, dass mit den Augen der Puppe etwas nicht stimmte. Das eine unterschied sich irgendwie von dem anderen. Als er genau hinsah, bemerkte er, dass die braune Pupille gar keine Pupille, sondern in Wirklichkeit ein Loch war.

Mit wachsender Beunruhigung untersuchte er die Puppe. Den Hut, das wirklichkeitsgetreue Gesicht, die harten Arme und Beine und auch das Kleid, das mit Klettband am Rücken befestigt war.

Zuerst verstand er gar nichts, aber in dem Moment, als es ihm allmählich dämmerte, brach ihm der Schweiß aus, und ihm wurde plötzlich eiskalt. Genau wie der Bauch von Carl-

Eric Grimås war auch der Rücken der Puppe ausgehöhlt, und in dem kleinen Hohlraum steckte ein weißes Plastikkästchen mit einigen blinkenden Dioden. Am unteren Rand stand »Anbash« neben einer kleinen Taste, und ein Kabel verlief durch den Hals hinauf zum Kopf. Etwas Derartiges hatte Fabian noch nie gesehen, aber ihm war sofort klar, dass es sich um eine batteriebetriebene Kamera handeln musste, die sich auf irgendeine Weise ins mobile Internet einwählte.

Also hatte der Täter die Abrisswohnung mit dem Tisch in der Klarsichtfolie und in den letzten Tagen auch ihr Büro überwacht. Er war über all ihre Gedanken und Ideen im Bilde und hatte immer ganz genau gewusst, an welchem Punkt der Ermittlungen sie sich befanden. Sowohl Malin als auch Tomas und Jarmo.

Von ihm selbst ganz zu schweigen.

Genau in diesem Moment.

Kapitel 69

Dunja hatte noch immer am ganzen Körper Schmerzen und sah vermutlich aus wie ein kleiner Verkehrsunfall. Sie wusste es nicht so genau, weil sie im Laufe des Vormittags bewusst jedem Spiegel aus dem Weg gegangen war. Nachdem Kjeld Richter und seine Männer in ihre Wohnung eingefallen waren, hatte sie die Nacht im Hotel Norra in der nahegelegenen Nørrebrogade verbracht. Sleizner hatte ihr versprochen, die Rechnung zu übernehmen, und man hatte ihr angeboten, mit einem Psychologen von der Opferberatung zu sprechen. Sie hatte jedoch abgelehnt. Sie wusste nicht, warum, aber bislang hatte sie die Ereignisse der Nacht noch gar nicht begriffen. Vielleicht stand sie unter Schock.

Eigentlich hatte sie beschlossen, so lange wie möglich im

Hotel zu bleiben und den Sonntag nach Möglichkeit zu genießen. Doch als sie sich endlich aufgerafft hatte, aufzustehen, ein Bad zu nehmen und sich das Frühstück aufs Zimmer zu bestellen, hatte nach kurzer Zeit ihre Rastlosigkeit die Oberhand gewonnen. Keine Stunde später humpelte sie aus dem Fahrstuhl und durch den Korridor in ihre Abteilung, wo die Besprechung schon in vollem Gange war.

Nicht, dass ihr nicht bewusst gewesen wäre, dass sie hier nach ihren nächtlichen Erlebnissen im Prinzip nichts zu suchen hatte, aber sie fand das trotzdem ein bisschen unverschämt. Das hier war ihr Fall. Sie hatte die Anhaltspunkte entdeckt und verfolgt und die richtigen Schlüsse gezogen. Nun hatte sich ihre Theorie zwar als vollkommen falsch herausgestellt, aber trotzdem. Sie hätten sie wenigstens fragen können, ob sie dabei sein wollte.

Die Tür zum Besprechungsraum stand offen, und es waren vereinzelte Lacher zu hören. Ein komplizierter Fall war abgeschlossen und ein gefürchteter Verbrecher unschädlich gemacht. Sie hörte richtig, wie ausgelassen die Stimmung war. Nun saßen sie da und strichen die ganzen Lorbeeren ein, dachte sie, kurz bevor sie an die offene Tür klopfte.

Das Gelächter verstummte, und alle drehten sich zu ihr um.

»Dunja? Was machst du denn hier?« Sleizner stand auf und kam auf sie zu.

»Die Frage ist doch eher, was ihr hier macht.« Sie hob abwehrend die Hand. »Ich dachte, ich würde die Ermittlungen leiten.«

»Ja, aber die sind doch abgeschlossen. Was wir natürlich dir zu verdanken haben. Und jetzt müssen wir das Ganze nur noch verbinden ...«

»Wer hat gesagt, dass der Fall abgeschlossen ist?«, fiel Dunja ihm ins Wort. »Ich bestimmt nicht.«

»Nein, aber ich. In dieser Abteilung bestimme schließlich

immer noch ich. Oder habe ich was verpasst?« Sleizner begann zu lachen und drehte sich zu den anderen um, die sofort in sein Lachen einstimmten.

Dunja verzog keine Miene. Sich ihrem kleinen Club anzuschließen war das Letzte, was sie wollte.

»Ich verstehe dich nicht, Dunja. Wo liegt das Problem?«, fuhr Sleizner fort. »Der Täter ist identifiziert und tot. Was genau sich bei dir zu Hause abgespielt hat, haben wir zwar noch nicht ganz rekonstruiert, aber das soll nicht deine Sorge sein. Du solltest lieber im Bett bleiben und dich ausruhen.«

»Das Problem ist, dass er es nicht war.«

»Wie, er war es nicht?« Sleizner warf den anderen einen Blick zu. »Du glaubst doch nicht im Ernst, dass Benny Willumsen unschuldig war.«

»Doch. Zumindest war er nicht für die Morde an Karen und Aksel Neuman und Katja Skov verantwortlich.« Während sie in den Raum humpelte, fiel ihr auf, dass sich Hesk vor Unbehagen wand wie ein Aal, um ihrem Blick auszuweichen.

»Dunja ...« Sleizner seufzte demonstrativ. »Das hier ist dein erster Fall, und es ist nicht verwunderlich, wenn du ...«

»Kim, es geht hier nicht um mich.«

»Würdest du mich bitte aussprechen lassen?«

»Nein, weil ich genau weiß, was du sagen willst, und du irrst dich.« Dunja steckte eine Kapsel in die Nespressomaschine und drückte den Startknopf. »Jetzt lässt du mich mal ausreden.« Sie nahm den Espresso mit und staunte darüber, wie leicht es ihr fiel, auf den Fünfer zu pfeifen, den sie eigentlich in das Körbchen hätte werfen müssen. »Erstens bin ich dem Täter begegnet. Nicht Willumsen, sondern dem richtigen, und der ist mindestens drei Nummern kleiner.«

»War das in Schweden?«, fragte Kjeld Richter. Dunja nickte und setzte sich.

»Hast du sein Gesicht gesehen?« Zum ersten Mal wechselte sie einen Blick mit Jan Hesk.

»Nein, er stand mit dem Rücken zu mir, und als er sich umdrehte, hatte er eine Gasmaske auf, und dann hat er mich betäubt, wahrscheinlich auf die gleiche Art, wie er es mit den anderen getan haben muss.«

»Aber die hat er getötet.«

»Zu dem Punkt wäre ich als Nächstes gekommen. Warum sollte er mich in Schweden am Leben lassen, um nur wenige Stunden später in Dänemark zu versuchen, mich umzubringen?«

Schweigen und Blicke.

»Und wie lautet deine Erklärung?«, fragte Sleizner schließlich.

»Wo Willumsen im Grunde nur auf den nächsten Kick aus ist, hat unser Täter ein ganz anderes Motiv. Und das hat nichts mit mir zu tun.«

»Und wie hängt das mit Willumsen zusammen?« Sleizner ging zur Kaffeemaschine und ließ demonstrativ einen Fünfer in den Korb plumpsen. »Wenn er plötzlich so unschuldig ist, warum bricht er dann bei dir ein und …?«

»Wer sagt denn, dass er unschuldig war? Nur die letzten drei Morde gehen nicht auf sein Konto. Allerdings sollen sie so aussehen.«

»Du denkst an einen Nachahmungstäter?«, fragte Hesk.

»Ja, vielleicht. Jedenfalls muss er gemerkt haben, dass ich ihm auf der Spur war, und anstatt zu fliehen, hat er …«

»Nein, wisst ihr was? Es tut mir leid, aber das führt zu nichts.« Sleizner breitete die Arme aus. »Das alles ist ganz ohne Zweifel Willumsens Werk.« Er deutete mit einer Kopfbewegung auf das Whiteboard voller Bilder und Pfeile, die Verbindungen zwischen den alten und den neuen Fällen herstellten. »Ich kann ehrlich gesagt nicht verstehen, warum wir das Ganze noch einmal aufrollen und …«

»Bist du blind?« Dunja knallte die Handfläche mit einer solchen Wucht auf die Tischplatte, dass ihre Espressotasse umfiel. »Da draußen läuft immer noch ein Mörder frei rum!«

Wieder wurde es ganz still am Tisch. Nervös flatternde Lider, während alle auf Sleizners Reaktion warteten. Es war das erste Mal, dass jemand aus dem Team Sleizner gegenüber laut wurde. Dunja stand auf, steckte eine neue Kapsel in die Maschine und setzte sich mit dem frischen Espresso wieder hin. Ohne das Geldkörbchen auch nur eines Blickes zu würdigen.

»Dunja, ich will ganz ehrlich sein«, sagte Sleizner am Ende. »Du hast großartige Arbeit geleistet, keine Frage. Und ich glaube, ich spreche für alle hier am Tisch, wenn ich dir sage, niemand hat erwartet, dass es so schnell geht. Also herzlichen Glückwunsch.« Er klatschte ein paarmal in die Hände und spazierte durch den Raum. »Aber der Ton und die Art und Weise, wie du dich hier aufspielst, stehen dir in keiner Weise zu.« Er stellte sich direkt hinter sie. »Nach allem, was du im Laufe der vergangenen vierundzwanzig Stunden durchgemacht hast, und dem Größenwahn, den du verspürst, weil du noch am Leben bist, ist dein Auftreten verständlich. Deswegen drücke ich ein Auge zu. Vorerst. Was den Fall betrifft, bist du meiner Ansicht nach auf dem falschen Dampfer. Oder besser gesagt, ich bin mir hundertprozentig sicher, dass du auf dem Holzweg bist. Aber ich will ja nicht so sein. Lass es uns mit diesem sogenannten anderen Täter zumindest versuchen. Ich würde es als ein kleines Spiel betrachten. Mal sehen, wohin es führt.«

»Gut«, sagte Dunja. »Dann schlage ich vor, dass wir …«

»Hier ist meine erste Frage. Warum packt er dich mit den Leichenteilen von Neuman und Skov in den Kofferraum und lässt dich nicht einfach in Schweden? So haben wir den Wagen nicht nur viel früher gefunden, sondern auch massenhaft Beweise, von denen einer in diesem Moment zur DNA-Analyse geschickt wird.«

»Was denn für ein Beweis? Was habt ihr gefunden?«

»Nicht wir. Pedersen«, sagte Hesk und wartete Sleizners Zustimmung ab, bevor er fortfuhr. »Er hat die ganze Nacht durchgearbeitet und die Leichenteile untersucht.« Hesk zog zwei Bilder aus einem braunen Umschlag und legte sie vor Dunja auf den Tisch.

Beide Fotos waren direkt von oben aufgenommen, und auf dem einen lagen Aksel Neumans abgetrennte Körperteile wie ein 3D-Puzzle in der »richtigen« Position auf dem Untersuchungstisch. Alle Teile vom Kopf bis zu den Füßen mit jeweils wenigen Zentimetern Zwischenraum. Dunja zählte elf Teile und hatte den absurden Gedanken, dass da jemandem der Zaubertrick der zerteilten Jungfrau völlig misslungen war.

Auf dem anderen Foto sah man Katja Skov in ähnlicher Weise auf dem Tisch daneben liegen.

»Wo ist ihre rechte Brust?« Dunja betrachtete das Bild genauer und zeigte auf die Brustpartie, die im Gegensatz zu der von Aksel Neuman in der Mitte durchgeschnitten war. Dort, wo die rechte Seite hätte liegen müssen, war nichts.

»Sie fehlt noch. Aber das Entscheidende ist dieser Teil.« Hesk legte eine Großaufnahme von Skovs Unterleib auf den Tisch. »Dort hat Pedersen Spuren vom Sperma des Täters gesichert, und genau das hat uns die ganze Zeit gefehlt, um Willumsen zu überführen.«

Dunja nickte. »Und wenn es nicht seins ist?«

»Das wird sich zeigen, wenn wir die Laborergebnisse haben«, sagte Sleizner. »Aber nun zurück zu meiner Frage. Warum hat er dich in das Auto gesperrt?«

»Genau das habe ich mich auch gefragt und bin zu dem Schluss gekommen, dass es nur eine Erklärung gibt.« Sie sah die anderen an. »Wir sollten das Auto und alles, was sich darin befindet, möglichst schnell finden.«

»Du meinst die Beweise?«, fragte Richter. Dunja nickte.

»Das eigentliche Motiv könnte also sein, Willumsen dranzukriegen?«, schlug Hesk vor.

»Das könnte auch eine Rolle gespielt haben, aber wenn, dann eher als Nebeneffekt. Denkt daran, dass wir es mit jemandem zu tun haben, der bereit ist, unschuldige Menschen umzubringen und zu zerstückeln. Nein, Willumsen sollte uns vermutlich in die Irre führen und von dem ablenken, worum es eigentlich geht.«

»Und das wäre?«, fragte Sleizner leicht gereizt.

»Ich weiß es nicht genau, aber die Antwort müsste bei den Opfern zu finden sein, beziehungsweise bei den Teilen, die ihnen fehlen, wenn ihr mich fragt.« Sie klopfte auf das Foto von Katja Skov. »Außerdem sollten wir das Auto im Hafenbecken von Helsingör heben oder zumindest mal einen Taucher hinunterschicken, damit er einen Blick hineinwirft. Immerhin ist der Täter damit unterwegs gewesen.«

Sleizner biss die Zähne zusammen. »Wenn du das unbedingt willst, okay. Aber sobald das Ergebnis der DNA-Analyse beweist, dass es Willumsen war, legen wir den Fall zu den Akten. Verstanden?«

Alle nickten.

Außer Dunja.

Kapitel 70

7:30–8:30 Uhr Früstück
8:30–8:42 Uhr Früstückstisch abräumen
8:42–9:00 Uhr Duschen
9:00–9:14 Uhr Antziehen und Rasieren (Papa)
9:14–9:15 Uhr Autoscheiben kratzen
9:15–9:30 Uhr Ins Schwimmbad fahren
9:30–12:00 Uhr Abenteuerbad!!!

»Jetzt mach schon, sonst kommen wir zu spät.« Matilda riss Fabian den handgeschriebenen Zeitplan, der mit kleinen bunten Zeichnungen verziert war, aus den Händen.

Um dreizehn Minuten nach sieben hatte sie das Deckenlicht angemacht, war zu ihm aufs Bett geklettert und hatte ihm, auf seinem Bauch sitzend, den Plan für ihren gemeinsamen Sonntag vorgelegt. Nicht einmal drei Stunden Schlaf lagen hinter ihm, und das war weniger als die Hälfte dessen, was er eigentlich brauchte, um überhaupt zu funktionieren.

Zwei doppelte Espresso später war er nahezu wach und gelobte sich selbst, an diesem Sonntag ausschließlich Vater zu sein. Der Fall musste warten. Er brauchte ohnehin Zeit, um zu überlegen, wie er weitermachen sollte, ohne dass Edelman etwas merkte. Heute würde er den Kindern die Führung überlassen. Sogar zu einem Besuch des Abenteuerbades war er bereit, obwohl er das noch mehr verabscheute als die U-Bahn in der Hauptverkehrszeit.

Doch zuerst würde es ein herrliches Frühstück geben, und als Matilda und er alles auf den Tisch gestellt und die Adventskerzen angezündet hatten, ging er Theodor wecken. Ein überwältigendes, von Wollmäusen durchsetztes Chaos schlug ihm entgegen, und er verspürte wie jedes Mal das dringende Bedürfnis, kräftig zu lüften oder den Raum am besten gleich zu renovieren. Aber diesmal empfand er beim Betreten des Zimmers seines Sohnes noch etwas vollkommen anderes. Etwas, das nicht das Geringste mit den Klamottenhaufen auf dem Fußboden zu tun hatte und sich am ehesten mit einem Schlag in die Magengrube vergleichen ließ.

Theodor schlief auf dem Rücken, und Fabian erinnerte sich daran, wie er am vergangenen Abend etwas getan hatte, das nicht nur strafbar, sondern in seinen eigenen Augen eine Todsünde war. Er hatte seinen Sohn geschlagen. Er hatte die Geduld verloren und ihm eine kräftige Ohrfeige gegeben.

Nun war Theodors Gesicht rot und blau, und rings um

das rechte Auge und die Oberlippe, wo sich aus geronnenem Blut eine Kruste gebildet hatte, stark geschwollen. Ihm drehte sich der Magen um, und der Appetit auf alles, was ihn auf dem Frühstückstisch erwartete, war wie weggeblasen. Er sank auf die Bettkante, legte den Kopf in die Hand und tätschelte mit der anderen vorsichtig Theodors Kopf. Hatte er wirklich so fest zugehauen? Wie sollte er sich das jemals verzeihen?

Die schmutzige Jeans auf dem Haufen neben dem Bett lieferte die Erklärung. Oder besser gesagt, der geschmolzene Schnee, der darunter einen kleinen Teich gebildet hatte. Theodor war in der Nacht unterwegs gewesen. Obwohl Fabian es ihm ausdrücklich verboten hatte, und obwohl er versprochen hatte, zu Hause zu bleiben, war er noch mal hinausgegangen. Fabian wollte ihn wecken und zur Rede stellen. Aber was hätte das genützt? Das Unglück war bereits geschehen, und nun ließ er ihn am besten in Ruhe ausschlafen und brachte das Ganze gemeinsam mit Sonja zur Sprache, wenn alles andere sich beruhigt hatte.

»Mann, Papa ... Wie lange dauert das denn?«, fragte Matilda vom Rücksitz, während Fabian auf den Parkplatz vom Söderkrankenhaus fuhr.

»Nicht lange. Höchstens eine halbe Stunde.«

»Aber dann schaffen wir das Abenteuerbad nicht. Das fängt um halb zehn an. Du hast es versprochen, Papa.« Matilda streckte die Hand nach der Plastiktüte aus, die ein Stück von ihr entfernt auf dem Rücksitz lag und fest um den Inhalt gewickelt war.

»Ich konnte doch nicht wissen, dass Malin anruft und so böse ist, weil ich sie noch nicht besucht habe. Du kannst ganz beruhigt sein, wir schaffen alles, außer Baden vielleicht.« Endlich fand Fabian eine Parklücke. »Kino, McDonald's und den Rest des Programms. Versprochen.«

»Aber dann will ich Süßigkeiten.« Matilda schnappte sich die Tüte.

»Heute ist doch Sonntag.«

»Ja. Sonntagssüßigkeiten. Jetzt sofort.«

Fabian empfing den Befehl von der Rückbank mit einem stummen Nicken und stieg aus dem Auto, während Matilda die Tüte öffnete und mit großen Augen die Porzellanpuppe anstarrte.

Malin lag in einem Krankenzimmer mit fünf anderen Patienten. Sie schlief, ihr Gesicht war so weiß wie die Bettwäsche, und einige Strähnen ihres störrischen Haars klebten verschwitzt an der Stirn. Der eine Arm war mit einem Tropf verbunden, und das halb aufgeknöpfte Krankenhaushemd entblößte viel zu viel. Fabian stellte den Blumenstrauß so leise wie möglich in eine der rostfreien Vasen auf dem Nachttisch.

»Ist sie tot?«, flüsterte Matilda, während er einen Gruß auf das Kärtchen schrieb.

»Nein, sie ist nur müde. Komm jetzt, wir gehen.« Fabian fasste nach Matildas Hand und ging mit ihr zur Tür.

»Und wo wollt ihr hin?«

Fabian drehte sich um und sah, dass Malin die Augen aufgeschlagen hatte. »Ich dachte, du schläfst, und wollte nicht ...«

»Ja, ja, setz dich lieber hierhin und erzähl. Hallo, Matilda. Toll, dass du auch vorbeikommst. Da drüben ist noch ein Stuhl.«

Matilda holte den Stuhl.

»Was soll ich denn erzählen?«, fragte Fabian.

Malin verdrehte die Augen. »Ich bin hier wegen einer Schwangerschaftsvergiftung und nicht wegen einer Gehirnamputation.«

Fabian zog sich einen Stuhl heran und setzte sich. »Malin, es gibt nicht viel mehr zu erzählen als das, was dir schon bekannt ist. Mitten in dem Chaos, als du umgekippt bist, ist Kremph aus dem Fenster gesprungen.«

»So viel weiß ich auch. Und dann?«

»Tja, viel mehr ist nicht passiert. Der Fall ist abgeschlossen, und alle sind glücklich und zufrieden.« Er unterstrich das Ganze mit einem Lächeln und hörte währenddessen Matilda mit den Süßigkeiten rascheln.

»Liegt es an Anders? Hat er gesagt, du sollst dich zurückhalten?«

»Wie meinst du das? Mit Anders habe ich gar nicht gesprochen, Malin. Ich weiß überhaupt nicht, was du ...«

»Hör auf, bevor ich richtig wütend werde. Behaupte nicht, die Sache wäre vorbei. Denkst du etwa, ich sehe dir nicht an dieser Falte auf der Stirn an, dass du mit dem Sonntag zu kämpfen hast und viel lieber arbeiten würdest?«

Obwohl er sich bereits entschieden hatte, überlegte Fabian, was er tun sollte, und seufzte. »Ich glaube nicht, dass es Kremph war. Wahrscheinlich sollte er lediglich als eine Art Lockvogel unser Interesse auf sich ziehen, und in Wirklichkeit steckt jemand ganz anders dahinter.« Er hatte damit gerechnet, dass wie immer heftiger Widerspruch und geschliffene Gegenargumente seiner Idee die Luft herauslassen würden. Doch nichts dergleichen, Malin verdrehte nicht einmal die Augen. Schwieg sie, weil sie nicht zugehört hatte, oder war sie nur zu schlapp, um zu reagieren? »Malin?« Er wedelte mit der Hand vor ihrem Gesicht. »Hast du mitbekommen, was ich gesagt habe?«

»Ja, ich habe alles mitbekommen. Und nein, ich bin immer noch nicht hirntot. Ich habe nämlich genau den gleichen Verdacht.«

»Wirklich? Seit wann?«

»Der Gedanke kam mir erst hier im Krankenhaus. Während es passierte, dachte ich die ganze Zeit, er würde nur von seinem ›anderen Ich‹ reden, aber das hat er überhaupt nicht getan.«

»Nee?« Fabian beugte sich nach vorn.

»Weißt du noch, in der Wohnung? Erinnerst du dich nicht, dass er etwas über eine Person gesagt hat, die plötzlich da war?«

Fabian schüttelte den Kopf. Er war beschäftigt mit Malins beängstigendem Zustand gewesen und erinnerte sich nur vage an Kremphs Worte. »Und das Video ist leider weg.«

»Wie, weg?«

»Ich war heute Nacht in der Abteilung, um mir das ganze Material noch einmal anzusehen, unter anderem Tomas' Film von unserem Besuch in der Wohnung. Aber es war schon jemand da und hat alles weggeräumt.«

»Gott, wie merkwürdig. Wer würde …?«

»Säpo, wenn du mich fragst«, sagte Fabian entschieden, um seine Zweifel bezüglich Edelmans vorerst für sich zu behalten. »Ich weiß nicht genau, wie und warum, aber diese Geschichte ist auf weitaus höheren Ebenen als unserer Abteilung von Bedeutung, und ich wage zu behaupten, dass nicht nur du und ich von Kremphs Unschuld überzeugt sind.«

»Was für ein Glück, dass ich mich nicht auf Tomas und seine Fähigkeiten als Kameramann verlassen habe. Gib mir mal das Telefon da drüben.«

»Wie bitte, hast du etwa gefilmt?« Fabian reichte ihr das Handy.

»Vor allem, weil ich mir alles zu Hause sofort noch einmal anhören wollte.« Sie entsperrte ihr Mobiltelefon und suchte die Sprachaufnahme heraus. »Hier.«

»Aber das darf man nicht, das ist gar nicht gut. Ganz schlecht. Das geht nicht, sonst passieren Fehler, und die dürfen nicht passieren. Also Fehler«, stammelte Kremph. »Alles muss richtig sein, und wenn das nicht geht, dreht sich alles, und dann werde ich so müde, und plötzlich kommt dieser fertige Typ, obwohl ja nur ich«, es war zu hören, wie er schluckte und dann Luft holte, »die Schlüssel habe, und dann kommt er und hilft mit. Er denkt, ich weiß nichts davon, aber das tue ich, und dann wird alles so schwer und dunkel, und dann verschwinde ich irgendwie einfach.«

»Ossian ... Versuchen Sie bitte, ganz ruhig zu bleiben und ...«

Malin drückte auf Pause. »Hast du das gehört?«

»Meinst du ›diesen fertigen Typen‹? Das bezieht sich doch nur auf sein ›anderes Ich‹. Das sagt er doch gleich danach selbst.«

»Das habe ich beim ersten Mal auch gedacht. Hör es dir noch einmal an.« Sie spielte die Aufnahme noch einmal an.

»Sind wir nicht bald fertig, Papa?«, quengelte Matilda.

»Du musst jetzt still sein, Matilda. Wir sind bald fertig.«

»Alles muss richtig sein, und wenn das nicht geht, dreht sich alles, und ...«

»Mann, Papa, das ist langweilig.«

Fabian machte »Pscht«, ohne sich nach ihr umzudrehen. Matilda zog die Puppe unter ihrer Jacke hervor und fummelte nun an dem Knopf an ihrem Rücken herum. »... und plötzlich kommt dieser fertige Typ, obwohl ja nur ich ... die Schlüssel habe, und dann kommt er und hilft mit. Er denkt, ich weiß nichts davon, aber das tue ich, und dann wird alles so schwer und dunkel ...«

»Hast du das gehört? Er meint die Schlüssel. ›Obwohl ja nur ich ... die Schlüssel habe, und dann kommt er und hilft mit.‹«

Fabian nickte. Malin hatte recht.

»Und zweitens«, fuhr Malin fort, »sagt er nicht fertiger Typ, sondern bärtiger. Und das bedeutet, dass er von einem anderem sprechen muss. Jemandem mit Bart. Der reinkommt, obwohl er keinen Schlüssel hat. Hör dir das an.« Wieder ließ sie die Aufnahme laufen.

»Immer wenn ich reinkomme, schließe ich ab und habe sogar die Zylinder ausgewechselt. Abschließen, abschließen und dann kontrollieren, ob abgeschlossen ist. Sonst kann man sich ja nicht sicher sein ...«

»Er hat sogar das Schloss ausgewechselt. Trotzdem ist der bärtige Typ plötzlich da und hilft mit.«

»Du meinst, das ist der Täter?«

»Wer sollte es sonst sein?«

Fabian dachte über Malins Worte nach. Währenddessen kam eine Putzfrau mit ihrem Wagen herein und wischte den Boden.

»Oh, das ist gut«, sagte Malin. »Wie Sie sehen, habe ich gestern Abend versehentlich Kaffee verschüttet.« Sie zeigte auf den hellbraunen Fleck neben ihrem Bett.

»Das würde bedeuten, dass es noch einen Zugang zur Wohnung gibt.« Fabian machte der Putzfrau Platz.

»Genau dazu wollte ich gerade kommen. Das Baugerüst.«

»Nein, da ist keins. Nur am anderen Aufgang von der Östgöta ... Matilda?« Fabian stürzte zu Matilda hinüber, die mit der Puppe spielte. »Was machst du da?« Er riss sie ihr aus den Händen. »Habe ich gesagt, du darfst damit spielen?« Er suchte mit den Fingern nach der winzigen Taste am Rücken und schaltete sie schnellstens ab. »Was? Habe ich das?«

»Ich dachte doch, sie wäre für mich.« Matilda begann zu weinen. »Ich dachte, du willst sie mir schenken, weil du so viel weg warst.« Ihre Augen liefen über vor Tränen.

»Okay, das verstehe ich.« Fabian tätschelte ihr den Kopf.

»Bist du sehr böse?«

»Nein, keine Sorge. Du konntest ja nicht wissen, dass bis Weihnachten nur Papa sie anfassen darf.« Er nahm sie in den Arm.

»Fabian? Kannst du mir erklären, was hier los ist?«, fragte Malin.

Er nickte. »Aber zuerst brauchst du ein anderes Zimmer.«

Kapitel 71

Vielleicht war es vollkommen übertrieben, und vielleicht hatte Malin recht gehabt, als sie ihm vorwarf, noch paranoider als ein Privatdetektiv zu sein. Aber das war Fabian mehr als egal. Paranoia hin oder her, er war erst beruhigt, als sie in ein anderes Zimmer verlegt worden war und das Personal versprochen hatte, unter keinen Umständen irgendjemandem außer den engsten Angehörigen mitzuteilen, wo sie lag.

Matilda hatte versehentlich die Kamera in der Puppe eingeschaltet, und niemand wusste, wie lange sie gelaufen war und wie viel Material sie an den unbekannten Empfänger gesendet hatte, bevor Fabian sie abschaltete. Im besten Fall gar keins, aber es bestand die Gefahr, dass Bilder von ihnen oder sogar große Teile ihres Gesprächs dabei gewesen waren.

Er hatte überlegt, ob er die Kamera zerstören sollte, war aber zu dem Schluss gekommen, dass es besser war, wie geplant zu Hillevi Stubbs zu fahren und sie einen Blick darauf werfen zu lassen. Mit etwas Glück würde sie herausfinden, ob und was die Kamera gesendet hatte und vor allem an wen.

Stubbs brauchte sich das Gerät nur wenige Sekunden anzusehen, um seine schlimmsten Befürchtungen zu bestätigen. Anbash Limited war ein chinesisches Unternehmen, das erst seit gut drei Jahren existierte, aber bereits eine Reihe von Produkten auf den Markt gebracht hatte, die man nur als hochentwickelte Spionageausrüstung klassifizieren konnte. Und jeder, der wollte, konnte sie im Internet bestellen.

Die internetfähige Kamera war das jüngste Erzeugnis der Firma, und genau wie Fabian vermutet hatte, war sie mit einer SIM-Karte ausgestattet, die in Direktkontakt mit dem mobilen 3G-Mobilfunknetz stand und Bilder und Tonaufnahmen sendete, sobald sie von ihrem Bewegungssensor in Gang gesetzt wurde. Leider hatte Stubbs keine Ahnung, wie sie den Empfänger ermitteln sollte, da es sich bei der SIM-Karte um eine anonyme Prepaidkarte handelte, die über das Internet höchstwahrscheinlich mit einem Proxyserver verbunden war, bei dem der Empfänger Daten erhalten konnte, ohne seine IP-Adresse preisgeben zu müssen.

»Aber eine Sache verstehe ich nicht, Fabian«, sagte sie plötzlich, als er die Puppe wieder einsteckte und sie nach dem Schlüssel zu Kremphs Wohnung fragte. »Ist die Sache denn nicht überstanden? Ich meine, der Täter ist doch tot, oder?« Er nickte und sagte, er wollte nur noch die losen Fäden miteinander verknüpfen. »Pass aber auf, dass du nicht über sie stolperst«, rief sie ihm hinterher, während er zurück zum Auto ging, wo Matilda auf ihn wartete.

Obwohl sie im Laufe des Vormittags stark von ihrem vollgepackten Zeitplan abgewichen waren, hatte Matilda erstaunlich gute Laune. Dafür führte sie ihn für den Rest des Tages mit eiserner Hand. Ihr erster Halt war das SF-Kino in den Söderhallen, wo sie darauf bestand, James Camerons 3D-Epos *Avatar* zu sehen, das kurz davor Premiere gehabt hatte. Obwohl *Aliens* und sowohl der erste als auch der zweite Teil von *Terminator* zu Fabians absoluten Lieblingsfilmen gehörten, hatte er überhaupt keine Lust, den »Blue-Man-Film« zu sehen, wie er selbst ihn nannte, seit er den Trailer gesehen hatte.

Leider wurde er in seinen Befürchtungen bestätigt, und der einzige Vorteil des mehr als zweieinhalbstündigen »Waldspaziergangs« bestand darin, dass er hinter der 3D-Brille die Augen schließen und sich eine dringend notwendige Pause gönnen konnte.

Matilda dagegen liebte den Film und war der Meinung, es handle sich um den allerbesten Film, den sie jemals gesehen hatte. Im Grunde sagte sie das nach jedem Kinobesuch, aber diesmal wäre sie sogar bereit gewesen, den Rest ihres Tagesprogramms zu streichen, um den Film gleich noch einmal zu sehen. Schließlich gewann jedoch der Hunger die Oberhand und erinnerte sie an ihren Plan, bei McDonald's in der Folkungagata je ein Menü zu essen. Danach fuhren sie mit dem Auto zur Bowlingbahn am Mariatorg und vergnügten sich dort, bis endlich der letzte Punkt anstand:

19:15–20:00 Uhr Mama mit Kaffee überraschen

Fabian hatte gehofft, dass diese Idee im Sande verlaufen oder schlichtweg aus Zeitgründen nicht mehr in Frage kommen würde. Sonja verabscheute nichts mehr als Überraschungen. In diesem Fall würden sie sie in der Endphase ihrer Vorbereitungen für eine Ausstellung stören, und diesmal war sie gestresster als je zuvor.

Auf dem Weg zum Auto, das er etwas weiter oben auf dem Hornsgatspuckel abgestellt hatte, versuchte er Matilda zu überreden, lieber alleine mit ihm in ein Café zu gehen oder Theodor anzurufen und zu fragen, ob er ihnen nicht Gesellschaft leisten wollte, aber Matilda wich nicht einen Millimeter von ihrem Plan ab. Sie würden mit Sonja Kaffee trinken, und es sollte eine Überraschung sein. Also standen sie eine halbe Stunde später vor dem Haus in der Munkbrogata 6 und klingelten.

»Warum meldet sie sich nicht?«, fragte Matilda mit einem dampfenden Pappbecher in der Hand.

»Was weiß ich? Vielleicht ist sie neue Farbe kaufen gegangen.«

»Jetzt?«

»Oder sie will einfach nicht gestört werden. Du weißt ja, wie das ist, wenn sie so gestresst ist.« Fabian drückte etwas länger auf die Klingel und wartete ab. »Komm, wir setzen uns in das Café, bevor deine heiße Schokolade kalt wird.«

Matilda schüttelte den Kopf. »Nimm doch deinen Schlüssel.«

»Welchen Schlüssel?«

»Du hast doch auch einen.«

»Nein. Woher hast du denn ...?«

»Papa ...« Matilda verdrehte die Augen.

Für den Fall, dass Sonja ihren verlor oder er aus irgendeinem Grund mal ins Atelier musste, hatte er einen eigenen, aber er war nicht dafür gedacht, einfach bei ihr hineinzumarschieren und sie zu überraschen. Dass Matilda überhaupt von dem Schlüssel wusste, veranlasste ihn dazu, sich zu fragen, was sie sonst noch alles mitbekam.

»Guck mal, hier ist er doch.« Er steckte den Hausschlüssel ins Schloss und drehte ihn um.

Sie fuhren mit dem Fahrstuhl ganz nach oben und stiegen die letzte Treppe zum Atelier zu Fuß hinauf. Dort drückte Matilda mit dem Pappbecher auf die Klingel.

»Okay, schließ auf«, sagte sie nach wenigen Sekunden.

»Wollen wir nicht noch ein bisschen warten ...?«

»Mach jetzt auf, Papa.«

Widerwillig schloss Fabian die Tür auf. »Aber ich gehe vor, und du wartest hier.« Zu seinem Erstaunen nickte Matilda, und er konnte sich in Ruhe umsehen.

Er wusste nicht, was er erwartet hatte. Sonja in Embryonalstellung zitternd auf dem Boden, unfähig, noch mehr Leinwände mit sinnlosen Unterwassermotiven zu füllen, die ohnehin nur die vier vergangenen Ausstellungen wiederholten? Jedenfalls nicht das hier: Sonja mit Kopfhörern, aus denen *Shout* von Tears for Fears in so hoher Lautstärke drang, dass Fabian jedes Wort verstand, obwohl sie laut mitsang, während sie an vier Leinwänden parallel arbeitete.

Fabian atmete auf, erwartete jedoch mit wachsender Nervosität, was passieren würde, sobald sie ihn entdeckte. Sie würde mit Sicherheit aus ihrem Flow herauskommen und ihm mit Recht die Schuld dafür geben, dachte er und beschloss, dass es das Beste wäre, sich leise hinauszuschleichen und Matilda zu überreden, Mama in Ruhe arbeiten zu lassen.

Er wollte sich gerade umdrehen, als das Licht in schnellem Wechsel an- und ausging, woraufhin Sonja sich hastig umdrehte und sich die Kopfhörer von den Ohren riss. »Was macht ihr hier?« Der Blick, der ihn traf, war so eisig und hart, wie er erwartet hatte. »Ich dachte, ich hätte unmissverständlich deutlich gemacht, dass ...«

»Wir haben dir Kaffee mitgebracht«, fiel Matilda ihr ins Wort und ließ den Lichtschalter am Eingang los.

Sonja hielt inne und zwang sich zu einem Lächeln.

»Sonja ... Ich habe es wirklich versucht, aber du weißt, wie dickköpfig Matilda sein kann.«

Sonja nickte und gab ein Seufzen von sich. »Schon in Ordnung.«

»Sicher?«

Wieder nickte sie und hockte sich vor Matilda. »Was habt ihr denn da Leckeres gekauft?«

»Kaffee und Safranbrötchen.«

»Hm ... Genau darauf hatte ich gerade Lust.«

Zu Fabians Verwunderung übertraf die Kaffeepause seine Erwartungen bei weitem. Seine Befürchtung, es kämen nur quälendes Schweigen und giftige Blicke auf ihn zu, wurde Lügen gestraft. Matilda hatte alles bis ins letzte Detail geplant und wusste genau, was sie wollte. Sonja musste ein Tuch hervorzaubern, das man auf den Fußboden legen und als Tischdecke benutzen konnte, und er selbst sollte die Neonröhre an der Decke ausschalten, alle Kerzen anzünden, die er fand, und in einem Kreis rings um die Decke aufstellen. Matilda selbst ging zur Stereoanlage und schaltete die CD ein, auf die er neunzehn Mal hintereinander *I Would Die 4 You* von Prince gebrannt hatte.

Der Kaffee war längst kalt und das Gebäck trocken, aber

das machte nichts. Matilda genoss das Ganze in vollen Zügen und hielt das Gespräch in Gang, indem sie von ihren Weihnachtswünschen, ihren Plänen für die nächsten Sommerferien und allem Möglichen erzählte und auf diese Weise Fabian und Sonja half, wie in einer raffinierten Choreographie im Haus des Tanzes die schlimmsten Fallgruben zu umgehen.

Mehrmals ertappte sich Fabian dabei, wie er lachte, und auch Sonjas steifes Lächeln wirkte immer entspannter und natürlicher. Die Falte zwischen den Augenbrauen war genauso verschwunden wie die hochgezogenen Schultern und die verkniffenen Mundwinkel, und plötzlich sah er wieder die Sonja aus ihrer ersten gemeinsamen Zeit vor sich. Die Zeit vor den Kleinkindjahren und dem Leistungsdruck im Atelier. Vor den Streitereien. Wenn es doch nur so einfach gewesen wäre.

Er stellte fest, dass es schon fast halb neun war. »Wir müssen Mama jetzt in Ruhe lassen, damit sie weiterarbeiten kann.« Er stand auf.

Matilda schüttelte den Kopf. »Kann ich nicht hier schlafen?«

»Nein, wie soll das gehen?« Fabian streckte die Hand nach ihr aus. »Du weißt doch, wie viel Mama zu tun hat. Außerdem steht auf unserem Programm, dass wir um acht gehen, und jetzt ist es schon halb neun.«

»Bitte ...«

»Nein, komm jetzt.« Er griff nach ihrem Arm und zog sie hoch.

»Ich habe doch gesagt, ich will nicht«, schrie sie und riss sich los.

»Das ist schon okay, Fabian«, sagte Sonja. »Sie kann hier bleiben. Morgen beginnen sowieso die Weihnachtsferien.«

»Ja!« Matilda fiel Sonja um den Hals. »Ich werde dich überhaupt nicht stören, versprochen.«

Fabian sah Sonja in die Augen, um herauszufinden, ob sie wirklich einverstanden war.

»Alles okay«, wiederholte sie. »Das hier sind sowieso die Letzten.« Sie deutete auf die aufgestellten Leinwände ringsherum. »Jemals.«

»Was willst du denn danach malen?«, fragte Matilda.

Sonja zuckte die Achseln und stand auf. »Damit beschäftige ich mich, wenn es so weit ist.« Sie begleitete Fabian schweigend zur Tür und ließ ihn hinaus. »Du ...«

Fabian drehte sich um. »Ja?«

»Wir stecken gerade nicht in einer unserer besten Phasen, das wissen die Götter. Und vielleicht ist diese Krise, wie du immer sagst, ja wirklich bald vorbei.« Seufzend senkte sie den Kopf. »Ich habe jedenfalls ein bisschen nachgedacht und weiß nicht, wie lange wir noch vortäuschen sollten, dass wir nur eine Krise haben.«

Fabian ließ das Schweigen anschwellen, obwohl ihm vollauf bewusst war, dass es jetzt seine Aufgabe war, es zu brechen. Er sollte sich vorwagen und beteuern, wie sehr er sie liebte und wie viel besser alles werden würde. Doch diesmal blieb er stumm. Er war sich immer sicher gewesen, dass sie zusammengehörten, was auch passierte. Natürlich hatte er das eine oder andere Mal mit Scheidung gedroht. Aber es hatte nie ein Zweifel daran bestanden, dass das leere Drohungen gewesen waren.

Nun war er sich, ehrlich gesagt, nicht mehr sicher, und so konnte er nur nicken, sich umdrehen und die Treppe hinuntergehen.

Kapitel 72

Semira Ackerman drehte eine letzte Runde um das Becken und sammelte die vergessenen nassen Handtücher und Badelatschen ein. Die Lautsprecher hatten bereits zweimal verkündet, dass das Bad bald schloss, und die meisten Gäste hatten sich angezogen und waren dabei, ihre Schränke leer zu räumen. Aber irgendein Sturkopf trödelte immer. So auch an diesem Abend, stellte sie fest, als sie eine der Duschen hörte.

Eigentlich arbeitete sie sonst nie an Sonntagen. Im Gegensatz zu allen anderen Kollegen hatte sie einen Vertrag, in dem ausdrücklich festgehalten war, dass Sonntage nicht zu ihrem Dienstplan gehörten. Deshalb hatte sie jedes Mal, wenn jemand krank wurde und der neue Personalchef, dessen Alter gegen das aller anderen Angestellten ein Hohn war, sie fragte, ob sie das Team nicht doch unterstützen könne, nein gesagt.

Das Team. Immer dieses verdammte Team.

Als ob irgendjemand aus diesem Team jemals sie unterstützt hätte.

Nein, die Sonntage waren ihr heilig. Vielleicht, weil sie das einzig Gute waren in ihrem Leben, das in den Staub getreten und zermalmt worden war und in der allgemeinen Verflachung seinen Sinn verloren hatte. Meistens verbrachte sie die Sonntage zu Hause. Oder besser gesagt im Sessel mit einem Hocker unter den Füßen, einem guten Buch in den Händen und einer Thermoskanne Tee auf dem Fensterbrett. Sie liebte das Lesen heiß und innig, und von ihrem Sessel riss sie sich nur los, wenn das Wetter so schön war, dass es eine Sünde gewesen wäre, keinen Spaziergang zu machen.

Eigentlich hatte sie den Anspruch, sich einer Herausforderung zu stellen, Neuland zu betreten und im besten Fall ein vollkommen neues Gebiet zu entdecken. Letztendlich ging sie jedoch meistens hinunter zum Kai am Hammarbysjö, nahm die Fähre Lotte hinüber zur anderen Seite und ging zwischen den Häusern spazieren, die richtig nett aussahen, obwohl sie neu waren. Das dauerte etwas mehr als zwei Stunden, wenn sie sich zwischendurch irgendwo hinsetzte, um zu lesen, manchmal sogar noch länger.

Doch an diesem Sonntag arbeitete sie, wie gesagt. Sie hatte ihren Personalchef sogar gebeten, arbeiten zu dürfen. Er sah sie an, als nähme sie ihn auf den Arm, hatte sich aber bald gefangen und stellte klar, dass sie keinen Wochenendzuschlag erwarten dürfe. Sie wollte ihre Frage schon zurückziehen, ließ es aber in letzter Sekunde bleiben. Denn in Wahrheit hatte sie Angst, einen ganzen Tag alleine zu Hause zu verbringen.

Es war nichts mehr wie vorher, seit dieser Mann, der offenbar Polizist war, wenn sie ihrer Schwester Glauben schenken sollte, ihr in dem Bus gefolgt war. Und obwohl es ihr gelungen war, ihn abzuschütteln, war sie nicht mehr in der Lage, zu essen oder zu lesen. Von erholsamem Schlaf konnte auch nicht die Rede sein. Sie hatte es nicht gewagt, noch einmal den Bus zu nehmen. Stattdessen ging sie jetzt immer zu Fuß den ganzen Weg bis zur U-Bahn-Station am Medborgarplatsen und stieg dort von der grünen Linie in die rote nach Gamla Stan um. Tatsache war, dass sie sich unter Menschen unendlich viel sicherer fühlte, und das Sturebad, wo sie arbeitete, war so ein Ort.

Sie war zwar schon mit Abschließen beschäftigt und würde bald nach Hause gehen, aber alleine war sie nicht. Das hörte sie deutlich an den Duschen in der Frauenumkleide. Häufig waren die Nachzügler Männer, die ihr nicht selten ein unanständiges Angebot unterbreiteten und sich ihr in Zuständen präsentierten, mit denen sie sich besser alleine oder höchstens noch mit ihren Ehefrauen hätten herumschlagen sollen, aber meistens reichte es, kopfschüttelnd zu lachen und den Gast aufzufordern, sich anzuziehen, bevor sie den Alarm auslöste und die Sache den Kerlen von Securitas überließ. Wenn das nichts nützte, nahm sie den eiskalten Wasserstrahl aus dem Schlauch zu Hilfe.

Doch nun war es, wie gesagt, kein Mann, sondern eine Frau, und die machten fast nie Probleme, sagte sie sich auf dem Weg in die Damenumkleide, um sich selbst davon zu überzeugen, dass überhaupt kein Grund zur Sorge bestand.

Zum Glück hatte Carnela versprochen, ihr am Abend Gesellschaft zu leisten, und sie würde alle ihre Überredungskünste einsetzen, damit sie auch bei ihr übernachtete. Bestimmt würde sie protestieren und sich irgendeine Ausrede einfallen lassen. Aber bei ihr zu übernachten war das mindeste, was sie für sie tun konnte. In gewisser Hinsicht hatte ja sie Schuld an dem Ganzen.

Semira selbst war von Anfang an gegen die Idee gewesen und hatte sich konsequent geweigert, sich die Argumente ihrer Schwester anzuhören, die ihr einzureden versuchte, wie einfach und vor allem wie ungefährlich das Ganze war. Doch als ihr Zustand sich verschlechterte, begann sie in ihrer Überzeugung zu schwanken, und als sie zum Schluss nicht einmal mehr mit einem Vergrößerungsglas hatte lesen können, stimmte sie schließlich zu.

Hinterher machte sich die Unruhe wie ein dicker Klumpen in ihrer Brust breit, und ihre Träume wurden so seltsam, dass sie nicht einmal mehr ihrem Therapeuten davon erzählen wollte. Doch im Laufe der Jahre war der Klumpen geschrumpft und das Leben wieder normaler geworden, und am Ende hatte sie zugeben müssen, dass Carnela recht gehabt hatte.

Bis jetzt.

Da es in der Dusche nicht mehr rauschte, sah sie sich in der Umkleide um, doch hier war niemand, und soweit sie sehen konnte, waren alle Schränke offen und leer. Seltsam. Sie ging in den Duschraum und stellte fest, dass auch hier kein Mensch war. Sie begriff überhaupt nichts. Sie war sicher gewesen, dass sie vor weniger als einer Minute jemanden duschen gehört hatte, und tatsächlich tropfte eine der Brausen noch immer.

Sie überlegte, ob sie telefonisch Hilfe rufen sollte, beschloss aber, ihre Angst nicht die Oberhand gewinnen zu lassen, und ging stattdessen weiter zu den Toiletten. Es war ja denkbar, dass die betreffende Person dort war. Doch auch die Klos erwiesen sich als unverschlossen und leer, und nun konnte sie nur noch die Saunaabteilung kontrollieren. War auch dort niemand, würde sie von vorne anfangen und die ganze Anlage erneut durchsuchen müssen.

Da die Tür zur Sauna klemmte, musste sie mit beiden Händen daran ziehen. Eine Wand aus Hitze schlug ihr entgegen und erinnerte sie daran, wie lange sie schon keinen Gebrauch mehr von den Personalvergünstigungen gemacht und sich ein paar Stunden im Wellnessbereich gegönnt hatte. Sobald das alles vorbei war, würde sie einen ihrer freien Sonntage dafür nutzen, die Möglichkeiten hier ausgiebig zu genießen.

Sie ging hinein, um ein vergessenes Handtuch in der hinteren oberen Ecke aufzusammeln, und stieg die drei Liegebänke hinauf. Sofort fühlte sich die Hitze nicht mehr warm und behaglich, sondern hart und aggressiv an. Sie streckte die Hand nach dem Handtuch aus und spürte, dass der Schweiß bereits im Anmarsch war. Und dabei schwitzte sie fast nie. Nun war sie im Handumdrehen klitschnass.

Sie stieg wieder hinunter, ging zur Tür und wollte sie aufdrücken. Wieder klemmte sie und gab nicht nach, obwohl sie so fest dagegen stieß, dass ihr der Schweiß aus allen Poren drang. Ihre Kleidung klebte bereits am Körper. Am Montag würde sie den Hausmeister informieren, damit er gleich nach Betriebsschluss die Tür reparierte. Erst als sie sich mit ihrem ganzen Gewicht dagegen geworfen hatte, bekam sie die Tür auf und konnte hinaus.

Auf dem Weg zur Dampfsauna spielte sie mit dem Gedanken, zu duschen, bevor sie alles ausschaltete und nach Hause fuhr, kam aber zu dem Schluss, dass es keinen Sinn hatte, weil sie sowieso nichts Frisches zum Anziehen dabeihatte.

Außerdem hatte sie einen Beschluss gefasst. Plötzlich erschien ihr alles ganz einfach. Sobald sie zu Hause war, würde sie Kontakt zu diesem Polizisten aufnehmen und ihm alles erzählen, was sie wusste. Carnela würde natürlich außer sich sein und versuchen, sie davon abzuhalten, aber das würde nichts nützen. Es war das einzig Richtige.

Die Tür zur Dampfsauna glitt problemlos auf. Sie steckte den Kopf in den feuchten Nebel, der es nahezu unmöglich machte, zu erkennen, ob ganz hinten tatsächlich jemand saß oder ob nur eine der Lampen nicht funktionierte und einen Schatten erzeugte.

»Hallo? Ist da jemand? Wir schließen jetzt.« Sie hatte den Ehrgeiz, so ruhig und neutral wie möglich zu klingen, aber sobald sie die Stimme erhoben hatte, merkte sie, dass sie das Gegenteil von ruhig und neutral war.

Kapitel 73

Fabian nahm die Taschenlampe aus dem Zusatzfach im Kofferraum, schlug die Haube zu und drückte, während er die Östgötagata überquerte, auf den Autoschlüssel. Das Auto leuchtete einmal auf, und die Relais der Zentralverriegelung schlossen alle Türen ab.

Auf dem Heimweg hatte er über das nachgedacht, was Sonja gesagt hatte, und sich gefragt, wo er selbst eigentlich stand, doch bereits irgendwo auf der Höhe von Slussen waren seine Gedanken auf eigene Faust zu Malins Schlussfolgerung gewandert, dass es vermutlich einen weiteren Zugang zu Ossian Kremphs Wohnung gab. Und zwar einen, für den man keinen Schlüssel brauchte. Malin hatte recht. Selbstverständlich hatte der Täter die Wohnung nicht durch die Eingangstür betreten.

Während er selbst bei der Wohnungsbegehung nur verwirrtes Gebrabbel von einem Radio wahrgenommen hatte, war sie trotz Schwangerschaft und Schwangerschaftsvergiftung so geistesgegenwärtig gewesen zu bemerken, dass Kremph ganz eindeutig von einem Mann mit Bart gesprochen hatte, der zu ihm nach Hause kam, obwohl er keinen Wohnungsschlüssel besaß. Genau das machte sie zu einer viel besseren Polizistin als alle anderen, ihn selbst eingeschlossen.

Deshalb war ihm der Entschluss, sofort dort hinzufahren, anstatt auf morgen zu warten, nicht schwerer gefallen, als einmal links zu blinken und auf den Söderleden abzubiegen, statt auf der Hornsgata weiter geradeaus zu fahren.

Auf der Wendeltreppe musste er an das abgehörte Gespräch zwischen Grimås und Edelman denken. Malin gegenüber hatte er es mit keinem Wort erwähnt. Vor allem, weil er nicht wusste, wie er mit der Sache umgehen sollte. Was wusste Edelman noch alles, und wie würde er reagieren, wenn er darauf angesprochen wurde? Mit absoluter Sicherheit wusste Fabian nur, dass er einer solchen Situation mit seinem alten Mentor um jeden Preis aus dem Weg gehen wollte. Das Beste wäre, wenn es ihm stattdessen gelänge, so viele Hinweise und Spuren zu finden, die von Kremph wegführten, dass Edelman gar nichts anderes übrigblieb, als die Ermittlungen wieder aufzunehmen.

Vor der Wohnung angekommen, schloss er mit dem Schlüssel von Stubbs die Tür auf, betrat die vollgestopften

Räume, ließ den Lichtkegel der Taschenlampe über die Wände schweifen und überlegte, wo er anfangen sollte. Der verborgene Zugang zur Wohnung war in Wirklichkeit nur einer von mehreren Gründen, warum er hier war.

Hillevi Stubbs war der Ansicht, dass die Wohnung die beiden Persönlichkeiten von Ossian Kremph in zwei Schichten widerspiegelte. Einerseits sei er extrem kontrolliert und ordentlich, andererseits strotze sein Kopf vor Gedächtnislücken, aufgrund derer er Dinge ohne Sinn und Verstand irgendwo hinwarf. Auf dem Papier wirkte die Theorie absolut logisch, aber in der Realität war sie vollkommen falsch.

Sie hatte ihr zwar geholfen, innerhalb kürzester Zeit die Spur zu finden, die sie zu Adam Fischer im Shurgardlager führte, aber es war nicht, wie Stubbs annahm, der kontrollierte Kremph gewesen, der den Hinweis versteckt hatte. Er hatte auch nicht das Skalpell in der Küche platziert, den Behälter mit dem Hexangas dort deponiert oder der Frau aus dem Bus auf allen Bildern die Augen ausgeschnitten.

Das war der Täter gewesen.

Jemand war hier gewesen und hatte die Wohnung präpariert, hatte Hinweise ausgelegt und Kremph auf seine Rolle als perfekter Täter vorbereitet. Jetzt brauchte Fabian nur noch den Beweis zu finden.

Er beschloss, im Badezimmer anzufangen, das wie die meisten Badezimmer dringend einer Renovierung zu bedürfen schien. Die Badewanne zierte ein Rand, der so gelb war, dass kein Putzmittel der Welt sie wieder blitzblank zaubern würde. Der Klebstoff unter dem Linoleum war schwarz vor Schimmel, und der Spiegelschrank spiegelte nur noch partiell.

Er öffnete das Türchen und ließ den Blick über die Fächer schweifen. Ganz oben stand eine kleine Apotheke aus Döschen mit Aufschriften wie »Atarax«, »Leponex«, »Zopiclon« und »Xanor«. Im mittleren Fach stand eine Reihe von Cremes gegen verschiedene Typen von Ekzemen, aber ganz unten fand er neben einer Tube Zahncreme und einer Rolle Zahnseide, wonach er gesucht hatte: die rote Pillendose, die Kremph erwähnt hatte. Er nahm sie in die Hand und studierte das geschlossene Plastikkästchen mit je drei kleinen Fächern für jeden Wochentag.

Morgens, mittags und abends.

Von Montagmorgen bis Samstagmorgen waren alle Fächer leer, was damit übereinstimmte, dass Kremph genau am Samstag gefasst worden war. Die restlichen Fächer waren mit verschiedenfarbigen Pillen gefüllt. Er wählte zufällig eine aus, steckte sie in den Mund und kaute.

Selbstverständlich musste er erst noch eine ausführliche Analyse des Inhalts anfertigen lassen, aber er hatte bereits einen Verdacht. Kremph war fest überzeugt gewesen, jeden Tag seine Tabletten genommen zu haben, und hatte das auch getan. Dem Geschmack nach zu urteilen, hatte er jedoch Zucker zu sich genommen. Fabian öffnete eine der Dosen im obersten Fach und probierte noch eine Pille. Genau das Gleiche.

Kremph war ohne sein Wissen eine Weile nicht medikamentös behandelt worden. Fragte sich nur, wie lange. Handelte es sich um Monate, dann hatte der Täter genug Zeit gehabt, ihn zu manipulieren und auszunutzen, während seine dissoziative Identitätsstörung zum Leben erwachte.

Er nahm das Kästchen mit ins Wohnzimmer, legte es auf den Tisch und sah sich um. Er musste noch etwas finden, bevor er gründlich nach dem versteckten Zugang zur Wohnung suchen konnte. Er nahm an, dass das Ding zentral platziert war, damit es eine so große Fläche wie möglich abdeckte. Plötzlich blieb sein Blick an dem String-Regal hängen, das bis auf den letzten Millimeter mit Büchern gefüllt war. Er betrachtete es nicht zum ersten Mal, aber erst jetzt ging ihm auf, dass damit etwas nicht stimmte.

Unter den Titeln fand sich alles Mögliche von Kunst- und Gartenbüchern bis zu Enid Blytons *Fünf Freunden* sowie massenhaft rosafarbener Chick-Lit. Aber aller Wahrscheinlichkeit nach hätte Ossian Kremph keins der Bücher interessant genug gefunden, um es in sein schönstes und exponiertestes Regal zu stellen. Und das konnte nur eins bedeuten.

Jemand hatte sie dort platziert.

Er zog ein Buch nach dem anderen heraus und blätterte darin. Als er in der Mitte des Regals angekommen war und *Sag's nicht weiter, Liebling* von Sophie Kinsella in die Hand nahm, fand er, wonach er gesucht hatte. In der Mitte waren die Seiten herausgeschnitten, so dass ein Hohlraum entstand, wenn das Buch geschlossen war. Darin lag ein ähnliches weißes Kästchen mit blinkenden Dioden wie in der Puppe.

Er schaltete es mit Hilfe der kleinen Taste aus, legte es neben das Tablettenkästchen auf den Tisch und machte sich auf die Suche nach dem verborgenen Eingang. Er begann im Flur, konnte aber weder hinter den Jacken an der Garderobe noch hinter dem rotbraunen Vorhang, der einen Großteil der Wand bedeckte, etwas finden.

Im Wohnzimmer überprüfte er die beiden Fenster, entdeckte aber keine Anzeichen für einen Einbruch. Er öffnete eins, lehnte sich hinaus und leuchtete mit der Taschenlampe die Fassade ab. Hundegebell hallte von den Mauern wider, und ein Opel, der vor seinem eigenen Auto gestanden hatte, parkte aus und fuhr die Blekingegata hinunter. Nirgendwo irgendwelche Abdrücke, die darauf hindeuteten, dass jemand auf diesem Weg hereingekommen war.

Da keine Wand des Raums an eine Nachbarwohnung grenzte, wandte er sich dem Fußboden zu, hob den Teppich an und leuchtete unter das Sofa. Anschließend richtete er die Taschenlampe an die Decke und hielt Ausschau nach geraden Ritzen in rechten Winkeln, aber abgesehen von Spinnweben und dem abgeblätterten und vergilbten Deckenanstrich war da nichts, was auf eine verborgene Luke hingedeutet hätte. In Küche und Bad genauso.

Das Schlafzimmer hatte er noch vor sich, aber in Anbetracht der vielen Zeit, die Kremph schlafend verbracht haben musste, war dieser Raum am unwahrscheinlichsten. Da war die Besenkammer nebenan um einiges interessanter. Sie grenzte auch direkt an Küche und Bad. Wenn Kremph also im Wohnzimmer saß und Radio hörte, hatte der Täter mühelos das Skalpell in der Küche deponieren oder im Badezimmerschränkchen die Medikamente austauschen können.

Er öffnete die Tür, die mit derselben gemusterten Tapete verkleidet war wie der Rest der Wand, und schaltete die nackte Glühbirne ein. Die Abstellkammer war ungefähr anderthalb Quadratmeter groß und gut sortiert. Auf einem Regal standen diverse Putzmittel, etwas weiter oben Toiletten- und Haushaltspapier.

Fabian räumte den Staubsauger, die beiden Besen und den Eimer mit dem Wischmopp hinaus und nahm das Linoleum in Augenschein, das sich mühelos anheben ließ. Silberfischchen ergriffen die Flucht vor dem Licht und verschwanden in den Ritzen, aber weder hier noch an einer anderen Stelle der Besenkammer fand sich auch nur die Spur einer Luke.

Er stellte den Staubsauger und die anderen Gegenstände zurück und überlegte, ob es eine andere Erklärung geben konnte, die vielleicht so naheliegend und offensichtlich war, dass er den Wald vor Bäumen nicht sah. Zwei Lichtkegel, die plötzlich über die Wand draußen im Flur huschten, rissen ihn aus seinen Gedanken.

Zwei Personen waren auf dem Weg in die Wohnung.

Während er sich ins Schlafzimmer zurückzog, hörte er im Wohnzimmer jemanden flüstern. Was, konnte er nicht verstehen. Sie schienen auf dem Weg ins Schlafzimmer zu sein. Schnell warf er sich auf den Boden, kroch zu all den Wollmäusen unters Bett und verfolgte kurz darauf, wie zwei Paar derbe Stiefel über den knarrenden Boden marschierten.

Einige Meter vom Bett entfernt blieben sie eine gefühlte Ewigkeit stehen. Fabian hielt den Atem an, während der Lichtkegel über den Boden und ein Stück unters Bett wanderte. Er war nicht nur unbewaffnet. Er lag auch in einer Position, in der die kleinste Bewegung ein verräterisches Geräusch zu erzeugen drohte. Sein einziger Vorteil bestand darin, dass sie von seiner Anwesenheit nichts wussten. Wenn die Stiefel doch nur etwas näher gekommen wären.

Als hätten sie seine Gedanken gelesen, bewegten sie sich auf ihn zu. Zuerst einen Schritt, worauf sie kurz abwarteten. Dann noch einen, bis sie direkt an der Bettkante standen. Vorsichtig streckte er den linken Arm aus, vorbei an einem der Stiefel und um ihn herum bis zu seiner Ferse, als ein Pfiff aus dem Wohnzimmer die Schuhe veranlasste, in letzter Sekunde einige Schritte zurückzuweichen und wieder ins Wohnzimmer zu gehen.

Fabian atmete aus, obwohl ihm vollkommen klar war, dass es nur eine Frage der Zeit war, wann sie zurückkommen und den Raum gründlich durchsuchen würden. Er knipste seine Taschenlampe an, um sich nach einem nützlichen Gegenstand umzusehen. Ein Seil oder eine Hantel. Irgendetwas, das sich als Waffe benutzen ließ. Doch außer den Wollmäusen sah er nur Unterhosen, einzelne Socken und einen Zeitungsstapel.

Allerdings entdeckte er direkt unter dem Bett eine Luke in der Wand. Er hatte selbst so eine im Badezimmer, an die er nie einen Gedanken verschwendet hatte, bis eines Tages Wasser aus dem kleinen Hahn direkt unterhalb der Klappe trat. Erst da hatte er begriffen, dass der weiß lackierte Metalldeckel dem Klempner dazu diente, im Fall eines Lecks die Wasserrohre zu inspizieren und zu reparieren.

Doch hier war kein Rohr. Außerdem befand sich die

Klappe direkt an der Schlafzimmerwand und ein Stück von Küche und Bad entfernt, was ein äußerst seltsamer Ort für Wasserrohre gewesen wäre. Er schlängelte sich bis an die Wand, legte die Taschenlampe auf den Boden und löste die Abdeckung so vorsichtig wie möglich aus den Halterungen.

Rohre waren nicht zu sehen, nur ein schwarzes Loch. Als er jedoch mit der Taschenlampe hineinleuchtete, bemerkte er, dass es alles andere als ein kleines Loch war, sondern ein von der Grundfläche etwa zwei Quadratmeter großer Schacht, der senkrecht durch das ganze Gebäude verlief, vom obersten Stockwerk bis in den Keller.

Da er nichts zu verlieren hatte, zwängte er sich mit der Taschenlampe im Mund in die schmale Öffnung. Ein kräftiger Bolzen, der direkt oberhalb der Öffnung aus der Wand kam, diente ihm als Griff, so dass er zuerst die Beine hineinstecken konnte, ohne hinunterzufallen. Er stemmte sich mit dem einen Fuß unten an die Wand und fand auf der anderen Seite eine Reihe von dicken Stromkabeln, auf denen er den anderen abstellte. Jetzt konnte er sich aufrichten und die Wände des Schachts mit der Taschenlampe absuchen.

Einen halben Meter unterhalb der Öffnung erstreckte sich ein Brett von der einen Seite zur anderen, wo sich ein ähnliches Loch zu befinden schien.

Er setzte zuerst einen und dann den anderen Fuß auf den Steg, als ihm die Taschenlampe aus dem Mund rutschte und einige Sekunden später zerschellte.

Die Dunkelheit war so kompakt, dass er sich rittlings auf das Brett setzen musste, um nicht das Gleichgewicht zu verlieren. Er tastete die Wand ab. Auch hier war die Öffnung blockiert, aber um eine Inspektionsluke wie in seinem Bad handelte es sich nicht. Die Abdeckung fühlte sich eher an, als wäre sie aus fest geflochtenem Stacheldraht oder einer Art dünnem Gitter. Er drückte dagegen, aber sie ließ sich keinen Millimeter bewegen. Erst als er sich mit ganzer Kraft gegen das Brett stemmte und mit beiden Füßen dagegen trat, gab die Klappe nach, und er konnte durch die Öffnung steigen.

Im selben Moment begriff er, dass er hier keineswegs zum ersten Mal war.

Kapitel 74

Dunja war kaum zu Hause und hatte gerade erst das neue Telefon ausgepackt und an den Computer angeschlossen, um ihre Kontakte darauf zu übertragen, als es klingelte. Sie erkannte Carstens Nummer auf Anhieb. In den vergangenen Tagen hatte sie sich durchaus nach seiner Stimme gesehnt, aber nun hatte sie nicht die geringste Lust, dranzugehen. Nicht ein einziges Mal im Laufe des Tages hatte er versucht, sie oder zumindest einen ihrer Kollegen zu erreichen. Erst jetzt, als die Nachricht von ihren nächtlichen Erlebnissen bis nach Stockholm vorgedrungen war, passte es ihm.

Doch das war nicht der Grund, warum sie nicht ans Telefon ging. Sie hatte ganz einfach keine Zeit.

Sie hatte den Sonntag größtenteils gemeinsam mit Jan Hesk und Kjeld Richter im Besprechungsraum verbracht, wo sie jede Spur und jeden Hinweis in den Ermittlungsakten unter die Lupe nahmen. Sie fegten das Whiteboard leer und fingen noch einmal von vorne an, um alles mit anderen Augen zu sehen. Alles mit dem Ziel, ein anderes Motiv zu finden und sich ein Szenario auszumalen, bei dem Benny Willumsens einzige Funktion darin bestand, den Verdacht auf sich zu lenken.

Den ganzen Tag hatte Hesk sich nach Kräften bemüht, so zu tun, als ob nichts gewesen wäre. Als hätte sie ihn nie angerufen und in Todesangst um Hilfe angefleht. Als hätte er sich niemals abgewendet und den Hörer aufgeknallt, als sie ihn dringend gebraucht hätte. Nicht einmal ein »Tut mir leid« hatte er sich abgerungen. Keinen Versuch unternommen, sich herauszureden. Als glaubte er ernsthaft, es wäre damit getan, einfach weiterzuarbeiten.

Außerdem hatten sie nicht viel mehr zustande gebracht als ein paar Ideen, die alle mehr oder weniger weit hergeholt schienen.

Außer einer.

Sie war ihr bereits gekommen, als sie Katja Skovs Körperteile auf dem Foto liegen sah und feststellte, dass ein Teil der Brustpartie fehlte. Weder Hesk noch Richter wunderten sich darüber und nannten stattdessen verschiedene Gründe, warum einem leicht mal ein Körperteil abhandenkam.

Sie selbst war fest überzeugt, dass sie keinen Täter jagten, dem mir nichts, dir nichts Dinge abhandenkamen. Ihr war sogar das Kunststück gelungen, Oscar Pedersen zu überreden, auf die letzte Folge von *Kommissarin Lund* zu verzichten, sich stattdessen in die Rechtsmedizin zu begeben und das erste Opfer, Karen Neuman, noch einmal zu untersuchen.

Aus diesem Grund reagierte Dunja nicht auf Carstens Anruf. Bis er es zum dritten Mal versuchte.

»Dunja, bist du es? Was ist denn bloß passiert? Ich habe in den Nachrichten gehört, dass …?«

»Alles in Ordnung, Liebling.«

»In Ordnung? Stimmt es, dass …?«

»Ja, aber mach dir keine Sorgen. Jetzt ist alles gut …« Sie wunderte sich nicht, als ein Tuten im Hintergrund signalisierte, dass Pedersen anrief. »Du, ich habe jetzt keine Zeit mehr zu telefonieren. Ich muss auflegen.«

»Was? Warte doch mal. Warum denn? Ich habe doch gerade erst …«

Sie klickte das Gespräch weg und nahm den Anruf von

Pedersen an. »Hallo ... Entschuldige, ich musste erst ein anderes Gespräch beenden. Hast du was gefunden?«

»Ja.«

»Und?«

»Du hattest recht. Ihre rechte Niere fehlt.«

Kapitel 75

Fabian stand auf und klopfte sich den Staub im Schein der Straßenlaterne vor dem Fenster ab, das seit Ossian Kremphs Selbstmord noch nicht repariert worden war. Das erklärte, warum es so kalt war. Er drehte sich zum Kühlschrank um, den er eben zur Seite geschoben hatte, und wusste nun ganz genau, wie der Täter durch die Abrisswohnung unbemerkt in Kremphs Wohnung ein- und ausgegangen war.

Zwei miteinander verbundene Wohnungen in zwei verschiedenen Gebäuden. Die eine Adresse war in der Blekingegata, die andere um die Ecke in der Östgötagata. Nah genug, um den Verdacht darauf zu lenken, dass die Wohnung mit dem in Folie gehüllten Tisch Kremphs Reich war. Weit genug entfernt, damit sie nicht auf den Gedanken kamen, die Wohnungen könnten miteinander verbunden sein.

Hastig machte er ein paar Fotos von der Öffnung in der Wand und dem Schacht, rückte den Kühlschrank wieder davor und ging zur Tür gegenüber. Er merkte zunächst nicht, dass die Tür zum allerersten Mal geschlossen war.

Deshalb hatte er bereits zwei Meter im angrenzenden Raum zurückgelegt, als er bemerkte, dass das Deckenlicht eingeschaltet war und den in Folie gehüllten Tisch beleuchtete, der so nass war, dass die Flüssigkeit auf den Boden und in eine große Wanne tropfte, die schon zu zwei Dritteln gefüllt war.

Es war gerade jemand hier gewesen und hatte die Einrichtung benutzt. Fabian eilte zum Tisch, hockte sich vor die Wanne und betrachtete die klare Flüssigkeit, in der sich jedes Mal, wenn ein Tropfen vom Tisch fiel, Ringe bis an den Rand ausbreiteten. Es sah nach ganz normalem Wasser aus, doch als er sich hinunterbeugte, um daran zu riechen, merkte er sofort, dass mit dem Geruch etwas nicht stimmte. Es handelte sich zweifellos um Wasser, aber es war mit irgendetwas vermischt.

*

… Bin in einem Flur aufgewacht. Überall Verletzte, die vor Schmerzen schrien. Ich begriff überhaupt nichts, aber als eine Krankenschwester vorbeikam, wurde mir klar, dass die Hände im Nebel ganz und gar nicht meinen alten Freunden gehört hatten. Stattdessen hatte mich einer von euch gerettet. Ich sprach die Schwester an und fragte sie nach dir. Beschrieb ihr deine blauen Augen.

Die kräftige Ohrfeige und ihr Hilferuf kamen aus dem Nichts. Es muss an meinem Dialekt gelegen haben. Kurz darauf waren ihre Kolleginnen bei mir. Sie spuckten mich an und schlugen mich. Ich wollte mich erklären, hatte aber keine Chance. So viel Hass. Ich versuchte, aus dem Bett zu kommen, nur weg, aber ich fiel hin. Oder zog jemand an mir? Ich konnte mich nur noch zusammenrollen und zu Gott beten, dass ihre Schläge und Tritte aufhören würden.

Da kam sie, die Ärztin. Ich glaube, sie hieß Basimaa. Sie half mir durch eine Hintertür hinaus. Sie sagte, sie kenne dich, und erzählte mir, dass ihr zusammen in dem Krankenzimmer in Einabus gearbeitet habt. Sie wusste deinen Namen und das Dorf, in dem du wohnst.

Aisha Shahin aus Imatin … Der schönste Name überhaupt. Aisha Shahin …

Du existiertest, und du warst so viel mehr als nur ein Traum.

Eine Nachtwanderung später klopfte ich bei deinem Vater an die Tür. Deine Mutter machte mir auf, fing laut an zu rufen, und kurze Zeit später waren mehrere deiner Brüder da. Sie drückten mich an eine Wand. Ich hätte Schande über die Familie gebracht und deine Mutter gezwungen, dich wegzuschicken.

Bis dein Vater erwartet wurde, fesselte man mich im Hinterhof an einen Baum und wechselte sich dabei ab, mich zu schlagen. Ich weiß nicht mehr, ob deine Mutter sie zum Aufhören bewegen wollte, und erinnere mich nur noch, dass mich ein Eimer schmutziges Wasser weckte. Ich versuchte, meine malträtierten Augen zu öffnen. Das Gesicht deines Vaters ganz nah an meinem.

Er fragte mich, wie ich mich unterstehen könnte, meinen dreckigen Fuß in euer Land zu setzen. Ich antwortete, ich sei gekommen, weil ich um deine Hand anhalten wollte. Ich wäre bereit, für sein Einverständnis alles zu tun. Der Wind, die Fliegen, die Blätter am Baum. Der tropfende Hahn. Alles verstummte. Dann nickte er und sagte, ich sollte seine Söhne auf eine Mission begleiten.

Aisha, bald kann ich nicht mehr. Es ist Blut überall, und deine Brüder sind bereits verstummt. Es tut mir leid, aber ... Der Konvoi mit den Siedlern kam wie geplant, und wir kamen aus unseren Löchern gekrochen und warfen unsere Steine.

Die Lastwagen blieben stehen, und ich sah, wie sich das Blech ausbeulte. Ich wunderte mich, dass sie nicht wegfuhren. Deine Brüder schrien mich an, ich sollte weitermachen. Die Panik in ihren Augen. Ich gehorchte, obwohl ich wusste, dass etwas nicht stimmte.

Dann kamen sie aus ihren Lastwagen. Grelle Scheinwerfer, Sicherheitswesten und Maschinengewehre. Frag mich nicht, woher, aber sie wussten es. Die Gewehrsalven hallten von den

Bergwänden wider, und wir warfen weiter. Ich auch, denn ich wollte zeigen, auf wessen Seite ich stand. Dass ich mein Wort hielt. Aber es ging nicht, Aisha. Es ging einfach nicht. Einer nach dem anderen fiel, und im Scheinwerferlicht leuchteten die Felsen bald rot vor lauter Blut.

Sie legten uns in eine Reihe und musterten unsere Verletzungen. Zakwan neben mir war am Auge getroffen worden, aber noch am Leben, und Wasim auf der anderen Seite hustete Blut. Ich selbst hatte zwei Kugeln im Bauch und spürte, dass ich am Verbluten war. Ich konnte nichts anderes tun, als in den nachtschwarzen Himmel hinaufzustarren, wo sich die Sterne verflüchtigten. Ein Unwetter braute sich zusammen.

Ich hörte noch einen Lastwagen näher kommen und stehen bleiben. Erkannte die Stimmen aus dem Lager wieder. Ich versuchte, das Gesicht wegzudrehen, als sie uns mit ihren Taschenlampen anleuchteten. Doch niemand erkannte mich, vielleicht wegen des vielen Bluts. Ich wurde mit den anderen weggeschleift und auf die Laderampe geworfen.

Aisha, ich habe das Gefühl, du schaust mir über die Schulter und liest mit. Jedes Wort. Jeden Satz. Ich will nicht aufhören zu schreiben, aber meine Kräfte verlassen mich. Die letzten muss ich mir aufsparen, damit ich den Brief noch zusammenfalten und in den Umschlag stecken kann. Heute Nacht schicke ich ihn auf die Reise. Hoffentlich nimmt Gott ihn in die Hand und sorgt dafür, dass er eines Tages sein Ziel erreicht.

Egal, wo du dich befindest und was du tust.

Eines schönen Tages.

Efraim Yadin

Kapitel 76

Sofie Leanders erster Gedanke war gewesen, sich mit dem Skalpell die Halsschlagader aufzuschneiden und sich dem schmerzhaften Warten endlich zu entziehen. Einfach zu verlöschen und sich im Nichts aufzulösen erschien ihr fast genauso verlockend, wie zu überleben und in einer eventuellen Zukunft befreit zu werden.

Dieses Fast veränderte alles.

Genau in dem Moment, als sie sich die Klinge an den Hals drückte und spürte, wie sie beinahe eindrang, genau in diesem Augenblick war ihr aufgegangen, dass das Skalpell und die Tatsache, dass sie nicht mehr festgeschnallt war, ihre Chancen um mehrere Tausend Prozent erhöhten. Sie hatte zwar keine Möglichkeit, hinauszugelangen. Nicht einmal die beiden kleinen Schlüssel an dem Haken in einem der Schränke passten. Außerdem befand sich der Motor des Rolltors an der Außenseite, und einen Schalter, mit dem er sich von innen in Gang setzen ließ, schien es nicht zu geben.

Dafür konnte sie Geräusche erzeugen, indem sie gegen das Tor trat und um Hilfe schrie, um auf diese Weise Passanten klarzumachen, dass etwas nicht stimmte, und sie zum Stehenbleiben zu veranlassen. Doch bislang war niemand vorbeigekommen.

Bis jetzt.

Mit dem Ohr am Rolltor verfolgte sie gespannt, wie das große Tor geöffnet wurde und ein Auto hereinfuhr und anhielt. Anschließend ging eine Autotür auf und wieder zu. Schritte auf dem harten Boden. Sie wollte nichts lieber tun, als zu klopfen und zu schlagen und generell so viel Lärm wie möglich zu machen. Aber noch nicht. Noch konnte sie sich nicht ganz sicher sein. Sie musste abwarten, bis sie hörte, ob die Schritte weitergingen oder vor ihrem Lagerraum stehen blieben. Nur vor ihrem Abteil durften sie nicht verharren.

Ihr Körper zitterte vor Anstrengung, und plötzlich fiel ihr auf, wie wenig es ihr ausmachte, dass sie nackt war. Wie egal es ihr war, wer da draußen herumlief. Mann oder Frau, alt oder jung. Sie würde auf jeden Fall dafür sorgen, dass sie bemerkt wurde. Die Schritte kamen immer näher und würden in wenigen Sekunden zu einem der Abteile im hinteren Bereich weitergehen. Dann würde sie loslegen. Sobald sie Gewissheit hatte.

Doch stattdessen passierte das, was unter keinen Umständen passieren durfte.

Die Schritte verstummten.

Die Stille, bevor der Elektromotor ansprang und das Rolltor hochzog, war eigentlich zu kurz, aber sie war gut vorbereitet und wusste genau, wie sie sich mit dem Skalpell in der Hand hinter den Kartons voller ekelerregender Flüssignahrung verstecken musste.

Den Tisch hatte sie wieder aufgestellt, und darauf hatte sie Teile von Kartons und anderen Kram gelegt, den sie im Raum gefunden hatte, um es so aussehen zu lassen, als würde dort jemand liegen. Der Anblick war alles andere als überzeugend, würde ihr aber im besten Fall eine zusätzliche Sekunde schenken, die sie gut gebrauchen konnte, um sich auf die Person zu stürzen, ihr Skalpell überall hineinzustoßen, wo sie konnte, die Taschen nach dem Autoschlüssel zu durchsuchen und davonzurennen, ohne sich noch einmal umzudrehen.

Der Elektromotor kam zum Stillstand, und genau wie sie es in Gedanken unendlich oft geübt hatte, hockte sie vollkommen reglos da und wartete ab, bis sie ihn von hinten auf den Tisch zugehen sah. Erst jetzt raste sie auf ihn zu und ließ ihr Skalpell auf ihn niedersausen.

Sie traf nicht.

Als sie zum nächsten Versuch ansetzte, hatten die Tritte gegen ihr Schienbein sie bereits aus dem Gleichgewicht gebracht. Ihr Kopf knallte auf den Betonboden, und das Skalpell verließ ihre Hand. Bevor das Gas in ihr Gesicht gesprüht wurde, fragte sie sich als Letztes, warum sie ihren ersten Gedanken nicht in die Tat umgesetzt hatte.

Als sie wieder wach wurde, war alles, als hätten die vergangenen vierundzwanzig Stunden überhaupt nicht stattgefunden. Als wäre das Ganze ein Traum gewesen, aus dem sie soeben erwachte. Ein Spielchen ihres Unterbewusstseins, das jetzt beendet war. Denn nun lag sie wieder da, festgegurtet auf dem Tisch in Folie mit der Sonde in ihrem Mund.

Doch sie hatte keine Kraft mehr, sich damit zu beschäftigen. Nicht im Geringsten. Die Hoffnung, bald zu sterben, hatte sie längst aufgegeben. Es war völlig egal, was passierte. Von jetzt an würde sie der Apathie das Feld überlassen. Auschecken und verlöschen.

Jedenfalls wünschte sie sich nichts sehnlicher.

Doch sosehr sie es sich auch wünschte, konnte sie sich die Frage nicht verkneifen, was eigentlich los war. Warum ihr Haar ganz nass war und nach Shampoo roch, und ob sie da wirklich eine Schere hörte. Bekam sie die Haare geschnitten? Da auf ihrem Gesicht ein feuchtes Handtuch lag, konnte sie nichts sehen. Aber sie hörte die Schere, die nach getaner Arbeit auf ein Metalltablett gelegt wurde.

Ihre Haare hatten es mit Sicherheit nötig, ein- oder zweimal gründlich gewaschen zu werden. Aber war sie wirklich schon so lange hier, dass sie auch geschnitten werden mussten? Und was spielte es für eine Rolle, wenn sie etwas länger waren? Spielte überhaupt irgendetwas eine Rolle?

Offensichtlich.

Was, wenn. Sie wollte den Gedanken eigentlich nicht weiterdenken, konnte es aber nicht lassen. Was, wenn sie doch überleben würde? Wenn sie ihre Strafe abgebüßt hatte, nun auf ihre Freilassung vorbereitet wurde und bald wieder zu Hause bei ihrem geliebten Mann wäre? Oh, wie sie sich nach ihm sehnte. Nach seinen warmen beruhigenden Händen.

Etwas Kaltes landete auf ihrer Brust, zuerst auf der einen und dann auf der anderen. Anschließend auf ihrem Bauch und den Beinen. Eine Art von Creme wurde einmassiert.

Sie duftete gut.

Ein bisschen nach Kokos.

Kapitel 77

Es war erst halb fünf am Morgen und noch lange nicht hell. Falls es jemals hell werden würde. Doch sie hatten schließlich auch den dunkelsten Tag des Jahres vor sich, stellte Dunja fest, als sie das Papptablett mit den drei Bechern in die Hand nahm, aus dem Auto stieg und sofort den kalten Wind unter ihrem Mantel spürte. Nicht einmal die Strickmütze mit der dänischen Flagge, die Carstens Mutter ihr vor Jahren zu Weihnachten geschenkt und die zu tragen sie bislang konsequent verweigert hatte, schien irgendeinen wärmenden Effekt zu haben.

Am Kai standen Kjeld Richter und Jan Hesk und diskutierten eifrig, verstummten jedoch, als sie Dunja näher kommen sahen. Man musste kein Einstein sein, um zu kapieren, dass sie über sie geredet hatten. Und nun, nach nicht einmal einer Minute in der Kälte, war sie fast bereit, zuzugeben, dass Hesk und Richter recht hatten, wenn sie behaupteten, dass die Bedingungen kaum schlechter hätten sein können.

Die Dunkelheit und die Kälte waren das eine. Schlimmer war es mit dem Wasser. Der scharfe Wind hatte die

Oberfläche so aufgewühlt, dass die schweren Eisblöcke sich wie große Zähne aneinanderpressten, die alles zermalmten, was ihnen in die Quere kam. Außerdem hatte der Hafenmeister nicht nur einmal, sondern mehrmals darauf hingewiesen, dass sie spätestens um sechs Uhr fertig sein mussten.

»Ihr seht ja gutgelaunt und munter aus.« Dunja erntete nicht einmal ein Lächeln. »Kaffee?« Sie hielt ihnen das Tablett so lange hin, bis sich schließlich beide einen Becher genommen hatten. »Wie läuft es bei ihm?«

»Na, was meinst du?« Hesk deutete auf das widerspenstige Wasser. »Hast du Lust, da reinzuspringen?«

»Nein, aber ich bin ja auch kein Taucher, und wenn ich das richtig sehe, ist er bereits unten.«

»Runter kommt man immer …« Hesk nippte an seinem Kaffee und biss sich auf die Zunge, als wolle er sich nicht anmerken lassen, wie gut er schmeckte.

Richters Funkgerät sprang an. »Das Auto ist auf jeden Fall hier. Kommen.«

»Versuch mal, die Türen aufzumachen und reinzukommen. Kommen.« Richter ging ein Stück zur Seite, das Funkgerät in der Hand.

Dunja trank ihren Kaffee und blickte in den schwarzen Eisbrei hinunter. Sie konnte jedoch weder Bläschen erkennen, die an die Oberfläche stiegen, noch das Licht des Scheinwerfers, den der Taucher mit Sicherheit dabeihatte. Stattdessen blickte sie auf das Hafenbecken hinaus und betrachtete die Schiffe, die am Kai gegenüber und bis hinunter zum Schloss Kronborg vertäut waren – dem letzten Außenposten in Richtung Osten.

So hatte sie es jedenfalls immer empfunden, wenn sie auf den Sund guckte und auf der anderen Seite Schweden sah. Das Nachbarland galt zwar offiziell als neutral, und es bestand kein Zweifel daran, dass sich die Werte seiner Einwohner nach Westen orientierten. Trotzdem hatten die vielen Regeln, das staatliche Alkoholmonopol und alles andere in ihr immer ein Ostgefühl ausgelöst.

Doch das war vorbei. Nun hatte sich ihr Eindruck vollkommen verändert. Als befänden sich die Nachbarn nicht mehr weit zurück, sondern unschlagbar weit vorn. Ob das an der Begegnung mit der hochschwangeren Polizistin aus Stockholm lag oder an der Tatsache, dass sie vor wenigen Tagen zum ersten Mal seit langem einen Fuß in das Nachbarland gesetzt hatte, wusste sie nicht. Aber sie hatte trotz der Erlebnisse in Kävlinge große Lust, wieder hinzufahren.

Sie drehte sich zu Hesk um und erkundigte sich, ob der Kaffee okay sei, bereute die Frage aber sofort. Warum war es immer ihre Aufgabe, das Schweigen zu brechen? Hesk seinerseits tat nichts, um die Distanz zu überbrücken und die Qual zu verringern. Stattdessen wartete er so lange wie möglich, bis er achselzuckend murmelte: »Ganz okay.«

»Gut.« Dunja merkte, dass sie immer gereizter wurde.

Er hatte noch immer mit keinem Wort erwähnt, dass er sie einfach weggedrückt hatte, als sie in Lebensgefahr schwebte. Außerdem hatte er sich noch nicht einmal die Mühe gemacht, etwas dazu zu sagen, dass sie mit Karen Neumans fehlender Niere richtiggelegen hatte. Falls er glaubte, dass er davonkam, indem er die Sache totschwieg, irrte er sich.

»Anschließend fahre ich zu Pedersen, um mal zu hören, was er zu der fehlenden Niere zu sagen hat«, sagte sie mit Nachdruck.

»Alles klar.« Hesk trank seinen Kaffee und starrte ins Nichts.

War das alles, was ihm dazu einfiel? »Und was sagst du dazu? Ich meine, du warst ja einer erneuten Obduktion der Leiche gegenüber nicht gerade positiv eingestellt, aber zum Glück habe ich darauf bestanden.« Den letzten Satz hätte sie gerne zurückgenommen, aber nun war es zu spät.

Hesk zuckte mit den Schultern. »Soweit ich das sehe, spricht die Niere weder für noch gegen Willumsen.«

»Nicht?«

»Nein, ich würde ihr kein allzu großes Gewicht beimessen.«

»Er hat bei keinem früheren Fall ein Organ entfernt.« Dunja machte einen Schritt auf ihn zu. »Er hat vergewaltigt, gefoltert und zerstückelt. Aber wenn die Leichen gefunden wurden, war alles noch dran. Aber jetzt fehlt dem einen Opfer eine Niere und dem anderen die Hälfte der Brust. Wie kannst du der Meinung sein, wir sollten dem kein Gewicht beimessen?«

»Das bedeutet nur, dass er sich nicht wiederholt. Was, wenn ich das richtig verstanden habe, doch sein Ding war. Früher hat er die Opfer von seinem Hund anfressen lassen. Jetzt behält er stattdessen eine Trophäe. Beim nächsten Mal schreddert er sie vielleicht und verstreut sie als Dünger auf dem Rasen.« Hesk lachte und trank seinen Kaffee aus.

Dunja wusste genau, dass er ihr nur einen Köder hingeworfen hatte, auf den sie unter keinen Umständen anspringen durfte. Trotzdem konnte sie es nicht lassen.

»Hört mal, ich glaube, es bringt nichts, ihn noch lange weitermachen zu lassen«, rief Richter, und Dunja drehte sich um. »Das Auto ist offenbar sauber!«

»Hat jemand etwas anderes vermutet?« Hesk schüttelte den Kopf.

»Okay, aber er soll unbedingt das Kennzeichen überprüfen.«

»Das hat er schon. HXN 674. Schwedisch, genau wie wir vermutet haben.«

Dunja hielt den Daumen hoch und zwang sich zu einem Lächeln. Dann drehte sie sich wieder zu Hesk um und ließ die Maske fallen. »Du nimmst das hier überhaupt nicht ernst, oder? Für dich ist das alles nur ein Scheißspiel, bei dem du dich aufführen kannst wie die Axt im Walde.«

Hesk schüttelte den Kopf.

»Gib es wenigstens zu! Wie ein verbittertes altes Weib steckst du deine ganze Energie darein, mir das Leben schwerzumachen. Dass da draußen immer noch ein Täter frei rumläuft, geht dir doch vollkommen am Arsch vorbei.«

»Nein, Dunja, so ist es nicht.«

»Nee? Und wie viele Opfer brauchen wir noch, bis du mal aufwachst? Drei? Zehn?«

»Überhaupt keine. Und es wird auch keine weiteren Toten geben, weil ihm jemand beide Lungen und das Herz punktiert hat.«

»Aber es war nicht …«

»Dunja! Er war es, okay? Niemand, und damit meine ich wirklich: Niemand in der ganzen Abteilung glaubt an dein Gespenst! Außer dir natürlich. Alle anderen sind überzeugt, dass es Willumsen war, und wir stehen hier nur, weil Sleizner dich so sexy findet und nichts lieber tun würde, als dich flachzulegen.«

Erst als das Geräusch ihre Ohren erreichte, begriff sie, was sie getan hatte. Doch da war es bereits zu spät, um es ungeschehen zu machen. Wie aus dem Nichts war sie mit fast überirdischer Geschwindigkeit in Erscheinung getreten. Und da ihr kein Gedanke vorausgegangen war, war sie selbst genauso verblüfft wie Hesk.

Doch das war noch nicht das Schlimmste.

Ihre Handfläche auf seiner Wange.

Das Blut, das in sie strömte und sie rot färbte.

Die Blicke, die alles sagten.

Das Schlimmste war, dass er recht hatte.

Kapitel 78

Malin Rehnberg wälzte sich von einer Seite auf die andere. Diese Bewegung hätte unter normalen Umständen nur wenige Sekunden gedauert, doch mit ihrem hochschwangeren und zudem schwangerschaftsvergifteten Höllenbauch brauchte sie fast anderthalb Minuten dafür. Sie wusste nicht, wie oft sie sich schon umgedreht hatte. Jedenfalls waren es deprimierend viele Male gewesen, denn sobald sie länger als fünf Minuten reglos dalag, musste sie an schorfigen Dekubitus oder Würmer denken, die sich über Leichen hermachten.

Über das Zimmer, das Fabian ihr aufgenötigt hatte, konnte sie sich hingegen nicht beklagen. Es war in mehrerer Hinsicht deutlich besser als das vorige. Nicht nur weil es frisch renoviert war. Es befanden sich sogar Bilder, Vorhänge und ein Fernsehgerät darin, auch wenn Letzteres nicht angeschlossen war. Da es ein Einzelzimmer war, brauchte sie endlich nicht mehr die Toilette mit jemandem zu teilen. Denn das hasste sie. Bei der Arbeit war sie früher nie aufs Klo gegangen, bis sie von einer akuten Schwangerschaftsinkontinenz befallen wurde, und wäre es möglich gewesen, hätte sie wie Ingmar Bergman auf einer eigenen Toilette bestanden.

Das Problem war, dass sie sich tödlich langweilte. Seit vier Uhr morgens, als man sie geweckt hatte, um ihren Blutdruck zu kontrollieren, lag sie wach und konnte nicht wieder einschlafen. Und jetzt, fast drei Stunden später, befürchtete sie, fünf weitere ereignislose Minuten nicht zu überleben. Sie sah bereits die Überschrift vor sich.

HOCHSCHWANGERE KRIMINALKOMMISSARIN
AUS ÜBERDRUSS GESTORBEN!

Wenn sie wenigstens nach Hause gedurft hätte. Warum sie nicht zu Hause am Tropf hängen und alle anderthalb Stunden selbst ihren Blutdruck kontrollieren konnte, ging über ihren Horizont. Die Ärzte machten sowieso nur einmal am Tag Visite. Wobei man von einem Besuch kaum sprechen konnte. In der Realität war es nicht mehr als ein unmerkliches Nicken, ein paar gemurmelte Worte und dann weiter zum Nächsten.

»Liebling ...« Sie bekam einen Kuss auf die Stirn. »Jetzt bin ich da.«

Sie sah den Mann direkt über ihr an und begriff, dass es ihr Ehemann Anders war. Sie musste eingeschlafen sein. »Wie spät ist es?«

»Gleich halb neun. Wie geht es dir? War die Nacht okay?« Er setzte sich auf die Bettkante.

»Lass uns lieber von was anderem sprechen. Hast du mir die Sachen mitgebracht?«

Anders hielt die Tasche hoch, die sie bei der Arbeit benutzte. »Unter einer Bedingung. Du fängst nicht an zu arbeiten.«

»Ja ... Gib schon her.« Sie streckte die Hand nach der Tasche aus, aber er hielt sie absichtlich von ihr weg.

»Liebling, ich meine es ernst. Ich habe gestern mit dem Arzt gesprochen, und er hat gesagt ...«

»Anders, der Fall ist abgeschlossen. Ich werde nicht arbeiten, okay? Versprochen. Ich will nur ein bisschen Zeitung lesen und mit meiner Mutter skypen.«

Widerwillig stellte er die Tasche neben das Bett. »Und dieser Fabian, war der eigentlich schon hier, um dich zu besuchen?«

»*Dieser* Fabian?« Sie schüttelte den Kopf. »Ich verstehe überhaupt nicht, was du gegen ihn hast. Und nein, er war nicht hier. Aber wenn er es gewesen wäre, dann nur, um zu gucken, wie es mir geht. Und nicht, um zu arbeiten.« Sie bemerkte seinen skeptischen Blick. »Ja, wirklich. Du kannst ganz beruhigt sein.«

»Beruhigt bin ich erst, wenn das hier überstanden ist.« Er legte seine Hand auf ihren Bauch. »Der Arzt sagt, du brauchst unbedingt …«

»Ruhe. Anders, das weiß ich. Ich tue nichts anderes, als mich auszuruhen. Ich bin schon völlig fertig vom Ausruhen. Apropos, musst du nicht bald los?«

»Stimmt ja …« Er warf einen Blick auf die Uhr und stand auf. »Aber …«

»Bis bald.«

»Ja. Versuch, ein bisschen zur Ruhe zu kommen, und dann …«

»Mach's gut, Liebling.« Sie winkte ihm, während er rückwärts aus dem Zimmer verschwand.

Malin konnte es kaum erwarten, die Tasche zu sich ins Bett zu holen und anzufangen, kannte aber ihren Mann gut genug, um zu wissen, dass sie lieber abwartete, bis er sie »überrascht« hatte, indem er ein letztes Mal den Kopf zur Tür hereinsteckte. Dann zog sie das Notebook heraus, schaltete es ein und schloss es an ihr Handy an, um sich auf diese Weise ins Internet einzuwählen. Wie sie sich danach gesehnt hatte.

Endlich konnte sie anfangen zu arbeiten.

Kapitel 79

Fabian kratzte das letzte bisschen Eis von der Frontscheibe, setzte sich ins Auto und wartete, bis der Motor die Heizung auf Touren gebracht hatte. Währenddessen versuchte er das Gefühl abzuschütteln, auf einer abschüssigen Ebene immer weiter nach unten zu rutschen. Und dabei hatte er gerade einen zweistündigen Morgenspaziergang mit *Kiss me, kiss me, kiss me* von The Cure in den Kopfhörern hinter sich.

Offenbar spielte es überhaupt keine Rolle, was er machte. Es schien ihm ohnehin alles langsam, aber sicher zu entgleiten. Sonja zumindest hatte ihre kleine Hölle hinter sich und war mit beiden Kindern zu ihrer Schwester Lisen auf Värmdö gefahren, wo sie alle in drei Tagen Weihnachten feiern würden.

Nichts fand Matilda schöner, als ihre Cousinen und Cousins und die Tante zu besuchen, die immer zu Hause war und für frisch gebackene Zimtschnecken und Beschäftigung sorgte. Fabian war sich sicher, dass Matilda, auch wenn sie es niemals zugeben würde, ihn und Sonja liebend gerne gegen Lisen und Roland ausgetauscht hätte.

Er schien mit seinen verschiedenen Firmen unendlich viel Geld zu verdienen, und sie hatte ihre Anwaltskarriere auf Eis gelegt, um zu Hause zu bleiben. Kein Wunder, dass den Kindern das gefiel. Sogar Theodor war widerspruchslos mitgekommen. Nun waren sie alle dort, bastelten und backten Weihnachtsplätzchen, packten Geschenke ein und suchten im Wald nach Tannenzweigen.

Alle außer ihm. Und dabei hatte er genau so, wie er war, nie werden wollen. Ein Elternteil, das nie Zeit und Energie hatte. Ein Vater, der nichts als Erleichterung verspürte, sobald die Kinder woanders waren. Jemand anders die Verantwortung für sie trug. Er klappte die Sonnenblende hinunter, schob die Abdeckung vor dem kleinen Spiegel beiseite und stellte fest, dass es auch auf sein Aussehen zutraf.

Er wurde seinem Vater in jeder Hinsicht immer ähnlicher.

Sonja hatte nachgedacht und war zu dem Schluss gekommen, dass sie vielleicht getrennte Wege gehen sollten. Dass sie etwas Besseres verdient hätten, als in einer Krise zu stecken, die kein Ende zu nehmen schien. Er hatte ihr aber an den Augen angesehen, dass sie das eigentlich gar nicht wollte.

Dass sie sich in Wirklichkeit nichts sehnlicher wünschte, als dass er endlich auf sie zuging und sie davon zu überzeugen versuchte, sie hätten noch eine Zukunft.

Aber er hatte keine Argumente mehr in petto, und obwohl er die ganze Nacht wach gelegen und eben ganz Söder umrundet hatte, wusste er immer noch nicht, wo er stand.

Weder in Bezug auf Sonja noch auf Herman Edelman.

Er hatte keine Ahnung, wie er seinen Chef, ohne zu viel preiszugeben, dazu bringen sollte, die Ermittlungen wieder aufzunehmen. Er wusste nur, dass dieser Mordfall nicht nur einer der komplexesten seines Lebens – der vermeintliche Täter tot, der wirkliche noch auf freiem Fuß –, sondern auch bei weitem nicht abgeschlossen war.

Fotos wurden auf dem Tisch verteilt. Bilder, die aus einer gewissen Entfernung aufgenommen worden waren und zehn leichtbekleidete Frauen zeigten, die aus einem Kastenwagen gezerrt und durch eine graue Hintertür gescheucht wurden.

»Diese Bilder wurden vor etwas mehr als zwei Monaten hinter dem Black Cat aufgenommen. Was ihr da seht, ist eine sogenannte ›Warenlieferung‹, die anschließend eine erste Sichtung und Auswahl durchlaufen wird«, erklärte Markus Höglund. Jarmo Päivinen, Tomas Persson und Herman Edelman nickten.

»Weiß eigentlich jemand, ob Risk schon im Anmarsch ist?«, fragte Inger Carlén, die neben Höglund stand und sich in ein Taschentuch schnäuzte, das seinen Zweck schon vor langem erfüllt hatte.

»Nein, fangt an«, sagte Edelman. »Ich hab nicht den ganzen Tag Zeit.«

»Alles klar.« Carlén unterdrückte ein Niesen.

»Okay, soweit wir wissen, werden sie im Club der Reihe nach auf eine Bühne gebracht und von Diego Arcas himself ›untersucht‹. Anschließend bestimmt er, an welche Bordelle sie weitergeleitet werden«, fuhr Höglund fort und nahm den letzten Keks aus der Dose.

»Was bedeutet ›untersucht‹?« Die Frage hatte Tomas gestellt, obwohl er so aussah, als wüsste er die Antwort bereits.

»Aus nachvollziehbaren Gründen wissen wir das nicht aus eigener Anschauung«, sagte Carlén. »Aber ich bin mir ziemlich sicher, dass sogar dir schlecht würde, wenn du die Prozedur zu sehen bekämst.«

»Jedenfalls gibt es deutliche Hinweise darauf, dass bald wieder eine neue Lieferung kommt.« Höglund spülte die Keksreste mit Kaffee hinunter. »Und dann schlagen wir zu.«

»Ihr wisst den Zeitpunkt also nicht genau?« Edelman zupfte an seinem Bart.

»Nur, dass es in den nächsten Tagen passieren wird. Deshalb müssen wir von nun an in Schichten arbeiten und brauchen ein ständig bereites Einsatzkommando.«

»In Ordnung.« Edelman nickte. »Ich informiere die Kollegen. Wie viele braucht ihr?«

»Mindestens fünfunddreißig«, sagte Carlén.

»Fünfunddreißig?« Edelman blickte von seinem Handy auf.

»Dann können wir gegen den Club und die kleineren Bordelle gleichzeitig vorgehen«, sagte Höglund. In dem Moment ging die Tür auf, und Fabian kam herein.

»Fabian.« Edelman drehte sich zu ihm um. »Wir haben uns gerade gefragt, wo du steckst. Ist etwas passiert?«

»Hast du Zeit?«, fragte Fabian, ohne die anderen anzusehen. »Am besten jetzt gleich.«

»Was ist denn passiert?« Edelman machte die Tür hinter sich zu.

Fabian sah ihn an. Er hatte sich vorgenommen, die Sache ganz ruhig anzugehen, schonend zu verpacken und ein bisschen um den heißen Brei herumzureden, bevor er zum

Punkt kam, doch sein verspätetes Eintreffen bei der morgendlichen Besprechung hatte diese Möglichkeit zunichtegemacht. »Wir müssen den Fall Grimås und Fischer neu aufrollen.«

Edelman machte ein Gesicht, als hätte er sich verhört, und nahm die Nickelbrille ab. »Und wieso glaubst du das? Setz dich erst mal.«

»Ich glaube das nicht nur.« Fabian nahm auf dem abgewetzten Ledersofa Platz. »Herman, wir waren dem Falschen auf der Spur. Ossian Kremph war nur ein Lockvogel, der uns auf die falsche Fährte führen sollte.«

»Warte mal. Willst du ernsthaft behaupten, Kremph wäre unschuldig?«

»Und der Täter läuft noch frei herum. Genau das denke ich.«

Edelman lachte auf, holte kopfschüttelnd zwei Flaschen Bier aus dem Kühlschrank und hielt eine davon fragend hoch.

»Nein, danke«, sagte Fabian, obwohl er wahrscheinlich genau das gebraucht hätte.

»Ja, ja ... Sag Bescheid, falls du deine Meinung änderst.« Herman öffnete die eine Flasche, schenkte sich ein Glas voll und machte es sich in dem Lesesessel am Fenster bequem. »Fabian, ehrlich gesagt, weiß ich nicht, was mit dir los ist. Du bist ein guter Ermittler, finde ich. Und du weißt, was ich von dir halte. Du bist einer unserer Besten.« Er trank einen Schluck Bier, griff nach seiner Pfeife und stopfte sie umständlich. »Aber jetzt habe ich wirklich das Gefühl, dass deine Phantasie mit dir durchgeht.«

Fabian wartete ab, bis er die Pfeife angezündet und seine Lunge mit dem silbernen Rauch gefüllt hatte. »Erinnerst du dich an die Frau im Bus? Deren Augen auf allen Bildern ausgeschnitten waren?«

»Sie war ein potentielles Opfer.«

»Und jetzt habe ich den Verdacht, dass sie tot ist.«

Edelman nickte und trank sein Bier mit einer Ruhe, die Fabian nicht erwartet hatte.

»Also, ich bin mir sogar ziemlich sicher, dass sie tot ist«, fügte er hinzu und spürte, wie das ganze Gespräch zu kentern drohte.

»Und da hast du vollkommen recht.« Edelman schenkte ihm ein zufriedenes Grinsen. »Sie ist mausetot.«

»Wie bitte, ihr habt sie gefunden?« Es lief überhaupt nicht wie geplant. Anstatt dass Edelman mit Verwunderung reagierte und ins Wanken geriet, kämpfte er nun selbst mit seinem inneren Gleichgewicht.

»Sie heißt Semira Ackerman. Der Kapitän der Pendelfähre zwischen Södermalm und Hammarby Sjöstad hat heute Nacht Alarm geschlagen, als er sie zwischen den Eisblöcken treiben sah. Sie ist offenbar auf die kühne Idee verfallen, aufs Eis zu gehen.«

»Wer ist denn so blöd, da die Eisfläche zu betreten? Das ist doch direkt über der Fahrrinne.«

»Das stimmt. Vielleicht wollte sie nicht ganz rüber, sondern sich nur mal ein bisschen umschauen. Tja, und dann nahm das Unheil seinen Lauf.« Edelman zuckte mit den Schultern und paffte an seinem Pfeifchen. »In dieser Jahreszeit kommt so etwas schließlich jeden zweiten Tag vor. Guck es dir ruhig an, auf meinem Schreibtisch müsste ein Foto liegen.«

Fabian ging zum Tisch hinüber und nahm das Bild in die Hand, auf dem die erfrorene Frau an Deck zu sehen war. Es war zweifellos dieselbe Frau, aber ihr Tod war kein Unfall gewesen. Stattdessen wusste er jetzt, was die Wanne mit dem brackigen Wasser zu bedeuten hatte.

»Wie geht es dir eigentlich, Fabian? Du siehst unheimlich, wie soll ich mich ausdrücken …«

»Heute Nacht habe ich Kremphs Wohnung noch einmal

durchsucht«, fiel Fabian ihm ins Wort. »Und da habe ich unter anderem einen Übergang entdeckt, der direkt in die Abrisswohnung führt, was einiges erklärt, und ...«

»Na, das wird wohl seine Art gewesen sein, zum ...«

»Nein. Der Täter hat diesen Weg genutzt, um bei ihm einzudringen.«

»Und warum sollte jemand zu ihm wollen?«

»Um seine Medikamente gegen Placebos auszutauschen. Kremph wurde beobachtet. Weißt du, was ich in einem der Bücherregale gefunden ...« Fabian biss sich auf die Zunge. Er war auf dem besten Weg, die Kontrolle zu verlieren und zu viel zu verraten. Er atmete tief durch und sammelte sich. »Wer obduziert die Frau in der Rechtsmedizin? Thåström?«

»Nein, für Unfälle ist sie nicht zuständig. Fabian, ihre Lungen waren voll Wasser. Mehr gibt es dazu nicht zu sagen. Ich verstehe überhaupt nicht, worauf du eigentlich hinauswillst. Kremph ist unschuldig, und jemand anders soll angeblich ... Entschuldige bitte, aber das ist doch vollkommen absurd.« Edelman ließ seufzend den Rauch aus seinem Mund entweichen.

»Du glaubst mir also nicht?«

»Was ich glaube, ist vollkommen unerheblich. Es geht darum, dass alle Ermittlungsergebnisse, jeder Beweis, jedes Motiv, einfach alles auf Kremph hindeutet. Sogar dieser Übergang, von dem du gesprochen hast. Und da kannst du, der offenbar seit einer Woche kein Auge zugetan hat, nicht einfach hier reinmarschieren und behaupten, er wäre unschuldig. Du wirst ja wohl verstehen, dass ich einen konkreten Anhaltspunkt brauche, wenn ich den ganzen Fall noch einmal aufrollen soll.«

»Herman. Der Tisch in der Abrisswohnung war nass. Er hat noch getropft. Es war gerade jemand dort gewesen, und es spricht alles dafür, dass Semira dort ertränkt wurde.«

»Und wieso bist du dir so sicher, dass da nicht einfach irgendein Penner einen Haufen Schnee mit reingeschleppt und sich ein Schläfchen in der Wärme gegönnt hat?«

»Und nebenbei hat er eine Wanne mit Brackwasser unter den Tisch gestellt? Kann ich mir nicht vorstellen. Und außerdem bin ich vollkommen überzeugt, dass die Ermittlungsakte genügend Beweise enthält, die meine Theorie untermauern. Das Problem ist nur, dass sie verschwunden ist.«

»Wie, verschwunden?« Zum ersten Mal während ihres Gesprächs wirkte Edelman ehrlich erstaunt.

»Ja, verschwunden wie in: Am Wochenende war jemand da und hat sie weggeräumt.«

»Aber der Fall ist abgeschlossen, und da es keinen Prozess geben wird, sind die Unterlagen wohl schon ins Archiv gewandert.« Edelman ging zum Schreibtisch hinüber und erweckte mit einer Bewegung der Maus seinen Computer zum Leben.

»Soweit ich das sehen konnte, nicht. Aber vielleicht fällt dir ja eine gute Begründung ein.«

»Wie bitte?« Edelman sah Fabian in die Augen.

In den vergangenen Stunden war Fabian felsenfest überzeugt gewesen, dass sein Chef mehr wusste, als er zugeben wollte. Aber nun war er sich plötzlich nicht mehr so sicher. Vielleicht glaubte Edelman wirklich, dass Kremph hinter der ganzen Sache steckte. Er begriff, dass ihm nichts anderes übrigblieb, als zuerst herauszufinden, wie die Dinge wirklich lagen. So unangenehm ihm das sein mochte. Fabian war schlicht und einfach gezwungen, seinen alten Mentor in die Ecke zu drängen, um ihm auf den Zahn zu fühlen.

»Hier ist die Akte ja, genau, wie ich vermutet habe.« Edelman blickte vom Monitor auf.

»Wie, hast du eine Archivnummer gefunden?«

»0912–305/H152, Umfang: 0,4 Regalmeter.«

»Okay. Das ist gut.« Fabian erwähnte nicht, dass es heute Nacht noch keine Nummer gegeben hatte. »Dann war ich wahrscheinlich nur zu müde. Vielleicht nehme ich das Bier doch.«

»Gerne. Aber trink schnell. Ich muss nämlich noch zum Haushaltsmeeting oben bei Crimson.« Edelman fuhr den Computer herunter und steckte sich zwei Kaugummis in den Mund, während Fabian sein Bier aufmachte und einen Schluck aus der Flasche trank.

»Du hast wahrscheinlich recht. Ich bin bestimmt nur überarbeitet.«

»Nicht, dass ich jemals etwas für Weihnachten übriggehabt hätte.« Edelman rückte vor dem Spiegel seine Krawatte gerade. »Aber ich glaube, die Feiertage werden der ganzen Abteilung guttun.«

»Sag mal, du hast doch ein paar Stunden vor seinem Tod noch mit Grimås telefoniert.«

»Ja?«

»Worüber habt ihr da eigentlich geredet?«

»Das hast du mich schon mal gefragt.«

»Ach, habe ich das? Und was hast du da geantwortet?«

»Das Gleiche wie jetzt. Er wollte einen Ratschlag für die bevorstehende Interpellationsdebatte. Spannender war es leider nicht.« Edelman zupfte an seinem Bart.

All seine Zweifel waren wie weggeblasen. Edelman log ihm direkt ins Gesicht, und obwohl Fabian nichts lieber getan hätte, als sein Handy aus der Tasche zu ziehen und ihm den Gesprächsmitschnitt vorzuspielen, nickte er möglichst zufrieden.

Von nun an würde er dichthalten.

Kapitel 80

Dunja hatte Oscar Pedersen sofort angesehen, wie unangenehm ihm das alles war. Wie er sich abmühte, gute Miene zu machen, als er sie in der Rechtsmedizin empfing, und sich keinen Deut von dem anmerken zu lassen, was er wirklich empfand. Zum ersten Mal in seiner Laufbahn als Rechtsmediziner hatte er das übersehen, was sich eventuell als wesentliches Ergebnis dieser Obduktion herausstellen würde. Ja, der gesamten Ermittlungen. Nämlich das Motiv der Morde an Karen Neuman und Katja Skov. Im ersten Fall fehlte eine Niere. Im zweiten eine Lunge.

Die Begründung dafür, dass ihm das hatte entgehen können, war so dünn wie das Fassbier auf dem Ströget.

»Wie ich bereits am Telefon sagte, gab es ja keinen Grund, weiterzusuchen, als die Todesursache feststand.« Pedersen zog seine Sicherheitskarte durch das Lesegerät und hielt Dunja und Jan Hesk die Tür zum Leichenraum auf.

Dunja lag es auf der Zunge, ihm zu sagen, dass sein Versäumnis schwer genug war, um ihn bei der obersten Polizeibehörde anzuzeigen und ihm seine Lizenz entziehen zu lassen, sie entschied sich aber, ihre Haltung deutlich zu machen, indem sie keine Miene verzog. Hesk dagegen lächelte und nickte, als könnte er gar nicht genug betonen, wie einverstanden er mit Pedersen war.

»Das sind ja nicht nur meine Steuergelder, sondern auch eure«, fuhr Pedersen fort und warf Dunja einen Blick zu, öffnete das Kühlfach und zog die Bahre mit Karen Neuman heraus.

Es war fast eine Woche vergangen, seit Dunja den zerhackten Körper am Tatort zum ersten Mal gesehen hatte. Als sie ihn zum zweiten Mal sah, konnte sie besser verstehen, wieso Pedersen die fehlende Niere entgangen war. »Wie gesagt, von außen sieht sie ja nicht gerade tipptopp aus.« Pedersen deutete mit dem Kinn auf den verwundeten Torso. »Aber verglichen mit ihrem Inneren ist das noch gar nichts. Scheint, als hätte jemand mit dem Stabmixer in ihr herumgefuhrwerkt«, fuhr er fort. »Und wenn du, Dunja, nicht so hartnäckig gewesen wärst und mich nicht ausdrücklich aufgefordert hättest, nachzusehen, ob ein Organ fehlt, hätte ich es auch diesmal nicht bemerkt.«

Sie hatte Lust, ihn anstrahlen und zu nicken. Wollte ihm zeigen, wie sehr sie sein Lob zu schätzen wusste. Doch sie gab dem Impuls nicht nach und wahrte das ausdruckslose Gesicht, denn sie wusste, dass sie sonst sofort ihre Überlegenheit aufgegeben hätte. »Hast du noch etwas gefunden?«, fragte sie. Eigentlich rechnete sie nicht mit weiteren Ergebnissen, aber sie wollte betonen, dass sie erst fertig waren, wenn sie das sagte.

Pedersen nickte. »Ja, tatsächlich, wo du es erwähnst.« Schweigend zog er an seinem Schnurrbart.

Dunja kannte Pedersen gut genug, um nicht in diese Falle zu tappen und ihn zu fragen, was er gefunden habe. Nein, so leicht würde sie es ihm nicht machen.

»Was hast du denn entdeckt?«, fragte Hesk und positionierte sich damit auf dem untersten Rang der Hierarchie.

»Nachdem Dunja mich kontaktiert hat, war ich so frei, mir die Akten zu Willumsens früheren Opfern noch einmal anzusehen, und ausgehend von den Verletzungen meine ich mit ziemlicher Sicherheit sagen zu können, dass er Linkshänder war. Deswegen habe ich meinen lieben Kollegen Einar Greide aus Helsingborg angerufen, und es stellte sich heraus, dass er bei seinen Untersuchungen zu genau demselben Schluss gekommen ist.«

»Und warum ist das so wichtig?«, fragte Dunja und wünschte unmittelbar darauf, sie könnte die Zeit zurückdrehen und stattdessen die Klappe halten. Sie sah schon jetzt, dass Pedersen vor Stolz über die vielen Fragen mindestens fünf Zentimeter gewachsen war.

»Tja, es ist nämlich so, dass diese Hiebe hier von einem rechtshändigen Täter ausgeführt wurden. Um mir hundertprozentig sicher zu sein, muss ich zwar noch eine ausführliche Untersuchung durchführen, aber wenn wir uns vorerst mit fünfundneunzig Prozent zufriedengeben können, dann sagt mir der Einfallswinkel dieser Wunden, dass er die Axt so gehalten hat.« Er hielt die Hände in die Luft. »Die rechte Hand war also vorne und die linke hinten. Für einen Rechtshänder ist das am natürlichsten so. Als er Schwung holte, hat er sie auf der rechten Seite hinter den Kopf geführt, so.« Pedersen haute mehrmals mit einer Luftaxt auf Karen Neumans verunstalteten Bauch.

»Ich glaube, das haben wir jetzt begriffen«, sagte Dunja, und Pedersen hörte auf. »Im Grunde willst du damit sagen, es gibt noch einen Hinweis darauf, dass dies nicht Willumsens Werk ist.«

Pedersen zögerte, warf einen Blick in Hesks Richtung und nickte schließlich. »Wie gesagt, ich könnte mich natürlich auch täuschen, und möglicherweise hat er sich auch bemüht, wie ein Rechtshänder zuzuschlagen, um uns zu verwirren.«

»Aber da die Wunden so tief sind, muss er viel Kraft angewandt haben, und daher ist das nicht besonders wahrscheinlich, stimmt's?«

»Stimmt.«

»Gut. Was meinst du, Jan?« Dunja drehte sich zu Hesk um und beschloss, ihn zu fixieren, bis er ihr geantwortet hatte.

»Ich weiß nicht genau, was ich sagen soll. Es spricht immer noch so viel für Willumsen als Täter, dass ich ihn mir nicht so einfach aus dem Kopf schlagen kann.«

»Und genau das war die Absicht. Um vom wirklichen Motiv abzulenken, ist der Mord bis ins Detail so ausgeführt worden, dass der Verdacht auf ihn fällt.«

»Und was ist das wirkliche Motiv?«

»Hier ist es die fehlende Niere, und bei Katja Skov war es die Lunge.«

»Ich will nicht pingelig sein, Dunja, aber das sind Organe. Keine Motive.«

Dunja ließ sich dazu hinreißen, die Augen zu verdrehen, und wandte sich an Pedersen. »Kommst du an die Akten der Opfer heran?«

»Wie man es nimmt. Warum sollte ich …?«

»Weil ich dich darum bitte.«

Wieder zupfte Pedersen an seinem Oberlippenbart, warf Hesk einen fragenden Blick zu und erntete ein Achselzucken. »Okay, okay …« Er ging zum Computer in der Ecke hinüber und bewegte die Maus. »Aber falls ihr etwas Interessantes findet, müsst ihr die Recherche hinterher löschen, okay?«

»Klar, fang schon an.«

Pedersen klickte sich ins Archiv und wollte gerade seine Suchanfrage eingeben, als er im Posteingang eine Mail entdeckte. »Ui, die DNA-Analyse ist schon fertig. Das ging aber schnell.«

»Von der Spermaprobe? Sollte das nicht mindestens eine Woche dauern?«, fragte Dunja.

»Das dachte ich auch«, erwiderte Pedersen. »Wahrscheinlich wollten sie vor Weihnachten reinen Tisch machen. Hier ist sie jedenfalls …« Schweigend las er sie noch ein zweites Mal.

»Und?«

Pedersen drehte sich zuerst zu Dunja und dann zu Hesk um. »Es war von Willumsen.«

»Benny Willumsen?«, wiederholte Dunja, Pedersen nickte. Sie konnte die Information jedoch nicht verarbeiten. Und vor allem nicht glauben. »Sprechen wir von dem Sperma, das du im Körper von Katja Skov gefunden hast?«

»In ihr und auch um sie herum, um genau zu sein.«

Dunja hatte plötzlich vor Augen, wie das Kartenhaus, das sie errichten wollte, einstürzte. »Okay. Aber jetzt such mir mal die Akte heraus.«

»Dunja, es reicht jetzt«, sagte Hesk. »Sleizner hat uns Zeit gegeben, bis das Laborergebnis da ist. Und das ist es jetzt.«

»Ja, aber ...« Sie wandte sich an Pedersen. »Kannst du mir bitte die Akten raussuchen?«

»Da der Fall jetzt, wenn ich das richtig verstanden habe, abgeschlossen ist, lautet die Antwort leider nein.«

»Und was ist mit deinem Gerede von einem rechtshändigen Täter? Hat das auf einmal nichts mehr zu bedeuten?«

»Wie gesagt, ich kann mich täuschen. Und diesmal sieht es ganz danach aus.«

»Verdammte Scheiße. Das ist doch vollkommen krank. Was macht ihr hier eigentlich?«

»Nur unsere Arbeit, Dunja. Komm, wir gehen, damit Oscar auch seine machen kann.« Hesk ging zur Tür.

»Wie kannst du das nur als Arbeit bezeichnen? Denkst du, ich würde nicht merken, dass du die Hinweise ebenfalls interessant genug findest, um da weiterzumachen?«

»Ach, was du nicht sagst.« Hesk drehte sich zu ihr um. »Und warum tue ich es deiner Ansicht nach nicht?«

»Gute Frage. Entweder willst du mich einfach ärgern, oder, was ich für wahrscheinlicher halte, du bist nur zu feige, um Sleizner zu widersprechen, obwohl du genauso gut wie ich weißt, dass es ihm scheißegal ist, ob wir den falschen Täter haben, solange seine Zahlen einen guten Eindruck machen.«

»Du hast die dritte Möglichkeit vergessen. Es könnte Benny Willumsen gewesen sein.« Hesk kehrte Dunja den Rücken zu und verließ den Raum.

Kapitel 81

Mit dem Handy am Ohr stieg Fabian drei Stockwerke unter der Erde aus dem Fahrstuhl und ging durch den Flur zum Archiv. »Hallo? Hörst du mich noch?«

»Ja, und wenn es dich auch nur im Geringsten interessiert, was ich über Gidon Hass herausgefunden habe, dann sperrst du jetzt die Ohren auf«, sagte Niva und erklärte ihm, wie schwer es gewesen war, ihn zu finden.

Fabian hatte sich selbst geschworen, dass der Abend im Lydmar sein letztes Treffen mit Niva sein würde, aber nach dem Gespräch mit Edelman hatte er keinen anderen Ausweg gesehen, als erneut Kontakt zu ihr aufzunehmen. Er hatte ihr alles erzählt, angefangen von den Ereignissen der vergangenen Tage bis zu seiner eigenen Theorie, wie das Ganze zusammenhing.

Zu seiner großen Erleichterung glaubte sie ihm sofort und sicherte ihm ihre Unterstützung zu, ohne dass er als Gegenleistung Drinks oder Abendessen versprechen musste. Ihre einzige Bedingung war, dass der Fall offiziell nicht wieder aufgenommen werden durfte, solange sie involviert war.

»Gidon Hass, oder Gidon Ezra Hass, wie sein vollständiger Name lautet, ist Arzt und Pathologe mit dem Schwerpunkt, man höre und staune: Organtransplantation.«

»Okay.« Endlich erahnte Fabian einen roten Faden. »Er hat also irgendwo eine Klinik?«

»Hatte. Genauer gesagt, das Nationale Israelische Forensische Institut in Abu Kabir. Gerüchten zufolge wurden dort unter seiner Leitung Unmengen von Organen und Gewebe gesammelt. Die Klinik soll eine Art Vermittlungsstelle und einer der größten Lieferanten auf dem schwarzen Organmarkt gewesen sein. Organhandel war nämlich bis vor einigen Jahren vollkommen legal in Israel.«

»Legal?«

»Ja. Da sie dort am liebsten komplett begraben werden, werden nirgendwo sonst auf der Welt so wenige Organe gespendet.«

»Und wo hatten sie dann die vielen Organe her?« Während Fabian durch die Reihen von verschiebbaren Regalen schritt, vergewisserte er sich, ob er noch Empfang hatte.

»Größtenteils von sogenannten Organjägern, die in den ehemaligen Sowjetrepubliken und den ärmsten Teilen von Asien und Südamerika ihr Unwesen getrieben haben. Und wenn man den schlimmsten Vorwürfen Glauben schenken darf, hat man sich auch bei verletzten Palästinensern bedient.«

»Wie nett.«

»Nicht wahr?«

»Er arbeitet also nicht mehr in der Klinik in Abu Kabir?« Fabian suchte nach dem Regal mit der Nummer 152.

»Nein. Als das neue Gesetz in Kraft trat, hat man ihn gefeuert. Seitdem ist er nicht gesehen worden.«

»Wie bitte, er ist auf der Flucht?« Fabian kurbelte das Regal zur Seite, zwängte sich in den Gang und fand problemlos die Mappen mit der Archivnummer 0912–305.

»Er hat sich ja, wie gesagt, nichts Ungesetzliches zuschulden kommen lassen und hat eigentlich keinen Grund, davonzulaufen.«

»Trotzdem ist er untergetaucht.«

Wie erwartet, waren die Mappen leer.

»Sieht leider danach aus.«

Sie waren allerdings mit etwas gefüllt, das zumindest ein nicht eingeweihtes Auge entfernt an eine Ermittlungsakte erinnern würde. Einige Kopien von Dokumenten hier und ein paar Fotos da, die nicht das Geringste mit dem Fall zu tun hatten.

Kapitel 82

Vor zwei Jahren war Dunja zum ersten Mal auf der Weihnachtsfeier der Kopenhagener Polizei gewesen. Der Schock hatte noch bis ins Frühjahr angehalten, obwohl sie die Gerüchte vom Alkohol, der in Strömen floss, dem Limbo-Tanz, bei dem jeder missglückte Versuch ein Kleidungsstück kostete, und den Kopierern, die unter dem Gewicht zusammenbrachen, zur Genüge kannte. Doch darauf, dass die Weihnachtsfeier selbst die Sauerei in Roskilde um Längen übertraf, war sie nicht vorbereitet gewesen. Kollegen, die normalerweise ganz vernünftig waren, wirkten wie ausgewechselt und benahmen sich, gelinde gesagt, wie gehirnamputierte Schweine.

Im Jahr darauf hatte sie mit einer Grippe im Bett gelegen, die sie bis Mitte Januar im Griff hatte. Als sie zurückkam, erzählte ihr niemand von den Details, aber der Beschluss von ganz oben, die Feier von nun an montags zu veranstalten, sagte mehr als genug.

Trotzdem hatte Dunja vorgehabt, nicht hinzugehen. In erster Linie, weil Sleizner dafür gesorgt hatte, dass sie neben ihm saß, aber auch, weil sie nicht wusste, wie Carsten damit zurechtkam. Sosehr sie auch beteuerte, dass ein Seitensprung für sie niemals in Frage käme – schon gar nicht mit einem Kollegen –, verlangte Carsten doch unerbittlich, dass sie über jede Minute der Feier detailliert Rechenschaft ablegte.

Am Ende hatte sie sich trotzdem entschieden, hinzugehen. Nicht, weil sie Lust dazu gehabt hätte. In Feierstimmung war sie ganz und gar nicht. Die Niederlage in der Rechtsmedizin steckte ihr noch in den Knochen, und auch wenn die DNA-Analyse ergeben hatte, dass das Sperma von Benny Willumsen stammte, konnte sie nicht glauben, dass er tatsächlich für die Morde verantwortlich war. Er hatte sie nicht nur ahnungslos angesehen, als sie nach dem Industriegebäude außerhalb von Kävlinge fragte, er war auch einen Kopf größer und viel kräftiger als der Mann, den sie auf frischer Tat ertappt hatte, als er Katja Skov zerstückelte.

Sie war fest davon überzeugt, dass die fehlenden Organe Teil eines vollkommen anderen Motivkomplexes waren, und sie konnte nicht nachvollziehen, wieso Hesk, Pedersen und Richter so wenig Interesse daran hatten, diesem auf den Grund zu gehen. Sie schienen so unter Sleizners Fuchtel zu stehen, dass sie einem Konflikt mit ihm um jeden Preis aus dem Weg gingen. Oder sie konnten sich so kurz vor Weihnachten einfach nicht mehr dazu aufraffen.

Sie selbst weigerte sich, in diese bequeme Trägheit abzurutschen, wo man immer jemand anderem die Schuld geben konnte. Wo nichts wirklich von Bedeutung war. Selbst die Wahrheit nicht. Und hier kam ihr Platz neben Sleizner in Spiel.

Jeden ihrer Tricks würde sie anwenden und das Maximum aus der Situation herausholen, um ihn auf ihre Seite zu ziehen, damit sie den Fall wieder aufnehmen konnte. Daher investierte sie ausnahmsweise mehr Zeit und Aufwand, um ihre Augen nicht nur mit einem Lidstrich und ein bisschen Wimperntusche zu umgeben. Mit Creme und Puder zauberte sie die schlimmsten Blutergüsse weg, und nachdem sie mehrere Lippenstifte ausprobiert hatte, entschied sie sich für den rotesten, den sie besaß. Er passte perfekt zu dem roten Kleid. Sie tauschte die kleinen Perlenohrringe, die sie von ihrer Mutter zur Konfirmation bekommen hatte, gegen große Creolen aus Gold und wickelte zum Schluss einen Stützverband um ihr linkes Fußgelenk, das längst nicht mehr so weh tat, streifte ein Paar halterlose Strümpfe über und schlüpfte in ihre hochhackigsten Pumps.

Erstaunt, wie gut sie in ihnen stehen konnte, ging sie zur Übung ein paar Runden durchs Wohnzimmer und machte dazu ein Gesicht, als würde sie Chucks nicht mal mit der Kneifzange anfassen. Anschließend stellte sie sich vor den Spiegel im Schlafzimmer, drapierte ihr Haar über der Schürfwunde an der Stirn und betrachtete sich darin.

Zum zweiten Mal innerhalb von kürzester Zeit erkannte sie ihr eigenes Spiegelbild nicht wieder. Das Kleid, die Schminke, die Schuhe, ja, der ganze Look war so weit wie irgend möglich von ihrer Person entfernt. Zumindest von ihrem Selbstbild. Das hatte jedoch überhaupt nichts mit der Kleidung zu tun. Die war ja nur eine Verpackung, mit der sie Sleizner um den Finger wickeln wollte. Nein, es lag an etwas anderem. Das viel schwerer zu benennen war.

Es hatte mit ihrem Blick zu tun.

Kapitel 83

»Da es sich um einen Selbstmord handelt, hat die Sache auf meinem Schreibtisch nichts verloren.« Normalerweise war Aziza Thåström die Freundlichkeit in Person. Fabian durfte immer noch eine Frage stellen, und wenn man ihr nicht folgen konnte, war sie unendlich geduldig. Jetzt dagegen klang sie gereizt. »Außerdem ist der Fall abgeschlossen.«

Fabian zog die schwere Eisentür auf und überließ auf dem Weg zur Garage dem Schweigen die Arbeit.

»Na gut ...«, seufzte Thåström schließlich. »Wonach soll ich gucken?«

»Ich weiß nicht. Am besten nach Organen, die nicht da sind, wo sie eigentlich hingehören.«

Wieder hörte er einen Seufzer durchs Telefon. »Fabian, wir haben es mit einer Ertrunkenen zu tun, die außer Wasser in der Lunge keine sichtbaren Verletzungen hat.«

»Ja, aber irgendetwas fehlt, da bin ich mir sicher. Die Augen. Habt ihr die untersucht?« Fabian merkte an der veränderten Akustik, dass sie sich mittlerweile im Kühlraum befand und gerade ein Fach öffnete.

»Ja, Überraschung, die Augen sind da. Glaubst du im Ernst, jemand könnte übersehen ...?«

»Aziza, ich habe begriffen, dass die Augen noch da sind. Könntest du sie dir vielleicht mal anschauen?«

»Und wieso sollte ich ...?«

»Weil du so nett bist.«

Wieder ein schweres Seufzen, aber aufgrund der Stille im Hörer, während Fabian sich ins Auto setzte und den Motor anließ, war er nicht im mindesten erstaunt, als ihre Antwort kam.

»Leck mich am Arsch, du hast recht. Am rechten Auge fehlt die Hornhaut.«

»Danke. Mehr wollte ich gar nicht wissen.« Fabian legte auf.

Das hatte der Täter also in der Wohnung gemacht. Nachdem er Semira Ackerman ertränkt hatte, hatte er ihre Hornhaut abgelöst und entfernt. Ein Eingriff, der niemandem auffiel, der von einem Unfall ausging.

Fabian rollte bis vor das Garagentor, das allmählich Tageslicht hereinließ. Ein Schauer breitete sich in seinem ganzen Körper aus, und er bibberte plötzlich, obwohl er nicht fror. Schweiß lief ihm den Rücken hinab und klebte ihm das Hemd an den Rücken, während sein Puls in die Höhe schoss. Irgendetwas war passiert. Er begriff nur nicht, was es war, bis ihm klarwurde, wie nahe er dran gewesen war. Wäre die versteckte Kamera in Ossian Kremphs Bücherregal nicht gewesen, wäre er dem Täter mit Sicherheit direkt in die Arme gelaufen. Der Täter hatte ihn natürlich gesehen und gewusst, dass er jeden Augenblick den Übergang zur Abrisswohnung entdecken konnte. Vielleicht war er sogar derjenige gewesen, der mit dem Opel weggefahren war, der direkt vor seinem gestanden hatte.

Er fuhr aus der Garage hinaus und ließ das Polizeigebäude hinter sich, ohne zu wissen, wohin er unterwegs war. Er musste sich nur ein Stück von der Dienststelle entfernen. Weg von Edelman und allen anderen. Er bog zunächst rechts in die Bergsgata und dann nach links ab, und während er die Hantverkargata hinunterfuhr, normalisierte sich sein Herzschlag wieder.

Falls auch nur ein Teil der Informationen, die Niva ausgegraben hatte, stimmte, war dieser Skandal so schwerwiegend, dass er Israel für Jahre mit einem Blutbad überziehen würde. Mittlerweile stand zweifelsfrei fest, dass die israelische Botschaft involviert war. In welcher Hinsicht und ob mit Einverständnis von oben, war dagegen noch unklar, und solange nicht offiziell ermittelt wurde, konnte er nicht einfach nach Belieben Leute zur Vernehmung einbestellen. Insbesondere dann nicht, wenn es sich um Mitarbeiter der Botschaft handelte.

Auf Höhe des Rathauses klingelte das Handy auf dem Beifahrersitz. Als er sah, dass Malin Rehnberg anrief, ließ er es klingeln, bis die Mailbox ansprang, doch als sie es eine Sekunde später noch einmal versuchte, begriff er, dass sie wie eine starrsinnige kleine Mücke, die Blut gewittert hatte, keine Ruhe geben würde, bevor er nicht ans Telefon ging.

»Hallo, ich wollte dich gerade anrufen und fragen, wie es dir geht.« Er fuhr über die Vasabro.

»Ich erlaube mir ein Grinsen.«

»Malin, ich wollte wirklich gerade …«

»Wenn es dich so wahnsinnig interessiert: Ich habe mich in meinem ganzen Leben noch nie so gelangweilt. Es kribbelt am ganzen Körper, und ich schwöre dir, wenn nicht bald etwas passiert, gehe ich die Wände hoch. Also erzähl schon, was ist los?«

»Nicht viel. Ich hatte gerade ein Gespräch mit Edelman,

und wir haben vereinbart, dass ich Weihnachtsurlaub mache, bis …«

»Ha. Ha. Ha.«

»Wie bitte?«

»Hör schon auf mit dem Scheiß … Wem willst du etwas vormachen? Dir selbst?«

»Nein, aber vielleicht deinem Mann.« Seufzend gab Fabian sich geschlagen. »Ist dir klar, dass Anders mir mehr oder weniger verboten hat, mit dir zu reden?«

»Scheiß doch auf Anders! Ich will jetzt endlich wissen, was los ist!«

»Na gut, aber auf deine Verantwortung.« Fabian erzählte von dem Übergang zwischen Kremphs Wohnung und der Abrisswohnung. Dass der Täter dort die Frau aus dem Bus ertränkt haben musste, die angeblich im Hammarbysjö ertrunken war. Er berichtete von der versteckten Kamera im Bücherregal, dem abgehörten Gespräch zwischen Grimås und Edelman und dass sie eine Person namens Gidon Hass erwähnt hatten.

»Hallo, warte mal! Wir reden doch nicht von Edelman wie in Herman Edelman, oder?«

»Doch.«

»Shit. Glaubst du ernsthaft, dass er etwas damit zu tun hat?«

»Er lügt zumindest, was den Inhalt des Gesprächs betrifft, und weigert sich, den Fall wieder aufzunehmen. Irgendwas hat er zu verbergen.«

»Und wer ist dieser Gidon Hass?«

»Ein israelischer Pathologe und Experte für Organtransplantation.«

»Schon wieder Israel. Das ist also die Verbindung.«

»Genau das denke ich auch. Außerdem passt es dazu, dass alle drei Opfer ein Organ eingebüßt haben. Adam Fischer sein Herz, Carl-Eric Grimås die Leber und Semira Ackerman eine Hornhaut.« Fabian bog in die Timmermansgata ein und merkte, dass er auf dem Heimweg war, obwohl er nicht die geringste Ahnung hatte, was er zu Hause machen sollte.

»Wir müssen uns natürlich die Krankenakten angucken, bevor wir uns sicher sein können, aber ich vermute, dass alle drei auf einer Warteliste des schwedischen Gesundheitssystems standen und sich schließlich für ein Organ vom Schwarzmarkt entschieden haben. Und jetzt läuft jemand herum und sammelt sie wieder ein.«

»Okay, aber warum? Kann man die überhaupt noch mal benutzen? Ich meine, man wird doch Organe nicht unendlich oft verpflanzen können.«

»Wahrscheinlich nicht, aber hätte er es auf neue Organe abgesehen, hätte es auch sehr viel leichtere Opfer als zum Beispiel den Justizminister gegeben.«

»Vielleicht will er sie für ihre Sünden bestrafen und ihnen und allen anderen eine Lektion erteilen?«

»Nein, dann würde er nicht so sorgfältig seine Spuren verwischen und das Ganze als ein Werk von Ossian Kremph inszenieren. Was auch immer dahintersteckt, ist eine persönliche Angelegenheit.«

»Wie hieß dieser Pathologe noch mal? Was wissen wir sonst noch über ihn?«

»Gidon Hass. Nur, dass er untergetaucht ist, seit ihn das Institut in Abu Kabir rausgeschmissen hat. Ich würde gerne eine gründlichere Recherche anstellen, aber das geht schlecht, wenn die Ermittlungen abgeschlossen sind.«

»Seit wann lässt du dich davon abhalten?«

Sie hatte ihn durchschaut. Sogar noch vor ihm selbst. Selbstverständlich rechnete er damit, dass Niva bereits auf eigene Faust recherchierte.

»Denkst du, ich wüsste nicht, dass ihr wieder zusammenarbeitet?«

»Wer?«

»Hör auf. Wer hätte denn sonst dieses Telefonat zwischen Edelman und Grimås aus dem Hut zaubern sollen. Aber komm nicht hinterher an und sag, ich hätte dich nicht gewarnt.«

»Das hast du schon mal gesagt.«

»Das kann man gar nicht oft genug wiederholen. Apropos, könntest du mir die Sounddatei schicken?«

»Auf jeden Fall. Sobald ich dazu komme.«

»Es klang vielleicht wie eine Frage, und das tut mir außerordentlich leid. In Wahrheit will ich, dass du es jetzt tust. Jetzt sofort.«

»Malin, ich sitze im Auto und ...«

»Dann fahr an den Rand, Fabian, ich meine es ernst. Ich drehe durch, wenn ich nicht bald etwas zu tun bekomme.«

Fabian sah sich nach einem freien Parkplatz in der Fatbursgata um, als vor ihm ein schwarzer Volvo aus einer Lücke fuhr und nach rechts in die Swedenborgsgata abbog, obwohl dort nur Busse zugelassen waren. »Okay, aber eins sag ich dir. Ich habe sie mir mehrfach angehört, und das Einzige, was ...«

»Ich drehe durch.«

Fabian fuhr in die frei gewordene Parklücke. »Okay, hast du eine private E-Mail-Adresse?«

»andersundmalinsepost@hotmail.com.«

»Wie bitte, ihr teilt euch eine?«

»Ja, aber er benutzt sie nie. Jetzt mach schon.«

Fabian suchte nach der Mail mit dem unbekannten Absender und der Betreffzeile *Ich habe mich geirrt ...* und leitete sie an Malin weiter. »Sie müsste jeden Moment bei dir sein.« Er beendete das Gespräch, stieg aus und ging auf die Haustür zu.

Als Erstes stutzte Fabian, weil die kleine rote Diode nicht leuchtete, als er den Code eingab. Im Glauben, er habe sich vertippt, wiederholte er die Prozedur dreimal, bevor ihm aufging, dass die Haustür nicht abgeschlossen war. Das Schloss hatte schon öfter gesponnen. Vor allem wenn es zu kalt wurde, klemmte es hin und wieder.

Trotzdem hatte er das Gefühl, dass etwas nicht stimmte, und sobald er den Fahrstuhl verließ, wurde daraus Gewissheit. Die Wohnungstür stand einen Spalt offen, das Schloss war aufgebohrt worden. Vorsichtig machte er auf und trat ein.

Wer immer der Wohnung einen Besuch abgestattet hatte, war nicht mehr da, das merkte er schon im Flur. Zurückgeblieben war ein Chaos aus herausgezogenen Schubladen, umgekippten Möbelstücken und Kleiderhaufen. Die Vermutung lag nahe, dass es dieselben Personen gewesen waren, die das Ermittlungsmaterial entwendet und in der darauffolgenden Nacht Ossian Kremphs Wohnung aufgesucht hatten.

Doch wonach suchten sie?

Nach der Porzellanpuppe?

Er ging ins Wohnzimmer und stellte im Schein des Kronleuchters fest, dass es auch hier aussah, als ob eine Bombe eingeschlagen hätte. Er kämpfte sich durch bis zum Sofa, richtete es wieder auf, legte die Polster an ihren Platz, ließ sich darauf sinken und betrachtete die Verwüstung. Er war selbst erstaunt, dass er und Sonja tatsächlich so viele Dinge besaßen. Das Chaos war beeindruckend.

Ein Geräusch war nicht notwendig. Es reichte ein Luftzug, damit Fabian die Augen aufschlug und sich mit einer einzigen Bewegung hinter das Sofa rollte.

Jetzt hörte er sie. Sie waren im Flur und wollten ins Wohnzimmer. Also waren sie zurückgekehrt. Er ging seine Möglichkeiten durch und kam zu dem Schluss, dass eine Konfrontation unumgänglich war. Diesmal würde er sich nicht damit zufriedengeben, ihnen zu entfliehen.

»Scheiße Fuck Nagellack, wie sieht es hier denn aus ...«, entfuhr es dem einen.

Fabian kannte sowohl die Stimme als auch den Ausdruck, aber erst als auch der andere etwas sagte, fiel der Groschen. Und gleichzeitig war er heillos verwirrt.

»Hier sieht es doch aus wie bei dir zu Hause.«

Fabian stand auf. »Pardon, aber darf ich mal fragen, was ihr in meiner Wohnung macht?«

Mit einem Ruck drehte Tomas sich um und richtete seine Waffe auf Fabian.

»Ganz ruhig, verdammt noch mal. Siehst du nicht, dass das Fabbe ist?« Jarmo drückte Tomas' Arm hinunter.

»Jetzt sehe ich es. Sorry. Was ist denn hier los? Sieht ja aus, als ob ...«

»Genau das frage ich mich auch gerade.« Fabian ging zu den beiden hinüber. »Offenbar glaubt jemand, dass ich irgendetwas habe. Ich weiß nur nicht, was es sein könnte. Sie haben ja bereits das gesamte Ermittlungsmaterial entwendet.«

Tomas und Jarmo sahen sich an. »Welche Ermittlungen meinst du?«, fragte Jarmo nach einer Weile.

Fabian wollte zunächst antworten, zögerte dann aber. »Was haltet ihr davon, wenn ihr mir erst mal erzählt, was ihr hier macht. Ihr seid ja sicher nicht gekommen, um mir fröhliche Weihnachten zu wünschen.«

Wieder wechselten Tomas und Jarmo einen Blick, nickten sich schweigend zu und drehten sich wieder zu Fabian um, als hätten sie es vor dem Spiegel geübt.

»Wir sind hier, weil wir dich treffen wollten«, sagte Jarmo.

»Außerhalb der regulären Arbeitszeit«, fügte Tomas hinzu und steckte die Pistole wieder ins Holster.

»Wegen der Morde an Grimås und Fischer.«

»Und Semira Ackerman.«

»Semira Ackerman?«, wiederholte Fabian.

»Diese Frau aus dem Bus, die ...«

»Ich weiß, wer das ist«, fiel Fabian ihm ins Wort.

»Wir glauben nicht, dass sie ertrunken ist«, verkündete Jarmo.

»Oder dass Kremph für die Morde verantwortlich ist«, fuhr Tomas fort.

Zuerst er selbst und dann Malin. Und nun auch Tomas und Jarmo.

»Wie kommt ihr darauf?«

»Man muss sich die Akten nur mal von vorne bis hinten angucken. Es gibt unendlich viele lose Enden, die überhaupt nicht zusammenpassen«, sagte Tomas.

Fabian nickte matt. »Das erklärt, warum sie nicht da waren.«

»Zufällig wissen wir, wo sie sind, und wir kommen problemlos dran.«

»Was? Wisst ihr etwa, wer sie an sich genommen hatte?«

Tomas nickte zufrieden. »Hast du vielleicht Lust, uns zu helfen?«

Kapitel 84

Du kleiner Schnaps, du ahnst es schon, du musst nun leider wandern!
Du weißt Bescheid, du sollst hier rein, dort triffst du auf die andern!
Sag allen, die du triffst, sie soll'n nicht traurig sein!
Es kommen noch viel mehr, ihr bleibt nicht lang allein!
Prost!

Alle hoben ihre Gläser. So auch Dunja, obwohl sie nur an ihrem Schnapsglas nippte, bevor sie es wieder hinstellte. Sie hatte schon viel zu viel getrunken, und wenn sie auch nur eine winzige Chance haben wollte, Sleizner dahin zu bekommen, wo sie ihn haben wollte, durfte sie keinen Tropfen mehr trinken. Ihr Kleid hatte jedenfalls seinen Zweck erfüllt und seine schlechte Laune nach dem Streit am Sonntag entscheidend verbessert.

»Hallo! Mir machst du nichts vor.« Sleizner fixierte ihr volles Schnapsglas. »An diesem Tisch gibt es nur eine Devise, und die lautet: Kopf in den Nacken!«

»Ich dachte, wir reißen uns ein bisschen am Riemen. Wurde die Feier nicht deswegen auf einen Montag gelegt?« Dunja lächelte.

»Gegen diesen Unsinn war ich von Anfang an. Hör mal! Weihnachtsfeier am Montag? Wer kommt denn auf so was? Man könnte ja meinen, wie wären von den Schweden besetzt worden!« Sleizner brach in Gelächter aus. »Komm schon, jetzt zeigen wir ihnen, wo der Hammer hängt.« Er schenkte sein Glas noch einmal voll und hielt es hoch.

»Kim, ganz ehrlich. Ich will wirklich keinen …«

»Okay, lass es mich mal leicht verständlich ausdrücken. Ich als dein Chef befehle dir jetzt, dieses Glas zu leeren.«

Dunja begriff, dass sie nicht drum herumkommen würde, und trank in einem Zug den kalten Schnaps aus, der sich durch ihre Kehle brannte. Allmählich entglitt ihr der Abend. Noch hatte sie keine einzige Gelegenheit gehabt, die Frage nach einer Wiederaufnahme der Ermittlungen einigermaßen elegant zur Sprache zu bringen, und bald wäre es zu spät.

»So. Gar nicht übel. Und jetzt gießen wir noch mal ein.« Er schenkte die beiden Gläser so voll, dass die Oberflächenspannung ganze Arbeit leisten musste.

»Kim, ich muss etwas mit dir besprechen.«

»Unbedingt. Kein Problem.«

»Es geht um den Fall.«

»Ja, ich muss wirklich sagen, dass ich sehr beeindruckt von deiner schnellen Lösung war. Geradezu stolz bin ich auf dich. Bei weitem nicht alle Polizisten sind aus diesem Holz geschnitzt, das ist dir hoffentlich klar. Instinkt, oder was immer es ist. Du bist eindeutig eine der ganz wenigen. Einfach drauflos und den Fall aufgeklärt. Unglaublich ...«

»Genau darüber wollte ich mit dir reden. Mein Instinkt sagt mir nämlich, dass wir besser ...«

»Du weißt, dass du nicht nur in meiner Abteilung Gesprächsthema bist.« Sleizner nahm einen Schluck von seinem Bier. »Ich habe dich in den oberen Etagen lobend erwähnt. Glaub mir, falls du so weitermachst, kannst du alles erreichen. Wenn ich nicht aufpasse, sitzt du bald auf meinem Stuhl. Prost!« Er hob sein Schnapsglas, und um sich eine Diskussion über die Bedeutung des Trinkens zu ersparen, leerte Dunja ihres auch.

»Kim, mir ist bewusst, dass die Laborergebnisse auf Willumsen hindeuten, aber gleichzeitig bin ich überzeugt, dass er es nicht war und dass irgendwas nicht stimmt.«

»Dunja ... Komm mal her.« Er winkte sie heran. »Das besprechen wir nicht hier.« Er bewegte seinen Zeigefinger vor ihrem Gesicht hin und her.

»Nein, ich weiß, aber ich bräuchte deine Genehmigung, so bald wie möglich weiterzumachen ...«

Sleizner hielt ihr den Zeigefinger an die Lippen. »Hier sind zu viele neugierige Ohren.« Er schob seinen Stuhl zurück und stand auf. »Komm. Ich weiß, wo wir uns ungestört unterhalten können.«

Dunja richtete sich etwas zu hastig auf und musste sich an der Tischkante festhalten, bis sie das Gleichgewicht wiedergefunden hatte.

»Oje, brauchst du Hilfe?« Sleizner bot ihr seinen Arm an.

»Nein, keine Sorge«, sagte Dunja, obwohl sie sich auf jeden Schritt konzentrieren musste, um beim Durchqueren des festlich geschmückten Raums, in dem es inzwischen so laut war, als hätten die meisten vergessen, dass Montag war, nicht zu stolpern.

»Okay. Erzähl. Ich bin ganz Ohr.« Sleizner hielt ihr die Tür zu seinem Büro auf.

»Eigentlich gibt es nicht viel zu bereden.« Dunja ging mit Sleizner hinein. »Ich will eigentlich nur deine Erlaubnis, die Ermittlungen fortzusetzen, und zwar am liebsten ohne Hesk. Er sabotiert meine Arbeit, seit du mir die Leitung übertragen hast.« Gespannt auf seine Reaktion, sah sie ihn an.

Sie hätte es ahnen sollen. Ihr hätte klar sein müssen, worum es bei seinem ganzen Gerede von ihrer Kompetenz und ihren glänzenden Karriereaussichten und davon, sie könne eines schönen Tages Polizeichefin werden, eigentlich ging. Dies war der Preis, den sie dafür zahlen würde.

Trotzdem war sie überhaupt nicht darauf vorbereitet, seine rissigen Lippen auf ihren zu spüren. Sie war sogar so unvorbereitet, dass sie mehrere Sekunden brauchte, bis sie wieder nüchtern war und den Gedanken an einen Täter, der noch frei herumlief, fallenlassen und begreifen konnte, was hier gerade vor sich ging. Erst da konnte sie sich die Hände vor die Brust halten und ihn wegstoßen.

Sleizner breitete lachend die Arme aus. »Dunja ... Ich weiß, dass du es willst. Wir können natürlich so weitermachen und uns noch eine Weile etwas vormachen, aber das sieht doch ein Blinder. Wie heißt er noch mal? Carsten? Er gibt dir viel zu wenig. Falls er dir überhaupt etwas gibt. Glaub mir, ich sehe dir doch an, dass du nur darauf wartest, dass es dir jemand so richtig besorgt.« Er ballte die Faust. »Du willst dich mal wieder richtig lebendig fühlen, hab ich recht?«

Er beugte sich zu ihr hinüber. So nah, dass sie seinen vor Alkohol strotzenden Atem spürte. Sie hätte schreien sollen, so laut sie konnte, hätte ihm das Gesicht zerkratzen und das Knie in die Eier rammen sollen. Doch sie tat nichts davon. Stattdessen ließ sie wie hypnotisiert zu, dass er sie auf das Ledersofa drückte und seine Hand immer weiter unter ihr Kleid schob.

»Ich schwöre dir, du kannst ganz beruhigt sein«, fuhr er fort. »Selbstverständlich kannst du weiter ermitteln, wenn du das möchtest.« Er schob ihr seine Zunge ins Ohr, während seine Finger mit der Kante ihres Höschens spielten. »Solange wir unser kleines Geheimnis haben, kannst du im Großen und Ganzen machen, was du willst. Klingt das gut?«

Wieder küsste er sie und presste ihr seine fleischige Zunge in den Mund, als plötzlich die Neonröhren an der Decke zu ticken begannen und dann ihr entlarvendes Licht verströmten. Sleizner hatte keine Zeit mehr, sich umzudrehen, bevor Hesk bei ihm war und ihn von Dunja wegriss. »Du Schwein! Du widerliches altes Schwein!«

»Jan, so schwer es dir fallen mag, damit umzugehen, aber wir sind zwei erwachsene Menschen und wissen genau, was wir tun.« Sleizner fuhr sich durch die Haare.

»Kann ich mir nicht vorstellen. Vor allem nicht nach dem, was sie gerade durchgemacht hat.«

»Frag sie doch selbst.«

Hesk wandte sich an Dunja, die damit beschäftigt war, ihr Kleid hinunterzuziehen. »Stimmt das, Dunja? Bist du mit der Sache einverstanden?«

Dunja wollte Hesk anschauen, konnte aber nicht. Im Grunde begriff sie, dass sie erleichtert sein sollte – eine Minute später wäre zu spät gewesen –, aber das Einzige, was sie empfand, war Scham.

»Dunja, ich habe kein Problem damit, ihn auf der Stelle anzuzeigen.« Er zog sein Handy aus der Tasche und hielt es sich vor die Brust. »Deine Entscheidung.«

Sie drehte sich zu Sleizner um und sah ihm in die Augen. Sein Blick war weder ausweichend noch zweifelnd. Stattdessen erahnte sie hinter der vollkommen entspannten und ausdruckslosen Miene ein Lächeln.

Als ob er bereits wüsste, was sie antworten würde.

Kapitel 85

»Okay. Ach, und übrigens ... Vielen Dank.«
»Keine Ursache.«
Das Telefonat war abgeschlossen, die Sounddatei endete. Malin Rehnberg wusste nicht mehr, wie oft sie sich den Dialog zwischen Herman Edelman und Carl-Eric Grimås schon angehört hatte. Trotzdem hatte sie nicht das Gefühl, fertig zu sein. Nach dem ersten Hören war sie überrascht gewesen, wie wenig Neues sie erfuhr, und hatte sich vor allem in dem bestätigt gefühlt, was sie bereits wusste. Wenn Fabians Theorie stimmte, konnte das Ganze eigentlich nur bedeuten, dass die beiden über Grimås' illegale Leber und die israelische Botschaft sprachen.

Doch schon nach dem zweiten Durchgang war sie skeptisch geworden, und nach dem dritten und vierten war sie hundertprozentig sicher, dass es noch viel mehr zu entdecken gab. Das Gespräch schien aus mehreren Schichten aufgebaut zu sein, und die einzige Möglichkeit, um zum Kern vorzudringen, bestand darin, es immer und immer wieder zu hören. Schicht für Schicht.

Als Erstes war ihr aufgefallen, dass die beiden genau zu wissen schienen, wovon sie sprachen. Grimås klang sogar so, als wäre er des Themas überdrüssig, wusste aber auf der anderen Seite überhaupt nicht, was ihn erwartete. Seine größte Sorge kreiste um die Konsequenzen, falls die Wahrheit ans Licht kam, und er womöglich gezwungen sein würde, zurückzutreten. Dass ihn jemand umbringen, seinen Bauch aufschlitzen und die Eingeweide entnehmen würde, befürchtete er hingegen nicht.

Die zweite Schicht handelte von einer undichten Stelle, oder vielmehr von der *verdammten undichten Stelle*, wie Grimås sich ausdrückte. Eigentlich ging es ganz und gar nicht um eine undichte Stelle, sondern um einen Täter, der etwas ganz anderes im Sinn hatte, als sich an die Presse zu wenden. Doch nicht das ließ sie stutzen, sondern etwas, was danach kam. Sie setzte die kleine Markierung exakt auf die Sekunde, die sie mittlerweile auswendig wusste, und drückte auf die Leertaste.

»Wenn ich das richtig verstehe, deutet einiges darauf hin, dass irgendein interner Mitarbeiter Zugang zu Schlüsseln und Kennwörtern hatte. Das Problem ist, dass sie niemanden gefunden haben ohne ...«

»Jetzt warte mal. Was heißt hier intern? Meinst du, einer von ihren eigenen Angestellten würde ...?«

»Ich habe keine Ahnung, Calle ...«

Sie drückte auf Pause. Offenbar vermuteten sie, dass jemand von den Botschaftsmitarbeitern dahintersteckte, aber was Edelman mit »Das Problem ist, dass sie niemanden gefunden haben ohne ...« meinte, verstand sie nicht. Ohne was? Unterstützung der Polizei? Oder hatte Edelman gerade sagen wollen: ohne Verbindung zur Botschaft? Oder gehörte hinter haben ein Komma, und das Wort ohne war der Beginn eines neuen Nebensatzes?

Es gab fast unendlich viele Möglichkeiten, und sie hatte bereits eine Liste von in Frage kommenden Fortsetzungen geschrieben, die mehr oder weniger Sinn ergaben. Schließlich entschied sie sich für ein Wort.

Alibi.

Dann lautete der vollständige Satz folgendermaßen: Das Problem ist, dass sie niemanden gefunden haben ohne Alibi. Was in gewisser Hinsicht vollkommen logisch war. Sie hatten den Verdacht, es wäre einer der Botschaftsmitarbeiter gewesen, doch von denen konnte jeder seine Unschuld beweisen. Das wiederum bedeutete entweder, dass einer von den betreffenden Personen ein falsches Alibi hatte, oder dass es überhaupt kein interner Mitarbeiter gewesen war, sondern eine Person, die weit genug außerhalb stand, um nicht auf den Personallisten zu erscheinen, gleichzeitig aber nah genug dran war, um an Schlüssel und Codes heranzukommen.

Obwohl sie ihr Handy auf lautlos gestellt hatte, riss es sie aus ihrer Konzentration, als es wie ein aufgezogenes Spielzeug auf dem Nachttisch vibrierte. Dabei hatte sie fast einen entscheidenden Gedanken zu fassen bekommen. Nun war ihr Geist wieder vernebelt, und sie wusste nicht, ob sie noch einmal die Energie aufbringen würde, sich zu konzentrieren.

Zu allem Überfluss war es Anders. Er hatte jetzt so oft versucht, sie zu erreichen, dass er ihr zu Recht mit Scheidung drohen würde, wenn sie nicht bald ans Telefon ging.

»Hallo, Liebling«, sagte sie im Versuch, einen verschlafenen Eindruck zu machen.

»Warum meldest du dich nicht?«

»Äh ... Was habe ich denn gerade gemacht?«

»Du arbeitest doch nicht etwa?«

»Wie könnte ich es wagen, wenn du so streng zu mir bist. Aber du hast bestimmt nicht deswegen angerufen und mich geweckt.«

»Sicher?«

Malin gab einen theatralischen Seufzer von sich. »Denkst du etwa, ich liege hier und lüge dir ins Gesicht?«, fragte sie und stellte verwundert fest, wie gut sie lügen konnte.

»Nein, aber ...«

»Gut. Ich bin nämlich halb betäubt von den ganzen Medikamenten und habe keine Ahnung, was vor meiner Tür passiert. Ich habe noch nicht mal den Computer eingeschaltet, seit du bei mir warst.«

»Okay, entschuldige, es war nicht meine Absicht, dich ... Ich mache mir nur solche ...«

»Sorgen. Liebling, ich weiß. Aber das hilft mir im Moment nicht. Ich will nur, dass das hier vorbei ist. Sonst noch etwas?«

»Nein. Oder doch. Ursula war gestern hier. Hast du sie gebeten, Weihnachtsgardinen vor das Küchenfenster zu hängen?«

»Nein. Wieso, hat sie das etwa gemacht?«

»Ja, und sie sind ... wie soll ich sagen ... potthässlich. Einfach unbeschreiblich. Am äußersten Rand von Polen gelten sie wahrscheinlich als unheimlich hübsch, aber mir vergeht der Appetit, und nun weiß ich nicht, was ich machen soll. Ich traue mich nicht, die Dinger anzufassen.«

Malin wusste genau, was Anders meinte. Etwa seit einem Jahr war ihre Putzfrau so frei, in zunehmendem Maß über ihre Einrichtung zu entscheiden. Zu Anders' großer Freude war plötzlich der abgewetzte Hocker, den sie von ihrer Großmutter geerbt hatte, im Keller verschwunden, aber als in der folgenden Woche ihre weiße Tagesdecke einem synthetisch knisternden Bettüberwurf mit bunten Blumen weichen musste, hatte auch er genug. Gemeinsam hatten sie die Scheußlichkeit zusammengelegt und wieder ihre alte Tagesdecke hervorgeholt.

Was sich als richtig schlechte Idee erwies.

Ursula sagte kein Wort. Stattdessen revanchierte sie sich, indem sie immer nachlässiger putzte. Nach einigen Wochen hatten sie mit freundlichen Post-it-Botschaften versucht, sie daran zu erinnern, dass unter dem Bett Staub lag, und der Kühlschrank hin und wieder auch von innen gereinigt werden musste. Aber sauberer wurde es davon nicht. Nicht, bevor sie zu Kreuze krochen und wieder die geblümte Tagesdecke auflegten, die einem Stromstöße versetzte, sobald man sie streifte. Mittlerweile hatten sie sich nicht nur an sie, sondern auch an den Gartenzwerg gewöhnt, der ...

Der Gedanke kam Malin ebenso unverhofft wie damals die Nachricht, dass sie Zwillinge erwartete, obwohl sie kurz zuvor den Versuch, schwanger zu werden, ad acta gelegt hatten. Doch plötzlich war alles ganz klar.

»Bist du noch da, Liebling?«

»Ja, aber ...«

»Was soll ich denn jetzt machen? Sie flippt doch aus, wenn ich sie abnehme.«

»Ich weiß es nicht, Anders, aber ich muss jetzt auflegen. Der Arzt kann jeden Augenblick kommen, und ich muss vorher noch mal aufs Klo.«

»Warte mal. Glaubst du, sie wird sauer, wenn ich ...?«

»Darüber reden wir ein andermal. Tschüs, ich liebe dich.«

Sie drückte das Gespräch weg, lehnte sich zurück und schloss die Augen, um sich so schnell wie möglich wieder zu konzentrieren.

Es sprach einiges dafür, dass es sich um eine Reinigungskraft handelte. Die hatten nicht nur Zugang zu den Schlüsseln und Codes. Sie waren auch vor Ort, wenn die übrigen Mitarbeiter nach Hause gegangen waren. Wenn sie zudem bei einer externen Reinigungsfirma angestellt waren, arbeiteten sie zwar intern, gehörten aber nicht zum Mitarbeiterstab der Botschaft.

Es gab nur eine Möglichkeit, herauszufinden, wie es sich tatsächlich verhielt.

Kapitel 86

Dunja zuckte zusammen und merkte, dass sie geschlafen haben musste. Sie war angegurtet, und rings um sie herum vibrierte alles. Sie begriff überhaupt nichts. Weder, wo sie war, noch, wie sie hierhergekommen war.

»Wir haben den Flughafen Arlanda erreicht, und ich möchte Sie bitten, so lange angeschnallt zu bleiben, bis das Flugzeug vollständig zum Stillstand gekommen ist und die Warnlichter ausgegangen sind«, informierte eine Stimme aus dem Lautsprecher.

Ach ja, genau, dachte sie, während das Flugzeug bremste. Sleizners widerlicher Mund auf ihrem. Hesk, der seine Karriere aufs Spiel setzte, indem er ihr anbot, ihn anzuzeigen. Obwohl er sonst nie zu widersprechen wagte. Vielleicht war das seine Art, sich zu entschuldigen. Und dann sie selbst, die den Kopf schüttelte und darum bat, dass man ihr ein Taxi rief. Nur noch weg hatte sie gewollt. Einfach so tun, als wäre es nie passiert. Als wäre *es* in Wahrheit gar nichts.

Blågårdsgade 4, hatte sie zum Taxifahrer gesagt, aber auf Höhe der neonfarbenen Temperaturanzeige am Rådhusplads, die fünf Minusgrade anzeigte, was die Carlsberg-Reklame darüber vollkommen fehlplatziert erscheinen ließ, war ihr klargeworden, dass die Blågårdsgade der letzte Ort war, an den sie sich jetzt wünschte. Wozu alleine zu Hause im Bett liegen und sich selbst in den Arm nehmen? Wenn es jemanden gab, der sie nach allem, was geschehen war, in den Arm nehmen würde, dann war es Carsten. Die Sehnsucht schlug mit voller Wucht zu und ließ ihr keine andere Wahl, als nach Stockholm zu fliegen.

Der Taxifahrer hatte nur den Kopf geschüttelt, aber bereitwillig vor dem Hotel Alexandra gewendet und sie nach Kastrup gebracht. Sie hatte Glück und ergatterte ein Ticket für einen Flug fünfundfünfzig Minuten später, und nachdem sie die Sicherheitskontrolle passiert und sich an der Austernbar ein Glas Weißwein bestellt hatte, besserte sich ihre Laune.

Als sie nun durch die summende Tür hinaustrat und zu ihrer Verwunderung feststellte, dass die Kälte bei weitem nicht so scharf wie in Kopenhagen war, hatte sie fast das Gefühl, der Vorfall in Sleizners Büro hätte sich nie ereignet. Sie lachte über ihren eigenen Einfall. Carsten würde staunen. Sie, die sonst am liebsten alles unter Kontrolle hatte und bis ins kleinste Detail vorbereitete, befand sich nun am diametral entgegengesetzten Ende des Spektrums.

Sie hatte nur ihr Portemonnaie, ihr rotes und viel zu kurzes Kleid und den Wintermantel dabei. Zum Glück war sie geistesgegenwärtig genug gewesen, um in festen Stiefeln auf das Weihnachtsfest zu gehen und die Pumps in einer Plastiktüte mitzunehmen. Ansonsten hätte sie jetzt einen Rollstuhl gebraucht, weil ihr die Füße so weh taten.

Sie winkte ein Taxi heran und bat den Fahrer im deutlichsten Schwedisch, zu dem sie in der Lage war, sie zum Hotel Clarion am Skanstull zu bringen. Es war ihr erster Besuch in Stockholm, und bislang war sie nicht sonderlich beeindruckt. Bis jetzt hatte sie nicht viel mehr als ein kompliziertes Durcheinander aus Straßen und Überführungen aus Beton gesehen.

Erst nach einem längeren Tunnel erschien ihr das Gerücht, Stockholm wäre eine der schönsten Städte der Welt, nicht mehr vollkommen aus der Luft gegriffen. Auf einmal öffnete sich der Blick, und sie sah eine gefrorene Wasserfläche vor sich, die von unendlich vielen hellerleuchteten Fenstern umgeben war. Sie wusste nicht, ob es an der plötzlichen Weite, dem schneebedeckten Eis, dem sternenklaren Himmel, der beleuchteten Brücke oder den dichtbebauten Klippen drüben auf Södermalm lag. Sie musste zugeben, dass der Anblick von einzigartiger Schönheit war.

Eine Sekunde später befand sie sich wieder in der Betonhölle, die sie praktisch auf dem gesamten Weg zum Hotel nicht mehr aus ihren Fängen ließ.

»Verzeihung, aber wie heißt er noch mal?«, fragte der junge Mann mit dem schmalen Oberlippenbart an der Rezeption, obwohl Dunja den Namen bereits zweimal wiederholt hatte.

»Carsten Røhmer«, sagte sie so langsam wie möglich. »Carsten mit C und Røhmer mit einem dänischen ø und h nach dem ø. Soll ich es Ihnen aufschreiben?«

»Nein, nicht nötig«, antwortete der Mann und hämmerte

lächelnd auf seine Tastatur ein, als wollte er ihr zeigen, dass er nicht das Geringste gegen eine kleine Störung einzuwenden hatte.

Dunja begriff nicht, was so kompliziert daran war, eine Zimmernummer zu ermitteln. Der Mann machte ein Gesicht, als würde er sich in einen hochgradig geheimen Server hacken. Einige Minuten später wandte er sich vom Monitor ab und drückte mit den Fingerkuppen auf sein Bärtchen.

»Soweit ich das sehe, ist das Zimmer nur für ihn gebucht.«

»Ja, aber ich bin ja seine Freundin, und weil ich ihn überraschen möchte, hat er keine Ahnung, dass ich hier bin.«

»Leider kann ich nicht einfach irgendjemandem den Zimmerschlüssel aushändigen.«

»Das kann ich gut verstehen, aber ich bin ja nicht irgendjemand. Wie ich schon gesagt habe, bin ich seine Freundin.«

»I'm sorry, I don't understand.«

»I'm his fiancé and this is a surprise. That's why the booking only says one person.«

Der Mann nickte, obwohl das Lächeln längst aus seinem Gesicht verschwunden war. »I'm sorry, but I can't ...«

»Look. If it's about money I've no problem paying for an extra person. As long as you give me a fucking key.« Sie reichte ihm ihre Kreditkarte und sah ihn so bohrend an, dass ihm zum Schluss nichts anderes übrigblieb, als sich darauf einzulassen.

Das Zimmer lag im vierten Stock. Im Fahrstuhl strich sie ihre Haare glatt, zog den Lippenstift nach und schlüpfte trotz der fast unerträglichen Schmerzen in ihren Füßen in die Pumps, bevor sie ihr Schlüsselkärtchen an die Tür hielt.

Sie hielt die Tür fest, damit sie nicht zu laut ins Schloss fiel, und ging durch den kleinen dunklen Flur ins Zimmer. Da es größer als erwartet war, sah sie weder das Bett noch Carsten. Allerdings hörte sie ein leises Murmeln und einen Hörer, der auf eine Gabel gelegt wurde. Um sich gar nicht die Zeit zu lassen, auf argwöhnische Gedanken zu kommen, eilte sie ins Zimmer und breitete die Arme aus. »Tada!«

Was für eine Reaktion sie erwartet hatte, wusste sie nicht. Auf jeden Fall eine intensivere. Carsten lag mit nacktem Oberkörper im Bett und starrte sie an, als wäre er soeben entlassen worden. Sie wusste nicht, wie sie seinen Blick deuten sollte. War er einfach überrascht oder vollkommen entsetzt?

»Hallo. Ich bin es. Dunja. Freust du dich?« Sie winkte ihm, und erst jetzt strahlte er übers ganze Gesicht. Wie auf Bestellung.

»Entschuldige, Liebling. Ich hatte nur nicht mit ... Ich hatte nur nicht damit gerechnet, dass du ...«

»Nach Stockholm kommen würdest. Dann sind wir ja schon zwei.« Sie schleuderte die Pumps weg. »Aber es schadet ja nicht, hin und wieder im Bett erwischt zu werden.« Sie kroch auf allen vieren zu ihm und beugte sich nach vorn, um ihn zu küssen.

»Warte mal ...« Er bremste sie. »Ich verstehe das nicht. Was ist überhaupt los? Wolltest du nicht heute auf die Weihnachtsfeier?«

»Doch, aber du weißt ja, wie das ist. Nach allem, was passiert ist, hatte ich plötzlich gar keine Lust mehr, und da bin ich stattdessen in ein Flugzeug zu dir gestiegen.«

»Okay, aber ...« Carsten kratzte sich am Hinterkopf und schaute sich mit flatternden Lidern um, bevor er ihr wieder in die Augen sah. »Ich meine ... Wie geht es dir eigentlich? Wir sind ja noch gar nicht zum Reden gekommen. Ich habe nur ... Das muss ja alles ganz furchtbar gewesen sein.«

Dunja nickte. Sie hatte keine Lust, zu reden und all die Fragen zu beantworten, und verschloss seine Lippen mit ihrem Mund.

Zu Beginn ihrer Beziehung hatten sie das endlos gemacht. Als sie frisch verliebt waren. Es schien gar kein Ende zu nehmen.

Das Küssen.

Ihre Lippen waren sich in unendlich vielen Kombinationen begegnet, die sich alle sensationell anfühlten. Ihre Zungen bekamen nicht genug voneinander, und sie liebte seinen Geschmack über alles, ganz zu schweigen von seinem feuchten Atem. Sie hatten sich im Blick des anderen verloren und waren beinahe darin ertrunken, und irgendwie hatte sie angenommen, dass es für immer so bleiben würde.

Nach etwas mehr als einem halben Jahr hatte Carsten angefangen, die Augen zu schließen. Sie überlegte, ob sie ihn fragen sollte, warum er das machte, entschied sich aber, abzuwarten und zu hoffen, dass er sie bald wieder aufmachen würde. Doch die Küsse wurden immer kürzer, und seine Zunge schien es leid zu sein, mit ihrer zu spielen. Nachdem wieder eine gewisse Zeit vergangen war, hatte sie genügend Mut gesammelt, um ihn zu fragen, was denn nicht in Ordnung sei. Ob sie schlecht rieche? Und bis heute erinnerte sie sich daran, wie er einfach den Kopf geschüttelt hatte und in sie eingedrungen war. Seitdem machte sie selbst die Augen zu, und wenige Wochen später hörten sie ganz damit auf.

Jetzt küssten sie sich wieder, und er sah sie dabei sogar an. Trotzdem stimmte irgendetwas nicht. Sie bekam es nicht richtig zu fassen. Lag es an seinem flackernden Blick, der an ihr vorbeizuwollen schien? Oder daran, dass seine Zunge so müde wirkte.

Sie unterbrach den Kuss.

»Was ist los?«, fragte er. »Habe ich Mundgeruch?«

»Nein, ich muss nur ... Weißt du, nach der Reise und so.« Sie stieg rückwärts vom Bett. »Ich bin gleich wieder da.«

»Warte mal. Was hältst du davon, wenn wir unten an der Bar noch was trinken?«

»Unbedingt. Ich mach mich nur schnell ein bisschen frisch.«
»Ja, obwohl ...«
»Geht ganz schnell. Versprochen.« Sie öffnete die Tür

zum Badezimmer und schloss sich darin ein. Wie immer, obwohl sie schon seit fünf Jahren zusammen waren. Nie im Leben wollte sie auf dem Klo sitzen, wenn sich Carsten neben ihr mit der Zahnseide abmühte.

Doch nun verriegelte sie die Tür nicht aus diesem Grund.

Anfangs hatte sie den Gedanken weggeschoben. Aber er war von dem Moment an da gewesen, als sie das Bad betrat und die Tür zumachte. Vielleicht lag es am Unwillen dieses blutjungen Schnurrbarts, ihr zu helfen, oder an dem Geräusch, als der Telefonhörer auf die Gabel fiel. Sie wusste es nicht. Stattdessen hatte sie sich das Ganze damit erklärt, dass sie selbst mit den Nerven am Ende war. Aber als der Kuss kam, konnte sie es nicht länger auf ihre Nerven schieben. Ganz sicher war sie sich allerdings erst, als sie das Licht im Badezimmer angemacht hatte.

Es fehlte nicht nur ein Handtuch. Die Verpackung, die laut Aufdruck eine Duschhaube enthielt, war geöffnet worden. Das Glas mit Carstens Zahnbürste lag umgekippt auf dem Waschbeckenrand, daneben der Rasierschaum und ein grünes Döschen Zahnseide, aber nirgendwo konnte sie den edlen Aftershave-Balsam für seine empfindliche Haut entdecken, den sie sich eine stattliche Summe hatte kosten lassen. Außerdem war der Duschvorhang zugezogen.

Scheiße, wie armselig, dachte sie, während sie mit zwei lautlosen Schritten die Badewanne erreichte und den Vorhang zur Seite riss. Keine von beiden sagte etwas, und Dunja konnte nur konstatieren, wie er die Frauen offenbar haben wollte. Lange blonde Locken, die kaum zu bändigen waren. Brüste, denen die Schwerkraft nichts anzuhaben schien. Da lag sie mit ihrem ganzen Schminkzeug und Carstens Aftershave-Balsam, den sie in Panik offenbar versehentlich an sich gerafft hatte, und bedeckte sich mehr schlecht als recht mit dem fehlenden Handtuch.

Dunja wusste nicht, wie sie reagieren sollte. Die Situation

war so absurd, dass sie die Fassung verlor. Wie ein schlechter Film auf einem Sender, den kein Mensch guckte. Deshalb war sie genauso überrascht wie die Frau, als sie sich nach vorn beugte, den Rasierbalsam an sich riss, eiskaltes Wasser aufdrehte und aus dem Badezimmer verschwand.

»Bist du fertig?« Carsten war dabei, sich anzuziehen.

»Ja. Vollkommen fertig.« Sie hob ihre Pumps vom Boden auf und ging zur Tür.

»Warte mal, Dunja. Was ist denn jetzt? Warum ...?« Sie hörte ihn hinter ihr herkommen. »Sag doch was. Du kannst doch nicht einfach ...«

Mehr hörte sie nicht mehr, nachdem sie ihren Wintermantel und die Tüte mit den Stiefeln in die Hand genommen und die schallisolierte Tür hinter sich geschlossen hatte. Zu ihrer eigenen Verwunderung empfand sie überhaupt kein Bedauern, als sie den Rasierbalsam auf ihrem Weg durch den Flur in einen Papierkorb fallen ließ.

Im Gegenteil.

Kapitel 87

Fabian verließ die Küche mit einem frischen Kaffee und rief sich ins Gedächtnis, dass er sich tatsächlich in seinem eigenen Wohnzimmer befand und nicht in irgendeiner unterirdischen Fahndungszentrale. In weniger als zwei Stunden hatte er mit Tomas' und Jarmos Hilfe die Spuren des Einbruchs beseitigt, das Sofa und die Sessel an die Wand geschoben, den Esstisch auf volle Länge ausgezogen und in die Mitte des Raums gestellt. Das gesamte Ermittlungsmaterial war ausgepackt und die Wände mit Bildern, Notizen und anderen Anhaltspunkten tapeziert worden.

Zum Glück hatte Jarmo alles fotografiert, bevor sie es im

Polizeigebäude verpackten, so dass die meisten Dinge wieder genauso wie vorher hingen und sortiert waren. Eine Stunde später traf auch Niva mit ihrer Ausrüstung ein. Inzwischen hatte sie mehrere Monitore, Computer, einen Drucker und diverse Kästchen mit blinkenden Leuchtdioden aufgestellt und miteinander verbunden.

So effektiv hatten sie noch nie zusammengearbeitet. Sie schienen alle nur ein gemeinsames Ziel zu haben – den richtigen Täter zu identifizieren und zu fassen. Den Mann, der sie am Gängelband vorgeführt und sie auf eine so raffiniert ausgetüftelte falsche Fährte gelockt hatte, dass die Ermittlungen nun offiziell abgeschlossen waren.

»Hm ...« Jarmo schenkte allen heißen Kaffee ein. »Sollen wir loslegen?«

»Ich kann anfangen.« Fabian berichtete, was im Laufe der vergangenen vierundzwanzig Stunden passiert war. Das abgehörte Gespräch zwischen Edelman und Grimås. Wie er einen Übergang von Ossian Kremphs Wohnung zu der Abrisswohnung entdeckt hatte, den der Täter benutzt hatte, um bei Kremph die Medikamente auszutauschen und verschiedene eindeutige Beweise zu platzieren. Er erzählte von der versteckten Kamera, und dass der Täter Semira Ackerman vermutlich kurz vor seinem Eintreffen ertränkt und ihre Hornhaut entfernt hatte. Und dass einiges auf einen Pathologen namens Gidon Hass hindeutete, der in irgendeiner Verbindung zur israelischen Botschaft in Stockholm stand. Als er fertig war, breitete sich minutenlanges Schweigen aus. Alle schienen nachzudenken und das Gesagte erst einmal verdauen zu müssen.

»Dieser Pathologe. Wissen wir noch was über ihn?« Tomas schüttelte seinen Eiweißdrink.

»Er ist Experte für Organtransplantation und hat bis vor drei Jahren das pathologische Institut in Abu Kabir geleitet. Seitdem scheint er untergetaucht zu sein«, sagte Fabian.

»Abu Kabir. Ist das nicht eine Stadt in Ägypten?«, fragte Jarmo.

»Doch, aber es ist auch ein Bezirk von Tel Aviv.« Fabian wandte sich an Niva. »Du hast nicht zufällig ein Bild von ihm gefunden?«

»Auf die Frage habe ich nur gewartet.« Niva reichte ihm einen Ausdruck.

Fabian erkannte den Mann auf Anhieb. Er drehte sich zur Wand, an der sie die anderen Fotos aufgehängt hatten, und nahm dasjenige herunter, auf dem der ehemalige israelische Botschafter Rafael Fischer mit seinem Sohn Adam Fischer an einem festlich gedeckten Tisch saß. »Seht ihr? Da ist er ja.« Er zeigte auf den Mann, der sich zum Botschafter hinüberbeugte, als wollte er ihm gerade etwas Vertrauliches mitteilen.

»Nicht zu fassen.« Jarmo nickte. »Das erklärt natürlich die Verbindung der Opfer zur israelischen Botschaft.«

»Inwiefern?«, fragte Tomas.

»Anstatt sich an das schwedische Gesundheitssystem zu wenden, um ein neues Organ zu bekommen ...«

»Aber das haben sie«, meldete sich Niva zu Wort. »Ich habe mir die Krankenakten der Opfer angesehen, und darin steht, dass alle drei bis Mitte 1998 jahrelang auf der Warteliste gestanden haben.«

»Und was ist dann passiert?«, fragte Tomas.

»Sie verschwanden von der Warteliste, ohne dass eine Transplantation stattgefunden hätte«, sagte Niva.

»Stattdessen haben sie sich an den Botschafter gewandt, der ihnen wiederum den Kontakt zu Hass vermittelt hat.« Jarmo streckte sich.

»Was seinen Sohn Adam Fischer betrifft, stimmt das zweifellos«, sagte Fabian. »Und bei Carl-Eric Grimås kam der Kontakt vermutlich über Edelman zustande, der zu der Zeit ein enges Verhältnis zur Botschaft hatte.«

»Und das will er jetzt um jeden Preis unter den Teppich kehren«, sagte Tomas.

Fabian nickte. »Was genau Semira Ackerman damit zu tun hat, wissen wir allerdings nicht. Weiß jemand, wann dieses Bild hier aufgenommen wurde?«

»Im August '98 auf der Hochzeit von Adam Fischers Schwester in Tel Aviv.« Tomas trank den letzten Schluck von seinem Eiweißdrink.

»Schon wieder Tel Aviv«, sagte Niva.

»Vielleicht hatte Adam Fischer damals gerade sein neues Herz bekommen«, sagte Tomas. »Das würde erklären, warum er einen Stock benutzt.«

Fabian nickte.

»Was ganz anderes, Fabian.« Jarmo schüttete einen Schluck Milch in seinen Kaffee. »Wann genau hast du den Übergang zwischen den beiden Wohnungen entdeckt?«

»Gestern Abend kurz nach neun.«

Jarmo warf Tomas einen Blick zu, bevor er sich wieder Fabian zuwandte. »Dann habe ich dich im Schlafzimmer gehört.«

Fabian nickte. »Das wirft natürlich die Frage auf, wer hier eingebrochen ist. Bislang habe ich geglaubt, es wären dieselben Personen gewesen, die das Ermittlungsmaterial an sich genommen haben.«

»Darauf hatten sie es wahrscheinlich auch abgesehen, aber wir sind ihnen zuvorgekommen.« Tomas grinste wie ein Melonenverkäufer am Strand.

»Die Frage ist, was wir machen, falls sie zurückkommen«, sagte Jarmo.

Alle schwiegen und ließen die Frage unbeantwortet im Raum stehen, als würde ihnen jetzt erst klar, wie wenig sie wussten. Nur Nivas eifrige Finger auf der Tastatur durchbrachen die Stille.

»Hört mal, ich habe eine Idee«, sagte sie schließlich und

riss sich vom Monitor los. »Eigentlich ist es noch zu früh, um darüber zu reden, und außerdem bin ich auch nicht sicher, ob es funktionieren wird.«

»Jetzt komm schon. Wer A sagt, und so weiter.«

»Okay ... Meine Idee basiert darauf, dass wir mit relativ großer Sicherheit davon ausgehen können, dass der Täter sich zu bestimmten Zeitpunkten an bestimmten Orten aufgehalten hat. Zum Beispiel wissen wir, dass er das Bürogebäude der Abgeordneten am 16. Dezember genau um 15:24 Uhr durch den Hinterausgang verlassen hat. Außerdem können wir davon ausgehen, dass er sich gestern Abend kurz vor Fabian in der Wohnung in der Östgötagata befand. Was für Orte haben wir noch?«

»Wir haben das Video aus der Überwachungskamera, auf dem er in Fischers Auto aus dem Slussenparkhaus herausgefahren ist«, sagte Tomas. »Wir müssen das genau überprüfen, aber ich meine, es war am Nachmittag des 18.«

»Und das Shurgardlager«, sagte Jarmo. »Dort muss er sehr oft gewesen sein, aber wir wissen natürlich nicht, wann.«

»Okay, und was willst du daraus ableiten?«, fragte Fabian.

»Wenn wir den Handyverkehr der Masten an den jeweiligen Orten zu den jeweiligen Zeitpunkten analysieren, müssten wir mindestens eine Mobilfunknummer finden, die überall dabei ist. Anschließend müssen wir die betreffende Person nur noch orten und festnehmen.«

Es wurde still im Raum. Man hörte nur noch die Lüfter der Computer und die Alarmanlage eines weit entfernten Autos. Fabian wusste nicht, was er sagen sollte, und Tomas und Jarmo offenbar auch nicht. Er war sich aber sicher, dass sie sich genau die gleiche Frage stellten wie er.

Warum war darauf noch niemand gekommen?

Das Schweigen wurde von Fabians Handy beendet, dessen Display eine anonyme Nummer anzeigte.

»Hallo?«, meldete sich Fabian.

»Ist da Fabian Risk?«, ertönte eine gestresste Frauenstimme.

»Das ist richtig. Mit wem spreche ich?«

»Carnela Ackerman.«

»Ackerman?«

»Ich bin Semiras Schwester. Ich glaube, Sie haben mich Freitag am Stureplan gesehen. Können wir uns treffen? Ich weiß nämlich, wer bei Ihnen zu Hause war.«

»Nennen Sie mir einfach eine Zeit und einen Treffpunkt.«

»Das Gondolen. Ich sitze ganz hinten an der Bar und warte auf Sie.«

Es klickte, bevor Fabian etwas darauf erwidern konnte.

Kapitel 88

Fabian war zum ersten Mal seit dem Weihnachtsessen mit der ganzen Abteilung vor vier Jahren wieder im Gondolen. Er hatte ganz vergessen, wie umwerfend die Aussicht war. Obwohl es dunkel und der Himmel voller schwerer Wolken war, die nur darauf warteten, die Stadt erneut mit unwetterartigem Schneefall zu überziehen, war der Blick atemberaubend schön. Stockholm lag ihm buchstäblich zu Füßen, und auf seinem Weg durch den Restaurantteil konnte er vom blinkenden Kaknästurm draußen auf Gärdet bis zu den beleuchteten Hochhäusern am Hötorg und der rotierenden NK-Uhr in Rot und Neongrün alles sehen.

Er war unsicher, ob er die Frau vom Stureplan erkennen würde, weil er sich auf ihre Schwester Semira konzentriert hatte, aber als er die nervösen Blicke sah, die sie ständig über ihre Schulter warf, und die verkrampften Finger, mit denen sie ihr Glas umklammert hielt, begriff er sofort, dass sie Carnela Ackerman war, und setzte sich neben sie an die Bar. Sie war schön und sah mit ihrem langen goldbraunen Haar, ihren Lederstiefeln, der Jeans, dem dunkelroten Polohemd und der Halskette mit den großen Steinen wie ein Fotomodell aus.

»Ich weiß nicht, was die Polizei Ihnen über Ihre Schwester mitgeteilt hat, aber ...«

»Semira würde niemals einfach aufs Eis gehen«, unterbrach ihn Ackerman, ohne ihr Glas aus den Augen zu lassen. »Niemals. Ich dagegen könnte es. Ich habe mich immer ins Unbekannte gestürzt und darauf vertraut, dass mich jemand auffängt.« Sie trank einen Schluck Wein und schüttelte den Kopf. »Meine Mutter hat immer gesagt, die grauen Haare wären ihr meinetwegen gewachsen. Obwohl ich nie in ihren Armen gelandet bin, sondern in denen von Semira. Sie war immer für mich da, sie hat mich in all den Jahren kein einziges Mal im Stich gelassen, und als ich endlich die Gelegenheit hatte, für sie da zu sein, hat es so geendet.« Sie kämpfte mit den Tränen, kam aber nicht gegen sie an.

Fabian reichte ihr eine Serviette. »Auf welche Weise haben Sie ihr geholfen?«

»Sie hatte bullöse Keratopathie an der einen Hornhaut. Am Ende war sie auf dem einen Auge mehr oder weniger blind und hatte solche Schmerzen, dass sie nichts mehr machen konnte. Nicht einmal lesen. Dabei las sie für ihr Leben gern.« Ackerman tupfte sich die Augen ab.

»Dann waren Sie also ihre Verbindung zur israelischen Botschaft?«

Erst jetzt sah sie ihn an. »Woher wissen Sie das? Ich arbeite dort.«

»Sie sagten, Sie wüssten, wer bei mir eingebrochen ist.«

Sie nickte, entsperrte ihr Handy und zeigte ihm ein Foto von zwei Männern im Anzug, die gerade in den schwarzen Volvo stiegen, der die Parklücke vor Fabians Haus freigemacht hatte. »Sie arbeiten für die Botschaft und versuchen, den Täter zu finden, bevor die Polizei es tut.«

Die Botschaft führte also eigene Ermittlungen durch. Natürlich. »Weiß man schon, wie es abgelaufen sein könnte, oder hat man eine Theorie bezüglich des Täters?«, fragte Fabian.

Ackerman zuckte die Achseln. »Ich weiß es nicht, aber es geht das Gerücht um, jemand hätte eine Liste aller durch die Botschaft vermittelten Transplantationen in die Hände bekommen. Was an sich nicht verwunderlich wäre. Im Moment herrscht im Büro ein einziges Chaos, weil wir gerade alles einpacken und für den Umzug zum Nobelpark vorbereiten. Ich will nur, dass Sie wissen, dass Sie den Falschen gefasst haben und dass wahrscheinlich noch mehr auf der Liste stehen.«

Fabian nickte. »Sie wissen nicht zufällig, wer?«

Sie schüttelte den Kopf.

»Carnela, kennen Sie eine Person namens Gidon Hass?«

Ackerman hatte sofort etwas Angestrengtes im Blick. »Was haben Sie über ihn gehört?«

»Sie wissen also, wer das ist.«

Sie nickte fast unmerklich. »Er ist der Cousin des Botschafters und ist jetzt hier ...«

»Hier, in Stockholm?«

Wieder nickte sie.

»Wissen Sie auch, warum er hier ist?«

Wortlos warf sie einen Blick über ihre Schulter und trank den Wein aus.

»Carnela, falls Sie über Informationen verfügen, die uns helfen könnten, denjenigen zu überführen, der ...«

»Es tut mir leid.« Sie schüttelte den Kopf. »Aber das geht nicht. Ich habe schon viel zu viel gesagt.« Sie nahm ihre Handtasche und stieg vom Barhocker herunter.

»Warten Sie, Carnela ... Werden Sie von jemandem bedroht?« Fabian streckte den Arm aus, um sie aufzuhalten, aber sie stieß ihn weg und eilte zum Ausgang.

Kapitel 89

Glaub mir, ich sehe dir doch an, dass du nur darauf wartest, dass es dir jemand so richtig besorgt, hatte er lachend gesagt, als wäre es das Natürlichste auf der Welt. Dieses schleimige Arschloch. Du willst dich mal wieder richtig lebendig fühlen, hatte er dann geächzt und sie mit seinem widerlichen Atem fast erstickt. Jede Zelle ihres Körpers hatte ihn gehasst, tat es noch immer und würde es vermutlich für den Rest ihres Lebens tun.

Trotzdem musste sie es sich selbst eingestehen.

Kim Sleizner hatte mehr als recht.

Zu der Einsicht war sie spät in der vergangenen Nacht gekommen, nachdem sie auf der Suche nach einem anderen Hotel eine lange Wanderung durch die verschneite Götgata gemacht hatte. Da sie so weit wie möglich von Carsten wegwollte, machte es ihr nichts aus, dass sie erst am Medborgarplatsen eins fand. Nachdem sie zum Aufwärmen schnell ein Bad genommen hatte, war sie ins Bett gegangen. Am nächsten Morgen wollte sie früh aufstehen, kurz frühstücken und den nächstbesten Flug nach Hause nehmen. Dort würde sie das Schloss austauschen lassen und eine Umzugsfirma bestellen, die Carstens Sachen einpackte und zu seinen Eltern nach Silkeborg transportierte. Es war schließlich ihre Wohnung.

Ein perfekter Plan in ihren Augen, wenn sie nur hätte einschlafen können. Stimmen von feierfreudigen Stockholmern drangen von der Straße zu ihr herauf, und sie wälzte ihren frisch gebadeten Körper rastlos in den raschelnden Laken. Und da ging ihr auf, dass der Widerling verdammt recht gehabt hatte.

Sie versuchte es mit den Fingern, aber das machte es nur noch schlimmer. Genau wie er behauptet hatte, wollte sie, dass es ihr jemand besorgte. Einfach drauflos, damit sie sich wieder lebendig fühlte. Und zwar jetzt sofort.

Sie hatte das Kleid und die Pumps wieder angezogen und war den lauten Passanten ins Kvarnen gefolgt – eine Bierhalle gleich um die Ecke der Götagata. Obwohl sich vor dem Lokal eine lange Schlange gebildet hatte, ließ der Türsteher sie sofort hinein, und als sie erst einmal drin war, dauerte es nicht lange, bis sie ihr Opfer erblickte.

Er stand mit einem Bier in der Hand an der Bar und unterhielt sich mit Freunden. Eigentlich war er überhaupt nicht ihr Typ. Mit seinen roten Locken und dem sommersprossigen Gesicht war er geradezu das Gegenteil einer klassischen Schönheit, aber sein ausgeschnittenes T-Shirt schrie förmlich hinaus, wie durchtrainiert er war, und seiner Ausstrahlung hatte sie nichts entgegenzusetzen.

Sie musste nichts anderes tun, als sich in seine Nähe zu stellen und ein paar Blicke in seine Richtung zu werfen, damit er seine Freunde stehen ließ und zu ihr herüberkam. Sie versuchte, etwas auf Schwedisch zu sagen, er antwortete auf Englisch. Seinen Namen vergaß sie eine Sekunde nachdem er ihn gesagt hatte. Sie würde ihn als den rothaarigen Schweden in Erinnerung behalten.

Er führte sie ins Kellergeschoss, wo sich gespenstische Gipsfiguren aus der weißen Mauer pressten, und dann tanzten sie auf der kochenden Tanzfläche, wo die Leute zu irgendwas Lautem herumsprangen, als gäbe es kein Morgen. Sie erinnerte sich, dass er sich hinter sie gestellt hatte und ihr so nahe gekommen war, dass sie spüren konnte, wie viel kräftiger als Carsten er gebaut war.

Sie hatte keine konkrete Erinnerung daran, wie sie die Tanzfläche verlassen hatten. Alles schien sich in einer einzigen Bewegung abgespielt zu haben, die plötzlich dazu führte, dass sie in ihrem Hotelzimmer landeten, die Minibar leerten und sich gegenseitig erforschten wie Teenager, die endlich ihr Elternhaus für sich hatten. Da sie gerade aufgewacht war, musste sie irgendwann eingeschlafen sein.

Es war halb elf, und der Rothaarige war verschwunden. Zum Glück. Angesichts des pulsierenden Schmerzes zwischen ihren Beinen wäre sie zu einer weiteren Runde nicht in der Lage. Sie lachte auf, als ihr bewusst wurde, dass sie in den vergangenen Stunden wahrscheinlich doppelt so viel Sex gehabt hatte wie in all den Jahren mit Carsten, und beschloss, eine Tradition daraus zu machen.

Von nun an würde sie jeden Dienstag ausgehen, um Bestätigung zu tanken. Genau so machten Männer es schließlich auch, und offensichtlich funktionierte es. So heiter und gelassen war sie schon lange nicht mehr gewesen. Da sie zum Schluss nur noch Wasser getrunken hatte, wurde sie nicht einmal von Kopfschmerzen geplagt. Die einzige Regel bestand darin, dass es jede Woche ein Neuer sein sollte, und solange sie scharf auf ihn war, kam praktisch jeder in Frage.

Das Surren ihres Handys riss sie aus ihren Gedanken. Es war eine schwedische Nummer.

»Dunja Hougaard.«

»Hallo, ich wollte nur mal hören, wie es dir geht. Du bist ja einfach verschwunden, und im ersten Moment dachte ich, du wärst nach Hause ins Wochenende gefahren, aber dann habe ich gehört, was passiert ist.« Sie hörte ihn schwer seufzen. »Ehrlich gesagt, verstehe ich nicht, wie du dich ganz allein in diese Sache stürzen konntest. Das muss furchtbar gewesen sein.«

»Ich dachte, er wäre nicht da. Und dann war es zu spät«, sagte Dunja, als sie die Stimme endlich zuordnen konnte. »Aber jetzt geht es mir gut, Klippan.«

»Sicher?«

»Ganz bestimmt.«

»Das freut mich. Dann wünsche ich dir bei der Gelegenheit fröhliche Weihnachten.«

»Danke, gleichfalls. Schöne Weihnachtsferien.«

»Darauf kannst du Gift nehmen. Ich habe mir ausnahmsweise zwei Wochen freigenommen, obwohl es ein richtiges Arbeitgeberjahr ist. Berit hat darauf bestanden. In ein paar Stunden sind wir unterwegs nach Kastrup, und dann ab nach Thailand.«

»Das klingt herrlich.«

»Hat ein kleines Vermögen gekostet, aber das ist die Sache hoffentlich wert.«

»Bestimmt. Dann wünsche ich euch eine gute Reise«, sagte sie in dem Versuch, das Gespräch zu beenden, das ihrem Akku das letzte bisschen Saft entzog.

»Eine Frage noch, die du mir hoffentlich nicht übelnimmst. Als du nach Hause kamst. Stimmt es wirklich, dass er sich in deiner Wohnung befand?«

»Ja.«

Es wurde still am anderen Ende, und Dunja hörte es in Klippans Kopf förmlich rattern.

»Dann verstehe ich das, glaube ich, nicht ganz«, sagte er schließlich. »Warum lässt er dich erst leben und sperrt dich mit all den abgehackten Leichenteilen in den Kofferraum, wenn er dich später doch umbringen will? Was zudem viel einfacher gewesen wäre, nachdem er dich in dem Industriegebäude in Kävlinge betäubt hatte.«

Klippan war genau dasselbe aufgefallen wie ihr.

»Weil es nicht derselbe Täter war«, sagte sie, obwohl sie eigentlich beschlossen hatte, sich die Sache aus dem Kopf zu schlagen.

»Weißt du was, Dunja? Genau den Verdacht habe ich auch.«

»Ich glaube, Willumsen wurde benutzt, um uns auf die falsche Spur zu locken, und das Ganze war so raffiniert geplant, dass er auf jeden Fall verurteilt worden wäre. Im Körper von Katja Skov haben wir sogar seinen Samen gefunden.«

»Er hatte also nichts zu verlieren, und deshalb hat er dir aufgelauert, bevor du ihn finden konntest.«

»Ganz genau.«

»Also, was machen wir jetzt? Kann ich vor meiner Abreise noch irgendwas tun?«

»Ja, tatsächlich. Kannst du mir helfen, den Halter eines Wagens mit schwedischem Kennzeichen zu finden?«

»Klar. Kein Problem. Gib mir das Kennzeichen, ich mach das.«

»HXN 674«, sagte sie, ohne einen Blick auf die Notizen werfen zu müssen, die sie in ihrem Handy gespeichert hatte.

»Okay, ich schicke dir die Antwort per SMS. Dann wünsche ich dir viel Glück. Hoffentlich klärt sich alles.«

»Das hoffe ich auch«, sagte Dunja und legte auf.

Sie stand auf, ging unter die Dusche, wusch sich die Haare, benutzte alle Gratiscremes, die auf dem Waschbecken aufgereiht waren, und zog sich das nicht mehr taufrische Kleid an. Als sie fertig war, wartete auf ihrem Handy bereits eine SMS von Klippan auf sie.

Keine Ahnung, wo du das Auto gefunden hast, aber der Besitzer hieß Carl-Eric Grimås. Er war Schwedens Justizminister, bis er vor einer guten Woche dem »Kannibalen« zum Opfer fiel. Mit deinem Fall wird das wohl nichts zu tun haben, oder? Klippan.

Sie tippte eine kurze Antwort, trat ans Fenster, zog die Gardinen auseinander und betrachtete den verschneiten kleinen Park vor dem Fenster. Am einen Ende spielten etwa dreißig Vorschulkinder, und am anderen verkauften zwei Männer Weihnachtsbäume.

Nein, das ist bestimmt eine ganz andere Geschichte. Vielen Dank und schönen Urlaub! Dunja.

Sie hatte von dem Kannibalen gehört, der nach abgebüßter Strafe und mehreren Jahren auf freiem Fuß plötzlich wieder gemordet hatte. Auch in dänischen Zeitungen war über ihn berichtet worden, und einen Augenblick lang hatte sie der Gedanke gestreift, es könnte eine Verbindung zu ihrem Fall geben. Zwei bekannte Täter. Ein Däne und ein Schwede. Beide wiederholten ihre alten Sünden und hinterließen geradezu überdeutliche Spuren. Doch in Ermangelung konkreter Anhaltspunkte hatte sie die Idee wieder fallengelassen und weiter ihre Willumsen-Fährte verfolgt.

Nun waren sie tot, und beide Fälle waren abgeschlossen.

Vielleicht war der schwedische Sportwagen auf dem Grund des Helsingörer Hafens genau das, was fehlte, damit ihre und die schwedischen Ermittlungen wieder aufgenommen werden konnten.

Kapitel 90

Hab es geschafft, einzudringen. Wäre besser, wenn ihr auch kommt. Sofort./N

Fabian blickte vom Display seines Handys auf und sah den kleinen roten Laserpunkt auf der Stockholmkarte von einem Vorort zum nächsten wandern. Er saß mit Tomas und Jarmo im Besprechungsraum und hörte Markus Höglund und Inger Carlén von ihrer bevorstehenden Razzia bei Diego Arcas berichten.

»Wir haben in der Stadt insgesamt sechs Wohnungen lokalisiert«, sagte Inger Carlén.

Keiner von ihnen hatte momentan einen laufenden Fall. Jedenfalls nicht offiziell.

»Plus das Black Cat auf Kungsholmen«, fuhr Markus Höglund fort, der mit einem Danish Cookie in der Hand neben ihr stand.

»Und wann wollt ihr zuschlagen?«, fragte Fabian im Versuch, die Besprechung schneller zu beenden. Offiziell hin oder her, der Täter lief nicht nur frei herum, er hatte auch, wenn man Carnela Ackerman Glauben schenken durfte, noch weitere Opfer auf seiner Liste. Außerdem war Niva, nachdem sie die ganze Nacht gearbeitet hatte, das Kunststück gelungen, in das System der Handyanbieter einzudringen.

»Morgen Abend«, sagte Carlén.

»Ich hoffe wirklich, dass du *wir* meinst.« Höglund sah allen der Reihe nach in die Augen. »Das ist eine ziemlich große Aktion, und daher brauchen wir die Unterstützung der gesamten Abteilung.«

Fabian wechselte einen Blick mit Tomas und Jarmo und stellte fest, dass Nivas Nachricht sie wohl noch nicht erreicht hatte.

»Wir verstehen, wenn das mitten im Weihnachtsstress etwas ungelegen kommt«, fuhr Carlén fort, »aber das ist Diego Arcas anscheinend scheißegal.«

Höglund drückte auf die Fernbedienung, woraufhin die Karte einem Luftbild von der Umgebung des Nachtclubs wich. »Wie ihr wisst, befindet sich das Black Cat hier in einem Keller an der Hantverkargata.« Er tippte mit seinem Laser darauf. »Aber da der Club drei verschiedene Ausgänge in alle Himmelsrichtungen hat, müssen wir überall …«

Fabian hörte nicht mehr zu. Soeben hatten die Handys von Tomas und Jarmo auf dem Tisch vibriert, und er sah sie die Nachricht von Niva lesen.

»Durch diesen Lichtschacht im Hof werden unsere Einsatzkräfte eindringen«, sagte Höglund und zeigte auf die Stelle. »Die anderen warten in einem Bus um die Ecke in der Polhemsgata und kommen auf unser Signal durch den Haupteingang herein. Fragen?«

»Nein, ich finde, das ist alles sonnenklar.« Tomas blickte von seinem Mobiltelefon auf. »Oder was meinen die anderen?«

»Vollkommen klar«, wiederholte Jarmo und steckte sein Handy ein.

»Wichtig ist, dass niemand das Signal gibt, bevor die Show nicht in vollem Gang ist«, sagte Carlén. »Erst wenn sie hochkonzentriert und daher am angreifbarsten sind, gehen wir rein. Okay?«

»Sonst noch was? Ich habe nämlich einiges zu tun«, sagte Fabian.

»Nein, ich glaube, das war alles.« Carlén seufzte.

»Ach, genau, am besten kauft man die Weihnachtsgeschenke jetzt. Es ist gerade so ruhig.« Jarmo grinste.

»Gute Idee.« Tomas stand auf.

»Wartet doch mal.« Höglund hob die Hände. »Inger und ich arbeiten seit über einem halben Jahr an dieser Sache. Es darf einfach nichts schiefgehen. Bevor ihr geht, will ich wissen, ob ihr wirklich ganz sicher seid, dass es keine Unklarheiten mehr gibt.«

»Absolut sicher.« Tomas verließ den Besprechungsraum gemeinsam mit Fabian und Jarmo.

»Ja, ich bin drin«, sagte Niva. »Aber da ich nicht in der Radioanstalt bin, ist der Spaß zu Ende, sobald deren Spione mich entdecken.«

»Spione?«, fragte Fabian und sah Edelman mit einer Tasse Kaffee in der Hand aus der Küche kommen, während er mit Tomas und Jarmo durch den Flur hastete, das Handy am Ohr.

»Ja, die Spybots. Der Punkt ist, dass ich mehr Daten brauche, und zwar schnell.«

»Okay, aber ich stecke ein wenig in der Klemme«, sagte Fabian in dem Moment, als ihn Edelmans Blick traf. Edelmans Gesichtsausdruck war vollkommen neutral. Er selbst hingegen musste sich anstrengen, um sich nichts anmerken zu lassen, und nickte ihm nur kurz zu, ohne seine Schritte zu verlangsamen. Edelman erwiderte den Gruß und verschwand in seinem Zimmer, und obwohl die ganze Begegnung nur Sekunden in Anspruch genommen hatte, schien sie Fabian eine Ewigkeit gedauert zu haben.

»Du brauchst doch nur zuzuhören«, sagte Niva am anderen Ende der Leitung. »Wie ich gestern schon gesagt habe, brauche ich mehr Orte und Zeitpunkte. So präzise wie möglich. Im Moment habe ich nur zwei. Den Eingang vom Bürogebäude der Abgeordneten und die Abrisswohnung, und das wird nicht reichen. Also müssen Tick und Trick sich den Film aus der Überwachungskamera noch einmal ansehen und gucken, wann genau er aus dem Slussenparkhaus herausgekommen ist. Und dein Hirnschmalz könnte sich mal dem Shurgardlager widmen.«

»Okay, wir kommen so schnell wie möglich.« Fabian ging um die Ecke und stieß mit einer Frau zusammen, der daraufhin eine Plastiktüte aus der Hand fiel.

»Oh, Verzeihung.«

»Ich bin derjenige, der sich entschuldigen muss.« Fabian ging in die Hocke, sammelte die Zahnbürste und die kleinen Behälter mit Shampoo und Bodylotion vom Boden auf und steckte sie wieder zu dem roten Kleid und den hochhackigen Schuhen in die Hennes-&-Mauritz-Tüte.

»Aus Dänemark?« Tomas spannte die Brustmuskeln an.

»Ja. Ich suche Malin Rehnberg. Wissen Sie, wo sie sitzt?«, fragte Dunja.

»Gar nicht, die liegt.« Tomas grinste.

»Sie ist leider krankgeschrieben und wird wohl frühestens in einem halben Jahr wiederkommen.« Fabian übergab die Tüte wieder an Dunja, die eine Jeans und eine weiße Bluse unter dem offenen Mantel trug.

»Kann ich Ihnen vielleicht weiterhelfen?«, fragte Tomas.

»Ja, es geht um ein Auto, dessen Halter offenbar der …«

»Hallo? Hab ich nicht gesagt, dass die Zeit drängt?«, hörte er Nivas Stimme aus dem Handy.

»Es tut mir leid, aber ich muss jetzt gehen. Tomas ...«, sagte Fabian und eilte weiter.

Dunja blickte den drei Männern hinterher, die den Flur hinunterrannten, und überlegte, wie sie nun vorgehen sollte. Ihre einzige Ansprechpartnerin bei der Reichskripo in Stockholm war krankgeschrieben, und das offenbar für ziemlich lange Zeit. Und wie auf Bestellung holte sie urplötzlich die kurze Nacht ein. Sie wollte nur noch nach Hause und sich die Bettdecke über den Kopf ziehen.

»Entschuldigen Sie, aber Sie sehen ein wenig ratlos aus. Kann ich Ihnen irgendwie behilflich sein?«

Dunja drehte sich zu dem Mann um, der direkt auf sie zukam. »Ich wollte ja eigentlich mit Malin Rehnberg sprechen, aber die ist offenbar krank.«

»Das stimmt, aber ich bin ihr Chef. Vielleicht kann ich Ihnen weiterhelfen.« Er gab ihr die Hand. »Herman Edelman.«

»Verzeihung. Dunja Hougaard von der Polizei Kopenhagen.«

Nachdem sie sich die Hände geschüttelt hatten, nahm Edelman sie mit in sein Büro. »Möchten Sie etwas trinken? Kaffee? Tee? Ich müsste sogar noch einen Gammel Dansk hier haben.«

»Nein danke, nicht nötig. Vielleicht ein dänisches Sodawasser.«

»Das ist mit Bläschen?«

»Ganz genau.«

Edelman öffnete zwei Flaschen Ramlösa und goss das Mineralwasser in Gläser.

»Und vielleicht hätten Sie ein Ladegerät für mich.« Sie hielt ihr iPhone hoch. »Total platt.«

»Platt?«

»Am Ende, meine ich. Alle.«

»Entschuldigen Sie. Dänisch ist zwar nicht meine Stärke,

aber wenn Sie Ihr Mobiltelefon aufladen möchten, sollte das kein Problem sein.« Edelman ging zum Schreibtisch hinüber und kam mit einem Ladekabel zurück. »Bitte sehr. Übrigens, wie sind Sie eigentlich am Empfang vorbeigekommen? Wenn ich das richtig verstanden habe, hatten Sie keinen Termin.«

»Nein, aber ich habe einfach gesagt, ich möchte Malin überraschen.« Dunja steckte das Ladekabel in die Steckdose.

»Und da hat man Sie einfach reingelassen?«

Dunja nickte, und Edelman schüttelte den Kopf.

»Hoffentlich funktionieren die Sicherheitsmaßnahmen im Kopenhagener Präsidium besser. Okay. Was kann ich für Sie tun?«

»Ich ermittle in einer Mordsache, und wir haben ein Auto gefunden, das Ihrem Justizminister gehört hat.«

»Sie meinen Carl-Eric Grimås?«

»Ganz genau. Das Kennzeichen ist HXN 674.«

»Und wo haben Sie den Wagen gefunden?«

»Auf dem Grund des Hafenbeckens von Helsingör. Ich habe gehört, dass er eins der Opfer in einer großen Mordserie hier in Stockholm war.«

»Das ist wahr, aber nur zu meinem Verständnis: An welcher Mordsache arbeiten Sie?«

»Es geht um eine ganze Reihe von Opfern, die vergewaltigt und zerstückelt wurden.«

»Ach, genau, waren das nicht dieser Fernsehmoderator und seine Frau?«

Dunja nickte.

»Ich dachte, der Fall wäre aufgeklärt und abgeschlossen.«

»Ja. Ich gehe nur noch ein paar ungelösten Fragen nach, um ganz sicherzugehen, dass wir nichts übersehen haben, und da bin ich auf diese Verbindung gestoßen.«

»Verbindung ist wohl ein wenig übertrieben. Wir werden der Sache natürlich auf den Grund gehen. Aber es ist wahrscheinlich genau wie mit den Ufos. Meistens gibt es eine logische Erklärung.«

»Ach, und was schwebt Ihnen da vor?«

»Tja ... Grimås hat bekanntlich Autos gesammelt. Schöne Autos. Und da ist es ja nicht ausgeschlossen, dass eins davon gestohlen wurde und auf irgendwelchen Abwegen abgetaucht ist. Ihr Täter brauchte sicher einen Wagen, den niemand mit ihm in Verbindung bringen konnte. Aber wie gesagt, ich werde natürlich dafür sorgen, dass das überprüft wird, und melde mich so bald wie möglich bei Ihnen. Versprochen.«

Dunja zog das Ladegerät aus ihrem Handy und stand auf. »Es wäre mir lieb, wenn Sie sich an mich persönlich wenden könnten.« Sie überreichte ihm ihre Visitenkarte.

»Auf jeden Fall. Kein Problem. Sind Sie unter dieser Nummer auch zwischen den Jahren zu erreichen?«

»Unter dieser Nummer immer.« Sie schüttelte ihm die Hand.

»Außer der Akku ist alle.« Lachend brachte Edelman sie zur Tür.

Kapitel 91

Als Fabian mit Tomas und Jarmo nach Hause kam, klebte Niva vor dem Bildschirm und scrollte sich durch eine lange Liste von Handynummern und Namen.

»Sag nicht, dass all diese Nummern in Frage kommen.« Tomas warf einen Blick über ihre Schulter, aber Niva machte sich nicht einmal die Mühe, ihm zu antworten.

Erst jetzt begriff Fabian, warum er noch nie von der Idee gehört hatte, eine unbekannte Handynummer per Triangulierung zu ermitteln, indem man verschiedene Orte und Zeiten verglich. Die Tabelle mit den möglichen Nummern und Namen wirkte endlos. Obwohl Niva so schnell scrollte, dass Ziffern und Buchstaben verschwammen, schien sie gar kein Ende zu nehmen. Niva war zwar noch nicht fertig, aber er musste sich immer mehr zusammenreißen, um seine Skepsis nicht durchschimmern zu lassen.

»Da stimmt was nicht. So viele können es doch gar nicht sein.« Tomas trainierte seinen Bizeps mit einem Latexband.

»Wir reden hier von Slussen. Da kommen täglich Hunderttausende vorbei. Deswegen brauche ich ja mehr Daten«, sagte Niva gereizt.

»Kein Wunder, dass die Schleuse langsam absäuft.« Tomas wandte sich Jarmo zu, der vor dem Fernseher saß und sich langsam durch den Überwachungsfilm aus dem Slussenparkhaus spulte. »Wie läuft es denn bei dir? Hast du es dir mit Fabbes privaten Videos gemütlich gemacht?«

»Ich habe es gerade gefunden.« Jarmo fror das Bild ein, auf dem der Täter mit einer Gasmaske vor dem Gesicht in Adam Fischers Auto das Parkhaus verließ. »Um 15:33 fährt er raus.«

»Okay, dann setzen wir das hintere Ende bei Minute 15:34.« Niva gab einen Befehl ein. »Und wann ist er eurer Meinung nach hineingefahren?«

»Mit im Auto war er jedenfalls nicht.« Tomas veränderte die Armhaltung, um auch seinen Trizeps zu trainieren. »Das hätte Fischer gemerkt, und man sieht ihm deutlich an, dass er nicht die blasseste Ahnung hat, was ihn erwartet.«

»Bitte hör auf damit«, sagte Niva. »Es quietscht, und außerdem riecht es nach Gummi.«

»Was ist daran schlecht?« Tomas warf Fabian einen bedeutungsvollen Blick zu.

»Fischer. Hatte er einen festen Platz und wohnte in der Nähe des Parkhauses?«, fragte Fabian, um das Thema zu wechseln. Außerdem hatte er den Glauben an Nivas Idee zurückgewonnen.

»Oben in Mosebacke. Krasse Wohnung und die Aussicht ... Da wird man echt neidisch.« Tomas absolvierte einen letzten Satz, bevor er das Band zusammenlegte.

»Also ist ihm der Täter entweder in seinem eigenen Auto gefolgt, oder er hat ihn im Parkhaus erwartet.«

»Ich tippe auf Letzteres«, sagte Jarmo. »Ich habe mir diesen Film Bild für Bild angesehen und schwöre, dass er in keinem der Autos hinter Fischer sitzt.«

Tomas seufzte. »Wie willst du das schwören? Beim Reinfahren wird er die Gasmaske ja noch nicht aufgehabt haben. Im Grunde könnte er in jedem Auto gesessen haben, das nach ihm kam.«

»Ach, das ist ja interessant. Dann muss er die Spur gewechselt haben, denn in den sieben Autos hinter Fischer saßen zufällig nur Frauen. Aber das kann uns der Experte hier bestimmt erklären.«

»Okay, wir sind alle müde«, sagte Fabian.

»Ich nicht«, sagte Tomas.

»Ich auch nicht«, sagte Jarmo.

»Nein, dann eben nur ich. Und eigentlich spielt es auch keine Rolle. Gehen wir einfach davon aus, dass er sich mindestens genauso lange in dem Parkhaus aufgehalten hat wie Fischer.«

»Es waren elf Minuten.« Tomas schob sich eine Portion Snus unter die Oberlippe.

»Okay, sagen wir zehn. Dann sind wir auf der sicheren Seite.« Fabian wandte sich an Niva. »Wie viele sind noch übrig?«

»Ein paar Tausend«, antwortete Niva, ohne den Monitor aus den Augen zu lassen. »Wenn ich nach den Überschneidungen mit den Nummern vom Bürogebäude und der Wohnung in der Östgötagata geguckt habe, werden es hoffentlich weniger.«

»Hat außer mir jemand Hunger?«, fragte Tomas.

»Bedien dich einfach am Kühlschrank.« Fabian war selbst hungrig, konnte sich aber nicht vom Bildschirm losreißen, wo die Liste der Handynummern immer kürzer wurde, je weiter der Computer mit seinen Berechnungen vorankam.

Sieben Minuten später, als Tomas mit einem ganzen Teller voller getoasteter Brote mit Käse und Marmelade zurückkam, war die Tabelle so kurz geworden, dass sie auf den Bildschirm passte.

»Wie viele sind es noch?«, fragte Tomas, während er sich ein Brot in den Mund steckte.

»Dreiundvierzig.« Niva streckte sich.

»Ist er fertig mit Rechnen?«

Niva nickte kurz, und Fabian spürte, wie die Enttäuschung ihn wieder mit Müdigkeit einnebelte. Dreiundvierzig Nummern waren zwar besser als Hunderttausende, aber immer noch zu viele.

»Ich verstehe das nicht. Kann es denn wirklich sein, dass sich diese dreiundvierzig Personen gleichzeitig an den drei Orten befunden haben?« Fabian nahm sich auch ein Brot von Tomas' Teller.

»Vergiss nicht, dass es sich nicht um präzise GPS-Koordinaten handelt«, Niva schnappte sich das letzte Brot vom Teller.

»Mann, was soll denn …?«

»Ich habe verschiedene Mobilfunkmasten benutzt, um die jeweiligen Gebiete so gut wie möglich einzugrenzen, aber exakte Angaben sind das bei weitem nicht. Allein am Slussen kommen unendlich viele Leute vorbei.«

»Das ist mir klar«, sagte Fabian. »Aber am Hintereingang des Abgeordnetenbürogebäudes an einem späten Nachmittag bei starkem Schneefall. Komm schon. Da kann was nicht stimmen.«

»Du vergisst die Centralbrücke. Die ist nicht weit entfernt.«

»Ach ja. Und wie sieht es in der Östgötagata aus?«

»Die Götgata ist in der Nähe, aber da es neun Uhr abends war, dürfte es sich hauptsächlich um Leute handeln, die dort wohnen.«

»Warum steht hinter der kein Name?« Tomas zeigte auf den Bildschirm.

»Das ist eine Prepaidkarte.«

»Der Typ wird ja auch nicht so dämlich sein, mit einem Handyvertrag auf seinen eigenen Namen herumzulaufen.«

Niva blickte auf. »Dass ich darauf nicht gekommen bin.«

»Wie viele sind es jetzt?«, fragte Jarmo.

»Einer.«

»Einer?«, wiederholte Fabian. »Ist es an?«

»Mal gucken ...« Nivas Hände lagen wieder auf der Tastatur.

»Jetzt brauche ich Snus.« Jarmo drängte sich hinter Niva.

»Hast du nicht aufgehört?« Tomas reichte ihm die Dose.

»Nein, im Moment ist es abgeschaltet.« Niva gab weitere Befehle ein.

»Kannst du erkennen, ob es irgendwo war?«, fragte Fabian. Niva nickte.

»Axelsberg. Selmedalsvägen 38, 40 oder 42.«

Kapitel 92

Die Woche, die hinter Carnela Ackerman lag, war der reinste Alptraum gewesen. Jeden Morgen beim Aufwachen hatte sie mit geschlossenen Augen inbrünstig gebetet, endlich daraus aufzuwachen.

Vor zwei Tagen war Semira gestorben. Ihre geliebte Schwester, die abgesehen von ihrer Arbeit der einzige feste Bezugspunkt in ihrem Leben gewesen war. Wie sich herausstellte, war sie brutal ermordet worden. Weil sie den unschuldigen Wunsch verspürt hatte, ihre Schmerzen loszuwerden und wieder sehen zu können. Einen Wunsch, den sie selbst nicht laut auszusprechen gewagt hatte. Stattdessen hatte sie sich damit abgefunden, für ewige Zeiten auf der trostlosen Warteliste zu stehen.

Sie hatte keine Ahnung, wer ihre Schwester bestraft hatte. Aber zwei Dinge wusste sie genau. Erstens war Semira nicht die Einzige, und zweitens hatte die Polizei nicht den richtigen Täter gefasst. Dieser Fabian Risk wusste das auch. Er hatte sogar Gidon Hass erwähnt. Da hatte sie gemerkt, welche Mächte sie möglicherweise heraufbeschwören würde, und der Mut hatte sie verlassen.

Und dabei hatte sie ihm von den Genehmigungen erzählen wollen, die immer noch nicht vollständig erteilt worden waren und die letzte Möglichkeit darstellten, die Umzugspläne zu stoppen. Bald war auch der Zug abgefahren, und wenn sie nichts sagte, würde es nie herauskommen. Sie musste nachdenken, ihre Gedanken sortieren und sich überlegen, ob sie erneut Kontakt zu ihm aufnehmen sollte. Eigentlich hätte sie sich krankmelden und zu Hause bleiben sollen, aber nun blieb ihr nichts anderes übrig, als hier an ihrem Schreibtisch zu sitzen und allen zu zeigen, dass man sich wahrlich auf sie verlassen konnte.

Wenn sie wenigstens ihre Ruhe gehabt hätte und drum herumgekommen wäre, mit jemandem zu reden. Besonders mit dieser Frau vom Stadtteilausschuss, die aus irgendwelchen Gründen kein Nein akzeptieren konnte. Und nur deshalb rief schon wieder der Empfang an.

»Hallo, hier ist Carnela Ackerman«, sagte sie so neutral wie möglich.

»Hallo, hier ist noch mal die Rezeption.«

»Ach, worum geht es denn?«

»Es tut mir leid, aber diese Frau von der Stadtteilverwaltung ist schon wieder dran. Sie ruft ständig an und droht mit unangekündigten Besuchen und Geldstrafen, wenn wir ihre Fragen nicht beantworten. Ich weiß, dass du heute eigentlich nicht telefonieren möchtest, und habe wirklich alles versucht, aber ...«

»Okay, stell sie durch.«

»Oh, vielen Dank!«

Carnela wartete auf das Klicken und sagte: »Sie sprechen mit Carnela Ackerman.«

»Endlich. Sie sind ja wirklich nicht leicht zu erreichen.«

»Nein, kurz vor Jahresende habe ich einen ziemlich vollgepackten Zeitplan. Mit wem spreche ich?«

»Entschuldigung, mein Name ist Eva-Britt Mossberg, und ich rufe im Namen der Stadtteilverwaltung Östermalm wegen der Bedingungen an, unter denen Ihre Angestellten arbeiten.«

»Und das hat nicht bis Januar Zeit?«

»Leider nicht. Unsere Aufstellung muss noch vor Jahresende fertig sein, und Sie sind die Letzte auf meiner Liste. Es handelt sich lediglich um ein paar einfache Fragen und dauert nicht lang. Die Alternative wäre eine Inspektion, aber die ginge dann auf Ihre Rechnung.«

»Dann bringen wir es eben hinter uns.«

»Okay. Prima. Zur Reinigung der Räumlichkeiten. Haben Sie eigenes Reinigungspersonal, oder beauftragen Sie externe Firmen?«

»Externe.« Carnela hatte nicht die Absicht, ein überflüssiges Wort zu verlieren.

»Aha, und wie oft kommen die externen Reinigungskräfte?«

»Dreimal in der Woche. Montag, Mittwoch und Freitag.«

»Gut, und dann kommen sie während der Bürozeiten oder ...?«

»Nein, außerhalb der Bürozeiten.«

»Ach, sieh mal einer an. Und welche Firma beschäftigen Sie?«

»Immer sauber bleiben.«

»Und mit denen sind Sie zufrieden?«

»Ja.«

»Prima, dann bedanke ich mich ganz herzlich und wünsche Ihnen frohe Weihnachten.«

»Was, war das schon alles?«

»Wie gesagt, wir haben nur ein paar Fragen. Machen Sie's gut.«

Es klickte in der Leitung, und Carnela Ackerman blieb ratlos mit dem Hörer in der Hand sitzen.

Malin Rehnberg atmete auf und legte das Handy auf den Nachttisch. Das Telefonat hatte ihre Erwartungen übertroffen. Dass sie gut lügen konnte, wusste sie. Aber so gut? Falls sie jemals auf die Idee kommen sollte, auf einen anderen Beruf umzusatteln, konnte sie immer noch Schauspielerin werden. Professionelle Pokerspielerin war vielleicht noch besser.

Sie fuhr die Rückenlehne noch etwas weiter hoch, um ihre Sitzposition zu verändern, klappte das Notebook auf, schrieb den Namen der Reinigungsfirma in das Suchfeld und klickte sich durch bis zu deren Homepage. Die Firma versprach blitzblanke Privatwohnungen und Büros für alle vorstellbaren Bedürfnisse und stellte zu diesem Zweck zuverlässiges und pünktliches Personal zur Verfügung. Leider sah man keine Fotos der Mitarbeiter und konnte nicht erkennen, ob es auch männliche Reinigungskräfte gab.

Sie würde erneut in eine Rolle schlüpfen müssen. Malin zog das Handy aus der Tasche und tippte eine Nummer ein. Während es tutete, überlegte sie, was sie tun sollte, falls die Firma über Weihnachten geschlossen hatte und niemand ans Telefon ging. Vielleicht kam ihre Schwester, die bei der Sozialversicherungsbehörde arbeitete, an nähere Angaben zu den Mitarbeitern. Allerdings bestand die Gefahr, dass sie stutzig wurde und Anders davon erzählte, der wiederum total ausflippen würde. Unter diesem Gesichtspunkt war Niva Ekenhielm die bessere Wahl, das zumindest musste sie zugeben. Sie hätte die Daten genauso schnell zur Hand, wie sie einer Ehe den Garaus machte.

»Herzlich willkommen bei Immer sauber bleiben. Womit kann ich Ihnen helfen?«

»Ach, hallo, das ist ja toll. Mein Name ist Malin Rehnberg.« Da sie kaum noch damit gerechnet hatte, dass jemand ans Telefon gehen würde, hatte sie versäumt, sich ein Pseudonym zuzulegen. »Ich brauche eine Reinigungskraft für mich privat und hätte gerne alles so blitzblank, wie es auf Ihrer Webseite beschrieben wird.«

»Unbedingt. Wohnen Sie denn in einem Haus oder einer Wohnung, und wie viele Zimmer ...?«

»Es ist groß und wird sicher richtig teuer«, fiel Malin ihr ins Wort. »Aber es ist so, dass ich lieber eine männliche Putzkraft hätte. Haben Sie die auch im Angebot?«

Am anderen Ende wurde es still.

»Ich möchte betonen, dass es wirklich nur ums Putzen geht. Aber mit Männern habe ich einfach viel bessere Erfahrungen gemacht.«

»Verstehe. Also ich weiß, dass wir einige im Team haben, aber ...«

»Gut. Dann könnten Sie mir vielleicht per E-Mail eine Liste schicken?«

»Äh, ich weiß nicht, das machen wir eigentlich ...«

»Ach, und eine Sache noch, am besten mit Namen und Bildern, damit man sich die Herren besser vorstellen kann.«

Kapitel 93

Auf der Hutablage im Flur lagen zahllose Handschuhe, Mützen und Schals, und an den Haken hingen Winterjacken. Im Schuhregal darunter waren Boots, Stiefel und Schuhe aufgereiht. Auf einem Tisch neben einem Stuhl waren die Konturen eines altehrwürdigen Telefons zu erkennen. Ob es noch eine richtige Wählscheibe hatte, konnte man allerdings in der Dunkelheit nicht erkennen.

Der Winkel wurde verstellt und die Suche nach Hinweisen auf dem Fußboden fortgesetzt, als plötzlich das Licht anging, und zwei nackte Füße in das kleine runde, spiegelverkehrte Bild hineinliefen. Sie gehörten einem alten Mann, der sich an den grauen Haaren im Schritt kratzte.

Fabian zog den Zahnarztspiegel heraus, schloss die Klappe des Briefschlitzes vorsichtig und rannte die Treppe hinunter.

Die geographische Position, die Niva ihnen genannt hatte, war alles andere als exakt. Der Selmedalsväg 38–42 umfasste drei verschiedene Aufgänge mit jeweils neun Stockwerken, in denen sich drei bis fünf Wohnungen befanden. Und dabei hatte sie nur einen Radius von fünfzehn Metern mit einbezogen. Im besten Fall war er tatsächlich nicht größer. Wie umfangreich er im schlimmsten Fall sein konnte, hatte Fabian sich gar nicht auszumalen gewagt, als er an den aufgereihten hellbraunen Betonhäusern hinaufblickte, die nicht verhehlen konnten, was für einen schlechten Tag der Architekt gehabt haben musste. Um innerhalb von zwölf Minuten dorthin zu gelangen, hatte Tomas keine rote Ampel beachtet und jede Busspur genutzt. Um nicht noch mehr kostbare Zeit zu verlieren, hatten sie sich auf die drei Aufgänge verteilt, und Fabian hatte in seinem bereits die beiden obersten Stockwerke abgearbeitet und war nun auf dem Weg in das siebte.

Eine Mutter mit Kinderwagen verschwand im Fahrstuhl.

Erleichtert, weil er nun seine Ruhe hatte, betrachtete Fabian die fünf Wohnungstüren. Vor der einen standen ein weiterer Kinderwagen und ein zugeknoteter Müllbeutel. An der Tür nebenan klebte ein selbstgemaltes »Hier wohnen wir«-Schild mit den Namen aller Familienmitglieder einschließlich Bella und Struppi. Die dritte Tür ließ sich nicht ganz so leicht abhaken. Auf dem Briefeinwurf stand »M. Carlsson« unter dem Aufkleber mit der Aufschrift »Keine Reklame, bitte!«.

Fabian klingelte mit der einen Hand und tastete mit der anderen nach dem Brustholster unter seinem Mantel. Doch, da war sie. Die Dienstwaffe, die er eigentlich nie bei sich trug und noch nie außerhalb des Übungsstands benutzt hatte. Er hätte nicht sagen können, warum, aber er fühlte sich immer unwohl mit ihr. Wie mit einer zu straff sitzenden Krawatte, wenn alle anderen im T-Shirt herumliefen. Tomas und die anderen hatten jedoch darauf bestanden, dass sie bewaffnet in die Häuser gingen, und das war mit Sicherheit besser so. Die Lage konnte sich jederzeit zuspitzen. Hinter einer dieser Wohnungstüren, praktisch hinter jeder, konnte der Täter auf sie warten.

Während er noch einmal klingelte, überlegte Fabian, ob er auf diese Begegnung vorbereitet war. Ob er in der Lage war, schnell genug seine Waffe zu ziehen und ohne zu zögern den Abzug zu drücken. Tief im Inneren wusste er die Antwort und konnte nur hoffen, dass er sich irrte.

Er zog den Zahnarztspiegel aus der Tasche, verlängerte die Teleskopstange und führte ihn vorsichtig in den Briefschlitz ein, als sein Handy vibrierte. Mit der freien Hand griff er danach und hielt es sich ans Ohr, während er den Spiegel richtig einstellte.

»Hallo, Papa«, ertönte Matildas Stimme am anderen Ende.

»Hallo, Matilda, wie geht es dir? Geht es euch gut da draußen bei Tante Lisen?« Im Flur erblickte er verschiedene Gitarren, die an der Wand hingen, sowie ein schmutziges

Terrarium, in dem etwas Behaartes auf mehreren Beinen herumkrabbelte.

»Schlecht. Theo hat gesagt, ich bin ein Stück Dreck, und er will mich schlagen.«

»Warum sagt er denn so was?«

»Weil ich Mama erzählt habe, dass er heute Nacht aus dem Fenster geklettert ist.«

»Was hat er gemacht?«, fragte Fabian, während er jemanden auf sich zukommen sah. Er zog an dem Spiegel, aber er steckte fest.

»Er ist einfach weggegangen und nicht vor ...«

»Matilda, ich muss Schluss machen. Wir reden später weiter.«

Die Tür wurde aufgerissen, und ein Mann um die fünfunddreißig kam in Jogginghose und mit nacktem Oberkörper herausgestürzt. »Glauben Sie, ich hätte nicht gesehen, was Sie gemacht haben?« Der Mann stank nach Bier und drückte Fabian an die Wand. »Scheißspanner!«

»Sie sprechen mit der Polizei.« Endlich gelang es Fabian, seinen Dienstausweis aus der Tasche zu ziehen und ihn dem Mann vor die Nase zu halten. »Wir suchen einen Täter in einer der Wohnungen hier im Aufgang, und als Sie nicht geöffnet haben, bin ich davon ausgegangen, Sie wären nicht zu Hause.«

»Und da haben Sie mich einfach durch den Briefschlitz ausspioniert. Ist das überhaupt erlaubt?« Der Mann ließ Fabian los und grapschte sich den Ausweis.

»Wir befinden uns in einem Wettlauf mit der Zeit und haben keine andere Möglichkeit.« Fabian fummelte den Spiegel aus dem Schlitz und nahm seinen Dienstausweis wieder an sich.

»Aha. Und was passiert jetzt? Muss ich zum Verhör?«

»Nein. Falls etwas wäre, würden wir uns noch einmal melden. Was wissen Sie über Ihre Nachbarn?«

»So gut wie nix.« Der Mann wirkte fast enttäuscht, weil nichts weiter passierte. »Allerdings brüllen die Kinder da drüben jeden Morgen ab sechs wie am Spieß. Eigentlich müsste man Anzeige erstatten. Kann ich das bei Ihnen machen?«

»Nein. Aber wie gesagt, wir melden uns, wenn noch was ist.«

Um zu unterstreichen, dass sie fertig waren, drehte Fabian sich um und klingelte nebenan. Währenddessen wartete er darauf, dass der Mann die Tür hinter sich schloss, aber als sich nichts dergleichen tat, kehrte er noch einmal zu ihm zurück, da er offenbar die Absicht hatte, an der Tür stehen zu bleiben und zuzuschauen.

»Wie gesagt, wir melden uns, falls noch was ist.«

»Wieso, ist es etwa verboten, hier zu stehen und zu gucken?«

»Nein, aber es wäre mir lieber, wenn Sie ... Ach, vergessen Sie es ...« Mit einem Seufzen gab Fabian es auf und klingelte erneut nebenan. Als niemand kam, zog er den Spiegel aus der Tasche und steckte ihn in den Briefschlitz.

»Und das soll wirklich erlaubt sein?«

Fabian bemühte sich, den Mann auszublenden und sich stattdessen auf das zu konzentrieren, was er im Spiegel sah.

»Das ist ja interessant. Hätte ich gar nicht gedacht.«

Der Flur sah genauso aus wie bei dem Mann im Stockwerk darüber, wobei hier die Türen geöffnet waren und genug Licht hereinließen, damit er die Einrichtung studieren konnte.

»Sehen Sie denn was Spannendes?«

»Nein, nur langweiliges Zeug.« Langsam drehte Fabian den Spiegel.

Farben. Überall Farben. Die Wände waren rot gestrichen, und rings um einen Spiegel mit Goldrahmen hing ein dünner gelber Stoff mit eingenähten Pailletten. An der Wand gegenüber hingen kleine Borde mit verschiedenfarbigen Teelichthaltern, und der Teppich, der sich durch den gesamten Flur erstreckte, war grün und blau. Abgesehen von einem grauen Pulli und einer dicken schwarzen Jacke hatten auch die Kleidungsstücke an der Garderobe klare leuchtende Farben.

Er winkelte den Spiegel so an, dass er die Schuhe im Schuhregal betrachten konnte, blickte aber stattdessen in das eine Auge einer Gasmaske. Er zuckte vor Schreck zusammen und ließ versehentlich den Spiegel in den Briefeinwurf fallen.

»Hey! What the fuck war das denn?«

»Dürfte ich Sie jetzt bitten, wieder in Ihre Wohnung zu gehen?«

»Haben Sie was gesehen?«

»Zurück in die Wohnung, habe ich gesagt!«

»Ganz ruhig.« Der Mann wich ein Stück zurück und blieb direkt hinter der Schwelle stehen, ohne seine Tür zu schließen.

Fabian zog einen Dietrich und eine kleine Flasche Schmieröl aus der Tasche und begann, das Schloss zu bearbeiten.

»Ach, so macht man das also.«

Nach einer guten Minute konnte er den Dietrich wie einen Schlüssel umdrehen und behutsam die Tür öffnen.

»Donnerwetter, das war bestimmt nicht das erste Mal.«

Fabian sah sich im Flur um. Hinten in der Ecke hing tatsächlich eine Gasmaske an einem Haken. Das konnte purer Zufall sein, aber wer hängte sich schon eine Gasmaske in den Flur, dachte Fabian und ging weiter in die Wohnung hinein.

Die erste Tür führte in ein Schlafzimmer, das genau wie der Flur mit kräftigen Farben eingerichtet war. Die Wände waren in einem warmen Gelb gestrichen, und das Bett, das mitten im Raum stand und höchstens einen Meter zehn breit war, war mit einem rosa Überwurf bedeckt. Fabian versuchte, das Ganze mit seinem Bild des Täters in Übereinstimmung zu bringen. Es klappte nicht. Er hatte sich zwar nur eine vage Vorstellung gemacht, aber eins stand fest. So wie das hier sah sie jedenfalls nicht aus.

Auf einer Kommode an der Wand gegenüber vom Bett standen an die dreißig Kerzen und ein paar Räucherstäbchenhalter auf einem rötlich schimmernden Seidentuch und in der Mitte ein gerahmtes Foto von einem Stein, der halb in die Erde eingegraben war, und daneben ein alter Plattenspieler mit Etta James' Sammlung *At Last The Very Best Of You*. Als er auf Play drückte, begann der Plattenteller, sich zu drehen, und der Arm senkte sich.

At last my love has come along
My lonely days are over and life is like a song

Fabian nahm den Bilderrahmen in die Hand und sah, dass in den Stein kleine und für ihn, abgesehen von den beiden Jahreszahlen, unbegreifliche Zeichen eingraviert waren.

אפרים ידין

1977–1998

אף פעם אי פעם אני אוהב מישהו אחר
אף פעם לא יהיה אי פעם לבי הכה למישהו אחר
אתה ולא אף אחר אחר
כל עוד אני חי, ועל אל תוך נצח
בקרוב אוכל שוב כולה. אז גם לי.
לאחר מכן נפגשנו שוב
ההבטחה שלי אליך

Arabisch war es nicht, so viel konnte er erkennen. Es war auch keine asiatische Sprache. Aber vielleicht war es Hebräisch. Auf jeden Fall erinnerten die Schriftzeichen an die Stickereien, die in Edelmans Büro an der Wand hingen. Um ganz sicher zu sein, ob es nicht Georgisch, Armenisch oder eine der vielen anderen Sprachen war, die er nicht konnte, musste er jemanden einen Blick darauf werfen lassen.

Er war jedoch überzeugt davon, dass es sich um einen Grabstein handelte. Aber wessen? Und wer trauerte? War er hier überhaupt richtig? Er machte mit dem Handy ein Bild von dem Foto, schickte es an Niva und ging in das nächste Zimmer.

Ein Schritt über die Türschwelle reichte aus. Mehr war nicht nötig, um all seine Zweifel hinwegzufegen. Der Raum unterschied sich deutlich vom Rest der Wohnung. Hier gab es weder warme Farben noch dekorative Gegenstände, die Gemütlichkeit erzeugten. Die Wände erinnerten an den gegenwärtigen Zustand seines eigenen Wohnzimmers. Doch hier waren keine Ermittlungen durchgeführt worden.

Hier hatte die Planung stattgefunden.

Die linke Wand war mit alten Zeitungsausschnitten und Fotos von Ossian Kremph in jedem Alter und sogar dem Wachmann mit den Schaufensterpuppen bedeckt. Carl-Eric Grimås war auch dabei, sowohl als Minister mit dem charakteristischen Hut und dem Mantel mit Pelzkragen als auch als junger Mann, der gemeinsam mit Herman Edelman bei der Reichskripo arbeitete. Auch Semira Ackerman und Adam Fischer entdeckte er.

Es gab jedoch auch Gesichter und Namen, die Fabian nicht wiedererkannte, Namen wie Karen Neuman und Benny Willumsen. Neben den verschiedenen Personen hingen Auszüge aus Prozessakten, ausgeschnittene Zeitungsartikel, Krankenakten, detaillierte Aufzeichnungen sowie eine Liste ihrer Arbeitszeiten und der Transportmittel, mit denen sie zur Arbeit fuhren. Haustürcodes. Supermärkte. Freunde und Bekannte. Lieblingssendungen. Bekleidungsmarken. Mit anderen Worten, all ihre Gewohnheiten waren festgehalten worden.

Das Ganze war mit roten Bindfäden vernetzt worden, die sich kreuz und quer über die Wand verzweigten. Ganz oben befand sich eine Zeitleiste, die am 8. Dezember mit der Entführung von Adam Fischer begann und sich von da an Tag für Tag waagerecht über die vollständige Breite der Wand erstreckte. Bis zum 24. Dezember.

Heute war der 22.

Fabian folgte den zwei roten Fäden, die bis zu den beiden letzten Tagen führten, aber beide endeten im Nichts. Die Nadeln steckten noch in der Wand und bezeugten, dass der Täter alle Fotos und Aufzeichnungen eingesteckt haben musste, bevor er die Wohnung verließ.

Noch zwei Tage.

Und zwei waren noch an der Reihe.

Etwas anderes konnte es nicht bedeuten.

Fabian drehte sich zur anderen Wand um, an der mehrere Rollen Abdeckfolie lehnten. In einem Regal waren Gasbehälter aufgereiht, und in einem anderen Fach lagen Skalpelle und anderes Operationsbesteck. An einer Kleiderstange hingen verschiedene Ausrüstungsgegenstände, darunter die Uniform des Wachmanns Joakim Holmberg sowie ein Bauch zum Umschnallen, und auf einem Schminktisch lagen verschiedene Perücken und Bärte.

Im Schlüsselschrank hingen diverse Schlüssel und Passierkarten, aber da nichts davon beschriftet war, richtete er sein Interesse stattdessen auf den Schreibtisch, auf dem neben mehreren Dokumentenstapeln ein großer Bildschirm stand, der mit einem Tower unter dem Tisch verbunden war. Er versuchte, ihn einzuschalten, aber da er weder eine Tastatur noch eine Maus entdeckte, beschloss er, ihn mit zu Niva nach Hause zu nehmen, und schlug stattdessen eine der Aktenmappen vom Stapel auf.

Sie enthielt Ausdrucke aus dem pathologischen Institut in Abu Kabir. Seitenlange Tabellen, in deren ersten Spalten jeweils eine fünfstellige Nummer und in der zweiten die Blutgruppe standen. Alle transplantationsfähigen Organe hatten eine eigene Spalte und eine Güteklasse auf einer Skala von eins bis zehn erhalten.

In einer anderen Mappe waren die Organkäufer dokumentiert. Die Krankenakten von Tausenden und Abertausenden, die Kontakt zum Institut aufgenommen hatten. Es war genau vermerkt, welches Organ ihnen eingepflanzt worden war und von wem es stammte. Zumindest von welcher der vielen fünfstelligen Nummern.

Viele Mappen später entdeckte er den letzten Hinweis. Die Bilder der Toten. Fotos von allen, die ohne ihr Einverständnis aufgeschnitten, ausgehöhlt und in eine mit schwarzer Tinte geschriebene fünfstellige Nummer auf einem kleinen Zettel verwandelt worden waren, den jemand mit einer Heftpistole an ihre Stirn getackert hatte.

»Wow ... Da kann man wirklich sagen: Bingo!«

Fabian drehte sich zu dem Nachbarn in der Jogginghose um, der direkt hinter ihm stand.

»Was man so für Nachbarn hat. Hätte ich nicht gedacht«, fuhr der Mann fort und breitete die Arme aus.

Fabian wollte ihn schon zurück in seine Wohnung schicken und war sogar drauf und dran, seine Waffe zu zücken, um seinen Worten Nachdruck zu verleihen, kam jedoch nicht dazu.

»Ja, ja, ich weiß. Ich darf gar nicht hier sein, ich war nur einfach so neugierig. Man erlebt nicht jeden Tag solche Überraschungen mit den Leuten, die Tür an Tür mit einem wohnen, aber Sie können ganz beruhigt sein. Ich gehe jetzt.« Der Mann verschwand im Flur.

»Entschuldigung, warten Sie mal kurz!«

»Ja?«

»Was wissen Sie denn über Ihren Nachbarn?«

»Eigentlich nichts.« Der Mann zuckte die Achseln. »Aber sie sieht echt scharf aus, so viel steht fest.«

»Sie?« Fabian war fest überzeugt, sich verhört zu haben, bis er den Mann nicken sah.

Kapitel 94

Leicht war es nicht gewesen, die Götter waren ihre Zeugen. Malin Rehnberg hatte alle Register ihres schauspielerischen Talents ziehen müssen, um die Frau von Immer sauber bleiben zu überreden, ihr Namen und Fotos der männlichen Reinigungskräfte zu mailen. Sie hatte sogar auf Ehre und Gewissen geschworen, die Firma für mindestens ein halbes Jahr mit einer wöchentlichen Reinigung ihres Hauses zu beauftragen. Mal sehen, was Ursula davon hält, dachte sie und drückte auf den kleinen Briefumschlag ihres Mailprogramms, um zu überprüfen, ob etwas Neues im Posteingang war.

In den vergangenen zehn Minuten hatte sie wie eine Spielsüchtige am Einarmigen Banditen auf das Kuvert gedrückt, aber immer wieder festgestellt, dass die Inbox noch leer war. Sie hatte schon zum Hörer greifen und der Frau die Meinung sagen wollen, doch diesmal war endlich etwas gekommen.

Hallo Malin, hoffentlich finden Sie was Passendes. Ein halbes Jahr ist eine ziemlich lange Zeit. ☺ Mit freundlichen Grüßen, Åsa.

Malin hämmerte schnell eine Antwort in die Tasten, in der sie versprach, sich zu melden, sobald sie sich die Liste angesehen hatte.

Dass die angehängte Datei mehrere Megabyte groß war, deutete darauf hin, dass sie die gesamte Personalliste geschickt hatte. Das war an und für sich kein Problem und hieß nur, dass sie sie komplett durchgehen musste. So viele männliche Reinigungskräfte würde es bestimmt nicht geben.

Am liebsten hatte sie ihre Ruhe, wenn sie arbeitete. Die Schwestern hatten sie bereits zweimal verwarnt und gedroht, ihr das Handy und den Computer wegzunehmen. Die Putzfrau, die gerade ihre tägliche Runde machte, würde sie schon nicht verpetzen, denn so oft, wie sie Malin mit ihrem Notebook halb liegend im Bett erwischt hatte, hätte sie das sonst längst getan.

Sie scrollte an den Anfang der Liste und fing an, hatte aber noch nicht mal die erste Seite geschafft, als die Tür aufging und sie den Computer zuklappen und unter der Bettdecke verstecken musste.

»Hallo, da bist du ja.«

»Mensch, Dunja ... Was machst du denn hier?«

»Hast du nicht gesagt, wenn ich mal in der Nähe bin?« Dunja hielt einen Blumenstrauß in der Hand.

»Ach, wie schön. Sind die für mich?«

»Quatsch.« Dunja stellte die Blumen in die Vase auf dem Nachttisch.

»Soll ich Wasser holen?«, fragte die Putzfrau.

»Danke, das wäre wahnsinnig nett«, sagte Malin und machte Platz im Bett. »Gott, wie schön. Allerdings hättest du ruhig vorher anrufen und mich vorwarnen können, dann hätte ich uns ein paar Pfannkuchen gebacken.«

»Du brauchst ja unbedingt was auf die Rippen.«

»Du hättest mich mal vor ein paar Tagen sehen sollen, was sage ich, das hast du ja. Warum hast du mir nicht die Augen geöffnet?«

»Wann?«

»Als wir uns in Dänemark getroffen haben. Ich muss ausgesehen haben wie ein Kugelfisch.«

»Ach, hör doch auf, du siehst super aus. Was ist denn eigentlich passiert?«

»Das da.« Malin zeigte auf ihren hochschwangeren Bauch.

»Ist alles in Ordnung?«

»Ja, aber jetzt setz dich schon zu mir und erzähl mir, was dich hierherführt.«

»Das ist eine lange Geschichte.« Dunja setzte sich auf die Bettkante. »Die Kurzversion lautet: Du hattest recht.«

»Natürlich hatte ich das. Darf ich fragen, womit?«

Dunjas Lächeln verflüchtigte sich. Sie wollte gerade anfangen zu erzählen, als die Putzfrau mit einer Gießkanne zurückkehrte und die Vase füllte.

»Los, erzähl schon.«

»Es ist wegen Carsten … Er und ich, das sollte einfach nicht sein.«

»Nein, natürlich nicht. Das hat man ja kilometerweit gegen den Wind gemerkt. Du warst doch noch nicht mal in ihn verliebt.«

»Nein, aber ich dachte, ich wäre es. Wir haben uns fast nie gestritten, und …«

»Du, das hat gar nichts zu bedeuten, das schwöre ich dir. Mein Mann Anders und ich, wir streiten uns dauernd. Oder was heißt streiten … Wir kabbeln uns. Sobald wir uns sehen, legen wir los, aber ich liebe ihn wie verrückt. Über alles …«

Als Malin merkte, dass Dunja weinte, hielt sie inne und nahm sie in den Arm. »Du … Ich kann verstehen, dass es im Moment nicht einfach ist, aber …«

»Ich bin nur so müde. Wenn ich ehrlich sein soll, weiß ich gar nicht, warum ich heule. Es ist ja okay für mich. In gewisser Weise fühlt es sich an, als ob ich es die ganze Zeit gewusst und nur auf den Augenblick gewartet hätte, in dem er mich so demütigt, dass ich mich endlich traue, ihn zu verlassen.«

»Sei froh, dass es dir jetzt passiert ist und nicht in meinem Zustand.«

Lachend trocknete sich Dunja das Gesicht ab. »Leider muss ich jetzt los, sonst verpasse ich meinen Flug. Es war wunderschön, dich zu sehen.«

»Ich melde mich, sobald ich wieder Boden unter den Füßen habe. Sagen wir, so in zwanzig Jahren.«

Dunja lachte wieder, stand auf und verschwand aus dem Zimmer.

Malin lehnte sich zurück und überlegte, wann sie Anders zuletzt gesagt hatte, wie sehr sie ihn liebte. Sie beschloss, ihn anzurufen. Aber nicht jetzt. Zuerst würde sie die Liste von Immer sauber bleiben durchgehen. Sie klappte das Notebook wieder auf, gab ihr Kennwort ein und fing an. Wie erwartet, gab es nicht viele männliche Reinigungskräfte. Nach einem Schnelldurchgang hatte sie drei entdeckt. Drei Verdächtige, die Zugang zu den Schlüsseln und Codes hatten, mit denen man außerhalb der Bürozeiten in die israelische Botschaft gelangte. Sie kopierte die Namen und Personennummern in eine Mail an Fabian und wollte sie gerade abschicken, als ihr Blick auf ein Gesicht direkt unter einem der Männer fiel.

Sie konnte nicht genau sagen, warum, sondern wusste nur, dass ihr die Frau irgendwie bekannt vorkam. Erst als sie das Foto vergrößert hatte, begriff sie, dass sie die Frau kannte. Ihr fiel aber nicht ein, woher. War es irgendeine Mitarbeiterin bei der Polizei? Eine der Tausenden von Zeuginnen, mit denen sie in ihrem Berufsleben gesprochen hatte? Oder ...?

In dem Moment, als ihr ein Licht aufging, reagierte ihr Körper, indem er jeden Muskel bis zum Äußersten anspannte. Sie hatte die Frau in letzter Zeit jeden Tag gesehen. Manchmal sogar mehrmals am Tag. So oft, dass sie gar nicht mehr daran gedacht hatte. Seit dem Tag, an dem Matilda zufällig die Puppe eingeschaltet hatte, die sie bei sich hatte. Außerdem befand sie sich jetzt hier im Zimmer.

Sie hielt einen Wischmopp in den Händen und hatte den Blick auf sie gerichtet.

Die offene Schatzkiste, die auf dem Grund stand und Luftbläschen hervorsprudelte, die das Wasser mit Sauerstoff anreichern sollten, hatte zu hitzigen Diskussionen in der Abteilung geführt. Die Frage war, wie viel Geld man investieren sollte, um einen Warteraum aufzupeppen, solange der Zustand des Personalraums unter aller Sau war.

Dunja dagegen merkte gar nicht, dass in dem Warteraum, den sie auf ihrem Weg zum Fahrstuhl passierte, ein Aquarium stand. Sie war vollauf damit beschäftigt, Carstens Rausschmiss aus der Wohnung zu planen. Da er erst spät am Abend zurückkehren würde, hatte sie genug Zeit, das Schloss auszuwechseln und seine Sachen zu packen.

Sie drückte auf den Fahrstuhlknopf, der daraufhin aufleuchtete, und stellte fest, dass es zwanzig nach zwölf war. Es waren zwei Stunden seit dem Gespräch mit Herman Edelman vergangen, und er hatte sich noch immer nicht gemeldet. Sie konnte nicht behaupten, dass sie sich darüber wunderte. Die Chance, dass er sie vor Weihnachten anrufen würde, ging gegen null. In dieser Hinsicht war Schweden genauso wie Dänemark. Alles machte zu, und alle nahmen sich frei.

Außer dem Täter.

Ihr fiel wieder ein, dass dies der wahre Grund gewesen war, warum sie Malin Rehnberg besucht hatte. Sie wollte wissen, was sie von dem merkwürdigen Zufall hielt, dass der Wagen des schwedischen Justizministers bei Dunjas Ermittlungen auftauchte. Dann war es jedoch nur um Carsten gegangen, und das war vielleicht auch besser so. Malin hatte ziemlich erschöpft gewirkt, war sicher überarbeitet und brauchte Ruhe, um Kraft für die Geburt zu sammeln.

Oder etwa nicht?

Plötzlich kamen ihr Zweifel. Vielleicht sollte sie ihr doch kurz von dem Wagen erzählen. Zumindest, um zu sehen, wie sie reagierte. Lange durfte es allerdings nicht dauern, und sie würde ein Taxi nach Arlanda nehmen müssen, um nicht zu spät am Check-in einzutreffen.

Als sich einige Sekunden später die Fahrstuhltüren öffneten, war sie bereits auf dem Weg zurück zur Station. Auf Höhe des blubbernden Aquariums kam der erwartete Anruf.

»Hallo, hier Herman Edelman. Ich weiß nicht, ob Sie sich noch an mich erinnern.«

»Doch, natürlich.«

»Entschuldigen Sie, dass es ein bisschen gedauert hat, aber die Sache hat sich als komplizierter als geahnt erwiesen. Jedenfalls hängt das Ganze folgendermaßen zusammen: Wenige Wochen bevor Grimås ermordet wurde, hat er sein Auto verkauft, einen Porsche 911, und glauben Sie mir, er hatte eine ganze Sammlung.«

»Und wem hat er den Porsche verkauft?«

»Dazu komme ich noch. Ich weiß nicht, wie das in Dänemark funktioniert, aber hier in Schweden ist der Verkäufer dafür verantwortlich, der zuständigen Behörde den Halterwechsel zu melden. Normalerweise wird der Vorgang innerhalb eines Arbeitstags registriert, aber im vorliegenden Fall ist es erst gestern geschehen.«

»Wissen Sie, woran das liegt?«

»Offenbar gab es einen Dreher in der Postleitzahl. So, da haben Sie Ihre Verbindung.«

»Wer ist denn der Käufer?«

»Ach, ja. Warten Sie mal … Hier haben wir ihn … Björn Troedsson in der Arkitektgata 2 in Malmö. Das ist offenbar nur einen Katzensprung von Benny Willumsens Wohnung in der Konsultgata entfernt.«

»Das Auto wurde also gestohlen?«

»Genau. Die Anzeige soll schon am Montag, 14. Dezember bei der Polizei in Malmö eingegangen sein, aber da die Halterangaben nicht stimmten, wurde die Sache nicht bearbeitet. Erst als ich jetzt ein bisschen nachgebohrt habe, kam das Ganze ans Licht. Ich werde Ihnen die Unterlagen per E-Mail zukommen lassen, damit Sie sich alles in Ruhe mit eigenen Augen ansehen können. Falls es noch Unklarheiten geben sollte, rufen Sie mich einfach an.«

Dunja bedankte sich herzlich, beendete das Gespräch und beschloss, Malin in Frieden zu lassen.

Die Zeit hatte sich verlangsamt und war fast vollständig zum Stillstand gekommen. Malin war fest überzeugt, hätte sie es gewagt, einen Blick auf die Uhr an der Wand zu werfen, der Sekundenzeiger hätte sich nicht bewegt.

Normalerweise war sie kein ängstlicher Typ. Sie hatte fast nie Angst. Selbst in den brenzligsten Situationen mit Waffen in zitternden und eindeutig unter Drogeneinfluss stehenden Händen reagierte sie im Gegensatz zu den meisten ihrer Kollegen ruhig und gefasst. Meistens war genau das auch nötig.

Doch diesmal hatte sie Angst.

Zum ersten Mal um ihr Leben.

Und um das ihrer Kinder.

Ihre Krankenhauskleidung war schweißdurchtränkt, und sie war unfähig, sich zu bewegen. Die Angst schien ihre Klauen so tief in sie hineingebohrt zu haben, dass sie nur noch im Bett liegen und die Frau anstarren konnte. Sie unternahm nicht einmal den Versuch, die Notruftaste zu erreichen, die einen halben Meter von ihr entfernt an einem Kabel hing.

Keine von beiden sagte ein Wort. Worte waren nicht notwendig. Die Blicke sagten genug.

Beide hatten verstanden.

Dass es kein Zurück mehr gab.

Aisha Shahin ... Während Malin den Namen im Geiste wiederholte, wurde ihr bewusst, wie schön er war. Fast so schön wie die Frau, die nur wenige Meter von ihr entfernt stand und trotz ihrer goldbraunen Haut strahlend blaue Augen hatte.

Allmählich lockerte ihre Angst den Griff. Vielleicht, weil ihr die ganze Situation so unwirklich erschien. Weil es irgendwie allen Naturgesetzen widersprach, dass etwas so Schönes so viel Schreckliches herbeigeführt hatte. Es war genau wie mit den Bildern vor etwas mehr als acht Jahren. Sie hatten ausgesehen wie ein Film und so unrealistisch gewirkt, dass Anders und sie bis spät in die Nacht vor dem Fernseher sitzen und sich immer wieder ansehen mussten, wie die Flugzeuge in die Wolkenkratzer hineinflogen, um zu begreifen, dass es wirklich passiert war.

Sie nahm ihren ganzen Mut zusammen und streckte, ohne die Frau aus den Augen zu lassen, einen Arm nach dem Alarmknopf aus. Sie erwischte ihn jedoch nicht auf Anhieb und musste sich nach dem Kabel umdrehen, das wie ein Pendel hin und her schwang. Mit ihrer krampfhaft zitternden Hand bekam sie das kegelförmige Stück Plastik schließlich zu fassen und konnte mit dem Daumen darauf drücken.

Doch es war zu spät.

Die Putzfrau war bereits über ihr und riss den Stecker heraus. Malin fuchtelte mit den Armen und versuchte vollkommen planlos und unkontrolliert, jedes Stück Haut zu zerkratzen, das sie irgendwie erreichen konnte. Doch Malins Arme hatten noch nie einen Kampf um Leben und Tod ausgefochten, waren nach kurzer Zeit bezwungen und wurden ihr unsanft auf die Brust gedrückt. Wie stark war diese Frau eigentlich?

Die Atemmaske, die auf ihr Gesicht gedrückt wurde. Sie hatte sie erst bemerkt, als sie das Gas entströmen hörte. Die Luft anzuhalten war ihr immer schwergefallen. Sie war immer als Erste wieder an der Wasseroberfläche. Doch nun gab es keine Oberfläche, zu der man auftauchen konnte. Diesmal musste sie trotz des heftigen Schmerzes in ihrer Brust unten bleiben. Lange konnte sie es nicht mehr aushalten, und sie sah bereits vor sich, wie sie bald aufgeben würde.

Ihre Lunge platzte fast, und sie startete noch einen verzweifelten Versuch, sich zu befreien. Aber ihre Arme waren noch immer unfreiwillig vor der Brust verschränkt. Das Einzige, was sie rühren konnte, war der Kopf. Zuerst in die eine Richtung, dann in die andere. Sie wiederholte die Bewegung, diesmal kräftiger, und zwischen Maske und Gesicht entstand ein Spalt.

Endlich konnte sie einen Atemzug nehmen, dann noch einen, und gleichzeitig den Kopf hin und her werfen, bis die Maske ganz weg war. Ohne nachzudenken, hieb sie die Zähne in die Hand, die ihre Arme festhielt, und biss zu, bis sie Blut schmeckte.

Die Frau schrie auf, und ihr Griff lockerte sich. Sie rollte sich auf die Seite, weg von der Frau, und ließ sich über die Bettkante auf den Boden fallen. Der Aufprall schmerzte an der Hüfte, aber was spielte das jetzt für eine Rolle? Jetzt ging es nur noch darum, hier wegzukommen. Fort von dem wunderschönen Monster und hinaus in den Flur, wo sie um Hilfe schreien konnte.

Sie wollte aufstehen, aber ihre Hüfte funktionierte nicht richtig. Stattdessen robbte sie auf allen vieren vorwärts. Vor allem mit den Armen und einem Bein, das andere zog sie hinter sich her. Den Schmerz in der Hüfte blendete sie aus, so gut es ging, obwohl er immer intensiver wurde, und verwendete ihre gesamte Kraft darauf, die Tür zu erreichen.

Als sie dort angekommen war, schrie sie aus Leibeskräften um Hilfe und streckte die Hand nach der Türklinke aus, aber sie kam nicht bis ganz nach oben. Die Hände, die ihre Fußgelenke packten, waren zu stark, und zerrten sie wie ein frisch geschlachtetes Tier über den Boden. Sie wehrte sich, stieß die Hände mit den Füßen weg, kämpfte sich wieder bis an die Tür und schaffte es schließlich, sie aufzumachen.

Aber nur in Gedanken. Ihr Körper hatte resigniert.

Die kaputte Hüfte und ein festes Knie in ihrem Rücken. Mehr war nicht nötig, um sie zu fixieren.

»Sie hätten lieber die Maske nehmen sollen. Ob die beiden die hier überleben, weiß ich nicht«, sagte die Frau hinter ihr.

Malin begriff erst, wovon sie redete, als sie einen Stich zwischen ihren Wirbeln spürte, und sich ein betäubendes Gefühl in ihrem Körper ausbreitete.

Hinunter in die Beine und hinauf zum Bauch.

Kapitel 95

3. April 2000

Es war nun drei Jahre her, dass Aisha Shahin die Grenze überquert hatte. Mit nichts als den Ersparnissen ihrer Mutter in der Tasche war es ihr gelungen, bis nach Schweden zu kommen. Dort hatte sich herausgestellt, dass sie ein Talent für die schwedische Sprache hatte, und sie war eine der besten Schülerinnen im Schwedischkurs für Einwanderer. Da sie mit ihrem Medizinstudium und der Facharztausbildung dagegen nichts anfangen konnte, hatte sie in einer Reinigungsfirma begonnen und sich nach und nach ein Leben aufgebaut, in dem sie sich sicher fühlte, aber sie hörte nie auf, davon zu träumen, dass sie und Efraim eines Tages wieder zueinanderfinden würden. Von dem Tag an würden sie alles hinter sich lassen und für immer zusammenbleiben.

Deshalb war sie wiedergekommen.

Allen Gefahren zum Trotz hatte sie die Grenze aus der anderen Richtung überschritten und war in ihr altes Heimatdorf zurückgekehrt. Der Brief hatte ihr keine andere Wahl gelassen. Dieser Brief, der nur mit Gottes Hilfe den Weg zu ihr gefunden haben konnte. Und der so viel erzählte und doch am Ende die größte Frage offenließ.

War er noch am Leben?

Hatte er das Unmögliche geschafft, oder war es so, wie sie befürchtete? Die Ungewissheit lastete mit ihrem ganzen Gewicht auf ihrer Brust und drohte sie zu ersticken, wenn sie nicht bald eine Antwort bekam.

Gott war jedenfalls auf ihrer Seite, das spürte sie mit jeder Faser ihres Körpers. Genau wie der schwere Rucksack, der ihr die Schultern aufscheuerte und sich doch fast schwerelos anfühlte. Oder der sternenklare Nachthimmel. Der Halbmond spendete gerade so viel Licht, dass sie die Taschenlampe nicht einschalten musste. Was ein großer Vorteil war, denn auch wenn sie aus der Entfernung erkennen konnte, dass im Dorf alle Lampen ausgeschaltet waren, mussten deswegen noch lange nicht alle Bewohner schlafen.

Als Kind war sie ständig dort gewesen. Sie und ihre Freunde hatten es geliebt, zwischen den Bäumen und Steinen herumzurennen und Verstecken zu spielen. Ihre Mutter hatte sie gewarnt. Eines Tages würde sich das rächen. Es gebe Mächte, die so stark seien, dass sie ihnen nichts entgegensetzen könne, wenn sie einmal zum Leben erwacht waren. Sie hatte jedoch einfach weitergemacht, ohne einen Gedanken an die Macht zu verschwenden, die sich unter ihren Füßen verbarg.

Erst am Morgen nach der Nacht, in der der Strom abgeschaltet worden war und das ganze Dorf im Dunkeln gelegen hatte, begriff sie, wovon ihre Mutter gesprochen hatte. Vor der Mauer lagen drei tote Körper auf einem Haufen genau an der Stelle, wo sie immer im Schatten gesessen, sich die Augen zugehalten und laut gezählt hatte, während die anderen wegrannten und sich versteckten. Sie kannte alle drei, aber den Jüngsten hatte sie richtig gut gekannt. Jeden Tag nach der Schule hatten sie zusammen gespielt, und sie war noch niemandem begegnet, der so gut Steine werfen konnte wie er.

Es sah genauso aus, wie sie es in Erinnerung hatte. Die Bäume, die Schatten spendeten und sich so gut zum Klettern eigneten. Die Bänke an der Innenseite der Mauer und die verstreuten Gräber. Einige alt und mit schadhaften und umgekippten Steinen. Andere ganz neu.

Es dauerte nur wenige Minuten, bis sie gefunden hatte, wonach sie suchte. Sie waren hinten in der Ecke aufgereiht, und obwohl es fast zwei Jahre her war, erkannte man es an der Erde noch deutlich.

Rasin ... Mihayr ... Zakwan ... Tamir ... Muzaffar ... Altair ... Safi ... Wasim ...

Jeder Name war ihr vertraut. Fünf davon waren ihre Brüder. Die anderen drei waren Nachbarn.

Doch sie war nicht ihretwegen gekommen.

Sondern wegen des Letzten.

Der nicht einmal einen Stein mit seinem Namen erhalten hatte.

Wegen des neunten Grabes.

Mühevoll setzte sie den Rucksack ab, klappte den Spaten auf und begann zu graben. Eine Stunde später konnte sie die trockene Erde von der dicken Industriefolie fegen, die mehrmals um die Leiche gewickelt und mit einem kräftigen Klebeband befestigt war. Mit Hilfe eines Sicherheitsmessers durchschnitt sie eine Folienschicht nach der anderen, und als der Körper schließlich bloßlag, sah sie genau das, was sie befürchtet hatte. Obwohl sie bis zum Schluss gehofft hatte, es würde ihr erspart bleiben.

Sie hatte erwartet, dass der aufgeschlitzte und ausgehöhlte Körper sie zum Weinen bringen würde. Dass die leeren Augenhöhlen und die groben Stiche, mit denen die Haut vom Hals bis zum Nabel notdürftig zusammengehalten wurde, Tränenströme hervorrufen würden, die auf die Folie tropften und in Rinnsalen auf seinen geschändeten Körper flossen. Doch sie weinte keine einzige Träne. Nicht einmal, als ihr Blick auf die fünfstellige Nummer fiel, die mit schwarzer Tinte auf einen Zettel geschrieben worden war, den jemand mit einer Heftpistole an seine Stirn getackert hatte.

Sie fühlte nichts als Hass.

Hass auf ihren Vater und ihre Brüder, die ihn gezwungen hatten, mitzukommen. Auf ihre Mutter, die tatenlos zugesehen hatte. Auf die israelischen Soldaten, die den Schuss abgegeben hatten. Den Arzt, der seine Bauchhöhle geöffnet und ihm alles genommen hatte. Doch vor allem empfand sie Hass auf alle, die Blut an den Händen und Efraim in sich hatten. Alle, die sich weigerten, Gottes Urteil zu akzeptieren.

Wer immer sie waren.

Wo immer sie sich befanden.

Behutsam entfernte sie den Zettel von seiner Stirn und steckte ihn ein.

Sie würden ihre Strafe bekommen.

Kapitel 96

Fabian stieg ins Auto, um Niva den Computer zu bringen. Auf dem Weg in die Stadt wirbelten seine Gedanken genauso unkontrolliert durcheinander wie die Schneeflocken vor den Fenstern. Nachdem er bei Rot auf die Hornsgata abgebogen war und um Haaresbreite einen Zusammenstoß verursacht hätte, schob er *Computer World* von Kraftwerk in den CD-Player, um irgendeine Form von Konzentration zurückzuerlangen.

Es war nicht so, dass er nicht auf Überraschungen gefasst gewesen wäre. Dass dieser Fall weit über das Gewohnte hinausging, war ihm schon lange klar. Natürlich reichte es nicht, einfach seine Arbeit zu machen und die übliche Routine abzuspulen. Sie hatten es mit einem Täter zu tun, der sich jahrelang einer minutiösen Planung gewidmet und nichts dem Zufall überlassen hatte.

Nichts davon war ihm neu.

Trotzdem hatte die Erkenntnis, dass eine Frau hinter allem steckte, ihn total überrascht. Und wenn er ehrlich sein sollte, fiel es ihm immer noch schwer, es sich vorzustellen. Aber es war eindeutig eine Frau. Aisha Shahin, die ihrem Nachbarn zufolge nicht nur unheimlich nett, sondern noch dazu märchenhaft schön war.

Bislang hatten sie kein Bild von ihr beschaffen können, aber er war überzeugt, dass es nur eine Frage der Zeit war, wann Jarmo und Tomas, die gerade die Wohnung durchsuchten, eins finden und ihm schicken würden. Höchste Priorität hatte das allerdings nicht. Es war wichtiger, so schnell wie möglich Hinweise auf die beiden kommenden Opfer zu entdecken, auch wenn die sorgfältigen Vorbereitungen der Täterin vermuten ließen, dass es mit hoher Wahrscheinlichkeit bereits zu spät war.

Als er sein Auto auf dem Behindertenparkplatz vor seinem Haus abstellte, war es schon lange dunkel. Er nahm den Computer vom Beifahrersitz, schloss den Wagen ab und eilte durch den dichten Schneefall. Im Wohnungsflur zog er die nassen Stiefel aus, ging ins Wohnzimmer und stellte den Computer auf den Tisch zu Nivas vielen Bildschirmen, die alle die gleiche Mitteilung machten.

WORK IN PROGRESS

Niva war nirgendwo zu sehen. Er rief nach ihr, bekam aber keine Antwort, griff stattdessen zum Handy und wählte ihre Nummer.

»Hallo.«

»Wo bist du?«

»Bei dir zu Hause. Ich gebe dir einen kleinen Hinweis.« Ein leises Plätschern ertönte.

Fabian öffnete die Tür zum Badezimmer, wo Niva mit dem Handy in der Hand in der Wanne lag.

»Das ging ja schnell.« Sie legte ihr Mobiltelefon weg und klatschte in die Hände.

Sie steckten mitten in einem der schlimmsten Fälle, die sie je erlebt hatten, und sie lag hier einfach in seiner Badewanne und entspannte sich. Es fehlten nur noch Kerzen und Sektgläser auf dem Badewannenrand. »Niva, was zum Teufel machst du da?«

»Man kann nicht ewig vor dem Bildschirm hocken, ohne sich zu waschen, und bei mir war die Grenze des Erträglichen schon lange überschritten. Für eure Hoheit gilt übrigens das Gleiche, von Tick und Trick ganz zu schweigen. Außerdem kann ich sowieso nichts tun, bis die Maschinen da draußen fertig sind.«

»Der Text auf dem Grabstein. Schon übersetzt?«

»Liegt auf dem Tisch.«

Fabian ging zurück ins Wohnzimmer, wo er auf einem aufgeschlagenen Notizblock einige handgeschriebene Sätze fand.

Niemals werde ich einen anderen lieben
Niemals wird mein Herz für einen anderen schlagen
Nur für dich und keinen anderen
Solange ich lebe und bis in alle Ewigkeit
Bald bist du wieder heil und ich mit dir
Dann sehen wir uns wieder
Das verspreche ich dir

Er las den Text noch einmal und anschließend ein weiteres Mal. Als könne er nicht genug bekommen von den Worten und allem, was sich hinter ihnen verbarg.

»Ist es nicht schön?«

Fabian nickte und drehte sich zu Niva um, die sich in einen weißen Bademantel gehüllt hatte.

»Da ich nichts anderes gefunden habe, ist es hoffentlich okay, dass ich mir den hier ausgeliehen habe.«

Es war überhaupt nicht okay. Der Bademantel gehörte Sonja und war daher alles andere als öffentliches Eigentum. Er hatte jedoch nicht die Kraft, sich gegen sie zur Wehr zu setzen und immer wieder die Grenzen abzustecken. Außerdem war er immer noch auf ihre Hilfe angewiesen.

»Glaubst du, das ist alles seinetwegen passiert?«, fuhr Niva fort und stellte sich neben ihn.

»Ja.«

»Stell dir mal vor, so verliebt in jemanden zu sein, dass man so weit geht.«

Fabian nickte wortlos.

»Wie weit würdest du für Sonja gehen?«

Fabian wusste genau, worauf sie hinauswollte. Aber diesmal ohne ihn. Diesmal würde er ihr nicht in die Falle gehen. »So weit, wie das Gesetz erlaubt.«

»Das klingt nicht besonders romantisch.« Sie machte einen Schritt auf ihn zu. »Überleg mal, wie viel mehr ich tue.«

»Du?« Fabian sah sie an.

»Ja. Gegen wie viele Gesetze habe ich nicht schon verstoßen?«

Fabian überlegte, was er darauf erwidern sollte, doch stattdessen durchbrach sein Handy die Stille. »Hier ist Fabian ...«

»Sie ist weg! Sie haben sie mitgenommen!«, rief eine Stimme am anderen Ende.

»Entschuldigung, aber mit wem spreche ...?«

»Sie haben sie mitgenommen, und hier scheint niemand zu wissen, wo sie ist!«

»Wer denn? Und mit wem spreche ich überhaupt?«

»Anders! Was denkst du denn? Sie haben Malin!«

Kapitel 97

Hatte Gott ihr den Rücken zugekehrt? Er, der sie auf ihrem ganzen Weg begleitet hatte? War das seine Strafe? Zum ersten Mal seit langem war sie unsicher, ob er vielleicht doch nicht hundertprozentig auf ihrer Seite war. Oder hatten ihr nur eine Reihe von unglücklichen Umständen in Kombination mit dem Zufall ein Bein gestellt? Es durfte nichts anderes bedeuten. Nicht so kurz bevor sie ihr Ziel erreicht hatte.

Sie war fast anderthalb Stunden zu spät gekommen. Nicht fünf Minuten oder eine Viertelstunde, sondern achtundachtzig Minuten. In ihrer Jugend war es eher die Regel als die Ausnahme gewesen, dass sie sich verspätete. Doch dies war das erste Mal, seit sie sich auf schwedischem Boden befand. In zwölfeinhalb Jahren war sie immer pünktlich gewesen, und jetzt das hier.

Wenn die versteckte Kamera nicht gewesen wäre, die sie unwissentlich mit dem Rest des Ermittlungsmaterials mitgenommen hatten, hätte Fabian Risk mit Sicherheit genügend Hinweise in ihrer Wohnung gefunden, um sie lange, bevor sie fertig war, festzunehmen. Sie verstand nicht ganz, wie sie es angestellt hatten, aber diese Frau, die eigentlich keine Polizistin mehr war, hatte offenbar eine Idee gehabt, die allen Widrigkeiten zum Trotz funktioniert hatte. Es hatte irgendetwas mit ihrem Handy zu tun, so viel hatte sie begriffen, aber wie sie mit Hilfe des Mobiltelefons ihre Wohnung gefunden hatten, war ihr immer noch ein Rätsel. Sie war doch vor einigen Jahren sogar bis nach Umeå gefahren, um sich diese anonyme Prepaidkarte zu kaufen, und hatte das Handy außerdem in den vergangenen Tagen ausgeschaltet gelassen.

Um eine Katastrophe zu verhindern, war sie in aller Eile noch einmal in die Wohnung zurückgekehrt und hatte hoffentlich das Wichtigste im Kinderwagen mitgenommen. Sie würden vieles finden, vor allem im Computer, aber das machte nichts, denn sie würden es ohnehin nicht rechtzeitig schaffen.

Das Finale durfte unter gar keinen Umständen jetzt schon ans Licht kommen. Sonst wäre ihr ganzer Plan zerstört. Alles, was sie aufgebaut hatte, würde in sich zusammenstürzen, und sie hätte keine Chance mehr, ihr Ziel zu erreichen und das Allerwichtigste überhaupt in die Tat umzusetzen. Den Kern dessen, wofür sie seit einem Jahrzehnt kämpfte.

Als ob es damit nicht genug gewesen wäre, hatte die schwangere Polizistin es geschafft, an eine Mitarbeiterliste der Reinigungsfirma zu kommen, und sie natürlich erkannt. Kein Wunder, nachdem sie so oft im Zimmer gewesen war, um sie zu beaufsichtigen. Wie sie die Liste in die Finger gekriegt hatte, konnte sie sich ebenfalls nicht erklären, aber die Zeit reichte nicht aus, um sich darüber den Kopf zu zerbrechen. Sie hatte improvisieren und sich für diese unerwartete Situation etwas einfallen lassen müssen. Wie immer im Vertrauen darauf, dass alles einen tieferen Sinn hatte, auch wenn sie ihn im Moment nicht erkennen konnte. Dass Gott ihr trotz allem beistand.

Sie hatte sich selbst geschworen, dass keine Unschuldigen zu Schaden kommen würden. Dass es überhaupt nur Personen mit ihr zu tun bekommen würden, die es verdient hatten. Doch schon in Dänemark war sie gezwungen gewesen, eine Ausnahme zu machen. Auch die Situation war ihr aus den Händen geglitten. Es hatte keine Alternative gegeben. Der Mann hatte aus irgendeinem Grund beschlossen, nicht in der Wohnung in der Stadt zu übernachten, und war daher mehrere Stunden eher als berechnet nach Hause gekommen. Da er jedoch in vielerlei Hinsicht eine Mitschuld trug, hatte sie kein schlechtes Gewissen.

Von der Polizistin konnte man das hingegen nicht behaupten. Sie machte nur ihre Arbeit, und das sogar richtig gut.

Die Verantwortung für ihr weiteres Schicksal und das ihrer beiden Kinder würde sie also in Gottes Hände legen müssen.

Als sie schließlich einen freien Platz in der Pontonjärgata gefunden, sich auf der Rückbank umgezogen, abgeschlossen und den Schlüssel auf den linken Vorderreifen gelegt hatte, um die Ecke gerannt und im Neuschnee die Polhemsgata hinaufgeeilt war und an der grauen Eisentür geklingelt hatte, musste sie sich von dem Großen mit den Ringen in den Ohren wütend beschimpfen lassen. Sie hatte sich damit herausreden wollen, jemand wäre vor die U-Bahn gesprungen, aber da er nicht das geringste Interesse daran hatte, ihr zuzuhören, nickte sie nur und hörte sich schweigend alles an. Und beteuerte, es würde nie wieder vorkommen.

Was ja auch stimmte.

Sie eilte weiter zur Besenkammer und holte ihre Ausrüstung heraus. In den wenigen Stunden, die vor ihr lagen, würde sie vielen Quadratmetern mit Staubsauger und Wischmopp zu Leibe rücken müssen. Festgetrockneter Schleim musste ausgewaschen, Kondome weggeworfen und in den Boxen das Klopapier ausgewechselt werden.

Alles noch vor dem großen nächtlichen Ereignis.

Sie würde sich beeilen müssen, um die ganze Arbeit zu schaffen. Doch der Stress war nicht unbedingt zu ihrem Nachteil. Vor allem nicht der, den sie in den Augen des Großen gesehen hatte. Waren die anderen auch nur halb so gestresst wie er, würde niemand ihre Verwandlung bemerken.

Kapitel 98

Seit Fabian während des Besuchs bei Malin im Söderkrankenhaus gemerkt hatte, dass Matilda an der Kamera in dieser Puppe herumgefummelt hatte, verspürte er eine nagende

Unruhe. Er hatte sofort dafür gesorgt, dass sie ein neues Zimmer bekam, aber es war schon zu spät gewesen. Der Täter hatte sie trotzdem gefunden. Aber wie, und vor allem warum? Er hatte keine Ahnung, und konnte nur hoffen, dass seine schlimmsten Befürchtungen nicht eintreten würden.

Auf der Station, wo sie gelegen hatte, war außer am Empfangstresen, hinter dem sich ein paar Schwestern vor einen Bildschirm drängten und verwirrte Blicke wechselten, niemand zu sehen.

»Was ist hier passiert?«, fragte er, obwohl offensichtlich war, dass die Schwestern genauso ahnungslos waren wie er.

»Das wissen wir, ehrlich gesagt, auch nicht«, sagte die Größte von ihnen. »Wir haben seit einer Stunde Nachtschicht und versuchen immer noch, es herauszufinden.«

»Hier steht, sie soll runter in den Kreißsaal verlegt werden, aber wir haben das überprüft. Da hat sie niemand in Empfang genommen«, sagte die Frau, die am Computer saß.

Fabian ging weiter zu dem Zimmer, in dem Malin gelegen hatte. Auf einem Stuhl mitten im Zimmer saß Anders Rehnberg und bedeckte das Gesicht mit den Händen. Ohne das Bett wirkte der Raum unnatürlich leer. Er weinte nicht, aber als er zu Fabian aufblickte, verrieten seine roten Augen, dass er in der vergangenen Stunde nichts anderes gemacht hatte.

»Du Arschloch ... Das ist deine Schuld, kapierst du das? Du bist schuld und sonst niemand.« Sein Blick verströmte einen solchen Hass, dass Fabian sich zusammenreißen musste, um nicht auf dem Absatz kehrtzumachen.

»Anders, ich kann verstehen, wie du dich fühlst, aber wir wissen immer noch nicht, was passiert ist.« Er holte einen Stuhl und setzte sich Anders gegenüber.

»Tu nicht so, als würdest du irgendwas verstehen, denn das tust du nicht. Du verstehst gar nichts, du Idiot. Du bist sogar noch schlimmer als Malin.«

Fabian wusste nicht, wovon er redete.

»Ich weiß es ganz genau, denn ich habe mit deiner Frau gesprochen. Und weißt du, was sie gesagt hat? Ja? Weißt du das?«

Fabian schüttelte den Kopf.

»Dass du ihr jeden Tag, wenn du zur Arbeit gehst, untreu bist, weil du nichts anderes im Kopf hast. Mit dir zu leben ist so, als würde man mit einer leeren Hülle zusammenleben. Einer abgezogenen alten Haut. Und offenbar kommen nicht nur deine Frau und deine Kinder erst an zweiter Stelle, sondern alles. Und ich dachte, Malin und du, ihr wärt Freunde.« Er spuckte die Worte aus, als wären sie vergiftet.

»Anders, beruhige dich doch mal ein bisschen, damit wir …«

»Sag nicht, ich hätte dich nicht gewarnt. Ich hätte dich nicht ausdrücklich gebeten, dich von hier fernzuhalten. Aber das hast du nicht geschafft, oder? Nicht einmal dazu bist du in der Lage.«

Fabian beugte sich nach vorn und legte Anders eine tröstende Hand auf die Schulter.

»Fass mich nicht an.« Anders stieß Fabians Hand weg. »Sie war krank. Überarbeitet, haben sie gesagt. Überarbeitet wie in: Sie hatte zu viel gearbeitet. Das Einzige, was sie brauchte, waren ein bisschen Ruhe und Erholung vor der Geburt. Aber damit konntest du anscheinend nicht leben.«

»Anders … Lass uns keine voreiligen Schlüsse ziehen. Wir wissen doch noch gar nicht, was passiert ist.«

»Nein?« Anders sah ihm in die Augen. »Was glaubst du denn? Dass sie mit ihrem Bett hinunter zum Kiosk gerollt ist, um sich ein Daim zu holen? Und dann? Was ist dann passiert? Vielleicht hatte sie ja plötzlich Hummeln im Hintern und ist hinaus ins Schneetreiben gerollt.«

Fabian wollte ihm widersprechen. Hätte gerne Gegenargumente und Beweise angeführt, die ihn beruhigten. Gesagt, dass keine Gefahr bestünde und es sicher eine logische Erklärung gäbe. Doch er konnte nur schweigen. Anders lag richtig. Vermutlich sogar noch richtiger, als er ahnte.

»Also ist das alles deine Schuld. Kapierst du das?«, fuhr Anders fort. »Nur deine Schuld ...« Er brach zusammen, und Fabian wollte schon näher zu ihm rücken, um ihn in den Arm zu nehmen, ließ es aber bleiben.

»Anders, ich verspreche dir ... dass ich alles tun werde, was in meiner Macht steht, um herauszufinden, was passiert ist ... damit alles wieder in Ordnung kommt.«

Wieder durchbohrte ihn Anders mit seinem Blick und schüttelte den Kopf. »Alles, was in deiner Macht steht? Das reicht nicht. Das reicht bei weitem nicht. Ich will, dass du mir versprichst, dass alles wieder in Ordnung kommt. Dass du dafür sorgst, dass alles wieder gut wird. Versprichst du mir das?«

Fabian zögerte, aber schließlich nickte er. »Okay, Anders, ich verspreche es dir.«

»Das ist gut. Ansonsten bekommst du es mit mir zu tun. Die Konsequenzen sind mir scheißegal. Wenn du das nicht in Ordnung bringst, wirst du dafür büßen. Dafür sorge ich. Und wenn es das Letzte ist, was ich in diesem Leben tue.«

Kapitel 99

Ein Lebensschicksal nach dem anderen wurde durch die dunkle Öffnung in das Haus auf Kungsholmen gescheucht. Trotz der eisigen Kälte leicht bekleidet. Alle hatten ihre Geschichte und die Erlebnisse im Gepäck, die sie letztendlich hierhergeführt hatten. Die Angst in ihren Augen war immer die gleiche, egal, wo sie herkamen und in welcher Sprache sie dachten. Die Angst vor dem, was sie erwartete. Vor der Sache, über die sie eigentlich nichts wussten, aber schon viel gehört hatten.

Überall waren die Hände von Wachmännern, die sich zu Fäusten ballen und zuschlagen konnten, sie jedoch meistens nur schubsten und weiterzerrten. Wie Vieh, das zum Melken hineingetrieben wurde. Es konnte gar nicht schnell genug gehen. Die Augen der Wachleute blitzten vor Stress, während sie über die ruhige Nebenstraße schweiften, auf die sich bei dem Unwetter niemand hinauswagte.

Eine steile Treppe führte sie direkt hinunter in eine massive Finsternis. Hinter sich hörten sie, wie die Eisentür geschlossen und verriegelt wurde. Schlösser klickten, Schlüssel rasselten. Dann ging das Licht an, eine Reihe von nackten Glühlampen an der Betondecke. Ein langer Flur schlängelte sich zwischen Kellerabteilen mit Vorhängeschlössern auf beiden Seiten hindurch, die vollgepackt waren mit ausrangierten Möbeln und Erinnerungen, die niemand mehr zu schätzen wusste. Anschließend noch eine Eisentür, graugefleckt wie die Wände und dahinter rote Vorhänge in mehreren Schichten.

Sie waren drinnen. Zwar herrschte auch hier Dunkelheit, aber keine ganz so undurchdringliche. Als sich ihre Augen an die schummrige Beleuchtung gewöhnt hatten, sahen sie, wie groß der Raum war. Wände und Decke schwarz. Überall kleine Strahler, die rote Sitzgruppen beleuchteten, verteilt auf einer runden Fläche rings um einen etwas erhöhten Teil des Fußbodens – die Bühne, von der alle schon gehört hatten.

Sie wurden von den Wachmännern durch den Raum gescheucht, vorbei an einer versteckten Tür in der schwarzen Wand, durch einen grellerleuchteten Gang mit Neonröhren an der Decke und Türen auf beiden Seiten. Ein großes gekacheltes Badezimmer, Spiegel und mehrere Bidets in einer Reihe. Sie wurden angewiesen, ein letztes Mal ihre Bedürfnisse zu verrichten und alle Löcher gründlich zu waschen.

Es war ein fast aussichtsloser Kampf gegen die Zeit gewesen, aber nun hatte sie es fast geschafft, alles zu putzen. In einigen der Privatzimmer hatte sie nur kurz gestaubsaugt und in einem der Gruppenräume nur die Kissen umgedreht und die deutlich sichtbaren Kondome weggeräumt. Sie war gerade wieder in die Besenkammer zurückgekehrt, hatte ihren Putzkittel aufgehängt und die Tüte mit dem Schminkzeug und den anderen Kleidungsstücken aus ihrem Rucksack gezogen, als sie die immer lauter polternden Stimmen der Wachmänner hörte.

Sie war gezwungen gewesen, die Besenkammer mit ihren Sachen auf dem Arm zu verlassen und über den Flur zum Badezimmer zu rennen, wo sie sich in der hintersten Kabine einschloss. Ihr Puls schlug so schnell, dass sie die einzelnen Schläge nicht auseinanderhalten konnte.

Doch als sie nun das Kleid und die Schuhe anhatte und die Tüte mit dem Schminkzeug sicher versteckt im Spülkasten lag, empfand sie eine innere Ruhe wie noch nie zuvor. Es würde nicht nur ein weiterer Sünder in einer langen Reihe seine Strafe bekommen. Auf diesen Moment freute sie sich, seit ihr klar war, wer er war. Dass Diego Arcas einer von ihnen war, konnte nur Gottes Weg sein, ihr zu zeigen, dass er von Anfang an auf ihrer Seite gewesen war.

Sie hörte, wie sich das Bad vor ihrer Kabine mit einer neuen Lieferung füllte. Keine von ihnen sagte ein Wort, aber sie roch deutlich die Angst vor dem Kommenden. Sie wartete noch eine Weile, bevor sie ihre Tür entriegelte, ihre Kabine verließ und begann, das Verhalten der Mädchen zu imitieren – die Unruhe in den Blicken, die gehetzten Bewegungen und die gebeugten Rücken.

Kapitel 100

Fabian öffnete die Tür, die sich nicht abschließen ließ, und hängte im Flur seine Jacke auf. Die Fahrt war kein Problem gewesen, obwohl er immer noch angeheitert war. Er war zum ersten Mal im Leben unter Alkoholeinfluss gefahren, hatte aber vor lauter Müdigkeit momentan nicht die Nerven, sich deswegen Vorwürfe zu machen. Es war ja alles gutgegangen, obwohl er sich fühlte wie ein ausgewrungener Lappen und nicht wusste, wie er es bis ins Schlafzimmer schaffen sollte.

Zum Schluss hatte Anders Rehnberg sich überreden lassen, aus dem Krankenhaus zu verschwinden und sich von Fabian mit dem Auto zu seinem und Malins Haus in Enskede bringen zu lassen. Dort angekommen, hatte er Fabian einen Whisky angeboten. Fabian hatte die Einladung mit dem Hinweis auf die Uhrzeit und die Tatsache, dass er mit dem Wagen da war, ablehnen wollen, aber Anders hatte darauf bestanden. Es sei das mindeste, was er für ihn tun könne.

Es stellte sich heraus, dass Anders Mitglied in der Schwedischen Whiskygesellschaft war und im Keller einen ganzen Raum seiner Whiskysammlung widmete, die nach eigener Aussage zu den größten im Land gehörte. Wie erwartet, war es nicht bei einem Glas geblieben, und je stärker ihr Blut vom Alkohol verdünnt wurde, desto entspannter wurde die Stimmung.

Er hatte Anders erzählen lassen, und der hatte über alles Mögliche zwischen Himmel und Erde geredet. Über das Haus, das ständige Renovierungsarbeiten erforderte, obwohl es viel zu teuer gewesen war. Er hatte von seiner Arbeit als Grundschullehrer in Skärholm berichtet und dass seine Kollegen ihn drängten, Schulleiter zu werden, ihn Macht aber noch nie interessiert habe. Er wollte viel lieber auf dem Boden der Tatsachen bleiben, wo sich das wirkliche Leben abspielte.

Nach fast zwei Stunden hatte Fabian sein leeres Whiskyglas abgestellt und sich für den Abend bedankt. »Setz dich wieder hin«, sagte Anders mit einem so ernsten Blick, dass Fabian gar nichts anderes übrigblieb, als zu gehorchen. Tränen liefen ihm übers Gesicht, während Anders von Malin erzählte. Wie sehr er sie liebte. Dass sie die schönste Frau auf der ganzen Welt sei. Dass sie sich in einem Bus kennengelernt hätten – damals noch Linie 54 – und Malin nicht aussteigen wollte, weil es so schüttete. Sie waren zusammen bis zum Odenplan gefahren, hatten sich zu zweit unter seinen Regenschirm gedrängt und sich kichernd von einer Telefonzelle aus krankgemeldet.

Anschließend hatte er Fabians Glas vollgeschenkt, obwohl es noch gar nicht leer war, und ihn gefragt, ob er Sonja noch liebe. Seltsamerweise war er auf die Frage überhaupt nicht vorbereitet und wollte schon seine Standardantwort runterrattern, er liebe sie heiß und innig, und sie würden sich so wunderbar ergänzen, obwohl sie so verschieden seien. Aber die Worte blieben ihm im Hals stecken.

Stattdessen hatte er versucht, ehrlich zu beschreiben, wie es ihnen ging. Dass er sich nichts lieber wünschte, als noch verliebt zu sein, sich ihre Beziehung aber in einen immer erbitterteren Kampf entwickelt und der Zweifel stetig zugenommen habe. Anders hatte zugehört und zu seinen tastenden Bemühungen, die eigenen Gefühle in Worte zu fassen, mit dem Kopf genickt, und fast sah es so aus, als würden sie Freunde werden.

»Mann, wie du alles verkomplizierst«, hatte er am Ende gesagt und eine neue Flasche geholt. Fabian war kurz davor, sauer zu werden. »Entweder man liebt jemanden oder nicht. So einfach ist das«, fuhr Anders fort. »Klar, manchmal, ist die Flamme ganz schwach, aber dann krempelt man eben die Ärmel hoch und arbeitet dran. Wenn sie allerdings erloschen ist, kann man nichts mehr machen. Dann kannst du dir gleich einen Anwalt suchen und die Sache hinter dich bringen.«

Auch wenn Fabian klar war, dass diese banalen Plattitüden nur auf den Whiskyrausch zurückzuführen waren, trafen sie ihn bis ins Mark. Der Gedanke, dass Sonja und er etwas waren, das er so schnell wie möglich hinter sich bringen musste, schnürte ihm die Kehle zu. Er sprang auf und machte sich allen Protesten von Anders zum Trotz auf den Heimweg.

Nach einem Besuch im Badezimmer und zwei Alka Seltzer ging er ins Schlafzimmer. Er wollte kein Licht anmachen, aber im Schein der Straßenlaterne, der zwischen den Vorhängen hindurchsickerte, sah er Niva auf dem Bett schlafen. Sie war nicht unter die Decke gekrochen, sondern lag auf dem Überwurf. Der Bademantel, den sie immer noch trug, hatte sich leicht geöffnet und offenbarte genug.

Er begriff nicht, warum sie nicht nach Hause gefahren war. Hatte sie wirklich so lange gearbeitet? Er überlegte, ob er sie schlafen lassen oder sie in ein Taxi nach Hause setzen sollte, schaffte es aber nicht, eine Entscheidung zu fällen. Und irgendwo da fühlte er es plötzlich. Genau das, wovon Anders gesprochen hatte. Endlich verzogen sich die Zweifel, die er seit einiger Zeit mit sich herumschleppte. Auf einmal schien er es einfach zu wissen und die blaue Flamme förmlich mit bloßem Auge vor sich zu sehen. Sie leuchtete nur schwach und war kurz davor auszugehen, aber noch brannte sie.

Gestärkt von der Einsicht, dass alles andere dagegen unwichtig war, legte er sich angezogen und so vorsichtig wie möglich auf seine Seite des Bettes, um Niva nicht zu wecken. Es dauerte nicht lange, bis er sich neben ihrem ruhigen Atem zusehends entspannte, und kurz bevor er vollständig in der Welt der Träume versunken war, sah er mit kristallklarer Deutlichkeit vor sich, was sie tun mussten, um die Flamme zu retten, bevor sie ganz verlöschte. Wie er und Sonja zueinander zurückfinden würden und sich wieder frei von Fluchtgedanken in ein und demselben Raum aufhalten konnten.

Sobald das hier überstanden war, würde er ihr davon erzählen. Die Idee war zwar drastisch und würde ziemlich viel Arbeit und eine große Umstellung für die ganze Familie mit sich bringen. Nicht zuletzt für Matilda und Theodor, die mit Sicherheit protestieren würden. Sie kämen nicht nur auf neue Schulen, sondern müssten sich auch neue Freunde suchen. Doch was spielte das für eine Rolle? Falls es das war, was sie brauchten, war es keine schwierige Entscheidung, dachte Fabian und schlief in der festen Überzeugung ein, dass es noch ein Licht am Ende des Tunnels gab.

Kapitel 101

Sie zog sich das Höschen hinunter, hockte sich rittlings über ein freies Bidet und wusch sich. Gründlich und überall, genau wie es jeder neuen Lieferung befohlen worden war. Weder der Große noch einer von den anderen beiden an der Wand schien sie wiederzuerkennen oder zu bemerken, dass plötzlich eine mehr da war.

Wie immer stellte sich eine quer. Diesmal war es die blondierte Polin schräg hinter ihr, die zusammenbrach und sich weigerte, sich zu waschen. Sie war höchstens zwanzig Jahre alt und hatte offensichtlich den Ernst der Lage nicht begriffen.

»I want you to leave before I do anything«, weinte sie und spuckte die Wachmänner an.

»You just want one thing«, sagte der Mann mit den Ringen und ging auf sie zu. »One thing only. Do you know what that is?« Die Frau sah ihn trotzig an. »Do as you're fucking told!« Er gab ihr eine feste Ohrfeige mit dem Handrücken. »Understood?« Als er keine Antwort erhielt, wiederholte er den Gewaltakt mit geballter Faust und voller Kraft.

Der Schlag traf sie so hart, dass ihr Kopf von dem schmalen Nacken wegzufliegen schien. Hilflos fiel sie als bewusstloser Haufen auf den Boden. Der Wachmann massierte sich die Hand und ließ seinen Blick in die Runde schweifen, bis er sicher war, dass er die volle Aufmerksamkeit hatte. Dann öffnete er den Reißverschluss seiner Hose und entleerte seine Blase auf der Frau. »I want everyone to look really carefully now, because this is what will happen when you don't do as you're told.«

Alle starrten die ohnmächtige Frau auf dem Fußboden an, deren Haare immer nasser wurden.

»Okay, let's finish up!« Er machte seine Hose zu und wusch sich die Hände.

Alle außer der leblosen Polin verließen das Badezimmer und gingen durch den Flur mit den Neonröhren in den Raum mit den Sofas, wo nun langsam pulsierende Musik aus den Lautsprechern drang. Sie wurden angewiesen, sich in einer Reihe auf die Bühne zu stellen, und wie auf Bestellung kam es zum Streit um die hinteren Plätze.

Sie selbst wollte am liebsten vorne stehen.

»Okay, you there. Up on stage. Yes, I'm talking to you, bitch«, sagte der eine der beiden Wachmänner und bedeutete ihr mit einer Kopfbewegung, dass sie hinaufgehen sollte.

Geblendet von den starken Scheinwerfern an der Decke, gehorchte sie und stellte sich mitten auf die Bühne.

»Turn around«, ertönte irgendwo in dem grellen Licht eine Stimme. Langsam drehte sie sich.

»Stop.«

Mit dem Rücken nach vorne blieb sie stehen.

»Bend over. Slowly.«

Sie senkte den Oberkörper und war dabei sorgsam darauf

bedacht, den Hintern herauszustrecken und die Beine möglichst gerade zu halten. Jetzt hörte sie ihn näher kommen und direkt hinter ihr stehen bleiben.

Von den anderen Mädchen hatte die ganze Zeit keine ein Wort gesagt, und jetzt war die Stille so massiv, dass man sie nicht einmal mehr atmen hörte. Dann spürte sie seine Hand an der Rückseite ihres Oberschenkels. Langsam strich sie an der Innenseite hinauf bis zu ihrer Scheide.

»Hm ... You shaved. I like this.« Als er seinen Finger in sie hineingleiten ließ, stöhnte sie auf, als wäre sie erregt.

»So you like this?«

»Hm, yes ...« Langsam streichelte sie sich selbst.

»So you want some more?«

»Oh yes, please ...«

»Take of your clothes.«

Sie richtete sich auf, ließ ihr Kleid zu Boden fallen und stieg hinaus, während Diego Arcas sie umkreiste und an seinem Finger roch. Plötzlich blieb er stehen, streckte die Hand aus und betastete ihre Brüste.

»Are they real?«

Sie nickte.

»How old are you?«

»Never ask a woman her age.«

Die Reaktion kam blitzschnell in Form einer festen Ohrfeige, die noch Minuten später brannte. »You're not a woman. You're property. My property! Never ever forget that.«

Sie nickte und ließ sich von der schmerzenden Wange daran erinnern, dass sie sich nicht zu sehr entspannen und ihren Sieg noch nicht vorwegnehmen durfte. Noch war sie nicht am Ziel.

»On your knees and open my pants.«

Sie kniete sich hin, knöpfte seine Hose auf und nahm seinen halb erigierten Penis heraus.

»Do you like it?«

Sie nickte und zwang sich zu einem Lächeln.

»I said, do you like it?«

Sie nahm sein Geschlecht in den Mund und spürte, wie die Blutgefäße sich füllten.

»That's better.«

Sie bewegte sich vor und zurück, nahm ihn so tief wie möglich in den Mund und berührte gleichzeitig seine Hoden.

»Now, everyone of you bitches watch and learn. This is how you give a good blow job.« Er packte ihre Haare, stieß immer fester und tiefer zu und zwang sie, gegen den Würgereflex anzukämpfen.

Die Stöße kamen immer schneller, und seine Hoden zogen sich zusammen. Um ihn auf Trab zu bringen, führte sie behutsam einen Finger in seinen Anus ein und massierte seine Prostata. Dreißig Sekunden später war es so weit. Die erste Ladung nahm sie in den Mund. Als die zweite kam, stand sie bereits. Arcas schloss die Augen und gab sich noch ein paar Sekunden dem Genuss hin, bevor er die Augen aufschlug und sie ansah.

»Who the fuck told you to stand up?«

»No one«, sagte sie und führte die Bewegung aus, die sie so oft vor dem Spiegel geübt hatte.

Sie traf auf Anhieb, spürte, wie Zeige- und Mittelfinger tief in die Augenhöhle eindrangen und sich direkt hinter dem Augapfel krümmten. Sobald sie den Sehnerv zwischen den Fingerkuppen spürte, zog sie mit aller Kraft, nahm ihr Kleid und verließ die Bühne.

Kapitel 102

Fabian hatte keine Erinnerung daran, wie er aus seiner Kleidung herausgekommen war. Trotzdem lag er nun nackt auf dem Rücken und starrte den zehn Zentimeter großen Pfau an, der eben auf seiner Brust gelandet war und ihn geweckt hatte. Die Füße bohrten sich wie Nadeln in seine Haut, und er überlegte, wie er ihn verscheuchen sollte. Doch aus Angst vor seiner Reaktion verharrte er so reglos wie möglich und ließ ihn über den Bauch auf sein entblößtes Geschlecht zuwandern.

Und da saß sie. Niva. Sonjas Morgenrock hatte sie hinter sich geworfen, und sie ritt ihn so leidenschaftlich, dass ihre Brüste wippten. Offenbar war sie schon eine Weile dabei, denn sie näherte sich dem Höhepunkt. Der Pfau war auf den Boden gehüpft und durch die Tür verschwunden, und er vertraute darauf, dass alles null, nichtig und ungeschehen würde, wenn es ihm nur gelänge, das Zimmer auf die gleiche Weise wie der Vogel zu verlassen.

Das hier war nicht das, was er wollte. Es war nicht das, was ihm vorgeschwebt hatte. Er hatte sich doch entschieden. Er hatte einen Plan. Trotzdem konnte er nicht anders, als ihre Bewegungen zu genießen. Und sie genoss ihn. Ihn in sich zu haben. Er sah es ihr an. Den Sieg. Endlich hatte sie bekommen, wonach sie sich schon so lange sehnte. Endlich wurde sie für all die Arbeit, die sie investiert hatte, belohnt. Schweißperlen tropften auf ihn herunter. Von ihrer Stirn über den Hals und die Brust, wo sie schließlich den Halt verloren und ihn trafen. Er strich sich durchs Haar und streckte sich, während sie das Tempo erhöhte.

Sie war kurz davor, das merkte er. Ganz kurz davor.

Er erwiderte ihre Stöße mit immer mehr Druck, bis sie sich vor und zurück beugte und wimmernd ihre Lust hinausstöhnte. Er selbst war auch nah dran. Dass er eigentlich nicht wollte, war unwichtig. Auch, dass er es sein Leben lang bereuen würde. Nichts spielte mehr eine Rolle und konnte ihn jetzt noch stoppen.

Stattdessen hörte Niva ohne Vorwarnung auf und stieg von ihm herunter. Während er auf die Fortsetzung wartete, pochte die Frustration so heftig, dass sie ihm Schmerzen verursachte. Er nahm an, dass sie auf alle viere gehen oder sich auf den Rücken legen würde. Stattdessen setzte sie sich breitbeinig auf sein Gesicht und rieb ihren Unterleib an ihm. Er leckte und saugte, so gut er konnte, schmeckte ihren Saft und spielte mit seiner Zungenspitze an jeder Stelle, die er irgendwie erreichen konnte.

Wieder hörte er sie wimmern und tat alles, um es ihr schön zu machen. Gleichzeitig presste sie sich immer fester an ihn. So stark, dass er zum Schluss fast keine Luft mehr bekam. Er versuchte, sich zu befreien, weil er Luft brauchte. Ihre Beine waren jedoch zu stark und hielten seinen Kopf wie in einem Schraubstock, während der Rest ihres Körpers sich darauf vorbereitete, von einer weiteren Welle durchströmt zu werden.

Kapitel 103

Alle schrien durcheinander. Nicht nur die Mädchen, auch die Wachmänner. Doch das war kein Wunder. Mit dem Chaos und der Panik hatte sie gerechnet. Genauso hatte sie einkalkuliert, dass einige Wachmänner geistesgegenwärtiger als andere reagieren und ihr hinterherrennen würden. Das Einzige, was sie nicht erwartet hatte, war Diego Arcas' ohrenbetäubender Schrei. Aus irgendeinem Grund hatte er es in ihrer Vorstellung wie ein Mann genommen.

Inzwischen hatte sie einige Meter auf der Bühne zurückgelegt und hörte die zwei Wachmänner hinter sich. Sie unterdrückte den Impuls, einen Blick über ihre Schulter zu werfen. Es gab keine Zeit, um noch zu zögern. Stattdessen nutzte sie ihre gesamte Energie, um das Tempo zu erhöhen. Sie hatte die Strecke oft genug geübt, um zu wissen, dass es auf die Geschwindigkeit ankam, wenn sie die Sofas am effektivsten überwinden wollte, und das wiederum konnte die Anzahl der Sekunden, die sie bis zum Kontrollraum brauchte, halbieren.

Zuerst hatte sie geglaubt, es würde schwierig werden, auf den hohen Absätzen schnell genug zu rennen, aber solange der Schwerpunkt auf den Zehen lastete, war es kein Problem. Das erste Sofa flog unter ihr hinweg, als wäre es gar nicht da. Genauso das zweite, und nun hörte sie, dass die beiden Wachmänner bereits ein ganzes Stück zurücklagen. Vier Schritte später hatte sie auch das dritte Sofa hinter sich gelassen und nur noch eine zehn Meter lange gerade Strecke bis zur Tür vor sich.

Überzeugt davon, dass der Adrenalinstoß ihr helfen würde, ihre persönliche Bestzeit um mindestens drei Sekunden zu übertreffen, rannte sie hinein und schloss hinter sich ab. Obwohl die Wachmänner jeden Augenblick eintreffen würden, nahm sie sich die Zeit, auszuatmen und das blutige Auge in ihrer Hand zu betrachten. Das letzte Puzzleteil, um ihren Liebsten endlich wieder ganz zu machen.

Es wurde an der Klinke gerüttelt und kurz darauf kräftig gegen die Tür getreten. Auf einem Bildschirm über dem Kontrollpult sah sie, dass mittlerweile vier Männer versuchten einzudringen. In nicht allzu ferner Zukunft würden sie den richtigen Schlüssel finden, vergeblich versuchen, ihn ins Schloss zu stecken und stattdessen ihre Waffen zücken.

Sie nahm das Kunststoffrohr aus dem Versteck hinter den Ordnern im Bücherregal, schraubte den Deckel ab, ließ das

Auge in die Flüssigkeit fallen, machte das Rohr wieder zu und führte es in ihre Scheide ein. Anschließend reinigte sie ihre Hände mit den Feuchttüchern vom Blut, zog sich das Kleid an und griff nach der kaum sichtbaren Angelschnur, die wiederum an einem Seil mit Knoten befestigt war.

Während sie sich an dem Seil hinaufzog, hörte sie die ersten Schüsse auf das Schloss knallen. Da sie ebenso leicht wie beweglich war und immer starke Arme gehabt hatte, war es kein Problem hinaufzuklettern. Kritisch wurde es in dem Moment, als sie oben ankam. Um das Gitter wieder zu verschließen, musste sie sich umdrehen und mit den Füßen zuerst in den Lüftungsschacht steigen.

Bei allen Probeläufen hatte sie es problemlos geschafft, aber da hatte sie weder schweißige Hände gehabt noch diesen Stress empfunden, weil die Männer es jeden Augenblick schaffen würden, das Türschloss zu überwinden. Endlich gelang es ihr jedoch, und sie konnte das Seil heraufziehen, das Gitter wieder befestigen und sich rückwärts durch den schmalen Gang aalen.

Keine Minute später hörte sie die Männer in den Kontrollraum kommen. Sie stritten sich lautstark, weil sie sich doch nicht einfach in Luft aufgelöst haben könne. Kurz darauf begannen sie, auf den Ventilationsschacht zu schießen.

Die Schüsse hallten durch den Gang, der als perfekter Resonanzraum diente, und obwohl sie sich in sicherem Abstand und über dem Flur befand, musste sie sich die Ohren zuhalten. Nach ein paar Metern würde sich der Gang verzweigen, um sich anschließend noch einmal zu verzweigen. Dann würde es viel schwieriger für die Männer werden, genau zu wissen, wo sie war. Wahrscheinlich würden sie sich verteilen und wahllos auf die Deckenverkleidung schießen.

Doch sie war unbesorgt. Es würde nicht mehr lange dauern, bis sie auf andere Gedanken kamen. Jeden Moment konnte es die Männer kalt erwischen. Erneut. Sie selbst hatte dabei nicht ihre Finger im Spiel, und hätte sie die Wahl gehabt, hätte sie lieber das Exklusivrecht an dieser Nacht gehabt, die ihre einzige Möglichkeit darstellte, nah genug an Arcas heranzukommen.

Wie erwartet, hörten die Schüsse auf, und wenige Sekunden später waren vereinzelte Rufe und Schreie zu hören. Unten brach eine Art unkontrollierter Panik aus. Ungefähr so stellte sie sich den Klang eines Tsunamis vor. Der Flur unter ihr füllte sich mit Menschen, doch nun waren sie nicht mehr hinter ihr her. Nun waren sie selbst die Beute. Rückwärts schlängelte sie sich weiter bis über den großen Raum, und dort sah sie sie durch das Gitter.

Die Polizisten.

Mit ihren ausgestreckten Waffen und den schusssicheren Westen waren sie überall. Einige kamen sogar durch den verborgenen Lichtschacht. Allein in ihrem Blickfeld befanden sich mindestens zehn Einsatzkräfte, die versuchten, die Situation unter Kontrolle zu bekommen, indem sie alle Anwesenden auf Englisch anwiesen, sich mit ausgebreiteten Armen und Beinen auf den Boden zu legen.

Einige der Mädchen legten sich hin, andere wollten fliehen, wurden aber schnell geschnappt und eine nach der anderen zu Boden gerungen. Vier Wachmänner lagen bereits mit hinter dem Rücken fixierten Händen auf dem Bauch, und zwei Polizisten waren auf dem Weg zur Bühne, wo Diego Arcas noch immer mit beiden Händen vorm Gesicht in einer Blutlache lag.

So leise wie möglich schlängelte sie sich durch den engen Schacht und entfernte sich immer weiter von den Polizisten, deren Stimmen zunehmend aufgeregter klangen, während sie begriffen, was passiert war.

Zwei Abzweigungen später wurden die Metallwände deutlich kälter, und als der Gang plötzlich einen Knick machte und etwa einen Meter senkrecht nach oben führte, um dann weiter geradeaus zu gehen, wusste sie, dass es nicht mehr weit war. Die Temperatur lag inzwischen weit unter null, und sie beeilte sich, um mit ihren feuchten Händen nicht am Metall festzufrieren. Der Nachteil war, dass sie auf diese Weise lautere Geräusche verursachte, aber dagegen konnte sie nichts machen. Vermutlich waren die Leute da unten jetzt sowieso mit anderen Dingen beschäftigt.

Einige Meter später stießen ihre Absätze gegen das Gitter, und sie gelangte nach einem gezielten Tritt auf den Hof. Nun war der Weg nicht mehr weit. Ihr eigener Einsatz war wie geplant verlaufen, und die Polizei war, wie beabsichtigt, gekommen, als die Show in vollem Gange war. Sie hatte erwartet, dass der Scheinwerfer im Hof, der an einen Bewegungsmelder angeschlossen war und den Weg zu den Mülltonnen beleuchtete, angehen würde, sobald sie herauskam und das Gitter wieder montierte. Doch das tat er nicht.

Er war nämlich schon an.

Zu spät begriff sie den Ernst der Lage.

»Well, well, look what we've got here ...«, hörte sie eine Stimme hinter sich.

Mit erhobenen Händen drehte sie sich um und sah den lächelnden Polizisten mit gezogener Waffe in der einen und Handschellen in der anderen Hand auf sich zukommen.

Kapitel 104

Fabian wusste nicht genau, ob er schlief oder wach war. Ob die Erinnerungsfetzen, die er vor Augen hatte, nur einem abartigen und verdrehten Traum entsprungen waren oder tatsächlich stattgefunden hatten. In gewisser Hinsicht waren die Details so knackig und real, dass sie nur wahr sein konnten. Wäre da nicht der zehn Zentimeter große Pfau gewesen, der über seinen Körper spaziert war. Er wusste nicht, warum, aber in letzter Zeit tauchte er in seinen Träumen immer öfter auf.

Es durfte einfach nicht wahr sein. Er hatte die Flamme gesehen, da war er sich ganz sicher. Und außerdem hatte er einen Plan, mit dessen Hilfe Sonja und er den Kahn wieder flottmachen konnten.

Bislang hatte er nicht gewagt, die Augen zu öffnen. Der Schlaf schien ihm Linderung zu verschaffen, obwohl ihm jetzt vollkommen klar war, dass er wach war. Es bestand die Gefahr, dass ihm die in Stein gemeißelte Wahrheit ins Gesicht springen würde, sobald er die Augen aufschlug. Schließlich ließ ihm das Handy keine Wahl.

»Wo zum Teufel steckst du?« Tomas Persson war dran.

»Was ist los? Ist was passiert?« Fabian setzte sich im Bett auf.

»Passiert? In welchem Universum hast du denn geschwebt? Diego Arcas, erinnerst du dich?«

Ach ja, genau, dachte Fabian und stellte fest, dass Niva nicht mehr da war. War sie überhaupt hier gewesen? Doch, das war sie. Da war er sich so gut wie sicher. Genauso fest überzeugt war er, dass er nackt gewesen war, obwohl er sich in Klamotten hingelegt hatte. Jetzt war er wieder angezogen. Oder wie war das noch mal?

»Höglund und Carlén sind vollkommen außer sich und haben sich offenbar entschieden, dich anzuzeigen«, fuhr Tomas fort.

»Wofür?« Fabian spürte, wie sich die Kopfschmerzen bemerkbar machten, und kämpfte sich aus dem Bett.

»Wegen Verschlafens. Was weiß denn ich. Offenbar herrschte totales Chaos, bevor die Einsatzkräfte den Laden gestürmt haben, denn als sie reinkamen, lag Arcas auf der Bühne und blutete wie ein Blöder.«

Auf dem Weg durch den Flur in Richtung Bad bemühte sich Fabian, dem Wortschwall so etwas wie Sinn zu entnehmen, während er sich nach Niva umschaute.

»Du musst jetzt fragen, warum er wie ein Blöder geblutet hat.«

»Tomas, ich habe keine Zeit.« Am Waschbecken spritzte er sich Wasser ins Gesicht.

»Mann, bist du langweilig. Jedenfalls waren ja weder Jarmo noch ich da unten im Club mit dabei, um es mit eigenen Augen zu sehen, und deswegen haben wir das Karolinska Krankenhaus angerufen, wo er eingeliefert wurde.«

»Und? Was haben sie gesagt?«

»Ihm fehlt ein Auge.«

»Was soll das heißen, ihm fehlt ein Auge?« Fabian trocknete sich das Gesicht ab.

»Was weiß ich. Irgendjemand muss es mitgenommen haben. Ich schätze, es war eins der ...«

»Mädchen.«

»Gut! Endlich bist du wach.«

»Weißt du, ob alle festgenommen wurden?«

»Keine Ahnung, aber hier ist jedenfalls alles voll mit den Ladys.«

»Was, in der Abteilung?«

»Ja. Sie werden von den zusätzlichen Kollegen in Uniform und Dolmetschern vernommen. Du weißt ja, viele von ihnen können nicht mal ...«

»Jetzt hör mir mal zu, Tomas. Das ist ganz wichtig.« Fabian fuhr sich mit dem Deo unter das Hemd. »Du und Jarmo, ihr beide müsst dafür sorgen, dass jeder von ihnen Handschellen angelegt werden. Keine darf weg. Verstanden? Keine.« Eilig verließ er das Badezimmer und sah Sonja durch die Wohnungstür hereinkommen.

»Wie soll denn das gehen? Bei Höglund brennen demnächst die Sicherungen durch, er wird niemals ...«

»Ich kümmere mich um ihn. Tomas, ich muss jetzt Schluss machen.«

»Aber ...«

»Tu einfach, was ich sage!« Fabian drückte das Gespräch weg, sammelte sich einen Moment und ging auf Sonja zu. Er wusste nicht genau, ob er sie in den Arm nehmen sollte. »Hallo, Liebling.«

»Bekomme ich keinen Kuss?«

»Doch, natürlich. Ich wusste nur nicht, ob du ...« Schweigend nahm er sie in den Arm. »Du, ich bin total beschäftigt und wollte gerade gehen.«

»Klar, kein Problem.« Sie nickte. »Ich wollte nur was zum Anziehen holen und dann die letzten Weihnachtsgeschenke kaufen. Du kommst doch heute Abend?«

Fabian sah sie wortlos an. Er hätte nichts lieber getan, als zu nicken und ihr zu versprechen, dass er wie geplant hinausfahren und mit der Familie Weihnachten feiern würde. Wenn er Glück hatte, wirkte sich der Zufall ausnahmsweise mal zu ihrem Vorteil aus. Vielleicht war Aisha Shahin bereits gefasst, und er brauchte Edelman nur noch mit den Beweisen zu konfrontieren, um ihn davon zu überzeugen, dass ihm nichts anderes übrigblieb, als den alten Fall noch einmal aufzurollen. Er hatte jedoch schon genug Versprechungen gemacht, die er nie eingelöst hatte.

»Alles klar, ich hab's kapiert.«

»Sonja ...«

»Schon okay, Fabian. Ich verstehe, dass du mitten in einer Sache steckst, über die du nicht reden darfst, aber es wäre trotzdem unheimlich schön, wenn du mit uns Weihnachten feiern würdest.«

»Ich würde nichts lieber tun, aber ...«

»Und das, was ich am Sonntag gesagt habe. Ich habe ziemlich viel darüber nachgedacht und ...« Ihr Blick wich seinem aus.

Jetzt kommt es, dachte Fabian. Nun hat sie genug Kraft gesammelt, um mir zu sagen, dass sie sich trennen möchte. Und vielleicht sollten sie genau das tun. Vielleicht bewies sein nächtlicher Traum, falls es überhaupt einer gewesen war, dass die Flamme erloschen war. Dass ihre Beziehung tot war und begraben werden musste, bevor der Verwesungsprozess zu weit fortgeschritten war.

»Wenn du willst, will ich auch.« Sie sah ihm wieder in die Augen.

Fabian spürte seine Energie zurückkehren und wollte etwas sagen.

»Warte, ich bin noch nicht fertig. Wenn das hier vorbei ist. Wenn du fertig mit dieser Sache bist, will ich, dass wir von vorne anfangen. Also, ganz von vorne.«

Fabian beugte sich nach vorn und küsste sie. Zum ersten Mal seit langem spürte er, wie sie darauf reagierte. Wie sie ihn wollte und bereit war, ihnen eine letzte Chance zu geben. Doch dann strafften sich ihre Lippen, und ihre Zunge wich zurück.

»Da wird man ja fast ein bisschen eifersüchtig.«

Fabian drehte sich um und sah Niva angezogen aus dem Wohnzimmer kommen.

»Sie müssen Sonja sein. Niva Ekenhielm.« Sie streckte die Hand aus.

»Ich weiß, wer Sie sind.« Sonja würdigte die Hand keines Blickes. »Allerdings habe ich keine Ahnung, was Sie hier zu suchen haben.«

»Sie unterstützt uns nur bei den Ermittlungen, und wir haben Tag und Nacht gearbeitet«, sagte Fabian und überlegte, wie er fortfahren sollte.

»Tut mir furchtbar leid, ich wollte wirklich nicht stören.« Niva wandte sich an Fabian. »Ich wollte dir nur sagen, dass deine Theorie zu stimmen scheint. Diego Arcas hatte offenbar mitten im Gesichtsfeld eine starke Vernarbung auf der linken Hornhaut und hat jahrelang vergeblich auf der offiziellen Warteliste gestanden.«

Fabian nickte kurz, um ihr zu signalisieren, dass das warten konnte.

»Passenderweise hatte Semira Ackerman Probleme mit dem rechten Auge.« Niva hielt ihm ein ausgedrucktes Dokument hin.

»Tja, dann ... dann gehe ich mal.« Sonja drehte sich um.

»Nein, warte, du wolltest doch was zum Anziehen holen«, sagte Fabian. »Soll ich uns nicht eine Tasse Kaffee machen?«

Sonja sah die beiden an, schüttelte verbissen den Kopf und verließ die Wohnung.

»Ui, sie war doch nicht etwa sauer?«, fragte Niva.

Fabian drehte sich um und sah ihr in dem Versuch, herauszufinden, was in ihrem Kopf vor sich ging, in die Augen. Ob zwischen ihnen wirklich etwas stattgefunden hatte. Hatte ihr neutrales Lächeln etwas zu bedeuten, oder spielte sie nur mit ihm? Vielleicht steckte hinter ihrem Grinsen in Wirklichkeit die schiere Schadenfreude, weil er so verzweifelt nach der Wahrheit suchte. Doch dann war es eben so. Er würde sich ganz bestimmt nicht noch mehr erniedrigen, indem er sie direkt fragte.

Da blieb er lieber im Ungewissen.

Kapitel 105

Bis jetzt war alles nach Plan verlaufen. Abgesehen von einigen kleineren Rückschlägen, die mittlerweile ausgebügelt waren, hatte nur der Wagen des Justizministers noch nicht seinen Job gemacht. Die dänische Polizistin hatte ihn zwar im Helsingörer Hafenbecken gefunden, aber aus irgendeinem Grund war die Verbindung zwischen den beiden Ländern bisher nicht erkannt worden. Es war jedoch nur eine Frage der Zeit, wann die Leute eins und eins zusammenzählen und miteinander reden würden. Dann würden sie endlich merken, was sich unter der schicken Oberfläche befand, und mit Gidon Hass wäre es ein für alle Mal aus.

Natürlich, in der besten aller Welten würde sie mittlerweile in einem Mietwagen sitzen und mit allen geraubten Teilen von Efraim, die sie in ihrem wasserdichten Koffer sorgfältig in Eis verpackt hatte, ein letztes Mal nach Arlanda hinausfahren. Sie hatte sogar die Hoffnung gehabt, dass sie nach dem Einchecken und der Sicherheitskontrolle noch Zeit haben würde, mit einem Glas Sekt zu feiern. Sie hatte noch nie welchen getrunken und war sich nicht einmal sicher, ob er ihr schmecken würde, aber nun hatte sie den gesamten Weg bis ans Ziel zurückgelegt und etwas zustande gebracht, das wirklich ein Grund zum Feiern war. Und wenn es ihr letztes Glas gewesen wäre.

Stattdessen war sie nun mit Handschellen an einen Stuhl der Reichskripo gekettet.

In gewisser Hinsicht ließ sich das nur als Rückschlag bezeichnen.

Trotzdem war sie völlig unbesorgt. Die Gefahr, dass die Polizei sie festnehmen würde, hatte sie nicht nur einkalkuliert. Sie hatte auch einen Plan für genau diese Situation ausgearbeitet. Einen Plan, um den sie lieber herumgekommen wäre, aber nun blieb ihr nichts anderes übrig, als ihn in die Tat umzusetzen.

Der Polizist, der sie auf dem Hof verhaftete, hatte ihr die Geschichte abgekauft. Sie hätte es geschafft, sich vom Rest der Gruppe zu entfernen und im Lüftungsschacht zu verstecken. Er hatte versucht, sie zu beruhigen, und beteuert, sie brauche keine Angst mehr zu haben. Anschließend hatte er sie zu dem Van gebracht, in dem bereits die anderen Mädchen warteten.

Nun wurde sie von allen als Opfer unter anderen Opfern betrachtet, und der schlampig rasierte Polizist ihr gegenüber, der so merkwürdig nach Schimmel roch, hatte offenbar überhaupt keine Ahnung. Sie hatte die passenden Antworten gegeben, und er hatte sie in krakeliger Schrift zu Papier gebracht.

Bei Fabian Risk, der sie das eine oder andere Mal überrascht hatte, war das etwas anderes. Wie aus dem Nichts kam plötzlich einer seiner Kollegen hereingestürmt und kettete sie am Stuhl fest. Er hatte sie nicht erkannt. Tatsache war, dass niemand sie zu erkennen schien, obwohl sie im vergangenen Jahr unendlich oft bei ihnen gewesen war und die Flure gewischt, ihre Schreibtische aufgeräumt und die Papierkörbe geleert hatte. Bald würde sicher auch Fabian selbst eintreffen, und mit ihm würde es längst nicht so einfach werden.

Trotzdem war sie froh, dass sie ihn am Leben gelassen hatte und bewusst aus der Abrisswohnung verschwunden war, bevor er dort eintraf. Am Ende würden er und möglicherweise diese dänische Polizistin die losen Enden miteinander verknüpfen. Sobald er den Computer zum Laufen gebracht hatte, war es nur noch eine Frage der Zeit. Der Plan, der fast von alleine ablaufen würde, sobald sie ihn in Gang setzte, hing, wenn sie ganz ehrlich war, an einem seidenen Faden. Es konnte nicht nur eine, sondern eine ganze Reihe von Sachen schiefgehen.

Doch das schien irgendwie keine Rolle zu spielen. Als hätte sie heimlich einen Blick auf das Ergebnis geworfen und wüsste bereits, dass alles klappen würde. Natürlich widersprach es jeglicher Vernunft und passte gar nicht zu ihr, die sonst am liebsten alles unter Kontrolle hatte. Doch jetzt war sie vollkommen ruhig und überzeugt davon, dass Gott, der sie auf ihrem gesamten Weg begleitet hatte, sie auch auf den letzten Metern nicht im Stich lassen würde. Sie lehnte sich zurück und schloss die Augen.

Sie war ganz nah dran.
So nah, wie sie sich niemals erträumt hatte.

Kapitel 106

Jedes Jahr am letzten Arbeitstag vor Weihnachten versammelten sich Herman Edelman und die anderen aus der Leitung mittags im Rathauskeller, um sich ein ebenso üppiges wie ausgedehntes Weihnachtsessen zu gönnen. Diese Tradition hatte in den vergangenen Jahren so an Bedeutung gewonnen, dass nicht einmal der sensationelle Erfolg im Fall Diego Arcas sie davon abhielt.

Fabian hatte eigentlich keine Zeit. Falls sich herausstellte, dass eins der verhafteten Mädchen aus dem Black Cat Aisha Shahin war, durften sie sich diese Chance unter keinen Umständen entgehen lassen, aber bevor er eine offizielle Festnahme, eine Vernehmung und einen Haftbefehl erwirken konnte, brauchte er Edelmans Einwilligung. Das wiederum hieß, dass er, so gerne er auch drum herumgekommen wäre, Farbe bekennen und alle Karten auf den Tisch legen musste. Doch es half nichts. Ohne Genehmigung würde ihnen nichts anderes übrigbleiben, als sie wieder laufenzulassen.

Nachdem er die Stadshusbrücke passiert hatte, machte er eine scharfe Linkskurve auf die entgegenkommende Spur, überwand mit Schwung den Schneewall und parkte mitten auf dem breiten Bürgersteig vor dem Stadshus. Der Eingang des Restaurants befand sich auf der östlichen Seite, und obwohl es noch nicht dunkel wurde, brannten hier bereits einladende Fackeln.

Er fand sie in einem Séparée am Ende des unterirdischen Gewölbes, und dem Geräuschpegel nach zu urteilen, hatten sie bereits einiges intus. Neben Bertil Crimson, dem Chef der schwedischen Reichspolizei, und Staatsanwalt Jan Bringåker war auch Anders Furhage von der Säpo da. Daneben saß Eva Gyllendal, die Chefin der Stockholmer Polizei. Außerdem war die Gruppe dieses Jahr um die Ministerialdirektorin des Justizministeriums persönlich erweitert worden. Vermutlich nicht ganz zufällig saß Ingrid Brantén neben Herman Edelman, und Fabian nahm an, dass die beiden in der vergangenen Zeit im regen Austausch gestanden hatten.

»Fabian«, rief Edelman, als er ihn erblickte. »Ich dachte, du bist zu Hause und backst Pfefferkuchen.«

»Bald. Aber vorher müssten wir uns kurz unterhalten.«

»Wie du siehst, bin ich gerade beschäftigt. Kann das nicht warten?«

»Leider nicht. Aber wenn du nicht aufstehen möchtest, können wir es auch gleich hier besprechen.« Fabian wartete darauf, dass jemand anders aus der Gruppe fragte, worum es ging, aber niemand sagte etwas.

Am Ende brach Edelman selbst mit einem demonstrativen Seufzen das Schweigen. »Leider sieht es so aus, als ob ihr eine Weile auf mich verzichten müsstet, aber ich bin bald wieder da.« Er hob sein Schnapsglas, leerte es in einem Zug und stand auf.

Sie gingen zu einem freien Tisch hinüber, der ein Stück entfernt war, und noch bevor sie saßen, fand das Gespräch der anderen wieder in der ursprünglichen Lautstärke statt.

»Na? Worum geht es?« Edelmans Tonfall machte unmissverständlich klar, dass er keine Zeit mit Smalltalk zu verschwenden gedachte.

»Wir haben möglicherweise die richtige Täterin gefasst, und nun brauche ich deine Genehmigung, um sie ...«

»Pardon, aber ich dachte, damit wären wir fertig.«

»Mag sein, dass du das dachtest, aber offensichtlich sind wir das nicht.«

»Diese Entscheidung überlässt du lieber mir.«

»Herman, ich weiß, was sich Carl-Eric Grimås hat zuschulden kommen lassen, und ich weiß, dass du für ihn den Kontakt zur Botschaft und zu Gidon Hass hergestellt hast.«

»Grimås hat sich gar nichts zuschulden kommen lassen.«

»Nein? Wie bezeichnest du es dann, wenn man sich auf dem illegalen Organmarkt eine neue Leber kauft?«

»Erstens war das damals in Israel nicht illegal, und zweitens verstehe ich nicht, warum man sich schuldig macht, wenn man leben will. Wer will das nicht? Wer möchte nicht noch einen Atemzug nehmen und am Traum vom ewigen Leben festhalten?« Edelman winkte einen Kellner heran, der ein Tablett voller Schnäpse trug, und nahm sich zwei Gläser. »Du sitzt auf einem hohen Ross. Du hast noch nicht einmal die Hälfte deines Lebens hinter dir, und auch wenn dir bewusst ist, dass die Quelle des Lebens eines Tages versiegt und alles irgendwann vorbei ist, lebst du dein Leben, als ob es niemals enden würde. Aber wenn du erst mal in meinem Alter bist, das verspreche ich dir, dann ändert sich all das. Manche reagieren darauf mit mehr Verzweiflung als andere. Schuld würde ich ihnen dafür nicht aufbürden. Jedenfalls nicht, solange ich nicht selbst vor der Entscheidung gestanden habe.«

»Wenn du nun alles auf die leichte Schulter nimmst. Warum der ganze Aufwand, um die Wahrheit zu vertuschen?«

Edelman schien für einen Augenblick sprachlos zu sein. Dann strahlte er übers ganze Gesicht und lachte laut. »Junger Padawan. Ich bin stolz auf dich.« Er schob Fabian ein Schnapsglas hinüber und hob das andere. »Zum Wohl.«

Fabian griff nach dem Glas – diesmal würde er nicht den Fehler machen, das Angebot abzulehnen – und leerte es in einem Zug. So wie sich das Gespräch entwickelte, würde er jede Unterstützung brauchen, die er kriegen konnte.

»Weißt du, es ist lustig. Wenn ich dich anschaue, habe ich das Gefühl, mich selbst durch einen Zeitfilter im Spiegel zu betrachten. Abgesehen von dem Bart und dem Bauch, den ich damals schon hatte, gibt es keinen großen Unterschied. In deinem Alter war ich genau wie du fest davon überzeugt, dass allen Fällen am besten gedient wäre, wenn sie aufgeklärt würden. Die Konsequenzen und die Ressourcen, die dafür draufgingen, waren mir egal. Die Wahrheit war alles für mich und rechtfertigte alles. Erst in den letzten Jahren ist mir klargeworden, wie falsch ich lag. Die sogenannte Wahrheit ist eigentlich nur eine Chimäre, und die ständige Jagd nach ihr hat mich alles gekostet, was mir etwas bedeutete. Was mich betrifft, ist es längst zu spät. Aber nicht für dich. Betrachte es als einen guten Rat.«

»Du wusstest die ganze Zeit, dass Kremph unschuldig war. Dass jemand anders hinter der Sache steckte und noch längst nicht fertig war. Trotzdem hast du mitgespielt und die Ermittlungen in die falsche Richtung gelenkt, um dich selbst zu schützen. Anderenfalls hätten wir Adam Fischer und Semira Ackerman vielleicht retten können. Und von dir soll ich einen Rat annehmen? Igitt.«

»Fabian, geh so hart mit mir ins Gericht, wie du willst. Es spielt keine Rolle. Der Täter ist gefasst und tot. Der Fall ist abgeschlossen, und Weihnachten steht vor der Tür. Sosehr du es dir auch wünschst, du kannst nichts dagegen machen. Nichts. Schöne Weihnachten.« Edelman stand auf und wollte gehen.

»Ich mache nur schnell die Tür zu.«

Edelman hielt inne und drehte sich wieder zu Fabian um, der mit dem Handy in der Hand dasaß.

»Sag nicht, es geht schon wieder um diese verdammte undichte Stelle!«

»Leider doch.«

»Die ist also immer noch nicht gestopft worden?«

»Nein, aber ...«

»Ich wusste es. Genau das habe ich befürchtet. Ich habe es

geahnt. Niemals hätte ich das Angebot annehmen und mich bereit erklären dürfen ...«

Edelman starrte das Handy an. »Dann ist Niva also wieder dabei? Interessant. Sie hatte ja schon immer ein Auge auf dich geworfen. Dir ist hoffentlich klar, dass du damit vor Gericht nicht weit kommst. Außerdem ist es strafbar.«

»Du kannst mich gerne anzeigen, aber vorher setzt du dich noch mal zu mir.« Fabian steckte das Handy wieder ein.

Edelman setzte sich und sah Fabian in die Augen. »Was soll ich tun?«

»Ich will, dass wir den Fall wieder aufnehmen, ich will die Ermittlungen leiten und ich will freie Hand. Mach Höglund und Carlén klar, dass ich ein Vernehmungszimmer brauche. Und sorg bitte dafür, dass der Haftbefehl und alle anderen Papiere in einer halben Stunde auf meinem Schreibtisch liegen. Da du mit Jan Bringåker an einem Tisch sitzt, dürfte es eigentlich nur eine Viertelstunde dauern.«

Edelmans Blick verdüsterte sich beim Nachdenken. Als er schließlich mit einem Nicken sein stummes Okay gab, war Fabian bereits aufgestanden und auf dem Weg zum Ausgang.

Kapitel 107

Obwohl Fabian die schmutzig weißen Wände, die braunen Halterungen der Neonröhren, von denen mindestens zwei wie üblich flackerten, und das grau gefleckte Linoleum, das so abgelaufen war, dass es einfach nicht mehr sauberzukriegen war, in- und auswendig kannte, blieb er nach wenigen Metern stehen und fragte sich, ob er sich verlaufen hatte.

Die normalerweise ruhige und eher langweilige Abteilung hatte sich mit Menschen und neuen Gesichtern gefüllt. Die Sache würde nicht so einfach werden, wie er sie sich vorgestellt hatte. Sogar sein eigener Arbeitsplatz war von einem uniformierten Polizisten mit Beschlag belegt worden, der telefonierte und dabei seine Fingernägel mit einem Lineal reinigte.

Soweit er das erkennen konnte, hatten Tomas und Jarmo auf ihn gehört. Die Mädchen waren an die Stühle gekettet, auf denen sie saßen und vernommen wurden. Woher sie kämen. Wie der Kontakt zu Arcas zustande gekommen sei. Was sie durchgemacht hätten. Die wichtigste Frage hingegen schien niemand zu stellen. Wer hatte das Auge herausgerissen? Stattdessen wurden sie alle als Opfer des Menschenhändlers Arcas betrachtet, was sie möglicherweise auch waren. Vielleicht war Aisha Shahin irgendwie verschwunden, bevor sie das Polizeigebäude erreicht hatten.

Sicher konnte er sich nicht sein. Bei weitem nicht. Aber es waren so viele Einsatzkräfte vor Ort gewesen, dass zumindest die Chance bestand, dass sie sich hier in der Abteilung aufhielt. Es konnte sein, dass sie in diesem Moment irgendeinem Polizisten ein paar glaubhafte Antworten diktierte und nur auf den passenden Moment wartete, sich aus dem Staub zu machen. Im Grunde konnte es jede der Frauen sein. Eine, die dasaß und die anderen beobachtete und belauschte, ihre nervösen Blicke nachahmte und sich Bruchstücke ihrer Geschichten zu eigen machte.

Er drehte eine hastige Runde, um sich einen Eindruck von der Anzahl und dem Aussehen der Frauen zu verschaffen, und überlegte gleichzeitig, ob man nicht alle in einem Raum versammeln und genauestens ihre Blicke studieren sollte. Vielleicht ließ sich so feststellen, ob sich eine der Frauen von den anderen unterschied. Doch es gab keine Garantie. Weder, dass eine den Vorfall beobachtet hatte, noch, dass die Frauen sich zum ersten Mal begegneten. Eine andere Möglichkeit wäre gewesen, sie ins Kreuzverhör zu nehmen und Niva die Angaben überprüfen zu lassen, um auf diese Weise herauszufinden, wer von ihnen log. Doch das würde Zeit in

Anspruch nehmen. Vor allem in Anbetracht der Verständigungsschwierigkeiten.

Zeit, die sie nicht hatten.

Vor allem nicht, da es mit größter Wahrscheinlichkeit ein weiteres Opfer gab, das mit etwas Glück noch am Leben war. Er weigerte sich, Malin Rehnberg als Opfer zu betrachten. Sie hatte sich nicht auf dem schwarzen Organmarkt betätigt, und abgesehen von Kremph, der sich selbst das Leben genommen hatte, waren keine Unschuldigen getötet worden. Doch auch sie lag irgendwo, vermutlich gefesselt, und wartete, und es war seine Aufgabe, sie zu finden, bevor es zu spät war. Er hatte Anders sein Wort gegeben, und falls es ihm nicht gelang, würde er sich das niemals verzeihen.

Er ging zum Besprechungsraum, der ebenfalls zu Vernehmungszwecken genutzt wurde, blieb kurz stehen und streckte den Kopf hinein, und auf einmal waren all seine Zweifel wie weggeblasen. Dort saß sie, festgekettet an dem Stuhl, den Jarmo bei jeder Besprechung für sich beanspruchte. Obwohl er nie ein Bild von ihr gesehen hatte, war er sich sicher. Das lange dunkle Haar. Die strahlend blauen Augen. Die goldbraune Haut. Sie musste es sein. Ihr Nachbar hatte recht. Sie war märchenhaft schön.

Als er hereinkam, drehte sie sich zu ihm um, und er sah an ihrem Blick, dass sie wusste, wer er war.

»Aisha Shahin?«, fragte er.

Die Frau nickte. »Das hat aber gedauert. Ich sitze hier schon seit über fünf Stunden.«

»Was, Sie sprechen Schwedisch?«, fragte der Polizist in Uniform und blickte auf seine Aufzeichnungen. »Sind Sie überhaupt aus dem Irak, oder war das etwa auch …?«

»Das können Sie wegwerfen«, sagte sie, und der Polizist guckte Fabian fragend an.

»Alles in Ordnung. Ich übernehme das.« Fabian setzte sich auf einen freien Stuhl. Ihre Gelassenheit überraschte ihn. »Bedeutet das, dass Sie die Absicht haben, ein Geständnis abzulegen?« Es hatte den Anschein, als hätte sie nur auf die Gelegenheit dazu gewartet.

Zu seiner Verwunderung nickte sie wieder.

»Die Morde an Carl-Eric Grimås, Adam Fischer, Semira Ackerman und jetzt zum Schluss Diego Arcas. Geben Sie alles zu?«

»Es würde mich wundern, wenn Arcas tot wäre, obwohl er es vielleicht von allen am meisten verdient hätte. Abgesehen davon lautet meine Antwort ja.«

»Und das würden Sie in einer offiziellen Vernehmung wiederholen?«

»Wenn Sie mir erlauben, vorher auf die Toilette zu gehen? Ich muss schon seit anderthalb Stunden.«

Fabians erster Impuls war, nein zu sagen. Er wollte keine einzige ihrer Forderungen erfüllen. Einen Toilettenbesuch konnte er ihr jedoch nicht verweigern. Er schloss ihre Handschellen auf, zog die eine vom Stuhl und befestigte sie an seinem eigenen Handgelenk. Dann brachte er sie zu den Toiletten.

Er entschied sich für die Behindertentoilette. Zum einen gab es darin im Gegensatz zu den anderen Toiletten kein Fenster, und außerdem konnte er sie dort an einen der Haltegriffe ketten. So erreichte sie zwar nicht die Tür, um sich einzuschließen, aber er versicherte ihr, dass er direkt davor stehen bleiben und Wache halten würde, bis sie fertig war.

Währenddessen nutzte er die Gelegenheit, um eine SMS an Tomas und Jarmo zu schicken, die mit Sicherheit gerade beim Mittagessen saßen, in der er ihnen mitteilte, er habe sie gefunden und wolle jetzt eine erste Vernehmung durchführen. Er wies darauf hin, dass er das am liebsten alleine machen, sich aber freuen würde, wenn sie nach dem Mittagessen dazustießen.

Kein Problem, lautete die prompte Antwort von Tomas

wenige Sekunden später, und Fabian musste sich eingestehen, dass er seine Meinung über ihn vollkommen geändert hatte. Bis jetzt hatte er in ihm vor allem einen großkotzigen und vor Anabolika strotzenden Jungbullen ohne jegliches Talent zu analytischem Denken gesehen. Es war ihm ein Rätsel gewesen, wie Jarmo es mit ihm aushielt und warum Edelman ihn überhaupt eingestellt hatte.

Doch im Laufe der vergangenen Tage hatte sich sein Bild verändert. Zwar ging ihm Tomas immer noch auf die Nerven, aber vor allem hatte er eine beeindruckend schnelle Auffassungsgabe und arbeitete konzentrierter als die meisten anderen. Fabian war überzeugt davon, dass nicht Jarmo, sondern Tomas dafür gesorgt hatte, dass das gesamte Material eingepackt wurde, damit nicht zufällig etwas wegkam. Außerdem schien er ungewöhnlich loyal zu sein. Sowohl dem Team gegenüber als auch in Bezug auf seine Arbeit im Dienst der Wahrheit.

Fabian sah zum wiederholten Mal auf die Uhr. Es waren fast zehn Minuten vergangen, und das Gefühl, dass etwas nicht stimmte und er jeden Moment mit runtergelassener Hose und der viel zu späten Einsicht dastehen würde, dass er hinters Licht geführt worden war, wurde immer stärker. Es lag an ihrer Gelassenheit. Als bräuchte sie sich gar keine Sorgen zu machen. Hatte er etwas übersehen? Ein Schlupfloch? Einen Ausweg, der so offensichtlich und selbstverständlich war, dass man im Nachhinein gar nicht mehr begriff, wie man ihn hatte übersehen können?

Er warf noch einen Blick auf die Uhr. Inzwischen waren elfeinhalb Minuten um, und obwohl er manchmal noch viel länger auf dem Klo saß, klopfte er mit Nachdruck an die Tür und erteilte ihr die Anweisung, sich zu beeilen. Es kam keine Reaktion, und in dem Moment, als er ein zweites Mal anklopfte, ohne eine Antwort zu erhalten, begriff er, was ihm entgangen war, und riss die Tür auf.

Um so viel wie möglich von ihrem Körpergewicht zu nutzen, hing Aisha Shahin mit lang auf dem Boden ausgestreckten Beinen an einem Haken an der Wand. Der am Haltegriff angekettete Arm war waagerecht ausgestreckt. Ihr Mund war weit geöffnet, die Augen geschlossen, und um den Hals spannte sich ein fest zusammengedrehtes weißes Handtuch.

Fabian eilte hinein, hob sie von dem Haken und legte sie neben die Kloschüssel auf den Fußboden. Er spürte, wenn auch schwach, ihren Puls, aber die Atmung hatte aufgehört. Deshalb presste er seinen Mund auf ihren und füllte ihre Lungen mit Luft. Immer wieder, bis sie hustete und zu sich kam.

»Erinnern Sie sich an mich?«, fragte er sie und sah endlich so etwas wie Sorge in ihren Augen. »Ganz genau. So leicht kommen Sie mir nicht davon.« Erneut befestigte er den einen Ring der Handschellen an seinem eigenen Gelenk und zog sie hoch. »Ich hoffe für Sie, dass Sie all Ihre Bedürfnisse erledigt haben. Unser Gespräch wird nämlich lange dauern.«

Kapitel 108

Normalerweise fragte Fabian die Leute bei Vernehmungen, ob sie einen Kaffee oder Tee wollten, manchmal hatte er sogar etwas Süßes für sie. Die Erfahrung hatte ihm gezeigt, dass mehr interessante Dinge ans Licht kamen, wenn die Befragten sich entspannten und wohl fühlten. Diesmal bot er nichts an. Er war immer noch verärgert über ihren Selbstmordversuch, obwohl er sie natürlich verstehen konnte. Sie hatte ihre Aufgabe offenbar erledigt und wollte mit dieser Welt nichts mehr zu tun haben.

Er selbst dagegen war alles andere als fertig. Er wollte wissen, warum. Was war Schreckliches in ihrem Leben passiert, dass ihr diese Taten gerechtfertigt erschienen? Er wollte wissen, wie sie alles geplant, was sie gedacht hatte. Wie es ihr gelungen war, all die Hindernisse zu überwinden und ihm immer einen Schritt voraus zu sein. Er hatte viele Fragen, viel mehr, als sie in einer Sitzung bewältigen würden.

Trotzdem würde er jetzt keine davon stellen.

Er schaltete das Aufnahmegerät ein, und das rote Lämpchen auf dem Tisch ging an. »Mein Name ist Fabian Risk. Es ist fünfzehn Uhr sechzehn am 23. Dezember 2009. Vernehmung von Aisha Shahin, die den Beistand eines Anwalts ablehnt.« Er sah ihr in die Augen. »Haben Sie Carl-Eric Grimås, Adam Fischer und Semira Ackerman getötet?«

»Ja, das ist richtig.«

»Haben Sie Diego Arcas angegriffen und ihm das linke Auge herausgerissen?«

»Ja, das ist richtig.«

Fabian fixierte sie, und sie wich seinem Blick nicht für eine Sekunde aus. Er war sich nicht einmal sicher, ob sie jemals blinzelte. »Haben Sie weitere Personen, die ich noch nicht genannt habe, entführt oder auf andere Weise in Ihre Gewalt gebracht und gefangen genommen?«

»Ja, das ist richtig.«

»Können Sie mir die Namen nennen?«

»Sofie Leander und Ihre Kollegin Malin Rehnberg.«

»Sie sind also noch am Leben?«

»Bis jetzt auf jeden Fall.«

»Was haben Sie mit ihnen gemacht?«

»Mit welcher von beiden?«

»Malin Rehnberg?«

»Lassen Sie uns später über sie sprechen und stattdessen mit Sofie anfangen. Malin schläft vermutlich noch, und solange sie das tut, besteht keine Gefahr.«

Fabian überlegte, was das zu bedeuten hatte, beschloss aber, das Thema vorerst fallenzulassen. »Okay. Sofie Leander. Welches Organ haben Sie bei ihr entnommen?«

»Die linke Niere.«

»Warum haben Sie das getan?«

»Sie gehörte ihr nicht.«

»Wem gehörte sie denn?«

»Efraim.«

»Und wer ist Efraim?«

Erst jetzt flackerte etwas in ihrem Blick, und er sah an ihrem Hals, wie sie schluckte. Wie sie ihre Worte mit Bedacht wählte.

»Er war ein Mann ... ein Mann, den ich über alles geliebt habe.«

»War er Ihr Mann?«

Sie schüttelte den Kopf und wischte sich mit den zusammengeketteten Händen über die Augen.

»Das Mikrofon nimmt nur Töne auf. Daher wiederhole ich meine Frage. War er Ihr Mann?«

»Nein.«

»Ihr Freund? Oder ein Familienmitglied?«

»Nein.«

»Aber Sie lieben ihn. Über alles.«

»Ja. Ist das so schwer zu verstehen?«

»Was heißt schon schwer. Es ist nur ein wenig ... Wie soll ich sagen? Etwas ...«

»Offenbar haben Sie noch nie jemanden so geliebt.« Sie sah ihm wieder in die Augen.

Fabian war für einen Moment nicht bei der Sache und merkte zu spät, dass nun er weggguckte. So hatte er sich den Verlauf der Vernehmung nicht vorgestellt. Während er mit einem erbitterten Kampf bis zum Letzten gerechnet hatte, saß er jetzt einer Täterin gegenüber, die achselzuckend ein umfassendes Geständnis ablegte.

»All die anderen Organe, die Sie entnommen haben«, fuhr er in dem Versuch fort, den roten Faden wieder aufzunehmen. »Gehörten die auch Efraim?«

»Ja, das ist richtig.«
»Und diese Sofie Leander lebt also noch?«
»Das haben Sie mich schon gefragt.«
»Wo halten Sie sie versteckt?«
»An einem sicheren Ort.«
»Ich wiederhole die Frage: Wo halten Sie sie versteckt?«
»Ich kann es Ihnen zeigen.«
»Es wäre mir lieber, wenn Sie mir stattdessen sagen würden, wo es ist.«
»Ich wiederhole die Antwort: Ich kann es Ihnen zeigen. Die Alternative wäre, dass Sie den Ort selbst finden, und dann wird die Antwort auf die Frage, ob sie noch lebt, mit Sicherheit nein lauten.«
»Sie weigern sich also, mir zu sagen, wo sie ist?«
»Ja, das haben Sie richtig verstanden.«

Kapitel 109

Um keine kostbare Zeit zu verlieren, hatten sie die Gruppengröße auf ein Minimum beschränkt und so wenige Außenstehende wie möglich involviert. Außerdem waren die meisten, die Dienst hatten, noch mit den Nachwehen der Razzia im Black Cat beschäftigt.

So rollten nicht mehr als drei Fahrzeuge durch das verlassene Stockholm, auf dessen Straßen so wenig Verkehr herrschte, dass man hätte meinen können, sie wären abgesperrt. Es war der Abend vor Heiligabend, und die meisten Leute hatten sich die Unwetterwarnung offenbar zu Herzen genommen und waren früher als geplant zu ihren Verwandten aufs Land gefahren.

Mit Aisha Shahin neben sich auf dem Beifahrersitz saß Fabian am Steuer. Sowohl ihre Hände als auch ihre Füße waren angekettet, und der Sicherheitsgurt war durch die Kette zwischen den Handschellen hindurchgezogen, damit sie sich nicht aus dem Wagen stürzte. In Konferenzschaltung stand er in direktem telefonischen Kontakt mit Jarmo und Tomas, die vor ihm herfuhren, und mit dem Fahrer des Rettungswagens hinter ihm. Viele Worte wurden jedoch nicht gewechselt. Nicht einmal der sonst so gesprächige Tomas gab mehr als das Allernötigste von sich. Die Stimmung war konzentriert, es herrschte eine Art von gedämpfter Ruhe. Als wären alle vollauf damit beschäftigt, sich auszumalen, was sie erwartete.

»Vorne an der Ampel links.« Aisha Shahin schaute geradeaus.

»An der Ampel links«, wiederholte Fabian in sein Headset, und Jarmo wechselte daraufhin die Spur und bog links ab in den Drottningsholmsväg.

Die Wegbeschreibung führte sie über die Västerbro und Hornstull auf die E4 nach Süden, und obwohl es überhaupt keinen Sinn hatte und sowieso nichts ändern würde, überlegte Fabian die ganze Zeit, wo sie wohl hinfuhren.

Nicht einmal als sie von der Autobahn abfuhren, sie auf einer Brücke überquerten und auf den Älvsjöväg fuhren, klingelte es bei ihm. Erst als die Straße hinter einem Kreisverkehr einige Kilometer weiter in den Magelungsväg überging, begriff Fabian, dass er hier schon einmal gewesen war. Vor weniger als einer Woche war er genau diese Straße entlanggefahren.

Doch derjenige, der es aussprach, war Tomas. »Sie hat wahrscheinlich Mengenrabatt gekriegt.«

Tatsächlich sah er nun das hellerleuchtete leuchtturmartige Gebäude auf der rechten Seite, und eine Minute später fuhren sie auf den leeren Parkplatz vor dem Shurgard Self Storage in Högdalen.

Fabian versuchte, das Ganze zusammenzubekommen. Sie

hatte sie also an den Ort zurückgebracht, wo sie Adam Fischer festgeschnallt und verstümmelt auf einem mit Plastikfolie umwickelten Tisch gefunden hatten. Hillevi Stubbs hatte mit Sicherheit jeden Millimeter in dem Lagerraum auf Hinweise durchkämmt. Trotzdem hatten sie offenbar etwas übersehen. Oder war das hier wieder nur eine falsche Fährte?

»Okay. Sieht aus, als wären wir da«, sagte Fabian zu den anderen. »Werft mal einen Blick hinein und sichert alles ab. Wir warten im Auto.«

»All right«, sagte Tomas, und Fabian sah, wie er aus dem Auto stieg und seine Waffe kontrollierte.

»Ich gehe nach links und du nach rechts.« Wie ein dunkler Schatten eilte Jarmo auf das Gebäude zu.

Zirka zwanzig Minuten später bekam Fabian das Okay und konnte Aisha Shahin vom Sicherheitsgurt befreien und ihr beim Aussteigen helfen. Wie angekündigt, wurde der Schneefall nun heftiger. Shahin zitterte in ihrem dünnen Kleid und den Schuhen mit den hohen Absätzen. Es war keine Zeit gewesen, um ihr etwas anderes zum Anziehen zu besorgen, aber Fabian entdeckte zumindest eine Wolldecke im Kofferraum und legte sie ihr um die Schultern.

Sie gingen zu Jarmo, der gerade dabei war, den Inhalt von Hillevi Stubbs' beiden Werkzeugkoffern in Augenschein zu nehmen. Als er damit fertig war, klappte er sie zu, nahm einen in jede Hand und gab den anderen mit einem Nicken zu verstehen, dass er bereit war.

»Okay, weiter.« Tomas sah sich die ganze Zeit mit gezogener Waffe um, während Aisha Shahin sie zum Eingang führte.

Schnell kamen sie nicht voran. Für den hartgefrorenen Schnee hätte sie gar keine ungeeigneteren Schuhe anhaben können. Außerdem erlaubte die Kette zwischen ihren Füßen keine großen Schritte. Als sie endlich angekommen waren, gab sie den Code ein, das Tor wich zur Seite, und drinnen gingen tickend die Leuchtstoffröhren an. Tomas verschwand im Gebäude, und die anderen warteten, bis er wenige Minuten später alles kontrolliert hatte.

Während sie von der Wärme umfangen wurden, hörte Fabian hinter ihnen, wie der Elektromotor ansprang und das Tor sich wieder schloss und den Winter aussperrte. Er sah sich um, erkannte aber keinen Unterschied zu ihrem letzten Besuch.

Die Kette zwischen ihren Füßen schleifte über den Boden, als Shahin sie in die große Eingangshalle und direkt zu dem Lagerraum führte, in dem sie Fischer gefunden hatten. Wollten sie wirklich dorthin? Fragen über Fragen, die danach drängten, gestellt zu werden. Er wusste jedoch, dass es nichts bringen würde. Dass sie ihm ohnehin nicht antworten würde. Als das Rasseln schließlich verstummte, waren sie nur wenige Meter von dem Lagerraum entfernt, der noch immer mit dem offiziellen Klebeband der Polizei abgesperrt war, und wo das aus dem Tor herausgesägte Loch vorübergehend mit einer Sperrholzplatte abgedeckt war.

»Die Absperrung und die Sperrholzplatte entfernen«, sagte Jarmo zu Tomas.

»Er soll lieber den Schlüssel da oben holen.« Shahin deutete auf eine Kabelbrücke, die sich oberhalb der Rolltore vor den Lagerräumen über das ganze Gebäude erstreckte.

Tomas drehte sich mit fragendem Gesicht zu Fabian um. Fabian dachte nach, konnte aber kein Problem erkennen und nickte, woraufhin Tomas mit einem Fuß auf den Feuerlöscher und mit dem anderen auf das Lesegerät für den Code stieg. Kurz darauf sprang er mit einem kleinen lilafarbenen Stück Plastik in der Hand wieder auf den Boden und hielt es vor das Lesegerät. Es leuchtete jedoch nur eine rote Diode auf, mehr passierte nicht.

»Geht nicht.« Tomas drehte sich zu den anderen um.

»Lassen Sie mich mal.« Shahin streckte ihre aneinandergeketteten Hände aus.

Tomas wurde unsicher, übergab ihr aber das Kärtchen, nachdem Jarmo und Fabian genickt hatten. Shahin kam mit ihren kurzen und eingeschränkten Schritten näher, ging aber nicht zum Lesegerät, sondern stattdessen weiter zum Lagerraum nebenan. Fabian begriff gar nichts, und erst, als sie das Schlüsselkärtchen vor das Lesegerät nebenan gehalten und den vierstelligen Code eingegeben hatte, ging ihm auf, dass sie auch diesen Lagerraum gemietet hatte. Dass nur wenige Meter von ihnen entfernt hinter der dünnen Metallwand die ganze Zeit ein weiteres Opfer gelegen hatte.

Danach ging alles unheimlich schnell.

Ein Elektromotor sprang an, und die Tür wurde vor ihren Augen hochgerollt. Im selben Augenblick warf sich Shahin auf den Boden, und bevor jemand reagieren konnte, hatte sie sich unter dem Tor hindurchgerollt, das wieder auf dem Weg nach unten war.

»Was soll die Scheiße?«, schrie Tomas, eilte hinzu und versuchte, das Tor daran zu hindern, sich zu schließen. »Das kann doch nicht sein!«

Doch es war bereits zu spät und das Tor wieder geschlossen.

»Ah ja. Super gelaufen.« Tomas drehte sich zu den anderen um. »Und was machen wir jetzt?«

»Wir gehen natürlich rein.« Jarmo öffnete einen der beiden Werkzeugkoffer und warf Tomas hastig eine Schutzbrille und einen Winkelschleifer zu, woraufhin Tomas dem Tor zu Leibe rückte, dass die Funken sprühten.

»Was stehst du noch rum, Fabbe? Sieh nach, ob es einen Hinterausgang gibt, und ich übernehme den anderen Lagerraum.« Jarmo riss die Sperrholzplatte weg und verschwand durch das Loch im Tor.

Doch Fabian blieb stehen. Er ahnte bereits, was hinter

dem Tor vor sich ging, wollte den anderen aber nichts davon sagen. Solange Tomas nicht fertig war, konnte er ohnehin nur Vermutungen anstellen. Stattdessen schickte er den Krankenwagenfahrer los.

»Hier ist sie jedenfalls nicht.« Jarmo kam wieder aus dem Lagerraum gestiegen.

»Hinten auch nicht.« Der Krankenwagenfahrer stieß zu ihnen. »Dort sind nur noch mehr Gänge und Lagerräume. Dieses Gebäude ist riesig.«

»Gut. Dann wissen wir zumindest, dass sie nicht abgehauen sein kann.« Jarmo betrachtete Tomas, der mit dem Winkelschleifer bereits einen Halbkreis in das Tor gesägt hatte.

»Was sie wohl da drinnen macht?«, fragte der Sanitäter. »Ob sie Beweise vernichtet?«

»Gute Frage.« Jarmo zuckte die Achseln. »Beweise haben wir doch mehr als genug.«

»Außerdem hat sie alles gestanden«, sagte Fabian.

Weitere sechs Minuten später schaltete Tomas den Winkelschleifer ab, und sie konnten mit gezogenen Waffen auf das Tor zugehen. Hinter ihnen lagen sechs Minuten in einem vakuumartigen Zustand, in dem niemand ein Wort von sich gegeben hatte. Der Schock schien ihnen noch in den Knochen zu stecken.

»Hat jemand Lust voranzugehen?«, fragte Tomas.

Fabian trat vor, beugte sich hinunter und stieg so vorsichtig wie möglich durch die Öffnung, um sich an den scharfen Kanten nicht zu schneiden.

Irgendwie wusste er, dass sie nicht hinter dem Tor stand und mit einem Messer oder einem schweren Gegenstand in der Hand darauf wartete, sich auf ihn zu stürzen. Dass sie ihn nicht als Geisel nehmen würde, um sich mit ihm als Pfand den Weg in die Freiheit zu erkaufen. Stattdessen sah er genau das, was er erwartet hatte.

»Alles in Ordnung. Ihr könnt reinkommen«, rief er den anderen zu und ging weiter in die Ecke des Lagerraums.

Dort saß sie kraftlos und in sich zusammengesunken und hatte die Füße so weit gespreizt, wie die Kette es zuließ. Ihr Kleid war hochgerutscht und offenbarte, dass sie kein Höschen trug, und ihr langes goldbraunes Haar hing ihr vor dem Gesicht. Die Spritze, die bewies, dass er recht gehabt hatte, steckte noch in ihrem Arm.

Jarmo hatte behauptet, ihr stünde kein Fluchtweg offen. Aber Shahin hatte doch die Flucht ergriffen. Ihren ersten Versuch hatte er verhindert, aber diesmal hatte sie es geschafft und war der Ewigkeit nun so nah, dass niemand sie jemals festnehmen und zur Rechenschaft ziehen konnte.

Der Reihe nach kamen die anderen herein, schauten ihm über die Schulter und stellten die zu erwartenden Fragen. Er nickte, aber weder Tomas noch Jarmo schienen ihm zu glauben, drängten sich an ihm vorbei, stellten fest, dass ihr Körper noch warm war, und kontrollierten daraufhin ihren Puls und ihre Atmung. Überzeugt davon, bereits zu wissen, wie das Ergebnis aussehen würde, kehrte er ihnen den Rücken zu und ging stattdessen zu dem mit Plastikfolie umhüllten Tisch unter der starken Lampe hinüber, auf dem Sofie Leander in ihrer blutverschmierten Klinikkleidung festgeschnallt war.

Eine Sonde war an ihrem Mund festgeklebt. Der eine Arm war an einen Tropf angeschlossen und der andere an ein blinkendes Dialysegerät. Das ungewaschene Haar klebte an der verschwitzten Stirn, und abgesehen von den dunklen Ringen unter den geschlossenen Augen war sie so blass im Gesicht wie eine Porzellanpuppe. Wenn sich der Brustkorb nicht unmerklich gehoben und gesenkt und er nicht ein zartes Pulsieren unter den Fingerkuppen gespürt hätte, wäre er davon ausgegangen, es sei zu spät.

»Was wissen wir über sie?« Jarmo hatte sich neben ihn gestellt.

»Bisher nicht viel mehr, als dass sie Sofie Leander heißt und eine auf illegalem Wege beschaffte Niere eingebüßt hat.« Vorsichtig hob Fabian ihr Klinikhemd hoch. An dem blutdurchtränkten Verband, der mehrmals um ihre Taille gewickelt war, ließ sich deutlich ablesen, dass sich die Wunde auf ihrer einen Seite von der Leiste bis weit nach oben erstreckte. »Niva arbeitet jedoch schon daran und ...«

Er verstummte, zog sein surrendes Handy aus der Tasche und fragte sich unwillkürlich, ob sie ihn auf irgendeine Weise belauschte. »Hier haben wir es.« Er überflog die SMS. »Okay, sie ist 1969 geboren und stand von '93 bis '98 auf der Warteliste für Nieren. Irgendwann um diese Zeit muss sie Schweden verlassen haben und nach Israel gezogen sein. Erst im letzten Jahr ist sie mit ihrem Mann Ezra Leander zurückgekehrt. Während der vergangenen Monate hatte sie mit dem schwedischen Gesundheitssystem nur zum Zweck verschiedener Behandlungen ihrer Amenorrhö, gynäkologischer Untersuchungen und kleinerer Eingriffe an ihren Eierstöcken Kontakt.«

»Und was ist Amenorrhö?«, fragte Tomas.

»Das Ausbleiben der Menstruation«, sagte der Sanitäter, der mit dem Krankenwagenfahrer hereinkam.

»Vielleicht wollte sie ein Kind.« Jarmo trat ein Stück zur Seite, damit die Sanitäter Platz hatten, um die Frau zu untersuchen.

Fabian gab jedoch keine Antwort, sondern murmelte den Namen Ezra vor sich hin, starrte auf das Display und las die Nachricht noch einmal.

»Was ist denn los mit dir, verdammt noch mal?«, fragte Jarmo ihn, und schließlich blickte Fabian auf.

»Sie ist verheiratet mit ... Also ihr Mann ... ist Gidon Hass ...«

»Gidon Hass? Woher willst du das wissen?«

»Ezra ist sein zweiter Vorname. Ezra Leander. Das kann kein Zufall sein.«

»Warte mal. Was sagst du da?«, fragte Tomas. »Sie ist mit diesem Transplantationsspezialisten verheiratet?«

Fabian nickte. Als ihm allmählich dämmerte, was das bedeutete, wurde ihm schlecht.

»Okay, er hat seiner Frau also eine Niere beschafft.« Jarmo schien immer noch um Durchblick zu ringen.

»Oder sie haben sich auf diese Weise kennengelernt«, sagte Tomas.

»Aber eins verstehe ich nicht«, sagte Jarmo. »Sie muss doch schon lange hier liegen. Vielleicht seit Wochen. Wenn sie mit Hass verheiratet ist, müsste er sie erstens vermisst und zweitens genau gewusst haben, welcher Gefahr er sie aussetzte.«

»Und jetzt überlegst du, warum er keine Vermisstenanzeige erstattet hat?«, fragte Fabian.

Jarmo nickte.

»Er wollte nicht riskieren, dass die Wahrheit ans Licht kommt.« Fabian blickte auf die bewusstlose Frau hinunter, die festgeschnallt zwischen ihnen lag.

»Also opfert er stattdessen seine eigene Frau«, sagte Tomas. »Was für ein Schwein, igitt.«

»Seid ihr einverstanden, wenn wir sie jetzt mitnehmen?«, fragte der Sanitäter.

Fabian nickte, half ihnen, die Spanngurte zu kappen und sie von der Ernährungssonde, dem Tropf und dem Dialyseapparat zu befreien. Anschließend hoben der Krankenwagenfahrer und der Pfleger sie auf eine Trage und verschwanden mit ihr durch die Öffnung im Tor.

»Ich weiß nicht, was ihr davon haltet«, sagte Tomas. »Aber die da drüben stellt ja keine unmittelbare Gefahr dar. Sollten wir nicht gleich losfahren und uns das Arschloch vorknöpfen?«

»Warte mal.« Ohne genau zu wissen, wonach er suchte, ließ Fabian seinen Blick durch den Lagerraum schweifen. Er war sich nicht sicher, ob er überhaupt etwas suchte. Auf jeden Fall war er nicht bereit zu gehen.

Noch nicht.

Der Grund hieß Malin Rehnberg.

Aisha Shahin hatte versprochen, es ihm zu erzählen. »Lassen Sie uns später über sie sprechen. Malin schläft vermutlich noch, und solange sie das tut, besteht keine Gefahr«, hatte sie gesagt, und er hatte ihr vertraut.

Nun stand er hier und hatte nicht die geringste Ahnung, wie er sie finden sollte. Falls sie keinen Hinweis hinterlassen hatte. Vielleicht gab es einen Schlüssel zu einem dritten Lagerraum. Er begann, sich etwas gründlicher umzusehen. Unter dem mit Plastikfolie umwickelten Tisch verliefen Schläuche, die in verschiedene Eimer und Behälter mündeten. Er nahm auch das Operationsbesteck und das Verbandszeug sowie die Dokumentenstapel, in denen detailliert jeder einzelne Schritt der Operation beschrieben wurde, in Augenschein.

»Entschuldige, Fabbe, aber was machst du da eigentlich? Können wir jetzt los?«

»Gleich. Ich will nur schnell ...« Fabian hockte sich vor Shahin und öffnete ihre Hände.

»Was willst du schnell? Wie viel Vorsprung sollen wir ihm denn noch lassen?«

»Tomas hat recht«, sagte Jarmo. »Es besteht kein Grund ...«

»Scheiße, verdammt! Könnt ihr nicht einfach mal die Schnauze halten, damit ich mich konzentrieren kann?«, brüllte Fabian. Die beiden nickten, und er spürte förmlich, wie sich Tomas und Jarmo hinter seinem Rücken ansahen. Dann rollte er den Körper zur Seite und betastete den Boden unter ihr. Auch dort war nichts.

Mittlerweile hatte er überall gesucht, und ihm fiel keine einzige Stelle mehr ein, an der er noch nicht nachgesehen hatte. Trotzdem konnte er sich nicht überwinden, den Lagerraum zu verlassen. Irgendetwas stimmte nicht. Irgendetwas reizte seine Sinne so stark, dass es ihn am ganzen Körper juckte. Irgendetwas flößte ihm das Gefühl ein, total hinters Licht geführt worden zu sein.

Der Tropfen, der das Fass schließlich zum Überlaufen brachte, war ein brauner Fleck auf der Rückseite des Eisenrings an ihrem rechten Fußgelenk. Plötzlich ergab alles einen Sinn. Der Selbstmordversuch auf der Toilette. Ihre beherrschte Ruhe. Wie hatte ihnen das entgehen können? Waren sie so gestresst gewesen? Er drehte sich zu Tomas und Jarmo um, die ungeduldig seufzten.

»Das ist sie nicht.«

»Was soll das heißen?« Tomas warf Jarmo einen Blick zu.

»Das ist sie nicht, habe ich gesagt! Das ist nicht unsere Täterin, sondern das Opfer. Sofie Leander!«

»Was zum Teufel redest du da?« Jarmo kam angerannt.

»Sie hat den Platz mit ihrem Opfer getauscht. Deswegen hat sie uns hierhergeführt«, fuhr Fabian fort. »Guckt mal.« Er schabte mit dem Fingernagel an ihrem braunen Schienbein und brachte die weiße Haut darunter zum Vorschein. »Das ist braunes Make-up. Seht ihr. Und das hier ...« Er umfasste das goldbraune lange Haar und zog es von Sofie Leanders kurzgeschorenem Kopf.

Kapitel 110

Die Scheibenwischer arbeiteten auf der höchsten Stufe, kamen aber nicht gegen die Schneeflocken an, die so groß wie Windbeutel waren. Obwohl sie sich höchstens eine Dreiviertelstunde in Shurgard aufgehalten hatten, waren die Straßen inzwischen total verschneit. Wenn es so weiterging, dachte Måns, würden sie das Söderkrankenhaus vielleicht gar nicht erreichen.

Eigentlich war er mit Fahren an der Reihe, aber beiden war klar, dass Stefan ein viel besserer Autofahrer war, und als er sich wortlos ans Steuer gesetzt hatte, war Måns nicht auf die Idee gekommen zu protestieren. Im Dunkeln Auto zu fahren war für ihn das Schlimmste überhaupt. Wenn das Wetter zudem so schlecht war, dass man nicht das Fernlicht einschalten konnte, ohne vom Schnee geblendet zu werden, war es völlig aus.

Seit sie im Krankenwagen saßen, hatten sie kein Wort miteinander gewechselt. Sie arbeiteten jetzt seit fünf Jahren zusammen, aber das war noch nie passiert. Normalerweise diskutierten sie alles Mögliche zwischen Himmel und Erde. Oder hörten Radio und gaben bissige Kommentare zur Musik ab. Meistens waren sie sich einig. Außer es wurde etwas von Coldplay gespielt. Er selbst fand die Band großartig, aber Stefan konnte sie aus irgendeinem Grund nicht ertragen und wechselte dann sofort den Sender oder stellte das Radio gleich ganz ab.

Einmal hatte er ihn auf seine Abneigung angesprochen und sich einen langen Vortrag darüber anhören müssen, dass Gitarrist Jonny Buckland nicht genug Eigensinn besaß, um dem Songschreiber Chris Martin etwas entgegenzusetzen. Anschließend hatte Stefan eine lange Liste von Gitarristen runtergeleiert, die seinen Ansprüchen gerecht wurden, und irgendwo zwischen John Frusciante und Jonny Greenwood hatte Måns beschlossen, ihn nie wieder nach seiner Meinung zu Musik zu fragen.

Doch nun hörten sie nicht einmal Radio.

Zum Teil lag das sicher am Wetter, aber das war nicht die ganze Wahrheit. Sie waren nicht zum ersten Mal am Schauplatz eines Verbrechens gewesen und hatten eine Leiche gesehen. In Wahrheit hatten sie schon weitaus schlimmere Dinge zu Gesicht bekommen. Nein, es hatte einen anderen Grund. Eine starke, gleichzeitig jedoch diffuse Unruhe kroch ihm unter die Haut, und er war überzeugt, dass es Stefan ganz genauso ging. Auch den Polizisten hatte er es angemerkt. Vor allem dem einen.

Mit diesem Fall stimmte irgendetwas nicht.

Plötzlich ertönte ein Knall. Als wäre dort hinten etwas zu Boden gekracht. Etwas Hartes. Aus Metall. Er drehte sich zu Stefan um, der seinen Blick erwiderte.

»Hast du das auch gehört?«, fragte er. Stefan nickte.

»Was meinst du? Sollen wir anhalten und nachschauen?«

»Sollen wir nicht lieber zusehen, dass wir möglichst schnell vorankommen?« Er wollte die bewusstlose Frau da hinten so schnell wie möglich loswerden und seine Schicht beenden.

Dann hörten sie es wieder. Denselben metallischen Knall, der sich in der ganzen Karosserie ausbreitete. Diesmal bremste Stefan, schaltete die Warnblinkanlage ein und blieb im Huddingeväg am Straßenrand stehen.

Måns seufzte irritiert, setzte seine Mütze auf, öffnete die Tür und sprang in den Schnee. Die Tür ließ er offen, damit auch Stefan etwas von der schneidenden Kälte abbekam, und überlegte, während er nach hinten ging, ob eine der Klappen nicht richtig geschlossen oder ein Reifen geplatzt war.

Aber nichts deutete darauf hin. Alles schien in Ordnung zu sein. Auf einmal hörte er wieder etwas. Diesmal war es kein Knall, sondern eher ein Kratzen. Als würde sich da drinnen jemand bewegen. Er musste sich geirrt haben. Das Opfer war ja nicht nur bewusstlos, sondern auch angegurtet. Oder Moment mal ... Doch, er war ganz sicher. Aus dem Innenraum drangen Geräusche.

Er legte die Hand auf den eiskalten Türgriff, bereute sofort, dass er keine Handschuhe angezogen hatte, öffnete die Tür und stieg hinten ein. Er schaltete das Deckenlicht ein und stellte fest, dass die Frau dort lag und noch genauso fest schlief wie vorhin in dem Lagerraum.

Nur mit den Spanngurten stimmte etwas nicht. Der über ihrem Bein saß locker, und die beiden anderen hatten sich vollständig gelöst und hingen mit den Schnallen auf den Boden. Das erklärte vermutlich das wiederholte Knallen. Das kratzende Geräusch ließ sich damit allerdings nicht erklären. Blitzschnell ließ er seinen Blick über die Geräte und Instrumente an der Wand schweifen, bemerkte aber nichts Ungewöhnliches. Nur einer der Notfallkoffer hing schief und war nicht fest zu. Doch das war alles.

Er drehte sich wieder zu der Frau um und überlegte, was passiert war. Ob überhaupt etwas passiert war. Schließlich gab er es mit einem Seufzer auf, beugte sich hinunter, um die Gurte aufzuheben, die sich aus unerfindlichen Gründen gelöst hatten, und schloss die Schnallen über ihrer Hüfte. Als er fertig war, strich er ihr Klinikhemd glatt und streifte zufällig die Innenseite ihres Oberschenkels.

Ob es an ihrer warmen weichen Haut oder an der Tatsache lag, dass es sowieso niemand merken würde, hätte er selbst nicht sagen können. Vielleicht veranlasste ihn nur eine spontane Eingebung dazu, vorsichtig ihr Klinikhemd zu lüften und darunter zu schauen.

Sie trug kein Höschen, aber das hatte er auch nicht erwartet. Eigentlich wusste er nicht genau, womit er gerechnet hatte. Doch, mit haarigem Wildwuchs. Die Frau hatte schließlich eine ganze Weile dort gelegen. Aber er erblickte etwas vollkommen anderes. Vielleicht hatte sie sich die Schamhaare mit einer dieser dauerhaften Laserbehandlungen entfernen lassen.

Er schob seine verbotenen Gedanken beiseite und bedeckte sie wieder mit ihrem Hemd. Da sah er sie in ihrer linken Hand. Die Spritze, die alles erklärte. Warum der Notfallkoffer nicht ganz zu war und die Gurte sich gelöst hatten. Sogar ihr glattrasierter Unterleib war ihm nun kein Rätsel mehr.

Doch leider war es zu spät.

Kapitel 111

Drei blinkende Räumfahrzeuge fuhren im Schritttempo durch das Schneetreiben und ließen ihm keine Chance, sie zu überholen. Was Fabian im Grunde nicht besonders störte. Er fuhr zwar in Richtung Stadt, aber was genau er dort wollte, wusste er auch nicht. Vor allem brauchte er seine Ruhe.

Die Einsicht, dass nicht Aisha Shahin tot auf dem Boden des Lagerraums gelegen hatte, sondern Sofie Leander, hatte nicht nur ihm, sondern auch Tomas und Jarmo einen Schock versetzt. Sein Opfer wochenlang am Leben zu erhalten, nur damit es in den letzten Minuten, bevor der Körper erkaltete, die Rolle der Täterin übernehmen konnte, war so raffiniert, dass sogar Tomas beinahe zusammengebrochen wäre und nur noch wiederholte, dies sei das absolut Schlimmste, was er je erlebt habe.

Erst nach mehreren Minuten waren sie in der Lage gewesen, einigermaßen vernünftig miteinander zu reden, und nach einigen vergeblichen Versuchen, die Sanitäter zu erreichen, hatten sie beschlossen, sich aufzuteilen. Tomas und Jarmo sollten so schnell wie möglich zum Söderkrankenhaus fahren und herausfinden, was mit dem Krankenwagen passiert war, und Fabian wollte nach Hause fahren und von dort aus mit Niva zusammen weiterarbeiten.

Doch was sollte er zu Hause machen? Falls er Niva brauchte, musste er sie nur anrufen. Und sobald Tomas und Jarmo das Krankenhaus erreicht hatten, würden die Telefone ohnehin heißlaufen, dachte Fabian und merkte plötzlich, dass er und die Räumfahrzeuge vor ihm sich auf dem Weg zur Västerbro befanden. In diesem Tempo würden sie mehrere Minuten brauchen, um die Brücke zu überqueren. Er beschloss, sich über das Halteverbot hinwegzusetzen, schaltete die Warnblinkanlage ein und klappte die Rückenlehne nach hinten.

Nach dem Selbstmordversuch auf der Toilette war er überzeugt gewesen, dass Selbstmord an sich ihr Fluchtweg war. Dass sie ihren Rachefeldzug beendet und keinen Grund mehr zum Leben hatte. Doch es hatte sich nur um ein Schauspiel gehandelt, das ihn auf genau diesen Gedanken bringen sollte. Er musste an den Text auf dem Grabstein denken. Die Lösung hatte die ganze Zeit dort gestanden.

Niemals werde ich einen anderen lieben
Niemals wird mein Herz für einen anderen schlagen
Nur für dich und keinen anderen
Solange ich lebe und bis in alle Ewigkeit
Bald bist du wieder heil und ich mit dir
Dann sehen wir uns wieder
Das verspreche ich dir

Er kannte die Inschrift mittlerweile auswendig und wiederholte im Geiste die drittletzte Zeile. *Bald bist du wieder heil und ich mit dir* ... Sie war noch längst nicht fertig. Die Organe hatte sie vielleicht eingesammelt, aber erst, wenn sie wieder mit seinem Körper vereinigt waren, würde er – und in seiner Verlängerung auch sie – wieder heil werden. Sie war, mit anderen Worten, unterwegs zum Grab.

Doch wo befand es sich? Hieß das, dass sie mit einem Flugzeug das Land verlassen wollte, und wenn ja, unter welchem Namen? Oder befand sie sich bereits auf einer Fähre nach Estland? Vielleicht wollte sie nach Norden und über die finnische Grenze? Es ließ sich unmöglich sagen. Sie hatte ihn hinters Licht geführt. Nicht nur einmal, sondern immer wieder.

Mit Malin Rehnberg war es genauso. Er hatte darauf vertraut, dass Aisha Shahin ihm alles erzählen würde, aber nun war es zu spät. Er wusste nicht mehr, was er glauben sollte. Solange sie schliefe, bestünde keine Gefahr. Solange sie schlief. Aber was würde passieren, wenn sie aufwachte?

Sein Handy klingelte.

»Jarmo hier. Der Krankenwagen ist nie angekommen.«

»Und was ist mit dem Fahrer und dem ...?«

»Im Moment wissen wir nur, dass sie verschwunden sind, aber der Wagen ist mit einem GPS-Sender ausgestattet, den Niva bereits zu orten versucht. Wo steckst du eigentlich? Niva sagt, du ...«

»Keine Zeit.« Fabian klickte das Gespräch weg, stellte die Rückenlehne senkrecht und rief Niva an.

»Was machst du denn mitten auf der Västerbro? Irgendwas Spannendes, oder steckst du nur im Schnee fest?«

»Müsstest du nicht einen Krankenwagen orten?«

»Wieso sollte sich das gegenseitig ausschließen?«

»Weil Zeit gerade das Einzige ist, was wir nicht haben.«

»Pontonjärgata 10.«

»Pontonjärgata. Ist das nicht in der Nähe der Hantverkargata?« Diese war nur wenige Minuten von dem Ort entfernt, an dem er sich gerade befand. Er schaltete die Warnblinkanlage aus und legte einen Gang ein.

»Ja. Sieht so aus, als wäre sie ins Black Cat zurückgekehrt. Mensch, warte mal ...«

»Was ist denn?«

»Moment, ich muss schnell ... Ja, es stimmt.«

»Was denn?«

»Malin Rehnbergs Handy ist wieder eingeschaltet und befindet sich genau am selben Ort.«

Fabian drückte das Gespräch weg und rief, während er versuchte, die Fahrbahn im Auge zu behalten, sofort bei Malin an.

»Hallo, Fabian. Das ging ja schnell.«

Er hatte sich keine große Hoffnung gemacht, dass Malin

ans Telefon gehen würde. Trotzdem breitete sich die Enttäuschung wie Gift in seinem ganzen Körper aus. »Was haben Sie mit ihr gemacht?«

»War das schon wieder diese Niva?«

»Sie haben es mir versprochen, und ich habe Ihnen vertraut.«

»Wem Sie vertrauen, ist ganz allein Ihr Problem. Außerdem habe ich nur gesagt, dass sie warten kann.«

»Warten? Wie lange soll sie denn noch warten? Sie ist hochschwanger, verdammt noch mal.«

»Bis ich mir sicher bin, dass Sie mich in Frieden lassen.«

Am Ende der Brücke nahm er rechts die Ausfahrt, umrundete den Rålambshovspark und fuhr auf dem Rålambshovsled nach Osten. Jetzt war es nicht mehr weit. In weniger als einer Minute würde er eintreffen. »Und woher wollen Sie wissen, ob ich das jemals tun werde?«

»Ich bin nicht die Einzige, die ein Versprechen abgegeben hat.«

Sie musste sein Gespräch mit Anders im Krankenhaus belauscht haben. Wie viele Kameras hatte sie eigentlich aufgestellt? »Was passiert, wenn sie aufwacht?« Er bog links in die Polhemsgata ein. »Sie sagten, es bestünde keine Gefahr, solange sie schläft.« Er erwartete keine Antwort. Es kam nur darauf an, Zeit zu gewinnen.

»Dann wird sie dem richtigen Problem gegenüberstehen. Lassen Sie uns einfach festhalten, dass es besser wäre, wenn sie noch eine Weile schliefe.«

»Welchem Problem?«

Fabian bog in die Pontonjärgata ein und erblickte einige Meter weiter den Krankenwagen. »Sie haben mindestens vier Menschen ermordet und sich dabei an einer fragwürdigen Moralvorstellung orientiert. Rein juristisch haben diese Menschen kein Verbrechen begangen, das auch nur annähernd an Ihre heranreicht.«

»Von welchem Gesetz reden Sie? Das schwedische Gesetz verbietet den Kauf eines gestohlenen Fahrrads, aber ein geraubtes Organ soll kein Problem sein?«

Fabian öffnete die Fahrertür, ohne den Motor auszuschalten, und zog, während er zum Krankenwagen hinüberging, seine Pistole aus dem Holster. »Sie haben niemanden entführt, gefoltert oder getötet.«

»Vielleicht nicht eigenhändig, aber ihr Geld hat dafür gesorgt, dass Efraims Körper von oben bis unten aufgeschnitten wurde. Sie haben dafür gesorgt, dass er geschändet und seines Lebens beraubt wurde. Alles, was er noch besaß, abgesehen von mir, ging an den Meistbietenden.«

Fabian war an der Fahrertür des Krankenwagens angekommen und stellte fest, dass vorne niemand saß. »Das finde ich auch widerlich, und ich kann verstehen, dass Sie ...«

»Sie verstehen gar nichts und werden es auch niemals tun.«

Er ging nach hinten. »Warum sollte ich dazu nicht in der Lage sein?« Er riss die hintere Klappe auf und richtete seine Pistole direkt ins Dunkle.

»Weil Sie noch nie jemanden so sehr geliebt haben.«

Die beiden Sanitäter lagen leblos auf dem Boden, und oben auf der Trage leuchtete etwas.

»Weil Sie anscheinend überhaupt noch nie jemanden geliebt haben. Viel Glück mit Ihrem Versprechen.«

Das Gespräch war auf einmal unterbrochen. Fabian kletterte in den Krankenwagen, stellte fest, dass beide Männer atmeten und Puls hatten und dass der leuchtende Gegenstand oben auf der Trage ein Handy war.

Malins Handy.

Er nahm es in die Hand und betrachtete es, während er von seinem eigenen einen weiteren Krankenwagen rief. Plötzlich vibrierte Malins Handy. Er klickte die Nachricht an.

Nobelpark.

Mehr war nicht nötig. Fabian wusste Bescheid.

Kapitel 112

Noch im selben Moment, in dem Malin Rehnberg erwachte, schrie sie aus Leibeskräften in die Finsternis und hörte erst auf, als sie begriffen hatte, dass dort niemand außer ihr selbst war. Verwirrt und unsicher rekapitulierte sie, was passiert war. Sie erinnerte sich, dass sie zuletzt auf dem Krankenhausboden gelegen und einen Kampf auf Leben und Tod mit der Putzfrau ausgefochten hatte, die offenbar die Täterin war. Und dass sie beim Sturz vom Bett so unglücklich mit der Hüfte aufgeschlagen war, dass sie nur noch zur Tür robben konnte. Nun lag sie wieder in einem Krankenhausbett, aber es handelte sich nicht nur um ein anderes Modell, sondern um ein neues Exemplar, bei dem die Kunststoffummantelung an den Seitengriffen noch nicht abgeplatzt war.

Für den Raum galt das Gleiche. Obwohl es so dunkel war, dass sie nichts sehen konnte, empfand sie ihn als kleiner als ihr Zimmer im Söderkrankenhaus. Zumindest war die Akustik anders gewesen, als sie schrie. Außerdem erahnte sie an der Seite eine Wand. Im alten Zimmer hatte nur das Kopfende an der Wand gestanden. Vor allem jedoch war es der Geruch. Seinetwegen war sie sicher, nicht nur in ein anderes Zimmer verlegt worden zu sein, sondern sich ganz woanders zu befinden.

Es roch neu.

Hinzu kamen natürlich die Gurte, die es ihr unmöglich machten, sich zu bewegen. Von den Füßen bis über die Brust waren sie quer über ihren Körper gespannt. Je länger sie darüber nachdachte, desto näher rückte die Panik, und sie musste sich anstrengen, um keine Energie mit einem erneuten Schrei zu verschwenden. Stattdessen musste sie kreativ denken und ihre Aufmerksamkeit auf Details richten. Wie zum Beispiel, dass der Druck der Gurte etwas nachließ, wenn sie die Luft aus ihrer Lunge herausließ. Zehn Minuten später hatte sie es geschafft, beide Arme herauszuziehen.

Die Freude über den kleinen Etappensieg erhielt jedoch einen Dämpfer, als sie von einem Tritt gegen den rechten Rippenbogen getroffen wurde. Zuerst wusste sie nicht, wo er herkam, aber nach dem dritten Tritt fiel ihr ein, dass sie Zwillinge erwartete. Wie hatte sie das nur vergessen können? Mit was für Drogen war sie vollgepumpt worden? Sie legte sich die Hände auf den Bauch und spürte eine Bewegung auf der rechten Seite. Auf der linken war es ruhig. Etwas zu ruhig.

Sie musste so schnell wie möglich weg. Wo auch immer sie sich befand, sie musste schnellstens von dort weg und brauchte Hilfe. Sie versuchte, die Gurte zu öffnen, entdeckte aber weder Knoten noch Schnallen. Stattdessen streckte sie den linken Arm aus und tastete die Wand ab, konnte jedoch auch dort nichts Nützliches entdecken. Keine Steckdosen oder Schalter, die sich drücken ließen. Aber ihr fiel auf, dass sich das Bett ein wenig bewegte, wenn sie mit der Hand gegen die Wand drückte.

Die Bremse war also nicht angezogen.

Sie legte ihre linke Hand auf die Wand und drückte mit voller Kraft. Das Bett rollte mit ihr durch die Dunkelheit und stieß nach ein paar Metern an die gegenüberliegende Wand. Dort entdeckte sie im Dunkeln endlich die Armaturen mit den Schaltern, Hähnen und Kabeln, nach denen sie gesucht hatte.

Flimmernd ging das Licht an, und genau wie sie sich ausgemalt hatte, war der Raum vollkommen neu. An mehreren Stellen war die Schutzfolie noch nicht entfernt worden, und rings um die Tür informierten Zettel über den frischen Anstrich. Da der Infusionsbeutel neben ihrem Bett leer war, zog sie die Kanüle heraus und drückte mit dem Finger auf die Einstichstelle, um den Blutfluss zu stoppen.

Über ihr gab es Fernseh- und Breitbandanschlüsse, aber

einen Computer oder ein Telefon konnte sie nirgendwo entdecken. Sie zog sich daher mit beiden Händen zu einem Wandschrank, in dem sie Kompressen, Wundpflaster und verschiedene Scheren fand. Sie nahm die größte heraus und durchtrennte damit einen Gurt nach dem anderen.

Als sie fertig war, versuchte sie aufzustehen, doch es war vergeblich. Der Schmerz in der Hüfte war immer noch so stark, dass sie eine zerschmetterte Hüftpfanne und einen im Nichts rotierenden Hüftkopf vor Augen hatte, sobald sie sich bewegte. Ihr blieb nichts anderes übrig, als das Bett weiterhin wie ein Kanu zu benutzen und sich damit zur Tür zu ziehen.

Die in die Decke eingelassenen LED-Spots sprangen in einer wellenförmigen Bewegung an und offenbarten, dass sie sich in einem breiten Flur mit Türen auf beiden Seiten befand. Dahinter waren vermutlich ähnliche Räume wie der, den sie eben verlassen hatte. Auch hier warnten Zettel vor den frisch gestrichenen Türrahmen.

Dass sie sich in einem Krankenhaus befand, hatte sie begriffen. Aber in welchem? In einer Privatklinik? Und warum war sonst niemand hier? Eigentlich spielte es keine Rolle. Eigentlich war alles egal. Hauptsache, sie kam so schnell wie möglich hier weg.

Ohne zu wissen, in welcher Richtung sich der Ausgang befand, rollte sie nach rechts und schob sich an der Wand entlang zu einer Flügeltür am Ende des Flurs. Nachdem sie an der Schnur gezogen hatte, öffneten sich die Türen, und sie konnte weiterfahren. Auch hier reagierten die Deckenspots auf ihre Bewegung und warfen Licht auf blitzende Operationstische unter großen Lampen, die von der Decke hingen, zahllose Apparate mit Kabeln und Schläuchen sowie spiegelblanke runde Metalltische voller Operationsbesteck. Der OP wirkte so neu, als wäre er noch nie benutzt worden.

Auf der Suche nach einem Gerät, mit dessen Hilfe sie

kommunizieren konnte, zog sie sich zu einer Arbeitsplatte mit Schubladen und Hängeschränken darunter, als sie im Flur aufgeregte Stimmen hörte. Sie sah sich nach einem Versteck um und entdeckte gegenüber eine Tür, die einen Spalt offen stand.

»Well, you saw the car outside, didn't you? And why do you think the lights are on? Ghosts?«, sagte eine der Stimmen, die immer näher kamen.

Malin stieß sich mit aller Kraft vom Operationstisch ab und rollte auf die halb geöffnete Tür zu, doch bevor sie dort angekommen war, stürmten drei Männer herein. Als sie Malin erblickten, blieben sie stehen.

»Look. What did I say?«, sagte der Mann in der Mitte und zeigte auf sie.

Die beiden anderen verzogen keine Miene.

»Entschuldigen Sie bitte, aber was machen Sie hier?«, fragte ein Mann mit starkem Akzent und fuhr sich durchs Haar.

»Mein Name ist Malin Rehnberg, und ich arbeite bei der Reichskripo hier in Stockholm.« Malin glaubte, den Mann wiederzuerkennen. »Ich habe keine Ahnung, warum ich hier bin, und weiß noch nicht mal, wo ich mich überhaupt befinde, aber da können Sie mir vielleicht helfen. Und dafür sorgen, dass ich wieder nach Hause komme.«

»Reichskripo. Sieh mal einer an.« Der Mann kam auf sie zu.

»Mordkommission.«

»Verstehe ...« Der Mann nickte. »Da kann ich Ihnen leider nicht helfen.« Er drehte sich zu den beiden anderen um. »Take her to room three.«

»Was soll das heißen? Ist mir egal, wenn das hier was Geheimes ist. Ich will nur nach Hause.«

»Es tut mir sehr leid.«

Während die beiden anderen sie wegschoben, begriff sie, wer der eine Mann war.

Kapitel 113

Der Schneefall hatte noch zugenommen, und als Fabian kurz nach Mitternacht am Sergels torg vorüberkam, konnte er trotz der Millionen, die in seine Leuchtkraft investiert worden waren, nicht einmal mehr den Obelisken aus Glas erkennen. *Nobelpark* hatte in der Nachricht von Aisha Shahin gestanden, und er hatte sofort begriffen, was sie damit meinte.

Dorthin zog die israelische Botschaft gerade um.

Er hatte von den Protesten der Bewohner des Viertels gehört und wusste aus der Zeitung, dass die Politik noch keine endgültige Entscheidung gefällt hatte, doch wie Carnela Ackerman angedeutet hatte, rechnete niemand wirklich mit einer Absage, und der Umzug schien bereits in vollem Gange zu sein. Da er zu der Zeit, als sie noch Händchen gehalten hatten, unzählige Male hier mit Sonja spazieren gegangen war, kannte er das schöne Haus, in dem vorher das Alte Forstinstitut untergebracht gewesen war.

Von unterwegs hatte er Tomas und Jarmo angerufen, die so schnell wie möglich nachkommen wollten. Vielleicht waren sie auch schon dort. Da sie im Söderkrankenhaus gewesen waren, hatten sie einen weiteren Weg. Andererseits konnten sie den Söderled und die Centralbrücke nehmen, und ersparten sich so rote Ampeln und Kreuzungen.

Er kam am Königlichen Motorbootclub am Ende des Strandväg vorbei, folgte der Kurve nach links und schaltete das Licht aus, bevor er rechts den sanften Hügel hinauffuhr und das Auto abstellte. Eigentlich hatte er weiter entfernt parken wollen, um den Ort in aller Ruhe zu Fuß zu erkunden. Doch Malin konnte jeden Moment aufwachen. Falls sie nicht bereits wach war. Und obwohl er keine Ahnung hatte, was dann passieren würde, machte ihm schon der Gedanke Angst.

Er ging hinauf zu dem Gebäude, das mit seinem Turm an der einen Ecke an eine Burg erinnerte. Überall lagen Haufen von Baumaterial unter Abdeckplanen, an denen der Wind mit aller Kraft zerrte. Das Auto von Jarmo und Tomas konnte er nirgendwo entdecken, aber er hörte unten am Strandväg einen Motor aufheulen und ruckartig bremsen, und als er sich umdrehte, sah er die Scheinwerfer des Wagens den Hügel heraufkommen und Tausende und Abertausende von Schneeflocken anstrahlen, die ihrerseits das Licht in alle Richtungen reflektierten.

Die Frage, warum sie in Gottes Namen nicht das Licht ausmachten und stehen blieben, hatte sich gerade erst in seinem Kopf geformt, als ihm die Antwort klarwurde. Es waren gar nicht Jarmo und Tomas. Instinktiv warf er sich in den Schnee und kroch auf allen vieren hinter einen Bretterhaufen, kurz bevor der steil nach oben gerichtete Lichtkegel der Scheinwerfer in die Waagerechte ging, als das Auto auf den Hof fuhr und wenige Meter von ihm entfernt stehen blieb. Das Geräusch von Autotüren, die auf- und zugingen. Es klang, als wären es drei Personen, aber worüber genau sie sprachen, konnte er nicht verstehen.

»No no no, listen to me … The car down there …«

Die Stimme kam ihm nicht bekannt vor, aber er vermutete stark, dass es Gidon Hass war – der Mann, der auf der Liste der Personen, die er zu fassen kriegen wollte, direkt unter Aisha Shahin stand.

» … alarm doesn't go off by itself …«

Die Stimmen verklangen, und Fabian sah die Männer im Haus verschwinden. Er stand auf und eilte hinter ihnen her, doch die Haustür war abgeschlossen. Daraufhin ging er um das Gebäude herum und entdeckte auf der Rückseite ein Baugerüst vor einem Großteil der Fassade. In keinem Fenster brannte Licht, weder im Erdgeschoss noch im ersten Stock. Mit anderen Worten, sie befanden sich irgendwo im Keller.

Obwohl er weder Handschuhe noch richtige Winterstiefel trug, gelang es Fabian, einen der Pfosten des Gerüsts zu erklimmen. Als er im ersten Stock angekommen war, wo die Windstöße ihm die Schneeflocken wie Stecknadeln ins Gesicht warfen, konnte er eine Scheibe eintreten und ins Gebäude eindringen. Er machte die Lampe seines Handys an und verließ eilig den unmöblierten Raum voller Pinsel und Farbtöpfe.

Nach einem längeren Flur lief er eine breite Treppe hinunter ins Erdgeschoss, wo die Renovierungsarbeiten offenbar zum Stillstand gekommen waren. Der Boden war aufgerissen, und von der Decke hingen Kabel. Nachdem er eine Weile gesucht hatte, entdeckte er eine Wendeltreppe ins Kellergeschoss. Er eilte durch einen schmalen Korridor, in dem Abdeckpappe ausgelegt war, und roch den Duft von frischer Farbe. Etwa alle fünf Meter blieb er stehen und lauschte, und beim dritten Mal hörte er sie.

Die immer lauteren Schritte.

Er schaltete das Handy aus, tastete sich an der einen Wand entlang, bis er eine Tür erreichte, und trat so leise wie möglich ein. Zu spät bemerkte er, dass ein Sensor seine Bewegung bemerkte. Sekunden später badete der Raum in Licht.

Doch das war nicht das Schlimmste. Der Raum, der so blitzblank und neu aussah, war vor nicht allzu langer Zeit in Gebrauch gewesen. Er trat an den Operationstisch, der offenbar in aller Eile abgewischt worden war. Sowohl unter der Tischkante als auch an einem Bein bemerkte er Blut, und als er die perforierte Abdeckung des Abflusses wenige Meter vom OP-Tisch entfernt im Fußboden anhob und seine Hand in das dunkle Wasser steckte, fischte er große Klumpen geronnenen Bluts, Knorpel und Haarbüschel heraus.

Er stand auf und erblickte neben der einen Spaltbreit geöffneten Tür zum Nebenraum einen Haufen von zugeknoteten schwarzen Müllsäcken. Was sich darin befand, konnte er sich in etwa vorstellen, aber er wusste nicht, ob er es verkraften würde, sie zu öffnen und nachzuschauen.

Während er auf den Haufen zuging, malte er sich aus, wie er sich dem Haus in Enskede näherte und klingelte. Anders machte auf, und Fabian sah ihm sofort an, dass er begriff, was passiert war. Dann brach Anders vor seinen Augen zusammen. Er hatte erwartet, dass Anders schreien und aggressiv werden würde, doch stattdessen sackte er mit der Hand vor dem Mund in sich zusammen. Fabian konnte nichts anderes tun, als sich neben ihn zu knien und ihn in den Arm zu nehmen.

Er öffnete eine der Mülltüten und sah, dass sie zwei abgetrennte Arme und einen Fuß enthielt. In einer der anderen fand er Teile eines Beins, aber erst in der fünften entdeckte er, was er suchte.

Den Kopf.

Und obwohl das Gefühl vollkommen verboten war, konnte er nichts dagegen tun.

Er war erleichtert, weil es noch nicht zu spät war. Und noch immer Hoffnung bestand.

Kapitel 114

Malin Rehnberg trat so fest, wie sie konnte, gegen die Hände, ruderte wild mit den Armen und schrie aus Leibeskräften. Nicht wegen des Schmerzes in ihrer Hüfte, der mittlerweile so stark war, dass sie fast ohnmächtig wurde. Obwohl sie wusste, dass es sinnlos war, und sie niemals von dort wegkommen würde, schrie sie um ihr Leben. Die Hände der beiden Männer waren zu stark und würden sie bald so festhalten, dass ihr nur noch der Schrei und der Schmerz blieben.

Erst jetzt drehte sich der Grauhaarige, der niemand anders als Gidon Hass sein konnte, zu ihr um. »Es wird Ihnen gleich bessergehen«, sagte er in gebrochenem Schwedisch und hielt eine Spritze hoch.

Malin stemmte sich gegen die Hände, um sich zu befreien, war aber mit ihren Kräften am Ende. Der Schweiß strömte nur so von ihrer Stirn.

»Turn her around.«

Die beiden Männer, die noch immer kein Wort gesagt hatten, rollten sie mit dem Rücken zu Hass auf die Seite. Den Einstich spürte sie nicht, aber der Effekt trat fast augenblicklich ein. Ihre Muskeln entspannten sich. Der Schmerz gab endlich Ruhe. Zum ersten Mal, seit sie wach war, tat ihr nichts weh.

»So. Geben Sie es zu, jetzt ist es viel besser.«

Sie wollte schon nicken, bemühte sich aber, es nicht zu tun. Ihre Zustimmung war das Letzte, was sie ihm geben wollte. »Ich will nach Hause. Verstehen Sie das? Ich muss jetzt nach Hause.«

Hass brach in Gelächter aus. »She's saying she needs to go home.«

Die beiden anderen begannen ebenfalls zu lachen, während sie ihre Füße und Hände mit neuen Gurten am Bett festschnallten.

»Was wollen Sie eigentlich von mir? What do you want from me?«

»Leave me with her, and start searching the house.«

Die beiden Männer nickten und verließen den Raum.

»Was ich will?« Er legte sich die Hand auf die Brust. »Verzeihung, aber wer ist denn bei wem eingedrungen?«

»Ich habe ja gar keine Ahnung, wo ich hier bin! Bitte ...« Sie musste sich zusammenreißen, um nicht in Tränen auszubrechen.

»Das hatten wir doch schon. Stattdessen werden Sie mir

jetzt sagen, ob hier außer Ihnen noch jemand ist und ob das Auto da draußen Ihnen gehört.«

»Keine Ahnung, das habe ich Ihnen bereits gesagt. Ich lag im Söderkrankenhaus, und dann hat mich die Putzfrau angegriffen ...«

»Die Putzfrau?«

»Ja. Ich hatte gerade begriffen, dass sie die Täterin in dem Fall ist, in dem ich ermittle ...« Malin biss sich auf die Zunge. Plötzlich wusste sie, wie alles zusammenhing. »Ich bin in der Botschaft, stimmt's?«

Der Mann nickte kurz. »Dann ist Ihnen vielleicht auch klar, warum Sie nicht nach Hause dürfen.« Er wandte ihr den Rücken zu und ging etwas holen.

»Warten Sie mal, Sie können doch nicht einfach ...«

»Genau das kann ich.« Mit einer neuen Spritze in der Hand drehte er sich lächelnd um. »Und Sie sollten dankbar sein. Sie werden einfach einschlafen und gar nicht merken, dass es vorbei ist.«

»Aber was ist mit den Kindern?« Sie konnte die Tränen nicht länger zurückhalten. »Ich erwarte Zwillinge.«

Hass kam zu ihr und legte ihr die Hand auf den Bauch. »Nicht mehr. Der eine hat bereits aufgegeben. Haben Sie das nicht gemerkt? Hier ist Leben«, er legte seine Hand erst auf die rechte Seite ihres Bauches und anschließend auf die linke, »und hier ... not so much. Aber was spielt das jetzt noch für eine Rolle. Bald werden Sie alle wieder vereint sein.«

So soll es nicht enden, war ihr einziger Gedanke, während er die Spritze ablegte und einen Riemen um ihren Oberarm schnürte. So hatte sie sich das ganz und gar nicht vorgestellt. Völlig wehrlos und hochschwanger. Womit hatte sie das verdient?

»Hier ist eine geeignete Vene.« Er nahm die Spritze wieder in die Hand.

»Warten Sie. Bitte. Warten Sie. Sie müssen Anders, also

meinem Mann, ausrichten, dass ich ihn mehr liebe als je zuvor. Bitte versprechen Sie mir das, denn ich habe es ihm schon wahnsinnig lange nicht mehr gesagt. Bitte, Sie müssen es mir versprechen.«

»Ihr Mann wird niemals etwas von uns hören. Er wird nie erfahren, was passiert ist. In seinen Augen werden Sie eines Nachts einfach verschwunden und nie zurückgekehrt sein. Er wird sich natürlich die eine oder andere Theorie zurechtlegen, aber er wird nie auch nur in die Nähe der Wahrheit kommen. Im Laufe der Jahre wird er immer seltener daran denken und irgendwann weiterleben. Vielleicht mit einer anderen Frau. Wer weiß, vielleicht bekommen sie sogar Zwillinge.«

Malin spuckte ihm ins Gesicht. »Ich hoffe, Sie werden in der Hölle schmoren.«

Er antwortete mit einem beherrschten Lachen. »Vielleicht täusche ich mich, aber ich schätze Sie nicht wie jemanden ein, der an Himmel und Hölle glaubt. Doch in Ihrer Situation ändern sich diese Dinge möglicherweise ...«

Hass wurde von einem Schuss und lauten Stimmen auf dem Flur unterbrochen. Anschließend ertönten zwei weitere, schnell aufeinanderfolgende Schüsse. Die Stille danach wurde erst von dem Funkgerät in seiner Brusttasche zerrissen.

»It's safe to come out now.«

Kapitel 115

Tomas Persson war normalerweise furchtlos. Aber wenn er in diesem Moment irgendetwas empfand, dann Angst. Er hatte solche Angst, dass sich seine Blase entleert hatte und der warme Urin an der Innenseite seines Beins hinuntergelaufen war. Er war zum ersten Mal von einer Kugel getroffen worden und hatte mit viel stärkeren Schmerzen gerechnet. Nun fühlte er außer einem dumpf pochenden Schmerz fast gar nichts. Vielleicht lag das nur am Adrenalinausstoß, und das eigentliche Gefühl würde sich mit der Zeit einstellen.

Da das Blut seine Jeans dunkel gefärbt hatte und bereits auf die weißen Kacheln tropfte, musste die Kugel seinen rechten Oberschenkel durchstoßen haben. Die Lache war schon so groß, dass einer der beiden Männer, die ihn in die Knie gezwungen hatten und ihm nun die Hände mit seinen eigenen Handschellen auf dem Rücken fixierten, ein Stück zur Seite gehen musste, um seinen Schuh nicht mit Blut zu besudeln.

An einen Gott hatte er noch nie geglaubt und tat es auch jetzt nicht. Trotzdem wiederholte er in seinem Kopf gebetsmühlenartig denselben Satz: Ich verspreche, ein besserer Mensch zu werden, wenn du nur Fabian rechtzeitig herbringst. Ich flehe dich an. Ich verspreche, ein besserer …

»And what have we got here? More police?«

Die beiden Männer nickten, und Gidon Hass drehte sich zu Tomas und Jarmo um, die mit auf den Rücken gefesselten Händen nebeneinander knieten. »Sind Sie auch von der Reichskripo?«

Tomas und Jarmo nickten.

»Ist außer Ihnen noch jemand hier?«

Tomas und Jarmo starrten die Kacheln an, ohne eine Miene zu verziehen.

»Ob noch jemand hier ist, habe ich gefragt!«

»Nein. Nur wir«, sagte Jarmo.

»Aha, und da sind Sie ganz sicher? Was ist mit Ihrem Kollegen Fabian Risk? Wo ist der?«

Jarmo zuckte die Achseln. »Da, wo die meisten Leute jetzt sind. Er ist zu Hause und feiert mit seiner Familie Weihnachten. Das ist in diesem Land ein ziemlich wichtiges Fest.«

Hass nickte den Männern zu, woraufhin der eine einen Schritt nach vorne machte und Jarmo so fest ins Gesicht trat, dass er das Gleichgewicht verlor und auf die Seite fiel.

»Ich weiß, was Weihnachten ist. Genau wie ich zufällig weiß, dass Risk sich nicht zu Hause bei seiner Familie befindet. Hoch mit Ihnen!«

Jarmo unternahm einen Versuch, kam aber nicht hoch.

»Hoch, habe ich gesagt.«

Einer der Männer packte Jarmo an den Haaren und zerrte ihn auf die Beine.

»Also. Wie sollen wir das Problem Ihrer Ansicht nach lösen?«

»Geben Sie auf. Dann begleiten Sie uns ins Präsidium und legen ein Geständnis ab«, sagte Jarmo.

Hass fing an zu lachen. »At least he's got a sense of humor. Nun ist es aber leider so, dass es nichts zu gestehen gibt. Ich habe nämlich nichts Ungesetzliches getan. Nicht einmal wenn dieses Geschäft hier läuft, werde ich mir etwas vorzuwerfen haben, im Gegenteil. All diejenigen, die ihr Leben zurückhaben wollen und bereit sind, ein wenig Geld dafür auszugeben, werden einen Helden in mir sehen. Alle, die heutzutage ins Ausland fahren und sich von irgendeinem alkoholkranken Arzt, der seine Zulassung verloren hat, in einem verdreckten Hotelzimmer operieren lassen müssen. Und das Beste daran ist, dass es noch nicht mal auf schwedischem Hoheitsgebiet stattfinden wird.« Hass breitete die Arme aus.

»Israel hat diese Sache hier also abgesegnet?«, fragte Jarmo.

»Israel ...« Hass rümpfte die Nase. »Die haben doch keine Ahnung, was sie losgetreten haben. Die denken, der Bedarf an frischen Organen hätte sich erledigt, nur weil sie es mit einem zahnlosen Gesetz verbieten.«

»Sie wussten, was Ihre Frau durchmacht.« Tomas sah Hass an. »Trotzdem haben Sie sich entschieden, keinen Kontakt zu uns aufzunehmen. Das nennt man Zurückhaltung wichtiger Informationen, und das ist nach Artikel 17 des Strafgesetzbuchs strafbar.«

»Sieh mal einer an. Ich hätte gar nicht gedacht, dass Sie sich trauen, den Mund aufzumachen. Wo Sie sich doch in die Hose gepinkelt haben.« Hass ging vor Tomas in die Hocke. »Das ist korrekt. Ich hatte da so einen Verdacht. Aber wozu die jahrelange Planung für eine Frau aufs Spiel setzen, die immer nur rumjammert und mich, wenn's hochkommt, einmal im Monat in Missionarsstellung ranlässt, seit ich graue Haare habe.«

»Weil Sie sie lieben?«

Wieder lachte Hass. »Der war gut. Sie hätten Komiker werden sollen und nicht Polizist.« Er stand auf und drehte sich zu den beiden anderen Männern um. »Kill them both.«

Die beiden Männer traten vor, positionierten sich einen guten Meter vor Tomas und Jarmo, zogen ihre Pistolen, entsicherten sie und zielten auf die Köpfe.

»No please, don't do it. I'll do whatever you want«, schrie Tomas. »Please! I'm begging you!«

Jarmo sagte nichts, sondern schloss einfach die Augen.

Fabian hörte Tomas um sein Leben schreien und sah durch den Türspalt, wie die beiden Männer im Anzug ihre Pistolen auf seine Kollegen richteten, die mit gesenkten Köpfen vor ihnen knieten. Er kannte die Männer von dem Foto, das Carnela Ackerman ihm im Gondolen gezeigt hatte, bevor sie sich verabschiedete. Jetzt lag sie zerstückelt in ein paar Müllsäcken.

Er wagte es nicht, sich zu bewegen und womöglich zu riskieren, dass das Licht wieder anging, aber es gelang ihm schließlich, ganz langsam eine Hand unter die Jacke zu schieben und seine Pistole herauszuziehen. Auch das Entsichern bekam er hin, ohne den Bewegungsmelder zu reizen, und während Tomas immer lauter um sein Leben schrie, hob er die Waffe und zielte durch den Türspalt. Er spürte im ganzen Körper, dass die Entscheidung nun in seinen Händen lag.

Aber sie wollten nicht. Oder besser gesagt, sie konnten nichts anderes tun, als immer kräftiger zu zittern. Seine Hände waren vollkommen nutzlos und schafften es, sosehr er sich auch bemühte, nicht einmal, den Abzug zu betätigen.

Stattdessen hockte er einfach im Schutz der Dunkelheit und hörte zu, während sie eine letzte Chance bekamen, seinen Aufenthaltsort zu verraten. Er bekam mit, wie Jarmo leugnete, irgendetwas über ihn zu wissen, obwohl sowohl er als auch Tomas damit rechnen mussten, dass er in der Nähe war. Er hörte Jarmos verzweifelten Schrei, als ihm letztlich aufging, wie die Sache ausgehen würde. Als die Kugeln in ihre Schädel eindrangen und sie auf dem Boden zusammensackten, hatte Fabian längst aufgegeben und die Pistole gesenkt.

Erst als die Schüsse verhallt waren, wurde es still.

Vollkommen still.

Aber nur für einen kurzen Moment.

Denn bald hörte er sie wieder, obwohl er mit eigenen Augen sehen konnte, wie das Blut stoßweise in solchen Mengen aus ihren Hinterköpfen quoll, dass es bis zum einige Meter entfernten Abfluss rann.

Die Schreie.

Und nun waren sie lauter als je zuvor.

Kapitel 116

»Take them to the embassy and make it look like trespassing and self defense. Meanwhile I will clean this mess up as soon as I'm ready with the fat one«, hörte er Gidon Hass sagen.

Mittlerweile am ganzen Körper zitternd, beobachtete Fabian durch den Türspalt, wie die Männer im Anzug seine Kollegen an den Beinen packten, ihre Körper über den Boden schleiften und durch eine Flügeltür verschwanden.

Die vorwurfsvollen Schreie verstummten einfach nicht. Sie wurden sogar lauter und veranlassten ihn schließlich dazu aufzustehen. Sekunden später wurde der Raum wieder von Licht geflutet. Ohne an die Folgen zu denken, stieß er die Tür noch ein paar Zentimeter mit dem Fuß auf und sah von hinten, wie Hass sich eine durchsichtige Plastikschürze umband und einen Mundschutz aufsetzte.

Dann ging Hass zu einem Schrank hinüber, nahm eine batteriebetriebene Chirurgensäge heraus, wählte das gröbste Sägeblatt, probierte sie einmal im Leerlauf aus, um sich zu vergewissern, ob die Batterie geladen war, und verschwand hinter derselben Tür wie die beiden Männer.

Fabian wischte sich die Tränen aus dem Gesicht und versuchte, seine Gedanken zu sortieren, aber das war unmöglich. Die Schreie seiner beiden hingerichteten Kollegen übertönten alles andere. Das katastrophale Scheitern schien bereits eine Tatsache zu sein. Nichts, was er tat, konnte am Ausgang der Sache mehr etwas ändern. Und vielleicht war es genau das, dieses Gefühl, sowieso nichts mehr zu verlieren zu haben, das ihn dazu brachte, in den Operationssaal zu gehen und den beiden Blutspuren zu der Flügeltür zu folgen. Hass war nirgendwo zu sehen, und die Türen auf beiden Seiten des Flurs waren alle geschlossen.

Die Pistole mit beiden Händen umklammert, trat er eine nach der anderen mit dem Fuß ein. Frisch gestrichene, leere Räume. Einige eingerichtet mit Betten und Nachttischen. In anderen hingen noch die Kabel von der Decke. Das Zimmer, in dem Hass sich mit einer Spritze über Malin beugte, sah abgesehen von der Plastikfolie, die von manchen Möbelstücken noch nicht entfernt worden war, fertig renoviert aus.

»Weg vom Bett«, hörte er sich selbst rufen.

Hass drehte sich mit der Chirurgensäge in der einen Hand um. »Risk ... Dann waren Sie also doch hier.«

»Schieß doch«, schrie Malin, die mit einer lose in der Vene hängenden Spritze ans Bett gegurtet war. »Worauf wartest du noch? Erschieß ihn!«

Durch all die Schreie hindurch konnte Fabian sie fast nicht hören. »Weg vom Bett«, wiederholte er und ging in den Raum hinein.

»Ich habe mir gedacht, dass Sie hier irgendwo herumhängen.« Hass wich zurück.

»Lassen Sie die Säge los und halten Sie die Hände über den Kopf.«

Hass tat, was ihm gesagt wurde, während Fabian zum Bett eilte, die Spritze herauszog und die Gurte an Malins Handgelenken öffnete.

»Sie waren hier und haben gesehen, was passiert ist, oder?«, fragte Hass.

Fabian antwortete nicht, sondern löste weiter die straff gespannten Gurte, hielt die Pistole aber die ganze Zeit auf Hass gerichtet.

»Da frage ich mich natürlich, warum Sie nichts unternommen haben? Ich meine, Sie halten ja offensichtlich eine Waffe in den Händen. Eine Erklärung könnte sein, dass sie nicht geladen ist. Aber wissen Sie was, das glaube ich nicht.«

Fabian hielt die Pistole jetzt wieder mit beiden Händen fest.

»Wissen Sie, was ich glaube? Oder sagen wir, ich glaube es nicht mehr, denn je länger ich darüber nachdenke, desto überzeugter bin ich davon. Sie können nicht. Stimmt's?«

»Schnauze!«

»Nicht einmal, als Ihre Kollegen den Pistolenlauf direkt an der Stirn hatten. Nicht einmal da konnten Sie.« Hass nahm die Hände herunter.

»Mann, worauf wartest du denn?«, schrie Malin und versuchte verzweifelt, ihre andere Hand zu befreien.

»Er wartet nicht. Er kann einfach nicht.« Hass beugte sich hinunter und griff nach der Säge auf dem Fußboden.

»Fallen lassen«, sagte Fabian. Seine Hände zitterten vor Anstrengung.

»Und was passiert sonst? Erschießen Sie mich dann?« Mit der Säge in der Hand stand Hass auf. »Glaube ich nicht.« Er schaltete sie ein, und die gezackte Klinge erwachte zum Leben, während er vor der eigenen Brust damit herumfuchtelte. »Schießen Sie doch! Warum erschießen Sie mich denn nicht?«

Fabian konzentrierte sich voll und ganz darauf, mit seinen zitternden Fingern den Abzug zu betätigen, und schaffte es daher nicht mehr, sich rechtzeitig zu ducken, als die Säge durch die Luft flog und ihn ein kleines Stück über dem Haaransatz traf, bevor sie zu Boden fiel. Die Pistole rutschte ihm aus der Hand, als er sich an den Kopf griff und spürte, dass ein Teil der Kopfhaut fehlte und der Schädelknochen bloßlag. Die Blutung war so stark, dass ihm das Blut bereits in die Augen gelaufen war und auf den Boden tropfte.

Gnadenlose Übelkeit überkam ihn, und er musste sich am Bett festhalten, um nicht das Gleichgewicht zu verlieren. Mit der anderen Hand drückte er so fest, wie er nur konnte, auf die offene Wunde, aus der das Blut in Strömen zwischen seinen Fingern hindurch und über sein Gesicht floss. Irgendwo hinter seinem eigenen Puls und den Schreien von Tomas und Jarmo hörte er auch Malin schreien. Aber er verstand nicht, was.

Gleichzeitig krabbelte Hass nun auf allen vieren auf ihn zu. Als suchte er nach etwas. Genau, die Pistole. Die war ihm ja aus der Hand gefallen. Vielleicht wollte Malin, dass er die Waffe wegkickte. Doch er sah sie nicht. Wegen des vielen Bluts in seinen Augen konnte er fast gar nichts sehen.

Da löste sich der Schuss.

Zuerst einer, dann drei weitere kurz hintereinander.

Fabian rechnete mit Schmerzen im Bauchraum und noch mehr Blut, bevor er genau wie Tomas und Jarmo in sich zusammensackte. Doch er brach nicht zusammen und spürte nicht, wo er getroffen worden war. Hatte er mit Malin angefangen? Dieses Schwein hatte Malin erschossen. Er drehte sich zum Bett um, doch es war leer.

Fabian begriff überhaupt nichts und versuchte, sich das Blut aus den Augen zu wischen, um besser zu sehen, doch es lief ihm ständig frisches Blut übers Gesicht. Unter ihm hatte sich bereits eine große Lache gebildet. Dann sah er sie mit der Pistole in der Hand auf dem Boden liegen.

»Weg da!«

Er hörte die Worte, verstand sie aber nicht und drehte sich nach dem Schatten um, der durch die Tür verschwand.

»Er hat was abgekriegt, aber wir müssen hier weg, bevor er zurückkommt«, sagte Malin. »Hilf mir auf.«

Fabian spürte, wie seine Kräfte ihn im selben Tempo wie das Blut verließen, schaffte es aber schließlich, sie auf das Bett zu hieven und damit aus dem Raum zu schieben. Er hatte keine Ahnung, in welcher Richtung der Ausgang lag, folgte aber einfach den beiden Blutspuren durch den langen Flur. Hass war nirgendwo zu sehen.

Ein Fahrstuhl mit einer automatischen Tür brachte sie ein Stockwerk nach oben, von wo aus sie direkt in den Schneesturm gelangten. Wieder hörte er Malins Stimme, ohne die Worte zu verstehen. Trotzdem begriff er den Sinn, schob seine Hände unter ihre Achseln, zog sie vom Bett, das im Schnee stecken geblieben war, und schleppte sie den Abhang hinunter. Er fiel hin, kämpfte sich hoch und fiel wieder, bis er endlich am Auto war und sie auf die Rückbank bugsierte.

Der Motor sprang beim ersten Versuch an, und trotz des vielen Bluts, das aus ihm herausgepumpt wurde und ihm fast vollständig die Sicht raubte, schaffte er es, fast den ganzen Hügel rückwärts hinunterzufahren, ohne im Schnee stecken zu bleiben.

Erinnern würde er sich daran jedoch nicht. Auch nicht daran, wie er den Strandväg entlangfuhr, vor dem Königlichen Dramatischen Theater die Abzweigung nach links in die Hamngata verpasste und stattdessen mit viel zu hoher Geschwindigkeit weiter geradeaus auf der Birger Jarlsgata fuhr und auf einem ebenso menschenleeren wie verschneiten Stureplan direkt gegen die Statue mit dem Habicht und der tapferen Taube schlitterte.

Kapitel 117

Gott hatte wieder einmal bewiesen, dass er immer an ihrer Seite war. Dass er eingriff und handelte, sobald sie ihn brauchte. Ob sie sich seiner nun bewusst war oder nicht. Wie zum Beispiel diese schwangere Polizistin, um die sie sich hatte kümmern müssen. Wäre sie nicht gewesen, wäre sie niemals nach Arlanda und anschließend über Istanbul weiter nach Tel Aviv gelangt. Fabian Risk hatte begriffen, wohin sie wollte, aber dank seiner schwangeren Kollegin war er gezwungen gewesen, sie laufenzulassen.

Aisha Shahin hatte ihr aufgegebenes Gepäck abholen und durch den Zoll bringen können, ohne aufgehalten zu werden, und soweit sie sehen konnte, war von dem geschmolzenen Eis nichts ausgelaufen. Der im Voraus gemietete Jeep wartete bereits auf sie, und die Fahrt nach Imatın schaffte sie in weniger als vier Stunden. Auch das lief wie geplant. Sogar die Straßensperren hatten sie passieren lassen und nicht einmal gefragt, wo sie hinwollte und was sie dort vorhatte.

Es war, als würde Gott sie belohnen und ihr einen roten

Teppich ausrollen. Für alle Mühen in den vergangenen Jahren. Das intensive Training und die Vorbereitungen. All die Zweifel, die sie überwinden musste. Und dabei hatte sie eigentlich gar nicht gewagt, daran zu glauben, dass sie es schaffen würde. Doch mit Gottes Hilfe war sie über sich hinausgewachsen und jetzt fast an dem Punkt angekommen, von dem sie so lange geträumt hatte.

Sie stellte den Wagen außerhalb des Dorfs ab und wartete auf die Dunkelheit. Danach öffnete sie den wasserdichten Behälter in ihrem Koffer, nahm den Kunststoffbeutel mit den Organen heraus, die Efraim wieder heil machen würden, und legte das letzte Stück des Weges mit dem fertig gepackten Rucksack über der Schulter zu Fuß zurück.

Der Grabstein lag noch an derselben Stelle, an der sie ihn vor fast zehn Jahren platziert hatte, doch der Text war in der Sonne verblichen. Deshalb zog sie zunächst die Tinte aus der Tasche und füllte die eingravierten Buchstaben wieder mit Farbe aus. Anschließend klappte sie den Spaten auseinander und begann zu graben. Als sie tief genug gekommen war, wischte sie die trockene Erde von der Plastikfolie, die seine Überreste bedeckte.

Nach einer kurzen Pause mit einem Stück Schokolade und einigen Schluck Wasser arbeitete sie weiter mit dem Spaten, um das Grab zu verbreitern. Hier war die Erde viel härter, und sie bekam immer mehr Blasen an den Händen. Doch das machte ihr nichts aus. Der Schmerz war sowieso nur vorübergehend. Zwei Stunden später stieg sie hinein, entfernte das letzte bisschen Erde von Efraim und wickelte die Folie ab.

Bei ihrem letzten Besuch hatte die grob vernähte Narbe sie mit einem abgrundtiefen schwarzen Hass erfüllt, aber nun war weder von ihm noch von den Stichen mehr etwas übrig. Der letzte Tropfen Hass war aus ihr herausgeflossen, und nun spürte sie nur noch Liebe. Eine Liebe, die so tief und warm war, dass sie trotz der nächtlichen Kälte kein bisschen fror.

Sie zog das zerknüllte Stück Plastik aus seiner Brust, die jetzt nur noch aus den Rippen bestand, und öffnete den wasserdichten Beutel.

Vorsichtig schraubte sie die beiden Deckel auf dem kleinen Kontaktlinsenbehälter ab und nahm die beiden Hornhäute heraus, zuerst legte sie die linke in die eine Augenhöhle, dann die rechte in die andere. Alles, damit er wieder sehen konnte. Anschließend nahm sie seine Lunge, legte sie vorsichtig an ihren Platz unter seinem rechten Rippenbogen, damit sie seinen warmen Atem an ihrer Wange spürte. Die Leber und die beiden Nieren würden ihre Liebe rein halten. Zum Schluss gab sie ihm sein Herz zurück, das von nun an und für alle Zeit für sie beide schlagen würde.

Als alles an seinem Platz war, legte sie sich so dicht wie möglich neben ihn. Sie nahm das Handy, drückte auf Play und legte es auf seine Brust. Das Lied, das damals in seinem Radio erklungen war und das sie seitdem jeden Abend hörte, wenn sie alleine ins Bett ging, war weithin in der Nacht zu hören. Sie zog die kleine Schachtel aus der Tasche, steckte sich die Pille in den Mund und schluckte.

Nun war es nicht mehr weit, nun würden sie sich bald wiedersehen, und von nun an würde nichts mehr sie auseinanderbringen können. Sie schaute zu den Sternen hinauf, die in dieser Nacht besonders hell leuchteten, und merkte, dass sie noch nie so glücklich gewesen war wie in diesem Moment.

> *At last my love has come along*
> *My lonely days are over and life is like a song*
> *At last the skies above are blue*
> *My heart was wrapped up in clovers the night I looked at you*
> *I found a dream that I can speak to*

A dream that I can call my own
I found a thrill to press my cheek to
A thrill I've never known
You smiled and then the spell was cast
And here we are in Heaven
For you are mine at last

EPILOG

22. Dezember 2009–14. April 2010

Dunja Hougaard saß mit gemischten Gefühlen im Flugzeug nach Kopenhagen. Zu ihrer Verwunderung gab es eine Erklärung dafür, warum der Sportwagen auf dem Grund des Helsingörer Hafenbeckens auf den Namen des ermordeten Justizministers aus Schweden angemeldet war. Die Begründung war vielleicht ein wenig umständlich und merkwürdig, aber glaubhaft. Ihr fehlte daher immer noch ein Argument, um den Fall neu aufzurollen. Und zu allem Überfluss hatte sie Carsten bei einem Seitensprung erwischt.

Trotzdem fühlte sie sich in dem Moment, als die Räder auf der Landebahn aufkamen, so stark wie seit Jahren nicht. Fast heiter. Sie wusste nicht genau, wie alles werden sollte, aber von nun an würde sie ihrem eigenen Kompass folgen. Sie würde sich von niemandem mehr kleinmachen lassen. Weder von Hesk noch von Carsten.

Und erst recht nicht von Sleizner, diesem Widerling, der mit Sicherheit nur darauf wartete, dass sie sich wieder in ihrem Schneckenhaus verkroch und um eine Versetzung bat. Doch sie würde bleiben und auf eine Gelegenheit warten, ihm einen Denkzettel zu verpassen. Sobald sich die Chance dazu ergab, würde sie mit solcher Kraft zuschlagen, dass er nicht wusste, wie ihm geschah.

Als Carsten mit einem Blumenstrauß nach Hause kam, der so groß war, dass er kaum durch die Tür passte, ließ sich sein

Schlüssel nicht mehr ins Schloss stecken. Das verstärkte die Unruhe, die er schon den ganzen Tag verspürt hatte. Er versuchte, Dunja anzurufen, bekam aber nur eine automatische Mitteilung zu hören, der Anschluss sei nicht vergeben. Er setzte sich auf die Treppe, um auf sie zu warten. Die Erklärung folgte ungefähr eine Stunde später, als seine Mutter aus Silkeborg anrief und fragte, was der Umzugswagen mit seinem Hab und Gut in der Garagenauffahrt mache.

An der Statue auf dem Stureplan brauchte Malin Rehnberg volle dreiundzwanzig Minuten, um sich von der Rückbank des Wagens hochzurappeln, aus dessen eingedellter Motorhaube Rauch aufstieg. Weitere sechs Minuten dauerte es, bis sie Fabians Handy gefunden hatte und die Notrufzentrale anrufen konnte. Die Frau am anderen Ende der Leitung bezweifelte anfangs, ob der Fall wirklich dringend genug wäre, ließ sich aber schließlich überreden, einen Krankenwagen zu schicken.

Obwohl Fabians Wunde nicht besonders groß war, hatte er mehr als zwei Liter Blut verloren und brauchte eine Bluttransfusion. Im Labor stellte sich heraus, dass er die Blutgruppe 0– hatte, eine Blutgruppe, die leider mit keiner anderen kompatibel war. Normalerweise hatten die Krankenhäuser große Mengen 0– vorrätig, weil sich damit alle anderen Blutgruppen ersetzen ließen, aber in dieser Nacht war es trotz der Glättewarnungen zu ungewöhnlich vielen Verkehrsunfällen gekommen, und das Lager des Söderkrankenhauses war leer. Fabian musste daher in ein künstliches Koma versetzt werden, solange man auf eine Lieferung des richtigen Bluts wartete.

Bei Malin wurde währenddessen ein Notkaiserschnitt durchgeführt, und anschließend wurde ein blasser kleiner Junge von 2773 Gramm auf die Brust seiner Mutter gelegt. Anders, der es gerade noch rechtzeitig geschafft hatte, durfte die Nabelschnur durchtrennen, und kurz darauf hatte der Junge bereits eine rosigere Gesichtsfarbe. Nach endlosen Namensdiskussionen hatten sie sich eigentlich darauf geeinigt, dass der Junge Nils heißen sollte, aber als Malin den warmen kleinen Körper auf ihrer Brust spürte, fragte sie Anders, ob er sich vorstellen könne, das Kind stattdessen Love zu nennen. Er konnte.

Das Mädchen, das wenige Minuten später aus ihrem Bauch geholt wurde, wog 1860 Gramm und bekam nie wieder Farbe, durfte aber eine Weile neben ihrem Bruder auf der Brust ihrer Mutter liegen, während ihre Eltern ihr alle Namen gaben, auf die sie sich geeinigt hatten. Thindra Siv Elisabeth Rehnberg.

Am Montag, den 28. Dezember, hatte sich Fabian so weit erholt, dass er das Krankenhaus verlassen konnte. Es war schon zwei Uhr nachmittags, und Herman Edelman hatte ihn gebeten, ins Polizeigebäude zu kommen. Eigentlich wollte er nichts lieber, als sich wieder mit seiner Familie zu vereinen, aber ein Teil von ihm freute sich auf die Befragung. Endlich konnte er dem Rest des Teams einen vollständigen Überblick über die Ereignisse in der Nacht vor Heiligabend geben und mit ihnen besprechen, wie man die beiden Polizistenmorde aufklären und Gidon Hass fassen würde.

Doch es gab weder eine Befragung, noch fanden weitere Planungen statt. Sie würden nämlich nicht weitermachen. Edelman beharrte darauf, dass die Ermittlungen abgeschlossen seien, und behauptete, er sähe keinen Anlass, den Fall noch einmal aufzurollen. Die israelische Botschaft erstattete jedoch offiziell Anzeige wegen Hausfriedensbruchs und unerlaubter Nutzung von Waffen, da nicht nur Jarmo Päivinen und Tomas Persson ums Leben gekommen, sondern auch Botschaftsmitarbeiter zu Schaden gekommen waren und im Krankenhaus behandelt werden mussten.

Sie hatten sogar Kugeln aus Fabians Dienstwaffe ins Labor geschickt. Ohne mit der Wimper zu zucken, stellte Edelman ihn vor die Wahl, entweder ein Kündigungsgesuch samt sechs Monaten Gehaltsfortzahlung zu unterschreiben oder sich wegen Hausfriedensbruchs, Volksverhetzung und eines Mordversuchs anzeigen zu lassen.

Fabian war fest davon überzeugt, dass er mit Hilfe von Malins und Nivas Zeugenaussagen keine großen Probleme gehabt hätte, sich von allen Verdächtigungen reinzuwaschen. Obwohl die Wohnung von Aisha Shahin in Axelsberg ausgeräumt und der gesamte Inhalt vernichtet worden war.

Ebenso sicher war er, dass sie es gemeinsam geschafft hätten, genügend Beweise zu finden, um sowohl Hass als auch seinen Cousin in der Botschaft zu überführen und verurteilen zu lassen. Die Affäre hätte nicht nur Edelman und große Teile des Justizministeriums mit in den Abgrund gerissen, sondern vermutlich die gesamte Regierung. Die Wahrheit wäre ans Licht gekommen, und die dubiosen Pläne für den Operationssaal in der Botschaft würden nie in die Tat umgesetzt werden.

Trotzdem entschloss er sich, das Angebot zu akzeptieren und das Kündigungsgesuch zu unterschreiben. Es spielte keine Rolle, wie wütend er auf seinen alten Mentor war. Wie gerne er ihm bewiesen hätte, dass die Wahrheit am Ende doch immer ans Licht kam. Ausgerechnet Edelman selbst hatte ihn gewarnt, der Jagd nach der Wahrheit nicht alles zu opfern, was ihm etwas bedeutete.

Irgendetwas sagte ihm, dass dies seine letzte Chance war, Sonja und den Kindern zu zeigen, wo er stand. Dass er letztlich bereit war, für sie alles aufzugeben. Er hatte keine Ahnung, ob Sonja noch gewillt war, ihnen eine letzte Chance zu geben. Ob sie sich seine Idee, in Stockholm die Zelte abzubrechen und in seine alte Heimatstadt Helsingborg zurückzukehren, überhaupt anhören würde.

Mit absoluter Sicherheit wusste er nur, dass er es sich selbst niemals verziehen hätte, wenn er es nicht wenigstens versuchte.

Einige Monate später, als sich Ende März die ganze Aufregung um das merkwürdige Verhalten der beiden Polizisten Tomas Persson und Jarmo Päivinen ein wenig gelegt hatte, wurde der israelische Botschafter abberufen, und nur wenige Tage später traf ein neuer ein. Der Wechsel schlug im schwedischen Nachrichtenstrom keine hohen Wellen, und niemand hinterfragte die offizielle Begründung, der Botschafter sei aus persönlichen Gründen in seine Heimat zurückgekehrt.

Gidon Hass, der Cousin des Botschafters, wurde im Zuge dieses Personalwechsels ebenfalls heimgeholt. Ein offizieller Prozess fand nicht statt, aber unbestätigten Quellen zufolge wurden die beiden Cousins ins Camp 1391 gebracht – Israels eigenes Guantánamo. Ob sie noch am Leben waren, wusste niemand.

Kapitel X

4. Januar 2010

Er hatte sie gehört, ihnen aber keinen Glauben geschenkt. Die Gerüchte, über die niemand laut zu sprechen wagte, hatten sich hinter verschlossenen Türen und vorgezogenen Gardinen trotzdem wie ein Lauffeuer verbreitet. Er selbst hatte sie weit von sich gewiesen, weil es sich in seinen Augen um erfundene Geschichten handelte, die viel zu unwahrscheinlich waren, um ernst genommen zu werden. Zumindest in den ersten Jahren. Am Sonntag, den 15. September 2002, veränderte sich schlagartig alles. Das war heute über sieben Jahre her, und nun war ihm schmerzhaft bewusst, dass die Gerüchte nicht einmal annähernd an die Wahrheit herankamen.

Ein Bekannter, denn richtige Freunde hatte er nie gehabt, hatte ihn gefragt, ob er sich einer Gruppe anschließen wolle, die heimlich die von Qigong inspirierte, aber verbotene Trainings- und Meditationsform Falun Gong praktizierte. Diese versprach nicht nur geistige Erleuchtung, sondern auch körperliche Vollendung.

Wie immer hatte er den Würfel um Rat gefragt. Das tat er, seit er Luke Rhinehart *Würfler* gelesen hatte. Er würfelte eine Vier. Das hieß Ja, und auch wenn es kein ganz deutliches Ja war, blieb ihm nichts anderes übrig, als sich danach zu richten.

Die Konsequenz war, dass er sich nun im Konzentrationslager Masanjia im Yuhong-Distrikt kurz hinter Shenyang im nordöstlichen China befand. Sieben Jahre, drei Monate und zweiundzwanzig Tage hatte er sich von Lebensmitteln ernähren müssen, die diese Bezeichnung nicht verdienten, und in einer Zelle geschlafen, in der er sich gerade eben ausstrecken konnte.

Fünfzehn Stunden jedes Tages hatte er seitdem in einer der vielen Fabrikhallen verbracht, wo er unter strenger Überwachung Zwangsarbeit verrichtete, die darin bestand, lose Fäden von kopierter Markenkleidung abzuschneiden oder Spielzeug und Lichterketten für den US-amerikanischen Markt zusammenzuschrauben. Jeden Fehler, der ihm unterlief, bezahlte er mit einer Brandwunde.

Wenn der Würfel nicht gewesen wäre und seine Überzeugung, dass dieser ihn eines Tages hier wegbringen würde, wäre er mit Sicherheit wie alle anderen um ihn herum zusammengebrochen. Hatte man erst einmal begriffen, was hier eigentlich vor sich ging, blieb einem nichts anderes übrig, als aufzugeben und zu hoffen, dass der Tod nicht allzu lange auf sich warten ließ.

Sie waren nämlich weder hier, um gefoltert zu werden, noch um unter nahezu unerträglichen Bedingungen Sklavenarbeit zu verrichten. Darum ging es überhaupt nicht. Natürlich verdiente der Staat damit ein bisschen Geld, aber das war nichts im Vergleich mit den Einnahmen aus dem Verkauf der zerstückelten Körper.

Organ für Organ.

Das war der eigentliche Grund für die vielen Blutproben und medizinischen Untersuchungen. Es erklärte auch, warum sich die Folter nie auf wertvolle Körperteile erstreckte. Oder warum in regelmäßigen Abständen Mithäftlinge verschwanden. Er selbst hingegen machte sich überhaupt keine Sorgen. Mit den Jahren war er zu der Überzeugung gelangt, dass dies in Wahrheit sein Rückreiseticket war.

Die Einsicht war ihm vor fast drei Jahren gekommen, als sie zum ersten Mal seine Zelle stürmten, ohne ihn zu verprügeln oder Chaos zu hinterlassen. Es war mitten in der Nacht gewesen, und er war im Flur auf eine Trage gelegt und unter strenger Bewachung durch alle Pforten, Türen und sogar hinter die letzten Absperrungen getragen worden. Es war das erste Mal in seiner Gefangenschaft, dass er sich außerhalb des Lagers befand, und er wusste noch genau, wie er seine Lunge mit der sauberen Nachtluft gefüllt und in den sternenklaren Himmel geschaut hatte, in dem Versuch, die wenigen Sekunden in die Länge zu ziehen, bevor er in den wartenden Krankenwagen verfrachtet und in eine der Kliniken von Shenyang transportiert wurde.

Dort angekommen, war er sofort betäubt worden und mit einem blutigen Verband um den Bauch in seiner Zelle wieder aufgewacht. Darunter befand sich eine über zwanzig Zentimeter lange und schlampig zusammengeflickte Narbe auf der linken Seite, die bezeugte, dass man ihm eine Niere entnommen hatte. Einfach so, ohne zu fragen. Als hätte sie eigentlich nie ihm persönlich, sondern dem chinesischen Staat gehört, der ihn jederzeit wieder abholen konnte, um ihn eines anderen Organs zu berauben.

Nach einer Woche war er wieder in der Fabrikhalle zur Sklavenarbeit gezwungen worden. Seitdem war nichts passiert.

Bis jetzt.

Vor vier Tagen war er in ein Untersuchungszimmer gebracht worden, das er noch nie gesehen hatte. Dort hatte ihn ein Arzt aufgefordert, die dunkelblaue Uniformjacke auszuziehen, und ihn mit dem Stethoskop sorgfältig abgehört. Zuerst längere Zeit die linke Seite seines Rückens und anschließend die Brust. Das konnte nur bedeuten, dass sie es diesmal auf sein Herz abgesehen hatten.

Selbstverständlich bestand die Möglichkeit, dass sie bereits ein anderes gefunden hatten. Dass seins zu unregelmäßig schlug oder aufgrund eines sonstigen Defekts ungeeignet war. Doch er hielt sich immer bereit. Denn wenn sie ihn abholen würden, kam seine letzte Chance.

Kein anderer unter den Zehntausenden von Lagerhäftlingen konnte die Situation zu seinem Vorteil nutzen wie er. Sie waren nicht nur gebrochen und in einem solchen Maß der Gehirnwäsche ausgesetzt gewesen, dass manche sich nicht einmal mehr an ihren Namen erinnerten, vor allem waren sie im Grunde gute Menschen. In diesem Punkt war er im Vorteil. Er selbst war nämlich noch nie gut gewesen.

Niemand, der ihm begegnete, wusste das. Die meisten hielten ihn für nett und rücksichtsvoll. Aber sie täuschten sich fatal. Seit er denken konnte, genoss er es, andere leiden zu sehen. Als Kind hatte er Tiere benutzt, aber später im Leben auch Menschen. Vielleicht war das der Grund, warum er im Gegensatz zu den meisten anderen hier noch immer klar denken konnte.

Seine Eltern hatten Jahre gebraucht, um zu begreifen, dass es weder ein Unglück noch die Schuld der anderen Kinder war. Ihr süßer kleiner Adoptivsohn war ganz einfach böse. Sein Vater wandte sich sofort von ihm ab, aber seine Mutter schaltete Psychologen ein und schickte ihn zum Boxen. Nichts half, und schließlich erlosch auch in ihren Augen die Hoffnung. Als er einige Jahre später den von Rhinehart inspirierten Würfel entscheiden ließ, was er nach der Volksschule machen sollte, und seinen Eltern mitteilte, dass er sie verlassen würde, konnten sie ihre Freude kaum verhehlen.

Irgendetwas quietschte. Er setzte sich auf und hörte deutlich, wie das Sicherheitsgitter am Ende des Ganges aufgeschlossen und geöffnet wurde. Da es mitten in der Nacht war, mussten sie es sein. Genau wie beim letzten Mal hörte er sie eine Trage auf quietschenden Rädern heranrollen.

Er nahm den Würfel, schüttelte ihn in der gewölbten

Hand und öffnete, während die Trage immer näher kam, gespannt die Finger. Es kam genau das Ergebnis, das er sich erhofft hatte. Zwei Reihen mit jeweils drei Punkten. Die Farbe war längst abgeschabt, und von den Punkten waren nur die Vertiefungen übrig geblieben, aber es war eine Sechs und nichts anderes. Und er konnte es kaum erwarten, diese Sechs zu vollstrecken.

Sie waren jetzt fast an seiner Tür. In wenigen Sekunden würden sie den Schlüssel ins Schloss stecken und umdrehen, und er würde aus seiner Zelle geführt und auf der Trage festgeschnallt werden. Schnell steckte er den Würfel in den Mund, schluckte ihn hinunter und schob die Hand unter das Kissen und weiter bis zu dem Loch in der Matratze, wo er seit über zwei Jahren eine Schere aus einer der Fabrikhallen aufbewahrte.

Er machte ein so überraschtes Gesicht wie möglich, als die Tür aufgestoßen wurde, die Wachen hereinstürmten, ihn aus der Zelle schubsten und auf der Trage durch dieselben heruntergekommenen Flure, Sicherheitstüren und Fahrstühle schoben wie vor drei Jahren. Doch in dieser Nacht leuchteten keine Sterne. Stattdessen fielen so dicke Regentropfen, dass er seinen Durst löschen konnte, indem er in den wenigen Sekunden zwischen Gebäude und Krankenwagen den Mund öffnete.

Wie erwartet, klebte ihm die Häftlingskleidung klitschnass am Körper. Wäre einer der Wächter auf die Idee gekommen, einen Blick auf seinen rechten Unterarm zu werfen, hätte er sofort die Umrisse der Schere unter dem Oberteil erkannt. Doch während der gesamten Fahrt in die Klinik bemerkten die Augen unter den angespannt flatternden Lidern überhaupt nichts, und am Ziel übernahm das Krankenhauspersonal das Kommando und schob ihn durch die neonhellen Gänge.

Es eilte offenbar, so schnell, wie sie rannten, und genau wie beim letzten Mal war alles vorbereitet, als er in den Operationssaal kam. Ein Team in grüner OP-Kleidung und mit Mundschutz und Latexhandschuhen wartete bereits darauf, seinen Brustkorb aufzusägen, sein Herz und mit hoher Wahrscheinlichkeit auch die restlichen Organe zu entnehmen, um ihn anschließend in einen Container zu werfen, dessen Inhalt für das Krematorium bestimmt war.

Der Anästhesist hob seine linke Hand, massierte den Handrücken mit dem Daumen, um die Durchblutung zu verbessern, und führte die Kanüle daraufhin geschickt in die kräftigste Vene ein. Gleichzeitig schnitt eine der Schwestern sein nasses Hemd auf und reinigte das Gebiet um das Herz mit einem alkoholisch riechenden Schwamm, den sie mit einer langen Zange festhielt. Er hatte gar nicht gemerkt, dass die Kanüle in seiner Hand mit einem durchsichtigen Schlauch verbunden worden war, der in einen Venenkatheter mündete. Dieser war vermutlich mit einer Flüssigkeit gefüllt, die ihn für immer von dieser Welt trennen würde, sobald sie den gesamten Weg durch den Schlauch zurückgelegt hatte.

Er hatte auf einen Moment gehofft, in dem sie ihre Aufmerksamkeit nicht auf ihn richteten, aber bis auf den Mann, der ihm den Rücken zuwandte und sich mit ausgestreckten Armen eine Plastikschürze umbinden ließ, sahen ihn alle an. Außerdem hatte die Flüssigkeit bereits ein Drittel des Weges durch den Schlauch zurückgelegt.

Es war höchste Zeit anzufangen, und genau, wie er es seit einigen Jahren jede Nacht eine Stunde lang übte, ließ er den rechten Arm vom OP-Tisch rutschen und fing die Schere in dem Moment auf, bevor sie auf den Boden knallte. Der Anästhesist hatte es offenbar bemerkt, denn er schrie den anderen sofort etwas zu.

Er versuchte, den linken Arm vom Schlauch zu befreien und sich aufzusetzen, aber der Anästhesist hielt den Arm bereits fest und drückte mit der anderen Hand auf seine Brust. Den rechten Arm konnte er jedoch frei bewegen, und wenn er jetzt nicht traf, war es zu spät.

Der erste Hieb war ein Volltreffer, und auch wenn er es nicht sah, spürte er, wie die Spitzen der Klingen rechts und links des Kehlkopfes in den Hals des Anästhesisten eindrangen, der weiterschrie, als hätte er gar nicht begriffen, was los war.

Erst als er Daumen und Zeigefinger zusammendrückte und die beiden Scherblätter sich schlossen, verstummte der Schrei und ging in ein heiseres Gurgeln über. Gleichzeitig lockerten die Hände ihren Griff und wanderten in dem naiven Versuch, das stoßweise herausströmende Blut aufzuhalten, zu der Öffnung.

Er selbst konnte den linken Arm nun von dem Schlauch losreißen und sich auf die anderen stürzen, die ihn zu überwältigen versuchten. Er hackte überallhin, wo er empfindlichen Schaden anrichten konnte. Blut. Überall Blut. Noch nie hatte er so viel Blut gesehen. Es strömte, pumpte und spritzte. Es war so viel, dass er mehrmals beinahe ausrutschte, als er zu dem Mann mit der Plastikschürze rannte, der Zuflucht an der Tür suchte. Schon als er in den OP hineingerollt worden war, hatte er begriffen, dass er der Chirurg und vermutlich als Einziger im Raum so wichtig war, dass er nicht geopfert werden durfte.

Er warf sich nach vorn, rutschte mit den Füßen voraus über den Boden und trat dem Mann die Beine weg, so dass dieser auf dem Bauch landete und mit dem Gesicht aufschlug. Gleichzeitig hörte er einige der anderen hinter sich, aber er war bereits über dem Chirurgen und zwang ihn auf alle viere, indem er ihm den rechten Arm auf den Rücken drehte und ihm die blutige Schere an die Halsschlagader hielt. Wie auf Kommando blieben die anderen stehen, und er konnte mit seiner Geisel fest im Griff den Operationssaal verlassen.

Auch im Flur blieben die Schwestern und Pfleger stehen und folgten seiner Anweisung, sich hinzulegen und ihn durchzulassen. Vor dem Eingang wartete noch der Krankenwagen. Die beiden Wächter, die ihn begleitet hatten, waren allerdings nirgendwo zu sehen. Vielleicht gönnten sie sich in irgendeinem Personalraum eine Tasse Kaffee oder waren bereits mit einem anderen Gefangenen, der hier um eine Niere ärmer geworden war, auf dem Rückweg ins Konzentrationslager.

Vor dem Krankenwagen leistete der Chirurg Widerstand und bettelte und flehte ihn an, er möge ihn verschonen, aber er konnte nur den Kopf schütteln und erklären, diese Entscheidung liege nicht bei ihm. Der Würfel hatte ihm eine Sechs gezeigt, und dagegen konnten weder er noch irgendjemand sonst etwas tun.

Er zwang den Chirurgen auf den Rücken, packte mit beiden Händen die Schere und rammte sie ihm mehrmals mit solcher Kraft in die Brust, dass er seine Finger in die Öffnung und zwischen die Rippen schieben, den Brustkorb aufbrechen und das immer noch um sein Leben kämpfende Herz bloßlegen konnte. Es schlug sogar weiter, als er es bereits in der Hand hielt, als gäbe es vielleicht noch eine winzige Chance.

Doch eine Sechs war eine Sechs, und es stand ihm nicht zu, sie zu hinterfragen, dachte er, ließ das Herz zu Boden fallen und zerstampfte es mit seinem Stiefel. Dann setzte er sich ans Steuer des Krankenwagens und hörte, während er davonfuhr, nur seinen eigenen Pulsschlag in den Ohren dröhnen.

Endlich war er unterwegs zu dem Ort, den er auf Geheiß des Würfels verlassen hatte, ohne sich noch einmal umzudrehen. Mehr als fünfzehn Jahre war er fort gewesen und hatte kein einziges Mal an Rückkehr gedacht. Doch nun hatte er sich dazu entschlossen. Oder besser gesagt, der Würfel hatte eine Entscheidung gefällt. Er hatte jedes Mal dieselbe Antwort gegeben, wenn er ihm in den vergangenen Monaten die Frage gestellt hatte. Es bestand, mit anderen Worten, kein Zweifel daran, dass er zurückkehren würde.

Nach Helsingborg.

Danke

Mi
Weil du es ausgehalten hast, obwohl es so schwer zu ertragen war, und mich trotzdem wunderbar unterstützt hast. Ohne dich wäre es nicht gegangen. Deine Ideen und Kommentare sind so unglaublich viel mehr als nur kritische Hinweise unter vielen anderen.
 Ohne dich ... Nein, der Gedanke ist unmöglich.

Kasper, Filippa, Sander und Noomi
Weil ihr versteht, warum Papa manchmal ganz woanders ist, obwohl er mit euch an einem Tisch sitzt.

Jonas
Für deine Zeit und Energie, deine Gedanken und Ideen. Niemand spielt mir so schön die Bälle zurück wie du.

Adam, Andreas, Sara und allen anderen vom Bokförlag Forum
Weil ihr nicht nur der beste Verlag, sondern auch der witzigste seid.

Magnus
Weil ich von deinen medizinischen Kenntnissen profitieren durfte und mich mit niemandem so gerne über den Größenunterschied zwischen Augäpfeln und eingelegten Zwiebeln unterhalte.

Lars
Weil du so gerne beschreibst, wie man eine Waffe entsichert, und von all dem anderen erzählst, was sich sonst noch hinter den Kulissen abspielt.

Mikael und Jenny
Weil ihr meine besten Freunde seid und beide dreißig (!) Exemplare von *Und morgen du* gekauft habt.

Ellen vom Akademibokhandel in Helsingborg und Sven-Åke und der ganzen Truppe bei Väla, weil ihr gelesen, gemocht, euch den Mund fusselig geredet und so viele andere dazu gebracht habt, mein erstes Buch zu lesen.

Zuletzt ein großes Dankeschön an alle, die sich 2014, als noch niemand von dem Buch gehört hatte, *Und morgen du* gekauft haben. Euch und allen, die das Buch ihren Freunden empfahlen, die es wiederum ihren Freunden empfahlen, habe ich es zu verdanken, dass ich nun hier sitze und mein drittes Buch über Fabian Risk schreibe.

Ein Klassenfoto, drei Tote. Wer wird der nächste sein?

Helsingborg, Südschweden. Kommissar Fabian Risk ist gerade in sein idyllisches Heimatstädtchen zurückgekehrt. Er möchte endlich mehr Zeit mit seiner Familie verbringen. Doch dann wird in seiner alten Schule eine brutal zugerichtete Leiche gefunden. Daneben liegt ein Klassenfoto. Darauf abgebildet ist Risks alte Klasse, das Gesicht des Mordopfers mit einem Kreuz markiert. Und das ist erst der Beginn einer Mordserie, bei der der Mörder Risk und seiner Familie immer näher kommt.

»Ein Krimi, der einen nicht mehr loslässt. Fesselnd von der ersten bis zur letzten Seite.«
Hjorth & Rosenfeldt

Stefan Ahnhem
Und morgen du
Kriminalroman

Aus dem Schwedischen von Katrin Frey
Taschenbuch
Auch als E-Book erhältlich
www.ullstein.de

ullstein

Der neue große Roman von Bestsellerautor Jo Nesbø

Sonny Lofthus sitzt im modernen Hochsicherheitsgefängnis Staten in Oslo. Seine kriminelle Karriere begann, als sein Vater Ab sich das Leben nahm. Ab Lofthus war Polizist. Kurz vor seinem Tod gestand er, korrupt gewesen zu sein. Dieser Verrat zerstörte Sonnys Leben.

Jetzt, viele Jahre später, hört er von einem Mitgefangenen, dass alles ganz anders gewesen ist. Sonny will Rache. Er flieht aus dem Gefängnis, denn die Verantwortlichen sollen für ihre Verbrechen büßen.

»*Ein raffiniert gebauter Roman, der den großen Fragen auf den Grund geht: Sünde, Erlösung, Liebe, das Böse, Menschsein. Einer von Nesbøs besten Romanen, tiefgründig und vielschichtig.*«
Kirkus Reviews

Jo Nesbø
Der Sohn
Kriminalroman

Aus dem Norwegischen von
Günther Frauenlob
Taschenbuch
Auch als E-Book erhältlich
www.ullstein.de